黄河在咆哮

张　强　周山湖　著

中国方正出版社

鸣　谢

山西影视（集团）有限责任公司

山西广电影视艺术传媒有限公司

目　　录

第一章　出师黄河渡

1937年，震惊中外的“七七事变”爆发后，日本侵略军先取绥远、察哈尔，然后犯晋，试图取太行之高势，东扼华北，西控陕陇。华北告急！山西成为抗日战争首当其冲的主战场。在民族存亡之际，国共两党摒弃前嫌，建立了抗日民族统一战线，中国工农红军改编为八路军，开赴山西抗日前线。9月初，八路军总部直属先遣团完成改编，在团长郑川带领下斗志高昂奔向芝川渡口。

一

风声飒飒，空气中夹带着黄土的气息，浊浪翻滚，黄河水一路撕开大地蜿蜒奔泻。

九月天，河岸高原稀疏的草皮已经泛黄，一眼望去，裸露的起伏显得贫瘠而荒凉，但山山峁峁间充满了朴素和凝重。

两个军人一前一后从山坳里爬上来。

郑川踏上了一座叫司马台的黄土崖，站在崖顶，压着吁吁的气喘，俯视着不远处的黄河渡口。

在每一次军事行动前查看周边地形，这已经成为他的习惯。尤其这是一次渡河行动，“待敌半渡而击之”是兵家常策，他不得不防。

入秋后的陕南，最大的特点就是干旱和风大。秋天干旱不是坏事，正好有利于老乡们把辛苦一年耕种的庄稼收回去；风大就不好了，这里的黄土塬子都是光秃秃的，连棵大点的树都没有，强劲的秋风没遮没拦，打着旋儿把黄河滩上的沙粒子卷起来，无情地摔打在每一个过客的脸上，蛰得生疼。尤其在这高崖的风口上更是如此，郑川不得不微眯了眼睛，用手略作遮挡，认真地细看着周边的地形：

土崖前是一片方圆数十里的开阔地，因为盐碱化和黄河的不断改道，没有人敢在这里种庄稼，只有一些纤细芜杂的衰草在风里颤抖，因为扬尘，远处的天空也不是蓝的，只见灰蒙蒙的雾气里，蜿蜒地甩出一条赭黄色的宽带子，延绵过来，又像是水，又像是泥，那就是黄河。河上，正颠簸着几只渡船，远远看去好像是几片漂浮在泥沼里的枯叶，靠这边的河岸，有一些低矮的泥房子和栏杆，那就是渡口了。

“团长，那就是黄河渡口吗？”他的警卫员段小虎这时候才牵着马赶上来，他一边呼呼地喘气，一边问：“我们先遣团就是要从这里过河到山西吗？”

郑川说：“是啊！不止我们先遣团，以后我们的115师、120师、129师都准备从这里渡黄河，总部把我们八路军出师的地点选择在这里是煞费苦心的。”

“为什么？”

“这里地处黄河由北向东的大转弯处，这一带有三个渡口，龙门渡、风陵渡和芝川渡，而这芝川渡口的河道最宽，水流也最平缓，可以同时发很多船，保证运兵的速度和安全性。还靠近交通线，过河以后不远就是运城、侯马，太岳城，坐上阎锡山的窄轨火车，呜呜的，可以把我们直接送到雁北前线。”

“唔，这么多讲究啊！”

“用兵不讲究地理形势怎么行？古人就懂得这个道理，前面不远就有魏长城，战国时候，秦国和魏国在这里摆过战场；楚汉战争时，韩信带着刘邦的队伍就是从这里渡河进攻河东的，可见这里从来就是兵家要地，你知道这个土崖为什么叫司马台？”

“是……大概……是养过马的呗！”说完，段小虎也觉得滑稽，顽皮地吐吐舌头。

郑川笑着一拍他的脑袋：“乱说！前面不远有司马迁的墓，所以叫司马台。司马迁听说过吗？”

“是不是……砸水缸的那个？”

“小虎你要加强学习了，那个叫司马光，差着一千多年呢。不过，两人都是写历史的，司马迁写的是《史记》，是我国古代一部非常好的历史著作。”

“团长，您这肚子里就是墨水多，跟着您真是长学问。”

“小虎，你感觉到了没有？我们肚子里的墨水都没有司马迁他们多，可是我们也在写着历史。”

“我们……在写历史？”

“是啊小虎，”郑川看着近处雄崖高耸、远处大河奔流，红日烈烈、长风萧萧，油然产生了几分肃穆感，“想一想一年前，我们这个团也曾从石楼东渡黄河，阎锡山用他的大炮机关枪堵截我们。今天，同是这个阎某人，却要派他的人到黄河边来接我们。”

“形势不一样了嘛！”

“对呀！是不一样了，民族危亡之际，国共两党摒弃前嫌，建立了民族统一战线，我们红军改编为八路军，以前我们打的是军阀和土豪劣绅，以后我们打的是日本侵略者，这不是要书写新的历史了吗？尤其我们写的这新历史，要从黄河边上落笔，这不是很豪迈吗？小虎，你说一说，你今天看到这黄河的第一眼，是什么感觉？”

小虎说：“说实在的，团长，我觉得没有咱们老家的湘江美，湘江水又清又亮，这黄河水那么浑浊，岸边还荒秃秃的……一点也不美！”

段小虎和郑川是同乡，所以他这样说。

郑川笑了笑，说：“你说咱湘江美，黄河不美，可自古以来，人家却只把黄河称作中华民族的母亲河，为什么呀？这是因为咱们中国人的文明和文化，是从这黄河两岸的黄土高原发源的！我们湖南人的老祖宗弄不好也是从这黄河边走过去的。”

“是吗？”

郑川说：“从我们民族的母亲河出发，开启一段为拯救民族危亡而进行战斗的新历史，我们应该为此感到自豪！”

这时，他们遥遥看到，刚才还在黄河里漂泊的那几条木船，已经靠上了渡口的码头；而这一边，一队穿着灰色军装打着红旗的队列，也已经到了黄河岸边。

段小虎说：“那是常主任带领的后勤队去和船工接洽了，团长，渡河行动要开始了。”

“走！我们下去！”郑川上了马，段小虎也上了马，两人一路飞奔，来到黄河边。

二

郑川和段小虎来到渡口的时候，先遣团的全部人马已经完成了集结。团指挥部的干事们各负其责，带领着战士们分批吃饭，补充弹药，随后在河滩上休息待命。一团团，一组组，远看像灰色的海潮漫上堤岸。

此时，一行人从渡船那边走过来。走在最前面的那人，个子不高，圆盘脸，高颧骨，皮肤粗糙，身板结实，走起路来风风火火。他叫常松林，是郑川红军时候的老搭档，现在担任的是团政教部主任。

常主任告诉郑川：渡河的船只、分组、批次都已经落实，战士的动员也已经完成，可是——他说出了一个谁也意想不到的困难："老郑，现在最大的问题，恐怕是饮水的问题。"

"什么?"郑川皱起眉头，"守在黄河边，居然饮水成了问题?"

"你可说！战士们一路行军，走得口干舌燥，水壶也都空了，只想到了黄河岸边好好补充补充水分，可是到这里一看，黄河水就是黄泥汤子，根本没法下咽，水壶里更不用说，灌进去的水半壶都是泥浆，折过来反倒把壶口给糊住了。老郑，没有水，干粮都吃不进去，这样是要影响战斗力的啊！"

郑川没有说话，先走到黄河边，捧起一捧水，果然如老郑所说：一口水，半口泥，根本无法入口。他问："想过别的办法没有? 我不是事先安排过，后勤要带些明矾，可以沉淀浑水吗?"

一个干事答道："这个办法我们用过了，泥沙太多，很快就用完了。我们还动员过老乡分担些好水，可是这个镇子太小，不够这么多人用，用多了恐怕会影响老乡自己的生活……"

他们在这里皱着眉头议论着，可是郑川注意到，旁边的土塄上蹲着的一个十六七岁的小后生，在那里叉着手，脸上的神情似笑非笑，好像对他们的话有些不屑。

郑川就上去问他："小伙子，我问你，在这里咱老乡要是渴了，想喝水怎么个办法?"

那后生笑笑，用一口浓重的晋南方言，说："那还有什么办法? 用嘴喝呗！"

段小虎说："你这不是废话吗? 谁也没有用鼻子喝！"

那后生说："都是用嘴喝，那喝法可不一样。"他拍拍屁股站起来，说："喝黄河水，只能喝站着的水，不能喝跑着的水，只能喝皮儿，不能喝瓤儿！"

郑川说："有意思！喝个水还有这么大学问！小弟弟，你给我们做个示范好吗?"

那小后生也不回答，就闷楚楚地往旁边走，其他人不明底细，也就在后面跟着，绕过了一个大河湾，前面有几片浅水滩，他指着那面的主河道说："那就是跑着的水，这里就是站着的水，要喝水只能在这里。"他蹲下，双手慢慢地沁进水中在水底合捧，小心捧起一掬水，那水中沉淀的泥沙一点也没有被扰动，这时他再“嘘溜”一声嘬一口上面的清水，然后抹抹嘴，陶醉般的叹一声：“这水，甜得太，美得太呢！”

郑川赞叹：“果然是好办法！那流动的水流，被波浪不断地扰动，越搅越浑浊，那聚集下来的水，泥沙自然就沉积下来，掬水的时候，又尽量不去扰动底下的泥沙，水皮上的水自然就是最清的。这里有科学道理呀！大家来试试！”

于是，后勤部的几个干部一起涌上来，都按这个办法取水，果然都喝上了比较清亮的水。常主任连忙吩咐：“赶快！把这个办法在各连队推广，尽快让每人的肚子喝饱，水壶灌满！”

“是！”大家都分头散去。

郑川这才问那后生：“小伙子，你叫啥？”

那后生没有吭气。这时，从他们身后面走出一个年近花甲的老人，须发花白，皮肤黝黑，但身体看上去还健壮，面容清瘦，目光炯烁，是当地的艄公打扮，胳膊上挽着一大盘鸡蛋粗的缆绳。他登登地走过来，对着那小伙子申斥道：“娃，没听见？长官问你话呢！”

郑川忙道：“大爷，我们八路军叫同志，不叫长官！怎么？这小伙子是你的娃？”

宋老爹：“长——同志，这是我娃，叫宋憨头。”

郑川此时再看看那个小伙子，觉得果然名如其人，憨直可爱：“好小伙子，这体格，这脾气，要当兵肯定是个好兵。”

宋憨头马上就说：“要不我这就和你们当兵去吧——”

话音未落，旁边的宋老爹就劈面甩了他一巴掌：“你说什么胡话？去！收拾锚绳去！”说着把手中的绳盘递给他。

宋憨头翻了一下白眼，悻悻地走了。

宋老爹忙解释：“同志，这娃憨，又倔，他的话不要当真。”

郑川从他的态度上猜测出老人不同意自己的儿子当兵，便劝慰他说：“老爹我不过是顺口那么一说，您也别当真。敢问老人家有几个孩子呀？”

“有两男一女，老大因为和官家闹官司下落不明，闺女为抵债在财主家做丫鬟，我身边就这一个小儿子——”

“明白明白！老爹，是我刚才说话唐突了。老爹放心，咱八路军也规定，不收独子入伍。您就踏踏实实叫孩子在身边好好孝顺您吧！”

宋老爹："谢同志吉言。哦，我看咱们的队伍集合得也差不多了，咱是不是可以过河了。"

郑川低头看看表，说："好！快去传达我的命令，十分钟以后，以连为单位，顺序登船渡河！"

段小虎得令而去。河滩上号角呼应，先遣团的战士立即收拾行装，有条不紊地向河边移动，准备登船。

这边，宋老爹也把各船上的艄公召集齐，向他们交代了这次摆渡的要领和相互间联系、照应的号令，然后朝自己的那条船走去。

来到船上，看见宋憨头已经手持船篙站在了船头，宋老爹又上去在脖子上给了他一巴掌："你这娃，不晓事，常言说好铁不打钉，好男不当兵，这兵荒马乱的年头，那话也是随便说的？"

宋憨头揉着脖子，不服地说："正是因为这年头，日本鬼子来了，好后生就该当兵去打鬼子，不是说天下兴亡匹夫有责吗？"

"那是说的别人，你不行，老实在家给我待着！"

"为什么？"宋憨头脖子一梗，眼瞪得铜铃大。

"明摆着，你姐姐迟早是外姓人，两个儿子都走了，你想叫我这把老骨头当孤魂野鬼啊？"

"爹，我哥是去当土匪，我是想去打鬼子！这不一样的。"

宋老爹又打了他一巴掌，看看四周压低声音："谁说铁头是土匪？他是——他是被周家逼的有家不能回。再说你哥是土匪，我打死你，不懂事！"

"那——我把我哥找回来，让他守着你，我去打鬼子。"

"闭嘴！且不说你铁头哥能不能回来，他就是回来了，也是他去打鬼子，他比你行！再说——"宋老爹环指着岸上的先遣团官兵，担忧地："你看他们手里这行头……这家伙什不行呀，明摆着是杂牌，上了战场也是当炮灰。退一万步说，你就是当兵，也得挑个地方是不是？"

"爹，我看这八路军纪律最好，对老百姓最和气。"

宋老爹叹口气："唉！和气顶什么？战场上要的是真刀真枪，你看这些日子咱们运过去的兵有多少？过些日子，又缺胳膊断腿地回来，唉！造孽呀！"

这时，忽然，远处传来一阵隆隆异响，打断了他们的谈话，应声望去，看到天边出现了两个小黑点——

宋憨头："是飞机！"那年头，天空中出现这种会飞的铁鸟，是很稀罕的事情，所以他现出一种莫名的兴奋，目不转睛地观看。

对于先遣团，见飞机却并不稀罕，那是因为无论在江西还是在陕西，国民党的飞机总是追着他们跑，每一次飞机到来都意味着杀戮和伤亡，一度他们十分仇恨这个怪东西。可西安事变以后，国共合作，飞机的这种威慑力不存在了，因此，此时战士们没有躲避，反而在指着飞机议论：

“快看，那是友军的飞机吧！”

“大概和我们一样，也是往抗日前线上调遣的。”

有的战士还兴奋地挥舞着军帽，对着飞机欢呼起来。

飞机迫近，机身上的红色标记看得渐渐清晰。郑川用望远镜盯着飞机，突然辨认出那是一个日军机徽，急忙大喊：“是敌机！是鬼子的飞机！快发警报！分散隐蔽！”

话音刚落，日军飞机超低空呼啸而至，机头喷出火舌，机枪扫射，转眼间，几个八路军战士当即中弹扑倒。一名战士倒在了宋憨头面前，鲜血从战士腹部喷涌而出。鲜血喷溅到宋憨头身上、脸上，宋憨头吓呆了，愣在原地。段小虎冲上来，一把将宋憨头按倒在地，把他死死地护在自己的身体下面，却全然不顾自己的安危。

一排子弹从两人的头顶上贴着头皮嗖嗖飞过。

郑川和段小虎一样，把宋老爹护在身下，着急地对部队大喊：“赶快分散隐蔽！利用地形地物，分散隐蔽！……”

已经登上渡船的战士慌张下船，在河滩上分散开，有的依靠着堤坝、围栏，有的依靠着驳船边沿、民房树木，原地隐蔽。

郑川隐蔽在船舷下面，一边大喊：“卫生员，抢救伤员！同志们，利用手中的所有武器，反击敌机！”

周围顿时枪声大作。八路军战士们纷纷抱着枪对着飞机猛烈开火。密集的火力似乎发生作用，两架敌机拉升遁去。

看着飞机离开，八路军战士们稍稍松了口气。

郑川立即提醒大家：“敌机没有走远，还会再回来袭击。注意躲避飞机扫射，要朝机翼两边跑，不要迎着、背着敌机跑。”一边飞快地传达着命令，一边召唤一营长刘洪涛。

刘洪涛拎着匣子枪冲了过来：“到！”

郑川指指旁边不远的土台：“你马上带领机枪排到那里去，准备反击，注意要集中火力！”

“是。”刘洪涛带领机枪排在制高点列阵，枪口直指高空，严阵以待。

果然，敌机盘旋一圈再次飞回。刘洪涛带领机枪排对准敌机猛烈开火。但日机这次却十分警惕，不再俯冲扫射，而是高空射击、投弹，炮弹呼啸而下，河岸边立刻腾起火焰。由于射程有限，机枪排虽猛烈开火，但子弹根本无法伤及敌机。而日机却更加猖狂，趁着机枪排换弹夹的间隙故意俯冲拉起，来回扫射，八路军战士又有一些人被击伤。

看着一个个战友在自己面前接连倒下，刘洪涛一边持枪反击，一边冲着天空大骂：“狗日的小鬼子，有本事下来打，躲在黑寡妇肚子里打黑枪，算什么本事！”

段小虎看着天空中耀武扬威的敌机，泄气地说：“团长，小鬼子的飞机飞得太高，咱的胳膊短，够不着人家，白白浪费了子弹。”

郑川利用敌机再次转头的机会冷静地观察着周围地形，伸手抓把土散开，测了测风向风速，飞速思索对策。立时，脑海中有了一个大胆的想法。他快步来到刘洪涛身边，指着远处的司马台下令道：“刘营长，你带机枪到那岗子上隐蔽待命。”

刘洪涛不解地说：“团长，敌人炸的是这里河滩上的人和船，我们去那么远——”

“服从命令！”

“是！”刘洪涛带领机枪排快速转移。

郑川又对其他人下令道：“其他人就地隐蔽，没有我的命令，任何人不准开枪。”

郑川看着不远处的一个老百姓的马厩，前面停着一辆马车，拉车的马匹在刚才的轰炸中受惊，正嘶鸣着四处乱闯。

郑川下令：“小虎，你跟我来，制伏那匹马！”“是！”段小虎跟上郑川，朝那马车跑去。段小虎是驯马的行家，冲上去一把抓住了缰绳。郑川上去抚弄马的鬃毛，马很快安静下来，马车自然也停下来。

郑川又挥手叫过十来个战士，叫他们把旁边草料棚子里面堆的半干不湿的麦秸垛子往车上装，并且叫他们压得越瓷实越好。

段小虎立即明白了团长的意思，可是他有些担心，说：“团长，您这办法不错，可是这马到底是畜生，听不懂人话，一会儿鬼子的飞机一开火，只怕这畜生还要乱窜，怕不能按照我们的指挥跑啊！”

郑川看了看前面宽广的河滩，当即从衣服上扯下一条布条蒙住马的眼睛，又堵住马的耳朵。

段小虎惊喜道："还是团长点子多。"

这时，那敌机又一次调头俯冲过来。郑川和段小虎翻身跳上这辆草料车。郑川一个眼神，段小虎立即会意，掏出火柴点燃了车上的麦秸垛。郑川驾着马车沿着河岸狂奔。草料燃烧产生的滚滚浓烟立刻遮蔽了河岸周围，扰乱了日机的视线。

宋家父子这时已经安全转移，躲在了山坡下，吃惊地看着郑川和段小虎。

山坡的另一个隐蔽处，正在指挥给伤员进行包扎的常松林，看见了驾车奔跑的郑川，不由一跺脚，自语道："乱弹琴！真是乱弹琴！"他对身边的战士黄豆豆命令道："团长又违规拼命了，一个指挥员，这个时候亲自去冒险，万一有个闪失要影响大局的。你快去把他拉回来！"

"是！"黄豆豆答应着，俯身冲出隐蔽处，飞跑而去。

郑川选择半干不湿的麦草垛是很对的。干麦秸最易燃，而湿麦秸又一时点不着，于是就放出浓浓的白烟来。郑川勒着缰绳，操纵着马车在广袤的河滩上来回跑了几圈，整个河岸就被滚滚的浓烟遮蔽。日机大概是因为丧失了地面目标，停止开火，如无头苍蝇般在天空中盘旋。

草料车上，段小虎十分兴奋："团长，你这招可真灵。"

郑川提醒说："这还不够，敌人醒过神来，会盲目往浓烟里投炸弹，仍然会造成伤亡！我们下一步的任务是想法把敌机引开，引到司马台那边！"

"是！"

黄豆豆跑过来，乘马车转弯的时候赶上马车："团长，主任说你又违规了，命令我拉你撤回去！"

郑川："黄豆豆你来得正好，你立即向常主任传达我的命令，叫他赶紧部署队伍乘着浓烟组织渡河，不然，烟雾被风吹散，就错过时机了！"

黄豆豆无奈，只好说："是！"又飞跑回去。

这时，天上的日机驾驶员大概已经判断清楚，浓烟是这辆狂奔的草料车造成的，驾驶员立刻掉转机头追赶马车，飞机上的机枪手一起朝马车猛烈射击，子弹不断打马车四周，发出"嘶嘶"的刺耳的唿哨声。

隐蔽在岸边的常松林看着这一切，担心不已，紧张地大喊："老郑，危险，快跳车！跳车！"

郑川却临危不乱，从容地驾驶着马车，突然调转马头朝机枪排隐蔽的司马台方向狂奔而去。紧随其后的另一架日机也掉头转了向，跟了过去。他们没有想到：埋伏在司马台高岗上的机枪排正严阵以待等候着他们。

刘洪涛竖起一个手指，测量着日机追着马车俯冲而来的角度和距离，看到敌机即将进入有效射程，缓缓举起手来。

与此同时，那个日机的飞行员大约也瞄准了马车的准确位置，按下按钮，一枚炸弹向下落去。

轰的一声巨响，马车被炸上了天，那匹马也被炸伤，倒在地上，马车的车辕木架和车轮，立时分崩离析，散落在地上燃烧着。

一时，宋家父子、刘洪涛在内的所有人都惊呆了。

此时，敌机也闯进了机枪射程。

来不及悲痛，刘洪涛瞅准时机，大吼一声："打！"两挺机枪交叉开火，猛烈的子弹雨点般向第一架敌机泼过去。敌机机翼上的副油箱立刻中弹，冒起了黑烟。

飞在后面的另一个飞行员慌了手脚，急忙把自己的飞机拉升，躲过了一劫。

前面那一架飞机受了重伤，但还能勉强摇摆着飞行。飞行员抛掉了冒烟的副油箱，在另一架敌机的掩护下，仓皇离去。

天空暂时平静了，河滩上，只见被敌机炮弹击中的马车残骸还在继续燃烧着。

刘洪涛带领着战士们急忙冲下山岗，另一边，常松林、宋家父子和其他战士们向马车方向紧急赶来，战士们纷纷大喊着："团长！团长！"

不料，郑川、段小虎却从旁边的一个土坑里拍打着身上的尘土走了出来，两人虽然浑身沾满炮灰，却毫发无伤。原来，在最后一刻，郑川拉着段小虎从车上果断地跳了下来。

常松林、刘洪涛、宋家父子等人这才松了一口气。

刘洪涛等官兵都惊喜地叫："团长！好险呀！"

常松林却沉下了脸，说："郑川同志！你身为先遣团团长，我认为你这是不负责任的冒险行为，部队出师还没有起步，万一你有个闪失，出师未捷，先损主帅，我们怎么向总部交代？"

郑川说："常主任，我承认又违规了，但这也是情势所逼，迫不得已不是吗？当着乡亲们的面，给我留个面子……"

"你命都不想要了，还要什么面子！出发前朱老总是怎么和你说的？你又是怎么拍着胸膛保证的？你这叫个人英雄主义是不是？"

郑川说："我接受你的批评，主任，为了不给总部添乱，我建议这事就别往上面报了，我回头一定在支部会上作深刻的检查。"说着，他走到宋憨头面前，抹了一把他脸上的血，说："憨头，你没受伤吧？"

宋老爹一指段小虎："多亏这个小同志保护，没受伤，憨头，还不快谢谢人家？人家可救了你的命呀！"

段小虎忙道："大叔，不用谢，不用谢！"

郑川说："这件事确实也教训了我们，敌军竟然在山西战事还没有明朗的情况下深入黄河沿岸进行空袭，说明侵略者的丧心病狂，也说明现代战争是不分前后方的，敌人空袭选择的时间地点这样准确，还说明他们很有可能事先派出了特务和奸细，敌人的狡诈和周密，不容小觑。这一点，我们在奔向抗日前线的全程中，都必须随时警觉和注意。现在，我们必须抓紧时间马上渡河，防止敌人再次袭扰。"

一声令下，先遣团各部都以最快的速度进入船舱，开始渡河。

宋老爹率领的众艄公们也各就其位，互相呼应，喊起黄河上历代相传古老的口令和号子，把船驰入黄河的滚滚波涛之中。在河心，宋憨头吼起了同样古老的《黄河船夫曲》：

哎——你晓得，
天下黄河几十几道弯哎？
几十几道弯里头，
几十几条船哎？
几十几条船上，
几十几根竿哎？
几十几个那艄公哟号，来把船来扳……

三

渡过黄河以后，先遣团在靠河边的一个雄伟的高岗上，埋葬了在敌机空袭中牺牲的战士。郑川和常松林带领着战士列队在新坟前鸣枪致哀，脱帽行礼，并且举行了誓师大会，要用侵略者的血来祭奠英灵。

宋家父子和众船工也参加了这庄严的活动。在会后，宋憨头注意到郑川把一面折叠好的旧红旗交给了段小虎，段小虎用油纸包好，郑重地放进挎包里。

旁边的宋憨头悄声探问："小虎哥，这是啥讲究？"

段小虎说："这是我们先遣团在红军时候就保留的传统，先遣团每牺牲一个战友，团长就在这面旗帜上写上他的名字……"

按照事先商定的行动计划，先遣团过河以后，要行军二百余里到太岳县，与友军集结，然后一起乘坐火车，沿同蒲路北上，进入雁北抗敌前线。

太岳山，东接太行，西接吕梁，横亘于晋南和晋东南的交界处，地势险峻，地势复杂，山间没有大路，只有羊肠小道，先遣团的八路军战士行进在山路上步履维艰。尤其是在渡河的战斗中负伤的伤兵们头上、胳膊上缠着绷带，得相互搀扶、拉拽着前进，走起来更加的吃力和疲惫。

这情形由垫后的刘洪涛驱马上前报告了郑川，郑川下令叫队伍在前面的一个小山头上休息十五分钟。战士们围坐着，有的伤员倚着山石，有的靠在树旁，疲惫让他们无精打采，士气有些低落。

郑川感受到了这种气氛，走了过来，坐到战士中间，说："同志们，我知道大家心里很沉重。敌人让我们八名战士还没渡过黄河就牺牲了，还有二十多名战士被炸伤、打伤。这样的战斗，和我们之前想象的确实不太一样。以前，我们八路军讲究隐蔽自己消灭敌人，不打拼消耗的仗，可是这一次在大河滩上没遮没拦，任敌人狂轰滥炸，我们没有任何的优势，所以吃了亏。但是换个角度想，这一次我们是和有现代化武器装备的工业化国家作战，要打硬仗、打大仗，这种局面以后恐怕无法避免。所以同志们要做好思想准备，要动脑筋，学习战略战术，把仗打精、打巧，昨天，我们在那样被动的情况下，仍然靠着机智、勇敢和信念打伤了一架小鬼子的飞机，这就是证明。大家说是不是？"

大家一起说："是！"只有常松林主任眉头微皱，似乎另有所思。

郑川蹲下来，抓起一把地上的泥土，继续说道："我们脚下踩的这块土地，是什么地方，你们知道吗？"

战士们交头接耳，段小虎抢着说："团长，我知道，这里是山西蒲州。"

郑川点头说："东汉末年，这里的名字叫河东解良，这里出了一位忠义神武的名将，被称为万人敌，他就是关云长，关老爷。"

战士们纷纷点头，哗然。

郑川继续道："关云长，气盖世，勇而强，他的忠义、勇敢流芳百世。而如今，我们踏上了这片神圣的土地，我们呼吸着和关老爷一样的空气，我们身上流淌的是一样的英雄热血。日寇来犯，我们绝不会退让半步，我们要和关老爷一样，横刀立马，敢打大仗，敢打硬仗，誓把日寇赶出中华大地。"

战士们陆续站起来，宣传员黄豆豆带领大家振臂高呼："不怕牺牲！决战决胜！誓把日寇赶出中国！"

口号声震动山岳，回音雄壮。

当天晚上，部队在山野里露宿，常松林特地走进郑川的帐篷，说："老郑，我有些意见想和你交换一下。"

郑川说："好啊。"同时递给他一个烤土豆，"边吃边说。"

常松林坐下，剥着土豆皮，说："你在行军中途鼓动情绪，提高士气，这无疑是非常及时的，可是你得出的结论，我不大同意。"

郑川："唔？你说。"

常松林："你说了好几次，我们是在和现代化的国家作战，要准备打大仗、打硬仗，和以前的作战方法不一样了，还说今天是你凭机智和勇敢打伤了敌机，也是个胜利。我认为你这是在提倡盲目的冒险精神，对战斗是不利的。"

郑川说："老常，我知道你对我驾马车造烟幕的事情耿耿于怀，我接受你的批评，但是叫战士准备打大仗、打硬仗，应该是没错的。你想，自从卢沟桥事变以后，国民党兵非不多，将非不广，武器也不落后，可是先京津，后绥远，几乎是每战必败，节节后退，我看就是缺乏一种拼死一搏、决战决胜的精神。日本人欺我中华无人，越发地嚣张。咱们红军将领早就不服气，早就想上前线好好打几个大仗，也叫老百姓看一看谁是真正的军人，谁代表民族之魂！"

常松林说："我认为你说的有些偏颇，国民党抗敌屡战屡败，不一定都是缺乏勇敢精神，还有一个战略战术的问题，死打硬拼，消极防御，所以我们八路军参战以后要采取什么样的战略战术至关重要，听说总部的首长之间也有过争论，有的主张山地游击战和积极的运动战相结合，而有的强调以山地游击战为主，结合有利情况下的运动战。"

郑川："打心眼里说，我比较赞同前者，战略战术也应该随着形势任务的变化而变化，日本人是明火执仗拉开架势进攻的，我们八路军如果不拉开架势迎战，还是零敲碎打打游击，无以向全国人民证明我们八路军的抗战决心，不过我们打的是积极防御的运动战而已。"

常松林说："你是伏龙芝学校的洋教官教出来的，军事理论我说不过你，不过你还别不爱听，来之前，方明特派员亲自找我谈过话，让我监督你收敛脾气，要注意控制战士们的情绪，不能因为求战心切而失去冷静，越是大战在即越要谨慎。特派员说了，毛主席在洛川会议上已经分析得很透彻，中国抗战存在着两种政策和两个前途，就是我们全面的全民族抗战政策和国民党单纯的政府抗战政策；坚持抗战到胜利的前途和分裂、失败的前途。我们八路军现在是支队性质，硬拼的结果很可能和国民党一样，赢的机会太小。还是应当采取机动灵活的战略战术，打游击战运动战，更重要的是建立根据地，发动群众。只有全民族抗战才是胜利的希望。”

郑川说：“老常，你这番话代表上级指示精神，我必须听进心里去。咱们在实践中慢慢体会吧！”

四

五更鸡鸣，太岳城郊的三合镇就响起了钟声，这是从镇西头陆家祠堂发出来的，占镇里三分之一的冯家的子孙们听到钟声迎着晨曦到祠堂里集合。

北方的祠堂和南方的不大一样，没有巍峨的高墙飞檐之类的建筑装饰，只是稍微高大些的普通四合大院，也不经常活动，除非是遇到家族中的什么大事，才在这里召集会议，今天这么早就敲钟，冯家的子弟都不知道发生了什么事，纷纷赶到看个究竟。

一进大堂，大家都一愣，只见族长“三太公”领着一个身材苗条、面容俊秀但装束有些“古怪”的青年女子站在堂口，她头上戴着太阳帽，身上穿着皮坎肩，花衬衣，瘦腿裤还套着长筒靴。一进门，三太公就给她介绍：“这是五姐”“这是六姨”“这是你四伯”等等，她都很礼貌地躬身施礼，她很“洋气”的举止、高雅的风度具有一种震慑的力量，几乎立即使到场的人凝神敛息，变得拘谨起来。

待众人到齐以后，三太公才向大家介绍：“这位小姐，名叫陆曼云，是南洋著名的巨商陆嘉宇先生的女儿，陆家的祖上是在我们三合镇，已经出去六十多年，传了三代了，现在陆家老太爷去世，要求把自己的骨灰葬回到故土，陆小姐就是护送祖父的灵骨回来的，同时也是认祖归宗。我首先代表三合镇冯姓家族对陆小姐表示欢迎，并且保证要好好把陆老爷子的灵骨安放到祖坟，并且在祠堂供奉灵位，逢年进香，遇节上供，保佑子孙后代吉利安康。”

接着，陆曼云上前讲话，她略带粤南口音的“国语”叫冯家子弟们听着有些吃力，只听了个大概意思，大约是说：我爷爷去世的时候最大的遗憾就是没能回来，嘱咐我们一定要把他的骨灰带回来埋进故乡的土地，说这是落叶归根。我这次回来，见到了乡亲们，是完成了爷爷的遗愿，同时也亲眼看到了故乡的面貌，咱的家乡虽然不像南洋那样草木葱翠、繁荣富足，可是也有自己的质朴、厚重的特色，乡亲们这两天对我的盛情接待和关照，也让我十分感动。但这样一片深情的土地，却正面临着日本侵略者的侵犯和蹂躏，这也是我无论如何不能坐视的，为了保卫家乡、保护家乡的父老乡亲，我们陆家会竭尽全力支持目前的抗日斗争，这是我此次回来的又一个任务。

她说完后，三太公主持了陆家认祖归宗的祭拜仪式：他亲自做司仪，拖着古老的腔调念着议程，陆曼云把太阳帽递给了身后站立的一个中年男人——她称他作“海叔”，自己慢慢跪下，给陆家祖宗牌位叩头三次，站起来，走到牌位前，点燃三炷香，一缕淡淡的青烟在堂前弥漫，接着她又从三太公手里接过刚刚制作好的自己祖父的排位，按照他的口令，也亦步亦趋地摆在供台里，又上了三炷香。

然后，她捧着祖父的骨灰，跟着家族里简单的仪仗队，吹吹打打地把骨灰送往祖坟里刚刚修好的一座坟茔里。冯家的人们都按辈数、年龄跟在后面。在灰蒙蒙的土塬子上，这也算是一支颇有声势的队伍。于是，一些外姓的村里人，还有一些小孩、半大的闲在的小青年，也跟在队伍后面看热闹。

一直到了接近上午十一点钟，骨灰下葬的整个仪式才宣告结束，陆曼云这才站起身来，将海叔手中的太阳帽接过来戴在头上，准备离开。

三太公问她：“孩子，你在家乡多住几天吧？”

陆曼云说：“不了，三太公，家父和南洋的众胞叔们还另有所托，我还要赶到太岳城去，我带的一些东西也寄存在那里。”

“那族里就不好强留了，只是请在祠堂里用饭之后再上路吧！”

“好的。对了，家父还让我把一些银元带给族里，做修缮祠堂之用，趁大家都在这里，我也就此交给您了。”

她说着朝跟随在后面的海叔一点头，海叔便把一个沉甸甸的小布包交给三叔公，说：“这是一千块银元，请点收。”

三叔公只把口打开，抓出几块银元，那光闪闪的银色光泽顿时叫周围的乡亲发出惊叹声。他说：“你家为人，有口皆碑，还点什么？我们回到祠堂登记入册就是了。”

“也好！”

陆曼云答应着回转身，陆家的众人也跟着回转身，这么多人一起向回走，地堰子又比较窄，在旁边看热闹的一些外族人不由有些拥挤，一个瘦刮脸、八字眉毛的看客被挤得摔了一跤，跌进刚刚因挖土形成的一个小土炕里，滚了一身灰，引来一阵哄笑。

告别乡亲之后，陆曼云就只带着海叔，驾着一辆马车往太岳城赶。

在经过一片密林的时候，突然听得一声唿哨，树林里冲出四个蒙面的土匪，手里握着刀，拦住了他们的去路。

陆曼云勒住了缰绳，马车也停了下来。海叔一个箭步跳下来，护住陆曼云，喝道："你们是什么人，想干什么？"

匪头冷笑了两声："识相的就给老子闪开。"

海叔拉开一个架势："不怕死的就来。"

匪头冲身边的弟兄努努嘴：两个土匪握着刀冲向海叔。却不料海叔是海南咏春拳的高手，只见他一把拖住一土匪，抬脚踢倒了另一土匪，反手将土匪手里的匕首打落在地，又是一脚。两个土匪连滚带爬地躲到了一边。

正在这时，却听匪头大喊一声："别动，再动我就打死她！"

海叔一回头，看见匪头握着鸟枪抵住了陆曼云的头，不由一惊："小姐！"

陆曼云说："海叔，把车里带的钱都给他们吧，为了钱吃亏不值当。"

不料匪头却又一冷笑："哼，别以为我不知道你的底细，你是从南洋来的大小姐，家里有的是钱。这到嘴的肥鸭怎么能放走呢。车里的东西我要，你这人，我也要带回去，让你这位海叔回去报个信，拿两麻袋大洋钱来赎人。"

海叔："放了我家小姐。我来做你们人质。"

匪头笑道："你就不那么值钱了，哪一个财主肯为一个保镖花大钱？"

正在这时，远处山后面有一阵急促的马蹄声传来。

在那边瞭哨的一个小土匪跑过来说："老大！那边路上，有两个当兵的骑马朝这边过来了。"

匪头问："带家伙了吗？"

"两把盒子炮。马上就过来了。"

"妈的。真他妈的晦气！老子刚弄到点彩头就撞上丧门星。"土匪头说，"事到如今，跑也来不及，只有硬着头皮蒙。"

这时，那两个骑马的"当兵的"已经赶到跟前，原来，正是八路军先遣团的郑川和段小虎，他们是收到太岳城里保安团的电报相约，到太岳城联系与友军会合的事情。

他们飞马转过了山弯，看见前面的路上停着一辆马车，旁边几个"老百姓”在石头上坐着，好像在休息。

那几个“老百姓”正是那几个土匪，他们都去掉了蒙面，一身老百姓打扮。陆曼云坐在石头上，神情紧张。匪头坐在她身后，一把刀子死死地抵住了陆曼云的腰。另两个土匪站在海叔身边，背后反拧着他的胳膊。

段小虎跳下马来问：“老乡，去太岳县是走这条道吧？”

匪头说：“对对。”

“那还有多远啊？”

“三……三十里地吧。”

郑川看着这几个人，目光立即落在了陆曼云身上：“小姐，看你这身穿着，不像是本地人啊？”

陆曼云刚要开口，匪头抢着说：“啊对，我们小姐是从太原回来的，我们几个是随从，随从。”

陆曼云知道自己如果在这种情况下说错话，马上就会引起一场火并，于自己非常不利，就没有说话，只眨了眨眼睛，拉下了嘴角。

郑川问：“那……你们也是去太岳县城吗？”

匪头说：“不，不是。我们是路过，到运城去的。”

郑川侧头看了看马车，又看了看海叔。海叔握紧了拳头站着，表情难看。

随即故意大声说：“谢谢了，老乡。我们就不打扰了，小虎，咱们走！”

段小虎说：“是。”二人上马，扬鞭而去。

待他们的身影从前面山口消失，几个土匪松了一口气，匪头笑道：“两个杂牌军，不足挂齿！把他们两个绑起来，别想耍花招！”两个土匪将陆曼云和海叔绑了起来，塞进了马车，调转马车车头。匪头得意地走在马车后面。

他们刚走出百米，突然，段小虎从侧面的山崖后一下子冲出来，一个箭步跳上马车，非常麻利地把匪首的枪缴下，把枪口对准了匪头，对其他土匪说：“把家伙放下！谁捣乱要谁的命。”这一切都几乎发生在一瞬之间。其他人见状一点办法也没有，只好把刀、棍放下，跪在地下磕头如捣蒜。

匪头惊慌失措，举手投降：“好汉，别开枪，别开枪！车里的东西你们拿去，都拿去。”

郑川这时才从山弯后款款策马而来。

段小虎说：“团长，他们真的是土匪。”

匪头狗急跳墙，趁小虎分神，拔出匕首刺向段小虎。段小虎一个侧身让过，扣动扳机。一声枪响，匪头扑倒在地，一动不动。另外三个土匪见情况不妙，撒腿就跑。

段小虎要追。郑川说："别追了，先救人。"段小虎松开了被绑着的陆曼云和海叔。

陆曼云走到郑川面前一拱手："多谢了，你们走了，怎么又返回来了？"

郑川观察了一下周围环境，轻松说道："刚才那架势，一看就不正常，那些家伙装老百姓，可脸上的杀气是掩饰不住的，不是小姐你向我们眨眼睛求救的吗？"

陆曼云笑起来："我以为你们没看出来呢。"

段小虎插嘴："这个，我们团长怎么会看不出来呢？"

"团长？这位长官，你是——"

郑川大方地伸出手来说："自我介绍一下，我是国民革命军第八集团军总部独立旅先遣团的团长，我叫郑川。"

陆曼云和他握手："我叫陆曼云，我父亲在南洋做买卖，这次是受托回乡送祖父的灵骨，并且认祖归宗的。郑团长，谢谢你救了我们。"

海叔跑过来说："小姐，那个小土匪就是那天在祖坟地堰里摔了一跤的那个人，我认得他的脸。他一定是看到你给三太公钱，就盯上我们了。"

陆曼云气愤道："难怪他说知道我的底细，没想到，大敌当前，我们家乡的秩序还这么乱！光天化日就敢打劫，没有王法了吗？"

郑川长叹一声道："正因为我们的国家积贫积弱，所以侵略者才敢这样肆无忌惮地欺负我们，这一切都必须从根本上改变。陆小姐这是准备去哪里呀？"

陆曼云说："我们要去太岳城。"

郑川听陆曼云跟自己是同路，便热情地说："我们也是去太岳县，陆小姐就和我们一起走吧。"

五

此时，太岳城里的周家大院门口，正张灯结彩，宾客如云。

周福源的父亲曾是晚清的进士，当时就颇有一些家业，辛亥革命的时候，又曾资助山西的革命党人，所以与阎锡山、赵戴文等成为好友，后因年事太高，就推荐自己的儿子周福源参政，担任了三任县长，政商相辅相成二十余年，周家的资产也迅速地发展起来：在城郊有一千多亩耕地，在城里开着铺面、药店、旅社，成为太岳县的首富，也是有头有脸、颇有威望的人。正因为这种关系，阎锡山把接待在此集结的国共两军首领的任务交给了他。

太岳县原本是另有县衙的，就在周家大院的斜对面，但是多年担任县长，周福源嫌出出进进麻烦，经常就在自己家里处理政事，在外人看来，周宅就等于半个县衙，周福源觉得在那边做饭摆宴不如这边方便，同时这次接待的国军414团首领不是外人，正是自己的二儿子周治国，索性就把欢迎宴席安排在自己家的大院内。既然是军队要来，便有个驻扎、安置、接待的问题，周福源就索性把全城的大户、议员、乡绅和各界名流一起邀来赴宴，有话说在当面。

所以就有现在的场面：周家门庭若市，穿西装的、穿长袍马褂的、穿军警服装的各色人等，聚在一起，作揖打拱、拈须扬眉，一片哗然。穿着绯色旗袍的周太太指挥着一个眉清目秀的丫鬟宋雨田端茶倒水，接待来宾。

周太太比周福源小十岁，曾经是太原有名的晋剧童星，艺名“七岁红”，很小的年纪就在开化寺的剧场唱红，不料后来到了十四五岁嗓子“倒仓”，音色大变，只好退出艺坛，好在从艺期间结识了不少权贵、名流，所以还有人招呼照顾，五年前周福源的结发妻子病逝，就由阎锡山的“五妹子”亲自做媒，把她介绍给周福源续弦，她长的端正秀气，闲暇时又可以清唱几段，满足周福源这个戏迷的瘾头，所以，周福源对这桩婚姻十分满意，平时对她惯着哄着，有求必应，她自己也很知足。

跟在她身边那个眉清目秀的丫鬟，就是黄河艄公宋老爹押在这里抵债的女儿，名叫宋雨田。因为她干活勤谨踏实，又乖巧肯动脑筋，受到周家全家的喜爱，尤其是大少爷周安邦又教她识了一些字，她的举止就更娴雅了，所以周家遇上比较郑重的场合，周太太总是点她跟在身边，出面接待。

宋雨田知道：虽然是简单的倒茶，不同的对象，也是要有所不同的。周福源本人喜欢喝绿浓茶，而日本留学过的大少爷喜欢喝淡红茶，而周太太出于从小的习惯：茶碗里通常要泡上养嗓子的“胖大海”。今天来这么多的客人，她特地请示了一下周太太：“今天泡什么茶？”

周太太说：“用花茶，多少泡点姜末、枸杞。”

“是。”宋雨田麻利地照此办理，很快，客厅里洋溢起淡淡的茶香。

周福源红光满面地说：“这是从太原买来的花茶，诸位尝尝，请，请。”

一个乡绅抿一口茶，咂着嘴恭维道：“果然好茶！周县长教子有方，大公子留洋日本学有大成，其‘教育救国’的主张深得阎长官赞赏，阎长官亲自任命为太岳县公学校长。如今二公子又升任国军团长，光耀门楣，衣锦还乡，可喜可贺。”

众人纷纷恭维“可喜可贺，可喜可贺……”

周福源满心得意，但却摆手自谦：“两个犬子都是初出茅庐，承蒙阎长官错爱，诸位谬赞，周某愧不敢受啊——”

正在这时，一个家仆跑来向周福源报告：“老爷，二少爷回来了。”

这下，周福源掩饰不住心底的高兴，立即站起身，向门口迎去，众来宾也不由相随着站起，翘首以待。说话间，周家二少爷周治国雄赳赳地走进来，他长得全然不像清瘦的周福源，身材魁伟，方面广颐，鼻直口方，眉目间透着一股英武之气，穿着一身合身的国军军官服，称得上是标准的军人形象。他进门就喊：“爹，我回来了。”

周福源说：“好啊好啊！犬子周治国，现在国军414团任团长，治国，你也见过各位父老，他们是特地来欢迎你们的。”

周治国向众人一拱手：“谢了！”

周福源身边的一个乡绅急于拍马屁，谄媚地笑道：“周团长衣锦还乡，真乃太岳县第一大喜事。”

周治国却反感地皱着眉头，反问：“国难当头，日本人已经逼到了家门口，寇深祸亟，亡国灭种的危险即在眼前，喜从何来？”

那乡绅语结，十分尴尬，支吾道：“在下才疏学浅，言语不周，请周团长谅解，但今日周团长衣锦还乡不假吧，我等也理应祝贺。”

周治国却不留情面：“衣锦还乡？这样的话我更无法接受了，414团此番归来是奉调参加大同会战，是准备‘离乡’上战场，而不是‘还乡’团圆，身上也没有什么衣锦，有的只是杀敌的戎装。国难当头，大丈夫此时理应上战场为国报效，御敌于国门外。在此时谈什么衣锦还乡，简直是对军人最大的侮辱。”

话音刚落，身后传来一个女子清脆的声音：“好，这话说得好！”

众人惊异地随声望去，只见门口走进两个人，一个是英姿飒爽的洋装女子，一个是穿着灰色军服的气宇轩昂的中年军人。原来，正是骑马赶来赴会的郑川和陆曼云到了，后面跟着老管家海叔和警卫员段小虎。

双方作了相互介绍，彼此握手寒暄，郑川作为八路军的代表出现在这里，更是叫那些宾客们分外关注，他好像是另一个世界的人，引起人们上下打量，窃窃私语，周治国也用余光不断地瞟向他，这一切都在郑川的预料之中，所以也就处变不惊，精神轻松，任由他们端详去。

周福源说：“好啊！阎长官委托我在这里接待国共双方的军队，现在，双方的首长都在这里碰面了。他们带领的队伍，也即将进城，这两支队伍将在我们太岳县城汇聚起来，然后并肩奔赴抗日前线，这是我们太岳县之荣幸，我代表全县各界人士，对两位的到来表示热烈的欢迎，”并且表态：“我们全县人民将好好接待、慰劳我军将士，保证给养，叫我们的子弟兵精神饱满地去杀敌!”

他带头鼓掌，众乡绅也跟着一起鼓掌。

随即，周福源特地介绍了陆曼云：“这位来自马来西亚的华侨陆曼云女士，她的父亲是马来西亚的橡胶大王，著名的爱国侨领，也是我们太岳人，此次陆曼云女士回家乡，我事先就得到过省公署的通知，正准备好好安排接待，没想到她早捷足先登，并且已经回老家祭祖完毕了。”

陆曼云说：“谢谢周县长的盛意，只是国难当头，私家的事情理应从简从速，其实家父所托，除了祭祖安灵之外，还有更重要的事情，就是以实际行动支援祖国的抗战，我准备在太岳城住一段时间。”

周福源说：“好啊！陆女士若不嫌弃，不如这一段就在我们周家下榻。”

陆曼云大方地说：“周县长既这样客气，就给您添麻烦了。”

“不麻烦，不麻烦。”周福源立刻叫来丫鬟宋雨田：“马上为陆女士把最好的客房收拾出来。”

宋雨田说：“是，老爷。”

周福源对陆曼云道：“这是我们周家的丫鬟宋雨田，以后就由她照顾你的生活，你就把这里当成自己的家，不要拘束。”

宋雨田礼貌地鞠了一个躬：“陆小姐好，有什么需要的你只管吩咐我就是了。”随即接过陆曼云递给她的包，走了出去。

周福源这才说：“既然各方的人士都已到齐，咱们就入席开宴，有什么话我们边吃边说吧。”

宾客们纷纷坐下，佣人们开始上菜。郑川和周治国自然要和周福源一起坐在主席，陆曼云也自然被邀请到这一桌。还有几个本县最知名的乡绅作陪。

酒桌上互相敬酒、寒暄客气一番之后，有一个留着八字胡的乡绅有些不怀好意地冲着郑川端起一杯酒。他说：“郑团长，我乃是一个寻常买卖人，对贵党和贵军可说是一无所知，所以有些话如果说得唐突，先请郑团长见谅。”

郑川从容道：“请讲。”

他说：“我听说，贵党贵军号称是代表工农的政党，以消灭阶级压迫、阶级剥削为己任，前不久，我们还看到贵军所贴的标语，要打土豪分田地。论阶级的话，我们这些在座的可都属于你们要打倒的地主资本家之类，您今天却与我们握手言欢，推杯换盏，这和贵党的宗旨不矛盾吗？”

他这话不可谓不尖锐，旁边的其他乡绅也一起盯住郑川。

郑川呢了一口酒，语调平缓地说：“不错，毫不讳言，我们党的宗旨最终是要建立一个没有阶级压迫的完全新型的社会。但这是我们党的最高纲领，在民主革命的现阶段，我们的纲领是打倒帝国主义、封建主义和官僚资本主义，这是我们的最低纲领。在面对日本帝国主义的斗争中，民族危亡迫在眉睫，我们中国的各个阶层都要团结起来一致对敌。正因为我们国共两党的有识之士都认识到这一点，才捐弃前嫌，结成统一战线，才有今天的会面，也才有我们两军会师太岳共赴国难的大好形势。这个变化在我们的‘八一宣言’里说得清清楚楚，而这位先生提这样的问题，似乎有些孤陋寡闻了吧？”

另有一个乡绅嘲讽道：“郑团长，说起抗日，我记得一年前贵军曾经东渡黄河袭扰山西，打的旗号就是为了开辟北上抗日的通道，而实际上，不过是因为陕北那个穷地方养不起你们，才到山西来抢掠豪取。只因为打不过阎长官的军队，又不得不退回陕北去。现在贵军大张旗鼓地过了黄河，我们怀疑贵军是不是借抗日之名，到山西来争地盘，为取一党之利益来的呢？”

郑川笑着站起身来道：“北上抗日的口号，我们在长征时期就已经提出，如果我们为了一党的恩怨，就根本不会在西安事变中主张和平解决，促成国内团结，这是有目共睹的事实，在这样的情况下我们东渡黄河北上抗日，阎长官仍派重兵拦挡，双方发生的争端应该谁负责呢？如果这位先生记性不错应该记得，我们在山西的进军是节节胜利的，又是为了顾全大局，才主动撤回陕北。至于说我们要争地盘，那是当然，军人浴血奋战，就是为了守卫疆土，焉能不争？不过不是和阎长官争，而是和阎长官一起与日本人争，有何不对呢？”

席间有人发出轻轻的笑声。

有一个看上很阴鸷的文人模样的人插了话：“我注意到，郑团长今天军帽上也戴上了‘青天白日’的国民党徽，而没有戴你们共产党的五角星徽，这是不是意味着向你们曾经的敌人屈服呢？常言说饿死事小，失节事大，八路军此举，与寡妇改嫁有何区别？”

这话说得相当恶毒，席间马上有人发出不怀好意的讪笑。

郑川不卑不亢，微微一笑道：“这位先生看来好像有点学问，怎么连一些基本的常识都不知道呢？这青天白日的图徽本来自中山先生缔造民国时候的国旗，表示的是十二个主要的民族共同走向共和的团结精神，并非国民党所独有。我们八路军佩戴这样的帽徽，也正是为了宣示我们愿意捐弃党派之争，团结全国人民共赴国难的决心，这正是维护目前中国人心目中大节中的大节，是磊落光明、胸怀广阔的行为，而这位先生却恶语相加。难道要我们中国人在大敌当前的情况下继续打内战，骨肉相残，你才高兴吗?”

那个人脸上一阵红一阵白不知如何作答。

这时，周治国说了话，首先他指着那个人说：“你这种说法太荒谬了，国共合作的大好形势是必须维护的。”接着，他又对郑川说：“贵军抗日的决心，我是毫不怀疑的，但是要知道巧妇难为无米之炊，据我所知，你们八路军的武器装备还不如保安队，难道郑团长打算以战士的血肉之躯去对抗日军的坦克大炮?”

郑川义正词严地说：“周团长此言差矣，所谓天下兴亡，匹夫有责，就连蒋委员长也说地不分南北，人不分老幼，人人都要有守土抗战之责。难道我们武器差就不该来吗？日本人暴虐，百姓深受其害，只要真正是人民的队伍都要拼死一搏，至于我军战斗力究竟怎么样，将来在战场上看。我想贵军中以前和我们交过手的将领们应该有印象吧?”

周治国语塞，话锋一转：“我看如今山西的抗战形势尚不明朗，你们何必那么急惶惶地派出先遣团呢？这一次我们国军调往山西来的军队已经多达二十万，你们那点兵，发挥不了什么作用。去年在绥远百灵头，我军已经打败日寇，无异于对日本帝国主义的当头棒喝，我看日本人想进一步扩大战局也要有所顾忌，也许止步绥远，这样山西可保万无一失。”

周治国的分析十分自信，引来众人纷纷赞许。

而郑川却紧皱眉头，当即反驳：“周团长的分析，恕我不敢苟同。九·一八之后，日本人的目标，南进还是北进？按照日俄战争以后的历史，日军觊觎西伯利亚进攻苏联的野心是肯定存在的，只是时机选择问题。“七七事变”后，日军的动向，先取察哈尔、归绥地区，明显是为了阻断苏联可能对中国的支援通道，这样看来日军很可能确定了先南而后北的战略，下一步必然进攻山西，取太行吕梁之战略优势位置，向东可以扼制京广线，控制中原华北，向西可以突破黄河，夺取陕陇和整个大西北。所以中日在山西的战斗必将异常激烈，我们应该做最坏的准备。”

郑川的一席话，众人纷纷紧张起来，交头接耳。

周治国却不以为然：“和我们相比，日本不过是蕞尔小国，发动全面侵华战争如同蛇吞象，必然会顾及英美强国在东亚的势力和国际舆论，未必会轻举妄动。”

郑川说：“日本人要把侵略的魔爪伸向内陆腹地是蓄谋已久的，英美帝国主义从各自的利益出发，只怕暂时不会介入中日冲突，我们中国军民必须放下幻想，依靠自己的力量战胜敌人。”

周治国一时语塞。

陆曼云却说了话：“郑团长何必长他人志气灭自己威风？我倒认为周团长的分析很有道理，不过您说的那个主张我是赞成的，大敌当前，我们应该放下以前所有的纠葛共同对敌。为了鼓励前方的将士奋勇杀敌，我们南洋的商家应该有所表示。”

众人听着她话头一转，都静下来看着她。

只见陆曼云对身边的海叔示意：海叔，抬进来。海叔走向门口，一招手，几个手下人抬着三个木箱来到大厅，放在地上。

陆曼云走到箱子前，说：“打开。”海叔就掏出一串钥匙，亲自挨个打开木箱，看着木箱内的东西，现场立刻一片惊呼。原来，头两个箱子里竟是满满的两箱银元，散发出夺目的光芒，最后一个箱子内装的是崭新的美式卡宾枪。

陆曼云这才说：“进入山西境内，军民同仇敌忾，令我振奋，今日又有幸听到周团长的发言，令我深受感染。我此来，还有家父委托我的另一项使命，就是携带海外侨胞捐助抗日的款子和枪支，送给保家卫国的将士。”

周福源道：“华侨们拳拳报国之心令人感动，大家鼓掌！”

宴会场上立刻掌声雷动。

一个乡绅问道：“陆女士，我冒昧地问一句，如今这太岳城里有国军的414团和八路军的先遣团，您的这批军费和枪支准备捐助谁呀？”

陆曼云略顿了顿，说：“现在敌人大军压境，国府调入山西的军队也多了去了，我们这几十个侨胞的捐赠，作为抗敌的军费来说是杯水车薪，所以临行父亲再三叮嘱，一定不要把这钱撒了胡椒面，要把义款交给一支精锐部队集中使用，才可以发挥更大的作用。今天你们两支部队的首长站在这里，到底交给谁，我还真一时决定不了。”

她刚说到这里，就见一个保安队的小头目走进宴会场，直奔周福源那里去，在他耳边嘀咕了一句什么，周福源表现出一些为难的样子。

这边，周治国就问：“爹，怎么回事？”

周福源迟疑了一下说：“唔，没什么，是国军、八路军双方的人马都到了，欢迎的人搞不清楚谁是谁，出了些误会，不过是些小问题，我这就去解决。”

陆曼云却说：“县长，要去我们一起去，全县百姓欢迎上前线的队伍，我们也不应当置身事外，再说，我还正想一睹一下双方军队的风采呢！”

她这一说，大家都响应，于是纷纷离席，跟着周福源走出了周家大院，来到街上。

六

原来，就在郑川于周家大院舌战乡绅的时候，常松林带着先遣团的战士步行赶到了太岳城。

远处城门楼前，一时锣鼓喧天，鞭炮齐鸣，锣鼓队在最前面把锣鼓敲得震天响，锣鼓队身后站满了夹道欢迎的乡绅百姓，手里举着“欢迎抗日将士”的彩色小纸旗，不断地喊着“欢迎！”“欢迎！”，气氛热闹非常。

常松林对黄豆豆说：“山西的老乡真热情啊！叫同志们振作精神，表现出我们八路军的风貌来！”

“是！”黄豆豆立即叫司号员把命令传达下去，八路军战士们整衣正帽，顿时连夜赶路的疲惫全消，纷纷挺直了腰杆，斗志昂扬，唱起嘹亮军歌，向城门方向大步迈进。

队伍整齐地走进城门，前端刚刚踏进县城的街道，忽然，一个穿着阎军保安队员服装的人火急火燎地跑出城来，口中嚷嚷着：“错了错了……都别敲了、别敲了……”，一边摆着手。

锣鼓队停了下来。夹道欢迎的乡绅百姓也不明所以，面面相觑。

黄豆豆问：“常主任，锣鼓怎么停了？”

常松林说：“情况不明，我们也停下来。”

这时候，前面的街道上，走来一伙荷枪实弹的保安队员，为首的一个团团脸，五短身材，挎着盒子枪，走路的姿势却是趾高气昂的。

他走过来，大剌剌地问：“你们是哪一部分的？谁是当官的？”

常松林说：“我们是八路军独立先遣团，我是带队的，有什么事吗？”

那人把帽子脱下，露出谢顶的头皮，朝常松林哈了一下腰：“兄弟是太岳保安队队长黄二苟，请长官下令，将你们的队伍带出城去吧！”

黄豆豆质问他：“为什么？我们是奉命来此集结上抗日前线的，”他指着标语："你们这不是写着标语，欢迎我们吗？"

黄队长说："对不起，兄弟接到上峰的命令，是欢迎国军414团进城驻扎。"

黄豆豆问："这么说，你们布置这个场面，是欢迎国民党军，不欢迎我们啦？"

"正是。"

黄豆豆和团部的几个干事一起叫道："凭什么？都是抗日的队伍，凭什么两样对待？"

黄队长阴阳怪气地冷笑着说："这，可就说不清楚了，大概你们这些土八路，还不够档次吧？"

"这家伙，侮辱人！"干事们愤愤不平，就都冲过来，有的捋胳膊挽袖子，"揍他！要他知道八路是干什么的！"

黄队长一见势头不好，就要掏自己腰间的两把盒子枪，却被黄豆豆抢先一步按住了枪盒子，"你要干什么？"

黄队长也犯了青皮，对其他保安队员喊："弟兄们，抄家伙！"

保安队员们就要掏枪。

这时候忽然有人怒喝道："都给我住手！"只见从街道后面走出一个人来，穿长袍，戴眼镜，一身读书人的打扮。他匆匆赶到人圈子里，质问道："黄队长，这是怎么回事？"

黄队长没有来得及回答，黄豆豆就气呼呼地说："你们这位队长，表示不欢迎我们进城，只欢迎国军，怎么？国民党的军队是亲娘生的，我们八路军难道就是后娘养的？同样是抗日的队伍，为什么不能一视同仁？"

周安邦立刻自我介绍："这位小兄弟消消气，我是太岳县县长长子周安邦——"

黄队长说："周公子可是留学归来的大才子，我们太岳县公学的大校长！"

周安邦止住黄队长，又道："我奉父亲之命特地前来迎接八路军先遣团，请问哪一位是郑团长？"

常松林说："我们团长郑川已经在贵县衙开会，我是政治部主任常松林。"

周安邦当即拱手施礼道："常主任，失敬失敬。刚才是我们的保安队长误会了我父亲的意思，态度不好，我代他向诸位赔罪了。不管是国军还是八路军，只要是抗日的队伍就是百姓的救星，我们都热烈欢迎，热情接待。大家说对不对呀？"

旁边的百姓三三两两地答应："对！"

"那，我们就敲锣打鼓，欢迎英勇的八路军战士！"

顿时，锣鼓队又重新敲起，周安邦亲自领着喊口号："热烈欢迎八路军抗日将士！""打倒日本帝国主义！"小旗挥舞，气氛热烈。

周安邦的长相，更多的继承了他父亲的特点：长方脸面容清瘦，五官轮廓清晰，说话又细声慢气，文质彬彬。他的话，让八路军干部战士感到气顺了许多。

黄豆豆接着问："周校长，这一下我们可以进城了吧？"

周安邦却把目光对准常松林，说："常主任，因为我们小县城居民少，驻不下那么多的部队，按照上峰的安排，国军414团驻扎城内，贵军是要驻扎在城外几个大村里，当然，住宿和给养由我们县府统一安排，保证会周到的。"

干事们一听，又牢骚道："说了半天，还是两样对待嘛！"

常松林用手势制止了他们的情绪，对周安邦说："周校长，既然为了抗日大局，我们体谅地方的困难，无论驻扎在城内还是城外都不要紧，不过，按照我们原来得到的通知，是要进城的，我们的郑川团长，已经在城内县府里开会，如果有什么变动，你们可以去找他，他才是军事首长，有他的命令，我们才可以改变计划。"

周安邦："好，我这就去请示。"

这才有了前面说的酒席宴上的扰动。

就在八路军战士原地等待消息的时候，那个最先喊话的保安队员伸着脖子向远处张望着，对黄队长说："队长，414团的队伍，好像也已经过来了。"

大家随着他的手指朝东面的方向看，只见那边的大道上烟尘滚滚，还传来轰轰隆隆的马达声。

周安邦又对常松林说："长官，国军的队伍要过来了，还是请贵军重新整点一下让开路，要不，这么窄的路面，冲撞了谁都不好。"

常松林想想，对黄豆豆说："叫同志们分列队伍，移在马路两边。"

先遣团的队伍刚刚列队完毕，国民党414团的军队就开过来了。几个军官骑着高头大马，军装笔挺，意气风发。他们身后跟着一辆辆拖着火炮、载着各式重型武器的军用卡车，车上国军414团士兵头戴钢盔，装备精良，趾高气扬，两支队伍在城门楼前相遇，立刻令八路军相形见绌。八路军战士盯着国军的精良装备看得入神。黄豆豆看着那炮，赞叹道："这炮筒，都赶上我大脚粗了，要是咱们也有了这家伙，对付敌人个把碉堡还成问题？"

锣鼓声、口号声敲响，城门楼前再次热闹起来。

这时候，周福源领着参加宴会的一些主要的乡绅、郑川和陆曼云也一起赶到了城门，正好目睹了这个场面。

周治国赶来，还特地骑上了他的战马，那马是欧洲种，又高又壮，体型矫健，浑身枣红色的毛，顺滑溜光。配上他健壮的身体，笔挺的军装，更显得魁伟英武，威风八面。他不无骄傲地走到自己队伍旁边，队列里的官兵立刻向他敬礼，他也还礼，整个场面好像是他在检阅队伍。

陆曼云的视线，立时关注到他胯下的这匹马，羡慕喜爱的神色浮现在脸上，她问周治国："周团长，这匹战马有名字吗？"

周治国自豪地说："我叫它'大红'！"

"真是好马呀！是德国的汉诺威？"

"好眼力，没想到，陆小姐也是个懂马之人啊？"

陆曼云莞尔一笑："只是个爱马之人，略知一二吧！以后有机会再和团长切磋。"

她回头问同行的郑川："郑团长，您的队伍呢？"

郑川指着在路边分散列队的独立先遣团的战士说："那些就是。"

陆曼云看看他们，摇头道："你们的装备看上去太差了，枪也又老又杂，营养也差，几乎就是一群穿了军装的老百姓。"

郑川："你说得没有错，我们的军队就是穿了军装的工农群众，装备大都是从敌人手里缴获的，确实比较差，但是战斗力未必比他们差。"

陆曼云说："郑团长的自信我佩服，可是这是要和武装到牙齿的日本兵去拼搏呀，你看看人家！"她指着眼前雄壮的国军队列，说："团长，看到了吧，这样的队伍才是有能力打日本人的精锐之师呢。连军马都高你们的马一头呢，我决定了，我南洋的那批捐款，就交给414团了。"

她的话立即在相随的人员里激起反应，周福源和几个乡绅都点头，周治国自然更加兴奋，向陆曼云敬了个军礼："我代表国军将士们谢谢陆小姐了！"

郑川则怔了一下，没有说话。

陆曼云看他的神情，补充道："郑团长，对不起了，虽然你救过我，但是这是我们的私事，我不能用抗日的钱来感谢你的救命之恩。还希望你能理解。"

郑川轻松一笑说："陆女士，你言重了，我郑川个人并不需要你的任何感谢，只是我希望你不要对我们八路军有偏见才好。"

“那不会，凡是抗日的队伍，我们华侨都会支持，再找机会吧！”

414团的队伍过去，郑川见到了自己的干部们，他和常松林简单交换了一下意见，决定八路军先遣团就驻扎城外。郑川对干部们说：“同志们，山西我们是初次进入，这里的上上下下对我们不了解，加之阎锡山多年对我们的丑化宣传，我们被人排斥、瞧不起在所难免，怎么改变这种印象呢？第一靠我们的纪律、我们模范的行为和我们与老百姓血乳交融的关系，再一个就是靠战斗，打几个漂亮仗，叫山西的人民看看八路军的作战能力，是他们信得过的，除此之外，没有什么更好的办法。”

第二章　擒谍太岳城

一

陆曼云言而有信，那三箱由南洋华侨捐助的物资很快就由她亲自押运，送到了414团部。

团长周治国叫勤务兵们沏茶款待陆曼云，自己则打开第三只箱子，爱不释手地抚摸着其中的冲锋枪，赞不绝口：“好枪啊！美式汤普森1928型，结实耐用，双排双进直弹匣，可靠性好。”

陆曼云一边呷着茶，一边说：“周团长不愧是军人，喜欢好马，又喜欢好枪。”

周治国叹道：“不，真正的军人，是要驾驭这两样东西驰骋沙场，缴获敌人的武器和战马。”

陆曼云笑着打趣说：“那我们说好了，周团长，您缴获一把日酋指挥刀，从我这里换十只冲锋枪，如何？”

周治国爽快地答应：“好啊，这个买卖划算。他日我的部队战场凯旋，希望陆女士记住今日的承诺。”

这时，突然从街道上传来两声清脆的枪响，随之传来一阵急促的脚步声和喧哗声。

周治国立即警觉地问外间的参谋：“怎么回事？”

一个参谋汇报说，发现了两个日本间谍，化装成老百姓，在偷偷地记录我们的战车、炮数量，被哨兵发现，左营长带人实施抓捕，遭到日本特务顽抗，正在展开巷战。

陆曼云说：“日本人真是丧心病狂，军队还在塞外，特务竟已经派到了黄河边。”

周治国马上拔出手枪，子弹上膛：“狗日的，我还没去打他，他倒跑到我家门口来捣乱，今天，我得亲手杀掉这几个日特，算是给这次抗日出征祭旗!”说着冲了出去。

他来到大街上，枪声响得更激烈，新的消息告诉他，日本人的间谍并不只有两个，而是有一个周密的行动小组。哨兵发现的两个刺探军营的人不过是实行行动者，还有掩护、配合他们行动的另外几个人扮作各种身份的老百姓，潜藏在县城的各个角落。这些人个个训练有素，枪法极准，又都携带着烟幕弹和手雷。这使追捕他们的行动变得很复杂。

在一个街口，周治国看到一营营长左金平正带着人，隐蔽在墙后朝日本特务开枪。前面不远，两名日本特务边开枪边后退，闪身进入一条狭窄的小巷子。

枪战引起县城百姓的恐慌，大街上一片混乱。

左金平大喊：“别让他们跑了，给我追。”

周治国叮咛他：“从方向上看，他们朝东门方向去了，你们注意，开枪不要误伤了百姓。”

左金平喊着“明白”，带领大队人马朝那小巷追赶。

在城东门口，保安队员一左一右在城门口站岗。他们已经听到了密集的枪声，警觉地拉开保险盖，准备应付冲来的特务。不料，城门口两个化装成老百姓的日本特务突然从旁边开枪，将两个保安队员击毙。站在城墙上的五六个保安队员见状不妙，急忙从城墙垛后面向飞跑过来的日本特务开枪，一个日本特务被击毙，但开枪的保安队员又被另外一个担任掩护的日本特务击毙。

两个从巷子里冲出来的日本特务，在那个掩护者的保护下向城门外跑，左金平追上来，一枪击毙了那个掩护者。周治国带人随即赶到，却发现那两个特务早已逃窜得无影无踪。

周治国扫了一眼被打死的士兵，脸色难看地命令：“出城，追!”

此时，驻扎在城外的八路军先遣团驻地，也早被城内密集的枪声惊动，常松林已经召集了警卫班荷枪实弹准备着，正在密切观察动向。这时，段小虎火急火燎地跑进来，气喘吁吁。常松林急忙问：“怎么回事，是谁在打枪?”

段小虎上气不接下气地说：“是、是日本特务，是在刺探军情时被发现的，小鬼子组织严密，又很狡猾，友军全力围堵还是让他们跑出了东门，团长让我回来通知，马上组织搜索。”

常松林立刻布置任务：“段小虎，你马上带领警卫班，分成三个战斗小组沿东门周边展开搜索。”

段小虎："是！"带着人马出发，但是他没有完全沿东门大路走，而是动了动脑筋，按照自己平时侦查时惯用的"有山上山，有沟下沟"的原则搜索，果然，在城门西北一个高坡密林附近，发现了两个逃窜的身影，即刻派人隐蔽包抄上去。

两个日本特务一路逃窜，眼看甩掉了追兵，这才坐在一块大石头上喘息。惊魂方定，突然，身后响起喊声，"不许动！乱动打死你！"

原来是段小虎带着三个八路军战士赶到，喊话道："你们已经被包围了，快投降吧！缴枪不杀！"

那两个日本人听到喊话，非但不投降，反而忽然持枪朝这里猛击。子弹从段小虎等人的头顶上嗖嗖飞过。段小虎说："狗日的小鬼子，不见棺材不落泪啊。打，狠狠地打！"这时，他看到一个特务吱溜溜扔过一个手雷，连忙提醒战友："小心手雷，卧倒！"

手雷爆炸，段小虎等从地上爬起来，看到那两个日本特务交替开火掩护撤退，又跑远了。

段小虎抹下帽子："呸，煮熟的鸭子都跑了，追！"

这边，国军414团一营营长左金平率兵追出城外，正朝另外一个方向搜索，忽然听到这边山林方向传来枪声。一个手下士兵道："营长，山林里在打枪，一定是八路发现了鬼子。"

左金平心急烦躁地说："他娘的！兄弟们，不能让土八路抢了咱们的功劳，跟我来。"说着带领士兵向山林方向赶去。

这边，段小虎已经把那两个日本特务逼向了绝境，八路军善于山地作战，段小虎按照地形简单分派了一下兵力，日特的退路就被完全截断。短暂激烈的枪战后，一个日本特务被击毙，倒地而亡；另一个特务的背部也中了一弹，血流不止，重伤昏迷性命垂危。

段小虎等人抱着枪赶过来，看到倒地而亡的一个日本特务，啐了一口，骂道："小鬼子不是说刀枪不入吗？这不是也被我们打死了。"战士查看另一个日本特务时，大喊："这个还没死，还喘气！"段小虎立刻过去看，发现那个日本特务因为流血过多昏过去了。

就在这时，左金平带着国军的大队士兵赶来，看到日本特务被八路军击毙，十分不悦，骂骂咧咧道："娘的！这么容易就死了？忙活这半天，倒让别人捡了个大便宜。"

段小虎等几个八路军战士正在日本特务身上搜索战利品，发现他们一人身上背着一个扁扁的皮箱，刚要往下解，却被左金平拦住：“咳！停手！”

段小虎疑惑：“干什么？”

左金平趾高气扬道：“日本特务是我们发现的，这一路追过来，他们是先中了我们的枪，这时候才精疲力竭累死了，你们来纯粹是狗拿耗子多管闲事，请你们马上离开。”

段小虎哼一声：“什么？小鬼子刚才还活蹦乱跳呢！明明是我们打死的，我们凭什么走？”

左金平瞪着眼：“你们打死的？你有什么证据？小兄弟，饭可以多吃，话可不能乱说。”

段小虎理直气壮：“就是我们打死的。应该走的是你们。”

左金平看着段小虎等人的装备，嘲讽道：“就凭你们几个土八路？这几杆老套筒，也敢大言不惭打死了日本人，想功劳想疯了吧，睁眼说瞎话。”

“你们想抢战利品？”

“战利品本来就是我们的，还轮不到你们土八路身上，你识相点，赶紧给我让开，别给脸不要脸。今天的战利品全部归国军所有。”

段小虎被气得说不出话来，面红耳赤：“你们这是要明抢啊？”

仗着兵多，左金平蛮横地拔出手枪，指着段小虎威胁：“就抢了，你要怎么样？”

段小虎也不甘示弱，当即拔出枪来指着左金平：“怎么样？那就是不行。”

双方的士兵也纷纷操起家伙，一时间剑拔弩张。

这时候常松林赶到，斥责道：“段小虎，把枪放下！”

段小虎委屈地放下枪。

左金平有些得意地说：“这是你们当官的吧？有礼了，这两个日本特务是我们在城内盘查时发现的，这个昏迷的日本特务身上藏有重要情报，理应由我们带走严加审问，耽误了情报，这个责任你们怕负不起，弟兄们，拉起来走！”

段小虎不甘地叫道：“人是我们抓的，凭什么你带走？”又把枪举起。

常松林急忙喝令：“小虎，冷静点！”然后他对左金平，“我是先遣团政训部主任常松林，请问你如何称呼？”

左金平随便地敬了一个礼：“414 团一营营长左金平。”

常松林还了礼，和气地说：“左营长，既然日本特务是在城内发现的，我同意把这个负伤的日特交给 414 团审问。”

左金平洋洋得意。段小虎不甘忍气吞声，却被常松林眼神严厉制止。

不料就在这时候，那个昏迷的日特苏醒，突然抢夺了一旁国军士兵的长枪，枪口对准了左金平，眼看悲剧就要发生。段小虎眼疾手快，抢先拔枪打死日特，救了左金平一命。左金平惊魂未定，冲上去对那日特头部补射数枪。

这时郑川和周治国也匆匆赶来。

左金平看到周治国，立刻抢先报告："团座，我率部追出城外，与日特在这片密林中激战，但是八路军却贪图抢功与我们起了争执，导致日特险些逃走，幸亏我反应及时将日特击毙，否则后果不堪设想。"

段小虎没想到自己救了左金平一命，却被反咬一口，立刻火冒三丈："你血口喷人，睁眼说瞎话!"

周治国看着日特头上的枪伤，再观察其弹孔处，随后抓过左金平手中的手枪，闻了闻枪口，故意随口评价说："郑团长，我很喜欢这种德制 C96 盒子炮，开火瞬间的感觉特爷们儿，就是他娘的枪药味儿重，冲鼻子。"

郑川微微一笑，没有回应。

左金平恶人先告状："团座，今天为了抓捕这两个特务，我们牺牲了两个兄弟，付出惨重代价才最终将特务击毙，这几个八路却口口声声说是他们的功劳，要抢战利品，请团座为我们做主。"

其他国军士兵纷纷附和："请团座为我们做主。"

周治国故意道："郑团长，今天的事你怎么看?"

郑川严肃地问段小虎："小虎，左营长说的是真的吗?"

段小虎委屈："团长，他确实开了枪，但是——"

周治国立刻厉声打断："这就对了，我刚才看了，弹孔和枪口的尺寸是不会撒谎的，事实摆在眼前，还有什么好狡辩的?郑团长，你我同为抗日部队的长官，这次进驻太岳县更是担负着支援大同会战的重任，如今尚未与日本人交手，你的人反而要跟我的部队过不去，如此明目张胆地抢别人的功劳，甚至不惜把枪口对准自己的同胞，这难道就是八路军部队的军纪吗?"

郑川皱眉，正要开口。

周治国却按住了郑川的手臂，紧绷的脸突然舒展开，笑道："不过，这件事郑团长不必自责，你的部队有困难，缺装备，情况我清楚，国军的部队虽然不富裕，但是打鬼子的这点子弹还是费得起的，既然郑团长如此需要装备，今天缴获的战利品我愿意悉数让给郑团长，带回去武装部队。"

段小虎不甘受辱，大声争辩："日特是我们围捕打死的，抢功劳的是你们，没本事打鬼子还觍着脸抢功劳，算什么正规军?”

左金平洋洋得意，故意用眼神挑衅段小虎。段小虎气急，冲上去对准左金平就是一拳。左金平猝不及防，一个趔趄倒退了好几步，捂着挨打的脸冲上来还手，段小虎也不示弱，再次冲上去，两个人立刻纠缠在一起。

眼看场面就要失控，郑川和常松林同时厉声制止：“段小虎!”

周治国也在喊：“左营长！素质!”

段小虎和左金平只好停了下来，但仍相互怒视。

郑川已经看出这里面有蹊跷，但为了顾全大局，他沉住气说：“眼下正是国共联合抗日，应该同仇敌忾，而不是窝里斗，请周团长放心，八路军也有铁的纪律，他打人之事，我们定会依纪处理！既然你们说人是你们打死的，战利品你们也可以全部带走。八路军虽然装备差，我们准备将来从战场上从鬼子手里夺，而不愿意从友军手里争。我们走!”

郑川说完，带着八路军的部队离开。

一场风波算是结束。

晚上回到军营，段小虎满腹牢骚地对郑川说：“团长，咱们也太窝囊了吧？日特明明是我们抓获的，战利品一件都没捞着，还要顶个冒功的罪名，我看那个国军营长就不是个好东西，憋了一肚子坏水。”

郑川说：“情况我清楚了，这事情得这样看，虽然在整个事情上我们吃了点亏，你也受了点委屈，但结果是维护了我们和友军的关系，有利于民族统一战线的建立。从这点上看，这个亏吃得也值。”

常松林也借机批评段小虎：“小虎，今天你遇到事情不够冷静，盲目冲动，差点酿成大错，影响国共合作，你是应该总结教训的。”

段小虎还是有些不够服气，满带情绪地拿起帽子走了。

郑川和常松林就今天的事情，又发生了争论。

郑川说：“客观地说，今天的事段小虎没有做错。说实话，小虎是个好战士，那年湘江之战打得多惨呀，我们损失巨大，在这个时候，他爹亲自送他来参加红军，他活泼勇敢，人如其名，像只小老虎，就是有时候有点儿倔。”

常松林说：“越是这样的兵，你越得严要求，他才能够成熟，我总觉得你有些惯着他。”

“是吗，不至于吧?”

“怎么不至于？这次部队改编八路军，许多干部战士情绪很大，一时思想上转不过弯来。我们如此，国军也如此，对我们的成见仍然也很大，我们能做的就是努力从政治上影响国军，做到共同负责，共同发展。今天的事情，说明我们对自己身边的人缺乏这方面的教育。”

“如何正确运用统一战线这个武器？也确实成了大问题。不过，以我们过去的经验，在抗日民族统一战线中，应当坚持独立自主，保持高度的警惕性！和国军打交道，还得多个心眼，否则真是要吃亏的！”

常松林摇摇头：“听这话，我看你就是他们这种情绪的根子。现在我们刚和国民党合作，要一切通过统一战线，盘子还没有捂热你就强调独立性，我看是要犯错误的。”说罢，他回头走了。

二

这天，陆曼云来到了国军414团的临时训练营地。

按说，周治国是那种崇仰尚武精神的铁石心肠的人，最反对在训练场上带女人、谈女人，甚至看到女人，可是自从结识了陆曼云以后，他的心境发生了微妙的变化。他愿意在任何时候看到她，她一出现，周治国的内心总有一种甜丝丝的满足感。

陆曼云来了，他破例放下操练，陪着她走遍各个场地，并且主动地给她介绍各种训练项目的内容、要领和意义。

陆曼云说到他们414团那天击毙了日本特务的事，称赞周团长带兵有方，周治国却只轻轻地一摆手：“我堂堂国军精锐之师，击毙几个日本小特务算什么？”陆曼云感慨：“真希望有朝一日我也能穿上戎装，像周团长一样亲自上阵报效祖国。”周治国却不以为然，说：“战争是男人们的事、喋血的事，陆女士从小养尊处优，是千金大小姐，身娇肉贵，还是不要上战场的好。”

陆曼云笑道：“在周团长眼中，我就真是那么一个不中用的累赘吗？”两人边聊着，走到了军营中间，只见前面柱子上，拴着两匹马，其中一匹正是周治国的坐骑“大红”。

周治国走过去，下意识地伸手，充满爱恋地抚摸着“大红”。

陆曼云不由称赞：“好马！我能试骑一下吗？”

周治国有些高傲地说：“‘大红’可不是什么人想骑就能骑的马，桀骜不驯，性情暴烈，一直以来，除了我，还没有第二个人可以驾驭它。”

陆曼云从周治国话里听出了轻视的意思，也没辩解，随手接下缰绳忽然纵身跃上“大红”，跑了起来。

周治国震惊，心想坏了，这位南洋著名的华侨女要真有什么闪失，自己可吃罪不起，急忙跳上另一匹马追上去。

他没有料到，陆曼云骑马的速度非常快，驾着“大红”跑出军营、跑上街道，后来又跑出了城门。

周治国认为她是失去了控制，无法拉住缰绳，就一路紧追。谁知任凭他扬鞭快马，却始终追不上陆曼云，急得他一边吹口哨，一边大喊：“陆小姐，停下来，停下来！”

到了城郊一片旷野，陆曼云才渐渐慢下来，最终停住，她跳下马，轻轻地抚摸着“大红”的脖子。

这时周治国策马而到，跳下马来，他怒气冲冲道：“陆小姐，你刚才的行为太鲁莽了，你对这匹马了解多少，你就敢跑这么快，万一失控怎么办，万一马惊了把你摔下来怎么办？这是一匹军马，不是寻常百姓家的马，你太不小心啦！”

看着周治国气急败坏的样子，陆曼云噗嗤一声笑出声来，说：“对不起，我给你道歉，不应该在没有征得周团长同意的情况下，就擅自骑了团长的‘大红’，还跑了这么远。”

周治国看着陆曼云悠闲的姿态，一时竟不知道该说什么好：“看来——我是低估了陆小姐驯马的能力，我这‘大红’从来没给别人骑过，平时，只要一听到我的口哨声，他就会乖乖地听话，今天还是第一次对我的哨声置之不理。我很好奇，陆小姐用了什么方法让‘大红’这么温顺？”

陆曼云微笑着：“周团长，你这话里我可闻到醋味了。”

周治国笑起来。

陆曼云这才说：“周团长有所不知，在南洋的时候，我曾经是贵族马‘盛装舞步’的运动员。除了骑术，还要学会和马沟通，我能读懂马，理解它的想法。”

周治国恍然大悟：“怪不得，周某自以为懂马爱马，现在看来真是井底之蛙。没想到在太岳能遇到像陆小姐这样的知己，真是三生有幸。”

“既然你视我为知己，那我可不可以提出一个小小的请求？”

“请讲。”

“我想再骑一圈。”

周治国爽快地大笑起来：“成啊！不过骑马走回头路没有意思，这里离西门不远了，西门里面是一营左金平的驻地，我本来想去那里视察一下的，索性我们并驾齐驱，一起骑马找他去！”

陆曼云兴奋地说“好啊，”她再次跃身上马，“周团长，有没有兴趣和我比一比，看谁先到西门？”

周治国：“好啊！走！”

两人挥鞭纵马，扬起一片红尘。

转眼间，他们来到了西门左金平驻地的临时营房门前，站岗的士兵向他敬礼，要去通报，周治国制止了他，因为兴致很高，他想看看他的这位器重的亲信在干什么。

他示意陆曼云和他一起轻手轻脚下了马，把马拴起，又轻手轻脚地走到左金平的临时营部，听得里面有人声和杯盘交斛之声，似乎是左金平在和另外几个人围坐在一张桌子旁边喝酒边聊天。

听得一个士兵恭维道：“营长，昨天你是出尽了风头，要不是团座制止，你非打得八路那个小子满地找牙不可。”

听左金平的声音，喝得醉醺醺，口齿都有些不清，说：“这算什么，你们是没看到那群土八路的熊样，饭都吃不饱还嚷嚷着打鬼子，我不过略施小计，在那个日本特务身上补了几枪，结果怎么着，战利品还是我们国军的，跟我斗，这就是他们的下场。”

听到这里，周治国再也听不下去了，脸立时沉下来，一脚踢开房门，站在门口，勃然大怒：“左金平，你说什么？”

几个士兵慌忙站起来，战战兢兢。

左金平还醉醺醺地斜坐着，没有看到周治国，旁边的一个士兵急忙伸手去拽他。他这才看到站在门口的周治国，急忙站起来敬礼：“团座，您——怎么来了？”

周治国怒容满面，上前抓着左金平的衣领，厉声质问：“左金平，你刚才说什么？那个日特不是你抓获的？你不过是补了几枪？”

左金平的酒一下子醒了一大半，慌张辩解：“团座，我——知错了，我知错了，请团座给我一次机会。”

其他几个国军士兵面面相觑，都站着不敢动。

周治国大怒：“一个军人就要敢作敢当，磊落光明，作假冒功，是军人最大的耻辱，你自己不知羞耻，咱们414师还丢不起这人，你懂吗？”

左金平大气也不敢吭。周治国指着那几个士兵：“你们几个，还愣着干什么，耳朵聋了？把他给我捆起来！难道要我亲自动手吗？”

几个国军士兵战战兢兢，这才拿出绳子上前捆缚左金平。

周治国："要不是老子今天手腕受了伤，非好好揍你一顿不可，丢脸，丢我周治国的脸！"

左金平："团座息怒，我愿意接受任何处罚！"

周治国："明天一早，我就绑着你去向郑团长负荆请罪，那些战利品原封不动都送到八路军那儿去。"

第二天，周治国果然用吉普车拉着左金平出了城，陆曼云佩服周治国这种有错必纠、敢于承当的作风，也主动跟着他们来到了城外八路军的驻地大柳村。

在一个打麦场上，一些八路军正在训练射击。一排战士端着枪站着，一个个瞄准50米外的靶子。一个排长走到一个战士的面前，纠正着他的姿势，讲着三点一线的射击要领。

正在这时，周治国亲自押送被绑着的左金平走过来。身后几个国军士兵抬着一个货郎模样的小箱子跟着。看到他们训练，蛮有兴趣地驻足观看。

只听那排长喊："瞄准！射击！"

就听得"卡塔塔"一阵扳机响，却没有听到枪声，原来他们都是在空枪练习。

这里，被捆的左金平发出轻蔑地一笑，说："这叫训练啊？这不叫哄鬼吗？打中打不中，谁知道啊？哈哈！"

周治国也不由笑了，但是他随即又沉下脸训左金平："你别多嘴，想你的事！"左金平赶忙又"老实"下来，跟在后面的陆曼云，也觉得八路的训练也太不正规，如同儿戏。

周治国这才向那排长打听郑川的团部，排长指给了他旁边一所民房。

他们走进那座民房，果然见郑川和常松林在地图边研究什么，看见他们进来，郑川机警地扫过一眼，问："周团长，你们这是——有什么事吗？"

周治国先指挥这后面跟着的士兵："把箱子抬过来，打开。"

那两个扁扁的皮箱子打开了。箱子里有两把九四式手枪、几十颗子弹、几套国军制服、一部便携式电台，一副望远镜和一张地图。

周治国说："郑团长，那天是你的兵击毙了日特，却被左营长贪功。作为团长，我没有查证就盲目相信了他，虽说是不知情，但我多少也有责任。这件事情现在已经真相大白，所以，我今天特地绑了左营长来，请郑团长你发落。这一箱子战利品本应该属于贵部，我如数交还，还请你清点一下，看看东西有没有少。"

周治国的举动令郑川颇为意外，先是一愣，随即轻松地大笑："周团长，你这是何必呢？日特的事我们之间虽然有些误会，但是无伤大雅，我倒认为这是我们合作的良好开端。"

周治国有些不解。

郑川说："既然国共两军都开了枪，那么日本特务就是我们两支部队共同击毙的，是国共合作的胜利，我的部队怎么能独自贪功呢。"说着，郑川主动上前松开了左金平的绑绳，"左营长也是一心为了抗日事业，补那几枪也是情势所迫。至于战利品嘛，理应分享……"他走到箱子前，从战利品中挑选了一张地图、一只望远镜拿出来。"这些足够了，其他的应属于贵部所有。"

郑川的宽宏大度，使陆曼云在旁边连连点头，周治国倒觉得有些失脸面。

郑川好像看出了他的尴尬，主动地为他开释："周团长为这事亲自来跑一趟，也足见对我们双方精诚团结之重视，平时，您是我们想请都请不来的贵客，既然来了，就不吝赐教，给我们的训练提点意见吧？"

周治国说："赐教谈不上，只是有一事不解，刚才在外面看到贵部士兵在练习射击，可是却没有子弹，这样的练法我还是第一次见，我很好奇，没有真枪实弹的操练能有多大效果？"

郑川笑道："这个问题其实很简单，我们是被迫无奈呀！我们的子弹配给少得可怜啊，不像贵军财大气粗，所以只能想这样的办法来搞训练。至于效果，请周团长借枪一用。"

周治国说："枪可以借，可人得我点。"

郑川："好，没问题。"

周治国一个眼神。身后的国军士兵立刻将自己的枪交到他手里，段小虎立刻上前自告奋勇："周团长，我来。"

周治国却指着段小虎身后的一个战士："你来。"

"行。"那战士接过了周治国手里的枪，立正，后转，以标准的校场姿势走出房门，站到外面的射击场上，以卧姿、跪姿、立姿向靶子各开了一枪。

左金平抢先跑到枪靶子那里看了一圈，回来小声报告："团座，三枪都上靶了，两枪命中了靶心。"

周治国略微惊讶，拍起手来："不错，不错，郑团长，贵部的士兵能在全模拟的状态下训练到这种水平，真不容易，而且，我从刚才这位兄弟的系列动作上，看出有德国步兵规范的痕迹。贵军是请了他们的教练吗？"

常松林说：“我们付不起工资，郑团长曾经在苏联伏龙芝军事学校学习，那里用的教程，也许就是按照德国人的规则改的吧！”

周治国不由得对郑川刮目相看：“要这么一说，贵军有这样的素质就不奇怪了。兄弟只能表示佩服。那我今天就告辞了，以后定来多多讨教。”

而陆曼云却表现出一些愧疚，临走时握住郑川的手说：“今天的事，倒叫我有些不安了。我没有想到你们的弹药会缺到这样的地步，否则，我会把南洋那笔捐款分给你们一些的，‘雪中送炭’总是要比‘锦上添花’更重要。”

郑川说：“这个陆小姐不必在意，华侨的钱捐给谁都是抗日，我们八路军的武器装备，大部分依靠从战场上缴获，只要一开战，这暂时的困难就会克服。”

他豪迈自信的语气，再一次触动了陆曼云。她还想说什么，但看到周治国和左金平已经走远，就急匆匆地赶出去。

他们离开以后，黄豆豆清理茶杯时才发现，桌子上遗留下一个小笔记本，从这个笔记本精致的装帧风格和里面娟秀的字迹上判断，应该是陆曼云落下的。

郑川对黄豆豆说：“你马上给陆女士送去！”

“是！”黄豆豆答应着，拿起本子就走，但是就在这一刻，从笔记本里掉下一张两寸的照片来，郑川拣起来一看，见那照片是几个政府女干部模样的人和陆曼云的合影，旁边还写着字“太原留念”。忽然，郑川的目光恰好落在照片上正当中的一个留剪发的女人身上，脸色当即一变，紧紧捏着照片不松手。

黄豆豆疑惑地看着郑川：“郑团长，你放手，我去给陆女士送去啊！”

郑川却说：“不，我自己给她送去吧！”

说着郑川就急匆匆地出了门，一溜小跑追上了陆曼云，说：“陆女士，这是你的笔记本吧？”

陆曼云一看才想起来：“是，是，谢谢郑团长了。”

郑川却拿出那张照片来问：“请问这张照片是在什么时候照的？你怎么会有这张照片？”

陆曼云说：“这是我们华侨代表访问太原的时候，与牺盟会女干部一起的合影，有问题吗？”

郑川指着中间那个剪发的女子，“这个同志你熟悉吗？她叫什么？”

陆曼云摇摇头：“我们在太原一共待了两天，与牺盟会的干部一起活动也不过半天，人都没有认全，听说她是雁北地区的一个什么特派员，好像是姓李，怎么？郑团长认识他？”

郑川听着对不上茬，便认为是自己认错了人，急忙掩饰地笑了笑道：“不认识，只是好奇，陆女士随身携带的照片，一定有着不同凡响的意义，所以才多问了几句。”

陆曼云说：“那——我告辞了。”

郑川说：“好，再见！”看她走远以后，却在那里愣怔了很久。

三

周家大院里，丫鬟宋雨田正在因为陆曼云许久不归而挂心。

自从接受了县长周福源的吩咐，要全力照顾陆曼云以来，宋雨田一直很尽心，可是从她的角度看来，陆曼云的行为方式颇为古怪：她是个女人，却毫不顾家，忙着男人们才关心的事，骑马呀，打仗呀；她长得很漂亮，却从不修饰打扮，留一头短发，穿一身男人的服装在男人圈子里抛头露面；她很有钱，却毫不讲究吃喝，高兴了对陌生人挥金如土，自己吃饭却有一顿没一顿；她很有地位，却和下人们接触时平易近人。宋雨田是第一次遇到这样的“新潮”女子，不理解她，但很喜欢她，愿意接触她，因为陆曼云总可以带给她以新的感受。

她正这样想着，听见门响，以为是陆曼云回来了，急忙迎出去，却发现进来的是弟弟宋憨头。

宋雨田很惊异：“憨头，是你？你怎么过来了？爹呢？”

宋憨头气喘吁吁地说：“姐，我是从黄河边赶过来的，还没吃饭呢，你这里有什么吃的？”他看见桌子上摆着的馒头和几盘菜，就要下手抓。

宋雨田一把打开他的手：“别动，这是给人家华侨大小姐准备的。我这里有早上我吃剩的。”说着从后面给他拿了一个玉米面窝头，宋憨头看来是饿极了，也不挑拣，吭哧吭哧啃起来。

宋雨田这才问：“你这急慌慌的，要干什么呀？”

宋憨头边吃边急切地问：“八路军，就是郑团长他们那拨人，还没走吧？俺要当兵，当八路军。”

宋雨田惊讶地问：“憨头，你当兵爹知道吗？他答应吗？”

“俺已经长大了，俺的事自己能做主，不用爹管。”

宋雨田又气又急：“这么大的事，原来你是瞒着爹的，那——会把爹急死的！爹那么大年纪，身边没有人不行呀！”

宋憨头执拗地说：“爹身体现在还行，俺当兵打跑了鬼子，还能回来伺候他呀，再说太岳城里还有你呢！”

“我不是在周家回不去吗？你——”宋雨田刚说到这里，门一响，陆曼云拿着个马鞭子走了进来，看见宋憨头就问：“雨田，这是谁呀？”

宋雨田说：“这是我弟弟，叫宋憨头，他来是——”

“我明白，是来看姐姐的吧？”陆曼云一把将他的窝窝头打掉，就往桌子上拽：“这就是你的不对了，雨田，弟弟大老远来了，就给人家吃这个？来，一块儿吃。你叫什么来？对，憨头，你可是男子汉，办事别那么婆婆妈妈的，上桌子，该吃就吃，该说事说事。”说着塞给他一个雪白的馒头。

话说到这儿，宋憨头也只好听命坐下吃饭。

陆曼云这才说：“我刚才听你们姐弟俩在争，什么事啊？”

宋雨田说：“你不知道，陆小姐，他要瞒着我爹当兵去！”

陆曼云却毫不为怪：“好啊！国难当头，好男儿应该当兵！你要是没渠道，我正好认识国军的周团长，我带你去找他们。”

宋憨头说：“国军？我不去，我要参加的是八路军。”

陆曼云惊讶地问：“憨头，既然你决心当兵，保家卫国，就应该选个装备好、声威壮的部队，414团可是一支精锐部队啊。”

宋憨头：“俺不知道啥414团，只知道八路军，俺就要当郑团长手下的兵。”

“为什么？”

“我在渡口渡了那么多部队，正牌的、杂牌的，我都看了，八路军才是最英雄、最勇敢的队伍，俺谁都不服，就佩服郑团长，敢用机枪对抗鬼子的飞机，还打伤了一架飞机。”

陆曼云难以置信：“你没弄错吧？八路军这样的装备条件，能打伤日本人的飞机？你不会是道听途说，被别人骗了吧？”

“俺是亲眼看见的！郑团长亲自驾着马车给敌人放烟幕，刘营长的机枪乘机开火，那小鬼子的飞机冒着黑烟狼狈逃走了，他们是真正的大英雄。”

宋憨头描述得绘声绘色，陆曼云半信半疑。这时，忽然门又一响，一个五十多岁的老人拿着棍子冲进门来，进门就朝宋憨头打来，嘴里还喊：“跑！跑！叫你个孽子跑！老子打死你。”

陆曼云问：“这是谁呀？”

宋雨田："是俺爹！"

陆曼云这才上去抱住老人："老人家，有话好好说，您先消消气！"说着把老人扶在椅子上，给他端一杯水，宋老爹也就坐下了，只念叨着："气死我了，这个孽子！"

陆曼云劝他："老人家，我明白您的意思，是不想叫您的儿子当兵，想叫他留在您身边尽孝，对不对呀？"

"对。"

"老人家，您听没听过这句话？叫自古忠孝不能两全，现在日本人打到了咱们中国，咱们就要亡国灭种了，这时候孩子看不下去，要参军报效国家，这是对的啊！"

宋憨头本来藏在姐姐的身后，这时候也探出头来接话："就是嘛！你看周围像我这样大的后生不都参军走了吗？再说，来往部队又多，经常有抓壮丁的，我说不定哪天就被什么人抓走，还不如我自己选个对脾气的队伍走了——"

"呸！"宋老爹吼道，"他们是他们，我只要在，你就别想走，再说走，看我不打断你的腿！"

宋憨头不敢吱声了。

宋老爹反身对陆曼云说："姑娘呀，你说的那些道理我懂，岳母刺字，精忠报国，这些戏文我都看过，可是——你不知道，老宋家这些年连遭不幸，我这也是没办法呀！"

陆曼云给宋老爹倒杯茶："不急，您慢慢说。"

宋老爹皱着眉说："俺原本有两个儿子，大儿子叫宋铁头，二儿子就是他，可惜宋家的命数不好，老婆子常年卧病在床，一个家穷得叮当响，付不起医药费，欠了周家的租债也还不上，铁头年轻气盛，因为抗债冲突，伤了周家人逃走，不知去向，至今生死不明，县上审此案时，判定我们宋家继续还债，还叫雨田在周家做丫鬟做工抵债，周家人说了，一日还不上租债，不交出凶犯，就不让雨田回家，咱穷苦庄稼人出身，没什么本事，只能冒着风险去板船。"

陆曼云说："老爹，什么债这么高的利呀？几十年还不起。"

宋老爹："利滚利啊！欠债还钱，咱没说的，宋家再穷也不赖账。现在身边就剩他这根独苗苗了，要是他当兵有个三长两短，我们宋家就绝后了呀！"

陆曼云这才明白老人的心思，她虽然生在国外，也听老辈人讲过"不孝有三，无后为大”的古训，点点头：“老爹，我明白您的心思了。这样看来，您倒可以放心了，据我了解，国府里征兵有这么一条，不征独子，像憨头这种情况，也算是独子了，可以不服兵役的。”

宋老爹说：“就是嘛，上次渡河我曾经问过八路的郑团长，郑团长也说了这个意思，可是这个浑小子就是不信，就要给你闹这一出，你看这——”

陆曼云说：“好了，这问题好解决，憨头，你也别躲着了，正好我和郑团长还有些交情，我给你问问，如果郑团长要收你，你就去；要不收你，你就听老爹和姐姐的话，回去安心帮老爹板船，怎么样?”

宋憨头没说话，只是狠狠地咬了一口馒头。

第二天，陆曼云带过郑川的话来，八路军确实有规定，不收独子入伍。宋憨头这情况不能接收。宋憨头也觉得没有话说，告诉爹说，自己只想在姐姐这里多住几天，随后就回渡口。宋老爹只好自己先回去。

四

就在八路军先遣团和414团在太岳县集结休整的时候，延安方面的代表方明，正与山西绥靖公署主任阎锡山进行着关于山西战局的关键性的谈话。

阎锡山本人，曾经在日本的讲武堂学习过炮兵，与现在侵华日军中的主将板垣征四郎是同学。几年前，板垣为了侵华做准备，曾经以考察地理为名，对山西北部的地形地貌作了细致的调查。据说现在日军进攻绥远，就是拿着板垣绘制的地图。为此，阎锡山后悔不已。绥远开战以后，阎锡山部下傅作义带兵在百灵头打了一个胜仗，给日本军队以小挫，板垣也因此放出风来，说阎锡山只要不再提抗日，日军就可以考虑不进入山西境内。阎锡山竟然由此而产生幻想，认为日军可能止步绥远，先前迫不得已允许“中央军”和八路军一起进入山西境内，以防日军的计划，似乎可以从缓了。

为此，中共代表方明开诚布公地警告：这是敌人的烟幕弹，百川先生切莫相信，从九·一八事变以来，日军野心勃勃，节节逼进，亡我之心有增无减，战事只会全面升级，绝无和平解决的可能。如今日军先取绥远，就是为了截断苏联与中国联合的通道，目的就是要南下侵晋，我们必须丢掉幻想，积极备战，决不妥协，如此才能御敌于家门之外。

阎锡山为此清醒了一些，这才继续他对“国府”和延安方面所做的承诺，按照原定计划，让八路军和“中央军”进入他准备在大同外围部署的防线。

于是，集结在太岳城的国军414团和八路军先遣团都接到上司命令，即刻北上，国军靠的是军车自行进发，八路军则乘坐阎锡山派来的窄轨闷罐火车上前线。

这一天，太岳城关人山人海，周福源率领太岳县的百姓们为出征将士们饯行，百姓们拉起了几条大红横幅，上面写着“欢送抗日军队开赴前线”“欢送抗日将士奋勇杀敌”“欢送抗日将士收复失地”“中华民族解放万岁”等标语。周福源亲自在欢送队伍的最前面，摇头晃脑地念了一篇古文式的送别信，各界乡绅分别敬了壮行酒。现场掌声雷动。

周治国和郑川分别带领队伍踏上征程。

陆曼云特地来送周治国，此刻，他们之间都产生了一些留恋之情。

踌躇再三，陆曼云拿出一个锦盒递给周治国，说：“这是我曾经在一次马术比赛上拿了第一名，我的教练送给我的奖励品，他说这个东西很神奇，能保我顺利。这个奖励品对我来说很重要，但可惜它是个烟斗，不适合我，我觉得它更适合你。我现在把它转送给你，也希望它助你旗开得胜。”

周治国打开锦盒，一支漂亮的黄花梨烟斗躺在锦盒里，他取出烟斗，仔细看着，说道：“真是精美绝伦。”

陆曼云说：“这支烟斗是黄花梨木制作而成，黄花梨木性稳定，不因寒暑而变形，所以它很有韧性，在我们南洋，黄花梨也是吉祥的象征，和饺子差不多吧。”

“陆小姐的这份祝愿我一定好好珍藏，这次北上一定会胜利！”

“周团长，上了战场多保重，我等着你凯旋。人和烟斗，都要完整无缺的回来——”

周治国说：“一定。”

两人深情注视，依依惜别。

这边，一声汽笛长鸣，火车缓缓启动。对于八路军大多数战士来说，哪怕是闷罐子车，也是一种从未有过的体验，汽笛长鸣、钢轮启动带来的震动、小小的窗子外飞驰而过的景观，都充满了新鲜感。

车厢内人挨着人，挤满了八路军，而战士们突然发现一个穿着老百姓衣服的青年竟然藏在角落里，立即把他交到了郑川那里。

郑川认出他就是宋憨头，惊讶地问：“你怎么在这儿？”

宋憨头乐呵呵地敬了一个不很标准的军礼：“郑团长，俺决定跟你上前线打鬼子，你就收下俺吧。”说着，紧张地盯着郑川。

段小虎在旁边说了一句："这小伙儿会干，现在就是你想把他送回去，也来不及了。"

宋憨头暗自得意。

郑川想了想对段小虎说："陈大锅呢？把陈大锅叫来。"

段小虎冲车厢尾部喊道："老班长，陈班长！"

很快，炊事班长陈大锅背着一口铁锅走过来："团长，你找我？"

郑川说："老班长，憨头我就交给你了，以后他就归你们炊事班培养了。"

段小虎对宋憨头使眼色："愣着干什么，你现在是先遣团的人了。"

宋憨头兴奋地敬礼："谢谢团长。"

郑川说："你这倔巴头！要想一想，以后怎么和你的爹、姐姐交代？"说罢转身走了。

陈大锅对憨头说： "下了火车，先把这头剃了，旧军装给你一套，别冻着。"

宋憨头憨笑："好嘞！"

夜晚一片安静，闷罐子车在夜幕里摇摇晃晃地前进。

一天的疲惫，战士们纷纷抱着枪进入了梦乡，车厢内回荡着火车撞击铁轨的声音。

郑川心绪繁杂，久久无法入眠，他忽然又想起了从陆曼云笔记本里掉出的那张照片，那上面中间站着的那个梳剪发的人，怎么那么像自己的妻子啊？当时正是这一点，使他分外激动，追上去问个究竟。陆曼云的回答是令他失望的，那个人姓李，而自己的妻子姓陈，叫淑英。而且，她已经被传牺牲多年，即使出现，也不可能在这么远的北方当什么特派员，郑川竭力使自己平静着，也许这原本就是个误会，那不过是一个长得相像的女人而已。

车厢摇晃着，郑川还是不能入眠，于是拿出那只心爱的口琴，用手绢包了，他情不自禁地轻轻吹起，《五月的鲜花》旋律响起，郑川在熟悉的旋律中回想起当年与妻子分别时的情景。

那是 1931 年，郑川和妻子在上海做地下工作，两人的公开身份是上海沪滨书店的编辑，这个书店是中共中央文委直接领导的。

有一天，他忽然得到单线联系人紧急通知，组织里出了叛徒，随时都有暴露的危险，上级命令郑川组织相关人员马上撤离。

郑川拿着一张船票，急匆匆地回家，告诉妻子："你明天一早就走。"

妻子神色一紧："你呢？"

“我要留下来完成锄奸。”

妻子面露难色。

郑川安慰她：“放心，完成任务我马上与你汇合，明天一早我必须去交通站见个重要的联络员，来不及送你，外面风声紧，你务必小心。我们将来在天津汇合。”

第二天一早，郑川就到交通站——一个裁缝铺去和交通员接头，但他不知道，那个交通站已经暴露，其中的人员被捕，现在特务正在那里守候，准备捉拿一切来联系的人。

郑川也不知道，黎英其实也赶在他的前面来到了这个交通站附近，正对面的早点摊，佯装吃早点。郑川事后猜测，妻子可能是不放心他，或者想和他一起走，纯粹从感情的角度采取了这次行动。

这时，裁缝铺二楼的窗户轻轻推开了一条缝，特务头子透过缝隙不动声色地向外观察，郑川没有看到，而妻子恰好看到了这一幕，察觉异常，她立刻紧张起来，环顾四周，发现裁缝铺一侧的巷子口，几个形迹可疑的“小贩”正在那里徘徊。

眼看，郑川就出现在特务的视线内，即将走到裁缝铺，妻子来不及提醒郑川，情急之下，她突然抢在郑川前面冲到了裁缝铺门口，大力敲打裁缝铺的大门。

郑川诧异，还未反应过来，几个便衣特务立刻从四面八方包围而来，将黎英团团围住。

这一瞬间，郑川才明白了妻子的苦心，震惊苦痛之余，他明白自己不能暴露，他还担负着向别的同志报信儿——远离这个交通站的任务，所以，此时只能眼睁睁地看着妻子被抓走。他的眼眶顿时湿润了。

在妻子被特务押上囚车的那短暂的一瞬间，妻子向他这边投来一瞥关切的目光，那明亮的眼神里，有欣慰、有嘱托、有留恋，随即，“砰”的一声，囚车关上了门，开走了。

他不能叫，不能哭，只有像一个看热闹的外人那样表现出冷漠，而内心，郑川觉得五脏六腑都被撕裂了。

几个月之后，郑川到了根据地，曾经向一个从白区来的同志打听妻子下落，那个同志说：“老郑，你要做好心理准备，有消息说黎英同志在狱中被叛徒出卖，她在龙华监狱光荣就义。”

当时，郑川几乎要晕厥了……

郑川吹着口琴，凝视着车窗外一片黑暗的大地，久久无法收回眼神。

闷罐子车在夜幕里摇摇晃晃地前进，郑川的口琴声被风吹散。

五

先遣团是在阎锡山的老家五台县河边村下火车的，等他们赶到五台县城，就听到战局的消息：1937 年 9 月 8 日，日军入境山西，将兵锋指向晋北天镇、阳高，威胁雁北重镇大同。中国守军虽浴血奋战，但因为阎锡山判断失误，在装备精良的日军面前，仓促应战，镇守天镇的 61 军军长李服膺弃城而退。阎锡山被迫采取退缩战略，将主要的部队撤退到大同周边固守。

八路军这边，由林彪、聂荣臻带领的 115 师也已经渡过黄河，正以最快的速度北上，参加阎锡山指挥的大同保卫战。

此时，在日军方面，也有了一个重大变动，那就是力主扩大全面侵华的板垣征四郎，得到了被关东军称为冒险王的东条英机的支持，两个人从自己以往的经验出发，都蔑视中国军队的防御体系，认为中国人就是一盘散沙，不足为虑，决定联手加速在山西的军事动作。

在行动路线上，日军避开了阎锡山陈列重兵的大同沿线，而是进攻广灵、灵丘，直逼平型关，局势一下子变得紧张起来。

这一点，大出阎锡山的意料。听到这个消息，好一阵子没说出话来。

他平时不离身的亲信梁天寿担忧道：“司令长官，若平型关失守，无疑切断了雁门关后路，形势对我军极为不利。”

阎锡山震惊道：“日军进攻依赖的是重武器，他们开着坦克，拉着重炮，难道会选择平型关那样荒山野岭作为主攻方向吗?”

梁天寿说：“板垣这个人你是了解的，他诡诈无比，不按常规出牌。”

阎锡山无奈，强作镇定道：“如此一来，只好忍痛放弃雁北和大同，重新集结兵力，传我的命令，守军向平型关、雁门关一线撤退，沿平型关—茹越口—雁门关—阳方口一线设防。”

于是，国军 414 团和八路军先遣团都接到了第二战区司令部的命令，即刻调防平型关。两支军队立即开始连夜冒雨急行军。郑川和周治国也暗自较劲，看谁先赶到前线。

按说，414 团有十几辆卡车运兵，正常情况是会稳操胜券的，偏偏天不作美，大雨瓢泼，雨幕遮挡视线，土路泥泞，到处都是大雨形成的水洼。卡车行进缓慢，还不时陷入泥坑。结果，竟然被一路步行的八路军给赶上了。

周治国心里懊恼，骂道：“真他妈倒运，四个轮子竟然跑不过人家的两条腿。”

在八路军通过414团队伍的时候，还在陈大锅的带领下，唱起了长征时期红军创作的乐观诙谐的《吃牛肉歌》：

牛肉本是个好东西哟罗喂，
勿会错哟嗬，
吃了补养人身体哪，
咳当真。
骨头可以熬汤喝哟罗喂，
勿会错哟嗬。
牛皮可以作鞋穿哪，
咳当真。
尾巴脑壳并脚蹄哟罗喂，
勿会错哟嗬，
烧起吃了真安逸哪，
咳当真。

其实这时，八路军的战士个个饥肠辘辘，别说牛肉，连窝头也没有的吃，大家苦中作乐，士气鼓舞，队伍中一片欢声笑语。

414团这边却正相反，刚才还在一起煮羊肉吃，现在却怎么也打不起精神来，不断地在泥泞中推车，大多数人已是精疲力竭，浑身又是一身泥水，所以看见八路军唱歌前进，觉得不可思议。

偏偏这个时候，前方的道路上又出现了一支溃败下来的国军部队，丢盔弃甲歪歪斜斜地走来，这些溃兵许多缠着绷带，身上带着血污，相互搀扶狼狈撤退；还有一些帽子歪戴，用步枪挑着弹药、包裹，一副吊儿郎当的样子。

他们先碰到的是走在前面的八路军先遣团，段小虎惊讶地看着这支溃败的部队，询问其中一个国军战士：“我们赶去北方前线打鬼子，你们怎么反倒往南走呢?”

国军士兵盯着段小虎的装备，惊讶道：“鬼子的飞机大炮厉害呀，就你们这武器，去了也是当炮灰，去不得啊。”

段小虎不以为然：“那是你们，我们八路军就凭这步枪、手榴弹，照样把小鬼子打得屁滚尿流。”

“哈哈，就你们，吹牛皮吧，就凭几支吹火筒、大刀片子也能打鬼子？”

段小虎不屑：“不信拉倒，等我们打了胜仗你就相信了。”

国军士兵撇嘴摇头，走进了414团的队伍里。

414团的战士们纷纷驻足观望，被庞大的溃败队伍震惊，好奇地问：“你们是哪支部队？这是从哪儿来？又打了败仗吗？”

溃军士兵沮丧地摇头，一个连长浑身是血，惊魂不定地讲述日军的厉害：“从大同、天镇那边撤下来的，你们是不知道，小鬼子的飞机大炮厉害得很，没等咱冲到跟前，弟兄们就被鬼子的大炮炸上了天，几场仗打下来，咱连小鬼子的长相还没看清，弟兄们被都打光了……鬼子的战车队更厉害，刀枪不入，跑得慢的兄弟就只能眼看着被鬼子的坦克给轧死了。”

414团的战士们一片唏嘘，问道：“鬼子到底有多少人？比咱们的部队多吗？”

“多，多得数不清啊，去了就是送死。”

这些话像一盆冷水泼下来，让414团的战士们更没了底气，个个像被霜打的茄子一样耷拉下脑袋。

就在这时，周治国骑着马匆匆赶到，他跨下战马，勃然大怒：“是谁在扰乱军心？”

周围的414团战士们纷纷噤声，不敢开口。

周治国怒视那个国军连长，突然拔枪指向他：“原来是你危言耸听、动摇军心，败军之将，你有什么颜面苟活于世，还在此妖言惑众？”

连长却理直气壮地把他的枪口拨转：“有能耐上战场跟日本人干，枪毙我算什么能耐，打赢了日本人才算好汉，老子不是逃兵，是从死人堆里爬出来的。我哪句话说错了，小鬼子的飞机大炮确实厉害嘛，一场仗打下来，我们一个连全死了，就剩我一个活人了。”

周治国呵斥：“全连都死了，你凭什么还活着？”

连长冷笑：“我为什么还活着，我他妈为什么还活着？”他情绪激动，突然也举起枪与周治国对峙：“来，你打死我，打死我，开枪，有种你开枪啊。”

左金平赶到，见状立刻上前维护周治国，怒然拔枪相向：“你想干什么？”

几个溃军伤员也纷纷举起了枪，一时间剑拔弩张。

就在这时，郑川纵马赶来，看到眼前一幕，焦急万分，急忙下马道：“周团长！国家危难，正是用人之际，中国人的子弹不能打中国人，应当把子弹用在战场上。”

周治国怒气未息：“散布恐日情绪，动摇部队士气，必须就地正法，以正视听。败军之将，死不足惜！”

围观的人越来越多，周治国与那个国军连长二人骑虎难下。

这时，有两辆满载物资的运输马车从旁边冲出来，停在路边，车上跳下一个女干部模样的人，她鹅蛋脸，眉目清秀，身穿着大襟衣服，腰挎着盒子枪，看上去英姿飒爽，她不由分说，站在大车上，面对溃军队伍，说：“兄弟们，不能再向南撤退了，不能将我山西大好河山拱手让人。”

大家都被这个突然冒出来的女干部吸引了。

女干部慷慨激昂地说：“日本侵略者破我国门，夺我河山，奸我姐妹！横行霸道，这是欺我华夏无人，中国无兵啊！民族危亡，国逢灾难，每个中国人都责无旁贷，将以誓死之决心共赴国难！士兵们，弟兄们，我知道你们已经在战场上鏖战了一番，付出了流血牺牲的代价，敌人的确凶残，装备也比我们好，但暂时的失利不应该吓倒我们，我们没有退路，这样退下去，只能是把家乡父老推进地狱，难道我们甘心叫自己的亲人任人宰割欺凌吗？”

周围的溃兵纷纷羞愧地低下头。

女干部再次号召：“兄弟们，身为军人，身为中国人，要知道后退是没有出路的！除了奋起保卫家园，驱逐日寇，杀出一条生路别无选择！我们牺盟会号召在场的军人立即归队，重返前线，百姓由我们组织起来，做你们军队的坚强后盾，要粮有粮，要人有人，坚决支持你们打胜仗。现在这车上就是从我们县各地收来的大饼、干粮，你们可以随便吃，随便带，但是吃完了要调转身上前线！好不好？”

一溃兵抬起头，大声道：“这位大姐说的对！我们不能当孬种！回去和鬼子拼了！”

女干部振臂高呼：“保卫家园，驱逐日寇！”然后把车上的干粮扔向战士和溃兵们。那个连长也说：“周团长，你叫我们加入你们414团吧，从今以后我们跟你干了！”

周围的士兵重新振奋精神，纷纷振臂呐喊：“保卫家园，驱逐日寇！”士兵们的怒吼声震荡山谷！

周治国被女干部吸引，心生敬意，询问一个站在车旁边发放干粮的戴眼镜的小伙子：“这人是谁？”

那小伙子说："这是灵丘县县长。"

有人怀疑地："这么年轻，是冒牌的吧！"

那小伙子说："大敌当前，原来那个县长带着家眷逃跑了，这是我们牺盟会任命的新县长，她叫黎英。"

女县长下了马车，走过来。周治国主动和她握手，赞许道："你提高了士气，支援了国军，是真正的巾帼英雄，就凭这一点，我拥护你这个县长。我的部队奉命协防团城口，要取捷径赶到寒水岭，希望县长给我们解决带路向导的问题。"

女县长说："请官兵稍作修整，我亲自领你们去。"

其实，就在刚才女县长讲演的时候，郑川就注意到了这个女县长，她的音容笑貌他觉得都十分熟悉，觉得她就是陆曼云照片上那个人，现在又听说这个女子叫黎英，和陆曼云说的"姓李"不谋而合。这莫非正是自己日思夜想的妻子陈淑英吗？郑川的眼睛瞬间又湿润了，他挤过来，主动插话："黎县长，我们八路军也要靠你带路啊！"

女县长转过身，看到郑川，露出惊讶的表情。"你是——"

"我是八路军先遣团团长郑川。"

两人四目相对，悲喜交加。

郑川无论如何也想不到在这场合会遇到妻子，疑惑自己因为思念过甚产生了错觉，问："这八年——我以为你——"

女县长此时也涌出了眼泪，但她立即抹去，说："一言难尽，郑团长，雨已经停了，咱们先召集队伍赶路要紧。"

在以后的共同行军中，她们才真正有机会说清了情况，原来，黎英在审讯时对答机智，敌人一直没有掌握她从事情报活动的真凭实据，那次龙华监狱的枪决，她只是陪绑，由上海转到天津监狱关押，后来国共合作，经中央斡旋，黎英和几十个人获释，组织上派她参与了在山西组织扩大牺盟会的工作，担任雁北区的特派员。与陆曼云的会面，就是在太原组织救亡活动时发生的。

此次，先遣团和414团虽然都去寒水岭，但守卫的阵地不同，路过一个山口，八路军要插另外一条路过去，郑川就来和周治国告别，自然也是和刚团圆的妻子告别。

军情紧急，他们来不及好好道别，只约好相互联系，随后就各奔东西。

八路军刚刚离开，报务员就匆匆跑来向周治国报告："团座，刚刚接到大营指挥部电报，高师长抗命撤退，弃守平型关正面的团城口阵地。84师全线溃退，团城口已被日军占领。”

周治国和黎英震惊不已。

周治国难以置信：“什么？84师竟然主动放弃团城口，把如此重要的战略要地拱手让给日本人吗？”

左金平道：“团座，团城口失守，我们进驻寒水岭已经没有意义了，当务之急，应当撤回大营，再作打算。”

周治国犹豫：“团城口对整个平型关战局至关重要，落入敌手，不堪设想，倘若现在能够冲上去夺回阵地，或许还可以挽回一局。”

“团座，团城口的日军是板垣的精锐重兵，而且在人数上是我们的数倍，仅凭414团一个团的实力，恐怕当炮灰都不够资格。”

周治国继续犹豫：“414团到现在还没有真正和日本人交手，应当漂亮地打一仗。也许我们来个突然袭击，能够出奇制胜。”

左金平说：“团座，84师一个师都没能守住团城口，何况我们只是一个团的兵力，冲上去摆明了是送死，既然是第一仗，就要打得有把握，回大营从长计议才是上策。希望团座不要盲目冲动，出师不利。”

周治国想想，觉得有道理，无奈下令：“传令下去，撤回太和岭大营。”

414团在仓促撤退途中，报务员过来报告：“团座，师部急电，无法与八路军郑川的先遣团联络，要求我团相机接应郑川所部。”

众参谋议论道：“团长，郑团长的先遣团奉命驻守寒水岭右翼，与414团相互接应，如果郑团长没有接到命令，继续孤军深入将面对日军第五师团重兵重围，后果不堪设想。”

周治国也说：“先遣团的装备连我们都不如，更别提对付板垣的精锐部队了。”随即对左金平下令：“左营长，你马上派几个通讯员向寒水岭右翼传递命令，务必将撤退命令送达郑川的先遣团。”

这时天已亮了，周治国看着身后远远映照在晨光中的寒水岭，坐立难安，十分担心。黎英也为丈夫的安危揪起心来。

此时，郑川带领先遣团已经进入了预设阵地，战士们正积极备战，挖设防御工事。远处的炮声渐渐稀疏，清晨的寒水岭出奇的安静。

郑川环顾四周，紧皱眉头，察觉到了异样，凭直感，他觉得这不像一个即将开展围歼战的环境。

通讯员黄豆豆此时大汗淋漓地跑来，急促报告：“团长，左翼414团阵地空无一人，附近没有见到友军其他部队，现在整个寒水岭防线上只有我们先遣团一支部队。”

郑川大惊：“他们为什么没有按原定计划布防？”

这时，几个侦察兵从不同方向返回，纷纷急促报告：“团长，寒水岭前方发现日军部队……团长，左、右翼也有日军的部队运动。”

常松林建议：“团长，先遣团孤立无援，不宜与敌人正面冲突，不如马上撤退，现在撤还来得及。”

一营长刘洪涛却不以为然：“团长，仗还没开始打就主动撤退，这不是公然向小日本认输了吗，我看敌人尚未发现我们，不如趁这个机会来个突袭，跟小日本狠狠干一仗，打一个胜仗给国军看看。”

一旁的警卫员段小虎也积极请战：“团长，干吧，让小鬼子尝尝我们的厉害。”

郑川也来了情绪：“不错，国军的抗日情绪低迷，我们在此时打一场胜仗很有必要，给全国的抗日来一个振奋。”

侦察排长高春生背着浑身是血的414团通讯兵匆匆走来：“团长，发现414团派过来的通讯兵。”

侦察排长将国军通讯兵放在地上，郑川等人围上前。

奄奄一息的通讯兵告诉郑川：“84师防线失守，日军攻陷团城口，突进平型关前哨，指挥部命令先遣团马上撤离。”说罢，他就咽气了。

郑川说：“卫生员，抢救！”

侦查排长高春生紧急道：“团长，各种迹象表明，我们已经陷入日军重围，随时可能面临日军三面重兵的攻击。”

话音未落，几架日军侦察机从头顶呼啸掠过，显然，先遣团的行踪已经暴露。

郑川铁青着脸，思考着该怎么办。

第三章　血战平型关

一

太和岭第二战区前线指挥部里，此时气氛肃杀。

原守卫寒水岭的84师足足数万人马，被几千个日本兵打得丢盔弃甲，望风披靡。第六集团军副总司令孙楚脸色铁青，怒目而发问："出征前你们都是怎么讲的？杀身成仁，誓死报国！都是空话吗？"作战室内极其安静，屋子里的人一时间都变成了哑巴。

孙司令的目光落在了高桂滋身上，"高师长，擅自弃守阵地，你该当何罪？"孙楚指名道姓，一直沉默的84师师长高桂滋想不说话都难。

说到这次的失败，高桂滋也是一肚子的委屈，丢失阵地他是有责任，但是也不能都算在他头上！日军飞机大炮的威力谁没见过，一顿狂轰滥炸后，84师伤亡惨重，他心里的这些苦，找谁说去？再者说，71师也难逃其咎。高桂滋表情狼狈："钧座，卑职数次请求增援，可71师迟迟不来，再打下去，凶多吉少，卑职这才下令撤退的。"

71师师长郭宗汾的脸煞白，没想到高桂滋这个家伙临死也要找个垫背的，立刻针锋相对："高师长，是我增援不利，还是你贪生怕死想保存实力？你们84师齐装满员，装备精良，再坚持一个小时，我的援兵就能赶到。为何急着撤退？"高桂滋被噎着，不做声。

眼瞅着自己的部下相互推卸责任，孙楚的脸色越来越难看。一个国家之所以强大，靠的就是内部团结。历朝历代，有多少国家就是因为内部勾心斗角，最终走向灭亡，孙司令自然非常清楚这个道理。

一旁的参谋长洞察出孙司令的心思，赶忙转移话题："钧座，我看团城口失守未必就是坏事。"

一句话，所有人都安静了。

参谋长解释着："我们一直搞不清日军的主攻方向，现在好了，日军既然拿下了团城口，就一定会主攻六郎庙，钧座请看——"说着，参谋长指着地图："六郎庙乃我平型关防御的支点，一旦失守，整个防线将立即崩溃！当务之急，是赶紧派一名得力将领，加强六郎庙防务。"

虽然参谋长的话有故意转移孙楚的注意力之嫌，不过他说的也确实没错，六郎庙是平型关防御的支点，一旦失守，后果将不堪设想。

孙司令方才被愤怒冲昏了头脑，参谋长的提醒令他清醒了不少。

"好，传我的命令……"话音未落，另一个参谋行色匆匆地冲入指挥部："不好了钧座，出事了！"

"怎么了？"孙楚又是一惊，感觉大事不妙。

"八路军独立团没从寒水岭撤下来！被日军包围了！"

在场的人全部震惊了，像泥塑木雕似的站在原地。

孙楚刚刚舒缓的情绪又紧张起来，八路军是阎锡山请来的人，如有闪失，阎锡山追究下来，自己肯定难逃其咎。无论如何要把独立团营救出来，孙楚暗暗地想，谁能完成这次任务呢？他把目光转向眼前的师长们。

众将领目光躲闪，无人应答。大家心里都明白，寒水岭是什么地方，那可是日军的包围圈，被小鬼子里三层外三层围着，到这种地方营救，无疑是羊入虎口，白白送死。在生死面前每一个人都变得自私起来。此外，还有一个重要原因，大敌当前，众将领都不敢轻举妄动，都希望保持自己部队的实力。

看着眼前噤若寒蝉的众人，孙楚刚刚熄灭的怒火再次冲上心头，赌气道："好好好，你们不去，我自己去！"语气里既有讽刺，又有愤怒。

"司令，这可万万不可啊！"众将领一起劝阻，每个人的心里都清楚，要是孙楚有点什么差池，在场的估计一个都跑不了。想到这里，参谋长赶紧说："钧座你听我说，寒水岭已被日军重兵包围，现在去救无异于以卵击石，不但救不了人，反而会招致更大的损失。我们的首要任务是守住平型关，只要守住平型关，什么都好说！"

孙司令若有所思地站在地图前，脑子飞快运转，试图梳理出一个解决问题的办法，就在此刻，一通电话打断了他的思绪。

电话那头传来阎锡山的怒吼声，"孙司令，八路军115师把电话打到了们这里，你老实给我讲，独立团出什么事了？"

孙楚脸色铁青，硬着头皮说："报告长官，我也是刚得到消息，独立团增援寒水岭，没撤下来，被日军包围了。"

“什么！”电话那头的声音明显透出震惊，孙司令不自觉地打了个寒颤。

“孙司令，八路军是们请来的客人，首次入晋参战就遭遇灭顶之灾，你让们怎么向延安交代？”阎锡山在电话那头怒吼起来。

孙楚瞬间头皮发麻，暗想，是啊，怎么向延安交代，他拿什么向延安交代。孙司令的嘴像被什么东西牢牢粘住了一样，半天说不出话来。

“长官……”孙楚刚刚张开嘴就被阎锡山打断：“不要讲啦！马上给我彻底追查！查到是谁失职，严惩不贷！”

等孙司令反应过来，电话那头只剩下“嘟嘟嘟”的声音，耳边还不停回响着那句“查到是谁失职，严惩不贷！”

这个责任由谁来承担？这下，孙司令犯了难。手心手背都是肉，虽然方才口口声声说要惩罚，可是真的要动手，哪个他也舍不得。

突然，他的耳边传来一句话：“钧座！我愿意承担这次责任！”

所有的目光齐刷刷地扫向声音的主人，只见一身戎装的周治国强行闯入指挥部，后面跟着几个试图阻拦的士兵。

“钧座！独立团被围是卑职的责任，要处分就处分我吧。”他挣脱士兵，强行冲入指挥部，也丝毫没有注意到身边郭宗汾惊讶的眼光。

孙司令看着一脸大义凌然的周治国，开口骂道：“这件事关系到国共合作大局，关系到阎长官的颜面，你负得起这个责任吗！”孙司令的话虽然严厉，但是心中略有一丝安慰。

周治国也深知这个责任他负不起，但是他也绝不会逃避：“钧座，卑职想好了，请给我一次将功补过的机会，让我带一支敢死队，突袭寒水岭，营救独立团！”

开战以来，日军连战连捷，板垣已经骄狂的不可一世。周治国的敢死队无疑是明知山有虎，偏向虎山行，他想给小鬼子来个下马威，就算是失败了，全军覆没，也值了，起码能让阎锡山给八路军一个交代。孙楚犹豫片刻，眼下除了周治国的办法，似乎也想不出其他更好的办法，无奈之下孙楚同意了周治国的方案，但是他却提出在敢死队出发前，看看大家。

原本只是一个简单的送别仪式，却被孙楚大张旗鼓地办成了一次盛大的誓师大会。他不仅召集了大营镇的老百姓，还请了大批记者前来报道。毕竟，表面功夫还是要做足的，他的目的很明确，他要向社会各界表明他们的决心，哪怕此次营救失利，也跟他们没有关系，毕竟他们如此兴师动众地营救过友军。此外，他特地将敢死队出征的事向阎长官汇报，并通知了八路军。

闪烁的镁光灯让很多战士睁不开眼，孙司令端起酒杯，煞有介事地说："弟兄们！这次行动，务必以一当十，不怕牺牲，奋勇向前！我和阎长官等着你们的好消息！"

周治国一饮而尽，猛地把碗摔碎："卑职等已抱定杀身成仁之决心，战而胜，凯旋归；战不胜，马革裹尸！"

敢死队员们也干了酒，纷纷摔碎酒碗。

……

就在周治国大张旗鼓地带领一支敢死队前往支援八路军时，八路军作战指挥部内的气氛紧张得吓人，话务员小李对着报话机正声嘶力竭地呼叫："山鹰山鹰，听到请回答，听到请回答！"从他嘶哑的声音中可以听出，这句话他已经说了不下一千遍了。

但结果依旧是失望，电台那头死一般的沉寂。

从得知独立团被围攻已经失去整整五个小时，在这五个小时的时间里，独立团一点消息都没有。根据以往的作战经验，独立团已经凶多吉少，可是首长依旧抱着一丝希望，他不相信或者说不愿意相信郑川已死的事实，依旧让通讯兵继续用嘶哑的嗓子继续呼叫。

时间一分一秒地过去，是继续等待消息，还是立刻派部队营救？这是五个小时里首长不停思考的问题。

有多年战争经验的他心里明白立即派人营救的危险，寒水岭已经全部被日军包围，现在出去营救无疑是往敌人枪口上撞。但是，如果不救，郑川很可能会……

想到这里，首长彻底失去了耐性。他不能再等了，眼前的每一分钟对郑川都非常重要，哪怕是尸体，他也要给带回来，当然做这个决定前需要先向一个人请示一下，毕竟根据眼前的情况，需要的士兵众多，这不是他一个人做主的。

电话通了，"老总，再等下去会失去营救的最佳时机，我决定率部北上，营救独立团，请总部批准！"首长简明说出自己的计划。

电话那头传来彭老总低沉的声音："你是远水不解近渴，现在听我讲，总部已电令115师急进平型关，对日军侧翼进行打击，为独立团突围创造有利时机，你们想办法与郑川取得联络，命其迅速向115师靠拢。"

首长压抑的愤怒彻底爆发了，他已经顾不上什么身份，冲着电话大吼着："现在的问题是，能想的办法我们都已经想到了，还是无法与独立团联系上啊！彭总，你的命令怎么能传达？我必须带部队去营救，没有其他方法了！”

电话那头彭老总的声音也变得更加严厉起来：“现在，寒水岭阵地已成为中日两军的焦点，牵一发动全身，搞不好会影响整个平型关战局！今天这个方案是总部经过激烈讨论作出的决定，你必须执行！”

还没等那边说完，这边首长就重重地摔下电话，这是他第一次挂断彭老总的电话。众人看到首长发火，都不敢出声。

一个突然的访客打破了原有的沉寂。

“老首长！”一个清脆的女声从老首长背后传来。

这个声音首长无比熟悉，只是曾经他一度以为拥有如此清澈声音的主人已经死了，可是现在他却真真切切地听到了。

“黎英?！你……你还活着?”首长难以置信，又惊又喜又叹。

首长仔细打量着眼前的女子，虽然经历了炮火的洗礼，但是黎英的样貌却依旧如初，双眼清澈透底，原本白皙的皮肤上附着了一层古铜色，周身透出一股充满激情的气息。此刻的她有了新的身份，灵丘县县长。

黎英看到首长，瞬间双眼通红，声音哽咽：“老首长……”

黎英的出现缓解了首长心中方才的焦虑，他一直以为黎英已经死了。

黎英的讲述又把记忆拉回到1931年，河北省委军委负责人叛变，河北省委及所属许多机关遭到破坏，黎英当时被捕。她用郑川告诉她的化名，跟敌人周旋。国民党没查出什么，判了她三年零六个月徒刑。出狱后，黎英想到苏区寻找组织，但红军已经长征，只好返回北平，后来终于和在北平的地下党组织取得了联系。但是组织上考虑到黎英身份已经暴露，不便再留在北平工作，所以安排黎英去上海，可就在离开北平之前黎英被叛徒出卖，再次被捕。直到去年，才被营救出狱。

听着黎英讲述自己这些年的经历，身经百战的首长眼眶也红了。短短几年，如此多的磨难，别说是一个女子，就算是一个男人恐怕也会扛不住。他已经记不清自己上次流泪是什么时候，他噙着泪水，声音颤抖着：“黎英同志，你受苦了。”

“您别这么说，跟那些牺牲在狱中，牺牲在长征路上的战友相比，我受的这点苦不算什么。”黎英强忍着泪水，多少次，她经受着敌人的酷刑，忍受着身体和精神的折磨，以为自己就要撑不下去了。现在首长一句“你受苦了”，短短四个字，却让她之前所有的伤痛瞬间化为乌有。

“那后来呢？你怎么当了灵丘县县长了?”

“日寇步步侵华，威胁到山西。阎锡山为了自保，成立了牺盟会，并吸收大批共产党人加入，想利用我们给他动员群众。我出狱后，组织上考虑到我是山西人，便于开展工作，便派我回山西加入牺盟会，担任支前特派员，任务是战斗发生在哪里，我们的支前动员就跟到哪里。日寇进攻平型关，阎锡山任命的灵丘县县长跑了，无奈之下，我就自己任命自己当了灵丘县县长。”黎英解释着。

首长恍然大悟，玩笑道：“原来你这个县太爷是冒牌的呀？”

一句话，把屋里的人都逗乐了。

二人又聊了很多，突然，黎英冒出一句：“首长，郑川和独立团现在在哪里？”看似不经意的一句话，却带着急切。

该来的总归要来，打黎英一出现，首长就知道这个问题他怕是躲不过了。方才一直聊着家常，看似叙旧，实则是在拖延时间，希望电台那边能有郑川的消息。可是一个多小时过去了，电台那边却毫无动静。

“他们……”首长脸色凝重，欲言又止。

黎英怎能看不出老首长的不安，心口猛地一揪：“首长，您不要瞒我了，快告诉我郑川他们怎么了？”

“黎英，独立团增援平型关寒水岭，被日军重兵包围了。”

一句话，让黎英一下子怔住了。

二

优美逶迤的山岭，蜿蜒盘旋，云雾缭绕，一个个山顶探出云雾处，似朵朵芙蓉出水。而在这千山万岭之中，一个孤傲的山峰伫立其中，这里便是寒水岭。

板垣征四郎站在寒水岭峰顶，双眼紧闭。日军仅仅三个小时便击溃团城口中国守军，这让板垣征四郎再次确信，中国军队根本就是不堪一击的。他俯视着眼前的一座座山峰，幻想着眼前的一切即将成为自己的囊中之物，不禁露出一丝微笑，对着身旁的人问道：“石原君，你还认为，‘三个月灭亡中国’是妄想吗？”

石原一脸尴尬，低垂着头，低声道：“也许吧。”

也许吧，石原心里暗暗地想。但是强烈的质疑却不受控制地出现在他脑中：中国军队真的如此不堪一击吗？

大获全胜的樱井瞥了石原一眼，心里极为得意，这次迅速结束战斗，他当属头功，不过他却依旧不满足：“将军，我军进展神速，寒水岭右翼有一支支那团来不及撤退，被我军包围了。不过，这支部队拒绝投降，一小时前，双方有一次短暂交火。”

板垣眉头微蹙，区区一个团的人马，竟敢螳臂挡车？他们疯了吗？

“去，查清楚这支部队的情况。”板垣冷冷地说。

樱井嘴角露出一丝笑意，他早已查清这支部队，说这些话，也是为了能在板垣面前再邀上一功。

“将军，我已查清，据支那俘虏交代，驻守寒水岭右翼的是一支八路军的部队。”

“八路军？”板垣迅速在记忆中寻找这三个字。

情报官打开情报夹：“军部情报说，八路军全称国民革命军第八路军，由共产党领导的中国工农红军改编而来，朱德、彭德怀任正、副总指挥，下辖三个师……”

石原一惊，心想，敢直接和日军进行直面冲突，可见这支队伍的厉害。直觉告诉他，这支队伍不一般。

“将军，我们对八路军的了解都来自国民党的宣传，对这样一支充满神秘的部队，不可轻视。”

不过他的话，板垣没听进去。在板垣看来，连国民党正规军都如此不堪一击，在他第五师团面前一溃千里，何况一支小小的八路军？

“我要不废一枪一弹，就让他们缴械投降！”板垣一脸傲气，“樱井君！立刻安排，我们一起去会会这只神秘的队伍！”

……

令板垣没想到的是，当他亲自带队，再次来到之前与八路军交火的地方时，八路军早已消失得无影无踪。不可能啊，整个寒水岭都在日军包围之中，这支名叫八路军的队伍究竟是如何消失的？难道还会隐身术不成？想到这里，板垣的眉头紧紧地皱了起来。

板垣无论如何也想不到，就在此刻，距离自己寒水岭营地几公里外的山坡山，郑川带着独立团的战士们已经躲到了日军指挥部附近的灌木丛中，仔细观察山谷对面日本兵的一举一动。

天色渐渐暗了下来，殷红的晚霞缤纷夺目，可谁也没有心情欣赏。郑川没想到援军会弃他而去，他没有时间去抱怨，更没有时间去追究谁的责任，多年的战争经验已经教会了郑川处变不惊的本领。茂密的树林成为他们最好的掩护，他能够清楚地看清日本兵驾着几十辆铁甲战车，拖着十几架飞机驶入视线。郑川多想把这些东西弄到手，但是他也明白眼下这些东西他要不得。寒水岭已经被日军包围，他们目前最重要的是带领弟兄们突围。

这是他们最后的机会，成功，就能活下去；失败，独立团的所有人都会死在这里。这个赌注的成本太大了，但郑川必须赌一赌，这一仗，他不能输，何况他还没有使出秘密武器呢。

“小虎，把秘密武器拿出来吧。”

段小虎会意，轻轻打开挎包。

郑川接过地图，众人围上来，“这是我们在太岳县日本特务身上缴获的高分辨率军事地图，我们能否顺利突围就靠它了。”郑川指着地图：“我们隐蔽的甘泉谷在这里。”

日军的地图不像郑川之前看到的那些地图，组织上发的作战地图多数是找画画好的人按照一张原始地图绘出来的，且不说绘地图的人水平怎么样，单是那张最原始的地图，往往也是漏洞百出，标注的根本不清楚。而郑川手中拿到的日军作战地图却与之前他用过的地图完全不同，线条流畅，标注清晰，连几口水井都标得一清二楚。

郑川指着地图，轻声道：“大家看，有两个突围方向，一、向平型关国军阵地方向突围。二、朝雁门关方向突围。这两个方向各有利弊，大家说怎么办?”

刘洪涛接话：“我觉得向平型关突围够呛，日军的首要目标是平型关，从这里突围肯定要和进攻平型关的日军主力遭遇，突围的可能性几乎为零!”

他的分析得到了大家的认可。

“我同意一营长的，从地图上看，雁门关方向沿路地形复杂，太行山脉纵横交错，我们可以充分利用这一有利条件，一旦和日军遭遇，可以往太行山里撤，迂回几次，一定能跳出日军包围圈。”

“我也同意向雁门关方向突围。”

“我也倾向于向雁门关方向突围。”

大家纷纷发表着各自意见，唯独郑川沉默不语。

最后，郑川开口：“我们不能向雁门关方向突围!”

众人疑惑，你看看我，我看看你，都不出声。

郑川解释着自己的看法：“向雁门关方向突围的确相对容易，但我们想到的，日军也能想到，如果我的判断没错，日军此刻一定在调兵遣将，加强雁门关方向的守备。”

话音未落，派去侦查的高春生急匆匆跑来：“团长，发现一支日军步兵大队正向雁门关方向集结。”

这下，大家彻底泄了气。平型关不行，雁门关也不行，这无疑是在告诉大家，这次必死无疑。

“那倒未必！”郑川话音一落，大家的目光纷纷投向他，眼中重新燃起了希望。

“我想好了，我们往东，向山西和河北交界的涞源方向突围。”

常松林几人疑惑地看着郑川，涞源是日军占领区，全是重兵把守，日军大部队都是从涞源源源不断地向平型关开来，在其他人看来，郑川这么做无疑是送死。

“我们孤军陷入日军包围，如果按常规思路突围，必死无疑！只有出奇招，出险招，方能突出重围。正因为那是敌占区，日军才想不到我们会向这个方向突围。”郑川解释着。

成败在此一举！

夜渐渐袭来，黑暗笼罩着大地。独立团兵分两路，郑川带一队警卫连潜出山谷，向雁门关方向佯装突围，引开日军。另一队由常松林带队，由一营长率领部队从板垣第 11 联队和第 41 联队结合部柴家梁突围，然后在刘家梁与郑川汇合。

“如果两小时内等不到我们，立刻向双马岭撤退。”郑川平静地说着，但是大家都知道，郑川这是要带着警卫连吸引日本兵，给其他人逃跑的机会。

常松林眼眶含泪，不管谁去吸引敌人，他知道，这一别，恐怕是最后一次见面了。

“老郑，还是我带警卫连吸引敌人，你带部队突围！”常松林开口，独立团少了谁都行，就是不能少了团长，所以常松林语气里充满了坚决。

“不要争了！咱们分工明确，我是军事主官，你是生活主官，这件事我说了算！”郑川一口回绝，最后说：“记住，路上如果遇到日军，不要纠缠……”

常松林的眼眶红了。

……

虽已入秋，但秋老虎的威力丝毫没有减弱，天热得发了狂。郑川的军装是入春的时候发的，长袖长裤，烈日下警卫连战士们的衣服全部湿透、黏在身上，脸上的汗水不停流淌。但是最令人无法忍受的并不是酷热的天气，而是因为饥饿带来的生理反应。

“咕咕咕”的声音从段小虎的身体里发出来。段小虎赶紧捂住肚子，生怕坏了大事儿。

“你个不争气的东西！”段小虎指着肚子低声骂道。他明白，这个声音要是被日本兵听到了，后果不堪设想！

“怎么样？能坚持么？”郑川关切道。

“没事儿！团长，放心！”段小虎一边说，肚子再次发出“咕咕咕”的声音。段小虎赶紧把皮带勒紧了些。

这时，炊烟缭缭，一阵米香顺着微风飘到郑川等人鼻中。

段小虎刚刚消停的肚子又叫了起来，他们已经忘了上一次吃大白米饭是什么时候。

“等冲出去了，我给大伙打两只野兔，解解馋！”郑川说道：“哨兵交给我和段小虎，其他人等待命令！”

说着，郑川和段小虎二人悄然摸到了日军哨兵身后，郑川突然出手，一掌打昏了哨兵。接着，他迅速扒下哨兵的军服帽子，套在身上，佯装放哨。

一旁的段小虎迅速将鬼子兵拖进了灌木丛，动作干净利索。

第一步的计划已经完成，郑川观察片刻，看周围安全，暗中打手势，指挥战士们一个接一个潜出山谷。借着草丛的掩护，猫着腰朝远处跑去。终于，警卫连全部溜出了山谷。郑川偷眼看看日军，故意发出声响，大步离去。他的目的很简单，吸引日本兵的注意力。

几个日本兵消失得无影无踪，警卫连占领日军阵地前方，迅速寻找有利位置，机枪排架起了机枪。

郑川看看前方的日军，再次提醒道：“都记住，我们的目的是吸引敌人，掩护部队突围，打得越热闹越好，但不能恋战！”

说实话，郑川对于这一仗心里根本没底。就算他们占据了有利地势，但是凭借着日本兵的人数以及他们的火力装备，一个小小的警卫连根本不是日军的对手。但是，他依旧要尝试一下。

……

板垣司令部，电话铃声此起彼伏。

参谋们不断汇报战情：“报告将军！田中大佐来电，八路军已被我军击溃！……报告将军！八路军逃进山里，田中大佐亲自率部展开追击！……报告将军！田中大佐来电，进展顺利！”

板垣听到这些消息无比兴奋：“回电田中，咬住八路军，不要松口！命令其他搜索部队，全力围堵八路军！”

不过，这种良好的感觉却并未存在多长时间。很快，板垣就得知八路军不知去向，而他一向骄傲的军队已经溃不成军。

板垣脸色铁青，凶狠的目光死死盯着地图一言不发，直到此刻他才明白，自己居然被八路军给耍了。八路军的逃窜方向既非雁门关，也非平型关，他们要向东处的桃花村逃窜！

板垣嘴角露出一丝轻蔑的笑容：“马上给我接11联队的电话，我要和他们好好玩玩！”

八路军的顽强抵抗彻底燃起了板垣心中的火苗，这个被称为战场赌徒的日本军官，听到隆隆的枪炮声，整个人就像赌徒看到筹码一样兴奋。刚才还波诡云谲，转眼间云开雾散，这种感觉令他发狂。他已经很久没有体会过如此刺激的感觉了，但对于八路军来说，这无疑是一场灾难。

……

天边露出鱼肚白。借着雾气和灌木丛的掩护，郑川带着警卫连悄悄行军。他们的目的地是桃花沟。经过一夜的浴血奋战，加之不停地赶路，警卫连的战士个个筋疲力尽。不过也有好消息传来：“团长，常主任他们已经突围出去了。”段小虎猫着腰气喘吁吁地说。

郑川听后整个人明显松了一口气：“日军有什么动静？”

段小虎满脸自信：“我侦察过了，没动静。”

忽然，郑川停下了脚步。他蹲下身，看着地上的一串脚印，脸上现出惊恐的表情：“坏了，是日军的脚印！”

“快撤！”话音刚落，日军猛烈的子弹从外面打来，身后的日军也蜂拥而至，猛烈开火。警卫连腹背受敌，双方展开激战。

郑川这才知道自己中了小鬼子的埋伏，他冷静地观察着山谷里的地形，一条峡谷出现在右侧，他想都没想，迅速带着战士们冲进峡谷，不料，眼前的绝壁悬崖挡住了去路。

身后，日军紧追而来。双方再次开火，郑川看着早已精疲力竭的战士，又看看眼前的悬崖绝壁，心中不禁一颤。

这时，外面传来日军的喊话声：“里面的八路军听着，我们是板垣师团第41联队！你们已经被包围啦，马上投降吧！”

此时，一个大胆的想法冲入郑川脑海中，他大喊着：“投降可以，找你们联队长来！我要跟你们联队长谈判！”

话一出口，山洞里的士兵都惊呆了。

郑川给段小虎使了个眼色，在地上写上“时间”两个字。

大家此刻才明白，郑川是要拖延时间。他一指悬崖：“小虎，豆子，看你俩的了。”

段小虎立刻明白了郑川的意思，低声说：“同志们，把绑腿都给我。”

战士们解下绑腿，迅速结成绳索。段小虎、黄豆豆二人背起绳索，顺着绝壁向崖顶攀爬，惊险无比。其中好几次，段小虎都险些摔下万丈悬崖。

时间一分一秒地过去了，所有人的心都提到了嗓子眼，大家都瞪大了眼睛，凝声屏息。终于，二人爬上了崖顶，抛下绳索。

战士们一个接一个，抓着绳子攀上悬崖。

只剩下郑川一人，这时日军喊话声传来：“八路军听着！我们栗原大佐来了！你们可以出来谈判啦！”

郑川大喊着：“知道啦，等着！”

与此同时，郑川抓住绳索，纵身攀上绝壁，段小虎等战士拼命拉绳子，转眼间郑川登上崖顶，消失在浓雾里。

……

常松林带领着独立团的士兵躲在刘家梁高粱地里焦急地等待着，时间一分一秒地过去，眼瞅着离约定的时间越来越近了，可是郑川却迟迟未到。

这下，号手胡大喇叭耐不住性子了，担心道：“营长，时间快到了，团长他们怎么还回不来？不会有事吧？”

“呸呸呸，闭上你的乌鸦嘴！”刘洪涛一脸不悦，胡大喇叭说中了他的心事，他一直不敢往那个方面想，或者说不愿接受这个事实。

大家心里都明白，郑川和警卫团的战士们肯定凶多吉少，但是谁也不愿说，谁也不愿提。

常松林看看表：“时间到！集合！”

战士们谁都不动，常松林急了：“没听到我的命令吗？”

刘洪涛紧张，劝道：“主任，咱再等等吧。”

“不行！马上行动！”常松林态度坚决。

这下刘洪涛也不乐意了：“团长他们冒险吸引鬼子，我们多等一会儿怎么了？”

“刘营长！战场上必须不折不扣执行命令，容不得半点含糊。战士们不懂，你这个当营长的也不懂吗?”

“我他娘的又不是第一天打仗。”

常松林气得满脸通红：“我处分你！”

二人僵持不下，这时，胡大喇叭惊喜的声音从侧面传来：“团长！”

郑川的回归令方才紧张的气氛一扫而光，不过，郑川却丝毫没有放松警惕。他们刚刚才从日本兵的眼皮底下逃跑，这无疑是往日本兵的脸上狠狠地扇了一巴掌。如他所料，此时，就在距离自己不过几十里外的板垣司令部里，板垣这只老狐狸已经彻底被激怒了。

三

板垣气疯了，牙齿咬得“咯咯”作响，眼里闪着一股无法遏制的怒火，好似一条被激怒的野兽，最后他做出了一个令所有人震惊的决定：“飞行大队，侦察机全部起飞搜索。后续部队停止增援平型关，全部搜寻八路军！”

“将军，作为参谋，我必须提醒您，这支八路军不过是一个团的兵力，对战局无足轻重，我们的目标是平型关，这样大动干戈，会影响整个平型关作战计划。”一旁的石原显然对板垣这个不理性的决定表示质疑。

但在板垣看来，八路军已经成为整个平型关战场的焦点，尤其是不久之前华北军总司令寺内寿一大将来电，专门询问追剿八路军的进展。板垣不知道是哪个多嘴的人向总司令通报消息，不过他能确定的是，蒋介石的中央军、阎锡山的晋绥军、共产党的八路军和华北军总司令寺内寿一，所有人都在关注他，更准确地说是在看他板垣是不是有能力抓住八路军。如果这次八路军真的从他的眼皮底下逃跑，那么丢的将是大日本帝国的颜面，第五师团会沦为日本军界的笑柄！想到这里，板垣的眼神中露出一缕凶光。

……

太阳，火辣辣地照射着大地，似乎要散发出全部的热量。加之山路陡峭，所以独立团的行军速度异常缓慢。

陈大锅满身大汗，像是刚从水里捞出来一样，他背着一口大铁锅，艰难前行，宋憨头想要上前帮忙，没想到却被陈大锅一口拒绝：“不用，你背不了。”

这下，宋憨头不乐意了，本来把他安排在伙房，他心里就有一千个一万个不乐意，谁知道来到伙房后，连个破锅也不让他碰，这明显就是把他当外人看。

宋憨头越想越生气，索性一屁股坐到地上不走了。

“憨头！别耍性子，起来！”陈大锅吼道。

谁知道宋憨头这个家伙根本不吃这一套，陈大锅越吼他，他还越来劲。

“就不！”说着，宋憨头干脆双腿一伸，彻底不动了。

就在这时，两架日军飞机再次飞临，战士们急忙隐蔽，宋憨头却赌气不起来。陈大锅急了，跑回来拉憨头，不料脚下一滑，滚下了山坡。

直到这一刻，宋憨头才站起来，顾不上暴露，连滚带爬去救陈大锅。

刘洪涛急了：“机枪排！掩护老班长！”

幸好郑川跑来，一把按住机枪手，他明白，一旦开枪，就会暴露行踪，那么小鬼子的诡计就得逞了。

刘洪涛眼睁睁看着敌机嚣张，却不能还手，急得直骂娘。

这下，问题来了。

经过方才那一摔，陈大锅的腰伤复发，无法再向前行进，唯一的办法就是抬着他走。但是山路崎岖，就是自己走，都步履维艰，更别说是再抬上一个人了。

郑川犯了难。

……

公路上，独立团战士们大摇大摆，列队行军。宋憨头扶着陈大锅，行进在队伍中。只见段小虎刺刀上插着一面日军太阳旗，走在前面，他脸色惨白，满头冒汗，感觉自己的心像要跳出来一般。

“团长，咱能骗过鬼子飞机吗？我咋觉得心里没底呀？”段小虎低声说着。

“沉住气！”

话音未落，一架日军飞机轰鸣飞来。黄豆豆撒腿就往山里跑，却被郑川一把拉住：“不要慌！后队变前队！”

战士们稳住阵脚，全体转身，佯装行军。

日机在天空中盘旋，鬼子也不敢轻举妄动，毕竟子弹不长眼，要是一不小心打中了自己人，那可要受军法处置。

保险起见，一个日本兵拿着军用望远镜观察着下方，由于距离太远，他只能隐约看到段小虎刺刀上插着的太阳旗。

正看着，公路上的日军朝飞机挥手。这下，日本兵更加确定脚下的肯定是自己人了，要不谁敢那么大的胆子，这么大张旗鼓地朝着飞机招手呢？

飞行员拿起无线电："报告司令部，我机没有发现八路军……"

说完，日机飞机盘旋一圈，飞走了。

见日机渐渐飞远，战士们才松了一口气，段小虎的胳膊还半悬在空中，许久才放下来。

郑川大喊一声："掉头！继续行军！"

战士们兴奋地喊起来，大步朝着另一边前进。

……

天色渐暗，前线指挥部内紧张依旧。

八路军前线指挥部作战室已经乱作一团，黎英的神经一直紧绷着，她用嘶哑的嗓音呼叫着："山鹰山鹰，我是云雀，我是云雀，听到请回答……"

电台那头依旧鸦雀无声。

黎英回头看着大家，眼神有些绝望："还是没回音……"

众人沉默。

这时，电台中清晰地传来电波的回应：云雀云雀，我是山鹰，我是山鹰，听到请回答，听到请回答！

像是黑暗中的一缕阳光般，接近十个小时没有回应的电台再次发出了声音，虽然声音断断续续，但是黎英却听得异常清楚。

她的眼眶红了，指挥部内极其安静，所有人屏住呼吸，静静地听着电台那头传来的声音："我部已安全脱险，全团无一伤亡，请指示。"

顷刻间，作战室立时沸腾了。

黎英不知道自己的眼泪流了多久，她只是觉得眼前的一切都模糊了……

四

鉴于独立团已成功突围，115 师决定调整部署，让独立团在关沟设伏，对增援平型关的日军第 21 旅团辎重队打一场伏击战。郑川临走前 115 师林师长专门强调，命令独立团连夜向关沟靠拢，配合 115 师作战，目的是在白树岭，截断救援关沟的日军增援部队。

刘洪涛一听林师长的命令，一下就不乐意了："啥？让咱打下手？独立团啥时候给人打过下手？"

一旁的常松林却显得十分平静："行啦一营长，你这挑肥拣瘦的毛病以后得改改，有仗打就不错了。"

自从独立团从日军包围圈突围后，整个队伍的士气高涨，毕竟逃出包围圈的时候，独立团是一直躲着，被日军追着打，现在能与日军正面交战，大家都异常兴奋。

“团长，什么时候出发?”段勇急切地说。

看着一个个疲惫不堪的独立团战士，郑川心中涌上一股心酸。

“让战士们睡会儿，半小时后出发!”

……

公路上，借着夜色的掩护，独立团匆匆行军。

这时，侦查员高春生发现双马岭一队鬼子在山下休息。

“有三十来个人，十驾马车，车上拉的全是弹药，应该是给进攻平型关的日军送补给的运输队。”高春生一口气说完，连大气都没敢喘。

当听到“运输队”三个字的时候，郑川眼睛一亮，突破包围圈那次，他们的家当用得差不多了，眼下正缺弹药，没想到老天爷居然把这么大一块肥肉摆到他面前，这要是不吃，岂不是对不起老天爷的好意?想到这里，郑川嘴角露出他那标志性的诡笑。

一旁的常松林一眼就看出郑川的心思，知道他又想打运输队的主意：“老郑，你又想干什么?我可提醒你，林师长要求我们拂晓前必须赶到白树岭。耽误了任务可不是闹着玩的。”

“放心吧，动作麻利点，半小时结束战斗。”说着，郑川冲着刘洪涛说：“带你的一连跟我走。”

有仗打，有好东西拿，刘洪涛自然是屁颠屁颠地跟着郑川，常松林刚想阻拦，却一把被段小虎给抱住了。

段小虎笑嘻嘻，他的一颗小虎牙在月光下闪闪发亮：“政委，你又不是不知道团长的脾气，再说，我就不相信你看着小鬼子的弹药不眼馋?”

一句话，把常松林说得哑口无言。

……

似乎连老天都在帮着郑川，这一晚的夜空，既不像幕布一样黑漆漆的一片，也不是明月当空照那般明亮，正好为郑川和战士们的隐蔽以及照路提供了方便。

很快，郑川和刘洪涛带着一连来到了双马岭山下。视线中，瓦斯灯在黑暗中很是明亮，十几辆马车成一字型停靠在一旁，格外惹眼。

一群日本兵背靠马车，围坐在一起，大声唱着日军军歌：“跨过大海，跨过高山，尸横遍野，为天皇捐躯，视死如归……”

“怎么样一营长？有没有把握？”郑川嘴上虽然这么问，但是心里早已经有了十足的信心，这些东西，他今天是要定了！

“当然。”刘洪涛自信满满，他迅速下令：“一排从右边！二排从左边，三排上双马岭半山腰埋伏，等鬼子逃跑的时候再打。其他人跟我正面打！”末了，刘洪涛补充道：“都记住，别往弹药箱上打，二十分钟解决战斗！”

众人齐呼：“是！”

随着一声“冲啊！”的响亮口号，一排、二排独立团的战士们迅速扑向日军左右两侧，三排的战士悄悄摸上半山腰。

山脚下的日本兵浑然不觉，突然，刘洪涛一声令下，猛烈的子弹突然间倾泻而至。

日本兵毫无防备，顿时被打蒙了。

几分钟的工夫，七八个日本兵瞬间倒在血泊中。剩余日军逃上身后的双马岭，企图顽抗。

埋伏在半山腰的三排突然开火，日军腹背受敌，转眼间被全部消灭。

仅仅不到二十分钟的时间，一连的战士们就结束了这场战斗。

十几个弹药箱被战士们依次打开，满满的枪支子弹令独立团战士们欣喜若狂。

郑川和常松林却似乎对其他东西更感兴趣，他们从日本兵身上找到了一份密函，这对于他们来说简直比几百杆枪还宝贝。

“从缴获的命令看，这支鬼子是从涞源出发，准备经双马岭、关沟，增援平型关的。”刘洪涛说着，突然满脸惊讶，因为从他们截获的密函来看，双马岭才是日军的必经之路，而非林师长所说的白树岭。

刘洪涛能想到，郑川自然也想得到。他暗暗盘算着，推测关沟伏击战一旦打响，日军肯定要增援，平型关是日军的首要目标，他判断板垣从平型关派兵的可能性不大，一定会从涞源派兵。而双马岭正处在涞源至灵丘公路的要冲，是日军救援关沟的必经之地。

看郑川紧锁眉头，半天没出声，刘洪涛试探地问：“团长，你想在这里打援？”

这下，郑川笑了，紧锁的眉头也舒展开了：“还是你了解我啊。”

这时，身后传来了常松林惊呼的声音：“我不同意！”

“老常，你怎么来了！”郑川一脸惊讶地看着常松林。

“我要是再不来，你就要犯大错误了！首长给我们的命令是到白树岭打援……”

郑川笑了，他知道常松林的性格，沉着、稳重，但太正统，要想说服这个老红军可不是容易的事情，他转向话务员：“话务员，给前线指挥部发电！”

常松林看着郑川，嘴角浮现笑容，这是两个人一直都有的默契。

不一会儿工夫，林师长电令传来，结果却令郑川大跌眼镜，郑川原以为指挥部会同意他的意见，但是得到的结果却是：“这场伏击战是八路军同日寇的第一仗，中央和八路军总部做了统一部署，作战计划不得随便更改，你必须不折不扣地执行命令，胆敢擅自行动，必严厉处分！现命令你部，按原计划赶赴白树岭，不得有误！”

郑川彻底傻了眼，连常松林也蒙了。

刘洪涛满脸泄气：“得，白高兴一场！”说完，刘洪涛和战士们丧气地低头转身，准备按原计划去白树岭。

唯有郑川依旧站在原地，眉头紧锁着，突然，他嘴里蹦出两个字：“等等！”

方才准备离开的战士纷纷转身，满脸期望地看着郑川。

“团长，你不是又想违抗命令吧？”刘洪涛这句话是带着笑容说的，双眼充满了期待。

常松林急了：“老郑你不要乱来！违抗命令可不是闹着玩的。”

“老常，命令是死的，人是活的，我们的目的是为了打胜仗……”

“不要说了，这个我是绝不会同意的！”

众人你看看我，我看看你，期望的心情再次落空，满脸泄气。

郑川还想争取，没想到常松林用逃避回应他，居然转身走了。其实，常松林的担心郑川明白，说实话，郑川也不敢确定到底小鬼子是不是会从双马岭增援，但是，他必须要赌一赌。

郑川和常松林的争吵让在场的战士们也傻眼，谁也不敢上前。最后，大家纷纷把目光转向一营长刘洪涛。

刘洪涛只能硬着头皮，试探地问：“团长，现在怎么办？”

“还能怎么办，集合！”声音铿锵有力，没有丝毫犹豫。

……

在独立团的这些年，常松林没少帮郑川顶事儿，不管是背黑锅还是挨处分，他从来没有抱怨过半句。但是这一次事关重大，如果出了问题，麻烦可就大了。所以，当郑川带领着独立团的士兵来到双马岭之后，常松林紧随其后，跟了过来。虽然人是跟着过来了，但是肚子里的气还是没有消。

“老常，谢谢啊。”郑川笑呵呵地看着常松林。当郑川看到常松林出现在双马岭的那一刻，他就知道常松林已经原谅他了。

“别跟我说话!”

“还生气呢?小心眼儿。”

“好，我小心眼儿!我告诉你郑川，这是最后一次帮你，打完这一仗我就打报告调离，以后你走你的阳关道，我走我的独木桥!”说完，常松林头也不回地走了。

常松林前脚离开，侦查员高春生就气喘吁吁地跑了过来：“鬼子的增援部队来啦!”

郑川收回笑脸，急忙拿望远镜观察。

视线中，一支日军机械化部队气势汹汹地沿着公路开来，卡车上坐满了日军士兵。

郑川放下望远镜：“同志们!动真格的时候到啦!这次是我们跟鬼子的真正第一仗，要打出咱红军‘英雄团’的威风来!决不能放一个鬼子过双马岭!”

“是!”战士们群情激昂。

顷刻间，硝烟弥漫，独立团战士们机枪、步枪、手榴弹从三面一起开火。最前面的几辆日军汽车顿时被打瘫痪，堵住了前进的道路。

车上的日军大佐反应过来，迅速从硝烟中爬起来，大喊着：“冲过去!”

日军果然训练有素，很快就地发起了猛烈的反击，向山口发起冲锋。但马上遭到来自马头制高点一营和二营、三营的猛烈打击，丢下十几具尸体，退了回来。

这下，日军长官没有继续命令冲锋，而是躲在车身后面，冷静地观察着周围的情况，这时，一营制高点进入他的视线。

……

一营马头阵地，战士们都杀红了眼，看到狼狈而逃的日军，一营战士们欢呼雀跃。

一排长语气中带着几分不屑：“营长，鬼子也没像国民党说的那么厉害呀，弟兄们还没打过瘾呢，鬼子就跑了。”

相比战士们的兴奋，一营长刘洪涛却表现得异常冷静，跟日本兵交手多次，他已经慢慢摸透日本兵的性格：坚韧、固执。眼前的这些日本兵被打了个措手不及，肯定不会善罢甘休，他估计马上就会反扑。

“现在还不是高兴的时候，各就各位，准备战斗！”

话音未落，天空突然飞来几十个黑压压的炮弹。

刘洪涛大吼道：“全部躲到掩体内……”

一时间，爆炸声响起，雨点般的迫击炮弹从五六十米的高空带着尖利的呼啸声在一营阵地上炸响，先前日军长官率领着一支日军中队对马头制高点发起了猛攻。

一营的战士们多多少少都受了伤，但日军却越战越勇，一批又一批日军在猛烈的炮火掩护下，冲了上来，眼瞅着就要冲上阵地。

刘洪涛怒吼着：“同志们，给我打！”

轰隆隆的爆炸声中，日军又丢下十几具尸体，退了下去。

有人来了，刘洪涛定睛一看，才看清是郑川。

“怎么样？”郑川关切道。

刘洪涛没出声，两眼泛红，他看着身边东倒西歪的战士们，不说话。

郑川顺着刘洪涛的目光看去，只听身后传来刘洪涛的哭腔：“团长，他们都死了……”

阵地上一片安静，方才的一仗，独立团损失惨重。

“团长，得想个办法，鬼子的炮火太猛烈，这样打下去，我们守不住的。”刘洪涛一脸紧张。

刘洪涛的话正说中了郑川心中所想，他皱眉思索，一个新的计划开始在他的脑子里成型。

……

阵地上一片火海，郑川和战士们分散隐蔽在阵地后方的岩石后。

郑川明白，如果单纯拼火力，和鬼子硬碰硬，那么吃亏的肯定是独立团。无论是人力还是物力，独立团根本不是日军的对手，方才牺牲的那些士兵令郑川心痛不已，他必须要改变策略。

就在日军还在疯狂对一营阵地进攻的时候，常松林和杨大河正带着一个排冒着枪林弹雨匍匐而来，他们的目标是日军的迫击炮。

“二营长，炸完就撤，不要耽搁。”常松林轻声说。

“明白！”

话音一落，手榴弹雨点般飞向敌人，轰隆隆的爆炸声中，日军迫击炮被悉数炸上了天。

“撤!”话音刚落，常松林大喊着：“小心!”

只见一个战士撤退时，脚下一滑，向山下滚去。常松林纵身跳下，拖着战士往回跑。

此时，日军已经发现了躲藏在这里的常松林，一梭子子弹打来，常松林中弹，倒在了地上。一边的杨大河急了，扑上来，扛起常松林，在战士们的掩护下，撤退而去。

当郑川得知常松林受伤的消息后，他的第一个反应是身体不由自主地晃了一下，他怔了好一会儿，一声不吭，脸色变得煞白。虽然平时没少跟常松林拌嘴，但是常松林对于郑川来说却像是主心骨。他们一个是秤，一个是砣，谁也离不开谁。当常松林身负重伤出现在他面前后，一贯对尸横遍野的战场习以为常的郑川禁不住扭过头去，不忍再看。

“小虎!”一旁满脸是泪的段小虎冲过来，“到!”

郑川咬着牙说道：“交给你一个任务，找到日军最高指挥官，干掉他!”

段小虎眼前一亮，大声答道：“是!”

这时，不知什么时候摸上了阵地的宋憨头也跑了过来，他之前一直在阵地附近观望，一看到郑川叫段小虎，就猜到肯定有任务，这下他再也坐不住了。

“团长，让我跟着小虎哥吧。”宋憨头眨着那双渴望的眼睛看着郑川。

“混蛋！你来干什么！回去!”

“我眼睛好，可以给小虎哥带路……”

密集的枪声响起，日军再次发起猛烈进攻，不等郑川拒绝，宋憨头拉着段小虎消失在硝烟中。

很快，段小虎二人冒着枪林弹雨爬到阵地最高点，段小虎轻声说：“憨头，看到肩上有两道杠的鬼子马上告诉我!”

“是!”声音里明显带有一丝兴奋和激动。

这是宋憨头第一次真真正正地冲向战场，而且还是协助段小虎杀掉日军最高指挥官，想到这里，宋憨头就一脸的兴奋。

时间一分一秒地过去，二人仔细搜寻了很久，但搜遍了整个战场，根本找不到日军指挥官的身影，段小虎急了。

突然，耳边传来宋憨头兴奋的声音：“小虎！那个是不是鬼子指挥官?”

段小虎举起望远镜看去。

山下日军一辆燃烧的卡车后边，一身军装的日军大佐躲在后边指挥战斗。

段小虎大喜：“没错！就是他！”说着，段小虎举起枪，瞄准，扣动了扳机。

望远镜里，宋憨头清楚地看到日军大佐应声倒下。

此刻，一营阵地前沿，郑川带领的独立团战士们，以破釜沉舟的决死精神面对强敌，发起攻击，进行了一场惨烈的白刃战。郑川与日军战在一处，双方杀红了眼，但谁都不肯后退一步。

这时，陈大锅带着炊事班冲上了阵地，加入战团。陈大锅手持菜刀，一刀砍翻一个鬼子兵，杀入战团，又一队日军冲了上来。

白刃战持续了一个多小时，双方的体力都已耗尽，阵地上早已血流成河。

“跟鬼子拼啦！”刘洪涛怒吼着。

就在这时，黄豆豆飞一般跑来，边跑边喊：“胜利啦！关沟那边胜利啦！”

这个消息让刚刚有些倦意的独立团战士瞬间精神一振，重燃斗志。

这时，冲锋号吹响了，独立团剩下的几十个人，在郑川的带领下发出排山倒海的杀声，几十把刺刀在阳光下闪着耀眼的光芒。

……

血战后的战场十里长沟，日军尸横遍野，狼藉一片。燃烧的汽车、遗弃的武器给养、散落的文件和作战地图等物品，写有“武运长久”字样的军旗遍地都是，铺满沟底。

段小虎带着宋憨头等战士打扫战场，宋憨头背着几条枪，朝一辆卡车走来。

忽然，卡车下面有只脚动了一下。是鬼子！从来没有开过枪的宋憨头吓得全身直打哆嗦。

“缴枪不杀！优待俘虏！”宋憨头的声音异常大，似乎是在给自己壮胆。

不料，被发现的两个日军突然跃起，端着枪朝宋憨头杀来。

宋憨头吓呆了。

危急时刻，宋憨头身后传来两声枪响，面前的鬼子应声倒下，其中一个日军的脑门上出现了一个血窟窿，血喷了宋憨头一脸。

“憨头，你没事吧？”段小虎冲过来，满脸焦急。

卡车刚刚是由他检查的，但是因为粗心并没有发现有喘气的日本兵，幸好及时发现，否则后果不堪设想。正想着，突然，身后传来一声枪响，段小虎身体一震，血汩汩地从他的胸口往外涌，段小虎缓缓跌倒。

这下，战士们惊呆了，疯狂开枪，瞬间把那个日军兵打成了蜂窝煤。

宋憨头这才反应过来，手忙脚乱地捂着段小虎流血不止的胸口，不停地叫着段小虎的名字，大声哭喊着。段小虎缓缓闭上了眼睛，鲜血浸透了腰间的挎包。

五

平型关战斗消灭日军1000多人，震动全国。它给予在侵华以来横冲直闯的日军沉重的打击，它极大地鼓舞了全国人民的抗日斗志。八路军以远远不如国民党军队的简陋装备，主动迎战日军的主力师团，并且首战大捷，突出地显示了八路军的战斗力，因此极大地提高了八路军的威信，提高了中国共产党的威信。而八路军前线指挥部独立团配合115师，在平型关白崖台一线重创日军辎重部队，获空前胜利。但如此大规模的伏击战竟然未捕获一名俘虏，这在以往作战中从未遇到，说明日军士兵受武士道精神教育，个个都是亡命之徒。经此一战，独立团全团牺牲百余人，多为长征的红军骨干战士，郑川心痛不已。

……

荒野外，小土堆下安放着几十个独立团的战士，叫得上名的，叫不上名的，都被安置在此。而在最靠前的位置上竖着一块木牌，上面写着“段小虎之墓”。

空气中弥漫着死一般的沉寂，所有战士整齐列队，眼睛都红了。

对于段小虎的死，宋憨头一直无法释怀。以前要不是段小虎救了他，他早就被鬼子的飞机炸死了。而今，段小虎又因为救他而死。

郑川拿起段小虎留下的挎包，展开一面血迹斑斑的红军“英雄团”军旗，军旗上写着一些人的名字。郑川将牺牲战士的名字一个一个写上去，最后写的是段小虎，此刻，他的眼睛也红了。

宋憨头抹去泪水，紧紧握着那面军旗，犹如珍宝一般。

刘洪涛大声喊着：“全体都有！立正！敬礼！为战友送行！”

先遣团战士们庄重敬礼，宋憨头早已哭成了泪人。

郑川站起身来，从包里掏出口琴，仔细地擦拭一遍，吹起了一首忧伤的乐曲。

这时，一个身影悄然出现在郑川身后，郑川下意识地转过身，刚要喊出“小虎”两个字，声音戛然而止。

“黎英？”

“郑川!”

二人紧紧拥抱在一起。

……

平型关大捷极大地鼓舞了全国人民的抗日斗志，掀起了全国抗日热潮，不少仁人志士加入到抗日的队伍中，牺盟会太岳县干事张平虏就是其中之一。

自从平型关战役胜利一来，张平虏就没闲着，到处做演讲，鼓舞老百姓抗日：“谁说日本人不可战胜？我们的八路军就打破了这个神话！这个胜利告诉我们，只要全民抗战，一定能打败侵略者！同胞们，前方的战士在流血！在牺牲！我们也要有钱的出钱，有力的出力，参加抗日决死队，加入这历史的洪流，把我们的鲜血撒在这片热土上吧……”

陆曼云打开一箱银元：“张先生，这箱银元是我捐给八路军的。”

当下非常时期，金钱非万能，但若没有却是万万不能的。

张平虏低声道：“陆小姐，您知道，因为日本海上封锁，我们的战士缺医少药，很多人没牺牲在战场上，却倒在了医院里，如果可能，我想请陆小姐为前线将士们募捐一批药品。”

陆曼云思索片刻：“募捐药品小打小闹，没意思，不如搞一个战地医疗队，上前线挽救更多伤员的生命。”

张平虏的眼神中充满了对陆曼云的敬佩之情。从心里说，张平虏是有些看不惯富家小姐的，从小十指不沾阳春水，没吃过苦。唯独对陆曼云，他却有着不同的感觉。

且不说陆曼云身上没有富家小姐的矫揉造作，单从这些日子里与陆曼云的接触，张平虏发现陆曼云是一个正直、善良的女人，更重要的是，她对抗日的激情。

对于陆曼云说要搞一个“战地医疗队”这件事情上，张平虏觉得陆曼云太过于幼稚了：“陆小姐，您的热情令人钦佩，但战地医疗队需要医疗设备、医生护士、各种药品，还要协调各种关系，没那么容易。”

不过令他没想到的是，陆曼云却是自信满满：“越不容易才越有挑战性，我喜欢!”

说着，陆曼云径直站上石碾子：“乡亲们，我们要组织一支战地医疗队，上前线抢救伤员，愿意加入的来我这里报名，每人每天五斤小米。”

话音一落，台下原本来听张平虏演讲的老百姓就炸了锅。

“按说每天五斤小米真不少，能养活一家人了，可战场上子弹不长眼，万一回不来，家里人喝西北风呀？”

“就是，为了五斤小米，丢了命不值得。”

大家议论纷纷，大致的议论重点就是饭重要，还是命重要。

这下，一旁的宋雨田急了，她也不顾自己的身份，冲着台下的老百姓大喊道：“叔叔大爷们，大娘婶子们！咱可不能没了良心啊！前线那些战士们连五斤小米都没的发，难道他们就没有父母家人，没有妻儿老小吗？他们就应该流血牺牲吗？有句话怎么说的来着？对了，没有国，哪有家？大家都怕上战场，谁来保家卫国？人家陆小姐不远万里回来参加抗战，你们一群大男人，前怕狼后怕虎，脸红不红啊。”

众人语塞，方才热闹的大街瞬间安静了下来。

突然，人群中传来一声：“我响应，我报名！”

大家纷纷把目光投向声音的来源，一位穿长衫的中年男子站出来：“这位姑娘说的对，我叫郭安民，大家都知道，我家是中医世家。”

“我也报名，我不是医生，我可以抬担架。”

“我也报名！”

顷刻间，大家的热情被调动起来，纷纷响应着报名。

他们的一举一动被恰巧路过的周福源看到了，同时他看到了自家的小丫鬟宋雨田方才那慷慨激昂的演说。

这下，周福源的脸面再也挂不住了，陆曼云想干什么他管不着，可是宋雨田是他们家的小丫头，要是因为她出点什么事儿，到时候周家肯定难逃其咎。想到这里，周福源沉着脸，冲着宋雨田大喊道：“你在这儿干什么？”

宋雨田方才的气势一下没了，像是霜打的茄子一般蔫了下来。

“周老爷，是我叫雨田来帮忙的。”一旁的陆曼云帮着宋雨田解围。跟着周福源一起过来的周安邦看到这个情况，打圆场：“爹，雨田讲得没错，面对日本这个强敌，是要全民抗敌才行。”

周福源用犀利的目光扫了周安邦一眼，周安邦心里清楚，如果再不离开，恐怕周福源就真的要在这大街上发火了，他赶紧拉着周福源，笑着对陆曼云说：“陆小姐，你们忙吧，我们先走一步。”说着，周安邦给宋雨田使了个眼色，宋雨田识相地跟在二人身后。

回到周家大院后，宋雨田并没有直接回到自己房间，而是来到了周安邦的房间。

“什么事啊，雨田？”周安邦一脸温和地看着宋雨田。

宋雨田迟疑着，吞吞吐吐："大少爷，我想……"

看到宋雨田这副模样，周安邦想起之前听说宋雨田父亲生病的事情，宋家的环境周安邦心里有数，现在宋雨田这副有话想说又不知如何说的样子，使周安邦更是确信宋雨田家中又遇上了什么困难。

周安邦拉开抽屉，取出了几块大洋递到宋雨田面前。

不料宋雨田却直接拒绝了："不不，大少爷，我今天来不是为钱的事，以前你总帮我，我已经很感激了，这钱我不要，我是想让你帮我另外一个忙的。"

这下周安邦一脸迷茫："什么事啊？"

宋雨田定了定神，咽了口口水，努力让自己平静下来："我想参加医疗队。"

话一出口，周安邦明显愣了一下。

宋雨田解释着："大少爷，我怕老爷不让我去，当初为了我哥的官司，我爹借了老爷一大笔钱，一时半会儿也还不上，老爷是不会放我走的。"

周安邦这下才明白，不过他还是很好奇，平时宋雨田比较腼腆，谨小慎微，性格也柔弱，为什么会突然想到参加什么医疗队？

宋雨田看出周安邦的疑惑，突然抬起头，昂起胸，整个人像充满了能量一般："大少爷，这段时间我从曼云姐身上学到了不少的道理，她是女中豪杰，是女中大丈夫，她能为抗日做那么多事，我也想学她的样，为抗日出力。我没钱，没大能耐，但是我可以参加战地医疗队啊，照顾受伤的战士们，这不也是为抗日出力吗？"

在周家人中，宋雨田对周安邦是另眼相看的。在她心目中，周家其他的人只是东家，是自己服侍的对象，唯独大少爷周安邦，无论对谁都温文尔雅，他还主动教自己读书认字，她觉得对这一类时代潮流的事，周安邦是最通达的，她认为这一次周安邦会非常支持自己。

宋雨田原以为周安邦会非常支持自己，却没想到周安邦却当头给了她一棒子："去了战地医疗队，你能帮上什么忙啊？那里可都是需要专业的医生和经过训练的护士啊。"周安邦的语气中带着少有的严厉。

可是宋雨田依旧不甘心："曼云姐说了，除了专业的医生和护士，还需要很多人手，比如洗床单、被套、衣服，洗纱布，给伤员们做饭什么的，这些都是普通的活，我都能干。"

宋雨田清楚地看到周安邦的嘴角露出一丝不屑的笑容，这个笑容还是宋雨田第一次在周安邦的脸上看到。

“雨田，你一口一个曼云姐，是不是把我的话都忘了？还记得我跟你说过的鲁迅先生吗？”

鲁迅先生？宋雨田在脑子里搜索着关于这个人的记忆，她只记得这是周安邦很尊敬的一个人。

周安邦不顾宋雨田如何想，而是继续说着：“鲁迅先生以前就是学医的，可是他发现靠医学救不了中国，于是他毅然地弃医从文。你虽然知道一些道理，可还是没有真正明白学文化受教育的重大意义。在我的心里，你不是一个普通的女人，你不是想做一名有知识的女青年吗？有知识意味着你和别人不一样，你做的事情也应该和别人不一样。如果你仅仅只是去洗衣服、做饭，你发挥出来的作用就太小了。”

周安邦一口气说了这么一大堆的话，宋雨田一下有些吸收不了，但是不管周安邦说什么，她主意已定，她知道，自己真的很想为抗日出一份力量。

周安邦看着固执的宋雨田，一时间也没了主意，他知道宋雨田的心已经飞到了战场，再说都是废话。

末了，周安邦说出一句：“我去跟我爹说说，他同意不同意我可不敢保证。”

……

周家大院，周福源正在拉板胡，音色宽厚柔美，但又带着一丝凄凉。

周安邦的闯入打断了周福源。

“爹，治国来信了。”

周福源双眼冒光，赶忙接过信，周治国在信中写到孙司令让414团驻守平型关战略要地六郎庙，还说自己已经立了军令状，要与阵地共存亡，甚至还提到了自己带领敢死队的事情。

思儿心切的周福源哪里受得了这种刺激，什么敢死队，什么军令状，什么共存亡，短短几句话，每一句都暗含着周治国可能要牺牲的信息。这下，周福源不淡定了。

周安邦看着周治国的信，心里暗暗骂弟弟不懂事。出征在外，父母已经对周治国的事情整日里茶不思饭不想了，现在周治国又写出这么一封信，这不是想要周福源老两口的命吗！

“爹，战场上都要立军令状，其实也就这么一说，您别当真。”周安邦安慰道。

“真的?”

“真的。”周安邦平静地说。

这下周福源才算是放下心来，周安邦也暗暗松了一口气。

周福源从小就有些偏向小儿子周治国，周安邦从小读书好，又见过世面，所以周福源从来就没操过什么心。可周治国却不一样，从小个性要强，爱惹事，爱逞能，更何况，战场上子弹可是不长眼睛的，这万一……

想到这里，周福源不禁打了个寒颤，马上让那个念头在脑子里消失。

这时，周安邦突然开口说：“对了爹，跟您说个事，雨田想参加陆小姐的医疗队，上前线抢救伤员……”他的语气中刻意带着一丝不经意。

没想到话还没说完，就被打断，周福源怒喝道：“不行！她是抵债的丫头，她要是回不来，谁来还钱?”

“爹，现在都什么年代了，人人平等，买卖下人的事不能作数了。”

周福源双眼冒火：“我看你是读书读傻了！哪朝哪代能平等了？我是看出来了，牺盟会是打着阎会长的旗号，办着共产党的事，打着抗日的旗号发展着自己。共产党和日本人一样，都是洪水猛兽！一个卖身丫头，这才几天啊，就想造反了?”

“雨田是我一手调教出来的，我了解她，不过就是一时的激情和新鲜感，医疗队条件差，又累，她坚持不了几天就会回来的……”

周安邦还想解释，周福源缺失了耐性：“你的那套教育理论到学校里说去，别在家里给我上课了。”

说完，头也不回地离开了院子。

他不是不想说了，而是彻底寒心了。

两个儿子，没有一个让他省心的。原本他以为最闹心的是周治国，没想到现在连听话的周安邦也敢直接和他顶撞，最重要的是居然是为了一个丫鬟。他也年轻过，周安邦心里想的，周福源心里门清，但是他怎么能允许一个小丫鬟和自己的长子在一起，这让周福源将来怎么有脸去见周家的列祖列宗。

不过周太太却似乎不太在意：“雨田这孩子挺好的呀，人勤快，又机灵，长得也俊……”

听着周太太夸宋雨田的话，周福源整个人像是吃了火药一般，他感觉自己就快爆炸了。

之前压抑的所有怒火全部爆发出来：“我周家的大少爷要娶亲，是随便什么人能配得上的吗？宋雨田再机灵，那也是个丫鬟。”

周太太从来没见周福源发这么大的火，赶忙噤声。

六

牺盟会的院子里堆满了一个个木头箱子，里面全都是急救药品。

张平虏满脸兴奋，他上下看着，如同看到珍宝一般，他没想到陆曼云居然这么快就募集到这么多药品。

不过陆曼云却对此并不在意，她更关心的是什么时候可以出发上前线。

周治国上前线已经有一个月了，这一个月里，陆曼云的心也跟着上了前线。她想要见到周治国，或者说，她如此迫切想要上前线也是为了见周治国一面。但得知今晚就要出发的时候，陆曼云反倒没有预想的那般兴奋，而是有些紧张。

“雨田，明天就要上前线了，你怕不怕？”回家的路上，陆曼云和宋雨田一直不出声，陆曼云突然开口打破了之前的沉默。

“说实话，怕得要死，不过就算怕也要陪着曼云姐你……”

宋雨田这么一说，陆曼云笑了：“小丫头的嘴抹蜂蜜了吧，为了我，你就不怕死了？”方才沉寂的气氛一扫而光。

宋雨田故意道：“我是说，一想到曼云姐能见到我们家二少爷了，我高兴还来不及呢，再说，我们家二少爷一定会好好保护曼云姐的，还怕什么呀……”

陆曼云被说中心事，脸颊泛红。

……

马上要上战场了，她不知道自己是不是还有命回来，宋雨田决定和父亲告个别：“爹，我参加了曼云姐组织的战地医疗队，今天晚上就走。”宋雨田一边收拾东西，一边不经意地说。

宋老爹的脸刷一下白了：“你也要上前线?!”儿子宋憨头跑到前线了，现在连女儿也要往前线跑，宋老爹的脑门嗡的一声，一屁股坐到椅子上。

为了令宋老爹宽心，宋雨田赶忙解释着：“不是啦……离前线还有几十里地呢，爹您放心，不会有危险的，我很快就回来了。”

“你当你爹傻子呀？不准去！”宋老爹亲眼见到过鬼子的铁鸟，在天上飞，一眨眼就到跟前丢下炸弹爆炸。想到这里，宋老爹的心不由得提到了嗓子眼。

宋雨田没想到宋老爹如此固执，语气软了下来：“爹，又不是我一个人去，人可多了。再说了，您不是担心憨头吗？说不定我还能打听到憨头的消息呢。爹，您就让我去吧，求您了。”

宋老爹似乎也缓和下来，慢慢叹口气道：“算了，女大不中留，我也管不住你们了，去就去吧。对了，你帮爹到柴房抱点柴禾出来。”

宋雨田一脸兴奋，放下包袱冲入柴房，没想到刚刚进去，就听到柴房外大锁的声音。

宋雨田惊呆了。

时间一分一秒地过去，太阳落下，月亮升起。整个天空俨然一张黑色的幕布，罩在大地上。

宋雨田躲在柴房里，满脸都是泪。

宋老爹从门下面把饭菜推了进来，却被宋雨田一把推出去。

原定出发的时间已经到了，陆曼云左等右等都不见宋雨田的踪影，她担心有事儿发生，特地跑到宋家看看，没想到刚到宋家，就听见柴房里传来宋雨田的哭声。

陆曼云听到宋雨田的声音，明白了大半：“宋老伯，前线也没有您想的那么危险，再说医疗队又不是去打仗的，是在后方。”

宋老爹却依旧固执：“你们几个姑娘家哪儿知道什么叫危险，今天谁说也没用！俺是不会让雨田去的。”说完，宋老爹蹲在地上抽起了旱烟。一副今天谁也别想把宋雨田带走的架势。

陆曼云也学着宋老爹蹲在地上，她耐心地说：“您关得了这一次，总不能关她一辈子吧？再说，憨头不是参加八路军了吗，那打仗就会有人牺牲，有人受伤。医疗队就是抢救和照顾受伤的战士的，你想啊，万一要是憨头受了伤，没有医疗队，他该怎么办啊？”

说到了宋憨头，宋老爹紧皱的眉头微微舒展了些。

陆曼云继续说道：“宋老伯，咱都是中国人，现在日本人打到了咱家门口，如果大家都不想上前线，那谁来保卫我们的家园？等到日本人打来，我们都要做亡国奴！难道您想做亡国奴不成？”

陆曼云的话句句戳中宋老爹的心，他心里恨小鬼子，但是真的让自己的孩子去打小鬼子，宋老爹还是觉得有些舍不得。

陆曼云看时机成熟，佯装要走：“宋老伯，该说的我都说了，如果您坚持不让雨田走，我们也没办法。”说着，陆曼云转身朝着大门走去。

“等一下！”身后突然传来宋老爹的声音。

陆曼云微微一笑，宋老爹看了看柴房，咬了咬牙，起身走到柴房门前，打开门。接着，他将包袱丢给宋雨田，转身朝着屋子走去。

“去吧去吧……早点回来。”

宋雨田的眼眶瞬间被泪水浸湿了，她不知道此时背对自己的父亲也早已满脸是泪。

第四章　战茄越口奇袭机场

一

自从平型关一战以来，日军损失惨重，在日本国内引起了轩然大波，甚至有的报纸文章称板垣因为战败蒙受奇耻大辱，已经自杀殉职。毫无疑问，这一仗的失败已经严重打击了日本国内老百姓的信心。当然，怒火最大的还是要数板垣。

第五师团指挥部内，气氛沉闷，空气似乎凝结了，让人透不过气来。板垣一身武士服，戴着雪白的手套，轻轻抚摸着刀架上的军刀。这把军刀板垣视作珍宝。

房间里还站着樱井和石原。

自从这次战役失败以来，樱井寝食难安，以他对板垣的了解，板垣这次绝对不会善罢甘休，而最有可能直接受到牵连的就要数他樱井了。

樱井低着脑袋，站得笔直，肢体僵硬，不敢出声。

突然，板垣拔刀直逼樱井面门，眼神中充满了杀气。樱井吓得面色苍白，连连后退，脚步错乱，身体不停地摇晃，直至退到墙边无路可退，板垣才停了下来。

“拔刀！”板垣大喊着。

樱井的声音微颤，眼神慌乱，显然已经被吓傻了。

“属下……属下不敢。”颤抖的声音暗示着樱井此刻的紧张。

板垣盯着樱井，调转刀锋，将军刀手柄递给樱井。樱井犹豫片刻后，伸出双手恭敬地接住。

几乎就在樱井接过军刀的一瞬间，板垣迅速转身从刀架上拿起另外一把军刀，接着挥刀逼向樱井。

这一次，樱井无法再拒绝，他本能地举刀接招，但却招招无力，连续三招之后军刀竟被板垣打掉落地，身体不自觉地向后退缩。

板垣怒吼着：“退让是想自杀吗？再来！”

樱井脸色刷白，他捡起军刀，还没有握紧，手中的军刀就被板垣猛力挥刀砍下。樱井拾刀奋力接招。两把军刀碰撞发出清脆刺耳的尖利之声。

板垣没有丝毫的犹豫，三招之内再次将樱井逼到墙角，这次樱井招架不住，军刀从手中滑落，他单膝跪地，低头认输：“将军，让您失望了。”

板垣收起军刀，一并收起的还有那犀利的眼神。

“握着军刀的指挥者，刀尖只能向着前方，即使面对再强大的敌人，也绝不能后退半步，你刚才的迟疑、躲避已经把你内心的懦弱暴露无疑。这才是你无法突破支那军队防线，被他们的消耗战所困的根本原因。”说这些话的时候，板垣直直地盯着樱井的眼睛，仿佛要看到他的心里去，而这几句话，也恰恰说中了樱井的要害，这让樱井更加佩服自己这位以疯狂而著称的上司了。

板垣把刀放到刀架上，继续说道：“21 辎重队遭到毁灭性打击，平型关失利让你们吓破了胆，你是不是认为支那军队因此就有了战斗的信心，甚至有了战胜我们的可能？”

“不，将军，我……我没有这样的想法。”樱井吞吞吐吐，脑门上浮着一层汗珠。樱井没想到板垣居然把话说得这么直白。在来中国之前，樱井一直认为中国军队不堪一击，但是经过平型关一战，樱井对待中国军队的态度有了变化，让他不寒而栗的是，这一切居然全被板垣看在眼里。

“是没有这么想，还是不敢这么想？”板垣看似无意却话里藏话地说。

经过了平型关一战，板垣的态度有了稍许的变化，但他却认为战争的局面并未发生改变。中国军队还是之前的中国军队，是不堪一击的。自从日军进入中国之后，他们由北向南，长驱直入，畅通无阻，平型关失败只是一次偶然，或者更准确地说，是一次意外。平型关战役是中国军队拼尽全力的一次对抗，虽然日军损失一千人，但是中国军队也损失了七百，这样的抵抗就如昙花一现，支持不了多久。

他对自己充满了信心，他了解中国。板垣坚信，在中国战场，他的战术原则是绝对正确的，即以强有力的正面突进，速战速决。

不过，一旁的石原却似乎并不这么想：“将军，着眼帝国的东亚战略大局，我和将军是完全一致的，要实现大东亚共荣，必须首先解决中国问题，所以，将军阁下，我有一个建议，我认为应该在山西战场形成‘分进合击’。”

板垣有些意外，立刻走到作战地图前：“石原君，把你的‘分进合击’详细说一说。”

石原走过去，拿起一面小太阳旗放在了茹越口的位置上：“茹越口一带是国民党的军队在防守，他们与我军交锋之前就闻炮声丧胆，溃乱不堪。”

板垣看着作战图，似乎对石原的提议很感兴趣。

石原也来了精神，他迅速在作战图上画出一个箭头，箭头由日军司令部经应县直指茹越口：“所以，我认为我们的进攻主力应该南下，经应县向茹越口进攻。”

板垣盯着地图：“茹越口以南是繁峙，占领繁峙，可以直接威胁中国军队的侧后，石原君，这是一个极好的作战计划。”

“要取茹越口必先取六郎庙。”

先前一直没说话的樱井听着二人的对话，瞬间也激动起来：“将军阁下，请让我23旅团作为这次战斗的先锋队，洗脱失利的耻辱！”

茹越口，是山西省内雁门关与平型关之间的结合部，位于应县城南二十公里的茹越山下，是恒山和雁门山衔接处的一个山口，为内长城雁门十八隘口之一，山峪短浅、平缓，峪口山势陡峭，极具军事价值。而六郎庙首当其冲，是茹越口阵地的第一条防线。过去打内战的时候，晋奉两军交战，奉军就曾试图从这里突破，但却未能得逞。

此时，在六郎庙驻守的414团早已进入戒备状态，防御工事早已挖好，但几个哨兵却是懒懒散散的，丝毫没有把这当回事，搂着枪凑在一起聊天。

一个哨兵说道：“这两天一点动静都没有，你们说，小鬼子是不是怕了？”

“平型关打了胜仗，咱们把鬼子打得屁滚尿流，这就好比人生了一场大病，伤了元气，我看小鬼子得些日子才能缓过来呢。”

“照你这么说，小鬼子一时半会儿是不会打过来了？”先前说话的那个哨兵很高兴，只要能避开小鬼子，他们脖子上的脑袋就不用搬家了。谈到打鬼子，几个哨兵都是一样的想法，他们早就被鬼子的飞机大炮吓破了胆，巴不得小鬼子去打别的地方，只要不来打自己就好。

“但愿小鬼子多缓些日子。”一个哨兵祈祷道。

不想这几句话恰好被左金平听到了，他阴着脸走过来，抬脚就踹在了哨兵的腿上：“缓个屁！”

哨兵哎哟一声跪倒在地，回头看到左金平，这才知道犯了大错，立刻爬起来立正：“报告营长，一切正常，没有发现敌情。”

“看看你们这副懒散的样子，站岗放哨就是闲扯淡。等有了敌情，最先挨枪子儿的就是你们几个！”左金平恨铁不成钢地数落着。

几个哨兵都低着头，不敢说话。

左金平缓和了态度：“不过你们说得也对。平型关是大捷之战，小鬼子不但损失了精锐，更重要的是挫了锐气，这一仗打得漂亮，打出了我们的士气，也打压了小鬼子的嚣张气焰。你们几个说说，是不是感觉心里面有一团火，恨不得把小鬼子都烧死？”

“没错，营长，大家都在说，这团火是被八路军给点燃的。”

另一个哨兵跟着应和：“营长，你不是最看不上那帮土八路吗？”

是啊，以前左金平是最看不上这群八路的，在他眼里，八路是泥腿子出身，一群土鳖要枪没枪要炮没炮，上了战场也只有当炮灰的份。可是等这些土鳖真和鬼子打起来了，左金平才发现不是那么回事，战场上八路是真敢跟小鬼子拼命啊，而这一点，是很多国军都做不到的。

此外，这次战役也让左金平看明白了一些事情，那就是日本兵并非蛮夷，而是真的不好对付。平型关打死了一千多个鬼子，硬是没抓着一个俘虏，有的鬼子宁可自杀也不愿当俘虏，这足见小鬼子的可怕。这也是他们这些国军为什么拿着这么好的武器，却节节败退的原因。因为他们从心里就硬不过小日本，硬不过八路军。

他想的这些，周治国同样也考虑过。

对于平型关一战，周治国的内心从来没有像现在这样复杂过，这是中国抗战开始后取得的第一次大胜利，它粉碎了“皇军不可战胜”的神话，迫使敌人进至浑源和保定的一部分兵力转移到平型关方向，因而有力支援了平汉铁路和同蒲铁路的作战，使已陷入敌围的郭宗汾部得到支援，免于被歼的命运，但这样一次意义重大的胜利，竟然是八路军做到的，八路军以远远不如国民党军队的简陋装备，主动迎战日军的主力师团，并且首战大捷，这让周治国既震惊又有些想不通，直到这一刻他还是不明白，为什么自己的部队比不上郑川的独立团？他自认为谋略才智不在郑川之下，但抗战以来却始终没有获得很好的战绩。眼看着大片国土迅速沦陷，连续丧师失地。他的内心是痛苦的。

想着这些，周治国站在指挥部掩体门口，凝神看着茫茫夜色，右手戴着白色的手套，把玩着那支黄花梨烟斗。

忽然，急促的电话铃声响起。

电话是孙楚打来的，这个电话周治国已经等了几个小时了。在这个时候接到孙楚的电话，周治国无比激动，他还抱着一丝希望，希望孙司令能够看在茹越口战略位置如此重要的份上，速派增援部队协防。

但是孙楚接下来的回答让他又瞬间失望，孙楚的回答很简单，只有三个字，就是：没有兵。

自从日军进入中国以来，国民党虽然节节败退，损失的士兵已经不在少数，现在缺兵又不是只有周治国一个团。这个道理，周治国心里明白，可是茹越口关系重大，他们丢不起啊。所以，哪怕是冒着降职处分的风险，他也要打这通电话，不出意料，得到的结果还是：没有兵。

周治国变得激动起来，他也不顾身份，提高了音量，冲着电话那头的孙楚大声说着："茹越口以南，繁峙、铁角岭、五斗山，后方纵深二十五华里未置一兵一卒，仅以我 414 团一部驻守茹越口，势单力薄，极易突破！"

"胡闹，茹越口要是丢了，我饶不了你！我告诉你，日本人现在忙着打平型关，主力不会分身去你的茹越口，茹越口的压力不会太大。"电话那头的声音明显也大了不少。

最后，电话那头的孙楚扔下一句"守住茹越口，没有我的命令，不准后退一步！"接着，就重重地挂上了电话。

听筒里发出"嘟嘟嘟"的声音，周治国一脸的焦虑。

挂上电话，周治国眉宇紧锁，冲着身后的左金平问："六郎庙有什么动静吗？"

"团座，安静着呢，没任何情况。我看鬼子在平型关伤了元气，一时半会儿过不来。"

左金平自信的回答反倒让周治国更加担心。六郎庙是茹越口命脉，敌军要突破茹越口，必先取六郎庙，若真是如此，仅以一营兵力根本挡不住鬼子的攻势。

左金平却不以为然，他心存侥幸："可我们现在没有收到任何鬼子向茹越口行动的情报。"

周治国一点也不轻松："不，我们很有可能疏忽了什么。"这个时候茹越口不应该这么安静，周治国觉得茹越口安静得异常，安静得可怕。

战场上最怕的也许就是安静了，因为安静的背后往往预示着即将会出现一场空前的战争，想到这里，周治国不禁打了个冷颤。

此次布防，阎锡山对茹越口根本未予重视。一旦日本人在茹越口打开一道口子，将一发不可收拾，直接威胁平型关主战场的侧后。

而周治国现在能做的就只有死守防线这一件事。

六郎庙阵地上，战士们在战壕里修筑工事。周治国和左金平前来查看进度。

警卫员正拿着望远镜看。

周治国拿过警卫员手中的望远镜，问："情况怎么样?"

警卫员："团座，暂时没有发现异常。"

周治国对着望远镜看，一边看一边布置："左营长，传我的命令，加快修筑工事，另外再加四个流动哨岗，把前哨的位置再往前推进十里，不，二十里。有任何情况立即报告。"

天渐渐亮了，经过一夜的赶工，战士们有的趴在修筑好的掩体工事里，有的继续挖工事，都疲惫不堪。

左金平："都给我打起十二分的精神，把眼睛睁大点!"

战士们却都有气无力："是。"

左金平火了："他娘的，都是死人！给我大点声!"

战士们一下有了精神，大喊一声："是!"

突然，一声巨响，打破了阵地的宁静。

轰鸣声突然从天而来，六架战斗机呼啸飞过，战机不停地向战士们射击。

顷刻间，硝烟弥漫，大片的战士们被飞机射中，倒地身亡。

左金平惊呼："隐蔽，快隐蔽!"

侦察兵匆匆跑来："营长，营长，前方二十里发现大批日军，还有……"

左金平震惊，一把抓过望远镜："还有什么，快说!"

侦察兵："还有装甲车!"

左金平："他娘的，马上接团指挥部，马上接团指挥部。"

话务员迅速摇着电话："营长，电话通了。"

左金平立刻向周治国汇报："团座、团座，六郎庙遭到敌机袭击，遭到敌机袭击……"

话音未落，一架飞机俯冲而下，机枪喷着火舌，子弹如雨点般倾斜而下。

几个士兵都中枪倒在了一旁。

左金平抱着电话机趴在了地上。

另一边，日军前排的二十门迫击炮分两排排开，炮兵做好了发炮准备。

后面掩体内，几百个日军步兵准备就绪。

樱井举着望远镜，看着对面阵地被战斗机袭击，乱作一团。

樱井表情得意："迫击炮准备，不要给支那人喘息的机会。"

炮兵填炮手做好了准备。

樱井战刀一挥，高呼："开炮!"

二十门迫击炮几乎同时发射，几十发炮弹在空中画出抛物线，伴随着一阵刺耳的轰鸣声，迫击炮弹在国军阵地四处开花，硝烟弥漫。

阵地上大批的国军战士被炸弹炸死，尸体横飞。

眼看着死伤的士兵越来越多，而日本人的炮火攻势越来越猛烈，面对这样的集中进攻，左金平毫无还手之力，除了待在掩体中隐蔽，别无他法。而此刻侦察员冒着炮火又带回来一个火上浇油的坏消息："阵地右翼三公里处发现大批日军集结!"

左金平火了："娘的，什么狗屁情报，怎么现在才来报告!"

三公里意味着什么，也许不到十分钟，这片阵地就会被日军占领，想到这里，左金平额头冷汗直冒，就在前一晚，周治国还提醒过他，六郎庙绝不能丢，他们丢不起，可现在，不到半天的时间，阵地就要易手日本人了。

左金平高喊："话务兵，话务兵！继续呼叫团部！请求增援。"

突然一颗炮弹飞来，话务兵和电话都被炸飞了。

第二个话务兵抱着战地电话跑过来："营长，电话通了……"

滴滴答答的按动电话的声音回荡在指挥部内。

周治国像热锅上的蚂蚁，在屋内来回走动。六郎庙到现在还没有传回任何消息，他有一种不好的预感，也许阵地已经丢了，甚至左金平战死了也说不定。就在这时，参谋长突然告诉他，电话接通了。

周治国迅速拿过话筒，耳机里传来炮火的声音。

周治国："左金平，是我，你们现在怎么样了?"

电话里传来左金平急促的声音："团座，六郎庙遭到突袭，鬼子出动了轰炸机……还有迫击炮，我们事先没有情报，仓促修起来的工事根本挡不住鬼子的炮弹，伤亡惨重……团座，我们请求支援……请求支援!"

伴随着一阵阵的炮弹声，左金平的声音也断断续续的。

周治国提高了音量："左金平，一定要坚持住，要不惜一切代价守住六郎庙！没我的命令，谁也不准撤退！我马上派人支援你们!"

一旁的参谋长却提醒他，所有的部队都派出去了，团部现在只剩下一支警卫队，根本无兵可调，如何支援左营长啊?

周治国咬牙："六郎庙关系重大，我们丢不起！必须马上派兵增援!"

他稍一思索，对一旁的话务员紧急下令："给二营长打电话，让他马上调一个连支援六郎庙，马上！”

与此同时，日军发起了更加激烈的进攻，日军步兵如潮水般冲向国军六郎庙阵地。

左金平虽然带领战士们奋力阻击，但却是寡不敌众，鬼子的先头部队很快冲上了国军阵地，转眼，十几个鬼子就冲到了左金平所在的战壕前方。

左金平站起来，上刺刀，大吼一声，带领战士们端着刺刀冲向了这十几个鬼子。

左金平冲在最前面，刺刀径直插进了一个鬼子的胸口。拔出刺刀，鬼子倒地。

一个鬼子抱着枪冲向左金平，左金平一把抓住鬼子的枪杆，用力一拉，鬼子一个踉跄，翻倒在地，左金平拿着刺刀朝鬼子背后刺去。

战士们纷纷和敌人展开白刃战，喊杀声震天。

不过十几分钟，冲上阵地的鬼子便被砍倒了大半，他们绝没想到在此竟会遭遇如此顽强的抵抗，为避免更大的伤亡，日军先头部队的指挥官仓皇下令撤退。

左金平和战士们身上沾满了血污，看着撤退的鬼子，连他们自己都感到不可思议，他们竟然击退了鬼子的又一轮进攻，大家兴奋地呼喊：“鬼子退了，鬼子退了！”

此时，日军的阵地上，樱井狠狠地握着望远镜，他露出凶残的目光，没想到平型关一战真的激起了中国人的斗志，这样的抵抗在之前他是没有遇到过的，而在这一轮白刃战中，他竟然付出了三十五名士兵的代价，他要让这些无知的中国人为此付出代价。很快，樱井再次下令，命令迫击炮集中进攻，从左翼突破国民党的防线。

左翼阵地是刚刚补充上来的二营二连在驻守，二连长刚刚接手阵地，气还没喘匀，雨点般的炮弹便呼啸而来。

“卧倒！”二连长惊呼。

话音未落，炮弹炸响，来不及卧倒的通讯兵被炸飞，身影消失在一片烟雾中。

二连长也被炮弹的热浪掀翻，头部擦伤，流下鲜血。

一名战士冲过来，扶起连长，大声地喊着二连长的名字。

但连长满脸血污，眼前模糊，什么都看不见了。

与此同时，日军开始了新一轮的进攻，黑压压的一片鬼子冲上来。

二连长一把推开扶自己的战士，厉声：“还愣着干什么，快打，打啊！”

转眼，几个鬼子冲上了二连阵地，二连长带着战士们仓促抵抗了一阵，便匆匆向后撤退。

左翼被突破的消息很快就传到了左金平的耳朵里，左金平震惊之余更多的是愤怒，他瞪着血红的眼睛，大吼：“上刺刀！”

战士们都上了刺刀，等待着左金平的命令。

“团座把六郎庙交给我们，是对我们的信任，六郎庙关系重大，如果我们在六郎庙败了，就要当亡国奴。你们愿不愿意当亡国奴？”左金平的目光扫过每一个战士的脸，从他们的脸上看出了对生的渴望。

“不愿意！”战士们怒吼。

左金平大吼一声：“好，既然不愿意当亡国奴，就要敢和小鬼子拼命，还记得八路军是怎么打鬼子的吗？不想当亡国奴，就拿出八路军打鬼子的劲头，弟兄们，冲啊！”

左金平带头，战士们跟在左金平的身后，冲到了阵地上，与日军面对面展开白刃战。

左金平抓起一个小鬼子，拿着刺刀向小鬼子腹部刺去。

一个小鬼子拿着刺刀刺向左金平，左金平反手，拔下小鬼子的刺刀，刺向小鬼子喉咙。两个小鬼子同时冲过来，左金平冲上去，扛起一个小鬼子，朝着另一个小鬼子砸去。两个小鬼子同时摔倒在地，左金平拿起一把刺刀，狠狠地朝着两个小鬼子刺去。

战士们都杀红了眼，一个日军士兵冲过来，警卫员拿着枪柄，一把扯下刺刀，刺向小鬼子的腹部。一个小鬼子从警卫员身后偷袭，两个人紧紧缠在一起，左金平见状，冲过来，拿着刺刀刺向小鬼子的腰间。

指挥部内，早已乱作一团，周治国不停地请求支援，炮火声不停地从窗外传来。

可孙司令除了严令414团严守茹越口，不准后退之外，再无其他援军。

周治国几近哀求：“师座，并非我团将士不尽力，而是日军重兵来犯，仅凭我一团兵力实在难以抵挡，师座，若是再无援军，只怕六郎庙要陷于敌手了！”

电话那头沉默着，片刻后，说：“周治国，我现在就是一兵一卒也调不出来，你难道听不到我这里的枪声炮声吗？你给我坚持住，必须坚持！”

“敌人数千兵力压境，仅一个上午的时间，飞机大炮已将我方阵地轮番轰炸数次，我们是在用血肉之躯去挡敌人的炮弹，师座，你叫我们如何坚持?!”周治国近乎绝望地怒吼。

孙楚也提高了音量：“撑不住也要撑！上了战场谁不是把脑袋别在裤腰带上，周治国，你少在我面前装可怜，我警告你，茹越口不容有失!”

说完，对方挂断了电话，听筒里传来“嘟嘟嘟”的声音。

周治国愤怒地摔掉电话。

参谋长凑上前：“团座，师座怎么说?”

周治国绝望的语气：“部队都被调往平型关，根本无兵可援。”

周治国心里很明白，所有的部队都被派往平型关，他现在就是一枚弃子，被长官摆在茹越口的位置上，靠他们的牺牲来拖住日本人进攻的脚步，日本人已经摸透了阎锡山的心思，知道一旦有什么风吹草动，阎锡山一定会先把兵往自己跟前调，而茹越口自然成了日本人突破的最佳缺口。

这时，满身是血的二连长在战士的搀扶下走了进来。

周治国看到二连长，一脸吃惊：“六郎庙吃紧，你怎么跑回来了?”

二连长一脸虚弱，装模作样道：“团座，日军攻势非常猛烈，我军伤亡惨重，二连就剩下我们五个人了!”

周治国震惊：“左金平呢!”

二连长吞吞吐吐，表情迟疑。

周治国看出端倪，从腰间拔出手枪，顶在二连长的脑袋上：“我派你支援左营长，你居然丢下自己的战友，自己跑回来了!”

二连长惊慌失措，不停地向后退：“团座，我……”

“如此贪生怕死，留你何用!”

周治国扣动扳机，一枪打死了二连长。

与此同时，一名战士冲进指挥部，带来了六郎庙失守的噩耗。

周治国迅速收起手枪，大步走到地图前，眉宇紧锁。

参谋长忧心忡忡：“六郎庙居高临下，一旦失守，将会全面威胁茹越口，团座，这场仗必输无疑！我们还是撤吧，留得青山在，不怕没柴烧。”

周治国举起了枪：“谁再敢说一个撤字，我现在就毙了他!”

见周治国动了真格的，参谋长也不敢说话。

周治国向外走去。

参谋长上前阻拦，力劝：“六郎庙失守，茹越口再无险可守，现在撤退还能保全实力，否则就要全军覆没了，团座，现在可不是逞英雄的时候，请你三思。”

周治国推开参谋长，坚定地说道：“从现在开始，414 团包括我在内，坚守阵地不得后退，谁要是敢后退一步，就地正法！我要是没了，参谋长顶上，参谋长没了营长顶上，营长没了连长上，只要还有一个喘气的，414 团就要坚守茹越口！”

六郎庙一战胜利的消息很快传回了日军指挥部，这是平型关战役后传回来的第一个好消息，这让板垣异常兴奋，他激动地拍了一下桌子：“呦西！石原君，我早就说过，支那人怎么可能是皇军的对手！”

“将军阁下，攻占六郎庙不仅赢回了大日本帝国的颜面，还鼓舞了士兵们的斗志，真是一举两得啊！”石原得意洋洋地说。

六郎庙的胜利坚定了板垣的判断，他站到地图旁，沉思片刻：“现在正是我们乘胜追击的大好时机，不能给支那人喘息的机会。”

板垣指点着地图上的坐标，说：“占据六郎庙，等于占据茹越口的头顶，控制整个防线。接下来，我们只需要继续增兵，加强火力，一举拿下茹越口！”

此时的茹越口，经过一天的战斗，周治国虽然挡住了日军三轮攻势，但 414 团已经是损兵折将，死伤近半了。尤其是六郎庙失守以后，他们已经失去了地形优势，若日本人持续增兵施压，只怕他们最多撑不过三天，茹越口阵地已是危在旦夕。

二

独立团内，郑川与刘洪涛、杨大河、段勇三位营长一起在作战地图前开会。

总部急电打断了原有的平静。

郑川接过电报迅速看完，骤然紧张：“日军突然抽调第 15、第 2 独立混成旅团主力两千余人南下，经应县向茹越口发起猛烈攻势，茹越口只有 414 团一支部队驻防，阵地告急！”

三位营长震惊。

刘洪涛十分生气：“茹越口如此重要的位置，国军竟然只派一个团防守，这不是儿戏吗?!”

茹越口，山峪短浅、平缓，峪口山势陡峭，极具军事价值。这次阎长官却未予重视，确实是掉以轻心了。郑川看着作战地图上茹越口的位置，分析说："茹越口一旦失守，平型关防线的侧后便会暴露敌前，总部命令我们立刻驰援茹越口。"

杨大河着急道："团长，我这就回去整理队伍。"

段勇也说："团长，我也回去整理部队。"

几位营长都坐不住了，只等郑川一声命令，可郑川清楚，大部队行军要耽误更多的时间，茹越口已是危在旦夕，若还是整体驰援，只怕不等他们赶到，周治国就已经丢掉了阵地。片刻思考之下，郑川作出了一个大胆的决定，几位营长带大部队出发，他自己带侦察排轻装先行。

郑川一马当先，只带着高春生和侦察排的战士，大家骑着马，纵马疾驰而来，只用了半天时间就赶到了茹越口。

郑川的到来，无异于雪中送炭，只是周治国没想到，关键时刻赶到的不是国军部队，竟是郑川这支八路军部队，这让他激动的心情难免有些复杂。

可郑川毕竟只带来了一个排的兵力，想扭转战局，谈何容易，短暂的激动之后，周治国又心灰意冷了。

郑川从包里拿出一张地图，盖在桌子原有的地图上面，鼓舞道："我看未必，周团长你来看这张地图。"

周治国不明所以，走过去看地图。

地图上标满日文。相比之下，日文军事地图的各种标识清晰准确。

周治国十分意外："这可是好东西啊。"

郑川："周团长，有了这张作战图，我相信能助我们一臂之力。"

周治国看着地图，爱不释手："这么好的东西，你从哪儿弄来的？"

郑川诡笑："这还要谢谢你啊。"

周治国一脸迷茫。

郑川提醒他："还记得初到太岳县时的日特之争吗？"

周治国恍然大悟："想起来了，郑团长果然心思细密，治国自愧不如。"

经过一番研究，郑川提出了一个大胆的建议，组织突击队，把六郎庙从敌人手中抢回来！

敌我力量悬殊，对于郑川的建议，周治国并不看好。

可是郑川和周治国看法不一样，几次和日军交手，郑川总结了日军的作战规律，每逢大战之前，他们会对阵地先进行炮轰，然后才发动步兵推进。左金平驻守六郎庙的时候，就是先遭到了鬼子的猛烈炮轰，这也恰恰印证了郑川的经验。所以郑川推测，这次进攻茹越口，日本人也会对茹越口先进行炮轰打击。

鬼子占领六郎庙，要对茹越口深入打击，必然要把重火力往山上运，这才是他们占领六郎庙的目的。

“既然他们才刚刚占领六郎庙，那我们就利用这段时间优势，在他们把火力运到山上之前，先到达六郎庙。”郑川说着指点地图：“你们看这里，六郎庙后侧是一个盲区，我们可以趁着天黑，带一支突击队从背后插入六郎庙的背面。”

经过一番研究，周治国也同意了郑川的意见。两人决定当晚就行动，可由谁带领这支突击部队插入六郎庙呢，郑川和周治国又有了分歧，两人都知道这次任务的危险性，所以都争当这个突击队的队长。

一番争执，周治国还是没能敌过郑川。

六郎庙后侧的绝壁，别说是夜里，就是大白天去爬，都很危险，但这是目前解决困境的唯一办法，郑川愿意去冒这个风险。

夜漆黑如洗。郑川打头，高春生和侦察排的战士们背贴着峭壁，小心翼翼地走在不足半米宽的窄道上，下面就是万丈深渊。

郑川一不小心，脚下打滑，险些坠落。

郑川冒了一身冷汗，抬头看着望不到边的山顶，眉头微皱。

一路总算有惊无险，郑川赶在天亮之前到达了六郎庙山顶，居高临下，透过望远镜可以清晰地看到正在搬运炮弹的日军。

……

一个农家小院被收拾出来成了医疗站，院子里晾满了纱布条，一间堂屋门口挂着手术室的牌子，不时有担架队抬着伤兵送进来。堂屋旁边的一间小厢房内，挤满了受轻伤的伤兵，一片伤员的呻吟声。

陆曼云和宋雨田分别忙着给伤员包扎，两人一边忙一边打听前线的情况。

听说这些战士是从东跑池下来的，宋雨田急忙问他们有没有见过八路军先遣团的人，可把这些伤员问遍了，也没人知道八路军的消息。

另一边，陆曼云也毫无收获，没有人知道414团现在怎么样了。他们只知道前线吃紧，所有的部队处境都不乐观。始终没有周治国的消息，陆曼云十分失望，也担心极了。

就在这时，担架队送来了新的一批伤员，这些伤员是从茹越口撤下来的，正是周治国的兵。

陆曼云一听立刻跑过去问周治国的消息："周团长现在在什么地方，怎么样了?"

"我们在茹越口，打得太惨了，我们一个排就剩我一个喘气的了。"伤员说着哭了起来。

陆曼云一惊，愣住了。

宋雨田冲过来，抓住这个伤员问："你知道八路军先遣团在什么地方吗?"

伤员摇头："不知道。"

旁边，几个包扎好的伤员议论："八路军？咱们打得这样惨，八路军连个鬼影没看见，我看他们八成是逃跑了……""就是，还找八路军呢，八路军早跑得没影了。"

宋雨田听着大家的议论，愤愤不平，上前理论："谁说八路军是逃兵？郑团长打鬼子最勇敢，他不会当逃兵!"

伤员奚落："你怎么知道八路军没当逃兵，反正我们没看见他们上战场。"

宋雨田生气："那是你没看见，我弟弟就是参加的八路军，反正我就是知道，他不可能当逃兵，八路军不可能当逃兵。"

伤员嘲笑："小丫头片子，你懂个屁，你又没上过战场，你的话谁信?"

宋雨田又急又气，要不是看在他们是伤员的份上，她早就动手教训他们了。

就在这时，一个声音从背后响起，给了宋雨田莫大的鼓舞，一个人在她背后说："我相信。"

她激动的回过头，看到一位不认识的大姐站在门口。

伤员嘲笑："又来一个娘们，迷信八路军的。"

另一个伤员："你是哪儿来的神仙?"

"这是灵丘县的黎县长。"张平虏紧接着走进来，告诉几个伤员。

几个伤员顿时感到尴尬，都不吭声了。

黎英微笑着走到一个伤员跟前，亲手给他换纱布，一边换一边说道："同志，你们都是在战场上和鬼子真刀真枪拼杀的好汉，我佩服你们!"

几个伤员更加羞愧。

黎英继续道："八路军和你们一样，是坚决抗日的队伍，他们也是不怕受伤，不怕牺牲的。他们过黄河，就是为了抗日，怎么会当逃兵呢？你们说是不是?"

几个伤员纷纷点头，交头接耳。

宋雨田很激动，站起来："黎县长，你好，我叫宋雨田，是太岳县来的。"

黎英："你好，刚才你说你弟弟也是八路军？"

宋雨田："是，他是参加了八路军，跟着先遣团郑团长打鬼子。"

黎英微微惊讶，瞬间又恢复平静："好样的，我们的军队在前线打鬼子，我们要做好后勤工作，医疗站要全力以赴救治伤员战士们，让我们的伤员战士们早一天康复，早一天再打鬼子！"

伤员们纷纷拍起手来。

陆曼云听到声音跑了过来，看到黎英，十分意外："黎英姐？"

黎英回头，看到陆曼云也很意外。

宋雨田高兴叫道："原来你就是曼云姐口口声声念叨的黎英！"

姐妹三人手拉手站到一处。

……

清晨，第一缕晨光射穿薄雾，晨曦徐徐拉开了帷幕，原本是如此宁静祥和的清晨，却被侵略者的铁蹄踏破，山河破碎，哀鸿遍野。

六郎庙日军阵地前，"太阳旗"高高迎风飘扬。

樱井野心勃勃，得知五门大炮已经全部运送完毕！他振奋异常，立刻下达了炮轰茹越口的命令。

然而，樱井的话音才刚落，激烈的枪声，突然从山顶响起。

几个日军士兵瞬间倒地，中枪身亡。

樱井的战斗命令才刚下达，却又瞬间流产，他就是想破脑袋也想不到，郑川是什么时候埋伏在六郎庙的，他怎么会知道自己的作战计划。

消息很快传回了板垣的耳朵里，刚刚到手的六郎庙再次失守，这令板垣大发雷霆。他不明白，明明日军已经占据六郎庙，为什么会突然丢掉阵地，难道国民党军已经不再惧怕我军的炮火攻势了吗？

"还是你们没有听我的命令，部署失当，才让敌人有机可乘？!"板垣一气之下把责任推到石原身上。

石原："将军阁下，请息怒，国民党军虽然在六郎庙小胜，但他们也付出了惨重的代价，现在正是他们战斗准备最薄弱的时候，将军应该在这个时候给他们狠狠地来上一击，彻底击溃他们。"

板垣："石原君有何高见？"

石原走到作战图前："将军阁下，据我们的情报，繁峙以南，后方纵深二十五华里的铁角岭、五斗山，支那军队未置一兵一卒，所以，茹越口的守军是一支孤军，不足为惧。”

板垣盯着作战图，点头。

“只要我们从两翼进攻、包抄围困他们，不出两天，这支孤军就会弹尽粮绝，到时候不用我们进攻，他们也会向后撤退的。”

茹越口 414 团指挥部内，左金平带着手下的战士们在指挥部门口开庆功会。

郑川走出来，看到这个场面，有些意外。

“郑团长，六郎庙阵地失而复得，大家庆祝庆祝。”左金平高兴地说。

“六郎庙虽然暂时收复，但敌人的重兵还在茹越口虎视眈眈，随时可能发起更大的攻势，现在不是庆功的时候，应该提高警惕，随时准备对抗鬼子的报复性反扑。”郑川脸上没有半点轻松的表情，他郑重地提醒左金平。

当着其他国军战士的面，左金平脸上挂不住：“郑团长，你的话有道理，是你带领突击队夺回了阵地，我服气，可好不容易打了个胜仗，也该有个表示，我这么做也是为了鼓舞士气嘛。”

六郎庙的胜利只是暂时的，更大的挑战和危险也许很快就会降临，连宋憨头都意识到了这一点。他很直白地说：“六郎庙本来就是你们的阵地，不争气把阵地丢了，反而忙着搞庆祝！怪不得打败仗呢，原来是把心思都用到庆祝上了！”

左金平不乐意了，推了宋憨头一把：“你算什么东西？凭什么在这儿教训我！”

宋憨头也不乐意了，冲上来：“你再推推试试，要不是我们团长，你还能坐在这儿喝酒吗？你这叫过河拆桥，翻脸不认人！”

左金平：“你……好你个宋憨头，三日不见当刮目相看，跟了郑团长，你就敢在老子面前得意了。”

宋憨头拍拍腰上的挎包：“说你两句怎么了，我现在是团长的警卫员，你少门缝里瞧人，就你那狗仗人势的样儿，我就是看不惯。”

正说着，突然，爆炸声从两翼方向远远传来。

众人大惊。

很快，前方的士兵回报，大批日军正向阵地两翼呈包围之势进发，六郎庙再次失守，敌人已经突破前沿阵地，向指挥部包抄而来了！

周治国和郑川一惊，立刻转身走进指挥部。

日军突然改变了进攻方向，这让周治国有些意外，他有些猜不透日本人的心思了。

郑川盯着作战图，突然明白了，日军改变进攻方向，从两翼包抄，其目的就是要切断他们的补给，从茹越口到五斗山，414团孤军作战，一旦被敌人包围，不出三天，便会弹尽粮绝，不攻自破！

日本人用心如此险恶，郑川不由得惊出了一身冷汗，立刻提醒周治国，马上组织撤退。

可周治国根本不听劝："我不能当逃兵，上峰给我的命令是坚守茹越口，没有上峰的命令，我是不会撤的。"

"现在不是意气用事的时候，你的一句命令，很有可能让一支部队全军覆没，现在向繁峙撤，保存实力。"郑川根本来不及跟他解释更多，只有强硬了语气。

周治国哪里肯听，愤怒打断他："胡说！郑川，你小子到底安的什么心，刚来就让我撤退，你信不信我毙了你？"

周治国说着掏出枪指着郑川。

门外的宋憨头冲了进来，用枪指着周治国："你干什么？别想伤害我们团长。"

左金平冲进来，枪指着宋憨头。

"憨头，把枪放下。"郑川厉声。

宋憨头觉得委屈："团长，是他先动枪的。"

但郑川的命令，宋憨头不能不执行，他委屈地放下枪，左金平也就放下了枪。

可周治国的枪还指着郑川。

郑川没有丝毫慌乱，他笃定周治国不会对自己开枪。

周治国咬着牙放下枪，转身就向外走："左营长，准备战斗！"

郑川震怒，怒吼："周治国，你这是把你的兵往死路上送！"

周治国停下了，背对着郑川。

郑川厉声质问："现在把部队打光了，你拿什么和小鬼子拼？就算你一个团顶上去，能挡住鬼子的飞机大炮吗？拿战士们的血肉之躯去堵鬼子的炮筒，有勇无谋，鬼子照样能趟过黄河，都像你一样打仗，中国迟早要亡了！"

周治国一愣，艰难抉择，不甘心，终于下令："左营长，传我的命令，全线撤退！"

郑川终于松了一口气。

周治国没有转身，径直走了出去。

三

1937 年 9 月 27 日，日军铃木旅团一部二千余人，附重炮三十余门，乘平型关鏖战之机，一举突破恒山、雁门关的接合部茹越口。9 月 29 日，敌占繁峙城，严重威胁中国军队主战场侧后。阎锡山召集前线将领会议，决定全线撤退。10 月 2 日夜，全线开始撤退，平型关战役结束。

第 6 集团军司令部，会客厅内灯火辉煌，笑语人影，席面丰繁。卫立煌端坐首席。

抗日战争爆发后，卫立煌任第 14 集团军总司令兼第一战区前敌总指挥，7 月底，天津日军向中国驻军第 38 师攻击，并占领大沽一带。日本关东军也策应行动，向天津增派了坦克部队。北平危在旦夕。卫立煌请缨北上，率第 14 军日夜兼程，南北夹击板垣第五师团，乘北平空虚之际进行突进，袭击日军在华北最高司令部，如今又日夜兼程来到山西督战，可见其对山西战局的重视程度。

孙司令举杯："感谢各位集团军的兄弟增援我山西，我敬大家一杯。"说着一饮而尽。

举座沸腾，众人纷纷举杯，跟着孙司令一饮而尽。

孙司令看着卫立煌："俊如兄，有你这位常胜将军负责山西战场的指挥，我们都可以高枕无忧了，我再敬你一杯。"

卫立煌连忙起身："不敢不敢，为全国同胞合力抗敌，看到山西抗战热情如此高涨，实为感动啊。"

孙司令："卫司令实在是太过谦虚了，你曾在国父中山先生卫队任职，南北转战，打了不少胜仗，深得蒋委员长器重，此次能够与我们并肩作战，真可谓是如虎添翼啊。"

卫立煌："孙司令，卫某先干为敬。"

大家举杯饮酒。

孙司令面朝着大家："山西能够出现这样的抗战局面，令人振奋啊！此次聚会除了欢迎卫将军，还是一个表彰大会，八路军在平型关破灭日军不败的战争神话，蒋委员长亲自发嘉奖令，可喜可贺。今天在座的也有八路军的指挥员代表，我听说八路军独立团的团长郑川，绰号'冒险王'，来了没有啊？"

郑川起身，敬了一个标准的军礼。

“郑团长这个绰号我早就听过，我听说你这一次驰援茹越口，出奇制胜夺回六郎庙，虽然最后茹越口还是失利了，但是敢走这一步险棋，险中求胜，果然是名不虚传啊。”

孙司令如此隆重地表扬郑川，大家也不敢怠慢，掌声雷动。

卫立煌感慨：“八路军首战告捷，国人鼓舞，三军振奋，卫某十分佩服啊!”

郑川自然不敢居功自傲，谦虚道：“卫将军挥师北上，平西重创日寇，现在又不辞辛劳赶到山西，这种为国为民族而战的精神更令在下佩服。”

孙司令大笑：“全民万众一心，全面抗战！郑团长如此精锐，抗战有望了。”

孙司令说着突然脸色一变，骤然严肃起来：“但是，茹越口的失败是一个惨痛的教训，必须引以为戒。”

会场突然安静下来。

孙司令环顾四周：“驻守茹越口的将领来了没有啊?”

周治国站了起来，辩解：“孙司令，茹越口失败的原因是总指挥部决策失误，导致茹越口无兵可用。我414团奋力迎敌，损失惨重，我在指挥上并无不当。”

周治国这句话一出口，连郑川都感到意外，不由得吸了一口凉气，会场气氛一时凝结起来。

孙司令脸上挂不住面子：“周治国，你说什么?”

周治国理直气壮：“总指挥部把所有兵力都增调平型关，导致茹越口面临重兵压境却没有增援，这不是决策失误是什么？总指挥部判断失误，调兵不及时，这才是茹越口防线失守的关键。如果司令说茹越口是惨痛的教训，那么也请司令部记住这个惨痛的教训。”

孙司令一巴掌拍在桌子上：“放肆，你周治国丢了茹越口，还敢在这里大放厥词。来人，把周治国给我带下去!”

两个士兵上前要带走周治国。

郑川猛然站了起来：“孙司令，414团奋死杀敌，和敌人反复争夺六郎庙阵地，一直血战到最后。周团长亲自上阵，带着战士们和日军展开白刃战，虽然茹越口失利，但是处分周团长实属不妥，他和414团的全体战士们都是这场战斗的功臣。”

孙司令被说得哑口无言，面露难色。

卫立煌帮忙打圆场："晋北战场上的事情，卫某也略听一二，茹越口虽然陷落，但精神可敬！来，大家举起酒杯，敬为国捐躯的将士们！"

卫立煌将酒洒到面前。

举座沸沸，齐声响应："敬为国捐躯的将士！"

与会者纷纷将酒洒向面前。

从宴席上回来后，虽然免于被处分，但是周治国闷闷不乐，把自己关在房子里，不吃不喝。任凭左金平怎么劝，周治国就是不给他开门，放在门口的饭菜也没有动过，这可急坏了左金平。正急得团团转，郑川恰好来了，看到郑川，左金平喜出望外，郑团长一向有办法，恐怕也只有他能做周治国的工作。

郑川接过左金平手里的饭菜，示意他离开。

郑川清了清嗓子，压低了声音："周治国，把门打开。"

屋内传来周治国不耐烦的声音："走开！"

"我是军法处的，你赶紧把门打开，否则再加你一条阻碍执行的罪名。"郑川故意捏着鼻子说。

周治国愤怒地走到门前，将门用力打开怒吼道："你倒是说说，我犯什么军法了？"话音刚落，周治国看清站在门口的并非军法处，而是郑川笑眯眯的脸，有些意外："怎么是你！"

郑川把饭菜递给周治国，笑着说："你还真想让军法处的人来找你啊！"

郑川把周治国推进屋子里，从里面将门反锁。

周治国坐到椅子上，没好气道："你来干什么？"

"周团长，不就是挨了点批评嘛，男子汉大丈夫，最重要的就是能屈能伸！"郑川劝解他。

周治国却不领情，心想你郑川真是站着说话不腰疼，挨批评的不是你，你怎么能理解我的心情！

郑川却早吃透了周治国的心思，他告诉周治国，他之所以理解他，是因为他明白茹越口失败的责任不在他，而是总指挥部指挥失当。

这倒让周治国十分意外，到现在为止，郑川是第一个这么说的人。

"明眼人一看就知道这是小鬼子耍的一个心眼，声东击西，佯装攻打平型关，实则是打茹越口！打六郎庙的时候我可是亲眼见过，好家伙，小鬼子光是大炮，就是十几门呢，这种阵地战，硬碰硬的打法，换成谁都守不住！"郑川说出了心里话。

周治国听了郑川的话觉得心情舒畅了许多。

不过，郑川这个时候来找周治国可不是为了总结战斗经验，他来找周治国商量更重要的事。当前的战局是，平津接连失陷，日本上海派遣军紧接着在吴淞登陆，日军攻占德县、占领石家庄，全国抗战低迷，处于劣势，但随着战线的拉长，日军的弱点也暴露了出来，战线拉得越长，其后勤供应就越不足，如今他们的补给已经是捉襟见肘了。

“所以，我认为我们现在首要的任务，是把晋北、晋东北两个交通要道扼死，伺机突袭，使日军既无安定的后方，又没有可靠的运输线！”郑川一针见血地说。

可周治国并不这么想：“打消耗战？我看不行，战争耗时太长，伤民伤财，咱们可耗不起啊，速战速决才是最好的作战方法。”

“速战速决？如何速战速决，难道在茹越口你还没有见识鬼子的实力吗？小鬼子的飞机大炮可不是吃素的，现在贸然和小鬼子发起决战，茹越口的惨败还会重演。”郑川提醒他。

茹越口的惨败是周治国的一个痛处，他不愿任何人再提起，因此郑川一说，他就急了：“郑川，你怎么哪壶不开提哪壶！”

“我这是实话实说！”

周治国站了起来，面红耳赤：“你是落井下石，看我的笑话！”

郑川不乐意了：“我看你的笑话？我带着独立团和你坚守茹越口，我看你什么笑话了？”

周治国沉默了。

郑川：“我就是来跟你探讨一下当前战局，是你自己太敏感了。作为一名军人，不能只把心思放在战斗的胜负上，我们更需要反思全局。”

周治国被噎得说不出话来，半天憋出一句：“我现在是受处分的人，你和我谈全局，我没那个心情。郑团长，请便！”

没想到周治国这么小心眼，郑川也生气了：“不可理喻，走了。”

可郑川刚刚走出门口。

陆曼云和宋雨田就走了进来。

郑川愣在原地，表情一下变了：“你们怎么来了！”

陆曼云：“郑团长，怎么不欢迎我们啊？”

郑川一愣，反应过来，高兴道：“欢迎，当然欢迎。”

周治国一下子从房间里冲了出来，既惊又喜：“曼云！”他的眼睛离不开陆曼云："曼云，我真没想到你会到这里来看我，我简直太高兴，太意外了。"

陆曼云故意说："周团长，难道你就是这么对待客人的吗？不请我进屋吗？"

周治国这才反应过来："快请进，请进。"

陆曼云看一眼郑川："郑团长，一起吧。"

郑川看一眼周治国，故意说："我进去，不大合适吧。"

陆曼云脸红。

周治国白了郑川一眼："什么合适不合适的，你请便。"

周治国说着拉着陆曼云进屋，郑川随后跟了进去。

多日不见，宋雨田和宋憨头两姐弟站在门口唠家常。

陆曼云本是带着医疗队前往平型关救治伤员，但刚走到忻口就遇上了大批撤退下来的军队，说平型关已经失守，这里撤下来的伤员很多，所以就留在忻口了。她没想到能在这里遇到周治国，但周治国还在为茹越口失守的事生闷气，加上几天水米不进，竟然病倒了。

陆曼云只有留下来照顾周治国。

夜晚，陆曼云寸步不离守在床前，房间内只有一盏油灯发出微弱的灯光。

陆曼云用手触碰了一下周治国的额头。

周治国慢慢苏醒，眼前闪现出陆曼云模糊的样貌。

陆曼云激动不已。

周治国迷迷糊糊地坐了起来，听说自己已经昏迷了一天，他有些着急，立刻要下床，岂料双腿一软，身子一歪，陆曼云赶紧去扶，二人一起摔倒在床上，周治国压在陆曼云身上。

一时间，房间内弥漫着暧昧的气氛。二人都红了脸，一阵尴尬。

海叔恰好走进来，看到这一幕，愣住了。

陆曼云赶紧推开周治国，慌乱离开。

四

1937 年 10 月 1 日，华北日军主力坂垣第五师团及关东军察哈尔派遣兵团第 1、第 2、第 15 混成旅团与特种部队等，共三万余人，沿代县至原平公路发起进攻，日军以正面进攻结合迂回，在猛烈的炮火、坦克和飞机支援下攻打崞县、原平。忻口战役序幕拉开。

第 6 集团军司令部内，一身戎装的孙司令站立于行营作战处巨型军事作业沙盘前，一语不发。

室内气氛凝重。

门外传来周治国的声音：“报告!”

一身戎装的周治国走进房间，立正敬礼：“414 团周治国前来报到!”

得知崞县陷落，日军兵锋直指忻口，而忻口是保卫太原的最后一道防线，直接关系太原安危。周治国立功心切，主动请命镇守原平。

平型关失守，忻口前线吃紧，为安全起见，忻口医疗队在陆曼云和宋雨田的带领下转移到赵家庄，继续收治伤员，却不想在赵家庄与黎英意外相遇。原来黎英也得知了忻口吃紧的消息，所以连夜带牺盟会民训团赶过来，准备支援忻口前线。

安置好伤员和物资，黎英、陆曼云、宋雨田三人各怀心事，分别为心里的人紧张着，担忧着。

陆曼云：“这几天，前线下来的伤员特别多，我听他们说，鬼子大举围攻原平，周团长在原平打得很惨烈，不知道能不能挡住鬼子的攻势。”

黎英也忧心忡忡：“忻口是太原门户，是保卫太原的最后一道防线，如果原平守不住，忻口也就危险了。”

宋雨田清点完物资，走过来，心情也很沉重：“以前在家的时候，憨头特别喜欢吃我做的葱花烙饼，今年怕是吃不上了。”

三人一阵沉默。

沉默片刻，黎英振作起来，鼓舞大家说：“别灰心，只要赶走了鬼子，我们的亲人会回来的，总有一家团圆的时候。”

“今年憨头吃不上我做的烙饼，明年一定能吃上，赶走了鬼子，明年我保准给他做更多，让他吃个够。”

宋雨田笑着这样说。

黎英突然想到了什么：“为什么要等到明年呢，我看今年憨头就能吃上你的烙饼。”

“前线战事紧张，总不能让我们的亲人饿着肚子上战场，我们做烙饼慰问前线的将士怎么样?”

黎英这个提议让宋雨田和陆曼云都高兴起来，大家说干就干，很快就召集了赵家庄许多的妇女，大家围在一起做烙饼。

几张大桌子拼凑在一起，桌子上放着一盆盆面，一盆盆配置好的馅料。

黎英一边擀皮，一边说："大家加快速度！早点做好烙饼，早点送到战士们的手里，咱们的战士吃饱了，才有力气多杀鬼子。"

一个年长的大娘笑着说："我儿子也是当兵的，没准现在就在前线杀鬼子呢，不知道他能不能吃上我做的烙饼。"

"能，一定能！大娘，您儿子一定很勇敢，您是一位英雄的母亲。"黎英发自内心的说。

大娘笑了："闺女，你可真会说话。"

另一边，宋雨田熟练地摊着烙饼，陆曼云不会做，宋雨田手把手地教她。

一个个烙饼放进了锅里。

夜漆黑如洗，周治国带领414团进入预设阵地，战士们正在紧张地修筑掩体防御工事，他们挥舞着铁锹，各个满头大汗，筋疲力尽。

"大家抓紧时间，现在多流汗，把工事修好了，真打起来，可就少流血了！"

周治国沿着防御工事一路走过来，一路鼓舞着大家。

周治国的话让战士们又有了力气，大家干得又有劲了。

突然，一阵"轰轰"的飞机声骤然传来，战士们在茹越口一站被敌机吓破了胆，一听见飞机响就吓得腿软，根本顾不上分辨是侦察机还是战斗机，拔腿就往阵地后方跑，阵地顿时乱作一团。

同样的夜晚，日军司令部内回荡着"哒哒哒"的电报声。

越是这样大战在即的前夜，板垣越是兴奋，他很快收到石原从前方发回的情报，知道原平守军正在原平修筑大量工事。原平的中国守军尚未站稳脚跟，现在正是出击的大好时机，板垣似乎已经闻到了前方传回来的血腥气息和胜利的味道，他立刻下令："明天早上六点准时发起攻势。"

第二天天刚蒙蒙亮，在原平县外的日军炮兵阵地上，十门迫击炮一字排开。

信号弹腾空而起。

日军指挥官挥刀而下。

顷刻间，十门炮弹齐发，倾膛而出，在空中划出一道弧线，飞向对面的国军阵地。

周治国万万没想到日军行动居然如此迅速，只能仓促迎战，一时间阵地上炮弹声、枪声此起彼伏，硝烟弥漫。

密集的炮火压得国军战士们抬不起头，只剩骂娘的份儿。

“他娘的，小鬼子的炮弹怎么跟长了眼睛似的，专往咱的阵地上飞。”

阵地后方不远处的小路上，陆曼云和宋雨田正赶着马车往国军阵地上来，隆隆的爆炸声，使拉车的马受惊，嘶鸣不已。

陆曼云赶紧勒住绳子，停下马车。

“曼云姐，你先在这等一会儿，我到前面去看看。”

宋雨田说着跳下车，弯着腰冲上了阵地。

阵地上，不断有伤员从前方被抬下来，一片惨状。

宋雨田弯着腰，跳进一条战壕里，可战场上乱作一团，哪有人顾得上宋雨田，宋雨田一路问一路沿着战壕走，好不容易见到了左金平。

左金平正骂骂咧咧地架着机枪开枪，一回头认出了宋雨田，震惊：“宋雨田！你怎么到这儿来了？”

宋雨田来到左金平身边：“左营长，我和曼云姐来给你们送吃的。”

正说着，一串子弹打来，左金平赶紧按住宋雨田趴下。

左金平怒吼：“这里是战场，不是你们女人该来的地方，你赶紧回去！”

“左营长，乡亲们给你们做了烙饼，让你们吃饱了打鬼子！”

炮火声淹没了宋雨田的喊声。

左金平来不及和宋雨田多说，对通讯兵下令：“你带两个人，送她去指挥部见团长。”

在卫兵的掩护下，宋雨田和陆曼云这才找到了周治国的指挥部。

在这样的时刻突然见到陆曼云，周治国非但没有半点激动，反而异常愤怒。

“胡闹，你以为战场是什么地方，是你想来就能来的吗？你要是出了什么意外，谁能负责？”

见面两句话没说完，周治国就喊警卫员送陆曼云走。

陆曼云却看穿了周治国的心思，站在周治国身边，吐露心声：“治国，大敌当前，我知道你的压力很大，我在后方何尝不是备受煎熬，与其每天担惊受怕，不如亲自来一趟，看到你平安，我就放心了。”

陆曼云表露心意，周治国内心复杂。

“今天我和雨田一起来给战士们送烙饼，这些烙饼是老乡们赶着做出来的，也许他们的亲人就在前方打仗，战士们吃了老乡做的烙饼，也能感受到亲人的牵挂。治国，你现在还要赶我走吗？”

周治国内心复杂，一时无言。

宋雨田也说："周团长，让我们留下吧，我答应过黎英姐，要把烙饼亲手送到战士们的手里，看着战士们吃上我们做的烙饼，我们再走也不迟呀。"

一天紧张的战斗，直到傍晚时分，日军才停止轰炸，阵地上一片短暂的安静。

战壕里，左金平和战士们疲惫地靠在一起，很多战士都受了伤。

周治国带着陆曼云、宋雨田走来。后面跟着几个战士挎着装烙饼的篮子。

周治国环顾战士们，鼓舞大家："兄弟们，你们为了保家卫国，不能和家人团聚，甚至随时要面对死亡的威胁，今天是一场恶战，虽然我们损失了好多的弟兄，但是我们守住了原平，拖住了鬼子进攻的速度，为忻口布防争取了时间。兄弟们，后方的老乡给我们做了家乡的烙饼，让我们在战场上也能吃上家乡的味道。"

宋雨田和陆曼云给战士们分烙饼。

"大家可别小瞧这些烙饼，这就是亲人对你们的牵挂，对你们的嘱托，所以你们更要坚持住，打好这一仗，要活着回去，只有活着，才能与家人团聚。"周治国带头咬了一口大饼，坚定地说。

左金平站了起来："团座说的对，活着，杀鬼子！"

战士们都站了起来，怒吼："杀鬼子，杀鬼子！"

看着眼前这一个个出生入死的好兄弟，周治国内心十分感慨，他们都是出征的将士，为了抵御日寇，保家卫国，明天过后，还有多少能活着回去见到家人呢，想到这儿，周治国内心不禁一阵凄凉。

陆曼云从未见周治国如此消沉过，虽然周治国没有说一句话，但陆曼云从他的眼神中看到了一个军人的绝望，单凭414团，原平肯定是守不住了。

"既然守不住，为什么不向指挥部求援？"陆曼云这样问。

战场无情，孙司令无兵可调是最残忍的现实，否则又怎么可能拿414团当炮灰呢。

宋雨田突然想到了什么，提议："国军无兵可派，还有其他抗日部队，你可以向八路军求援啊。"

周治国摇头："原平是块谁都不愿意碰的硬骨头，其他部队都不愿意来，难道郑川会是例外吗？"

可陆曼云和宋雨田都坚信郑川不会见死不救，陆曼云是个急脾气，一跃上马，亲自去找郑川求援。

此时，国军忻口防线司令部内的电话声也是此起彼伏。

一身戎装的卫立煌伫立于一副巨大的军事地图前。

参谋长进来向他汇报，414 团伤亡惨重，原平告急，周治国请求八路军驰援。

卫立煌看着军事地图上的部署，距离原平百里之内，有一支八路军部队正在休整，可要他主动张这个口去求八路军，他倒有些为难了。

“十年内战，宿怨匪浅啊！在江西、湖北、河南，接二连三的剿匪，我都参加过。现在要我开这个口，我还真是有点惭愧啊。”

“昔日刀兵相见，今日联合抗战，我想彭德怀将军定会以大局为重。”参谋长如是说。

战局危机，卫立煌也只有接通了八路军总部的电话。

独立团院子里，郑川看着院子里的几只鸡，呆呆地发愣。

宋憨头冲过来：“团长，你干啥呢?”

郑川自语道：“老母鸡也是鸡，飞机也是机，你说这老母鸡的活动范围距离鸡窝能有多远?”

宋憨头摸着脑袋，一头雾水：“团长，你啥意思啊，这老母鸡能走多远啊，白天放出来就是找点食，晚上就都回鸡窝了。”

“那刘大嫂家的鸡能到张大爷家的鸡窝去吗?”郑川反问。

宋憨头一愣，又说：“那不成，太远了，刘大嫂住村东，张大爷住村西，那鸡还能满村子跑吗?”

这时，几只老母鸡走到了窝里。

郑川推开宋憨头，跟着老母鸡走到鸡窝前。

“你说得对，这鸡要回窝，窝不能远了。”

宋憨头觉得很奇怪，团长不去研究作战，怎么在这儿研究起老母鸡来了。

郑川却笑宋憨头这个憨脑袋不开窍：“我看的不是这个鸡，而是会飞的机。这白天总看见敌机在天上串，这么高的频率出动肯定离机场远不了。要是我们能找到鸡窝子，我就能一锅给他端了。”

正说着，黄豆豆匆匆跑过来，气喘吁吁：“团长，总部的电令！让我们驰援原平！”

郑川一怔，对还在盯着鸡窝的宋憨头说：“憨头，走！”

宋憨头这才反应过来，跟着郑川离开。

部队很快集结完毕，只等郑川一声令下，驰援原平。可郑川倒不着急，他趴在地图上，眉头紧锁。四五支铅笔散落在地图上，郑川突然拿起其中一支铅笔，画起来。

这可急坏了一旁的宋憨头。

“团长，你咋还不下命令？”

郑川故意反问：“下什么命令？”

宋憨头：“驰援原平啊。”

“鬼子大举围攻原平，飞机大炮占尽了优势，我们去了能挽回败局吗？”原平十万火急，可郑川好像并不着急，还在这不紧不慢地研究地图。

宋憨头却十分自信：“别人不敢说，可要是团长你去了，准能打败小鬼子。”

郑川笑了：“你小子，跟了我没几天，别的本事没长进，倒学会吹牛了。”

宋憨头不以为然：“团长，我没吹牛，咱独立团就是有本事，就是能打鬼子。”

“你懂个屁！我看你只会拍马屁。”

郑川说着继续在地图上写写画画，不再理会宋憨头。

刘洪涛、杨大河、段勇几个营长走了进来。

刘洪涛笑宋憨头：“憨头，马屁拍到马蹄子上了吧。”

杨大河也说：“憨头，咱团长可不是别的官，他可不爱听奉承话。”

段勇：“团长，部队集合完毕，我们什么时候出发？”

郑川继续研究地图：“不急。你们来看。”

几个营长走到地图前。

郑川指点着地图：“414团昨天丢了两块阵地，已经全线退防到县城以内。鬼子兵临城下，我看他们的大炮早晚得轰开城门。我们就是去两个团也挡不住小鬼子。”

郑川的意思很明白，他们不能去原平，即使去了也是白送死，他可从不做赔本的买卖。但驰援的命令是彭老总亲自下达的，就是再借他们几个胆子，也没人敢违抗军令啊。

几个营长猜不透郑川的心思，面面相觑。

就在这时，陆曼云快马加鞭赶来了，一进门就听到郑川在说“不是我不肯救，而是不能救，眼下的形势，原平已经是小鬼子的囊中之物，我们现在去挽回不了战局。”

陆曼云说：“郑团长，亏我那么信任你们，我没想到八路军就是缩头乌龟，你根本信不过。”

陆曼云说完就愤怒地转身离开了。

几个营长都觉得面上无光，很尴尬。

可郑川铁了心不去原平，命令几个营长谁都不准轻举妄动，原地待命，他自己带着宋憨头、高春生的侦察排离开了驻地。

郑川一早在院子里观察老母鸡的行动可不是闲得发慌，而是最近他发现敌机活动频繁，根据他们的飞行时间和频率推断，郑川觉得他们的机场很可能就潜藏在附近，与其驰援原平当炮灰，倒不如曲线救国，所以他想了一个围魏救赵的法子。却不想事情如此凑巧，半路上郑川意外遇到了黎英，从黎英嘴里得知，附近有他们的交通站，可以帮忙侦察机场，这可正解了郑川的燃眉之急。

就在郑川等人打探消息的时候，原平县的国民党阵地已经打得热火朝天。

硝烟翻滚，枪炮并发。

日军轰炸机只需轻松地在天上盘旋一圈，丢下几枚炸弹，密集的火力覆盖便压得国军部队抬不起头，躲藏还不及，更别提反击了。

周治国苦苦支撑，三天过去了，仍不见郑川的援军，他基本已经不抱希望了，这本也是意料之中的事。面对日军的强大攻势，周治国只有下令收缩阵地，拼死防御。

崞县失守后，大量日军围援原平，414 团与敌血战近十天，以劣势之军抗击强寇，最终寡不敌众。10 月 11 日，日军占领原平。

五

原平一战，对国军打击最大的是日军的空中打击和地面炮火支援。尤其是鬼子的轰炸机，构成了绝对的威胁。郑川之所以去侦察敌机飞机场的位置，也正是出于这种考虑，在他眼里，飞机和母鸡其实有一个共通点，母鸡满地跑，想要抓一只恐怕不容易。同样的道理，敌机在天上飞的时候，也很难打得下来。但是他们总有回窝的时候，一旦回了窝，就成了瓮中之鳖。所以，只要找到敌人的飞机场，将会影响整个忻口战局。

可是八路军指挥部得到的飞线情报显示，鬼子的机场在津京，他们鞭长莫及！

可郑川偏不信这个邪，他笃定鬼子在附近一定还有一个机场。鬼子投入作战的 92 式飞机，以这种飞机的耗油量计算，不可能从津京飞到忻口，所以他敢断定鬼子的机场就在山西！

果然，黎英很快就带回了好消息，在牺盟会当地同志的帮助下，在代县附近的一个山坳里发现了飞机场。经过打探，他们发现这个机场规模不小，足够形成对平型关、雁门关、忻口一带的空中打击。

因此，郑川立刻向上级请命前往代县机场了解情况。

但代县是沦陷区，到处都是日军关卡，贸然前去十分危险！

不过郑川倒是很有信心："首长，在白区搞地下工作的时候，身处恐怖时我能来去自如，更别说日本鬼子，能抓住我的人还没出生呢？"

首长揶揄道："我看未必，谁说能抓你的人没出生？有人就曾两次抓住过你，而且还是位巾帼英雄，你忘了？"

高春生好奇："谁啊，这么大本事？"

黎英脸红，给首长使眼色。首长却假装没看见，继续说："第一次，郑川执行一项任务时，被执行另一任务的一位女同志'抓获'了，至于第二次，是你'自投罗网'，心甘情愿的'被俘'。这位巾帼英雄就是黎英同志。"

郑川和黎英一时间都臊红了脸。

众人哈哈大笑起来。

就在这时，电话铃声骤响。

首长接电话，脸色骤变，原平失守的消息传了回来。

因此，机场关系重大，能不能在短期内侦察到敌机场的准确位置，有效形成打击，成了下一步战局的关键点。郑川和黎英临危受命，踏上了新的征战之途。

原平之后，紧接着便是南怀化，南怀化乃忻口主阵地西侧的门户，如果日军从中央突破，直贯忻口是迟早之事。

要取南怀化必先取十里沟。板垣雄心勃勃，将最具战斗力的21旅团摆在冲锋前沿，集中火力进攻十里沟。

得知十里沟失陷的消息，时任卫立煌中央兵团中将前线总指挥的郝梦龄带着一支警卫队匆匆赶往十里沟，收拢守军残部，守卫阵地。

"先前我们一个团守这一阵地，现在我们剩下一百多人，编成一个连，还是守这个阵地。就是剩下一个人也要守这个阵地。我们一天不死，抗日的责任就不算完。我出发前，已给家里写下遗嘱，不打败日寇决不生还。现在我和你们一起坚守这块阵地，决不先退。我郝梦龄若是先退，你们不管是谁，都可以枪毙我！你们不管是谁，只要后退一步，我立刻枪毙他。你们敢陪我死守这里吗?!"

阵地上雷鸣般回应："坚守阵地，誓死不退！"

望着一张张坚毅的脸庞，郝梦龄带着满足的微笑，他举起信号枪，向战士们喊道："将有必死之心，士无贪生之念，将士们冲啊！"

两颗信号弹腾空而起。

一支支敢死队向日军冲锋，一个个身影渐渐消失在硝烟和弹幕中。

阵地上，郝梦龄站在壕沟里，始终盯着阵地前沿。

陈长捷担心不已："钧座，这里位置太靠前了，十分危险，钧座还是回指挥部吧，有我在这里督战就够了。"

郝梦龄坚持不退，他淡然说："身为总指挥，在前沿督战是我的本分，长捷，我是来打仗的，不是来休息的。"

陈长捷再劝："钧座是南怀化的总指挥，是我们的长官，还请您保全自己的身体。"

郝梦龄坚持："此次战争，为民族存亡之战争，所谓我死国活，国活我死。长捷，你不要再劝了。"

陈长捷不再说话。

日军战斗机嘶吼着冲向阵地。

陈长捷扑倒郝梦龄："钧座小心！"

话音未落，一颗航弹在郝梦龄前方爆炸，郝梦龄和陈长捷不幸中弹，烟雾弥漫，陈长捷匍匐着爬向郝梦龄，呼喊着"钧座"。

鲜血染红了郝梦龄的胸前，他留下最后遗言说，大将难免阵前亡，我不怕炸弹……

第五章　绝不退过黄河

一

黄昏时分，乔装打扮的郑川一行出现在代县县城外的郊野里。他身穿长大褂，头戴圆顶帽子，戴了一副圆框眼镜，手拿折扇，活脱脱一个教书先生。

宋憨头从未见过团长如此打扮，忍不住笑了：“团长，你这眼镜一戴，还真挺像个教书先生！”

不料话没说完，郑川手里的折扇便狠狠敲在了他的脑袋上，宋憨头疼得直揉脑袋，却不知自己为何挨打，正觉得委屈。一旁的高春生笑了：“郑先生，我早说过这小子不开窍，这才刚出门就犯纪律。”

宋憨头这才恍然，自己一时口误差点暴露身份酿成大祸，正在懊恼，郑川的折扇再次敲下来，这次却没有用力，只轻轻一敲算作警告：“下不为例。”

宋憨头唯恐再挨打，忙高声答是，紧跟在后面的“团长”二字如条件反射般又差点蹦了出来，宋憨头忙用手捂住嘴巴。一旁的高春生和黎英都被逗笑了。

代县自古以来便是兵家必争之地，因其“根抵三关、咽喉全晋、势控中原”的特殊地理位置，穷凶极恶的日本侵略者对其觊觎已久，铁蹄踏过，山河破碎，此时的代县已是满目疮痍，百姓饱受屈辱磨难，苦不堪言。无村不戴孝，处处闻哭声的惨景随处可见。

不知不觉，已是月上柳梢头，整个大地都被月光照亮。借着月光，郑川仔细看着地图，辨认出地图上滹沱河的位置，心里暗自猜测，飞机场也许就在附近。

一个老乡从河边走来，蓬头垢面，衣衫褴褛，打着赤脚，看到郑川他们几个，神情却变得紧张起来。不等郑川开口，老乡竟掉头就跑。还是宋憨头大步追上去，连说带劝才把老乡拉了回来。却不想歪打正着，这个老乡正是被日本人抓到机场做苦力的农民。

得知代县来了八路军，这个饱受日本人摧残的农民兄弟欢喜鼓舞，主动给郑川带路，把一行人带到了机场旁边的一片芦苇地。借着芦苇的掩护，郑川清楚地看见了机场上整整齐齐排列着的灰白敌机，机体在探照灯的映照下，发出闪闪刺眼的光芒。

郑川忍不住咽了一口口水，心想这样一块肥肉在自己的眼皮子底下，要是能咬上一口……他还想靠得再近些，又担心打草惊蛇，于今后的作战计划不利。心里正犯难。黎英已把丈夫的心思猜了个八九不离十，轻声道："这些飞机是忻口一线的空中主力，还得想办法深入侦察才行。"

郑川思索片刻，突然有了主意，眉头渐渐舒展开来，把几个人叫到一起围成一圈，简单叮嘱几句，几人便达成了共识。

凭借着身体的优势，郑川、宋憨头、高春生很容易就被日军看中，成了机场若干苦力的一分子，借着干活的机会把四周的守卫摸得清清楚楚。

黎英则只能混在送饭的妇女中间，借晌午送饭的机会混进机场。黎英走在妇女中间，两只眼睛却滴溜转，细致地观察着周围的情况。

见家人来送饭，干活的工人们围拢过来。郑川也跟在工人中间朝黎英走来。

黎英捡起两个馒头递给了郑川，小声传递情报："刘洪涛带了一个连，已经到了。"

郑川刚要开口，却听见伪军小队长吹响了集合哨，小队长的神情急躁不安，似乎发现了什么异常。郑川四下一打量，身边不见了高春生的踪影，心里不禁暗叫不好，难道高春生已经暴露了吗？和黎英眼神交流，黎英也捏了一把汗。

伪军小队长走过来，问手下的士兵："点清楚了？"

那个伪军士兵回答："点清楚了，少了一个。"

郑川离得远，听不清伪军小队长的话，只能看见几个伪军在嘀咕着什么。宋憨头离得近，把伪军的话听得清清楚楚，突然急中生智，大声报告："队长，我二哥肚子疼，拉屎去了。"

伪军小队长走到宋憨头面前，上下打量了两眼，见宋憨头面无惧色。伪军小队长转身冲几个手下下令："去茅房！"

宋憨头哪里知道高春生此刻在什么地方，想必是深入侦察去了，万一被鬼子抓个现行，后果不堪设想。想到由此可能带来的后果，宋憨头额头上早渗出密密麻麻的一层冷汗。郑川心里同样七上八下，却不得不强装镇定。

片刻工夫，两个士兵拉着高春生过来，一把把他推到了伪军小队长面前。

小队长一脚踹在高春生腿上：“干什么去了，是不是偷懒啊？”

高春生哪里敢造次，立刻爬起来，连声道歉。

抓高春生过来的士兵报告是在茅厕抓了高春生。

这么一说倒让郑川等人悬着的心放下了一半。

岂料伪军小队长不肯轻易罢休，盯着高春生上下打量：“我怎么看着你有点眼生啊？”

高春生毫不迟疑，立刻回答：“队长，我新来的。”

伪军小队长对这个回答显然不满意，围着高春生打量了一圈，试图找出更多的破绽。

先前带他们来的老乡这时开了口：“队长，他是我堂弟，和我一起来赚口粮的。”

高春生立刻嬉笑着道：“队长，听我哥说来这儿干活有小米饭吃，俺村里的大人小孩都想来呢。”

见有熟人作保，伪军小队长放松了警惕，看着高春生堆笑的脸，突然一阵嫌恶：“天生的贱皮子……”

高春生不争辩，也不生气，只顺着小队长说好话，小队长也便不再刁难高春生，转而去监督其他人干活去了。

本想着一场风波就这样平息，岂料一波刚平一波又起。黎英挑起担子刚走了两步，突然头上的毛巾松了，一头黑发洒落下来，煞是好看。黎英忙将头巾包回去，低着头匆匆往外走。

色眯眯的伪军小队长在这样的事上倒是眼明手快，一把拦住黎英，上下打量，动手动脚，想去撩黎英的衣服。

黎英慌乱躲闪：“队长，孩子他爹病了，下不了床，这饭送到了，我还赶着回去呢。”

伪军小队长却是色眯眯的，不肯放手：“急什么，放下担子跟我过来。”

宋憨头握紧了手里的工具，郑川却一把抓住他的胳膊，不让他轻举妄动。二人一番眼神交流，宋憨头不敢不听团长的命令，再抬头去看时，伪军小队长推着黎英走远了。黎英远远地回头，给郑川做了个手势。郑川心领神会，显得更加淡定。

然而宋憨头被蒙在鼓里，急得像热锅上的蚂蚁。

另一边，伪军小队长把黎英推进房间，从房内关好房门，迫不及待地就要宽衣解带："小娘们儿，只要你把老子伺候好了，以后不光有小米饭，还有肉，老子保准让你吃香的喝辣的，什么活都不用干。"

伪军小队长步步靠近，黎英被迫步步后退。看着黎英吓得花容失色的模样，这个色胆包天的小队长更加把持不住了，猛地扑上去，抱住黎英低头乱亲，却不料黎英早有防备，一个转身，直接从伪军小队长腰间拔出了枪。

小队长没料到这个看上去娇柔的女子竟是个狠角色，惊慌失措："你干什么？"

黎英只拉开枪栓，用枪口指着对方额头。

伪军小队长便原形毕露，吓青了脸，双腿一软，跪了下去。

黎英轻蔑地笑了笑："照我说的做。"

秋风瑟瑟。

山间不见半点人影，几声乌鸦的叫声刺破夜空，更显得阴森可怕。

伪军小队长被扒光了衣服，绑着坐在地上，瑟瑟发抖，再听着周围乌鸦的声声叫唤，更是吓得三魂掉了七魄。

郑川手里拿着一把匕首，不停地在小队长面前磨刀。

伪军小队长简直魂飞魄散，连滚带爬地爬到郑川脚边，跪地求饶："大爷，您这是干吗呀？您可千万手下留情啊，我这条贱命不值钱，您想要什么，只要我能做到的……"

郑川试了试匕首的锋利程度，在小队长脸上比划了两下："你说你，好好的中国人不当，偏偏跑去当鬼子的走狗！"

这下更把伪军小队长吓得差点尿了裤子，连话都说不出来了。

郑川趁机问他："飞机场什么布局？一共多少人？"

伪军小队长一愣，紧接着哭丧道："英雄，您高抬贵手，看在大家都是中国人的份上，饶了我吧，在日本人那儿，我就是条看门的狗，什么都不知道啊。"

黎英气不打一处来，立刻从郑川手里夺过匕首，气冲冲地要挖汉奸的眼睛："别跟他废话，这对眼珠子我最看不惯，色胆包天。"

"对，先挖了这对狗眼珠子。"宋憨头也起哄。

白天就见识了黎英的厉害，小队长再狡猾也不敢在黎英面前耍诈，果然松了口："想起来了，想起来了，我说，我全都说！这个机场有三十多个皇军。"

黎英瞪了伪军小队长一眼。

伪军小队长吓得赶紧改口："不不，有一百多个鬼子，加上航空兵是，是一百五十个鬼子。"

听到机场内只有如此少的守军数量，郑川一开始难以相信，还以为这个汉奸又在耍花招。但这一次，伪军小队长确实没有说谎。代县机场的敌军趾高气扬，根本没想到八路军会来袭击，再加上机场位置隐蔽，八路军侦察设备落后，日本人没有把这支土八路放在眼里，防备自然疏忽。

到此时，仅用了一天时间，郑川只带着几个人的侦察小分队，出色地完成了对机场的侦察，返回驻地，郑川和刘洪涛、一连连长、三个排的排长商量起了计划。

"机场一共二十四架飞机，集中在机场的中心，分三排排列，我们的主要任务是炸飞机。由我带一排直扑机场心脏，炸掉飞机。二排策应，打掉守军。三排在外围防守，主要任务是打援。刘营长，由你带领三门迫击炮，打掉敌机场岗楼。"郑川按部就班地给所有人安排具体任务，并把最为危险的突入机场心脏的任务留给了自己，虽然遭到众人的一致反对，但谁也没能说服他们这个倔强的团长。郑川的个性，从来都是把最危险的位置留给自己，这一次也不例外。

约定好 10 点行动，几支部队便各自埋伏而去。

代县飞机场在班政铺和小茹解两个村庄之间，机场内共有 24 架飞机，白天分 3 批轮番出动轰炸，晚上便回到机场休息。机场内不光构筑有掩体、地堡、掩蔽部，周围还有带电的铁丝网，不过大部分铁丝网没有通电，带电的只有一段，早就被郑川做上了标记。

夜晚，郑川带着突击连剪掉铁丝网，躲过探照灯，摸进了机场。

停机坪上停着二十多架飞机。东角岗楼上的探照灯匀速地转动，照亮机场一块一块的地方，西角岗楼上的探照灯却没有亮。整个机场浸沐在死一般的沉寂之中。

突然，一声手榴弹的爆炸声打破了夜的沉寂，火光四射，整个飞机场突然变得喧闹起来。

是宋憨头带着两个战士冲向南北角地堡，往地堡窗口里扔进了手榴弹。几个日本兵叽里呱啦乱叫着从地堡里跑出来。

东角岗楼探照灯迅速转向地堡的方向，西角的岗楼也亮起了灯，机场的警报骤然拉响。

突然亮起来的灯却正好给宋憨头提供了便利，照清了从地堡里跑出来的鬼子，宋憨头瞄准射击，鬼子应声倒地。

另一边，高春生准备就绪，三门八二迫击炮架在阵地上。

“目标飞机场，方向，北偏东三十二度，距离一千三百米。风力，三级。”随着高春生精确的指令。两发炮弹在空中划出弧线，击中了几场东角岗楼。

“目标，西侧火力点，方向北偏东四十度，距离一千五百米，风力，三级。”高春生再次发号施令。

三发炮弹呼啸而去，随着炮弹爆炸产生的光亮，照亮了岗楼上鬼子惊慌失措的脸。

西角岗楼在爆炸中坍塌，一片火光。

这几发炮弹如同八路军冲锋的信号，激起了大家战斗的斗志。在郑川的带领下，一排战士冲进了机场心脏的位置。

宋憨头猛地看到飞机，惊叹道：“哎呀妈呀，这铁家伙这么大，还能上天，也不怕掉下来?”

看着憨头这副憨样，郑川哭笑不得，只能提醒他：“愣着干什么，这架飞机交给你了。”

宋憨头这才拍拍屁股站起来：“龟儿子，叫你以前在天上耍威风，现在爷爷收拾你来了。”说着冲到最前面的一架飞机旁，抡起铁锤向飞机头部砸去。

哐当一声清脆的声音，铁锤子飞出两米开外。

宋憨头捂着手腕直跳起来。

郑川笑说：“这飞机长的铁脑袋可比你的憨头硬，你就是敲断了手也伤不了它。”

旁边的几个战士都忍不住偷笑。

宋憨头却还是一副憨样，不明所以：“那咋办?”

郑川说：“炸油箱!”

突然，阻击方向传来激烈的枪声。

战士们高喊着，勇猛地和鬼子激战。

时间紧迫，容不得半点迟疑，郑川高喊：“炸油箱！手榴弹，往飞机肚子里扔!”

宋憨头把两颗手榴弹绑在一起扔进了一架飞机的机舱。

随着一声剧烈的爆炸声，火光冲天，飞机机舱和机头都燃烧着火焰。

一队日本巡逻兵慌张地赶来。战士们和日本兵在机群之间，展开了白刃战。

……

八路军袭击日军机场的消息很快传遍了日军上下，连远在东京的大本营也大为震动，对板垣的指挥能力产生怀疑。一向自高自大的板垣第一次感觉到来自八路军的威胁。摆在板垣面前的，是一场难以挣脱的困局，为了摆脱这个困局，他把目光盯向了娘子关。

二

独立团上下还沉浸在大战告捷的喜悦中，而对日本人的阴谋和危险的临近毫不知情。报纸头版头条用大篇幅详细报道了独立团奇袭机场的经过，连蒋介石也被惊动，不仅颁发嘉奖令，还特批了两万元的奖金，这让独立团在国民党面前扬眉吐气。

郑川和黎英夫妻俩分享着这空前的喜悦，他们仿佛听到了板垣的哀鸣，也听到了中国军队的齐声呐喊："把小鬼子彻底赶出中国去!"

然而国军的军官们自始至终都不愿意相信，凭八路军的破武器竟能消灭飞机，这简直是天方夜谭。可是从 20 日起，一连三天，忻口、太原再也没有遭到敌机的轰炸，这已经证实了敌机场被八路军炸掉的事实，他们不得不信。

周治国也是这无数国民党军官当中的一个，他从心里不服气郑川，自己的部队从装备到单兵作战素质，什么都要高出独立团一截，然而却被独立团抢尽风头，无论如何他是不能接受的。

这时，桌子上的电话铃声骤然响起，上级命令周治国即刻带部队开拔阳泉。

周治国十分不悦，阳泉、寿阳、榆次是长官部制定的一条防守路线，就现在的情况看，这几个地方还很安全，但如果日军突破了忻口或者娘子关，恐怕这些地方根本难以阻挡日军，太原也是岌岌可危。所以，他对长官部这条并不缜密的防守路线是不满意的。

……

日军第 20 师团和第 109 师团所辖第 31 旅团占领井陉，一路沿正太路向娘子关逼近。

娘子关有万里长城第九关之称，位于山西平定县东北的绵山山麓，是晋冀的咽喉要地，为历代兵家必争之地。一旦娘子关失守，不仅将使坚守忻口的中国军队陷入腹背受敌的被动局面，而且也会使太原处于晋东、晋北两路日军的钳形攻击之中。也就是说，日军只要占领娘子关，就可以彻底改变忻口、太原两个方向的不利态势，取得在山西战场上的主动权。

为保娘子关，八路军再次作出战略调整，第115师、129师驰援娘子关前线，而前线指挥部则由先遣独立团担任先头部队。

得知井陉失守，独立团上下士气低沉，毕竟国军在娘子关一线驻守了十万兵力之多，而井陉竟如此轻而易举地拱手让人。

郑川忧心忡忡，和刘洪涛、杨大河、段勇等人关在房间里开诸葛亮会。

刘洪涛急得像热锅上的蚂蚁："团长，国军十万兵力，井陉就这么丢了？真他娘的窝囊啊。"

段勇也说："我看国军不是打不过小日本，是压根儿不敢打，都是些贪生怕死的窝囊废。团长，还是驰援娘子关要紧，你下命令吧。"

众人抱怨纷纷，郑川却耐心地将一支铅笔削好，举起来仔细端详，仔细欣赏。

刘洪涛急了："团长，都啥时候了，你倒是给个命令啊。"

郑川铺开了作战图："我就是想听听你们的态度，现在骂也骂完了，牢骚也发完了，来吧，过来看看。"一边指着地图布置任务："刘洪涛、杨大河，你们分别带领一营、二营开赴南泉村、孔氏村驻扎。"

刘洪涛、杨大河："是！"

郑川用铅笔在白家庄上画了一个圈："白家庄的位置也很关键，而且白家庄地形易攻，很有可能会吸引鬼子的兵力。"

"团长，听说国民党派了一个团驻守白家庄。"段勇提醒他。

郑川皱眉："一个团远远不够。段勇，你带领三营立刻开拔前往白家庄附近的石门村驻扎。"

段勇："是！"

刘洪涛见郑川运筹帷幄地发号施令，恍然明白了什么，抱怨道："团长，你早就想好了，还故意卖关子。"

郑川却举起铅笔，说："不，我就是在削这个东西的时候想到的，所以说，这就是我的一把钥匙，能打开我的脑子。"

刘洪涛："团长，那你把这钥匙借给我用用，让我这脑子也灵光点。"

郑川从衣兜里抓出一把铅笔头子放在桌上："要多少有多少，喜欢你们自己拿去。”

刘洪涛、杨大河、段勇三人对视了一眼，都撇了撇嘴。

郑川的预感是无比准确的，他将段勇放在石门村，正是以备不时之需，但显然一个营的兵力只是杯水车薪，他想不出更加周全的计划，再三思忖，决定亲自登门拜访，提醒国民党驻军提高警惕。

得知国民党防军缺兵少将，这让郑川更为担心了。从国民党驻地出来，他的表情变得更加凝重，告诉段勇说自己有一种非常不好的预感，白家庄也许将是一场异常艰苦的战斗。

段勇却不以为然：“团长，鬼子要打白家庄，那也得先打下了娘子关啊，国军重兵驻守，还不至于连一个娘子关也守不住吧。”

“这个时候，任何一个小疏忽都有可能铸成难以挽回的大错，绝不能掉以轻心。段勇，白家庄的地位十分重要，你是离白家庄最近的队伍，战斗一旦打响，你要在第一时间支援。”说这些话的时候，郑川的心情无比沉重。

然而段勇却没放在心上：“团长，就凭娘子关这道天险，国军不会真的连娘子关都守不住吧，那也太次了，就凭娘子关的天险，就是派个娘们儿去也能守得住啊。团长，我看你的担心多余了，只要娘子关丢不了，鬼子就打不到白家庄来。”

段勇的不以为然让郑川很不高兴，他少有地发了脾气，严肃批评了段勇这种麻痹大意的思想：“战场上眼光别只盯着一处，否则眼皮子底下也会出纰漏，这在战场上是要吃大亏的。”

段勇嘴上答应，心里却仍不服气。他在石门村加派了岗哨，但只把观察哨放在了娘子关方向，并未留意国民党驻守的白家庄，而这恰恰印证了郑川所有的不安与担心。

段勇并不知道，此时在白家庄附近，石原正带领一支轻装简行的步兵部队快速向白家庄推移。悲剧一触即发。

在距离白家庄三公里的位置，石原展开一张作战图下令兵分两路，一路从白家庄后面突袭，另一路绕过白家庄突袭石门。

因此，当天夜里，段勇被激烈的枪声惊醒的时候，还不知道鬼子已经神不知鬼不觉地打进了白家庄。

驻守在村子里的所有战士都和段勇一样，毫无准备，仓促抵抗。

段勇后悔不及，急忙下令：“各连队分散突围。”他收拢了十几个被打散的战士，且战且退，一路退到了一条窄巷子里。前有日军阻拦，后有日军追兵，段勇和十几个战士被前后堵截在巷子里，只能依据巷子里的房屋墙院和日军激战，形势岌岌可危。

若不是郑川及时收到消息，命令刘洪涛带部队接应段勇，恐怕段勇已经凶多吉少了。

刘洪涛和段勇一起回到团部，得知段勇部队被打散的消息，郑川的表情更加凝重了，他收到前线指挥部来电，白家庄的国军已经被鬼子突破，鬼子现在正从侧翼突进，意图向娘子关进攻。

段勇后悔莫及，自责地低下头："团长，我没有守好石门，你处分我吧。"

然而这个时候处分又能解决什么问题呢？白家庄大势已去，郑川走到作战图前，日本人的野心在娘子关，突破白家庄，其实是为了迂回到娘子关背后。

"不如在七井村打一仗，牵制敌人的进攻。"郑川很快有了新的想法，在七井村的位置画了一个圈："打蛇打七寸，我们就在这里设下埋伏，等着鬼子进来，打他一个措手不及，我就不信掐不住他的七寸。"

七井村位于太行山脉中段、晋冀两省接壤处，又是平定、昔阳、井陉三县的交界地带，自古以来就是河北到山西的交通要道，井陉有两条道路可以穿越太行山进入山西平定县境内，北面是通过娘子关，南面就要经过七井村。该村四面环山，重峦叠嶂，沟壑纵横，道路奇险，素有"龙虎环抱"之称，历来就是兵家要地。七井村东面紧邻山西平定县的甲南峪、东石门村，可以一直通到河北省井陉县的测鱼镇；西面是改道庙、营庄，可以直达平定县城。村边一条宽不足两米的大道，就是连接山西河北的通道，路南边是高约十米的土坎，路北是几十米深的山沟。无论是从地理位置，还是地形上来说，七井村都是锁钥之地。

山头上，郑川的部队埋伏妥当。

黄豆豆从前方回来，弓着身子跑到郑川旁边："团长，前哨报告，鬼子的部队出现了。大约四十人。"

"这是鬼子的先锋队，探路的。"郑川分析道，"我们要把鱼线放长一点，才能钓到大鱼。命令前哨继续监视。"

黄豆豆领命离开。

郑川握着望远镜观察。望远镜里，一队鬼子出现在山谷之中。

段勇急于戴罪立功："团长，什么时候打啊，我快憋不住了。"

"憋不住也要憋，没有我的命令，谁也不能开枪。"在郑川眼里，四十人的先头部队，顶多算个蛇头，他们必须等蛇身子完全进来，才能让这条大蛇有去无回。

等黄豆豆再回来报告的时候，郑川高高举起了手，大喊一声："打，狠狠地打！"

顿时，两面的陡坡上，机枪和步枪的子弹如潮水般倾泻而下，手榴弹在日军的队伍里四处开花。

胡大喇叭吹响了嘹亮的冲锋号：滴滴答滴滴……

郑川一跃而出："同志们，冲啊！"

战士们冲下陡坡。

双方展开白刃战。

段勇举起大刀，一刀一个鬼子。

宋憨头一脚踢翻一个鬼子，高高举起了刺刀。小鬼子惊恐的眼神盯着宋憨头。宋憨头犹豫之际，小鬼子突然反击，反将宋憨头压在了身下，尖利的刺刀刀尖就要刺破宋憨头的喉咙。

突然一声枪响，鬼子栽倒在宋憨头的身上，鲜血溅满他的脸。

郑川一把拽起宋憨头："这是战场，不是演习，你再犹豫一秒就成了敌人的刀下鬼了。"

一个鬼子从郑川后面扑了上来。

宋憨头来不及说话，举起刺刀大喊着刺了过去。

郑川一闪身，看到宋憨头的刺刀已经刺进了小鬼子的胸膛。

两个多小时后，枪声、喊杀声才渐渐沉寂下来。日军辎重部队除少数逃走，其余大都被歼。此战毙伤日军辎重队三百余人，缴获骡马三百余匹和一批军用物资，而独立团伤亡才十多人，打了一场干脆漂亮的伏击战。

八路军打了胜仗的消息很快在附近的几个村子传开了，附近乡村的老百姓纷纷抬着粮食送到独立团驻地。就在欢庆胜利之时，当天晚上，郑川再次得到情报：正太路西段的日军正向东运动，娘子关右翼的日军也正在继续向旧关迂回，日军的意图还是急于要打通正太路，威胁太原，夹击忻口。所以他判断七井村仍然是日军进军的必由之路。

再从日军目前的作战特点来看，他们一路胜利，非常骄横，很是任性。加上"用兵不复"的兵法常识，日军不会想到八路军还会在同一地点再次设伏。于是，郑川断然决定还在七井村，再给日军一次伏击。

郑川还给他这种战略起了一个有意思的名字："我这个打法就叫做二次打

屁股，专打小日本鬼子。”

郑川彻夜研究作战图，很快选定了伏击地点，第二天一大早就带几个得力干将实地考察伏击地点，然而到了目的地一看，一行人全都傻眼了，因为实际的地形与地图标识完全不一样，这片绵延几公里的山梁不过一二百米宽，公路根本不在山谷沟底，而恰恰是在这片山梁上，除了公路边残留的国民党以前用过的破旧工事外，再没有其他隐蔽物。

这么一看，大家原本斗志昂扬的心一下子凉了半截。

郑川更是不甘心，好不容易争取来的伏击机会难道就这样放弃了吗？然而眼前这样的地形，部队不易隐蔽，战斗难以展开，预备队也很难迅速加入战斗。郑川看看地图，再看看眼前的实景，眉头皱成了一堆。

其实，出现实际地形和地图完全相反的情况，并不能怪郑川他们。以前这里的公路确实是从山谷里经过，但是1930年修建长邯公路时，原来在山谷里的公路被改成了附近村子里的一条街，新的公路就修在了山梁上，只是郑川手里的地图没有及时更新，所以才会出现现在这种进退两难的局面。

就在众人失望之时，刘洪涛不小心一脚踢在公路边的一块巨石上，疼得直叫唤。

杨大河嘲笑：“老刘，战场上你向来是眼观四面耳听八方，怎么一到了这儿，你这打仗的眼睛居然对路边的大石头都视而不见了。”

段勇也看热闹：“老刘，就这么块破石头都能让你吃亏啊。”

刘洪涛不禁脸红：“去去去，你们少打趣我。”

嘲笑的话语引起了郑川的注意，他再次观察公路周边，发现公路两边的这些巨石是国民党留下的旧工事，当即眼前一亮，豁然开朗道：“杨大河、段勇，你们可别打趣刘洪涛，刘洪涛这个亏吃的好啊，吃得恰到好处，可帮了我的大忙了。”

刘洪涛不解，脸一下子红到了脖子根：“团长，你怎么也和他们一样打趣我。”

郑川可不是在打趣任何人，而是有了一个新的作战计划。

“你们看，公路两边，这些是国民党留下的旧工事，正因为多年废弃，刘洪涛才麻痹大意，踢痛了脚，日军自恃强大，骄横不可一世，更不会把这些旧工事放在眼里。如果我们用这些旧工事做掩护，再用‘独木桥上打架’先下手为强的战术，对敌人进行突然猛烈的打击，变不利为有利，可以先机制敌。”

听郑川如此说，众人不禁大喜，当即围成一圈，就地开作战会。

郑川在夜色的掩护下带领部队登上了山岭上的公路，部队在夜色中集结，借着月光行进，利用旧工事做掩护，悄悄潜伏在公路两边。

宋憨头背着挎包水壶紧紧跟在郑川身边，大家的眼睛都直勾勾地盯着鬼子来的方向，不知不觉就到了早晨。

远远地，传来汽车的轰鸣声。

郑川举起望远镜，石原的先头部队分队乘两辆卡车和骑兵二十余人进入视线。于是放下望远镜，下令："通知同志们，沉住气，把敌人全部放进设伏区再打。"

山岭的公路上，日军的骑兵队伍和两辆卡车先后开过来，日军对公路两侧的废弃工事完全视若无睹，大摇大摆地进入了伏击圈。

旧工事后面，郑川突然一声令下："打!"抱着机枪向敌人猛烈开火，枪声随即大作。

宋憨头跟在郑川身边，卖力地向公路上的敌人投掷手榴弹。

公路变成一条火线，子弹穿梭，手榴弹四处炸响。

日军骑兵纷纷跌落下马，面对袭击惊慌失措，四处逃窜，完全乱了阵脚。

卡车上的鬼子纷纷跳下卡车，利用卡车、死马做掩护，勉强抵抗，但很快躲在卡车后面的几十个鬼子也被交叉火力和手榴弹杀伤消灭。

胡大喇叭站起来，吹响了嘹亮的冲锋号。

号声如同凯旋的前奏，独立团战士们纷纷冲出工事，冲向了公路上的鬼子，喊杀声一片。

宋憨头、黄豆豆等战士纷纷扬起大刀砍向鬼子，几个鬼子立刻被砍死在大刀下。

残余的鬼子一部留在公路上顽抗，与独立团战士肉搏，另一残部十几人抱着枪向附近村子的民房方向逃窜，试图进入村内凭借民房抵抗，但是这部日军刚刚来到村口，就被刘洪涛带领埋伏于此的一营战士歼灭。

……

得知20师团主力在七井村再次遭遇八路军伏击，并伤亡四百余人，骑兵队几乎全军覆没。板垣空前震惊，他迫切想知道八路军这支难缠的部队的长官是谁，有什么样的背景。

很快，石原带回来郑川的消息，他告诉板垣："这个人是八路军里面不可多得的指挥人才，曾经是红军中有名的‘冒险将军’。”

“冒险将军?”板垣脱口而出，感到不可思议。

石原：“是的，这个郑川虽然只是个团长，官位不高，但是他久经杀场，打仗无数，从国民党围剿共产党的战争开始，他就有了冒险家的称号，他的作战经验极为丰富，而且用兵变化莫测。在七井村连续两次设伏，这样的打法，我在中国还是第一次碰到。”

“八嘎。敢在战场上‘险中求胜者’是军人最大的荣誉，一个支那军队的团长，凭什么配有这样的荣誉?石原君，你很清楚，我在日本军界被誉为‘冒险王’，我绝不能容忍我的敌人来分享这个称号，那是在侮辱我作为大日本帝国的军人所得到的最高荣誉!”板垣的震惊转而被愤怒所取代，他无法容忍八路军队伍里竟然有郑川这样的人才，但在自己的下属面前，他绝不肯承认自己内心的真实想法，他严厉斥责了石原：“石原君在参谋本部的办公室里坐的太久了，根本就不了解中国人，他们根本就不会打仗。你这个联络官严重失职，这么重要的情报你现在才报告，20 师团损失严重，这个责任你承担得起吗，你要怎么向大本营交代?”

石原低下头，不语。

“我告诉你，不要在这里鼓吹什么八路军难对付的废话，20 师团的失败只是偶然的，土八路不足为惧，他们是挡不住大日本帝国的战车向太原挺进的!”

三

1937 年 11 月 4 日，阎锡山抛弃太原，带领属下仓皇撤退，直奔临汾。第二天，娘子关被破，板垣师团兵临太原城下。太原守军浴血奋战，但坚持四天之后，11 月 8 日，太原最终沦陷，国民党主力仓皇后撤，周治国的 414 团也接到命令狼狈退回太岳县。

太原被占的消息彻底击溃了周福源的心理防线，唇亡齿寒，想到接下来太岳县的遭遇，自己苦心经营几十年的产业，他简直不敢再往下想了。

这一夜，注定是个不眠之夜，睡不着的还有驻扎在大柳树村的郑川。国民党的战线被轻易击溃，兵败如山倒，和逃跑没有什么不同，这让八路军的进退变得举步维艰。

这个时候，郑川接到了新的命令，即刻去 129 师报到，组建 129 师直属独立团，赴太岳地区，坚持开展游击战，建设太岳根据地。

郑川悬着的心终于放下了，独立团所有的战士们也终于可以睡个好觉了。

周家老宅里，周治国回来已经三天了，可是周福源还是不能接受儿子败北的事实，他的脸色十分难看：“谁都知道我周福源的儿子是国军的团长，是抗日的英雄。这倒好，你们三十万大军兵败如山倒，看到你那个样，真是丢我周家的脸。”

“爹，你骂得对，身为一个军人，让日军的铁蹄长驱直入，我也觉得愧对了这身军装，愧对了周家的列祖列宗，我也觉得窝囊。”周治国嘴上这么说，心里却觉得憋屈，他的414团在茹越口阵地死守了一天一夜，挡住了鬼子七轮进攻，一营一连全部阵亡，二连死伤过半。虽然最后茹越口还是丢了，但是比起那些贪生怕死、一枪都不放就落荒而逃的部队，他的414团不是孬种。

“罢了罢了，太原都已经失守了，恐怕太岳县早晚也是日本人的。”周福源最担心的始终还是自己在太岳的这点家业。然而周治国接下来的回答却远远超出了他的预料。

周治国告诉家人：“何止是太岳县，就是整个山西恐怕都守不住了，日军很快就会打过来，我已经派人在陕西租好了房子，爹，你和大哥还是赶紧过黄河，离开山西吧。”

周福源一下子瘫软在椅子上：“南撤南撤，你们到底是打算撤到什么地方?”

周安邦也急了：“你们的部队究竟要撤到哪儿去啊?”

周治国根本无法回答他们这个问题，长官部的命令，他只有执行，说实话，连他现在心里也是没有底了。

此时，郑川快马加鞭赶到了周庄129师师部。

太岳根据地依靠太岳山脉与黄河之水，有独特的地理优势，在这里建立根据地，有着至关重要的战略意义。郑川接下来的任务就是在太岳地区建立根据地，深入地开展游击战，发动群众抗日。

“总部考虑到岳南地区形势复杂，群众基础薄弱，请牺盟会调派了一名工作能力突出的同志负责岳南的地方工作，你猜她是谁啊?”129师师长卖起了关子。

郑川笑了：“我又不是神仙，我哪能猜到啊。”

正在这时，黎英走了进来和郑川四目相对，二人都有些意外，又都有些激动。看到黎英，郑川内心又是高兴，又是愧疚。跟着自己，这个女人每天在枪林弹雨中穿梭，说到底，他这个当丈夫的没尽到一点保护她的责任。哪怕就是现在，想跟她说句体己话都没有时间，二人快速地将话题切入工作当中，言罢后又各奔东西。

如今整个山西抗战情绪低迷，当务之急是打一场胜仗，鼓舞士气，打击日军嚣张气焰。而太岳县的地理位置，是鬼子从北向南渡过黄河的必经之路，郑川猜测鬼子极有可能由潞县、黎县过仙人岭，然后到达太岳县，所以他认为可以把主力放在仙人岭两侧埋伏，凭借仙人岭岭窄、两侧地形复杂的有利条件，打一场漂亮的伏击战。

郑川的行事风格，向来是雷厉风行，很快就带着几个得力干将登上了仙人岭，查看地形。

大家刚刚登上仙人岭，高春生却匆忙来报："团长，我们刚刚侦察得到情报，日军先头部队最多再过一个小时就要到仙人岭了。"

众人面面相觑。

连郑川也颇感意外："一个小时？情报上不是说鬼子才刚到潞县吗？他们的动作怎么会这么快？"

"团长，现在的情况确实是很危急，几路鬼子像脱缰的野马，一路没有遭遇任何抵抗，现在是横冲直撞了。"高春生紧急介绍了一下目前的情况。

鬼子来势汹汹，是打还是退成了当前摆在郑川面前最紧要的问题。在仙人岭打伏击是一次绝佳的取胜机会，然而时间仓促，郑川的大部队无法及时赶到参与作战。

因此，刘洪涛打起了退堂鼓："团长，鬼子的大部队转眼就到，你看是不是要改变原定计划，不在仙人岭打伏击了？"

郑川思索再三，有了决断："现在就做好打伏击的准备。"

"可是，我们现在手上只有三个排。"刘洪涛提醒他。

郑川语气坚定："如果不在仙人岭挡住敌人，等鬼子过了仙人岭，就是太岳县，过了太岳县，就是黄河边，我们就再也没有打伏击的机会了。所以这一仗必须打！"

郑川说着立刻部署："豆子，你赶紧回去报信。"

黄豆豆领命离开。

郑川接着说："刘洪涛，你带两个排正面阻击敌人，剩下的一个排跟我迂回到敌后攻击，我们前后夹击，打鬼子一个措手不及。”

几路人马分别部署完毕。

就在这个时候，周家上下正是一片忙乱，管家指挥着下人们忙进忙出地收拾东西、搬运箱子，一片逃跑前的紧张氛围。

周福源坐在太师椅上，拄着拐杖，看着大家忙乱的样子，脸色难看。

在太岳城外的土地庙，周福源一行人下马休息。

黄队长骑着自行车气喘吁吁而来，跳下自行车，向周福源报告：“县长，八路军去仙人岭埋伏了，听说他们准备在仙人岭和日本人干一仗。”

周福源惊讶：“真的要打了？”如果八路军真的挡住了鬼子，他也许就不用跑了，但是就凭土八路的那点装备能干过武装精良的鬼子吗？周福源的心里又犯了嘀咕。

仙人岭阵地上，刘洪涛嘴里嚼着一根草，枪口对准了公路，紧紧盯着鬼子来的方向丝毫不敢放松，身后是两个警卫排的战士。

远远地，传来汽车的轰鸣声。

两辆载着日军士兵的卡车驶过来。

刘洪涛突然一声令下：“打！”顿时枪声大作。

两辆卡车戛然停下，卡车上的鬼子纷纷跳下车，利用卡车作掩护，拼命还击。

卡车后面，几个鬼子架起了一挺机枪，机枪喷射出猛烈的火舌。

机枪扫射下，刘洪涛身边的两个战士立刻中弹身亡，后面立刻上来两个战士补充上来，但是很快一个战士的胳膊也被机枪打中了，鲜血直流。

刘洪涛盯着鬼子躲在卡车后面的机枪口，大喊：“他娘的，谁能把鬼子的机枪干掉？”

刘洪涛身边的一个战士立刻跳了出来，端着枪向公路上的鬼子冲去，然而冲出去不过几米远，这个战士已经被鬼子的机枪打成了筛子。

刘洪涛痛惜不已。

这时，刘洪涛身后的另一个战士抱起枪准备冲出去：“营长，让我去！”

刘洪涛死死拉住这个战士：“回来，不许去，现在不是时候。”

刘洪涛话音刚落，一枚手榴弹在他们身后炸响。

公路上，卡车后面的鬼子机枪还在喷射着火舌，几个鬼子躲在卡车后面向山坡上的八路军扔手榴弹。

三个鬼子匍匐向山坡上前进，试图冲上八路军的阵地，一个鬼子拿出手榴弹，正准备扔出去。

刘洪涛气急，瞄准，一枪干掉了这个准备扔手榴弹的鬼子，鬼子手榴弹来不及扔出去，在鬼子中间炸响，炸飞了几个试图冲上山坡的鬼子。

山坡上，刘洪涛大喊："同志们，打，狠狠地打，别让鬼子冲上来！"

刘洪涛话音刚落，鬼子又扔上来几枚手榴弹，手榴弹在不同位置炸响，炸飞了几个战士。

与此同时，仙人岭另一边，郑川带着一个排穿梭在林间山沟，绕到了鬼子的侧翼。

而此刻公路上的鬼子发起了第二次冲锋，五六个鬼子再次冲上山坡。

刘洪涛看着流血牺牲的士兵，痛心大喊："打！"

刘洪涛一边喊一边朝冲上来的鬼子开枪，冲上山坡的鬼子越来越多，这边的战士一开枪，鬼子的机枪便猛烈扫射，刘洪涛他们被机枪压制得抬不起头来，眼看着几个鬼子就要冲上阵地。

就在这时，鬼子的侧翼突然响起密集的枪声，郑川带领宋憨头和警卫排从侧翼发动了突袭。

郑川瞄准鬼子的机枪手，一枪干掉了机枪手。

鬼子失去了机枪的掩护，刘洪涛他们立刻开枪还击，打死了几个冲上阵地的鬼子。

一个鬼子军官躲在卡车后面高声大喊："打，狠狠地打，不要放过支那人！"

鬼子通讯兵跑过来报告："长官，我们的侧翼遭到敌人突袭。"

鬼子军官被打懵了："八嘎，支那人到底在仙人岭埋伏了多少兵力？"

通讯兵："具体的数据我们没有侦察到，但很明显，支那人埋伏在仙人岭的兵力比我们预想的要多得多。"

鬼子军官震怒："八嘎，马上给指挥部拍电报，请求增援。"

与此同时，郑川打光了子弹，他扔掉枪，大喊一声："同志们，和小鬼子拼啦！"

山坡上，刘洪涛也站了起来，大喊："和小鬼子拼啦！"

刘洪涛和郑川带领战士们冲出来，和冲上阵地的鬼子展开了肉搏。

三个鬼子把郑川围在中间，郑川一刀刺死一个鬼子，另外两个鬼子趁机冲上来，郑川眼明手快，一把抓住左边鬼子的刀柄，用力一拽，刺刀刺进了右边鬼子的胸膛。郑川又拽住左边的鬼子狠狠摔在地上，一拳一拳地揍下去。

另一边，一个鬼子骑在宋憨头身上，死死掐住了他的脖子，宋憨头脸憋得通红。郑川及时赶到，刺死了骑在宋憨头身上的鬼子，郑川把宋憨头拽起来，几个鬼子包围过来，和二人打斗在一起。

杨大河带领二营队伍向仙人岭方向赶路。

只见黄豆豆从前方着急跑来："二营长，团长在仙人岭和鬼子干起来了！"

杨大河震惊，急忙下令："快，加快速度！"

在黄豆豆的带领下，二营抄近路向仙人岭行进，争分夺秒。

而仙人岭战场上，郑川已经带领战士们和鬼子展开了激烈的肉搏。

鬼子队长带着几十人的援军赶到，躲在卡车后面的鬼子军官大喜，立刻站了出来，对援军下令："冲上去，拿下仙人岭阵地。"

更多的鬼子冲上了山坡，和八路军战士展开白刃战。

郑川浑身沾满鬼子的鲜血，双眼瞪得通红，被五六个鬼子团团围住，眼看到了绝境。

就在这时，鬼子背后突然传来一阵枪声。

通讯兵向鬼子军官慌张报告：报告长官，八路军的援军到了。

鬼子军官大惊，紧接着，密集的枪声在他们背后响起，一串子弹贴着鬼子军官的帽子打在了卡车上，鬼子军官赶紧趴在地上隐蔽，大声下令：八路的援军到了，马上撤退，撤！

阵地上的鬼子纷纷回撤。

杨大河带领二营开枪追击鬼子，另一个方向，段勇带着三营也赶来加入了战斗。

胡大喇叭冲上阵地，吹响了嘹亮的冲锋号。

战士们一齐冲出阵地，追击鬼子。

杨大河、段勇赶过来和郑川、刘洪涛会和，几人重新聚集在一起。

谈到接下来的战略部署，郑川推断，鬼子兵分几路向太岳出击，现在的黎县必定空防，正是收复失地的大好时机，应该乘胜追击，一举拿下黎县，黎县失守，进攻太岳的鬼子必然回援。太岳的危机也就迎刃而解了。

另一边，周福源得知八路打胜了的消息，喜不自胜，当即又赶着马车，浩浩荡荡地回了太岳。

事实证明，郑川的推测是完全正确的，鬼子兵分三路向黄河进发，黎县空防，只有负责运输辎重的后勤小股部队，所以攻下黎县郑川的部队基本没有伤亡，接连两场战斗的胜利，极大地鼓舞了战士的斗志。郑川决定乘胜追击，又带领部队去攻打潞县，就这样接连收复了好几座县城。

四

城门口锣鼓喧天，围满了夹道欢迎的百姓，热闹非常。

周福源率领众多地主乡绅们也站在城门口迎接凯旋的八路军独立团。

郑川骑着马带领着队伍来到了城门口。

周福源立刻满脸堆笑，迎了上去。

郑川翻身下马。

周福源脸上堆着笑来到郑川面前，一见面就对郑川赞不绝口："郑团长，仙人岭大捷，独立团英勇善战，阻挡了日军的攻势，保护太岳一方平安，郑团长可是我们太岳县的大英雄啊。"一边问身边的乡绅们："你们说，我说的对不对？像郑团长这样的大英雄，我们太岳县是不是要表示热烈欢迎？"

黄队长见风使舵，立刻带头大喊："县长说的对，欢迎大英雄郑团长凯旋。"

乡绅们立刻跟着喊："欢迎大英雄郑团长凯旋。"

周福源转身，一个手势示意身后的锣鼓队停下来："都停一停，先停一停，让抗战大英雄郑团长为我们大家讲几句，如何？"

黄队长立刻带头热烈鼓掌欢迎："大家欢迎大英雄讲话。"

郑川只微微一笑："周县长，你这个称呼我可担不起啊，保家卫国是军人的天职，独立团打胜仗是我们的本分，我不敢以此居功，更不敢自封英雄，这次战斗的胜利离不开乡亲们对我独立团的支持，所以，我要代表独立团谢谢太岳县的父老乡亲们。"

郑川说着，郑重地向现场的百姓们敬礼。百姓们爆发出热烈的掌声。

刘洪涛看着周福源满脸尴尬的样子，偷笑："这下好了，马屁全拍在马蹄子上了。"

郑川看着跟在周福源身后众多的地主乡绅，又看着周福源，微微一笑："没想到今天这个欢迎仪式如此隆重，周县长，我受宠若惊啊。"

"郑团长打了胜仗，当之无愧。"周福源说着恭维道："郑团长，我已经命人收拾好了县政府的院子，请郑团长带领部队进城休息，以后就把指挥部建在县政府吧。"

“周县长，你的好意我心领了，不过八路军有八路军的规矩，部队调动，上级命令我们驻扎在十里外的王家堡，绝不能影响县城百姓的生活。”

周福源没料到郑川竟会如此干脆地拒绝自己，难免有些意外，被扫了面子，虽然心里不痛快，表明上还是装出笑嘻嘻的样子：“郑团长爱民如子，八路军果真是人民的军队，太岳县的救星啊，以后有郑团长驻守太岳，我们再也不用怕鬼子来骚扰了。”

郑川突然话锋一转，笑着问大家：“我今天想问大家一句，是否还想离开太岳县，是否仍然对八路军没有信心？”

地主乡绅们一改往日的态度，纷纷表示出信任和热情。几个乡绅纷纷带头表态支持郑川今后的工作，甚至还有几个地主当众凑出两千大洋支援独立团购买物资。

周福源连声道：“郑团长，周某一向两袖清风，想为独立团捐款也是有心无力啊，周某惭愧！惭愧！”

“周县长不要谦虚，独立团在太岳县的工作还需要你的配合，希望周县长以后能够帮助独立团在太岳开展工作，我代表独立团向你表示感谢。”

此时，陆曼云从人群中走了出来，走到郑川面前主动提出：“郑团长，听说你们在这次战斗中缴获了日酋军刀，我愿意出一百大洋购买这把日酋军刀。”

郑川笑了起来：“陆女士，你这个要求我不能答应。”

陆曼云惊讶：“你嫌钱少？”

郑川笑着解释：“陆小姐，你支持抗战，为抗战事业做出了不少的贡献，这是有目共睹的。你所做出的贡献，我十分感激，如果军刀是我的私人物品，我随时都愿意将军刀赠送给你以示感谢，但八路军有纪律，所有缴获战利品必须交公，不能私下买卖，所以我今天必须拒绝你。”

陆曼云更加惊讶，充满好奇：“这倒是个十分特殊的规定，看来你们八路军是一支特殊的部队，和其他的部队很不一样。”

看到陆曼云遗憾的神情，郑川询问：“陆小姐，我多嘴一问，你为什么如此喜欢日酋军刀？”

陆曼云道：“在南洋，我们华侨都以此为傲。”

郑川点点头，暗暗把这件事记在了心里。

虽然仙人岭阻击战的胜利，使众人对八路军的战斗力有了新的认识，为独立团在太岳工作的展开打下了良好的基础，但全国的抗战形势依然严峻。就在此时，党中央和八路军总部提出建立敌后抗日革命根据地的重要指示，郑川的独立团将面临更为艰巨的任务。

从师部开会回来以后，郑川又认真读了几遍毛主席的最新讲话，对于中共中央和毛主席关于建立敌后抗日根据地的指示，他有自己特别的想法，于是连夜起草了一份材料，不知不觉竟写到了天亮。

黎英走到门口，看着郑川伏案疾书专注的样子，故意抬手敲了几下门。

郑川这才抬起头来，看到是黎英："黎英，你来了。"

黎英笑道："看到你工作认真，实在不忍心打扰。在写什么呢?"

黎英说着走到桌边，拿起郑川誊写的材料看着，小声念起来："民兵自卫队工作章程。"

黎英匆匆浏览了一眼，惊喜，抬头问郑川："昨天才刚刚开会讨论，你这么快就把工作章程拟好了?"

郑川找出一份名单递给黎英："毛主席在他的很多文章中多次强调，民力和军力相结合将给日本帝国主义以致命的打击。咱们的民兵自卫队紧紧响应毛主席的号召，还得到了这么多人的支持，我想不积极都不行啊。你看，民兵自卫队的招兵公告才贴出去两天，报名的人数已经超过了五十人。"

黎英点头赞同："民兵不但可以源源不断地为前线输送兵员，协助配合主力部队作战，在必要的时候也可以独当一面单独作战，同时还是经济建设的生力军和突击队，想要开展根据地工作还真离不开他们。"

黎英看着名单上的名字，惊讶："这些名字看着怎么这么眼熟。"

郑川笑了："抗日青年救国会的很多成员直接加入了民兵自卫队。"

黎英："你把我的人都发展进来了，真有你的。"

郑川："什么你的我的，你是牺盟会派来的主任，我是八路军的团长，我们这叫夫妻合作，天衣无缝。"

"贫嘴!"黎英不禁脸红了，嗔怪道。

就在这时，外面突然传来黄豆豆和宋憨头的争吵声，打断了二人的谈话，二人向外望去。

宋憨头拉扯着黄豆豆走进院子。

黄豆豆没好气道："宋憨头，你拉我干什么，你给我松开!"

宋憨头不依不饶："黄豆豆，你别门缝里瞧人把人给看扁了，今天这事咱俩没完，你必须给我赔礼道歉。"

黄豆豆不服："凭什么给你赔礼道歉，我说的都是事实，我说错了吗？要怪就怪你们老宋家不争气，我说的一点没错。"

宋憨头气急，推了黄豆豆一把："黄豆豆，你嘴巴给我放干净点。"

黄豆豆不肯吃亏，上前还手："宋憨头，你敢打我，看我今天不好好教训教训你。"

二人纠缠在一起。

郑川严肃喝止："宋憨头、黄豆豆，立正站好！"

黄豆豆和宋憨头一听立刻分开，原地站好军姿。

郑川走到二人面前，严肃质问："怎么回事？你们俩谁先说？"

黄豆豆告状："团长，宋憨头犯了错误，我批评他，他非但不听，还要打我。"

宋憨头也不甘示弱："团长，我没犯错，是黄豆豆门缝里瞧人，他笑话我。"

原来，黎英昨天才召开全县佃户大会，宣布了减租减息的政策，按照政策，宋憨头家今年少交了一百斤粮，可宋老爹不知道为什么昨天晚上就把这一百斤粮食又送还给了周福源。

黄豆豆振振有词，宋憨头急得跟什么似的，为了表明自己的政治立场，宋憨头一咬牙，狠心道："我不是落后分子，我要和我爹断绝父子关系。"

宋憨头话音刚落，一只鞋飞过来打中了他的脑袋。

与此同时，宋老爹的声音从背后传来："好你个败家玩意，当兵你还当出脾气来了，当了没两天兵就敢不认亲爹，这要是让你继续在部队待下去，你还不得把老祖宗都给辱没了。"

宋老爹气得直哆嗦，上前拉着宋憨头就要走："跟俺回家。"

郑川捡起宋老爹扔在地上的鞋上前递给宋老爹，劝慰："宋老爹，您消消气，憨头年纪小，说话没分寸，是我这个做团长的没做好工作，我先给您赔不是了，您别跟他一般见识。"

看着郑川给宋老爹赔不是，黄豆豆狠狠瞪了宋憨头一眼。

宋憨头脸上挂不住，抱怨："爹，你说你这是干什么呀，你这不是瞎捣乱吗。"

宋老爹穿上鞋，气呼呼的："你给我闭嘴，当了两天兵，你现在能耐了，敢数落你老子了。俺跟郑团长说话，还轮不到你插嘴。"

郑川对宋憨头和黄豆豆下命令："憨头，你们先回去。黄豆豆，不许再和憨头闹别扭，这件事我晚点再处理。”

黄豆豆和宋憨头并肩离开。

郑川把宋老爹让进了屋里说话。

黎英给宋老爹倒了一碗水放在宋老爹面前：“宋老爹，喝口水，消消气。”

宋老爹赶紧站起来道谢：“黎主任，您看您这么大的官，还亲自给俺倒水，俺担不起啊。”

黎英把宋老爹按回椅子上坐下：“宋老爹，您坐，按年龄，您是我的长辈，我给您倒碗水是应该的。再说了，您是憨头的父亲，送儿子参军，支持我们的工作，这件事我还得谢谢您呢。”

宋老爹愧疚：“郑团长、黎主任，俺今天来是给你们赔不是来了。”

宋老爹说着把自己违反减租减息规定，照老规矩给地主交租子的事说了一遍。

看来黄豆豆所讲的确是事实，黎英不理解宋老爹为什么要这么做。

“黎主任，减租减息是好事，要是真能把这地租减下来，俺比谁都高兴，可昨天的大会上，俺看周县长没有表态，他没说好也没说不好，他的脸色不好看啊。俺还听大家议论说，这件事没有周县长的支持，长不了，政策不知道什么时候还得变回来，到时候地租还得照样交。”宋老爹愁眉不展。宋家的情况黎英和郑川都是知道的，宋雨田毕竟是周县长家的佣人，宋老爹老实巴交的一个庄户人，如何敢得罪周福源这只老狐狸。

可宋憨头在郑川的手下当兵，宋老爹左右为难，周福源得罪不起，八路军他也得罪不起，所以今天特地来给郑川赔不是：“这件事是俺做得不对，俺给你们赔不是，你们大人大量，憨头在你们部队里一直很听话，你们可别因为这件事批评憨头。”

宋老爹说完站了起来：“郑团长，黎主任，你们忙，俺先回去了。”

宋老爹转身就走。

看着宋老爹离开的背影，郑川和黎英心里压了块大石头，忧心忡忡。

太岳这个地方势力盘根错节，想要开展根据地的工作，各种意想不到的困难也会随之而来。尤其是周福源这棵大树，他在太岳县的根扎得太深了，不光老百姓有顾虑，就是那些开明的地主乡绅，周福源不表态，他们也不敢公开支持共产党的政策，还有一些敌视共产党的顽固派，有了周福源撑腰，他们就干脆明目张胆地跟八路军对着干，周福源态度暧昧，明里暗里地支持他们搞破坏。不仅如此，周福源还以保境安民为由，招兵买马大肆扩充保安队，跟自卫队抢人员，就是因为周福源的阻挠，牺盟会的很多工作都开展得不顺利。

“俗话说，背靠大树好乘凉，既然我们来到了太岳县，想要在这里顺利开展工作，不能不依仗周福源这棵大树啊。”郑川意味深长地说。

郑川的意思说得很明白，但黎英从心里反感周福源这样自私自利的县长：“我们的政策一向是有团结也要有斗争，团结开明地主和开明人士，对那些有威胁、恶意搞破坏的顽固派则要进行坚决斗争。依我看，这个周福源就属于后者，他跟我们要团结的开明人士可差得远呢。”

这个道理，郑川又如何不明白，可太岳县的情况很特殊很复杂，周福源在太岳的势力太大，就像老百姓说的，胳膊拧不过大腿，没有周福源的支持，他们在太岳县就要处处碰壁，以后开展工作会更加困难。所以虽然明知道会遭到黎英的拒绝，但他还是提议：“我建议你以牺盟会太岳工作委员会主任的身份出面去拜访周福源，人嘛多走动多沟通，思想也会通的，这一点，你比我有经验。”

可黎英从心里反感周福源这样的人，根本不答应。

一时之间，夫妻俩吵得不可开交，谁也不肯先让步。

没有办法，郑川只得请出了毛主席：“民族危亡之际，要团结一切可以团结的力量，建立广泛的抗日民族统一战线，黎主任，这句话不是我说的，是毛主席说的，你不认同我，难道也不认同毛主席吗？”

果然，毛主席的话屡试不爽，黎英勉强接受了做周福源思想工作的重任。

这一边，郑川想着如何做通周福源的工作；另一边，周福源却是想方设法地巩固自己在太岳的统治地位，把以黎英为代表的八路干部赶出自己的地盘。

在周福源的号召下，顽固派们聚集在周家老宅，纷纷向周福源发牢骚，都在背后说黎英的坏话。

看着地主乡绅们牢骚冲天，周福源心里暗爽，这正中他的下怀，但自己却不动声色，只是暗暗递了个眼神给黄队长。

黄队长会意：“一个女人，头发长见识短的，不把太岳县整乱了套才怪，要我说，在太岳还得是咱们周县长拨乱反正，除了周县长啊，任他是谁也做不了主。”

地主乡绅纷纷表态：“对对，我们都听县长的，请县长出面主持公道。”

就在大家义愤填膺一致控诉黎英的时候，黎英恰恰在这个时候来拜访周福源。

黎英一进来，看到周福源身后的地主乡绅，各个脸色难看，笑道：“看来我来得不凑巧，打扰县长谈事了。”

周福源皮笑肉不笑：“哪里哪里，我这也是响应黎主任的号召，走群众路线嘛，我们正在讨论黎主任推行的减租减息政策，黎主任你来得正好，对于你的新政策，大家还有很多不解之处，正好请黎主任来给我们讲解讲解。”

可他们摆出这副架势，哪里是要黎英来给他们讲解，分明是问罪才是，黎英话没说上两句，便被几个地主乡绅七嘴八舌地打乱了。

周福源和这些地主乡绅沆瀣一气，黎英一时间也拿他们没有办法。

周福源暗自得意，表面上却装出十分愧疚的样子，假情假意道：“时局动荡，周某枉为一县之长，惭愧、惭愧啊。正好，今天大家都在，当着黎主任的面，我表个态，周某自知罪责深重，准备辞去职务，恳请黎主任来担任太岳县县长之职。”

黎英有些意外，不知道周福源葫芦里卖的什么药，

地主乡绅们眼神互相交流，大家都明白了县长的意思，心照不宣。

一个地主立刻站了起来：“周县长为国为民，呕心沥血，是百姓难得的衣食父母，如果连周县长都要请辞，我等今后在太岳还有何指望，恳请周县长继续担任县长之职。”

其他人也纷纷恳求：“恳请周县长继续担任县长之职。”

黎英看着地主乡绅们在自己面前演戏，早已心知肚明，只是静观，看大家演得差不多了，黎英这才站起来：“周县长爱民如此，深受百姓拥护，依我看，主持太岳大局非您莫属，请周县长继续担任县长之职，黎英愿意全力辅助县长工作。”

周福源目的达到，暗自得意，立刻提出：“既然如此，周某也只有勉力为之，黎主任，周某有一个不情之请，希望黎主任担任太岳副县长，如何?”

一屋子的地主乡绅立刻七嘴八舌向黎英道贺：“恭喜黎副县长……”

五

没有周福源的支持，根据地建设工作很难开展，减租减息、民兵自卫队招兵，几件事都碰了钉子。黎英正愁眉不展，宋雨田主动来找她，给她出主意，周福源虽然顽固，但是周安邦思想进步，在太岳县的影响力不亚于周县长，如果由他出面做工作，也许还有转圜的余地。而宋雨田从小在周家长大，她愿意去做周安邦的工作，黎英自然是求之不得。

对于黎英的信任和重托，宋雨田十分在意，因此一大早就在周安邦的办公室门口，等他下课回来。

见到宋雨田，周安邦十分高兴，又是给她搬椅子，又是倒水，嘘寒问暖的，让宋雨田有些受宠若惊，有些局促："大少爷，你快别忙活了。"

周安邦把水端到宋雨田面前："来，喝水。我说过多少遍了，这是在学校，你就别一口一个大少爷了，叫我校长吧。"

碍于身份，宋雨田一直站着，周安邦这么一说，她坐也不是，站也不是。

周安邦把椅子搬到她面前："坐啊，别拘束。"

宋雨田这才坐下来。

周安邦拉过椅子坐在宋雨田的对面："雨田，是不是有什么事需要我帮忙？"

宋雨田坦言："周校长，我现在还真有件难事，这件事只有你能帮忙。"

周安邦："说吧，只要是你的事，我一定替你解决。"

宋雨田："昨天黎主任去找县长，当时的情况你也看到了，县长好像不太支持黎主任的新政策，黎主任说，没有县长的支持，牺盟会的工作没办法继续开展。"

周安邦恍然："我明白了，你今天是来替黎英说话的。"

宋雨田突然变得紧张起来，她十分担心从周安邦嘴里听到否定的回答。

"雨田啊，想不到你年纪轻轻能有这样的觉悟和思想，真的令我很意外啊。"周安邦说着端起水杯哈了一口气。

宋雨田更紧张了，急忙解释："周校长，你别误会，我没有别的想法，就是想帮帮黎英姐。"

"我知道，你是一个善良的女孩，从小我们的关系最好，对不对，我什么时候不帮你了？只要你需要我帮助，我一定会帮的。"周安邦说着意味深长地把手轻轻搭在了宋雨田的手上。

宋雨田激动地站了起来："真的？"

周安邦点头："爹那边，我来想想办法。"

宋雨田高兴："谢谢周校长，我就知道周校长是天底下最开明的人。"

周安邦突然话锋一转："不过，我也有一件事要请你帮忙。"

宋雨田意外："我？我能帮您什么忙？"

"县公学师资缺乏，尤其是刚入学的孩子们，这段时间我一直在为这件事头疼，正好今天你来了，我现在就正式邀请你，希望你能在空闲时间来学校代课。”

宋雨田从未想过自己一个佣人还有资格站上讲台，她在心里是自卑的：“代课，我能行吗？”

“怎么不行，虽然你在我们家做事，但是你从小就爱学习，书没少看，我在私塾念书，你就在窗外偷学，你的基础很好。我看你比我们学校的老师并不差，完全能胜任。”为了能更多的和宋雨田在一起，制造更多相处的机会，周安邦不遗余力地鼓励着她。

宋雨田没有多想，欣然答应：“好，既然周校长相信我，那我答应了。”

说完这件事，周安邦拿起宋雨田上次交给他的文章看起来，有些意外，念道：“女人投身抗战的洪流中去。”

周安邦看着宋雨田：“雨田，我记得我给你布置的题目是现代女性的三纲五常，怎么，你对我的题目有什么意见吗？”

宋雨田坦言：“周校长，最近这段时间，太岳十分不太平，鬼子快打过来了，很多军队都跑了，只有八路军愿意留下来打鬼子，现在这种时候，我哪有什么心情去考虑三纲五常呀，我希望能和黎英姐一样做巾帼英雄，投身抗战洪流，帮助八路军打鬼子。”

周安邦十分惊讶，但是故作平静，以老师的身份教育道：“雨田，你这个想法出发点是好的，但是你太单纯了，想法也很幼稚，就像胡适先生说的，如果一个受过高等教育的人和一个士兵发挥一样的作用，那么一颗子弹就摧毁了所有的文化。我们中国不能只靠当兵的，每个人都有自己的角色。地位不同，发挥的作用就不一样，抗战不是你一个女人该掺和的，我看你就别为这些不相关的事操心了。”

宋雨田争辩：“周校长，你这么说不对，你这么说难道是看不起我们女人吗？像黎英姐说的，民族大义面前，不应该有地位之分，更不该有性别歧视，生命是平等的。”

周安邦感到不安和愤怒，突然把文章拍在桌子上，生气地打断宋雨田的话：“你别再说了！”

宋雨田一下子愣住了：“周校长，你怎么了？”

周安邦生气地说：“宋雨田，我看你现在越来越能耐了，动不动就说什么女人投身抗战洪流，张嘴闭嘴都是黎英，黎英到底给你灌了什么迷糊药了，把你弄得五迷三道的，连自己是谁、该干什么都不知道了吧，我提醒你，别忘了自己的身份。”

宋雨田一愣，恍然：“身份？大少爷这么说是什么意思？”

周安邦气愤：“我说的什么意思你心里清楚，你是你，黎英是黎英，你们俩不是一类人，以后你少和她来往。”

宋雨田失望：“大少爷是开明绅士，给我讲课布置作业，我以为我们没有阶级之分，是平等的，原来我再怎么努力，在你们这些天生富贵的人眼里始终是个下等人，你从心里看不起我。”

宋雨田说完拔腿离去。

身后，周安邦颓然一屁股跌坐在椅子上。

晨光微露，周福源梳洗整齐，在院子里拉“板胡”。

知子莫若父，周安邦的心思周福源是看在眼里的，从前他不去过问，是觉得没有必要，如今形势变了，黎英来了太岳，还和宋雨田走得这么近，这让周福源有了不小的危机感，这些天，他一直在盘算宋雨田的事。一大早就等在院子里，看到周安邦从房间里出来，他冲儿子招手：“安邦，你过来，我有话跟你说。”

周安邦走过去。

周福源：“安邦，最近学校怎么样？没什么事吧？我怎么听说宋雨田到你们学校当老师了？你这个当校长的可得把把关啊，不能什么人都往学校里放。”

周安邦：“爹，雨田虽然家庭贫穷，但是她很聪明，也很上进。”

周福源微微一笑，直接点破儿子心里所想：“安邦啊，今天我干脆就跟你挑明了，告诉你一句明白话，宋雨田不可能进我们周家的门，我劝你，趁早断了这个心思。”

周安邦急忙辩解，可话还没出口就被周福源给打断了。

周福源严肃地警告儿子：“我们周家的女人绝不能参与外面那些乱七八糟的事，她宋雨田算个什么东西，别看她现在跟陆曼云跟黎英走得近，在外面折腾得天翻地覆，可她在我眼里就是个地位低下的丫鬟，一个丫鬟却如此的不安分，这样的女人只会给周家带来麻烦。”

周安邦痛苦，想分辨，周福源却已经提着板胡进屋了。

周安邦心事重重地来到学校，教室里回荡着朗朗的读书声，循着读书声，周安邦看到了正站在讲台上教课的宋雨田。

黑板上工整的字体抄写着艾青《我爱这土地》中的诗句。宋雨田带领大家念着这首诗，举手投足间都散发着青春的活力。

周安邦的目光紧紧盯着宋雨田，思绪飘向回忆。他就这样在教室外面呆站了半晌，直到宋雨田下课，抱着课本走出来，一见到周安邦，转身就走。

周安邦急忙上前拦住："雨田，等一下。"

宋雨田冷冷的声音："大少爷，有事吗?"

周安邦突然从身后拿出一把野花："今天早上我特地去郊外摘的，你说过你喜欢这种花。"

宋雨田看着花，大少年是何等身份，竟然对自己的爱好记得这么清楚，对自己的事这么上心，她有什么理由和资格去和大少爷闹脾气呢。

周安邦趁机说："雨田，对不起，昨天是我失态了，我当时在气头上，说了些气话，你别往心里去。"

宋雨田拿过花，露出了笑脸："谢谢校长。"

看着宋雨田单纯的笑脸，周安邦也开心地笑了。

大柳村，郑川召集独立团营长、连长会议，一起交流和板垣师团作战的战斗经验。

郑川拿出一个笔记本，本子上密密麻麻、分门别类地记录着所有曾经交过手的对手的资料，他找出其中关于板垣的内容说："你们看，这几页都是关于板垣师团的资料。"

段勇点数着材料，啧啧赞道："整整五页，团长，你可真厉害。"

郑川："所有人都知道知己知彼，百战不殆，只要我们吃透了这些资料，就能掌握敌人的作战规律，就能在战场上扬长避短，制订最佳的作战策略，减少我们的伤亡，给予敌人最大的打击。"

小本子在几个营长手中传阅着，大家边看边点头。

郑川："不瞒你们说，在伏龙芝学习的一大收获就是养成了情报收集的好习惯，以后不只是我，你们也要养成这个习惯，只要是交过手，就要记录下有关敌人的第一手资料。"

一营长刘洪涛故意神秘道："咱团长的身上可有三宝，你们知道这三宝是什么吗?"

几个营长面面相觑。

刘洪涛得意："你们不知道，我可知道。"

郑川笑了："刘洪涛，你倒是说说，这三宝是什么?"

“咱团长的身上有望远镜、地图和口琴，要想讨好团长，要么就得会吹口琴，要么就得会侦察搞情报，要么就得擅长画作战图，要是三样都不会，那可就没法讨好团长，只能像我一样，在战场上奋勇杀敌了。”刘洪涛得意地说道。

众人都笑了起来。

可就在这个当口，黄河边的几个村子出事了，土匪在几个村子的村口都贴上了征收抗日税的勒索告示。告示上说，每家每户五块大洋，谁要是敢不交，就是汉奸走狗，他们不但要抄家，还要杀人。

郑川刚刚轻松一些的神经又重新紧绷了起来。

第六章　打出一片根据地

一

石板村村口的大树上赫然贴着一张告示，上面写着“小鬼子猖狂，铁刀会揭竿而起，为抗击日寇，保一方平安，特收取每家每户五块大洋作为抗日税。凡不按时缴纳抗日税的，都是汉奸走狗，铁刀会将替天行道，锄奸杀走狗!”落款铁刀会单仁贵。

村民们陆续聚拢而来，有识字的念出了告示上的内容，谈及铁刀会，人人惊慌担忧。

正一片慌乱，黎英闻讯而来，村民们立刻给副县长让出一条路。

黎英走到告示前，一把扯下告示，转身面对村民说：“乡亲们，铁刀会借着抗日的名义，实际上干的是打家劫舍的土匪勾当，发国难财，大家不能妥协，团结起来不要害怕。”

可他们平日里被土匪欺负怕了，要让他们站出来和铁刀会公然对抗，这并非易事。听了黎英的话，几个村民便嘀咕了起来。

“铁刀会的告示都贴出来了，白纸黑字写得清清楚楚，我们要是不交钱，铁刀会怕是要杀人啊。”

“铁刀会杀人不眨眼，大伙都领教过，这帮土匪可是什么事都干得出来。”

看村民们的样子，黎英已经猜出了他们心里的顾虑，说：“你们放心，这件事我一定管到底，请大家相信我，铁刀会为的是财，他把人都杀光了财路也就断了。他之所以杀人放火，就是为了让大家伙害怕。现在八路军来了，八路军会保护大家伙不受匪灾。”

“副县长，你这么说我心里可踏实不了，铁刀会在告示上说了，就给咱三天时间，三天时间你要是想不出办法，灭不了土匪，那受祸害的不还是咱老百姓吗?”

郑川站在百姓堆里，眯起眼睛认真听着老百姓提出的顾虑，老百姓的想法他是完全理解的，毕竟这么些年，铁刀会横行霸道，附近的县和村子都被他们抢过，大家心里害怕。为了给百姓们讲透道理，他从人群中走出，并提了个问题问大家："你们说土匪和鬼子比起来，谁更凶残更可怕啊？"

村民们毫不犹豫，纷纷大声说："鬼子，当然是小鬼子可怕。"

郑川："好，我再问大家一个问题，八路军怕过鬼子没有？"

"八路是打鬼子的队伍，郑团长，你是打鬼子的大英雄。你们当然不怕鬼子。"

郑川："大伙刚才说了，土匪没有鬼子可怕，既然独立团能打跑鬼子，难道还会怕土匪嘛？"

大家都觉得郑川说的有道理，纷纷点头。

郑川趁热打铁："铁刀会为祸乡里，弄得大家人心惶惶，所以今天在这里我要代表独立团给大家立一份军令状，请你们放心，别说什么铁刀会，就算是银刀会、金刀会，我们八路军照样能剿灭它！"

村民们被鼓舞了，信任地看着郑川和黎英，集体拍手叫好。

有了郑川的亲口承诺，村民们都有了主心骨，也就不再把铁刀会当成一种威胁了，众人纷纷散去。可宋老爹心里还是七上八下的。

太岳根据地形势变化多端，减租减息受到顽固派阻力，上级指示，发展根据地必须赢得百姓拥护，首先要解决百姓之祸，剿灭土匪，治理长期以来的匪患，保一方平安。而在此紧要关头，伤愈归来的常松林带着师首长的嘱托启程奔赴太岳。当初八路军改编为国民革命军，为了与其他部队统一，撤销了政治委员制度，改设政教部，原来的政委改称政教部主任。自从国军主力撤出了山西，八路军独立作战，就恢复了政治委员的职务建制，因此此次常松林是以政委的身份归队的。

他一路轻装简行，只带了两个贴身的警卫员，日夜兼程。不想半路遇上了铁刀会的土匪，土匪蛮横无理，打死了一个警卫员，因此一回到独立团，常松林找到郑川的第一件事就是上山剿匪。

面对战士们的情绪，郑川当众表态，一定会出面解决铁刀会。

黎英却有些顾虑，想想道："那我去和周福源商量一下，最好让他代表县政府下个剿匪的通告。"

郑川知道黎英是想通过周福源更顺利地发动力量解决匪患，但他并不看好周福源，铁刀会常年在太岳县作恶，周福源不管不问，甚至不愿意八路军来插手此事。更何况，周福源这个人一直担心八路军的壮大威胁到自己在太岳的统治，又怎么能容忍八路军收编铁刀会呢。无论从哪方面考虑，郑川都不希望周福源掺和剿匪的事。

可黎英认为剿匪必须跟周福源打招呼，二人争执不休，各执己见，最后黎英站起来说："你们剿匪那么大动静，我不能装糊涂，总之，这事儿，一定得和周福源通气！你们不去说，我去！"黎英说着，大步走了。

郑川哎哎哎地叫了几声，黎英没回头，面对常松林，郑川有点没面子，悻悻道："这个黎英，脾气还挺大！"

常松林却有些幸灾乐祸，郑川的三寸不烂之舌竟然也有不灵的时候，难免要调侃郑川几句："此言差矣，黎主任的脾气从来都是顶呱呱的，不过就是偶尔当起郑夫人来，就难免有点真性情了。"

郑川捶一拳常松林的肩："你的好口才不要浪费在开我玩笑上，留着和周县长斗智斗勇吧！这个周县长，比土匪难对付多了。"

周福源老奸巨猾，黎英刚在石板村撕了土匪的告示，他马上就把宋老爹叫到县政府问话，宋老爹哪里清楚周福源和黎英之间的恩怨，把早上在石板村的事一五一十地讲了。

周福源十分生气，铁刀会的告示刚一贴出来，黎英就说要剿匪，她这是想借机收买人心，架空自己这个县长啊，这次要是让她得逞了，那以后黎英在太岳就得了民心，站稳了脚跟，自己这个县长之位可就危险了。所以他断然不能让黎英和郑川抢了自己的风头，必须做出姿态争取民心，也要想个法子打击八路军在百姓中树立起来的威信。

恰好黎英在此时来找周福源商量剿匪的事，正好给了周福源可乘之机。

黎英以为周福源还不知道土匪的事，便把自己从石板村带回来的土匪告示给周福源看。

周福源看了看告示，还装出痛心疾首的样子，一面表态自己作为父母官要替百姓做主剿匪，一面又向黎英哭穷，说自己的保安队根本不是土匪的对手。

黎英的想法很简单，县政府和八路军联合剿匪，保一方平安。可对于周福源来说，剿匪的结果无关紧要，重要的是他在太岳县一手遮天的地位。因此在这次剿匪之前，他又大张旗鼓地办起了剿匪动员大会，趁此机会狠狠地捞上一笔。

剿匪动员大会上，周福源清了清嗓子，煞有介事地发表了一篇长篇感言，煽动性的讲话博得一阵热烈的掌声。

陆曼云第一个上前捐款，在她的带动下，县里的乡绅大户都捐了款。

看着被塞满的捐款箱，周福源喜不自胜。

晚上，周福源便迫不及待地关起门来清点这些捐款，满满一桌子的银元。

黄队长数完，还吹吹放在耳朵边听声，见周福源四平八稳坐着，黄队长赶忙上前："县长，就算是明天去买枪，也怕来不及了，不如?"

黄队长抬头看看周福源的脸色。

周福源看他一眼："不如什么?"

黄队长："老办法，不如拿着这些钱，去堵单仁贵的嘴，也算破点财，消点灾。"

周福源："破什么财！这些钱留着，不能动，如今形势不比以前，现在有个独立团在边上守着，万事都要小心。今天你探郑川口风没有?"

黄队长："探了！郑川一个劲儿地要跟我商量作战计划。"

周福源脸上挂着一抹意味不明的笑，道："他有张良计，我有过墙梯，你这就给单仁贵送封信。"

单仁贵当晚就收到了周福源的信，信里把八路军和保安队联合剿匪的时间和行动路线写得清清楚楚，周福源在信里的意思是要铁刀会绕过保安队，专门对付八路。可单仁贵也不是傻子，独立团的名号他还是听说过的，敢炸鬼子的机场，个个都是硬汉。周福源让他和八路干，肯定是让自己得罪八路，他周福源把好处全捞走，简直是明里暗里想算计他，单仁贵恨得牙痒痒的，准备先教训一下周福源的保安队。

同样的夜晚，几方势力却是各怀心思。郑川不知道周福源为何如此痛快就答应了剿匪，但他能预感到事情绝不像表面这么简单，因此必须做好两手准备，他连夜和刘洪涛商量作战计划。

郑川指点着地图："从东面小道上潜进去，尽量避免大规模的正面冲突，争取多抓几个俘虏。记住，对他们讲明我们的政策，如果他们愿意投降，接受改编，一心一意留下来打鬼子，八路军既往不咎，一律公平对待。"

刘洪涛点头："团长，我记住了。"

郑川想了一下，还是不放心，又叮嘱："保安队把剿匪想得太简单了，我看那个黄队长没跟铁刀会交过手，不知道轻重，保安队战斗力不比正规部队，和铁刀会交手只怕要吃亏。派一个班，明天远远跟着保安队，他们如果碰到麻烦，支援一下。”

剿匪前夕，陆曼云突然接到父亲的信，信里说有一批华侨捐赠物资到了西安。陆曼云十分高兴，当即决定动身去西安接物资。

另一方面，黄队长自认为万无一失，带着保安队悠哉悠哉地上了山。

却不想单仁贵带着铁刀会的土匪们，正埋伏在他们的必经之路上。

一阵子弹飞过，黄队长吓得浑身发抖，躲在一块石头后边，一边胡乱放枪，一边大喊：“谁敢放老子的黑枪，有种报上名来！”

黄队长还不知道伏击自己的正是单仁贵，还以为自己遇上了鬼子，大惊失色。

见黄队长还被蒙在鼓里，单仁贵哈哈大笑，枪声不停。

于峰探头笑道：“我是你爷爷！”

黄队长一瞥，看清来人，脸色变了：“是铁刀会！”紧接着破口大骂，“单仁贵！你他娘的疯了吧?！八路在东面山，你们埋伏在西面山是什么意思！我给你送的信你没看着?”

黄队长吓得脸色苍白，匍匐着往山下的方向爬，保安队其他队员们也吓破了胆儿，纷纷后撤。

单仁贵和于峰带着土匪们从草丛里站起来，得意地追上去，准备好好收拾收拾这个姓黄的。

幸亏刘洪涛及时赶到，单仁贵知道不是八路的对手，带着手下匆忙撤了。

一场战斗打下来，八路军没有伤亡，保安队倒死了六七个人。

为了发泄心中不满，当天夜里单仁贵就带着土匪们到石板村横加报复。整个村子火光冲天，老百姓境况凄惨。

很快，周福源收到了单仁贵下的战书。他觉得这个单仁贵简直是不识抬举，愤然将手里的纸撕成了碎片，喊道：“单仁贵是在向我挑战，他是想告诉我他单仁贵不可能听我周福源的摆布。好啊，我倒要看看，他有多大能耐。”

这一次，周福源主动提出让郑川出面剿匪。

周福源在这个时候提出让独立团剿匪，郑川并不感到意外，但是，他的心里也很清楚，黄队长的保安队到处造谣生事，背后不可能没有周福源撑腰，周福源一面要借独立团肃清单仁贵的威胁，一面又想借机打压独立团，巩固自己在太岳的势力，可谓老谋深算。

但眼下剿匪刻不容缓，郑川已顾不上那么多了。

二

铁刀会占据的山头，山高路陡，山上到处是可容纳几十个人的洞穴，位置隐蔽，易守难攻。而单仁贵又是四里八乡闻名的人物，十分狡猾，不好对付。如果贸然出兵，铁刀会凭着地形优势，极有可能给独立团造成不小的损失。

听了高春生的汇报，郑川马上又想出了先礼后兵的点子，请太岳县德高望重、前任县长的老师爷上山，如果他能劝服单仁贵，那是再好不过的。

岂料，老师爷上山耐心劝了半天，单仁贵非但不听，还叫几个小喽啰把他打得头破血流，扔了出来。高春生发现的时候，老师爷被扔在半山坡，只剩下了半条命。要不是高春生及时把老师爷背进了卫生院，恐怕老师爷凶多吉少了。

两军交战不斩来使，单仁贵简直是冥顽不灵。郑川当即决定让刘洪涛带着一营准备，后半夜上山，趁土匪们还没醒，把他们堵在被窝里打。

当天夜里，单仁贵和手下的这一帮乌合之众正抱着酒坛子庆祝白天的胜利，土匪们醉得横七竖八，他们并不知道独立团会这么快杀上山。

此时，刘洪涛带着一营战士在丛林中穿行，快速而无声，露水打湿了他们的裤脚。

天未亮，独立团已经完成了对整个土匪窝的战略包围。

于峰啃着一个馒头，歪坐在院子里。一个土匪打着哈欠从他面前经过，于峰抬腿就是一脚："张老三，老子都起来半天了，还见你在床上挺尸，放哨去!"

张老三挠挠头，笑："二当家的，那几个哨岗上都有人，你就放心吧。"

于峰把馒头一扔，火了："放屁，刚才老子走了一圈，有两个岗哨就没人。"

"那就是上茅房去了。二当家的，你放心，铁刀会的山寨谁敢来?"张老三嬉皮笑脸地狡辩。

于峰无心听他的奉承："滚！放哨去。"

张老三扛着枪走了几步，突然没了声音。

于峰警觉，站了起来。

突然一个黑影闪过，一把捂住了于峰的嘴。

可这个于峰人高马大，竟然挣脱了，一边朝大堂跑一边大喊：“有人偷袭！”说完就躲在柱子后面，掏出枪来一阵乱打。顿时，枪声四起。

大堂里并不见单仁贵的身影，只有于峰带着几个小喽啰拼死抵抗，但这些土匪平日里懒散惯了，哪里是训练有素的八路军的对手，于峰身边土匪陆续中枪倒下。

几个战士上前俘虏了于峰，见二当家的被俘，剩下的土匪纷纷扔了枪，抱着头走出来投降。

刘洪涛找遍整个山寨，也没有找到单仁贵，原来，于峰和刘洪涛开打的时候，单仁贵还在后院酣睡，突然听说八路打上山了，单仁贵明白硬碰硬自己要吃亏，所以撇下于峰，自己从后门悄悄溜了。

如此一来，表面上看独立团虽然占领了铁刀会的老巢，取得了胜利，但单仁贵带着大部分土匪从暗道逃跑了，暗道地形复杂，前后左右连接交错，想再把他们找出来可就难了。

想到这些，连一向睿智的郑川也觉得非常棘手：“把老巢扔给我们，他们有的是藏身的地方，山上的洞穴，百姓的家，化整为零，这个单仁贵想打消耗战，确实很狡猾。”

想了想，郑川决定：“单仁贵跑了，这个老巢不过是个空巢，撤回去从长计议吧。”

郑川很清楚，单仁贵的算盘打得很精，化整为零，白天躲起来，晚上再出来扰民抢劫，这样下去不但剿匪功亏一篑，还会造成更恶劣的后果。所以，把老巢原封不动的还给单仁贵，才能引蛇出洞，速战速决。

这一天，周安邦拎着文明棍走在街上，不断和别人拱手打招呼，一副派头。

远远地，宋憨头拎着从杂货铺买的东西走过来，突然看到了周安邦，宋憨头气不打一处来，扔了刚买的东西，冲上去拽住周安邦，抬手就是一拳。

周安邦莫名其妙挨打，形象全无，愤怒不已：“宋憨头，你疯了，你打我干什么?”

周围很快围了很多人，大家都不知道发生了什么，指指点点。

宋憨头愤怒不已，拽着周安邦又要打。

一个路人赶紧上前劝解：“憨头，你现在当了八路了，可不能随便打人啊。”

宋憨头一把推开路人，大吼道：“都别劝我，谁劝我打谁。”

众人指点，批评议论起来：“八路怎么随便打人啊……”

宋憨头把周安邦从地上拽起来：“周安邦，我警告你，以后离我姐姐远点，要是再让我知道，我还打你。”

就在这时，黄队长带着保安队来了。保安队冲上去，抓住宋憨头，把宋憨头按在了地上。

黄队长押着宋憨头气势汹汹去独立团找郑川兴师问罪。

黄队长在郑川面前把事情添油加醋地讲了一遍，这次被黄队长当众抓住了把柄，就是郑川想偏袒宋憨头也不行了，为了安抚黄队长，郑川只有先把宋憨头关了禁闭，和常松林开会研究过后，再行处置。

宋憨头在禁闭室里坐立难安，时不时朝外面喊：“放我出去！老子没错，凭什么关我！”

喊了半天也没人理，宋憨头气得又是砸墙又是踢门的，深更半夜也不消停。

隔壁房里被关押的于峰观察了他半天，到了半夜，看宋憨头还在骂骂咧咧，便叫他：“喂，兄弟。”

宋憨头没好气地回道：“干吗？”

于峰：“你是八路军的兵？”

“关你什么事？”

“那你怎么也被关进来了？”

“今天在街上打了个人。”

于峰不以为然：“嗨，我以为什么大不了的事呢，不就是打个人嘛，芝麻大点的事，我看明天就能把你放出去。”

宋憨头却十分不安：“这次恐怕惨了，是出不去了。”

“兄弟，你说的也太严重了，不就是打了个人嘛，我经常和别人干架，这在我们那儿就是家常便饭，可我到现在不还是好好的。”

“我们这跟你们那可不一样，你是不知道，八路纪律严着呢，你知道我打的是谁吗？”

“是谁？”

“周县长家的大公子。”

“你小子有点意思啊，敢打周安邦?”

“谁叫他欺负我姐姐，就是天王老子我也敢打。”

“你把周安邦打了，他爹是县长，那恐怕这事不好办了。”

“最可气的是我们团长，他不问青红皂白就把我给关进来了，还给我扣上了破坏统一战线的大帽子，搞不好要被枪毙了。”

于峰震惊：“这么严重?”

宋憨头抱怨：“老子当初真是瞎了眼，以为当八路威风，谁知道干了八路，吃的差穿的差，条条框框的狗屁纪律倒是不少，老子早他妈不想干了。”

“那还不简单，不干了，收拾东西回家呗。”

宋憨头：“你以为我不想啊，可现在八路在太岳扎了根，我要是不跟他们干了，以后俺家能有好日子过?

俺家就剩我一个儿子了，我可不能被八路给枪毙了，我得想法子出去。”

突然，宋憨头捂着肚子在地上打滚，大声呻吟：“哎哟，痛死我了，肚子痛死了，我要死了!”

看守闻声而来，打开宋憨头的门，弯腰查看，宋憨头却突然一跃而起，一记手刀把看守劈晕。夺门就逃。

于峰连忙唤道：“兄弟，兄弟，你忘了我啦!”

宋憨头大摇大摆走到他牢房前，看着他：“你又没出力，我凭啥帮你?”

于峰愣住了，宋憨头晃晃手中的钥匙：“你能给我什么好处?”

于峰焦急地看着钥匙：“你先放我出去，啥都好商量。”

宋憨头：“你老巢都没啦，能有啥给的? 我还是别多管闲事了。”

于峰急切唤住他：“兄弟兄弟，你想啊，你这一跑，八路军能放过你?”

宋憨头：“我回家呀!”

于峰：“你都把八路军的人打伤了，又是逃兵，八路军指定会找到你家里去。”

宋憨头犹豫：“照你这么说，我只有往外跑了。”

于峰：“那也用不着。兄弟，我看你是条汉子，要是跟着我大哥干，吃香的喝辣的，日子别提有多舒坦了!”

宋憨头震惊：“你让我跟你当土匪去?”

于峰：“别说得那么难听啊，什么土匪，我们也是被逼得没办法。”

宋憨头歪头犹豫良久，上前要替于峰开门，又停住了：“我要是信了你，单仁贵知道我当过八路军的兵，能信我?”

于峰眼睛直勾勾地看着钥匙："放心，我给你证明。"

宋憨头又想了一下："你大哥不会宰了我吧?"

于峰："你是我的救命恩人，有我在，我大哥绝不会为难你。"

宋憨头看于峰说话还中听，就帮他把锁头打开了。

于峰果然没有食言，把宋憨头带到了单仁贵的住处，好吃好喝地伺候着。但单仁贵老奸巨猾，他可没这么容易相信宋憨头，他派人去打听宋憨头的底细，果然很快打听到了，宋憨头是太岳本地人，在八路干的时间并不长，他有个姐姐，在周福源家做帮佣，爹是个艄公，还有个哥哥叫宋铁头，早没了音信。

听于峰这么说，单仁贵倒是放心了，把宋憨头留了下来。

宋憨头当了土匪的消息很快在太岳传遍了，宋老爹自觉脸上没光，气得几天吃不下饭，整天唉声叹气的。

左邻右舍的都来劝宋老爹，可宋老爹哪里听得进去。

这一天宋老爹正和几个乡亲说话，宋憨头和于峰走了进来。

宋老爹一见到儿子，气愤不已，站起来操起地上的扫帚就要打。

宋憨头抱着脑袋乱窜，一边躲一边大喊："爹，别打，先别打，我是来给你送钱的。"

宋老爹追着打，一边打一边骂："不争气的东西，有正道你不走，非要干那偷鸡摸狗的勾当……"

一旁的老乡看不下去，劝说："憨头，听你爹一句劝，别当土匪了，回来吧，给郑团长认个错，兴许他能饶了你。"

老乡话音刚落，于峰一脚踹在老乡的身上，招呼手下："给我打，往死里打!"

几个手下围住老乡拳打脚踢。

于峰威胁其他人："你们还有谁和他一样想？再敢说一句，老子连你们一块打。"

大家都吓傻了，不敢说话。

宋憨头拿出一叠钱放在桌子上，说："爹，儿子不孝，我以后不能回来了。"

宋老爹拿着扫帚生气地把儿子赶出家门："滚，你给我滚……"

宋憨头并不知道，让他回来看老父亲，是单仁贵的计谋，这么一闹，宋憨头便和家里彻底决裂了，除了铁刀会，再无容身之所。

宋憨头的事闹得沸沸扬扬，连宋雨田都受到了影响，在街上走着总能感觉到别人异样的眼光，她终于忍不住，去找郑川，进门就说："郑团长，我要和宋憨头断绝姐弟关系！"

郑川站起来，让宋雨田坐下，问："怎么了？"

宋雨田气狠狠地说："宋憨头他当了逃兵，跟单仁贵混到了一块儿，村里有恨单仁贵的，有气没处撒，在背后骂我爹，骂憨头，那些话要多难听有多难听。"

郑川关切道："宋老爹没事吧？"

宋雨田："我爹都气病了！我怎么有个这么不争气的弟弟！一家的脸都被他丢尽了！郑团长，你替我作证，我要和他断绝关系，今后，他当他的土匪，我进步我的，谁也管不着谁！"

就在这时，黄豆豆火急火燎跑到门口，冲郑川使眼色。

郑川会意，对宋雨田道："雨田，你先回去，憨头的事我们改天再说。"

送走了宋雨田，黄豆豆进门，悄悄递给郑川一张纸条："团长，那边有消息了。"

郑川看完纸条，笑了，对黄豆豆道："去，是时候放诱饵让大鱼咬钩了！"

黄豆豆行个军礼，兴奋得一溜烟跑出去了。

一大早宋憨头就跑到单仁贵房间，告诉单仁贵："大哥，我有可靠消息，周福源家有一批重要货物运回来。咱们可以在半道下手，把这批货截下来。"

单仁贵怀疑："你哪来的消息？"

宋憨头："我还在八路的时候，听周福源对郑川提起过。他当时还想请郑川帮着押货，郑川没答应。我打听过了，周福源派了些护院押送，根本不是咱们的对手。"

单仁贵沉吟着没说话，宋憨头不好再说，退到一边。

单仁贵并不完全相信宋憨头的消息，特地派手下去调查周福源最近是不是真的有货运回来，很快便得到可靠消息，周家确实有一笔重要货物从外地运回太岳。

单仁贵心痒了，送到嘴边的肥肉哪有不吃的道理。不过，有了上次的教训，这一次单仁贵更加谨慎了，他决定再找个帮手，于是带着宋憨头来到一个破庙里，他让憨头等在外面，自己进了破庙。

流匪打扮的白龙穿着羊皮大袄，旁边站着十几个兄弟。

白龙朝单仁贵道："单大当家的，真有这么好的买卖，你会把嘴边的肥肉让给我吃？"

单仁贵："我确认过了，这事错不了。说句实在话，要不是上次被八路抱了窝，损失了不少兄弟，我还真不会找你。这不，人手不够，想找你帮个忙。"

白龙沉吟："周家的货，吃到嘴里肯定更有滋味。你打算给我吃几口啊？"

单仁贵："三七开，你三，我七。"

白龙不由得笑了："单大当家，你给我三成，我答应，弟兄们也不答应啊。你别开我玩笑。"

单仁贵："不开玩笑，三七开。"

白龙起身："送客！"

单仁贵不慌不忙站起来，道："别急呀，我送份大礼给你，保准你答应我的提议。"

白龙疑惑，单仁贵指着门外："你看看，那个人你认识吗？"

白龙朝外看去，一眼便看到了站在门口的宋憨头，脸色大变。

三

在宋憨头"叛变"之前，独立团从未出现过叛变的问题，这让常松林十分生气，他把刘洪涛、杨大河、段勇几个营长叫到一起，严肃讨论独立团的政治工作问题。

常松林脸色不好，十分愤怒："八路军里出了叛徒，当了土匪，这在我带过的部队里还是头一次，没想到独立团隐藏的问题这么大，战士们的思想隐患很严重啊！我早就提醒过团长，眼睛不要只盯着战场，政治工作也要抓紧，思想问题不解决，怎么打好仗啊？还有你们几个，天天跟在团长身边打仗，也该适时给团长提个醒，防止他犯这种低级错误。"

正说着，郑川走了过来，站在门边，听常松林的话。

刘洪涛等人看到了郑川，身体一紧，刘洪涛赶紧插话："政委，您消消气。"

常松林非常愤怒，根本不听劝："怎么，我说的不对吗？我承认咱们团长打仗是把好手，可搞政治他差得远了！”

常松林始终背对着门口，不知道郑川已经来了，一通意见发表下来，刘洪涛中间给常松林使了几次眼色，而常松林因为情绪过于激动没有看到。

等常松林说完了，郑川走了进来，站在常松林身边，常松林这才看到郑川来了，脸上一时难免有些挂不住，但他仍然生气：“老郑，你来了。”

郑川却十分平静：“老常，你刚才说的我都听见了。”

常松林还有些生气：“就是当着你的面我也要说，独立团的政治工作任何时候都不能放松，否则今天出了宋憨头，明天还会有王憨头李憨头！”

郑川看着常松林生气的样子，欲言又止，转头对三个营长道：“你们先回去，我跟政委单独聊聊。”

三个营长离开了。

郑川关上门，从容地摘帽子，解皮带。

看郑川轻松的样子，一旁的常松林更加生气了，喋喋不休地数落：“郑川，你这是什么态度，我看你现在很轻松嘛，出了这么大的问题，你还能坐得住，还不吸取教训吗？你不要以为宋憨头叛变是小问题，出了第一个，就会有第二个第三个。”

郑川却笑眯眯地看着常松林。

常松林气不打一处来，气得拍桌子：“亏你还笑得出来，千里之堤，毁于蚁穴，要警钟长鸣啊我的郑团长！”

郑川说：“政委，你先消消气，我有件事没告诉你。”

常松林没好气：“什么事？”

“憨头当土匪是我的安排。”郑川不紧不慢地说。

“什么？”刚一听到这个消息，常松林还以为自己的耳朵出了问题，再三确认之后，他又埋怨道：“那为什么要打周安邦呢，周福源对我们本来意见就大，难争取，现在把周安邦打了，不是激化了矛盾，争取他难上加难了吗？”

对于这一点，郑川也有些意外，他告诉老常：“我只让他犯个错，谁知道他自己设计，把错犯大了，不过，不犯这么大错，演得也不像啊！”

常松林不高兴，埋怨：“即使要出大错，也不一定非得打周安邦嘛，再说了，这么大的问题，为什么不事先跟我商量呢？”

对于郑川，常松林也是明白的，他办事一向不按常规出牌，总有办法出其不意。

打听到了周家货运队的消息，单仁贵便带着人马在货运队必经之路的山路两侧埋伏。

单仁贵趴伏在隐蔽处，手来回擦拭着手里的枪。

于峰匍匐过来，趴在单仁贵身边，掩饰不住激动，冲单仁贵汇报："大哥，这回咱们发了！五六匹骡马组成的小队，上面一水儿的铁皮货箱，拉货的骡马那个步子，比要临盆的小媳妇还要沉哪！地上掀起的土都能盖房了！"

听二当家的这么一说，众土匪喜上眉梢，个个摩拳擦掌。

但货吃到嘴里之前，随时都有变数，所以单仁贵相对还是比较冷静的，他镇定地询问："几个压货的？"

于峰掐着指头算起来："每匹骡子配两个拉车的，队伍前面有四个开路的，中间还有四个，尾巴上还有两个压阵。"

单仁贵沉吟："周福源这个老狐狸做事倒精细，这些压货的肯定都是县保安队的人，身上有硬家伙，幸好这趟买卖我找了白龙搭手，不然只怕咬不下来。"

趴在一旁的刘六水插话："大哥，照我说咱这买卖做亏了，上去拼命的是咱们，他白龙最多算是个接应，点子要是扎手，他拍拍屁股就跑了。"

单仁贵摸着枪，侧头看了看不远处趴着的宋憨头："只要有宋憨头在，白龙跑不了。"

于峰不大明白单仁贵的意思："大哥，宋憨头和白龙啥关系？"

单仁贵："少废话，准备劫货。"

另一侧山坡，白龙匍匐在草丛里，手里支着望远镜仔细观察着。

就在此刻，周家的骡马队出现在山道上，赶着装满货物箱子的马车蹒跚而来，骡马沉重的步子掀起山道上的尘土四处飞扬。

一棵树横倒在中间挡住了路。

开路的两个伙计手一扬："停。"

领头的伙计上前，在树周围观察了一通，回头喊道："来几个人，把这树抬走！山道上风紧，动作麻利点儿！"

几个伙计手脚麻利，立刻上前抬树，然而就在这时，突然一颗子弹飞来，打中了一个伙计的肩头。

伙计捂着流血的伤口立刻高喊："有匪，有匪！"

单仁贵从山坡上站了出来，抬起手枪又是一枪，刚刚高喊的伙计栽倒在了地上。

单仁贵一声令下，山坡上的土匪纷纷现身，朝着骡马队开枪。

周家的货运队哪见过这种阵势，伙计们纷纷躲在骡马车后面，死死拽住骡马车的缰绳，骡马受惊，嘶鸣不止，若不是被伙计拽住了，恐怕这会儿早跑得没影了。

见周家的货运队毫无抵抗之力，单仁贵便放松了警惕，一个手势，枪声停止，刘大水站出来大喊一声："我们只劫财不要命，想活命的赶紧滚。"

领头的伙计一下子认出了刘大水，惊慌："这不是刘大水吗？杀人不眨眼的魔头，大家快跑啊。"

保命要紧，周家货运队立刻四散逃走，连满车的货物都顾不上了。

单仁贵没想到今天这趟货劫得这么容易，比预想的还要顺利，喜不自胜，把手枪往腰里一别，带领手下走下山坡，直勾勾地朝几大车货物走过去，宋憨头默默地跟在土匪后面。

单仁贵得意洋洋，哈哈大笑："快，打开箱子看看到底是什么好货？"

几个土匪撬开箱子，却都傻了眼，里面竟然装的都是石头。

单仁贵也慌了，拨开几个手下，难以置信地拿起货箱里的石头，这才明白自己上了当，骂道："妈的，什么玩意儿！"

话音未落，一颗子弹飞来，打中了一旁刘大水的胳膊，刘大水捂着胳膊嗷嗷大叫。

单仁贵还没搞清楚是谁在放枪，子弹便如雨点一样从上坡上飞下来，他身后的十几个土匪胳膊，腿都受了伤，倒在地上呻吟。

单仁贵大惊失色，掏出手枪带领手下的土匪们边打边退。

刘大水捂着受伤的胳膊紧紧跟在单仁贵旁边撤退。

不远处，白龙拿着望远镜，隔岸观火。

一个手下跑过来报告："大哥，交上火了，听这枪声，可不像是一般的押货队伍啊。"

白龙已经洞察了一切，镇定道："是八路军。"

手下慌了："什么，八路，铁刀会连八路都敢劫。大哥，我们还动手吗？"

白龙沉思片刻，道："八路是抗日队伍，和我们井水不犯河水，撤！"

白龙一声令下，带领手下十几个兄弟拍马而去。

另一边，单仁贵已是走投无路，还想做最后的反抗，突然，宋憨头的枪指上了单仁贵的后脑勺，大喊："都别动，否则我一枪打碎你们大当家的脑袋！"

几个土匪面面相觑，都不明白到底发生了什么。

一营战士迅速赶来，战士们包围了铁刀会，土匪们背靠成一团，举枪和战士们僵持着。

郑川从后面走出来，走到最前面，对土匪喊话："我是八路军独立团团长，我向你们保证，只要你们缴械投降，保证不再当土匪，八路军会放你们一条生路。"

单仁贵还在犹豫，一旁的刘大水却是眼珠乱转，急忙说："大哥，可不能听他的，咱不少兄弟身上可都背着人命债，落到八路手里准没好下场。"

宋憨头一脚踢在刘大水的腿上："闭嘴！"

见单仁贵不说话，郑川又看着于峰，说："二当家的，我们打过交道，上一次你被擒，独立团对你怎么样？"

于峰："关着我，也没挨揍，还一日三餐好吃好喝。"

郑川："你再看看你这些受伤的兄弟，大部分都是轻伤，我们八路军不想要你们的命。我听说你们中大部分人都是附近村子的，生活不下去了才来投了铁刀会。只要你们放下枪，我向你们保证，绝不杀你们。"

几个土匪犹豫着放下了枪，抱着头蹲在了地上。

单仁贵自然也明白好汉不吃眼前亏的道理，大势已去，眼下只有投降一条生路，也就由不得他不愿意了，不过，他还留了一个心眼，主动向郑川提条件："收编可以，但是我单仁贵的兄弟们不能分开，我们要独立编队，而且你必须保证我兄弟们的安全，绝不能把他们交给周福源。"

对于单仁贵的要求，郑川爽快地答应了。

另一边，周福源得知自家货物被劫，大发脾气，把桌子拍得震天响："一帮废物！配了那么多人，都是吃干饭的，我的货到了哪个手上都没人知道！"

黄队长小心翼翼地上前安抚："县长，还能有谁？单仁贵呗！"

周福源气哼哼地坐下，端起一杯茶要喝，听黄队长这么一说，重重地把茶往桌上一顿："郑川不是要剿匪吗？我看都是空喊口号，动静大雨点小，到现在，连土匪的毛都没拔掉一根！"

他越说越气："上千块的大洋打了水漂，黄队长，这口茶我怎么喝的下去，这是在割我的肉啊，你赶紧带保安队上山去找单仁贵，把货抢回来。"

黄队长为难："县长，保安队的人不是铁刀会的对手，去了也是白送死，上一次剿匪咱们损失了七个人，要是现在再上山，只怕兄弟们都得送了命啊。"

周福源像是被人剜了心头肉一般，气急败坏：“废物，废物！我养你们这一群废物有什么用？”

这时，门外一阵喧哗，郑川带着几个八路军战士抬着几箱货物进了门，一进门就高声喊：“物归原主，完璧归赵。周县长，这几箱货品你清点清点。”

周福源一见是自己的货物，眼睛亮了，又惊又喜，不由自主地上前，直勾勾地看着箱中的货物：“郑团长，这批货怎么到你手上了？”

郑川一板一眼道：“周县长，独立团剿匪，单仁贵为了保命拿出这批货物孝敬独立团，但我一拿到这批货就发现货箱上是周家的标记，既然是周县长的货，独立团没有私吞的道理，所以我特地带来让周县长辨认一下。”

周福源大喜，亲自请郑川坐下，让人上了茶：“郑团长，快请坐，来人，看茶。”

郑川告诉周福源，铁刀会接受了独立团的收编，从今天开始，太岳县再没有什么铁刀会了。

周福源表面上装得乐呵呵的，心里其实并不痛快，郑川收编了铁刀会，势力自然比以前更大了，岂不威胁他在太岳的地位。

黄队长岂能不知周福源的心思，他马上向郑川提出，要处置铁刀会中罪恶多端的几个人，首当其冲的就是刘大水。

刘大水是单仁贵身边的保镖，和单仁贵关系不一般，要处置他只怕单仁贵不答应，这一点郑川清楚，周福源更清楚。但周福源正是想借此让郑川和单仁贵彻底撕破脸，让他们内斗，自己就可以坐收渔翁之利。

铁刀会众人虽然都穿上了八路军军服，可各个行为散漫，半点没有当兵的样子，常松林十分看不惯，但碍于郑川的面子，他忍了又忍，向郑川抱怨：“老郑，我看这个单仁贵的兵不好带，要把他们教育好可不容易。”

郑川却比常松林乐观的多：“万事开头难，这最艰难的第一步我们都迈出去了，只要单仁贵能够端正抗日思想，其他问题都好解决。”

“我看就是很难让他们端正抗日思想嘛。”常松林彻底失去了耐性，扯着大嗓门喊。

恰好在这时，刘大水的事查清楚了，刘大水以前杀过人，这就不能姑息了，常松林提出让郑川把刘大水的事交给他全权处理。

单大队的营房里，单仁贵不在，刘大水受伤的胳膊还吊着，坐在中间，大家围在刘大水身边拍马屁。

突然，常松林和黄队长走了进来，身后还跟着保安队。

黄队长一进门就吆喝："刘大水在吗?"

大家散开，露出中间的刘大水，刘大水从椅子上站起来。

黄队长对身后的保安队一招手。

几个保安队员立刻上去要逮捕刘大水。

刘大水身边的人立刻护住刘大水，阻拦保安队，双方吵吵嚷嚷地，场面一片混乱。

黄队长看着常松林："常政委，他们可是你的兵，这是什么意思?"

常松林两步上前，推开阻拦保安队的几个人，厉声："都给我住手!"

众人被喝止，都停下来，看着常松林。

常松林宣布："经查实，刘大水曾灭了王家堡一家七口，是罪大恶极的死刑犯，所以我决定把刘大水交给黄队长带走，县政府公开处决。"

刘大水梗着脖子狡辩："郑团长亲口答应大哥，不把我们交给周福源，兄弟们，八路军说话不算话，要把咱们卖给周福源了。"

众人七嘴八舌，气势汹汹。

常松林大声说话："同志们，大家不要吵，听我说，八路军的政策是区别对待，愿意弃恶从善、团结抗日的，我们收编，既往不咎，但是对于像刘大水这种性质恶劣的杀人犯，犯了严重的罪行，我们不能姑息。谁要是再敢阻拦，就是妨碍公务，一律军法处置。"

众人面面相觑，不敢轻举妄动。

黄队长一声令下："带走!"

几个保安队员上前，强行将刘大水带走了。

但事情还没有结束，麻烦才刚刚开始，就像郑川所预料的，单仁贵这关最不好过。果不其然，得知刘大水被保安队带走的事，单仁贵立刻带着十几个昔日铁刀会的土匪吵吵嚷嚷地去找郑川理论。不巧的是，郑川恰好去周庄师部开会了，单仁贵扑了个空，被宋憨头给拦了下来。

郑川不在，和宋憨头也争不出个所以然来，单仁贵这才带着人走了。

郑川开完会一回来，就听宋憨头汇报了单大队闹事的情况，他当晚就去找单仁贵，两个人单独聊了聊。

房间里，只有郑川和单仁贵两个人，单仁贵还是愤愤不平的样子。

郑川给单仁贵倒水："单队长，今天的事我都听说了，你有什么意见可以向我反映，没必要动刀动枪的嘛。"

单仁贵不满："当初收编铁刀会的时候你亲口答应我，既往不咎，保证我兄弟的安全，可现在怎么着，常政委带着黄队长去押人，把刘大水给带走了。"

郑川告诉他："单队长，刘大水的事是我点头的。"

单仁贵一下子站了起来："啥？你答应了？你把我的兄弟卖了？"

郑川把单仁贵按回椅子上，以理服人："单队长，别激动，你容我解释，刘大水的情况很特殊，我想政委在押人的时候也讲过了，八路军的政策是区别对待，凡是罪大恶极，犯过严重罪行的，一经查实，一概不能姑息。这是我们八路军的纪律，不是针对刘大水一个人，任何战士都必须严格遵守。"

此刻，单仁贵明白，刘大水的事恐怕没有挽回的余地了，但他心里却暗暗对郑川有了看法。

独立团接连打了几次胜仗，不仅挡住了鬼子，还收编了铁刀会，肃清了匪患，让太岳县百姓重新过上了太平的日子。根据地建设如火如荼，如此一来，百姓们的抗日热情高涨，纷纷对独立团表现出了前所未有的信任和支持，捐款捐物都不在话下。

这一天，宋老爹从外面回来，走进家门，便看到宋雨田抱着一床被褥从里屋出来。

宋老爹奇怪："你干啥呢？"

宋雨田努努嘴，示意手里的被褥："救援抗日，人人有责，我想起家里还有床剩余被子，想拿着捐了去。"

宋老爹："你捐了它，你弟回来盖什么？"

宋雨田笑起来："爹，憨头现在是独立团的大英雄，你还怕他睡觉找不着铺盖呀？"

宋老爹想起来还有些生气："他英雄当得美，老子差点没给他气死！"

宋雨田笑："还不是为了剿匪？当初他上山时，郑团长瞒得紧，连我都被骗了，没少替那小子操心流眼泪呢！"

听宋雨田这么一说，宋老爹也哈哈一笑，背着手在房里踱步："哈哈，没想到，他参军，倒真的参出点名堂来。"

宋雨田故意反问："爹，您不是一直反对他去当兵抗日吗？怎么，听大伙儿都夸他，心里美啦？"

宋老爹脸一板，腰一挺："谁说的?！当兵抗日是好事，八路军不拿咱一针一线就帮咱剿匪打鬼子，保咱们一方平安，谁要是反对八路军，那不成了不明事理的人了，反正俺是没说过这话！”

宋雨田刚走出门，宋老爹急匆匆返回屋子里，从炕洞里掏出一个小包，里面都是首饰，他取出一对小耳坠，追了出去。但刚走了几步，宋老爹又顿住了。这包首饰的来历，如果宋雨田问起来，他该怎么向闺女解释呢，这么一想，宋老爹又犯了难，重新把布包包好，放回炕洞里，轻轻叹息了一声。

要说这包首饰的来历，还得从宋老爹的大儿子宋铁头说起，这些年宋铁头虽然音信全无，但宋老爹却能感觉到，儿子还活着。那天晚上，宋老爹正坐在院子里啪嗒啪嗒抽着烟。突然，一个声响。宋老爹回头一看，一个布包落在了地上，他走过去捡起布包，打开一看，里面是几样金银首饰，还有两个玉镯。他立刻追出院门，大喊：“铁头，铁头是你吗？”可院外一片漆黑，静悄悄地没有任何声响。

这样的事总共发生过几次，虽然每一次宋铁头都没有露面，但宋老爹却越来越笃定，儿子还活着，就在某个地方，只是他不明白儿子为什么迟迟不愿意与他相见。

这一天，郑川正坐在简陋的桌边写报告。黎英和宋雨田从外面回来，带回来一个好消息。自从独立团收编了铁刀会，百姓对他们更加信任了，参军的热情高涨，牺盟会的工作开展得很顺利。

黎英拿出两个纸包递给郑川：“这是交通员从省城带回来的，让我一定要亲手交给你。”

郑川接过纸包，打开一看，是两把铅笔，高兴不已：“太好了。”

郑川随即从衣兜里摸出一把铅笔头：“你看看，我这儿弹尽粮绝了，你真是雪中送炭，及时雨啊。”

黎英无奈：“就这铅笔都能让你高兴成这样。”

宋雨田看着这对革命夫妻苦中作乐，满眼都是羡慕。

郑川留下一支铅笔，把其余的放在抽屉里：“我可得收好了，这可是我的补给啊。”之后兴冲冲地拿出一份文件：“黎英，我也有好消息要告诉你。”

郑川把文件递给了黎英，接着说：“党中央决定组织各地干部参加轮训，毛主席要亲自来给学员授课。经过团部组织开会表决，大家一致推选你为代表，到延安参加这次短期轮训。”

黎英激动地抱住宋雨田，高兴道：“我要去延安了，我要去见毛主席了！

我要去见毛主席了！”

宋雨田抱住黎英，两个人激动地又唱又跳。

郑川在一旁看着，摇摇头：“还没见你这么不稳重过。”

四

很快，延安的学习结束了，黎英带着主席的思想回到太岳，把自己在延安学习的经验带回了根据地，更给山西军民的抗战带来了巨大的鼓舞。

黎英从延安回来，最高兴的当数宋雨田了，但最近这几天宋雨田却有了心事。她以前和黎英在一起总有说不完的话，然而今天却很沉默。

黎英觉得奇怪：“丫头，你不是说想我吗，我回来了，你怎么不说话了？”

宋雨田不好意思地笑笑，终于下定决心：“黎英姐，你觉得我这个人怎么样？”

黎英见她一本正经的样子，抿嘴一笑：“这么严肃，看来我得认真回答你这个问题。宋雨田，你是个好同志。”

宋雨田腼腆一笑：“真的？”

黎英疼爱地看着她：“那还有假？郑川说，我不在的这段日子，你做了不少实事，都能独当一面了，成长非常快。”

宋雨田抿嘴偷笑，又严肃起来：“既然你们都说我算得上是个好同志，那我再一次申请，我想加入牺盟会。”

黎英看着她，考虑着：“说起来，你的主观条件是十分成熟的，思想上也很进步。只是，你还是周县长家的帮佣，这个身份暂时还不能丢，你耐心点，等时机成熟，我一定正式吸纳你到牺盟会。”

宋雨田有些失望，嘟起嘴不说话。

黎英捏捏她的脸蛋：“呦，我们未来的牺盟会宋雨田同志不高兴啦？”

宋雨田有点小撒娇地看着黎英：“我就是想多为抗日出份力。”

黎英想想，作出了决定：“这样吧，这次建立太岳根据地的联络工作，你也参与进来，你负责和敌占区的沁县地下交通站的联络工作，怎么样？”

宋雨田喜上眉梢：“保证完成任务！”

黎英：“好，雨田，抗日的工作不分轻重，也不论出身，你要拿出耐心来，我向你保证，等到时机成熟，我一定会批准你加入牺盟会的申请。”

宋雨田十分感动：“谢谢你，黎英姐。”

黄队长走在街上，不经意地一扫，就看见前面不远处，单仁贵正在面摊上吃面。黄队长故意晃晃悠悠走过去，站到了单仁贵的桌边。

黄队长有意嘲笑："单大当家的，你不是当了八路吗？怎么，他们不管饭呐？"

单仁贵一抬头，看到是黄队长，心里十分不痛快："老子今天心里不痛快，你少来招惹我！"

黄队长："你不痛快，我还不痛快呢！你打死我几个兄弟，我天天被那些家属老娘们儿缠着哭，你他妈倒好，拍拍屁股当了八路！"

单仁贵："别没事找事！有本事你找郑团长说理去！"

黄队长："哦，找郑川，行啊，这个点儿，是八路操练的时间吧？单大当家的溜号出来打牙祭，这事不晓得有没有违背八路军军纪啊？我可是听说八路军军纪严明，不知道这件事郑团长管不管。"

单仁贵一听，面碗往桌上一砸，一把揪过黄队长的衣领，一字一句道："你他妈少管老子闲事！"

单仁贵说着把黄队长往地上一丢，自己大摇大摆走了。

黄队长狼狈地爬起来要走，老板战战兢兢走到他面前："这，砸坏了东西，你得赔。"

黄队长怒目而视。

老板被旁边的老板娘一拉，退下不说话了。

黄队长本想看单仁贵的笑话，却不想倒让自己吃了哑巴亏，他如何咽得下这口气，于是回到周家，在周福源面前添油加醋地告状："就是打狗还要看主人呢，单仁贵今天这么干，明摆着是在跟县长过不去，这是在打您的脸啊。"

周福源哼道："你没事去招惹单仁贵干什么？"

说着话的工夫，宋雨田提着水壶进来续水。

黄队长："我……县长，您咽得下这口气？单仁贵怎么对付保安队的，怎么对付您的，您都忘啦？郑川千方百计扩充势力，今后太岳县还不被他一手遮天？"

宋雨田听着，气得脸都白了，忍不住插嘴道："郑团长根本不是为了扩充势力！他是想让铁刀会一起打鬼子！"

黄队长鄙夷地看了宋雨田一眼，不屑："咦，这里轮得着你插嘴？"

宋雨田理直气壮："你说得不对，我当然要说！"

周福源心知肚明宋雨田是黎英的人，心里十分不痛快，桌子一拍："这里没你说话的份，出去！"

宋雨田不情愿地出去了。

周福源看着宋雨田离去的背影，若有所思。

说到底宋雨田不过是个帮佣，周福源根本没有把她放在眼里，只是她和黎英走得太近了，有什么话都能传到黎英的耳朵里，搞得他现在在家里说话都不方便了。他早就想把宋雨田撵出去，只是还没想到名正言顺的办法。不能把这事搞得太僵，不然又要落下话柄，节外生枝了。

这一天，周福源拄着文明棍在街上走着，却不想竟在街上遇到了往日的熟人。

从太原逃难至此的乡党王老板远远地就认出了周福源，凑上来套近乎："周表哥，近来可好呀？"

周福源怀疑地看着对方，一时没认出来。

王老板殷勤地指着自己的鼻子："是我，王富贵，在太原做生意的那个。您四舅妈的二堂弟是我姨夫。我们见过面的，还一起喝过茶呢！"

周福源恍然："是你啊，王富贵，你怎么成了这副样子了，我刚才一下子真没认出来。"

王老板将周福源拉到一边，长吁短叹着："原本我想，打仗就打呗！管他谁的兵来了，我关起门来做我的生意，说不定还能闷声发大财呢，大不了给那些当兵的、当官的塞塞红包，也能凑合着过上安稳日子。谁知，这太原沦陷了，别说那些穷小老百姓，我们也遭殃了，日日提心吊胆，就怕哪天一出门，就再也回不来啦！"

周福源突然想到了什么，抬头问："令公子可成家了？"

王老板苦笑道："我那傻儿子，这兵荒马乱的，逃命都赶不及，哪还顾得上给他娶媳妇啊。"

周福源脸面上浮出一层笑来："逃难固然要紧，可婚姻大事也不能耽误了，你要是信得过我，这件事我来做主了。"

王老板惊喜万分："真的？哎呦，那我可先谢谢周表哥了。"

见王老板感恩戴德的样子，周福源心情畅快，他原本还在为家里多了个宋雨田这样的眼线不痛快，但现在，一切都迎刃而解了。他便不再继续朝前走，转身回了家，叫管家去把宋老爹找来。

宋老爹不知道周福源为什么突然把自己叫来，心里七上八下的。

周福源在太师椅里安坐着，只是看着面前站着的宋老爹，半天没说话。

宋老爹被看得全身不自在，小心翼翼地问："周县长，您……您找俺来有事?"

周福源回过神来："啊？是，是，有事，宋老爹，这可是件大事啊。"

宋老爹更加不安了，双手不由在衣服上擦着冷汗："是不是俺家雨田闯祸了?"

周福源示意宋老爹坐下："宋老爹呀，我找你来，为的就是雨田的事。"

宋老爹坐不住了："那死丫头她闯什么祸了？俺去收拾她!"

周福源赶紧招手，示意宋老爹再坐下："这女娃娃好得很，能闯出什么祸？我是听大伙说，雨田和牺盟会、独立团那帮人走得很近啊!"

宋老爹没领会过来周的意思："这丫头，和他兄弟一样，说起抗日的事，就一套一套的。"

周福源嘿嘿一笑："我这几天，听人说了几句不好听的话。"

宋老爹急了："啥不好听的？大伙都说啥了?"

周福源叹口气："你说说，这保家卫国是我们老爷们的事儿，她一个没出嫁的小姑娘跟着瞎掺和，这不惹人闲话吗？她和郑团长，和独立团的大老爷们小伙子们走得近，闲言碎语的不好听得多了，那些话说的有多难听我都说不出口，算了，别说这个了，说出来你糟心。"

宋老爹激动地站起来："俺家雨田是最规规矩矩的，她和那些人都清清白白。县长，你可不能信那些谣言啊。"

周福源亲自起身，把宋老爹按坐在椅子上："宋老爹呀，雨田的为人，你知我知，这县里爱嚼舌根的老娘们儿可不知道啊！雨田的名声算是毁了，我是怕有人在背后编排你老宋家，你面子上不好看。今后雨田想要嫁人，只怕难了。"

宋老爹不知所措地看着周福源："这可怎么办呢?"

周福源："雨田打小就在我府上做事，是个懂事知分寸的孩子，算起来雨田在我周家有六年了吧?"

宋老爹："是，县长，六年零一个月。"

周福源："按照咱们当年的契约，雨田要在我家干满十年，宋老爹，我没记错吧?"

宋老爹："是，县长，您放心，当年是白纸黑字写得清清楚楚，雨田一定会安心在周家做事的，她要是犯了什么错，县长您尽管替俺教训她。”

周福源假情假意：“宋老爹，你误会了，我今天提这个事可不是要跟你算旧账啊，我的意思是虽然雨田的契约还没满，可雨田老大不小了，该嫁人了。宋老爹啊，雨田这些年在周家，我可没把她当丫鬟使唤，我一直把她当自己闺女一样看待啊，我早就琢磨着给她许门亲，不能委屈了孩子，难不成还让她一直在我家当丫鬟吗？宋老爹啊，你要是信得过我这个县长，我来为你做主，给雨田找个好人家。”

宋老爹惊讶：“县长要亲自给俺家闺女保媒？可是，雨田是签了契约的，还得再在您家干四年。”

周福源：“老爹啊，我今天叫你来就是为了这个事，我是这么想的，只要雨田嫁了人，这张契约就作废了，你看怎么样？”

宋老爹惊喜：“哎呀县长，你对俺宋家的大恩大德俺怎么报答啊。”

周福源：“人家我已经找好了，是我一个远房亲戚，原本在太原做买卖，他有个儿子，人憨厚老实，雨田要是嫁过去，不会受委屈的。”

宋老爹激动道：“县长肯给雨田保媒，俺是没什么好挑的。只是，这人总得先见个面，俺看看心里才踏实啊。”

周福源一听，脸色一变，端着架子道：“老爹啊，有些事我想今天得跟你说明白。”

宋老爹：“县长，您说。”

周福源：“老爹，说起来，我这个做县长的惭愧啊，是我教子无方，没把安邦教育好，别看他现在当了校长了，还和从前一样的没出息，什么都没学好，就学会了个婚姻自由，我听说他三天两头的总是去打扰雨田，为这事闹得沸沸扬扬，憨头这才把他给打了，是不是？”

宋老爹一下子站了起来，胆战心惊：“县长，误会，都是误会啊，您就是借俺十个胆子，俺也不敢为难大少爷，憨头那是为了配合郑团长演戏，不是故意的，郑团长可以给俺证明。”

周福源假惺惺地站起来，再次把宋老爹按回椅子上：“我话还没说完呢，你别激动嘛，我没有要怪罪憨头的意思，这件事憨头做得对，都是安邦那个逆子没出息！”

周福源越说越激动，痛心疾首道：“我这个做爹的，失败啊。咱们都是当爹的，哪个不希望自己的孩子过的称心如意，老爹你说是不是？”

宋老爹不安地搓着手，连声应着：“是，是。”

周福源观察着宋老爹的表情，故意说："说起来，安邦的年纪也不小了，这两年我总寻思着给他安排一桩门当户对的亲事，只有这门当户对，以后日子才过的顺，老爹，你说对不对？"

宋老爹不安："县长，您放心，雨田这孩子主意再大，分寸还是有的，您可不要听了外面的风言风语误会雨田，她可不敢打大少爷的主意。"

周福源抬手打断宋老爹："老爹，我不是这个意思，雨田这孩子好得很，很懂事，可安邦总是去打扰雨田，我是怕时间长了，对雨田的名声不好。既然眼下有这么一门称心的婚事，老爹你就替雨田做主吧，只要雨田嫁了人，安邦也能死心了。"

宋老爹左右为难，一咬牙，下定决心："这门亲，俺定。"

有了宋老爹签字画押，周福源总算是放下了心，当天晚上就把王老板叫到自己家里，给他说这门亲事。

周福源得意地敲着桌子："这桩事，我算是替你办成了。宋老头已经同意把女儿嫁给你儿子，字据也签了，你可以放心了。不过有一点，你们不是要去武汉避难吗？等这亲事一成，你们得立马上路，一天都不能耽搁！"

王老板赶紧上前，递上一个信封："那是那是，都听表哥的。"

周福源捻捻信封："你这是干吗？我保媒是积德，不为别的。"

王老板推着周福源的手把信封塞回他怀里，嘴里应着："就一点保媒的谢意，也就够您喝碗茶的。今后要麻烦表哥的事情，还多着呢！"

周福源收起信封，应承下来。却不想这一切都被恰巧经过的周安邦听到了，他大惊失色。

第二天一大早，周安邦便心神不宁地去学校找宋雨田。

宋雨田正在给孩子们上课，周安邦便一直等在教室外面，直到下课铃响了，教室里只剩宋雨田一个人，周安邦才走了进去。

宋雨田忙活着，突然看到周安邦，意外："校长，你怎么到这儿来了？"

周安邦若有所思："雨田，你先别忙了，我有话跟你说。"

宋雨田放下手上的东西："什么事儿，你说吧。"

周安邦："雨田，你以后能不能别再去牺盟会了，还有黎英组织的那些活动，你能不能别跟着掺和了。"

宋雨田不解："牺盟会是替老百姓办事的组织，我帮黎英姐也是为抗日出力，是好事。校长，我不明白你为什么不同意？"

周安邦十分不安："我说了不行就是不行，没那么多为什么。你只要记住，以后安心在家里待着，没事少出门抛头露面的。"

宋雨田倔强："黎英姐说过，人和人之间是平等的，我有人身自由，任何人都不能干涉。"

周安邦一下子火了，上前把宋雨田面前的书本扫落在地上，愤怒道："我说不行就是不行!"

宋雨田惊呆了："校长，你今天怎么了?"

周安邦一把抓住宋雨田的手："跟我走，一起去见爹。"

宋雨田挣脱："大少爷，你要干什么?"

周安邦情绪激动失控："雨田，我对你的心意难道你现在还不明白吗?我是真心喜欢你的，你跟我一起去见爹，我要娶你过门。"

宋雨田的脸一下子红了："大少爷，你说什么呢，我一个下人，配不上你。"

周安邦气急了，脱口而出："难道你情愿嫁给一个傻子也不愿意嫁给我吗?"

宋雨田惊呆了："你说什么?"

周安邦："你爹签下字据，要把你嫁给傻子了。"

宋雨田脸色惨白，叫道："你胡说！不可能，不可能。"

宋雨田说着一把推开周安邦，冲出了门。

五

清晨，大柳村独立团驻地，早就过了操练的时间，可单大队只稀稀拉拉来了几个人，单仁贵也不见踪影。

郑川皱着眉，一言不发等着。

过了好半天，单仁贵才带着手下的人赶过来，有的匆忙扣着纽扣，有的还没穿好鞋。

单仁贵穿着件厚夹袄，缩着手，满不在乎地走过来，隔老远就冲郑川喊："团长，今早上真他娘的冷!"

郑川冷着脸，不搭腔。

其他人看郑川脸色不好看，连忙列队。

只有单仁贵不紧不慢地走过来："谁惹咱团长不高兴了?"

郑川开口："单队长，知道现在是什么时候了吗？你今天迟到了整整十五分钟。"

单仁贵不以为然："就为这事？团长，不就是十五分钟嘛，少练这十五分钟没什么大不了的，你就别小题大做了。这天是一天比一天冷，这么冷的天还要早起操练，就是铁打的身板他也受不住啊，团长，我看你这条规矩定的不好，自从我带着兄弟们投靠了你独立团，饭菜没油水不说，连个懒觉也不让睡，这也太不人道了。"

单仁贵牢骚满腹，这让郑川不由得想起了常松林之前说的话，要让单仁贵这样的土匪端正抗日思想确实是太难了，比他预想的还要困难得多，单仁贵今天敢迟到十五分钟，他日在战场上就敢违抗军令。

"战场上一分钟的争夺，就意味着要付出几十个甚至是上百个同志的生命，在战场上哪怕错过一分一秒，都会招致可怕的后果，预先约定的时间就是铁打的纪律，一秒钟也不能出差错。"郑川严肃地警告道。

单仁贵却不以为然："团长，哪有你说的那么严重，现在又不是上战场，少练这几分钟死不了人。"

"训练时多流一滴汗，上了战场就能少流一滴血！单仁贵，你不要以为你在这里可以搞特殊化，三天打鱼两天晒网，不想练了就溜号，不愿意上课就喝酒闹事。"郑川原本不想提这件事，但单仁贵这样的态度，他就是不想算旧账都不行了。

单仁贵没想到郑川当着这么多的人让自己下不来台，干脆耍起了无赖："你说让我们来打鬼子，我们来了，让我们训练，我们也练了。我单仁贵没欠你郑川半文钱吧？他小鬼子也没杀我爹妈杀我女人，我也愿意豁出命和他们干，够对得起你们了吧？"

"你是对这里的规矩不满，还是对食宿条件不满，还是对我郑川不服？"见单仁贵不知悔改，郑川干脆这样问他。

单仁贵："老子都不满！"

单仁贵破罐子破摔的态度，郑川无法再容忍，给他下达了罚站一小时的命令。

单仁贵十分不服气，单仁贵觉得郑川是在故意折磨自己，看不起他曾经当过土匪。有个手下给单仁贵出主意，想办法戴罪立功。

单仁贵说干就干，当天就去村里砍了十几棵树，做了登城的梯子，可他没想到，就是这几棵树又给他惹下了大祸。

村子里丢了树，有人认出是单仁贵的手下干的，他们现在是郑川的兵，于是大家一商量便一起去独立团告状。

郑川命令单仁贵给老乡们道歉，单仁贵非但不道歉，还拔出枪威胁郑川。

郑川面无惧色："单仁贵，你敢拿枪指着你的团长，你这是谋反！警卫员，给我下了他的枪。"

宋憨头跑过来，下了单仁贵的枪。

郑川："单仁贵，严重违反军纪，关禁闭四十八小时。"

宋憨头："是！"

单仁贵走了两步，忽然停住了脚步。

宋憨头："走啊，你。"

单仁贵："宋憨头，你有什么好得意的，你以为就我是土匪出身，我告诉你，你和土匪也脱不了干系。"

宋憨头："你说什么？"

单仁贵："还记得那个白龙吗？"

宋憨头："白龙？不就是那个土匪吗？怎么了？"

单仁贵："白龙就是你的亲大哥，他就是宋铁头。"

宋憨头惊呆了。

中条山414团驻地，操练场上，周治国正在给几个违纪士兵训话。

陆曼云出现在周治国身后。

陆曼云的到来让战士们走了神，大家都盯着陆曼云看。

周治国看到战士们走神，十分生气，但一回头，突然看到陆曼云，他惊喜万分，立刻露出了笑脸，把陆曼云拉进房间。

周治国关上房门，从身后一把抱住了陆曼云。

久别重逢，二人都很激动。

得知陆曼云是从西安接物资回来，周治国拉着陆曼云的手走到了桌子边，从抽屉里拿出那个锦盒，打开锦盒，取出了黄花梨烟斗："你看看，是不是有变化了？"

陆曼云拿过烟斗："嗯，颜色变深了，也更加有光泽了。"

周治国："当然了，你送我的，我当然是爱不释手。曼云，你对我真的太好了，千里迢迢来给414团送物资，我就知道，你放不下我。"

一时间，陆曼云有些尴尬，将烟斗放回了锦盒里："治国，这批物资不是给你们的。”

周治国意外：“不是给我们的，那是给谁的？”

陆曼云：“是给牺盟会和八路军的。”

周治国更意外了：“什么，给他们？为什么？”

陆曼云坦言：“我认为八路军比你们更需要这批支援。”

周治国不屑：“八路军缺枪少弹，从来都是如此，就凭他们的战斗素质，就是有了这批支援又怎么样，我看是杯水车薪，难以挽回大局。曼云，你说过，你的支援要用在刀刃上，只有我的部队才是那把好刀，像八路军那样的野路子部队不合适。”

陆曼云：“治国，从前我和你一样，不看好八路军，对他们有偏见，可是这几个月接触下来，我发现我以前的观点是错误的、片面的，你说八路军是野路子部队，可就是他们这样的部队，在山西打了好几次胜仗。治国，我认为你应该向郑团长学习成功的经验。”

周治国不以为然：“我向他学习？八路军有什么了不起的，不就是打游击吗，日军大规模的突进不是游击战能阻挡的，他们打了胜仗又怎么样，太原、临汾不是照样陷落了。”

陆曼云失望，争辩：“治国，我不知道，到了现在这种生死存亡的关头你还在坚持什么？高傲什么？战场上的事我不懂，我只知道八路军是可以保家卫国的部队，他们更适合接收我的支援。”

“我们在正面战场阻击了大部日军，八路军不过是协助作战，事实根本不是你想的那样。”周治国觉得很失望，才几个月不见，陆曼云竟然变了，变得处处维护偏袒郑川。

二人这次短暂的会面最终不欢而散。

自从得知宋老爹给自己签了婚约，宋雨田一连几日魂不守舍，思前想后决定去找黎英想办法，可谁知道恰好遇上单仁贵的事，郑川和黎英都忙得焦头烂额。宋雨田心里有些不是滋味，自己的婚事是周县长做主，如果再因为自己的事得罪了周县长，独立团和牺盟会今后在太岳的工作就更难开展了。想到这，她脚步一转，又回了周家。

宋雨田走投无路，去求周太太，周太太倒有些同情宋雨田，但周太太在周家的地位，哪里说得上话，不过是给自己找不痛快。

夜里，周太太在院子里散步，走到一处地方，看到周福源和黄队长走了过来，赶紧躲到一边。

周福源一边走，一边对黄队长吩咐道："夜长梦多，我和王富贵说好了，明天就把宋雨田绑了，直接带去武汉，生米煮成熟饭，这事就成了。你明天带几个人，把这事办利索点。"

黄队长连声应了："是，县长放心吧，这件事我保证办得妥妥当当。"

周太太听着，大惊失色。第二天一大早就去牺盟会找宋雨田，却只见到了黎英。

周太太看着黎英，心想黎主任是个能做主的人，便全盘托出："黎主任，你是牺盟会的领导，这件事你可不能看着不管啊，虽然我和宋雨田不对付，可也不能眼睁睁看着这么个黄花大姑娘就这么给毁了。"

此刻，黄队长的人已经用麻袋绑了宋雨田，正要用渡船把人送走。

关键时刻，黎英带着几个人策马而来。

黄队长的人抬头看到黎英，赶紧扔下麻袋，四散逃跑。

黎英一跃下马，急切地上前打开麻袋。

麻袋里的宋雨田惊慌失措，晕倒在黎英的怀里。

第七章　八里庄“示范”

一

黎英救下了宋雨田。王老板不敢再乱来，气哼哼地去找周福源讨说法。

强抢不成，周福源又是装出一副痛心疾首的样子，在王富贵面前大肆数落八路军的不是，说了不少郑川的坏话，还给王老板出主意，要王富贵拿着宋老爹签的字据去找八路要人。

白纸黑字，宋老爹按了手印，这份字据是赖不掉的。王富贵拿着字据上门要人，宋老爹吧嗒吧嗒抽着烟，坐在门槛上，半天说不出一句话来。

王富贵手指叩着桌上的字据，咄咄逼人：“字据我已经带来了，你要是不同意，那咱们就拿着字据去县政府，找县长讨公道。”

宋老爹放下烟，拿起字据，定定地看着字据上自己的指印，良久，小心地把字据折起来，交到王富贵手上：“亲家，俺们家虽然穷，可也是要脸面的人，俺答应把雨田许配给你家，就准能让你娶上儿媳妇！”

王富贵喜不自禁，收起字据，但现在人在八路的手里，他转而又担心八路不放人。

宋老爹叼起烟嘴，吧嗒抽一口：“亲家，独立团那边俺去找郑团长说清楚，雨田保准能嫁过去。”

王富贵生怕宋老爹反悔，当天就催着宋老爹去冯村找宋雨田，自己也跟着去了。

到了冯村，宋老爹二话不说拉着宋雨田就往外拽，连黎英都拦不住，最后还惊动了郑川和陆曼云。可任凭他们怎么劝说，王富贵就是不松口，金山银山他都不要，只认准了宋雨田这个儿媳妇。

王富贵本不敢跟八路军对着干，可有周福源给他撑腰，他的底气也足了，嚷嚷着要牺盟会和独立团跟自己去县政府讨公道。

周福源和王富贵早就串通一气，任凭黎英和郑川说尽了好话，周福源还是以“字据有效”几个字打发了他们，判定宋雨田嫁给王富贵的儿子。

见事情没有转圜的余地，宋雨田彻底被逼上了绝路，留下一句“我不嫁，死也不嫁。”哭着跑回了家。

婚事定了下来，王富贵唯恐夜长梦多，赶紧回去置办干粮，尽早动身南下。

可郑川也是个倔脾气，他不能眼看着宋雨田往火坑里跳，几次三番地去找王富贵谈判，都被王富贵拒之门外，一次不行就两次，听说王富贵是从太原过来的，郑川便主动和他聊起了太原的事。

“记得我的部队刚过黄河的时候，是为了参加大同会战，可几个月下来，天镇、平型关、忻口、娘子关，一个个的要隘接连失守，现在连太原也沦落在敌人的铁蹄下，抗战不利，身为军人责无旁贷，我们没有守住太原，让老百姓受战乱流离之苦，王老板，对不住啊。”

王富贵摆摆手：“我一介平民百姓，不谈国事。我虽然到太岳县的时间不长，可也听说了，郑团长是战场上的大英雄，要是人人都像郑团长一样，我看和鬼子打起来还有希望。”

郑川顺水推舟：“王老板，说到打鬼子，可不是我一个人的功劳，独立团能打胜仗，离不开咱太岳县老百姓的支持，老百姓才是打胜仗最大的功臣。宋老爹是老百姓，宋雨田是老百姓，包括你王老板也是老百姓。所以说，你们才是最大的功臣。”

王老板受宠若惊：“王某何德何能，不敢当不敢当。”

“要是没有你们的支持，别说打胜仗，独立团只怕连饭都吃不饱，扛枪的力气都没有，还怎么上战场啊？”郑川说着笑了起来。

王老板也笑了：“郑团长，难怪太岳县的百姓如此支持你的工作，今天你这一番话我服气。”

“既然说到了抗日事业，我又忍不住多说几句，王老板您可别见怪啊。我是个当兵的，喜欢直来直去，我就跟您直说了吧，宋雨田是咱们太岳县抗日的骨干力量，您要是把她带走了，那我在太岳县的工作可就不好开展了……”

在郑川努力劝解之下，王老板也深明大义，二人谈得十分畅快。

宋雨田想着从此再也不能跟黎英跟牺盟会闹革命，希望全无，只一心求死，她把床头黎英送给自己的书搂在怀里，一一抚过，整整齐齐摆在桌上，不舍地最后看了一眼，又从柜子里找到一卷绳子，拿了出来，试了试坚韧性。

接着，宋雨田把绳子抛上房梁，拉住两头，打了个死结，又搬了条凳子，放到绳结下，她慢慢地爬上了凳子，站起，手抓着绳索，表情决绝，缓缓把脖子伸进了绳结。

黎英和陆曼云拿了字据往宋家来，却只看见宋老爹坐在门口吧嗒吧嗒地抽旱烟，愁眉不展。

见黎英来了，宋老爹拉着黎英的手再三恳求："黎副县长，雨田最听你的话，她现在天天在房里，不吃不喝的。你帮俺劝劝她，到了这一步，嫁了算了。"

黎英赶紧摆手："老爹，这我可不能劝。我主张恋爱自由，婚姻自主，包办婚姻、买卖婚姻这一套，绝不能鼓励。"

恋爱自由、婚姻自主，宋老爹哪里明白这些，只想着让宋雨田赶紧应了这门亲事，早早嫁人，也就了了一桩心事。

黎英又和宋老爹闲话了几句，哪里知道宋雨田心灰意冷，只想求死。

宋雨田头伸进绳结，一闭眼，下定决心，蹬掉了脚下的凳子。

黎英和陆曼云都听到了房间里传出来的异响，一边叫宋雨田的名字，一边去推房门，可房门反锁了，哪里推的开。

房间内，雨田的动作渐渐变得无力。

就在这时，门被大力撞开了，黎英跌了进来，震惊："雨田，你这是在干什么！"

黎英说着冲上去抱住宋雨田的腿。

陆曼云也冲上去帮忙，二人合力把宋雨田救了下来。

宋老爹呆在原地，吓得脸色死白。

黎英和陆曼云合力把雨田放到床上。

宋老爹这才反应过来，拖着发软的脚上前来，哭着骂："你这个死女子，你，你是要干啥呀！"

宋雨田清醒过来，看看黎英和陆曼云，看看爹，捂着脸哭了："让我嫁给傻子，再也不能抗日了，我还不如死了算了！"

陆曼云赶紧从口袋里拿出字据，给宋雨田看。

宋雨田做梦也想不到字据还能拿回来，一时间又是哭又是笑。看着女儿在阎王殿前走了一遭，一旁的宋老爹也直抹眼泪。

为了表彰宋雨田敢于反抗包办婚姻，在黎英的推荐下，正式批准宋雨田加入牺盟会。

黎英亲手将一顶灰色的军帽戴到了宋雨田的头上，从这一刻开始，宋雨田就是一名真正的革命战士了。

如果这件事发生在以前，宋老爹肯定是不会同意的，可现在不一样了，黎英和郑川的到来，让他看到了一个崭新的革命队伍，一个真心实意为了老百姓办事的革命队伍，所以连一向保守的宋老爹也转变了态度，支持儿女加入抗战的洪流。

二

一波未平一波又起，自从上次单仁贵被关了禁闭，便一直对郑川怀恨在心，加上独立团军规严格，单仁贵一向懒散惯了，哪里能适应，所以总少不了因为迟到早退等违规行为被批评惩戒，时间一长，他便又动起了歪心思。

事有凑巧，恰好这个时候一个远房表叔找到了单仁贵。这个表叔原本是个买卖人，鬼子占了太原以后，他见风使舵当了汉奸，这次想拉拢单仁贵的土匪队伍。

单仁贵虽然当土匪的时候没少干坏事，但给鬼子当汉奸、做卖国贼，他还是有些顾虑。

见单仁贵犹豫，表叔便拿出一个盒子推到单仁贵的面前。

单仁贵打开盒子，里面塞满了黄灿灿的金条，不由得有些心动了。不过这事关生死的大事，单仁贵丝毫不敢马虎，几句话先安抚住表叔，自己拿着金条回营地找兄弟们商量。

“我的意思说得很明白了，留下来跟着八路，把脑袋别在裤腰带上，吃不饱穿不暖，还要看人的脸色，跟我走，我保证兄弟们今后吃香的喝辣的。”

单仁贵把黄灿灿的金条往桌子上一摆，给兄弟们指出了两条路。

这些土匪见钱眼开，纷纷表示要跟大当家的上刀山下火海。

只有于峰迟疑：“大哥，跟了日本人，那不是当汉奸吗？”

“什么汉奸不汉奸的，皇军的大东亚共荣政策你听说过没有，日本人到咱们中国来那是为了帮助中国人发展进步，为了让中国人过上好日子，跟着日本人干怎么了，日本人不会亏待了你。”

单仁贵把自己刚从表叔那儿听来的一套话原封不动地搬了出来，一干土匪可管不了那么多，只要有金条，让他们给谁卖命都成。

可是于峰不这么想，他是个讲义气的人，当初是宋憨头救了他一命，他认宋憨头这个恩人，这是多少金条也换不来的。

可单仁贵哪里还听得进去于峰的话，他是已经下定决心要叛变了，当即让两个手下绑了于峰，堵了嘴，然后便和剩下的土匪换了老百姓衣服，偷偷溜出了驻地。

眼看着昔日的大哥就这样走上了不归路，于峰只能干着急，他跳着靠近桌子，碰翻了桌子上的碗，用摔碎的碗片割断了绳子，解开绳子，他匆匆追了出去，希望还能阻止单仁贵。

另一边，单仁贵已经带着队伍来到了哨卡处，被哨兵拦了下来。单大队突然行动，还换了行头，这让哨兵觉察出了异常，拦住单仁贵不肯放行。

此时，挣脱绳子的于峰带着宋憨头追了出来，单仁贵狗急跳墙，掏出了手枪，打死哨兵后，枪口又瞄准了宋憨头。

子弹飞向宋憨头，于峰扑了过来："憨头小心！"

于峰缓缓倒地。"憨头，你救过我，这条命我还了，不欠你了。"

于峰说完闭上了眼睛。

郑川带着大部队随后赶到，单仁贵的人死的死、伤的伤。

单仁贵见状悄悄撤出了战斗，撇下自己的人马向一条小路狂奔。宋憨头抱着枪追了出去。

小路上，单仁贵一路狂奔，一边跑一边回头张望。

一串子弹贴着单仁贵的身子打了过去。

宋憨头抄近路追上了单仁贵，将单仁贵扑倒，骑在他的身上，几拳将单仁贵打得鼻青脸肿，一边打一边骂："狗娘养的，王八蛋。"

宋憨头打累了，停下来。

单仁贵还想耍花招，求饶："憨头兄弟，你忘了，我也是独立团的战士，是自己人，你可不能开枪啊。还有，你大哥白龙，我和他是故交，你不看我的面子，也得看你大哥的面子啊。"

宋憨头犹豫了。

单仁贵瞅准时机，摸向了自己腰间的枪："憨头兄弟，咱再商量商量？我投降了，八路军优待俘虏，你可不能违反纪律。"

单仁贵说着突然露出凶狠的嘴脸，掏出手枪。

宋憨头早有防备，抢先扣动扳机，击毙了单仁贵。

一大早，周治国正在操练士兵，却突然接到周福源病重的家信，生怕家里出了什么意外，连夜快马加鞭，第二天黄昏时分，周治国带着几个卫兵进了太岳城门。

可一回家才发现，周福源哪里有病，不过是看黎英和郑川在太岳渐渐站稳了脚跟，得到了老百姓的支持，他心里着急了，担心自己这个县长被架空失去了势力。

对于周福源的这种小心思，周治国一时间哭笑不得。大战在即，人心惶惶，日本鬼子说不定明天就会侵略到家门口，可自己的父亲，一县之长竟还只惦记着眼前这点小利。可他这个做儿子的又能说什么呢，不过是讲几句空话安慰周福源，让周福源消消气罢了。

第二天一早，周治国去牺盟会看陆曼云，一路上竟看到了许多意想不到的画面。

村子里，处处可见八路军战士帮老百姓挑水、耕地、磨面……军民一家亲，其乐融融，墙上随处可见"实行减租减息，增资找活路"的标语。

这位一向骄傲的国军团长，此刻心情是无比复杂的。在八路军的根据地，他看到了军民互帮互助，其乐融融的一幕，这一幕是他成为军人以来从未想过的。国军的团长是高高在上的长官，国军的士兵也是吃官家饭的官爷，老百姓在他们眼里，是微不足道的。可是为什么，在八路军的根据地，八路军战士们和老百姓却像鱼和水一样，那么亲密，那么相护依赖，那么自然融洽？周治国今天亲眼所看到的，他不由得想起陆曼云说过的话，心里不禁一阵寒意。

周治国这么想着，一抬头，突然看见不远处，陆曼云站着，惊讶地望着他。

周治国惊喜地扔下"大红"，往前飞奔几步，停下，缓缓走到陆曼云的面前。

"上次你去中条山去看我，我……"

陆曼云说道："治国，那次我也有错，我也不该那么说你，更不该说你的部队是逃兵。"

周治国内心复杂："但事实如此，我的部队一退再退，抗战失利，我也有责任。倒是八路军能挡住日军在太岳的攻势，郑川这小子不赖，打起仗来有一套。"

以前的不愉快很快被他们抛到了脑后，从陆曼云的嘴里，周治国又听到了许多有关郑川的事迹，他决定明天就去找郑川，看看他到底用什么办法挡住了日军。

周治国的到来让郑川很意外，他热情地招待了周治国，把自己藏了大半年的白酒和花生都拿了出来，两个人对坐在炕上，吃着花生，喝着白酒，讨论着当前的战局。

周治国干一杯酒，长呼一口气："我今天刚刚收到战报，徐州最终失守，我们的守军这两天已经全部后撤，徐州也被鬼子给占了。"

"退下去不是办法。周团长，你从太岳走的时候我就说过，希望你留下来和我们一起打鬼子，当时你不看好八路军，说我们不可能挡住鬼子，可我们在仙人岭挡住了鬼子的攻势。如果你能留下来，抗战就多了一分力量，太岳就多了一成胜算。"

郑川再一次邀请周治国共同作战。可周治国还是不看好游击战，他喝着酒，心情沮丧。

郑川看出了周治国的心思，他一边倒酒一边讲起了游击战的历史。

游击战其实并非八路军发明的。在四川有个大小金川地区，早在清朝的时候，大小金川地不足百里，人口不足三万，可乾隆爷两次派兵平叛，打了十五年，用兵四万，耗资七千万两。前几年，川军刘文辉部三次兵伐大小金川的黑水苏氏部落，连战皆败，全军覆没。大小金川地区的藏族部落对付清军、刘文辉部采用的就是这套游击战术。

"星星之火，可以燎原。八路军的游击战术虽然不起眼，但是只要我们坚持，发动全国的人民群众，全国成千上万个拳头同时打出去，那就是惊天动地的力量啊！"郑川最后这样总结道。

周治国没想到自己在郑川这里听了一堂生动的游击战术课，他开始有点佩服郑川了。

辞别郑川，周治国很快接到了开作战会的命令，来不及与陆曼云告别，他便匆匆离开了太岳。

日军攻入临汾后，国军一度溃不成军，委员长严令不许过黄河，卫立煌压力极大，国军几个军在中条山地区实行割据，周治国的414团也在其列。由此，山西战场两军对峙，形成僵持。板垣的速胜论彻底破产。日本大本营对板垣的作战能力极度不满，将其撤换，调离山西战场。在冈村宁次的影响下，日本军部次长多田骏调任华北战场，担任新的指挥官，全面指挥华北的日军。临行前，其受冈村宁次暗中指点，他采取将战略重点转移到山西战场的策略。

卫立煌得到有关多田骏的情报。这个多田骏，曾经三次到北京的陆军大学任教官，是个中国通，是一个比板垣征四郎更可怕的狠角色。他很早就提出了所谓的多田声明，就是想分离东北。他来了，整个黄河以北的战局恐怕会发生很大的变化。

不过最近八路的游击战术遍地开花，又打了几次小规模的胜仗，这倒让卫立煌很意外，当即提出要在武乡小东岭办一个战术交流训练班，让八路军的将领来讲课，专门讲游击战术。

而周治国恰好刚从太岳回来，对太岳八路根据地有许多新鲜的见闻和感想，卫立煌便提出让周治国来做这个战术交流班的班长。

三

武乡县地处太行山西麓，浊漳河上游，东靠太行，西接太岳，北有石盘山、广志岭环抱，历来为兵家必争之地，汉时云台二十八将之岑彭、马武曾在此据险守关；晋时羯族首领石勒曾在此秣马厉兵创后赵王朝；宋时粘罕率军南下驻南关，因地势险要而不敢妄动，派人四下侦察知无有伏兵，才仰天感叹："关险如此，使得我过，南朝可谓无人矣！"

战术交流班开班当日，国共两党的将领们集聚一堂，大家坐在教室里等着教官的到来。周治国四处张望，却没有找到郑川的身影，正在纳闷之际，郑川迈步走进教室，走上讲台。郑川竟然是教官，这让周治国颇感意外，想到上次见面时畅谈游击战的情景，周治国露出会心的微笑。

在培训班的日子过得很快，虽然难得的培训让周治国等国军将领感觉新鲜，但大部分国军将领并不服气八路军的那一套，对学习游击战产生了抵触的情绪，尤其是国军第 98 团团长孙幸齐抵触情绪最严重，几次三番地在课堂上当众给郑川出难题，让郑川下不来台。

对于这样的结果，郑川并不意外，这些国民党军官大多是黄埔军校毕业，难免自恃甚高，刚愎自用。而恰好在此时，一条飞线情报传来，一支日伪军辎重队要经过八里铺往中条山方向运输物资。该部正是多次交手的石原联队。根据汇集的情报，郑川敏锐地判断出，多田骏的部队要对驻守黄河北岸的国军发起进攻了，而石原联队这一次担负的任务是重要的军事物资运输。

看着这些国民党的高级军官对游击战术不屑一顾的样子，郑川当即决定就用这个辎重队做教材，让国民党的军官都来看看，八路军的游击战是怎么打的。

而恰好在此时，八路军特派员方明在陆曼云的陪同下带着美国高级军事代表团来到了武乡小冬岭，听说有战斗观摩，美国的代表团也来了兴趣，要和战术交流班一起上战场观摩八路军作战。

八里铺山头，一排望远镜。孙幸齐、周治国等国民党军官和美国高级军事观察团的军官们都趴在山头，举着望远镜看。

可山下的公路上静悄悄的，空无一人，等了半天，一个鬼子都没看到。

观察团美国军官旁边，郑川向大家介绍："这条路是沁县到八里铺的必经之地。"

陆曼云在美国军官身边翻译着郑川的话。

孙幸齐看了一会儿，放下望远镜，对身边的周治国一顿抱怨："周团长，这都等了半天了，别说鬼子了，连个鬼影子都没看见。"

"孙团长，再等等吧，既然八路军收到了情报，这条路又是沁县到八里铺的必经之路，郑川选择在这里打伏击是对的。"周治国劝他。

孙幸齐却十分不耐烦："什么鬼子的辎重运输队，我看都是扯淡，周团长，你还不明白吗，咱们都让八路给耍了，我看根本就没有什么鬼子，是郑川在搞鬼才对。"

周治国看了看手表，时间指向了中午十二点。

孙幸齐不耐烦，看向一边陪着美国军官的郑川，没好气道："你要等，我可等不了了。"

就在这时，黄豆豆跑来，大声报告："报告团长，高排长派出去的侦察哨回报，沁县的鬼子还没出来，老班长让我来通知大家，饭做好了，请大家先下去吃饭。"

郑川看了看时间，对大家道："午饭时间到了，我们先去吃饭。"

陆曼云对美国军官翻译了郑川的话，美国军官又对陆曼云说了几句什么。

陆曼云走到郑川身边，说："郑团长，上校先生担心现在开饭会错过了鬼子的辎重队。"

郑川笑了，对美国军官道："上校先生，请放心，这个时间鬼子是不会出来的，马上就是午饭时间了，我看鬼子也要吃饱了饭才会出来。"

陆曼云走到美国军官身边翻译了几句，美国军官也笑了，对郑川竖起大拇指。

郑川陪着观察团的军官们从山坡上下来，来到一个隐蔽的空地上。

陈大锅带着两三个战士挑着担子来了。

战士们把担子放下，陈大锅揭开盖在担子上的花布，里面放着热腾腾的小米粥、馒头、咸菜，还有猪肉炖粉条。

大家席地围坐着，美国人、国民党军官都三三两两的围坐在一起。

陆曼云环顾四周，今天一天都没有看到方明，她觉得奇怪，问了郑川才知道，方明一早接到朱老总的命令，去总部开会了。

正说着，另一边的孙幸齐又不安分地嚷嚷了起来："郑团长，郑团长，你过来一下。"

郑川站起来，向孙幸齐走去。

孙幸齐不满地嚷嚷着："我说郑团长，鬼子到现在连个鬼影子都没见着，你打算让我们等到什么时候？"

"孙幸齐，情报上说今天有鬼子的辎重队，但是并没有说具体的时间，所以我们还得再等等。"郑川说。

对于这个回答，孙幸齐显然不满意，他带头起哄："哦，郑团长的意思我明白了，这叫做守株待兔对不对？那我要请问郑团长，是不是要我们在这里等上个三五天，保不齐鬼子哪天就真的来了，也算是你们瞎猫碰上了死耗子，大伙说对不对？"

众多的国民党军官都交头接耳地议论起来，连美国军官也皱起了眉头，似乎对郑川的决定产生了怀疑。

就在大家吵吵嚷嚷一片的时候，黄豆豆突然来报告，小鬼子的辎重队出发了。

众人的神经立刻紧绷起来，大家簇拥着郑川手忙脚乱地跑向临时观察所。

山头上，草棚搭的临时观察所里，大家一边吃着馒头，一边议论纷纷。

"小鬼子真的来了……"

"郑团长的情报可真准啊，鬼子说来就来了。"

"不知道鬼子的辎重队能不能打得下来……"

孙幸齐听着大家的议论，脸上有些不自在。

大家七嘴八舌地议论着，只有郑川一直不出声，凝神等待着什么，终于，远处隐约传来了竹哨声。

郑川立刻绷紧了神经，招呼大家："安静，都别出声。"

众人不明所以，安静下来，都看着郑川。

郑川凝神听着竹哨，一边听一边向众人解释："鬼子来了，四辆摩托车，五辆卡车，十二辆马车。一个鬼子中队，骑兵小队，还有一个伪军中队。”

国军军官们面面相觑，一阵惊讶。

孙幸齐：“小鬼子的辎重队怎么还会有骑兵?”

周治国：“是啊，情况不对啊。郑团长，你怎么看?”

“这可能不是一个辎重队，情报有误。”郑川思索片刻，沉吟道。

以前郑川和日本人打，一般是三打一的兵力配比，才有必胜的把握，现在鬼子来了一个中队，一个骑兵小队，还外加一个伪军中队，那么郑川和他们的兵力配比就是二打一了，这倒给郑川出了一个难题，打还是不打，都是个问题。

“郑团长，我的意见是没有十足的把握还是不要冒险。”周治国把郑川拉到一边，悄悄说。

陆曼云对美国军官翻译完，美国军官也十分惊讶，疑惑地看着郑川。

这时，高春生赶来，给郑川带来了准确的情报，鬼子突然增加了一个中队，可能是石原来了。前几日他们得到情报，石原要来视察，石原带着他的警卫部队，战斗力非常强。

郑川一听石原亲自来了，马上有了精神，问高春生预备部队在什么位置。

高春生告诉他，预备部队半个小时可以赶来。

高春生的回答让郑川吃了定心丸，他兴奋道：“你马上通知预备部队到伏击点支援，其他人做好战斗准备。”

高春生领命离开了。

孙幸齐却犯了嘀咕，他没想到郑川这样的土八路竟然还有预备部队。

其实郑川嘴里的预备部队，只是当地的民兵大队、地方武装，还没有接受过专业的军事训练，不过，再专业的军事训练也不如实战，这支民兵大队是真刀真枪跟鬼子干过的，他们一直配合郑川打游击，发挥了不小的作用。

郑川能发动一切力量来抗日，这不仅让周治国佩服，就算孙幸齐也乖乖地闭了嘴，不敢再轻视郑川了。

常松林独立团埋伏的山头，密切观察形势。他视线所及之处，日军辎重队的车队正向埋伏圈前进。摩托车和卡车在前面开路，马车跟在后面。

宋憨头在他身边蠢蠢欲动：“政委，差不多了吧?”

常松林目不转睛地盯着日军动向：“再等等。”

这时，黄豆豆返回，向常松林报告：“政委，已经通知团长了，团长叮嘱，石原联队经验丰富，不能轻敌，不要轻举妄动，把鬼子全部放进埋伏圈再打。”

常松林紧紧观察着日军，等辎重队都进入包围圈了，这才举枪示意：“收口！打！”

顿时枪声四起，八路军的子弹一齐射向日军辎重队。

最前面一个骑摩托车的鬼子立刻中弹倒下，摩托车撞到了路边的石头上翻了车。

紧随其后的摩托车和卡车陆续停了下来，鬼子纷纷跳下车躲在摩托车和卡车后面隐蔽还击。

枪声激烈，日军马匹受惊，一片嘶鸣挣扎。几个来不及躲避的鬼子被八路军击毙倒下。

石原一郎被警卫护着，躲在卡车后面，看到士兵被八路军击毙，石原愤怒地冲日军士兵吼道：“给我顶住！打，狠狠地打！”

日军训练有素，在石原的指挥下，迅速稳住阵脚，架起了两挺机枪向山头上的八路军还击，机枪喷射出猛烈的火舌。

八里铺临时观察所内，郑川和众多的将领们听着战场上传来的枪声，一个个都举着望远镜向战场上看。

望远镜镜头中，鬼子躲在卡车后面，被八路军的子弹压制得抬不起头来。鬼子的一挺机枪喷射出猛烈的火舌，一个鬼子机枪手倒下了，又一个鬼子顶上去。

郑川一边看一边给大家解释：“这次战斗之前，我和常政委亲自侦察八里铺地形，最后选择了这片山头作为伏击地点，因为鬼子习惯走大路，两边的山头正是打伏击的有利地形，我们的部队呈‘品’字阵型，两头夹击、中间伏击，让鬼子进的来出不去。”

郑川一边说，陆曼云一边给美国军官翻译。

刚刚说到“品”字阵型，美国军官对陆曼云提出了问题。

陆曼云翻译给郑川：“郑团长，上校先生有一个问题，上校先生问你，什么是‘品’字阵型，为什么要选择这种阵型？”

郑川解释：“‘品’字阵型是一种三角形布局，按照中国兵法，这种形态是一种稳定性较好的布局，利于防守，也可以进攻。”

陆曼云给美国军官翻译着，美国军官点头。

郑川给美国军官解释，周治国一直对着望远镜看，郑川刚说完，周治国突然看到了什么，紧张道："不好，鬼子要反攻了。"

大家纷纷举起望远镜观察。

郑川也急忙举起望远镜看，望远镜镜头中，石原指挥一队日军向西边山头发起了猛烈攻势，几十个鬼子迅速冲上了半山坡。

郑川心里一紧。

常松林对山下的鬼子猛烈开火。

黄豆豆匆忙跑来报告："政委，鬼子要夺西边山头。"

宋憨头急了："政委，西边是单仁贵的兵，没有作战经验，小鬼子想从那儿溜，怎么办?"

常松林一下子站了起来："想溜，没那么容易。"

常松林举着枪，下令："豆子，通知一营长，派一连跟我支援三连。"

几十个鬼子冲上西边山头，三连的几个战士相继死在敌人的枪口下，眼看鬼子就要冲上阵地了。

常松林带着部队赶来："打，别让小鬼子冲上来。"一边说一边开枪，打死了冲上阵地的两个鬼子。

八路军的枪声再次密集起来，打退了鬼子的攻势，冲上山坡的鬼子或死或伤，剩下的几个鬼子抱头后撤。

石原一郎连连咆哮，大喊："八嘎，不许退，不许退!"

就在这时，一颗子弹袭来，石原大腿中弹，应声而倒。

一个部下奔过来检查伤势，其他的都开始觑空逃跑。

胡大喇叭吹响了嘹亮的冲锋号。

八路军战士纷纷抱着枪冲出阵地，高呼"冲啊"，山呼一样的冲锋声，四面伏击的独立团战士们黑压压冲上了公路。

石原一郎在部下扶持下勉强站起，气急败坏道："撤！撤!"

日军溃败，丢下多辆烧毁的汽车和几十具尸体，夺路而逃。

来不及逃跑的十几个伪军纷纷缴械投降。

宋憨头带着警卫排的几个战士冲上公路，立刻俘虏了几个伪军。宋憨头向着山头上观察所的方向振臂呼喊："胜利，胜利!"

其他的战士也纷纷向观察所的方向振臂高呼。

八里铺临时观察所内，众多的国民党军官们看得热血沸腾，暗暗使劲，直呼过瘾：“打得好，打得好……”

八里铺后山腰，一座坟茔，墓碑上刻着十三个牺牲战士的名字。

郑川和独立团所有的战士整体列队为战友送行。

刘洪涛大声：“全体都有！立正！敬礼！为战友送行！”

独立团战士们庄重敬礼。

刘洪涛：赵大山！

枪声响起。

刘洪涛：王玉成！李涛！刘大有……

排枪响起，响彻山野。

国民党军官们和美国观察团都站在后面看着。美国军官颇受震动，他用英语和陆曼云交流着什么。

排枪响完，常松林站了出来，把那面缝满五角星的军旗展开，站在前面发言：“同志们，当年，我们从中央苏区出来，红一军团走到陕北的时候，13 团只剩下三百多人，走到今天，在抗日战场上，这三百多个英勇无畏的战士中，有一百二十一人牺牲了，我们把他们的帽徽缝在这面旗帜上，将他们的名字永远留下来，让他们跟着独立团战斗，见证我们的每一次胜利。这是红一军团的传统，我希望今后能成为所有独立团战士的传统，不管你们是什么时候加入独立团的，只要一天是独立团的战士，这辈子就要跟独立团战斗到底！直至把侵略者彻底赶出中国！”

常松林的一席话，使周治国颇受震动。

美国军官对身边的同事啧啧称赞：“来这里之前，我一直无法明白，八路军武器装备极其落后，面对强大的日军，如何能取得胜利，直到今天，亲眼所见，我终于明白了，Will and determination 对于中国人意味着什么。”

美国军官转头对陆曼云说：“陆小姐，请转告郑团长，告诉他，我可以肯定，他的部队是中国最好的作战部队之一。”

陆曼云十分激动，大声翻译：“郑团长，上校先生说，独立团是中国最好的战斗部队之一。”

郑川和常松林都十分激动。

美国军官提议：“郑团长，我提议，我们所有人向独立团的英雄敬礼，感谢他们在战场上的英勇奋战。”

所有人跟着美国军官一起向坟茔庄重敬礼。

郑川用这样一场精彩的战斗结束了战术交流班的学习，用八里铺的战斗向那些趾高气扬的国民党军官证明了游击战术的可取之处。

“由于时间限制，我不能和大家更加深入地交流，最后我只想说一点，日军已经换了指挥官，多田骏。多田骏也许会把作战重点重新放到山西来，山西的形势仍然严峻，也许就在我说话的这个时间，就有我们的战士在流血，在牺牲。中华民族处于危难之际，在抗日阵营内部不应该再有摩擦，而是应该团结起来，兄弟阋于墙而外御欺侮。八路军愿意利用游击战，扰乱敌人后方，破坏敌人运输交通，协助中央军作战。”郑川最后发表了自己的结业感言。

台下，周治国带头鼓掌，大家纷纷鼓掌，孙幸齐也心悦诚服地鼓起掌来。

日军太原总司令部，石原垂头丧气报告运输大队遭到伏击的经过，多田骏大发雷霆，区区八路军竟然能打败装备精良的运输大队。

石原解释，对手是八路军 129 师独立团，团长叫郑川，是个非常厉害的人物，从来不正面攻击，多是游击战和伏击战，实在让人措手不及。开战以来，代县机场遭袭、六郎庙战斗就是这支部队。

多田骏大发雷霆，决定对抗日根据地发动“九路围攻”，疯狂围剿。多田骏严厉斥责石原，命令石原联队集中战斗力，消灭八路军独立团，活捉郑川。

四

1938 年 4 月 4 日，日军第 108 师团主力，第 16、第 20、第 109 师团及酒井旅团各一部共三万余人，分九路向晋东南地区中国军队大举围攻。据此，在东路军总指挥朱德和副总指挥彭德怀的统一指挥下，八路军针对九路来犯之敌展开顽强的抗击。

郑川的独立团所在的太岳县，是八路军几个根据地的枢纽，位置极其重要，是日军进攻的重点。129 师连夜开会决定，由郑川带领独立团在太岳内线牵制和消耗日军，为其他部队争取时间，各个击破来犯之敌。

石原联队指挥部内，石原和几个日军高级将领围在多田骏身边，众人站在沙盘前。

石原把一面太阳旗插在了太岳县的位置上，向多田骏汇报：“据我们掌握的情报，太岳县是八路军在晋东南地区的枢纽，位置极其重要，我认为应该作为打击的重点，我愿意带领石原联队为司令攻下太岳。”

多田骏点头：“好。石原君，你有什么具体的计划吗?”

石原指点沙盘上的几个位置：“由潞县出发，进占黎县，迫近太岳。”

多田骏点头：“石原君，希望这一次你不要让我失望。”

“哈依，长官，感谢您给我这次雪耻的机会。我向您保证，八里铺的事件只是一次偶然事件，八路军不会再有机会得手，这一次，我愿以石原家族的名誉向您起誓，一定彻底消灭独立团!”

石原说着打开一个条幅，上面用汉字写着：专打八路军，消灭郑川。

石原亲手把条幅挂在了装甲车身上，雄心勃勃，站上装甲车，高呼：“前进!”

多田骏一上任就带来了新一轮的战斗，国军仍然处于失利的局面，越战越失去了信心。

周福源看国军连连失利，感觉情况不妙，他带着周安邦和县委一干亲信人等，由保安队保护着，连夜逃到了中条山国军防区。

陆曼云本来想留下来，但受到周福源的蛊惑，再加上有去找周治国的想法，最终决定跟随周福源一起离开平原县。陆曼云希望宋雨田跟自己一起走，但雨田毅然留了下来，她认为黎英这边更需要人手。

公路上，战车开道，烟尘滚滚。战车上“专打八路军，消灭郑川”的条幅分外刺眼。

石原率领大批日军，气势汹汹杀奔太岳县而来。

山梁上，郑川对着望远镜看着公路上的鬼子。看了一会儿，把望远镜递给身边的刘洪涛。

刘洪涛放下望远镜，笑了：“团长，小鬼子野心够大的，人家要活捉你!你说鬼子能出啥价?”

“当年国民党出五千大洋买我这颗人头，现在怎么也得翻一倍吧，既然他们要活捉我，我看至少得这个数。”

郑川说着伸出手比划道：“差不多十万吧。”

一旁的宋憨头掰着手指头数了半天，还是没算过账来：“团长，你这咋算的，十万是二十倍。”

“通货膨胀不算啦？小米都涨二十倍了。”郑川敲着宋憨头的脑袋，心想这还真是个憨头。

宋憨头似懂非懂，掰着手指头数了半天，还是一头雾水。

黄豆豆气喘吁吁地从前面跑回来："团长，师部炮兵连就位。"

郑川下令："通知炮兵连，瞄准那个铁疙瘩！"

黄豆豆转身就跑。

八路军炮兵阵地上，一门迫击炮，几个炮手。

黄豆豆一路狂奔："团长命令，瞄准小鬼子的铁疙瘩，使劲打！"

炮手调整炮口，迫击炮炮口瞄准了日军战车。

石原站在战车上，气势汹汹地前进。

突然，一发迫击炮弹在战车前方炸响，战车戛然而止。紧接着，猛烈的子弹和手榴弹倾泻而下。

石原大声下令："开炮！消灭八路军！"

日军纷纷隐蔽还击。

山梁上，宋憨头兴奋地一口气打完了一弹夹子弹，正要再装上弹夹继续开火。

郑川却一把夺下了他的弹夹，下令："撤退！"

宋憨头懵了："团长，咱才刚和鬼子交火呢。"

郑川大声命令："这是命令，立刻执行！"

此时，公路上的石原大喊着："打，狠狠地打！"

日军战车猛烈开炮。

几挺机枪喷射着猛烈火舌。

山梁上八路军的枪声却渐渐稀疏起来，慢慢地，只有日军开枪的声音，石原凝神听着枪声，察觉异常，抬起手："停止射击！"

日军全部停止动作。整个阵地上一片安静。

石原狐疑着环顾四周，四野里空荡荡的，不见八路军的踪迹。

日军军曹跑来石原身边："长官，八路撤了？"

"八路军很狡猾，这也许是他们的诡计，立刻传我的命令，全体提高警惕，提防八路军的圈套。"

石原站在战车上，大部队继续在公路行军。

丛林隐秘处，二营长杨大河带领战士们，密切注视着日军行军方向。

杨大河看准时机下令，带着战士们拉动了地雷引线。

正在行军的日军部队面对突如其来的地雷，赶忙紧急躲避。

躲到坡下，坡下炸；躲到土沟里，土沟里也炸。

日军士兵无处藏身，如无头苍蝇陷入混乱。

另一边，郑川带领着刘洪涛、宋憨头和其他独立团战士正在撤退，听到炸雷声，知道小日本已经进了二营布下的地雷阵，大家都很兴奋。

日军被地雷阵炸得七零八落。

石原对士兵高喊："八嘎，传我的命令！枪炮开路，继续前进！"

战车开路，日军的部队渐临太岳城门外，战车无法前进，停了下来。

士兵队伍继续向前，队伍最前面的两个士兵拿着金属探测器，小心地试探着。

段勇和战士们正隐蔽在城门不远处的树林里。

段勇投出一个手榴弹，一声轰响，日军的队伍陷入了混乱。

混乱的日军踩到了"飞雷"，炸雷声令士兵们赶忙躲避，一个日本士兵踩入土坑，却是个翘板，将地雷弹了出来，弹到士兵群中炸响。

日军慌忙躲避，又遭遇连环雷，被炸得人仰马翻。

见时间差不多了，段勇也带着部队撤离。

一番折腾，日本国旗终于升起在太岳县城上空。

可石原脸上却没有半点喜色，为了升起这面旗帜，仅一天的时间，他们损伤一百多人，却没有伤到八路分毫，由此，石原更加感到郑川是个对手的难缠，在和自己玩猫捉老鼠的游戏，不过，这也激起了石原更大的好奇心和求胜欲，他马上传令，让侦察部队立刻出动，务必侦察到八路主力的藏身之所。

面对石原的主动出击，郑川早有准备，他凭借熟悉的地形，率领独立团，跟石原玩起了捉迷藏。石原四处寻找独立团主力决战，但独立团神龙见首不见尾，日本人始终找不到独立团的主力，反而不断遭到偷袭。几天下来，石原疲惫不堪。

这一天，郑川和常松林、黎英、刘洪涛、杨大河、段勇等人在石板村宋老爹家院子里，大家围坐在一起。

杨大河心急："团长，鬼子已经进了城，咱们到底什么时候和鬼子干啊？"

段勇也说："是啊，团长，这几天，我们一直按你的命令，不和鬼子正面冲突，只打游击，可是，鬼子眼看把整个太岳给占了，我们天天躲猫猫也不是办法啊。"

郑川却不心急，问几个营长：“主席的十六字诀是怎么说的？”

“敌进我退，敌驻我扰，敌疲我打，敌退我追。”杨大河抢着说。

刘洪涛说：“团长，十六字诀我们都记牢了，可到底什么时候跟鬼子开干啊？”

郑川：“主席的十六字诀不是已经告诉我们了吗？”

几个营长面面相觑。

郑川：“主席的十六字诀说了，敌进我退，敌驻我扰，下一步才是敌疲我打，我们现在连第二步还没走完，怎么，你们现在就坐不住了？”

常松林接过话头：“团长说的对，饭要一口一口吃，路要一步一步走，要是有一步路走不踏实，那接下去的日子也就不会好过了。想当年在安源路矿组织大罢工的时候，要是没有前几年的积蓄，我们的同志没有隐蔽好，过早暴露实力，如何能取得‘未伤一人，未败一事’的完全性胜利啊。”

郑川安抚几位营长：“鬼子已经来了，还愁以后没有仗打吗？当务之急是提高警惕，当心石原把气撒在老百姓头上。”

常松林猜测，鬼子来了，第一条很有可能就是找老百姓征粮，所以粮食一定要提前转移，绝不能落到小鬼子的手里。

此时，石板村村头，宋雨田正带着民兵帮群众转移粮食。

刚刚装满一车粮食，黄豆豆火急火燎地跑来，通知大家转移，鬼子要来了。

原来，石原一早得到消息，独立团驻扎在石板村，可等到他们进了村才发现，村子里非但没有八路，连老百姓也都撤离了。石原扑了空，无功而返。

第二天清晨，得知鬼子已经走了的消息，黎英和宋雨田便带着村民们回了石板村。

黎英牵着一个小男孩的手，男孩抱着一只母鸡。

忽然，母鸡挣脱男孩，向远处的树林子跑去。

男孩撒腿去追母鸡。可刚跑了没两步，男孩又惊恐地跑了回来，大喊：“鬼子来啦！”

一声枪响，男孩倒在了血泊中。

一队日军气势汹汹地从树林子里冲了进来，将村民们团团包围。

石原举着枪，走了出来。

黎英、宋雨田二人和老百姓被推搡着集中在一起。

日军荷枪实弹围在四周。

石原扫了人群一眼，冲翻译官挥挥手。

翻译官大声说："乡亲们，大家都不要怕，只要大家说出八路军在哪里，皇军是不会为难大家的，谁知道八路军的下落?"

众人将黎英二人挡在身后，怒目而视。

翻译官："乡亲们，只要你们说出独立团在什么地方，皇军重重有赏。乡亲们，皇军来到太岳，是为了帮助你们过上更好的日子，构建大东亚共荣圈，只要大家拥护皇军的领导，我保证皇军非但不会为难大家，日后还会给大家减免赋税，论功行赏。"

众人仍旧一言不发。

翻译官尴尬地看着石原。

石原摆摆手："你，让开。"

翻译官赶忙让开。

石原上前，摸了摸小男孩冰冷的额头，忽然深鞠一躬："太可惜了，可惜啊！我代表我的士兵向你道歉。"

男孩的妈妈突然扑向石原："小鬼子我跟你拼了!"黎英一把没拉住，石原旁边的军曹已经开枪。

那妇女倒在了血泊中。

石原冷酷的眼神盯着死去的村妇，突然吼道："皇军是不会随便杀人的，但也绝不会放过自己的敌人。战争时期，这里只有朋友或者敌人，你们必须作出选择，当皇军的朋友可以得到优待，当我们的敌人，我只有拿出对待敌人的手段。"

众人仇恨的目光望着他，沉默着。

石原扫视众人，突然分开人群，枪口指向宋雨田："你，出来!"

宋雨田被日本兵拖出人群。

石原冲着宋雨田，微笑："小姐，不要害怕，我想拜托你帮个忙，去通知八路军团长郑川，告诉他，让他带着部队来找我，如果一个小时以后我还没有见到他的人，我会每隔一小时枪毙一个人，直到他来这里。"

石原举枪指向一位母亲怀里的孩子："他就是下一个！明白吗？来人！送这位小姐出村!"

山林里，宋雨田找到了郑川，抽泣着把石板村发生的事告诉了他。

刘洪涛立刻跳了起来：“一营集合！跟我杀回去！”

郑川低吼一声：“站住！”

刘洪涛急了：“团长，你都听到了，咱得救救乡亲们，不然鬼子什么事儿都干得出来！”

战士们纷纷喊起来：“团长！下命令吧！咱跟鬼子拼了！团长！下命令吧！……”

郑川眉头紧皱，苦思冥想着，此刻，他的头脑比任何时候都要冷静，他明白，石原这是在逼自己出手，硬拼正好中了石原的圈套，不但救不了石板村的人，连独立团也凶多吉少。不过，郑川很快想出了一个绝妙的点子，明修栈道，暗度陈仓。

石原在石板村村头席地而坐，闭目养神。

村民们坐在地上，紧靠在一起瑟瑟发抖。

一名日军士兵端着枪，指着母亲怀里的孩子。

黎英苦思冥想着解围之计。

忽然，孩子哭喊起来：“唔……娘……我饿……娘……”

母亲惊恐地捂住孩子的嘴：“别哭……等等……等等就有吃的了……”

孩子继续哭着：“我饿……娘……我渴……”

石原猛然睁开眼睛。

母亲急忙死死地捂住了孩子的嘴巴。

石原看看表，就在这时，一名军曹跑来报告，在东面一公里发现了独立团主力！

石原拿着望远镜朝对面山头张望，果然看到独立团的红旗在风中飘舞，人影在山间时隐时现。

石原放下望远镜狞笑：“果然是独立团主力”，回过头：“传我命令，村里留一个小分队，其余人全部调上来！”

与此同时，郑川也在半山腰的山林里，对着望远镜观察着。

郑川身后，宋憨头带领警卫排的战士们扛着军旗在山林中来回奔跑，故作声势。

宋憨头扛着军旗跑得飞快。

另一边，杨大河带着几个战士走过来，战士们手中都提着放鞭炮的桶。

杨大河来到郑川身边，不解道：“团长，不是要打鬼子吗，你让我们准备这些东西干嘛?”

郑川看了看表:“段勇呢，怎么还没回来?”

郑川话音刚落，段勇带着两个战士飞奔回来。段勇一边跑一边喊:“团长，我回来了，这是你让我准备的东西。”

段勇身后的战士抱着自制的鞭炮。

郑川看着二营战士手里的桶，又看着三营战士的鞭炮，很满意:“好，有了这些东西，咱们陪石原好好玩玩。”

郑川说着大喊一声:“宋憨头!”

宋憨头飞奔过来。

郑川命令:“憨头，按我刚才教你的，把咱们的新式武器武装好，准备上阵。”

宋憨头把一串鞭炮放进桶里，给战士们做示范，大家纷纷学着宋憨头这样做。

郑川对着望远镜观察着。

段勇凑到郑川旁边，不解道:“团长，这叫什么新式武器，我以前还真没听说过，就是不知道这武器上了战场打鬼子，能行吗?”

郑川胸有成竹:“靠这点东西消灭敌人肯定是不行的，但是目前咱们的力量有限，师部给我们命令是避敌锋芒，为避免与日军主力正面冲突，这只是我们的权宜之计。这种新式武器就是我给石原放的烟雾弹。”

正说着，黄豆豆跑来报告，日军调集了大批兵力朝这边来了!

石板村口小道路口，两个日本兵抱着枪站岗放哨，看四周静悄悄的，漫不经心的聊起天来。

不远处，刘洪涛带领一营战士沿着路边的山沟潜伏而来，在十几米的位置停下。大家都穿着当地老百姓的衣服，化装成老百姓。

刘洪涛观察着站岗的日本兵，对身边的战士小声下命令:“你们两个，跟我来。其他人，原地待命!”说着带着两个战士沿着山沟悄然向日本兵靠近。他朝身边战士使了个眼色。两个战士隐蔽在原地不动。

刘洪涛从路边走了出来，大摇大摆地向日本兵走去。

日本兵警惕，枪口指着刘洪涛:“什么人!”

刘洪涛举起手:“太君，我是石板村的，昨天走亲戚喝多了，在亲戚家住了一宿，刚回来。”

日本兵放松了警惕。其中一个日本兵上前押着刘洪涛："跟我走！"

刘洪涛对隐蔽在山沟里的战士眨了下眼睛，随后被日本兵押着走。

刘洪涛被日本兵押着，与另一个日本兵刚刚擦肩而过，刘洪涛突然大吼一声："动手！"

说话的同时，刘洪涛一跃而起，拔出尖刀，插进了日军的脖子，日军倒在血泊中。

另一个日军慌忙举枪。

身后的八路军战士突然跳出来，一下子勒住了日军的脖子，另一个战士一刀刺向日本兵的胸口。

刘洪涛一挥手。一营战士纷纷现身，神不知鬼不觉地潜入了石板村。

另一边，郑川正和杨大河、段勇二人蹲在半山腰的山林里开会，用石头和树枝模拟讨论。

黄豆豆飞奔回来："团长，一营行动顺利，现在已经进了石板村。高排长侦察报告，石板村目前只留守了一支小分队，石原带大队人马向我们这边来了。"

郑川站起来。身后，警卫排的战士们还在扛着军旗跑动。

郑川一声令下："警卫排收队，按原计划行动！"

宋憨头带着战士们点燃了鞭炮，鞭炮在山林各处噼里啪啦响起来，声势不小。

郑川则带领战士们向相反的方向火速撤离。

山脚下，石原带领大队人马气势汹汹而来，听到山中枪声四起。石原一震，停下脚步，仔细辨听，带领手下向枪声方向追击而去。

山林中，三四个日军组成的小分队跟着鞭炮声追击而来，一边开枪一边朝声音传来的方向追击，大喊："追，快追，别让八路跑了！"

另一边，另一支日军小分队朝另一个方向追击而去。

一时间，山上到处都是慌乱追击的日军小分队，被满山响的鞭炮弄得晕头转向。

石原和手下的一名军官带着三四名警卫站着。

石原辨听着山上，日军此起彼落的枪声和满山的鞭炮声混杂着，石原似乎发现了什么，狐疑："今天这支部队的作战手法非常不同，难道郑川在耍花招？"

话音刚落，鞭炮声渐渐停了下来。

石原盯着对面，狐疑："八路怎么没动静了？"

这时，一个日本兵抱着鞭炮桶跑了过来："报告联队长，山上没有发现八路，只找到这些东西。"

几个日本兵陆续抱着鞭炮桶回来。

鞭炮桶在石原面前放成一排。

石原愤怒："八嘎，我们被八路耍了！"

五

几次交手，石原算是真正领教了郑川的厉害，打起仗来如虎添翼，撤退时有章有法，转眼间消失得无影无踪。气急败坏的石原实在摸不清游击战的脉搏，愤怒无处发泄。他给各个村子发通知，凡是有收留八路军的村子，一律连坐杀光。

石板村的村长从鬼子那里开完会回来，把鬼子的这条通知挨家挨户通知了。

得到这个消息，宋老爹可犯了难，这些天，郑川一直在自己家里，宋憨头又是独立团的人，独立团帮他们打鬼子，他怎么好开口赶八路走呢？可如果自己不这么做，万一有人去给鬼子打报告，岂不要连累全村的老少爷们，那自己的罪过可就大了。所以犹豫再三，宋老爹还是把村长去鬼子那儿开会的事告诉了郑川。

鬼子用这种手段来威慑百姓，无非是让郑川的独立团得不到百姓帮助，失去藏身之所，从而不战自败。

眼下他们无法再留在石板村了，留下来就是给宋老爹，给石板村添麻烦。

所以，郑川和常松林商量："马上整理队伍，准备出发吧。"

话音刚落，宋憨头和黄豆豆推门进来。宋憨头说："团长，你们不用走，我不怕鬼子，我就不信鬼子能把咱中国人都杀绝了。"

宋憨头说着质问宋老爹："爹，团长帮咱打鬼子，你怎么能赶团长走呢？这是忘恩负义。"

常松林立刻喝止："宋憨头，你住嘴，你是一名八路军战士，怎么能这么说话！"

宋老爹面露难色，愧疚："郑团长，不是俺不留你们，俺不怕鬼子，可不能因为俺一个人连累了整个石板村啊，石板村老老少少几百口子，要是出了事，俺怎么向大伙交代啊。”

郑川安抚宋老爹：“宋老爹，这些日子我们住在你家，已经给你添了很多麻烦，就算你不说，我们也该整理队伍出发了。”

宋老爹难过：“郑团长，你帮俺们打鬼子，俺却赶你走，俺对不住你。”

郑川：“不，老爹，你千万别这么说，鬼子是冲我们来的，我们留下来只会连累你，连累这儿的老百姓，所以我们必须走。”

常松林也说：“是啊，宋老爹，你不用难过，离开石板村，我们可以到别的地方去。”

常松林的话不过是在安慰宋老爹，眼下马上就要入冬了，天寒地冻的，鬼子又封锁严密，离开了石板村，他们还能去哪儿呢？

郑川稍一思索，突然想到了什么，眼前一亮：“我倒是有个好地方。豆子，你马上通知大家，准备转移。”

夜色的掩护下，郑川带领着独立团朝大山深处进发。

“铁刀会”山寨，残垣断壁，一片狼藉。郑川决定暂时驻扎在昔日“铁刀会”的老巢，利用单仁贵留下的房屋、地道和工事形成了新的营地。可深山里要得到给养和武器都很困难，接下来如何抗敌，是摆在独立团面前最大的难题。

一人计短二人计长，郑川决定把所有的战士都召集起来，开臭皮匠会，大家集思广益，保不齐就能想出什么高招来。

可独立团战士们都很沮丧，根本提不起精神，他们觉得窝囊，独立团怎么能和草寇一样躲在山里，害怕小鬼子呢。

郑川如何不知道大家的心思，他大声朗读着毛泽东在延安发表的《论持久战》一文，鼓励战士们：抗日战争是持久战，最后的胜利一定是中国人民的。

不过，郑川告诉这些战士们：“咱们今后打鬼子的方法要变一变，不能再像以前那个打法了。”

大家不知道要怎么个变法。

郑川问道：“你们谁来说说，鬼子比咱们的优势是什么？”

黄豆豆举手：“团长，我知道，小鬼子装备精良，弹药充足。”

郑川：“豆子说的对，所以我们不能跟鬼子正面冲突，否则吃亏的是咱们。”

一个战士紧接着提问：“不正面冲突，那怎么打？”

郑川：“以前咱们收编铁刀会的时候，铁刀会就占据在这山上，给收编工作带来了很大的困难，你们说，这是为什么？”

一个战士捅了捅身边的战士：“你以前是铁刀会的，你说吧。”

战士大声说：“以前我们跟着大当家的，今天在这里打一拳头，明天在那里打一巴掌，让别人摸不着我们的路数，找不着我们，当然也就不怕挨打了。”

说完，几个以前铁刀会的人都笑了起来。

郑川也笑了：“说的好。这证明了一个道理，老住一地，将遭袭击，老走一路，将遭伏击。”

宋憨头挠着头，想到了什么：“团长，不光铁刀会难对付，我发现有样东西比铁刀会还难对付。”

郑川笑：“你说。”

宋憨头：“前几天咱们参加劳动帮助老乡打场休息的时候，我看到一群麻雀来吃场面上的谷子，一群一群的，就像以前的铁刀会，轰走了又来，来了又轰，抓还抓不到，比铁刀会还难对付。”

郑川眼前一亮：“憨头，说得好，我看我们完全可以像这群麻雀学习，灵活出击，主动去扰乱敌人。”

常松林一震：“像麻雀学习？”

“对，这种战略战术就可以叫做‘麻雀战法’！像这些麻雀一样钻到敌人的要害去打，扰乱敌人。”郑川兴奋地说。

常松林迫不及待：“快说说，具体怎么个打法？”

郑川：“麻雀战法，化整为零，以连排为单位，靠高山密林的掩护，分散出击，一小口一小口咬鬼子！把鬼子咬痛、咬伤，咬不死也要咬掉一层皮。”

……

几个营各自按照“麻雀战法”行动，半个月下来，竟然有了许多意外收获，战果累累。

宋憨头看得眼热手痒，也想跟着几个营长去打麻雀战，争当麻雀战的标兵。郑川却没有批准他这个申请，告诉他自己有个秘密任务要交给他。

郑川带着宋憨头等十几个战士埋伏在临汾城门外路边。

郑川看着表：“高排长侦察过了，每天这个时间，日本人的巡逻队都会经过这条路返回县城，一会儿等鬼子来了，以我的枪声为信号。”

正说着，黄豆豆跑过来报告：“团长，鬼子来了。”

一阵轰鸣声，四辆摩托车先后开了过来。

郑川瞄准，一枪击毙了一个日本兵，大喊一声：“打！”

一时间，战士们的枪口纷纷对准了日兵，枪林弹雨。

日本兵躲在摩托车后面慌乱还击。几个日本兵先后受伤。

郑川：“鬼子的援军马上就到了，快撤！”说罢带领战士们一边开枪一边撤退。宋憨头紧紧跟在郑川身边开枪掩护。

眼看着八路军撤退，躲在摩托车后面的一个日军军官站了起来：“打，狠狠地打！”

宋憨头一眼看到了日军军官手中崭新的南部十四式手枪，顿时停下了脚步，郑川带着其他人匆匆撤离，宋憨头却渐渐脱离了队伍。

日军军官带着手下的十几个日本兵追击而来。

宋憨头环顾四周，身手敏捷地爬上了一棵大树隐蔽起来。

日军军官指挥手下：“追，快追！”十几个日本兵追击而去，只有日军军官留在原地。

宋憨头瞅准时机，突然从树上跳了下来，将日军军官扑倒在地，二人扭打在一起。

日军军官拿着手枪对着宋憨头，宋憨头紧紧掰着日军军官的手腕，一用力，日军军官的枪掉在了地上。

宋憨头死死地掐着日军军官的脖子，日军军官的脸憋得通红，垂死挣扎，眼珠子快要瞪出来了。

就在这时，临汾城内的日军援军赶到，纷纷朝宋憨头开枪，子弹贴着宋憨头的耳朵飞了过去。

宋憨头一把拿起地上的日军军官手枪，把手枪揣在怀里，匆匆撤退。

日军援军追击而来，扶起地上的日军军官，日军军官上气不接下气：“追，快追！”十几个日军紧紧追着宋憨头而去。

宋憨头一路飞奔在临汾城外的小路上。

十几个日本兵紧追而来，子弹不断从宋憨头身边擦身而过。

宋憨头掏出怀里的日军军官手枪，一枪打死了最前面的一个日本兵。他高兴地看着崭新的手枪，大喜：“娘的，小鬼子的王八盒子就是好用。”

话音刚落，几颗子弹打在宋憨头脚边，宋憨头急忙跑走。

几个日本兵追过来，大喊："站住，站住！"

宋憨头一转头，朝日本兵打了几枪。

日本兵不再喊，开着枪紧追不舍。

宋憨头一路狂奔，子弹密集，宋憨头顺势躲在路边的一棵树后，眼看着日本兵追了过来，宋憨头扣动扳机，手枪里却没了子弹。"娘的，看来今天是跑不掉了。"他把手枪往腰间一别，捡起地上的一块大石头准备和日本兵拼命。

几个日本兵追了过来，看到树后的人影，几个日本兵眼神交流，不再开枪，而是慢慢向树后靠近，准备活捉。

突然，远处响起几声熟悉的口哨声。

几声枪响，靠近大树的几个日本兵被击毙。

远处的日本兵慌张大喊："撤，快撤！"

过了一会儿，周围归于平静。

宋憨头小心翼翼地从树后探出头来，看到地上的日本兵尸体，惊呆了。远处，传来阵阵马蹄声，宋憨头赶忙循声追去。只见宋铁头带着白龙帮的十几个弟兄，骑马呼啸而去。

夜里，宋憨头气喘吁吁地返回驻地。

黄豆豆兴奋地迎过来，看着灰头土脸的宋憨头："怎么回事，憨头，警卫排所有人都回来，就差你一个，还以为你报销啦。"

宋憨头上气不接下气："好悬啊，被鬼子黏上啦！"

郑川从房间里走出来，问宋憨头这一天都干什么去了。

宋憨头敬了个礼："报告团长，我被鬼子追上了，差点把命丢了，幸亏有人搭救。"

郑川惊喜："哦？附近还有游击队？是哪个方面的？"

"他们没有露面，只听见枪响，不过……"宋憨头仿佛想起了什么："我听到了哨声。团长，你说会不会是白龙？"

郑川高兴："你没事就好，是不是白龙我不知道，但这至少说明在这大山里，我们独立团不是孤军作战！"

"对！"说完，宋憨头憨憨笑道："团长，你那把老勃朗宁该退役了。"

说着，把缴获的手枪递给郑川。

郑川接过手枪左看右看，很喜欢："不错啊，这你都能搞到，哈哈……"

宋憨头兴奋："团长，小鬼子的王八盒子就是好用，你试试，顺手吧？"

郑川拉开枪栓，叩击扳机，空枪膛发出清脆的撞击声，他啧啧赞道："好枪，不错啊，憨头同志，这个礼物我收下啦。"

郑川打破常规的做法收到了奇效。白龙的队伍也时常配合八路军收拾进山的鬼子，这让石原更加晕头转向。郑川和白龙虽然从未碰面，但彼此似乎有了一份默契，白龙的哨声也似乎成为两支队伍的暗号，听到哨声，郑川便知帮手来了。

而黎英和宋雨田也没有闲着，带着民兵跟石原玩起了捉迷藏，日军离各个村庄还有几里地，放哨的民兵已经将消息传回村里，村民们立刻转移。日军一走，马上回村，该干什么还干什么。石原被死死拖住，抽不出身来。而八路军独立团却像野草一般在山野间疯长起来。短短一年时间，独立团壮大了几倍，已经有上万人马，连刘师长和邓政委都开玩笑，要打郑川这个土豪。

没有了周福源的掣肘，黎英不再有顾忌，各个乡、村、镇、县都建立起由共产党领导的抗日民主政权。

中条山山路上，三辆马车，两辆拉着货物，另外一辆坐人，周福源带着周太太等全家都从马车上下来，看来车马劳顿，疲倦的样子。

周安邦上前搀扶："爹，您慢点。"

周太太也跟着下来。

周治国带几个警卫策马而来，周治国下马，亲自来迎接父亲。

周福源看到儿子，激动不已："治国，总算是见着你了。"

周治国上前扶住父亲："爹，陕西那边都给你安排得好好的，您怎么就着急回来了？"

周福源："哎呀，你不懂，陕西不是自己的地方，寄人篱下的日子不好过，还是回到咱山西地界上心里才踏实。再说了，阎长官也没有下令，我就这么背井离乡走了，不妥。"

周治国："回来就回来，有儿子在，你就踏踏实实地住下。"

周福源一把抓住周治国的双手："治国，可算见着你了，你怎么样？前方战事还是吃紧吗？"

周治国："爹，您就别操心这些事了，我马上送您回去休息。"

周福源沉沉地叹口气。

周治国环顾四周，没有看到陆曼云，询问："爹，曼云呢，她不是和你们一起来的吗？”

周福源告诉他，陆曼云接到电报，听说又送来一批物资，这会儿应该到西安了。

西安的药店里，陆曼云走到柜台边，把一张药单递给老板。

老板看着药单：“您请稍等，我去给您取药。”

几个客人走进来，一边走一边议论。

“你们听说了吗？鬼子马上就要过黄河了，山西算是完了。”

“不能吧，八路军不是说要坚守山西，坚持抗战吗？”

“咳，什么坚持抗战，八路军根本就是假抗战，打着抗战的旗号骗取人民的支持，这会儿恐怕早跑得没影了，鬼子过黄河是早晚的事。”

“哎，国难当头，这些个当兵的，真不知道他们谁是真抗战谁是假抗战了。”

陆曼云心直口快，对着客人说：“这位先生，八路军一直在山西坚持抗战，你说他们假抗战，有证据吗？”

客人打量着陆曼云，不屑道：“你是什么人，一个女流之辈，你知道什么是真抗战什么是假抗战？”

陆曼云：“我刚从山西太岳过来，八路军坚持抗战，是我亲眼所见。”

客人冷笑：“亲眼所见？我看你是信口开河吧。”

几个人的争执引来了一群路人的围观。

陆曼云厉斥：“如果不信，你们可以去山西亲眼看一看，中央军和政府全部南撤，只有八路军和牺盟会留了下来，发动群众，坚持抗日。八路军在冒着生命危险和敌人周旋，你们却站在这里说风凉话，你们如果真的关心国家存亡，就应该响应八路军的号召，有钱出钱有力出力，团结起来打鬼子，而不是在背后造谣说风凉话。否则，算什么男人大丈夫，恐怕连女流之辈也比不上吧。”

围观的群众对着那几个客人指指点点，他们满脸狼狈，灰溜溜地离开了。

第八章　破围攻，收白龙

一

独立团的队伍壮大了，但困难也随之而来，由于频繁作战，各种物资供应更加紧张，当务之急就是解决粮食问题，保障部队供给。这个任务责无旁贷地落在了黎英身上。

黎英带着工作小组挨家挨户做工作，收购余粮，独立团掩护百姓撤退建立了良好稳固的军民关系，很多人家不等黎英讲完话，就纷纷拿出粮食交给黎英。黎英从不白拿百姓的一粒米，都是折算成钱从百姓手里买粮食。但百姓余粮毕竟有限，尤其正值青黄不接的时候，粮食给了黎英，有的百姓可能就要挨饿，对此，黎英也非常发愁。

这一年的时间，宋雨田一直负责帮乡亲们转移粮食，所以谁家的余粮多她最清楚，石板村就数五婶家的粮食多，可一听宋雨田是来收粮食的，五婶一蹦三尺高，把宋雨田往外撵："没有就是没有！走走走！"

宋雨田把好话说尽，可五婶软硬不吃，还当众撒起泼来，一口咬定自己没有粮食。

可上次躲鬼子的时候，就是宋雨田帮她家转移的粮食，有没有粮，宋雨田怎么可能不知道呢。宋雨田直奔柴火垛，扒开柴火，一缸米露了出来。

五婶傻了眼，一把抱住米缸，撒起泼来："俺不活啦！来人啊，八路军抢粮啦，俺不活啦……"

乡亲们纷纷跑来，围住宋雨田，都指责她不该抢五婶的粮食。

宋雨田百口莫辩，气得直跺脚。

五婶还坐在地上撒泼："俺不活了……"

宋雨田赶紧去拉五婶："婶儿，你这是干什么，这么多人看着呢，你快起来。"

五婶赖在地上不肯起来："俺就是要大家伙儿都看看，你宋雨田现在成了什么人了，当了八路六亲不认啊。"

这件事惊动了黎英，五婶恶人先告状，要黎副县长给她主持公道，黎英虽然明白宋雨田的委屈，可还是要宋雨田给五婶道歉。

宋雨田心里气不过，觉得五婶是在胡搅蛮缠："八路军保卫太岳，五婶也是太岳的百姓，难道五婶不应该支持抗日吗？"

"我问你，八路军流血牺牲，为的是什么？"黎英却反问她。

"抗日救亡，保家卫国呗。"宋雨田不假思索道。

"保谁的国，卫谁的家呢？"黎英又问。

这下宋雨田愣住了。

黎英开导她："没有老百姓，哪儿来的国家啊，说到底，保家卫国是保卫我们的父母妻儿、兄弟姐妹，保卫祖祖辈辈生活在这片土地上的人民！"

宋雨田猛然站起："我明白了！黎英姐，我这就去给五婶道歉！"

黎英欣慰地笑了。

就在这时，张平虏急慌慌跑进来："雨田，你赶紧躲躲，五婶家男人找你麻烦来了。"

正说着，五婶家男人已经闯进了屋子，进门就喊："宋雨田呢，宋雨田你出来。"

黎英挡在宋雨田前面："有话跟我说。"

五婶家男人："黎副县长，你误会了，我可不是来找麻烦的。雨田，你婶子头发长见识短，叔让她来给你赔礼道歉。"说着回头吼了一声："你进来！"

听他这么说，宋雨田和黎英都很意外。

五婶一步步蹭进门，放下一袋米："雨田，婶儿刚才犯糊涂，你别往心里去。"

宋雨田赶忙上前："别别别，叔，婶儿，这事是我不对，买卖公平是八路军的纪律，黎英姐已经批评我了，应该我给你们赔礼道歉。这米你们拿回去吧。"

五婶男人不由分说："大道理我说不出来，我就知道，没有八路军打鬼子，咱老百姓就没活路！粮食多了没有，这袋米我们还拿得出来，雨田，你要是不嫌少就留下，要是不够叔再回去想办法。"

五婶男人说完拽着五婶离去。

宋雨田愣在原地，后悔自责。

黎英走到宋雨田身边，抚着她的肩膀：“看到了吧，大部分百姓还是理解支持咱们的，只要有他们的支持，再大的困难也难不倒我们！”

宋雨田自责：“黎英姐，我知道错了。”

黎英把一叠钱塞到宋雨田手里：“快给五婶送去吧。”

一番折腾，虽然收购了不少粮食，但要维持独立团现在这么庞大的队伍，还远远不够，黎英正在为难，宋雨田却突然想到了一个人——跟随周福源去了国军防区的陆曼云。

国军防区，陆曼云正组织众人搬卸从南方买来的大米等物资，黎英和宋雨田的来访让陆曼云很开心，追问根据地和八路军的情况。得知根据地已经陷入弹尽粮绝的地步，陆曼云疑惑了，黎英说的跟周福源说的截然相反。

“我听周县长说，根据地风调雨顺，连年丰收，说你们缺枪支弹药、缺药品我都信，但你们不应该缺粮食啊。”

黎英和宋雨田面面相觑。

宋雨田气愤：“胡说八道！曼云姐，这根本就是在胡说。”

黎英心平气和地解释：“曼云，连年战乱，根据地收成一直不好，现在又是青黄不接的时候，老百姓自己的粮食问题都解决不了，更别提支援我们了。”

陆曼云不解：“既然这样，周县长为什么要对我那么说呢?”

宋雨田生气：“曼云姐，你不知道，县长他一直……”

黎英赶紧拉住宋雨田，打断她，给她使眼色，婉转道：“周县长也许不了解情况，对我们有误会。”

就在这时，海叔走过来，在陆曼云耳边低语几句。

陆曼云告诉黎英：“黎英姐，那边账目出了点问题，我得去核对一下。不如你们先去找周县长商量商量粮食的事情，我这边忙完了就过去找你。”

得知黎英到来的消息，当晚，周福源在自己的住处安排酒宴款待，席间却有意避重就轻，绝口不提根据地粮饷的事。无奈，黎英主动挑起了话头。

面对黎英调拨粮食到根据地的请求，周福源皱着眉头，好半天才说：“黎副县长，这件事不好办呀，说实话，自打日本人打来，我带着县政府来到中条山暂住，县政府基本上断了收入来源，我既要保证部队的给养供应，又要应付政府正常运转，还要赈济大批逃难来的河南灾民，哪里还有粮食。”

周福源和黎英说着话，周安邦却一直盯着宋雨田看。

周福源："黎副县长，你来的路上也看到了，现在到处都在打仗，谁的日子都不好过，县政府在中条山也是勉力支撑，周某早已是心力交瘁了。"

黎英一笑："周县长就不要哭穷了吧，据我所知，国民政府每月拨给你们的粮饷就远超你们的支出，县政府的日子还不至于这么难过吧。"

周福源一时有些尴尬，没有开口。

黎英说："周县长，我这次来并没有过分的要求，希望您把欠八路军的军饷发给我们。"

周福源却打起了太极："黎副县长不要开玩笑了，按国共协议，八路军只有三个师编制，郑川的独立团根本就没编制，何来欠饷一说？政府没让他们就地解散已是网开一面啦。"

宋雨田实在听不下去了，刚要开口反驳，却被黎英眼神制止。

和周福源打交道，又是在国军防区，黎英不能不有所顾忌，还是好言好语道："周县长，开战以来，独立团参加大大小小数十场战斗，上战场的时候，可从来没有人提过编制的事啊！"

周福源脸上挂不住，没好气道："那你们私自扩充兵员，又是怎么回事？"

宋雨田终于忍无可忍，站了起来："当然是为了抗日。政府都逃跑了，再不扩充兵员抗日，难道还指望你们支援吗？"

周福源脸色更难看了。

周安邦赶忙起来打圆场："爹，你和黎副县长都是阎会长的部下，一家人嘛。再说了，蒋委员长说过，无论何人，皆有守土抗战之责。有责任就有权利，政府不给独立团发军饷，的确不妥。但是，八路军私自扩军也不应该。"

见周福源迟迟不肯表态，黎英也无心再继续这场毫无意义的鸿门宴，起身向周福源告辞。周福源悻悻应付了几句，周安邦十分热情地把黎英和宋玉田送出门。

当晚，黎英和宋雨田就在县政府临时驻地的房间里休息，想到周福源刚刚那样的态度，宋雨田还愤愤不平，正好周安邦又在县政府值班，便去找周安邦聊起了根据地粮饷的事。

宋雨田一心只想着替部队筹粮，哪里留意到周安邦的心思。一年没见，周安邦对宋雨田的思念日益浓厚，这种牵肠挂肚的感觉无时无刻不在折磨着他的心，加上今晚宴席上又喝了些酒，不免有些动情，看着眼前充满着青春活力的宋雨田，他一时意乱情迷，失去了理智，从背后一把抱住宋雨田，再次表白对她的爱慕之意。

“雨田，你能过来找我，我很高兴，这说明你心里有我，你知道吗，我心里一直都有你，我对你的心意从未变过。”

宋雨田惊呆了，挣脱束缚，一记耳光打在周安邦的脸上。怒斥周安邦是个道貌岸然的伪君子，自己信错了人。

周安邦已经完全失去了理智，他猛地抱住宋雨田，不由分说把宋雨田抱到了床上，他今天即便得不到她的心，也要得到她的人。

正在这时，敲门声猛然响起，黎英的声音从外面传进来，原来黎英见宋雨田去了这么久，唯恐发生什么意外，这才赶过来看看，也幸亏她来得及时，宋雨田才躲过了一劫。

看到宋雨田悲愤的眼神，黎英已经猜出几分，但为了顾全大局，她携宋雨田匆匆离去。然而就在二人准备回房休息时却在房外发现了几个鬼鬼祟祟的身影。

二

次日一大早，陆曼云便赶着去找黎英二人，但找遍了县政府上下皆无踪影，又匆匆去找周福源，周福源却和黄队长一唱一和，说八路军根据地风调雨顺，粮食丰收，昨天的事不过是误会，黎副县长一早已经回根据地了。

周福源闪烁其词的态度让陆曼云起了疑心，越想越觉得事情蹊跷，老管家海叔也看出问题，二人决定亲自去根据地一探究竟，却被周福源以各种理由阻止，甚至派保安队的人暗中监视陆曼云，这更让陆曼云坚定了自己的判断，在海叔的帮助下，他们使了个金蝉脱壳之计，顺利离开了国军防区。

此时，黎英和宋雨田已经安全回到了根据地，但二人并非自愿离开国军防区，而是周福源派人礼送出境，周福源的目的自然就是封锁消息，自己分毫不拔，让陆曼云这样的爱国人士也被蒙在鼓里。

看着黎英憔悴的面容，郑川十分心痛：“周福源的工作不好做啊，老常去军分区开会，到现在还没回来，这些日子你的工作更困难了，委屈你了。”

黎英却坦然一笑：“革命需要，什么委屈不委屈的。”

郑川嘿嘿笑着，看看左右没人，忽然抱住黎英。

不料，门口有人哎呀了一声。

黄豆豆捂着眼睛，转身就要跑：“团长，我可啥都没看见。”

郑川和黎英二人的脸红到了脖子。但接下来黄豆豆报告的消息却让二人为之一振，原来是陆曼云和海叔来了。这让他们既意外又惊喜，简直是求之不得，赶忙出来迎接两位尊贵的客人。

而一进根据地，陆曼云也很快明白发生了什么，自己被周福源蒙在鼓里一无所知，她决定留在根据地自己亲眼看看这里的真实情况。

郑川怕陆曼云吃不惯根据地的粗粮，特意安排老班长陈大锅照顾陆曼云的饮食。

炊事班，陈大锅正对着几筐野菜发愁。

连着几个月了，上顿接着下顿地吃野菜，巧妇难为无米之炊，连一向乐观的陈大锅都开始犯愁了，正愁着今天的这几筐野菜能变出什么新花样，郑川来找陈大锅商量如何款待陆曼云的事。

部队仅剩的一点粮食，郑川全拨给了战斗单位，可团部是全团的大脑，不吃饱肚子，怎么指挥打仗？这让陈大锅十分不能理解，看到郑川来，陈大锅也没有好脸色。

郑川却笑眯眯的一招手，让宋憨头扛了一袋米进来。

“老班长，你看这是啥？”宋憨头喜滋滋地放下大米。

陈大锅眼睛都看直了，还以为自己眼花看错了，上前抓起一把大米放到鼻子前嗅了嗅，米香扑鼻而来，陈大锅喜上眉梢：“大米？你哪儿搞到的这高级东西？我正愁没米下锅呢，这下好了，小李，淘米做饭。”

郑川却制止了陈大锅，跟他约法三章，他告诉陈大锅，这袋米是给来根据地的一位贵客吃的，她吃不惯粗粮，这是专门给她吃的。

陈大锅一蹦三尺高：“啥？啥贵客，这么稀罕？”

郑川按住陈大锅：“老班长你别急呀，听我说完，这位贵客是位爱国女华侨，她回国是专门为抗日募捐物资的，这次是来考察我们根据地的。”

陈大锅眼睛一亮：“她能给咱搞来粮食、弹药？”

郑川点头：“没错！只要她把咱们的根据地考察好了，不管粮食、弹药还是卫生药品，都没问题。不过首先得把她照顾好，这饮食就是第一条，她吃不惯粗粮，老班长你可得多费点心。”

陈大锅一伸手，说：“要吃好那还不好办嘛，拿东西来，我保证让她吃香的喝辣的。”

郑川装糊涂："东西？啥东西？"

郑川的这点小心思可瞒不过陈大锅，没有钱就想空手套白狼，世上哪有那么便宜的买卖，就凭炊事班挖的这点野菜，他可做不出珍馐美馔来招待这么娇贵的客人。郑川好说歹说，陈大锅就是不干，郑川也没有法子，只得以退为进。

"算啦算啦，反正再熬个十天半月就秋收了，憨头，你带警卫班护送陆小姐回去吧。"郑川说着带着宋憨头离开了炊事班。

走出炊事班，宋憨头不断偷偷回头去看："团长，老班长要是不追出来，这戏可就演不下去了。"

可郑川是最了解老班长的，出了名的刀子嘴豆腐心，他这招对付老班长百试不爽，虽然明知是计，但老班长还是会追出来。可这次两个人在墙角干等了半天，还是不见陈大锅出来，连郑川也按耐不住了，感觉自己这招现在不灵了。

就在这时，陈大锅气哼哼地走了出来，吼道："你们两个，出来！"

郑川笑呵呵地从墙后走出来："老班长。"

陈大锅没好气："行了，别跟我演戏了，进来吧。"

陈大锅说着转身回屋。

郑川知道这事成了，美滋滋地跟着老班长进了炊事班。

按照郑川的嘱托，陈大锅只是负责照顾陆曼云的饮食，其他的什么都不能说，也不能干预，只让陆曼云自己去看，自己去听，自己去感受。

第一顿饭，陈大锅端来了一盘西红柿炒鸡蛋，一盘小葱拌豆腐干，一碗水，一盘糠团子。

两盘菜，陆曼云吃得津津有味。

陆曼云夹起一个糠团子，自己可从来没见过这种东西，疑惑地放进嘴里吃起来，不料，又苦又涩的野菜糠团子卡在喉咙里，咽不下，吐不出，陆曼云又咳又呕，眼泪直流："水……快给我水。"

陈大锅递上碗水。

好半天陆曼云才把嘴里的糠团子吐了出来："这什么东西呀？难吃死了。"

陈大锅吧嗒两口烟："不知道。"

陆曼云生气了："你做的你不知道？"

陈大锅还是那句话："不知道。"

陆曼云觉得这个老头真有些古怪，干脆放下了筷子："算啦算啦，不吃了，带我出去转转。”

陆曼云让陈大锅带自己去二营，半道上却又变了主意要去一营，原来她还留了个心眼，怕郑川要花招，和周福源一样给自己做表面功夫，这次她可要杀他们个措手不及，这样才能看到独立团最真实的状态。

一营驻地，刘洪涛正在教战士们拼刺刀的刺杀动作，战士们正饿得肚子咕咕叫，有气无力地做着动作，突然看到陆曼云在陈大锅的陪同下，袅袅婷婷走来，顿时吸引了所有人的目光。

陆曼云和刘洪涛算是老相识了，因此对于陆曼云的到来，刘洪涛并没有大惊小怪，而是带着手下的兵照常操练。刘洪涛皱眉：看什么看，立正！

不料，一名白白胖胖的战士忽然晕倒在地。

刘洪涛告诉陆曼云这战士是饿晕的，这让陆曼云惊讶不已，她只看到这个战士白白胖胖的，怎么可能是饿晕的呢，她觉得郑川也在骗自己，因此当天夜里就收拾了包袱，不辞而别。半道上却被执勤的士兵拦了下来，这让陆曼云大为恼火，认为郑川是在限制自己的人身自由。

郑川不明白陆曼云为什么突然转变了态度，为什么突然不辞而别。

陆曼云十分生气：“郑团长，我们虽然相处的时间不多，但我一直以为你是个光明磊落的大丈夫，没想到你现在也学会背后搞小动作了，真是士别三日刮目相看，我看错你了。”

郑川更加吃惊了：“陆小姐，你对我是不是有什么误会？”

“没什么误会，我都亲眼看到了，还能有什么误会，郑团长，别的不说，就说今天一营晕倒的那个战士，是不是你们安排好的？刘营长说他是饿晕的，可我看那些战士一个个都吃得白白胖胖，怎么可能是饿晕的，而且你们还故意在我面前演戏，让我吃野菜糠团子。你说，你们是不是把粮食藏起来了，以为这样就能骗过我？”说起这件事，陆曼云气不打一处来。

郑川无奈：“陆小姐，既然你已经发现了，那我没什么好说的，你跟我来，我告诉你是怎么回事。”

一营房间，战士们聚在房间里，面前摆着一盘野菜糠团子。

郑川带着陆曼云走进来，刘洪涛也跟着。

一进屋，刘洪涛大喊一声：“全体集合。”

战士们纷纷列队站好。

郑川看看大家：“你别说啊，一个个还真是吃得白白胖胖的。”

陆曼云气得哼了一声。

刘洪涛："稍息！立正！全体都有，卷起裤腿！"

战士们都卷起裤腿。

"陆小姐，你看好了。"

郑川说着上前，在一个战士的腿上用力掐了一下。

战士腿上立刻陷下去一个深深的坑。

陆曼云吃惊："这……这是怎么回事？"

刘洪涛："是浮肿，吃不上粮食，每天吃野菜就这样。"

陆曼云惊呆了："周县长说根据地风调雨顺，粮食丰收，你们怎么会吃不上粮食呢？"

刘洪涛生气："周福源说的，根本就是屁话，如果真的有粮食，我们能藏起来不给战士们吃吗？"

陆曼云若有所思："我明白了，不过，我有个疑问，你们真的每天都吃野菜糠团子？那东西又苦又涩，我一口都咽不下去。"

郑川看看桌子上的野菜糠团子："怎么，都还没吃晚饭？为什么不吃啊？"

战士们面面相觑，都不说话。

面对糠团子，战士们一个个表情难看，谁都不动手。

郑川开玩笑："怎么啦？打起仗来一个个如狼似虎，吃个饭咋都成小媳妇了？"

战士们哄笑，你推推我，我推推你，磨磨蹭蹭地拿起野菜糠团子。

郑川也拿起一个野菜糠团子，笑道："这就对了，不吃饭哪来的力气搞训练，打鬼子？"

战士们吃着野菜糠团子，一个个难以下咽。

看着大家难以下咽的样子，郑川却教给他们一个绝招："闭上眼睛，现在开始想，老班长炖了一大锅红烧肉，夹一筷子放进嘴里，肥而不腻、酥而不碎，一块，两块，三块，真香啊……"

陆曼云大张着嘴巴，看着战士们跟着郑川，仿佛中了魔咒一般，竟然吃完了所有糠团子。

眼见为实，郑川并没有撒谎，陆曼云当即决定让海叔去西安筹集粮食，但去西安路途遥远，为了海叔的安全，郑川决定让雨田和憨头陪海叔一起去。

三

有了减租减息的政策，根据地老百姓种地的热情高了许多。老百姓自己种地，一部分粮食能供应部队，一部分粮食还能进自家，不愁过冬了。还有半个月就要秋收了，当下他们最担心的是，鬼子的征粮队只怕也要紧跟着来了，这些粮食能不能顺利收进老百姓的粮仓，恐怕还是个未知数。

海叔轻车熟路，带着雨田和憨头很快顺利到了西安。一到西安，三人直奔当地最大的粮商而去。

得知海叔此行的目的，黑心的粮商竟坐地起价，伸出五个手指头，要市价的五倍才肯卖粮食。

海叔面露难色："赵老板，实不相瞒，这批粮食是买给八路军的军粮，八路军在山西坚持抗战，眼下几乎到了弹尽粮绝的地步，您看价格上能不能……"

粮商却一挥手："我就是个卖粮食的，抗不抗战的我不懂，我只管卖我的粮食，粮食给谁吃我可管不着，要是个个都向我伸手要饭吃，那我这买卖还做不做了。"

海叔和宋雨田二人眼神交流，站了起来："既然如此，我们回去商量商量，三天之后给赵老板答复吧。"

粮商也站起来："最近粮食紧俏，好几家都等着我的粮食呢，我看在海叔的面子上，这批粮食且给您留三天，海叔您早点做决定吧，咱们还是老规矩，一手交钱一手交货。"

三天之后，几人再次和粮商见面。

海叔拿出一个盒子放在柜台上："赵老板，点点吧。"

粮商打开盒子，里面是一叠钞票。

清点完钞票，粮商立刻变脸："海叔，您是不是记错了，我们明明说定的，这个数。"

说着伸出五个手指头。

海叔不动声色："赵老板，是你记错了吧。"

粮商变脸："海叔，那你可别就怪我驳你的面子了，来人！"

粮商话音未落，一把枪冷冷地顶在了他的腰上。

粮商脸色惨白："你，你们想干什么？"

宋憨头一拍桌子："你说我们想干什么！姓赵的，你的粮食到底卖不卖？"

"海叔，我是看您的面子才把粮食卖给你们，您不会是带着八路来抢粮食的吧？"

"八路军从不白拿群众一针一线，你的粮食我们按市价买。"宋雨田说。

"海叔，粮食紧俏你是知道的，这批粮食我可是出了高价才收回来的，你按市价买，不是让我做赔本买卖吗？"粮商面露苦色。

"赵老板，这次出来是帮八路军买军粮，你配合我们，也是为抗日做贡献，不如这样，老规矩，这批粮食我出双倍价，怎么样？"海叔这样问。

见粮商还在犹豫。宋雨田拿枪的手一用劲："赵老板，这东西我是第一次用，擦枪走火的可说不准啊。"说着拉开保险，就要扣动扳机。

粮商吓得直哆嗦："姑奶奶，我答、答应了。"

宋雨田和宋憨头相视一笑，宋雨田把枪扔给宋憨头。

宋憨头朝粮商亮了亮没有弹夹的枪，装上弹夹，把枪收了起来。

海叔三人走出粮店，谈笑着离开，却没有察觉，几个身穿便衣的日特鬼鬼祟祟地跟上了他们。

海叔买到粮食的消息很快传回了根据地，但与此同时也传到了石原的耳朵里，石原不甘心让八路军拿到粮食，立刻派手下组织突击队在八路军运粮队的必经之路设下埋伏。

老班长带领一个班的战士护送陆曼云一起去黄河岸边接应运粮队。

二人身后不远处，日军参谋带着部队悄然而至，日军参谋一个手势，众多日伪军悄然埋伏在了草丛里。

陈大锅、陆曼云丝毫没有察觉。

远处的河面出现了几个黑点，几艘船缓缓驶来。

陈大锅惊喜："陆小姐，快看，是不是我们的粮队？"

陆曼云远眺，大喜道："是，是我们的粮队。"

正说着，一个八路军小战士尿急，提着裤子跑到一边撒尿。

小战士跑到草丛边，忙不迭解开裤子方便起来，小战士脚下正是埋伏的日军。

小战士撒完尿，提上裤子，正要走，突然看到了隐藏在草丛中的枪口，小战士顺着枪口看去，恰好与一个日本兵对视。

小战士一愣，撒腿就跑。

黄河岸边，陈大锅和陆曼云一心盯着远处的粮队船只。

突然，一声枪响，二人一惊，赶紧回头看，那个去撒尿的小战士远远地倒下了。

陈大锅眼明手快，一把将身边的陆曼云扑倒，大喊："小心！"

一串子弹从二人头顶飞过。

随即，双方枪声大作。

陈大锅拉着陆曼云来到一块大石头后面，叮嘱："陆小姐，你待在这儿，千万别出来。"

说话的工夫，两个八路军战士受伤倒地。

剩下的几个八路军战士纷纷来到陈大锅身边，纷纷请示："老班长，我们中了鬼子的埋伏了，怎么办？"

陈大锅看一眼身后，粮队的船隔着很远的距离驶过来，再看一眼眼前，鬼子的机枪突突地响。陈大锅紧急道："看来今天是躲不过去了，同志们，团长命令我们接应粮队，这批粮食是救命的粮食，陆小姐和粮队绝不能出半点差错。"

陈大锅在石头上架着枪射击，身边的几个战士也纷纷还击。

鬼子的机枪火力猛烈，八路军寡不敌众，几个战士接连倒下，最后只剩下陈大锅和两个战士。

大家盯着鬼子的机枪恨得直咬牙。

一个小战士想去端了鬼子的机枪，可刚刚走了两步，鬼子的一颗手榴弹扔过来，轰然炸响，战士的身影消失在爆炸的烟雾中。

陈大锅看一眼身后的粮队，船只眼看就要靠岸。

八路军没有了火力，日军参谋一个手势，几个鬼子抱着枪向岸边包围而来。

黄河岸边，几个鬼子将陈大锅和陆曼云团团包围，枪口对准二人。

生死关头，陈大锅将陆曼云紧紧护在身下，一阵枪响，陈大锅身中数弹。陈大锅身下的陆曼云被紧紧护着，她的眼泪夺眶而出："老班长……"

几个鬼子靠近，推开陈大锅的尸体，枪口对准了陆曼云，陆曼云绝望地闭上了眼睛。

就在这时，突然一阵枪响，陆曼云身边的几个鬼子倒地。

紧密的枪声随即响起。

日军参谋大喊："八路的援军到了，快撤！"随即落荒而逃。

周治国纵马而来，跳下战马："曼云，你没事吧?"

陆曼云一下子扑到周治国的怀里，泪流不止。

此时，粮队船只靠岸，宋雨田、宋憨头、海叔等人从船上匆匆下来。

看着陈大锅的尸体，宋雨田、宋憨头都惊呆了。

陈大锅的墓前，郑川、常松林、黎英、宋雨田、宋憨头、陆曼云、海叔、宋老爹以及石板村全村男女老幼悲痛不已。

郑川将写着陈大锅名字的五角星郑重地缝在了血迹斑斑的"英雄团"军旗上，缝五角星的手颤抖着，眼泪滴在五角星上。

常松林端起一碗酒，缓缓洒进泥土。

刘洪涛大声："全体都有！立正！敬礼！为老班长送行!"

独立团战士们庄重敬礼。

郑川缝完五角星，大喊一声："老班长，一路走好!"

排枪响起，响彻山野。

陆曼云眼前全是陈大锅的身影，闷声不响做饭的身影，给自己吃野菜糠团子的身影……为保护自己壮烈牺牲的身影。陆曼云伤心过度，突然晕倒在地。

为了照顾陆曼云，周治国决定将陆曼云带回中条山调养身体。

四

中条山国军驻地，周治国和陆曼云并肩而行。

陆曼云心事重重，忧心不已。

周治国劝慰她："曼云，我知道，陈大锅的死让你难过，但你必须明白，这件事跟你没关系，你不必自责。"

陆曼云自责："陈大锅是为了保护我才牺牲的。"

周治国扶着陆曼云的肩膀："曼云，看着我的眼睛，听我说，陈大锅他是一名军人，上阵杀敌是每一名军人的职责，战死沙场是军人的荣誉，该为他的死负责的不是你，是这场战争。战场上每天都有流血牺牲，你必须接受。"

"治国，你说的这些我都懂，可我就是不能接受，我现在每天闭上眼睛，我都能看到老班长最后看我的眼神，他想保护我，他是为了保护我才死的。不只老班长，还有那么多的战士，他们都死了，就死在我的眼前，我真的不敢相信。"

陆曼云说着，情绪激动起来。

周治国将陆曼云揽入怀中，安抚着她。

陆曼云啜泣：“回中国这么久，这是我第一次离战场这么近，离杀戮这么近，我以前只知道宣传抗日救亡，可我现在才真正明白了战争的残酷，它随时会夺走我们身边最亲近的人。”

周治国：“曼云，你放心，只要有我在，我一定会保护你。”

陆曼云却推开周治国，坚定道：“不，治国，我不需要你的保护。”

周治国一惊。

陆曼云告诉周治国，她来到这里，原本是一心想支援国军抗日，对国军充满了信心，但是经历了种种，她终于认清八路军才是真正决心抗日、真正有战斗力的队伍。

周治国不服气，与其辩解。陆曼云以陈大锅的死质问周治国，什么样的队伍能带出那样从容面对生死的战士？周治国无言以对。

昔日的有情人即将走向两条不同的道路。陆曼云终于开口表明态度，自己真心喜欢过他，但经过这么长时间，发生了这么多事情，她终于明白自己需要的不仅仅是一个爱人，而是志同道合的伴侣。此刻的她不想再躲在儿女情长的温柔乡里，她要拿起枪，杀鬼子，替陈大锅报仇！她要到八路军根据地去。

周治国痛苦地笑着：“既然你已下定决心，我也再无必要挽留了。曼云，我只希望你能答应我，不论在任何时候，一定要保护好自己，如果你有任何困难，随时回来找我，我永远都不会离开你的。”

陆曼云点点头，眼中闪动着泪光：“谢谢你，治国。”

周治国咬了咬牙，用力吹了一声口哨。

“大红”飞驰而来。

“你把‘大红’带走吧。”

陆曼云伤感：“治国，我不能接受……”

周治国惨然一笑：“收下吧，有‘大红’陪着你，你就不会忘了我，我相信，总有一天，‘大红’会把你带回来的。”

陆曼云含泪，用力抱了抱周治国：“保重。”

说完，陆曼云跃上“大红”，纵马离去。

陆曼云一回到根据地，便向郑川提出加入八路军，上战场杀鬼子的申请。

郑川开解陆曼云，称她报仇心切，但打鬼子的方式有很多，不一定都要上战场，在根据地搞建设、募集国内外的物资都是很重要的工作。

陆曼云根本不听郑川的劝，拔出手枪，说如果不让她加入八路军，她就自己打鬼子去。

面对陆曼云的决心，郑川只好同意，不过前提是先从后勤做起。

就在这时，陆曼云突然接到了父亲的电报，父亲捐赠的一批重要物资已经到了山西黄河渡口。里面就有根据地最紧缺的止血药，如果这些药能顺利到达根据地，便可以挽救无数战士的生命。

“曼云你看，你一来根据地，各种物资源源不断地运来，粮食有了，药品也有了，有了这些支援，根据地的形势一定可以好转起来，你对根据地的贡献可太大了。”黎英高兴地说。

郑川也说：“曼云同志，现在你明白我说的了吧，抗战不一定是每个人都要上战场打鬼子，我相信，你在后勤岗位上发挥的作用比上前线大得多。”

陆曼云心情大好起来：“我明白了！团长，我有一个请求，这批物资希望你批准让我和海叔一起去接。”

郑川有些不放心：“鬼子对根据地一直封锁严密，你去太危险了。”

陆曼云不以为然：“团长，你想保护我，我知道，可现在全国都在打仗，没有什么地方是真正安全的，我总不能一直躲在山寨里不出去吧？再说了，最近小鬼子消停了很多，我们快去快回，县城里的鬼子追不过来。”

郑川犹豫了一下，黄河渡口一带一直是三不管地带，不只是鬼子，土匪也经常出没。

陆曼云却笑了：“上战场不够格，土匪我可不怕，我有‘大红’呢，有‘大红’在，没人可以追上我。”

黄河渡口，陆曼云和海叔指挥着运输队将船上的物资装上马车，安全起见，陆曼云决定走靠近国军防区的大路返回根据地，却不料走在半路，被树林中突然冲出的一支武装挡住了运输队的去路。

海叔大惊失色：“糟了！是土匪！快退回去。”

陆曼云并没有慌乱：“别慌！看着不像土匪。”

笑声中，保安队黄队长从树林里走出：“陆小姐，好久不见！”

陆曼云长出一口气，但马上警觉起来：“黄队长？你们怎么会在这里？”

黄队长：“陆小姐，我奉周县长之命，特地前来迎接陆小姐，请陆小姐回去一叙。”

陆曼云一惊：“黄队长，请回去告诉周县长，多谢他的好意，有机会我会登门拜访，这次我还有事，告辞了。海叔，我们走！”

可黄队长哪里肯轻易放人：“周县长说了，这次请陆小姐回去，陆小姐要是不配合，可就别怪我不客气了。”他拔枪指着陆曼云：“陆小姐，周县长一直把你奉为上宾，礼待有加，陆小姐可不要忘恩负义啊。”

黄队长一挥手，保安队一拥而上，推搡着运输队，要把运输队连人带车强行带走。

就在这时，远处纷杂的马蹄声渐近，十匹健马风驰电掣而来，马上的人荷枪实弹，吹着口哨，呼喊着，只见白龙骑着一匹黑色骏马，飞驰而来。

黄队长大惊失色：“是白龙！白龙来啦！快跑！”

黄队长丢下陆曼云，带着保安队四散奔逃。

白龙土匪转眼间将运输队团团包围。

白龙骑着马，绕着陆曼云奔跑着，大喊：“弟兄们！老规矩，不准伤人！”

海叔紧紧护着陆曼云。

陆曼云冷静下来，冲着白龙喊了一声：“你就是白龙？我有话说。”

白龙勒住马头，看着陆曼云，顿时被陆曼云的美丽和大胆吸引：“你说。”

陆曼云不动声色：“白龙，我听人说，你和别的土匪不一样，不会欺压百姓，不做不义之事，这批物资对我们非常重要，是救命的物资，请你行个方便，来日若有机会，我一定会报答。”

白龙饶有兴趣：“报答我，你准备拿什么报答啊？”

手下的土匪不怀好意地坏笑着。

“我可以给你钱，你要多少，我派人送来。”

白龙盯着陆曼云：“小姐你很聪明，也很漂亮，我不为难你，也不要你的钱，这样，你把车上的东西留下，我放你走，保证不伤你的人，怎么样？”

陆曼云急了：“我刚才跟你说清楚了，这批物资是我们拿回去救命的物资，你要多少钱，我回去后可以想办法筹给你，但你要这批物资，绝对不行。”

白龙：“小姐，别白费口舌了，我放你走，你还会回来吗？既然咱们今天碰上了，这也算我们之间的缘分，如果你不想走，那就和这批物资一起留下吧，正好，我还缺个压寨夫人，我看小姐如花似玉的，正合适。”

陆曼云气急：“你！土匪！”

海叔赶紧拦住陆曼云：“大小姐，他们人多势众，好汉不吃眼前亏。”

陆曼云和海叔面面相觑，二人都没了主意。

白龙手下的土匪们一拥而上，驱赶运输队，一片混乱。

白龙却看着陆曼云："这位小姐，刚才我忘了告诉你，我白龙曾经给自己定了个规矩，凡是我第一眼看上的女人，就必须要做我的压寨夫人！从我妈把我生下来，看上的第一个女人就是你！"

陆曼云惊呆了。

"小姐，得罪了。"白龙说着对身边的两个手下下令："带回去！"

手下一拥而上。

陆曼云急了，挥鞭打马，纵马逃去。

土匪们纵马追赶，但土匪的战马根本跟不上"大红"。

白龙冷笑一声，催马追来，胯下的战马"黑子"一点不比"大红"逊色，很快追了上来。

陆曼云慌了，猛然调转马头，不料却一头栽下马去。

危急时刻，白龙眼疾手快，探身一把将即将落地的陆曼云抓起，横在马鞍上，纵马而去。

夜里，白龙山寨。寨子里灯火通明，大排筵宴。

白龙披红戴花和手下弟兄举杯痛饮。

白龙一饮而尽："弟兄们慢慢喝，今晚不醉不归，大哥我要入洞房去了。"

哄笑声中，白龙摇摇晃晃进了洞房。

白龙房间里，陆曼云拼命踹门："开门！放我出去！放我出去！"

门外传来白龙的脚步声。

陆曼云看看屋里，顺手操起一把椅子，藏在门后。

门一开，陆曼云狠狠砸去，不料却砸了个空。

白龙早有防备，紧跟着窜进来，关上了门。

陆曼云气得拎着椅子追打白龙。

白龙左躲右闪："别打别打！再打我可还手了！"

白龙一把抓过椅子，一拳将椅子打得稀巴烂。

陆曼云吓呆了。

白龙愤愤不平："看着倒像个大家闺秀，咋这么野蛮呢？我告诉你，我白龙杀人放火，打家劫舍，但不会欺负女人！你坐那边，我跟你说点事儿。"

"好啊，我也要跟你说点事儿，请让一下。"

白龙不由自主地侧身闪开。

陆曼云优雅傲慢地走到床边，坐定：“咱俩谁先说？”

白龙：“你是女的，我让你，你先说。”

陆曼云：“那好，你放我走，我给你钱，你开个价吧。”

白龙笑：“你是我的压寨夫人，怎么能拿钱换呢，就是再多的钱我也不换，我可舍不得。”

陆曼云气急：“你到底想干什么？我告诉你，就是死，我也不会给土匪做压寨夫人！”

白龙：“脾气还挺倔，我就喜欢你这个脾气，这个压寨夫人你当定了！你家哪村儿的，明天我给你爹送聘礼去，我要明媒正娶，光明正大地娶你。”

陆曼云气乐了：“好好好，我先听听，你能出多少聘礼？”

白龙打开一箱子银元：“这些够不够？”

陆曼云看了看，嗤之以鼻。

“嫌少？还有这个。”

白龙将一盒黄灿灿的金条放在陆曼云面前：“这些足够你爹买几百亩好地了。”

陆曼云笑得花枝乱颤。

白龙火了：“笑什么笑！别笑啦！你打听打听，临汾比太岳县富多了，临汾首富给他儿子娶媳妇，也就下了五根金条的聘礼，你以为你金枝玉叶呀？”

“金枝玉叶谈不上，钱家里倒是有一些，你这点钱，顶多买我这只珠子。”

陆曼云从脖子上摘下项链丢在桌上。

白龙顿时瞪大了眼睛：“夜明珠？我的天，你家干啥的？”

陆曼云：“不干啥，我父亲是马来西亚橡胶大王。”

白龙：“马，马什么？哪村的？”

陆曼云气乐了：“行啦，说了你也不懂。你赶紧开个价，我让人给你送钱来。”

白龙笑：“不行，我白龙看上你了，你非嫁不可。”

陆曼云：“你做梦！”

白龙腾一下站起。

陆曼云：“你干什么！别过来啊！你再往前一步，我，我跟你拼命！”

白龙笑：“你放心，没正式拜堂成亲，我白龙不会碰你一指头，好啦，我累了，聘礼的事明天再说，睡觉。”

二人一个躺在床上，一个躺在地上，合衣假寐，却都睡不着。

“我看你这人也不算太坏，如今国难当头，你有人又有枪的，为什么不想着保家卫国，抗日打鬼子呢?”陆曼云挑起了话头。

白龙不以为然：“谁说不想打鬼子了？我是中国人！可这话又说回来了，就我这十来条枪，不够给鬼子塞牙缝儿的，咋打?”

陆曼云不屑：“找借口，八路军没吃没喝，缺枪少炮，照样能打鬼子，而且还打了好几场胜仗呢。”

白龙不屑：“说得跟真的一样，你见过八路吗?”

陆曼云：“怎么没见过，我就是八路。”

白龙忽然坐了起来：“那你给我说说，你们八路军是咋打鬼子的?”

两个人就这样不知不觉聊到了天亮，陆曼云给白龙讲了许多郑川的英雄事迹，白龙不时拍案叫绝：“怪不得鬼子九路围攻你们根据地，最后还是灰溜溜失败了。郑团长用兵简直神了，有句戏词咋唱的来着？对了，一人能挡百万兵!”

陆曼云笑了：“你这说法太片面，黎英姐说，一个好汉三个帮，八路军之所以能不断取得胜利，靠的不是某个人，而是‘抗日民族统一战线’的威力，对了，‘抗日民族统一战线’你听说过吗?”

听着陆曼云的话，白龙躺在床上，辗转反侧。

次日清晨，众头领见白龙和陆曼云从一个房子里走出来，都以为白龙已经把那女的降服了。不料白龙却下令，叫弟兄们礼送陆曼云下山，头领悄悄问：“老大，怎么着？没有降服住那大美妞?”

白龙说：“唉！不是咱降服人家，是人家降服咱，不管是文化、见识、财产、来头、身份地位，咱都不是人家盘里的菜，乖乖地放人家走吧!”

……

另一边，得知陆曼云被劫走的消息，郑川等人急得火急火燎，但一番周折，还是没能查到白龙的藏身之地。

而陆曼云也让白龙头疼不已，三天时间，白龙不但没有说服陆曼云留下来，反而被陆曼云灌输了许多八路军联合一切力量抗日的政策，希望白龙带着队伍投奔八路，一起抗日。白龙虽然对郑川的独立团有好感，但并不相信八路军会真心待他和弟兄们，所以始终心有怀疑。

为了让白龙放心，陆曼云提出请郑川上山的要求。白龙断然拒绝，担心这是陆曼云的诡计。陆曼云倔强地咬破手指，写下血书作保证。白龙心疼不已，同意送陆曼云下山。

陆曼云有惊无险回到根据地，郑川闻讯而来，听完陆曼云的讲述，郑川强烈地感觉到这个白龙就是在山里和自己一起打鬼子的人，他立刻派人给白龙送了一封信，晓之以理，希望白龙归还抗战物资，接受八路军收编。很快回信传来，白龙出了一个难题，物资可以原物奉还，但要郑川独自上山。所有人都反对郑川冒险，但郑川已经拿定了主意，要亲自上山去会一会这位好汉。

临行前，宋憨头终于按耐不住，向郑川汇报这个白龙可能就是自己失踪多年的大哥，一席话让郑川更加有了收编的信心。

郑川带着宋憨头走上山来，刚刚到半山腰上，忽然，几个土匪跳出来，将二人团团围住。

为首头目枪指宋憨头："郑团长，咱可是说好的，只准你一个人上山，他不行!"

宋憨头枪指对方："滚开!"

郑川按下宋憨头的手枪："憨头，你在这儿等我。"

说完，郑川跟着头目进了山寨。

白龙带着他的十几个兄弟，威风凛凛站着。

郑川一个人大步走来："白龙兄弟，久违了。"

白龙抱拳："郑团长久仰!"

白龙："郑团长，我这儿怎么说也是土匪窝，难道你就不怕有来无回?"

郑川大笑："白龙兄弟敢打鬼子，就是有骨气的中国人，这次我敢独自上山，是因为我相信你白龙，也相信我不那么容易死，就算死也要死在抗日的战场上，不会死在中国人的刀下。"

面对郑川的坦诚，白龙哈哈大笑："郑团长果然胆识过人，兄弟我佩服，佩服。既然郑团长敢独闯虎穴，我也打开天窗说亮话，我想投奔八路军，打鬼子，不知郑团长能否真心相待?"

郑川："既然你这样说，我也开诚布公，八路军的政策陆小姐已经给你讲了，我只说一句，只要你愿意接受改编，从今天开始，你的队伍就是八路军独立团的一分子，我们就是一家人，一家人不说两家话，你和你的弟兄们不必分开，还在一起，以独立团白龙小队的名义，参加抗日。你看如何?"

白龙拍案而起："痛快！郑团长既然这么说，我白龙也没什么顾虑了！"

为了祝贺白龙加入八路军，郑川还要送给他一份见面礼。

宋憨头走进寨门，白龙和宋憨头四目相对，喜极而泣。白龙真的就是宋铁头。

白龙直奔宋憨头。

不料，宋憨头突然一拳打倒白龙，接着拳头雨点般落下："宋铁头你个王八蛋！你还真当土匪了！我让你当土匪！我让你当土匪！"

白龙左躲右闪："别打啦！憨头，你听我解释！你再打我可还手了！"

宋憨头不听，拳脚相加。

白龙奋起反击，兄弟二人打斗在一起，直至精疲力竭，双双躺倒在地上，四目相对，众人哈哈大笑起来。

五

宋雨田推开门，带着哥哥和弟弟回来，宋铁头和宋憨头两兄弟都穿着八路军军装。

宋雨田一进门就高兴地大喊："爹，快出来，你快看看谁回来了。"

宋老爹从堂屋里走出来，一眼认出了宋铁头，复杂的感情涌上心头，瞬间呆住了。

宋铁头高兴："爹，我回来了。"说着上前给宋老爹磕头："儿子不孝，现在才回来。"

宋老爹呆了半晌才回过神来，上来就打宋铁头："好你个臭小子，不争气的东西，我问你，土匪白龙是不是你？"

宋铁头任由老爹打在自己身上，不躲，也不辩解。

宋憨头和宋雨田赶紧拉住老爹，劝说。

宋雨田："爹，哥好不容易回来了，你这是干什么呀，小心气坏了身子。"

宋憨头也说："爹，哥现在和我一样，是八路军了，以后再也没有土匪白龙了，你就别打他了。"

宋老爹拿着鞋，看着宋铁头，问："真的？"

宋铁头扯着身上的军装："爹，你看，这身衣服还能有假吗，这身军装是郑团长亲自发给我的，换了装，我以后再也不用躲在山上了，可以光明正大的做人，痛痛快快的打鬼子了！"

宋雨田帮宋老爹穿上鞋。

宋老爹不敢相信："铁头，憨头说的是真的，你真当上八路了？"

宋雨田也帮着说："爹，是真的，郑团长亲口答应的。"

宋老爹这才放下心来，嗫嚅道："那就好，那就好，总算是走上正道了。"

宋憨头和宋雨田帮忙把宋铁头扶起来："哥，爹原谅你了，快起来吧。"

宋老爹突然想起什么，转身就进了堂屋。

宋铁头三人面面相觑。

宋老爹走出来，在兄妹三人面前打开布包，布包里都是金银首饰。

宋雨田："爹，您怎么会有这么贵重的东西？"

宋老爹把首饰放到宋铁头面前："这些不干不净的东西，我没动过，你拿走吧。"

宋铁头："爹，我虽然当了土匪，可从没有干过亏心的事，我从来只劫不义之财，但绝不伤人性命，这些东西是干净的，没沾上血。这是我给您攒的养老钱，您收起来吧。"

宋老爹坚决："我不管这些东西从哪儿来的，我说了不要，你拿走吧。"

宋铁头再次跪下来："爹，你不要就是还没有原谅我，儿子不孝，您打我吧。"

宋老爹眼眶泛泪。

宋雨田和宋憨头都劝："爹，原谅哥吧，他知道错了。"

宋老爹这才把儿子拉起来，他原谅了宋铁头，可这些金银首饰他坚决不肯要，他让宋铁头把这些东西交给郑川，支援八路军打鬼子。

宋铁头虽然加入了独立团，但他心高气傲，不愿意毫无建树就当这个骑兵连的连长，他和手下的弟兄们一盘算，商量着杀几个鬼子，夺一批物资来作为他们加入八路军的见面礼，以此来证明自己的实力，让那些八路军的老兵们不敢再小瞧他们这些土匪出身的人。

一番商量，宋铁头盯上了日军石原联队的一处供给站。

此刻，日军军营里，石原一郎正在秘密训练一支特殊的部队。跟八路军多次交手，但八路军神出鬼没的游击战让他屡屡失利。石原一郎苦思冥想，决定彻底改变战术，他向多田骏提出建立特别行动队的建议，获得了多田骏的支持。石原从全师团百里挑一选拔战士，并用从德国学习的特种兵知识，进行严酷训练，组建起日军第一支特种部队。

日军驻地训练场，用线悬挂着的核桃和小酒盅，在啪啪啪的枪声中，一一爆裂。

另几个挺进队员猿猴般在几棵大树间上蹿下跳，穿来荡去。

仅仅一个月的时间，石原的训练初见成效，他严格按照德军特种部队教材，对他们进行魔鬼训练，包括通讯、语言、野战医疗、爆破、射击、格斗、伪装，甚至自由落下跳伞等战斗技巧。可以毫不夸张地讲，这支挺进队的战斗力绝不亚于世界上任何一支特种部队，在某些方面甚至是最强的。

恰在这个节骨眼上，宋铁头带人截了日本人的供给站。供给站被偷袭的消息传来，石原立即命令挺进队行动，以此来作为检验这支行动队的第一次考核。

宋铁头沿着公路，带着手下的战士纵马而来，手上拿着缴获的物资，后面还跟着一匹马车，车上拉着从日本人那里抢来的东西。

宋铁头手底下的兄弟都十分兴奋，这是他们第一次和日本人交手，竟然大获全胜，还抢了这么多的好东西。

不料，枪声就在此时突然响起。

一个战士眉心中弹栽下马去。

枪声又响起，又一个战士眉心中弹，一头栽下马去。

宋铁头大惊失色，他带领手下纷纷跳下战马，卧倒隐蔽还击。

宋铁头的人马很快被日军行动队包抄，双方激战在一处。日军行动队人少精悍，以一当十，宋铁头手下伤亡惨重。

危急时刻，郑川带着部队及时赶来援救，日军行动队也不恋战，转眼间消失得无影无踪。

对于宋铁头没有报告，擅自行动的事，常松林大为恼火。

“胡闹，简直是胡闹，还有没有一点组织纪律性，有没有一点革命军人的样子!”

宋铁头懊恼：“我刚加入独立团，没什么功劳，就是想杀几个鬼子，也算是我表表决心，这有什么错?”

郑川只是在一旁削铅笔，一句话也不说。

“独立团可不是山寨土匪，加入还要带见面礼表决心，我们八路军没这样的规矩，你这叫无组织无纪律。就是因为你的莽撞，造成了牺牲和损失，你还说你没错？”常松林气得拍桌子。

“我知道我有错，你们怎么处分我都行，但先容我一天的时间，我要给牺牲的弟兄们报仇！等我给兄弟们报了仇，我再回来让你处分。”

宋铁头说着就要出去。

郑川忽然一声令下：“憨头！下了他的枪。”

宋憨头和另一名警卫抢下宋铁头的枪。

郑川：“铁头，你冷静点！打仗不光要不怕死，还要有战略战术，要审时度势！你这样鲁莽行事，只会白送死！”

宋铁头倔强：“那也不行，鬼子杀了我几个弟兄，他们不能白死，我得给他们一个交代，不然，我宋铁头今后凭什么领导手下的弟兄。”

常松林气得直跺脚，恨铁不成钢：“老郑，你看看，这就是你带回来的兵，我早就提醒过你，不能什么队伍都往回带，有勇无谋难成大器。这次宋铁头无视组织纪律，闯下大祸，必须严惩。”

郑川：“宋铁头，你还没有真正认识到错误。你这次的莽撞行动，这一，就是刚才政委说的，破坏了八路军的组织纪律性，但这还不是主要，重要的是这二，造成了不必要的伤亡；三，由于你的行动，很有可能会暴露独立团现在的驻地，你要知道铁刀会这个山寨虽然隐蔽，可你这么一打，小鬼子就可能顺藤摸瓜，摸到这里来。”

宋铁头当即否认：“团长，这个不可能，回来的时候我都看了！这点警惕性我还是有的。”

话音未落，外面突然传来枪声。

郑川、常松林和宋铁头都变得警惕起来。

黄豆豆气喘吁吁地跑进来报告：“团长，日军有大部队向这里进发，看来这里暴露了！”

郑川扔掉手里的铅笔：“看来我说的没错，传我的命令，一营掩护，二营三营即刻转移！”

黄豆豆领命匆匆而去。

宋铁头却瞪着眼睛，原地不动。

常松林生气道：“还愣着干什么？”

宋铁头赌气：“团长，政委，我不撤！我自己惹的祸，我跟一营去阻击敌人！”

说完，宋铁头提枪奔出。

常松林欲阻止，郑川却说："由他去吧！"

经过宋铁头和郑川的互相配合，鬼子被炸得死伤惨重。

这时，高春生跑来通知："大部队已经安全撤离，团长让我通知你们，赶紧撤。"

宋铁头看着追来的鬼子，不甘心，还欲继续伏击敌人，被刘洪涛拉住。

后山树林，常松林、段勇、杨大河围着郑川，大家都愁眉不展。

黄豆豆跑来报告："团长，铁刀会山寨被鬼子搜了个底朝天。"

"刘洪涛和宋铁头呢？撤出来没有？"郑川关切地询问。

话音刚落，刘洪涛和宋铁头，还有高春生就跑来和郑川会合了。

"团长，甩掉鬼子了。我清点了人数，一个也没有牺牲！只有两个受了轻伤！"刘洪涛跑得气喘吁吁。

郑川点头："还好，我们转移及时，没什么伤亡。"

宋铁头内疚："团长，都是我的错，是我暴露了驻地。"

常松林还是气呼呼的："现在才知道，晚了，好好的一个隐蔽地被鬼子端了，你呀，你让我说你什么好。"

郑川凝重的表情："铁头，我有个问题要问你，和你交手的鬼子，装备怎么样？"

宋铁头努力回忆："这些鬼子个个都是神枪手，牺牲的弟兄都是被一枪命中眉心！我自信枪法了得，但在这些鬼子面前，自愧不如。"

郑川神情更加凝重了，看来他分析的没错，石原已经改变了战法，这支特种部队将成为独立团的头号劲敌，他们必须采取相应的措施应对。

宋铁头突发奇想："团长，今天交手我发现，这支鬼子部队最大的特点就是快，想对付他们，就要对症下药，不如以快打快。"

"怎么以快打快？"郑川追问。

"团长，让我组建一支骑兵队吧，有了骑兵队就可以以快打快，专门对付小鬼子的特种部队。"宋铁头请求。常松林也说小鬼子的特种部队优势在于机动能力，但鬼子的摩托虽快，可在山地，骑兵更有优势。

骑兵队光有人还不够，武器装备咋办？这可让郑川犯难了，他把目光投向常松林。

常松林却一摊手："你看我干啥？我先表个态，组建骑兵队我双手赞成，可要武器装备，那我可办不来，一分钱难倒英雄汉啊。”

“团长，政委，我看有个人可以帮咱们，就是不知道她愿不愿意。”宋铁头突然提议。

这个人郑川也想到了，当然是陆曼云。

当务之急，不但要组建骑兵队，更要紧的是独立团接下来的驻地，山寨回不去了，他们接下来还能去哪儿呢。

一番沉思，郑川拿着树枝在地上写写画画，嘴里挤出了三个字：“王家堡。”

此时，陆曼云也在王家堡。

一到王家堡，宋铁头就直奔陆曼云的住处。这次，他倒规矩了很多，没有直闯进去，而是站在门外敲了敲门。

陆曼云十分意外：“刚当了两天八路，觉悟提高了。”

宋铁头倒有些不好意思了：“团长说了，进陆小姐的屋之前必须先敲门，陆小姐，你要是没意见我可进来了。”

宋铁头说着走进房间。

陆曼云放下手里的笔：“说吧，找我什么事?”

宋铁头看到桌子上的信纸：“写信呢?”

陆曼云立刻把信纸盖起来：“未经允许不能看别人的信件，郑团长没教你?”

宋铁头不以为然：“大小姐规矩就是多。”

陆曼云：“你到底有什么事?”

宋铁头搬了把椅子坐下来：“陆小姐，是这样，今天团长找我了，团长说，要以白龙小队为基础，组建一支骑兵队，专门对付小鬼子的机动部队，就由我来训练这支骑兵，现在人我已经有了，就差装备了。”

陆曼云恍然：“哦，我明白了，你想让我给你们提供装备?”

宋铁头十分高兴：“陆小姐就是聪明，我还没说你就明白了。”

见宋铁头认真的样子，陆曼云也笑了。不过，组建骑兵队，陆曼云也有自己的想法，这样的好机会，她怎会轻易放过。

陆曼云和宋铁头二人站在郑川面前。

“郑团长，我的骑术你也是认可的，在南洋的时候我就是‘盛装舞步’运动员，这一点你是知道的，别的我不敢夸口，可要说骑马、驯马，我想在你的独立团，还没有一个人能超过我。”

陆曼云说着给宋铁头使眼色。

宋铁头立刻帮腔：“啊，对，陆小姐说的我完全同意。陆小姐的骑术不在我之下，就我手底下的那些兄弟，他们没一个能比上陆小姐的。”

“郑团长，你组建骑兵队，需要的不就是懂骑术的人嘛，我要是进了骑兵队，不光能管好自己，我还能帮你带动其他的战士，我敢保证，不出半年，一定把他们训练得有模有样。”

陆曼云说着又给宋铁头使眼色。

宋铁头立刻接话：“对，凭陆小姐的骑术，我看在咱们骑兵队当个指导员绰绰有余。干脆，请陆小姐当骑兵队的指导员吧，团长，你看行不行？”

郑川不动声色，看着他二人一唱一和，不禁笑了。

宋铁头不解：“团长，你笑什么？”

郑川笑：“铁头，你的戏演得不错嘛，看你们俩这一唱一和的，我想不同意都不行了。”

陆曼云惊喜：“团长，你答应啦？！”

郑川强调：“不过，我必须再强调一遍，陆曼云同志身份特殊，不管在任何情况下，都要以保护陆曼云同志的安全为前提，宋铁头同志，你能做到吗？”

宋铁头拍着胸脯答应：“团长，你放心，我保证不让鬼子伤陆小姐一根指头。”

就这样，独立团骑兵队诞生了。接旗仪式的当天，方明还带来了一位英国女记者。

驻地，八路军独立团骑兵队列队整齐，英姿勃发。

郑川拿着军旗，高声：“骑兵队队长宋铁头，接旗！”

宋铁头立正敬礼，激动地接过骑兵队军旗。

郑川高声宣布：“我宣布！八路军独立团骑兵队正式成立了！”

方明从身边随行的警卫员手中接过一个盒子，走到陆曼云面前。他打开盒子，盒子里是一把勃朗宁手枪：“陆女士，这把勃朗宁是朱老总特地命令我带来送给你的。”

陆曼云惊喜：“朱总司令？”

方明："是的，陆女士，从今天开始，你就是一名真正的八路军战士了，以后我们会称呼你曼云同志，朱老总知道你的情况后，为华侨和华侨儿女的抗战热情而感动，他再三叮嘱，一定要我亲自将这把勃朗宁手枪转赠给你。"

陆曼云拿起盒子里的手枪看着，激动无比。

英国女记者走上前，兴奋拍照。

方明介绍："这位是英国来的莱特女士，是一名战地记者，她听说曼云同志的义举后无比钦佩，提出一定要来根据地见你，亲自采访你。"

莱特十分好奇："陆曼云女士，我很好奇，是什么样的动力让你回到中国，参加抗战。"

陆曼云激动无比："莱特女士，我是一名中国人，和所有的海外华侨一样，虽然我们身在远方，但即使走得再远，我们最牵挂的永远是我们的祖国，因为我们身体里流淌着一样的血液，因为我们都有一颗中国心。"

陆曼云的一番言辞顿时迎来阵阵掌声。

第九章 牛脊岭将计就计

一

为寻求和独立团主力决战，石原对根据地施行残酷的压迫政策。为了保护百姓，郑川主动采取收缩主力的办法，让部队尽量在大山里活动，但没想到石原反而采取“过筛子”的办法变本加厉地祸害老百姓。

经过慎重考虑，郑川决定改变策略。他把部队分散开来，以连排为单位，采取最擅长的麻雀战术，开展游击战。北至太岳山，南至中条山，东到太行山，西临黄河，方圆几万平方公里的范围，既可以扩充独立团的武装力量，也可以迫使敌人分散他们的兵力，打破鬼子集中优势兵力进攻的战略。

来自《泰晤士报》的女记者莱特这次是特地从延安赶来根据地的，因为她听说，郑川的独立团曾经被美国军事视察团称赞为中国最好的作战部队。所以，她想来一探究竟。

《泰晤士报》在全世界都有影响力，可以向全世界传递中国战场的真实情况。为中国争取国际支持和援助，上级命令独立团务必全力配合莱特的采访。

王家堡驻地团部，莱特、郑川、常松林等人围坐在小凳上，院子中间摆了一张小炕桌。

得知独立团的战士们大多从大革命时期就参加革命，并且多是参加过长征的老同志，面对这支享有盛誉、战功赫赫的队伍，莱特更加激动了。

“郑团长，我在延安就听说过你的大名，而且我知道，你被八路军的指战员称为‘小诸葛’，中国人有一句话叫……”莱特想了想，用蹩脚的中国话说道：“久仰大名。”

郑川反用英文说：“谢谢，我很高兴见到你，你可以用英文，日常的会话我还懂一些。”

郑川的英语说得如此流利，莱特显得很惊讶。

常松林得意地解释："郑团长是江南大户人家出身，从小上过西方传教士的学校，他还是伏龙芝的高材生，那里的学生可是世界各地的都有。"

莱特露出赞赏的目光，用英语道："您的语言天赋很好，看得出来，您是非常好学的。"

郑川谦虚地说："严酷的斗争形势逼迫，我们不学不行啊！"

正说着，宋雨田提着一篮土特产走了进来："团长，政委，我带了这个，想让洋记者也尝尝咱们的土特产。"

郑川转向莱特介绍："这位宋雨田同志，是牺盟会新生力军，石板村人，她可是地地道道的山西人，根据地的情况她最熟悉，而且莱特记者是女同志，所以我特别找位女同志来陪同采访。"

常松林既意外又满意："想的倒是挺周到。"说着看了看表，叮嘱郑川："师部还有个会，我先去，采访的事你再安排安排。"

常松林起身离开。

莱特站起来环顾这间普通的农家小院，被院子里浓厚的乡土气息吸引，四处打量着，继而转向宋雨田，夸赞道："你长得很漂亮，我喜欢。"

宋雨田盯着这位黄发碧眼的外国女子，十分稀奇，羞涩地笑了。

莱特对这里的一切都觉得新鲜："郑团长，我来中国以后，到过很多地方，见过很多战场，但是你们这里给我的第一感觉不一样。"

凡是战火烧到的地方，她见到最多的是民不聊生，惨绝人寰，可是在根据地这一路上，她看到这里的人过得很积极，不管老人还是孩子，都给人一种耳目一新的感觉。

莱特十分不解："郑团长，你能告诉我原因吗？"

郑川却故意卖关子："记者女士，答案还得你自己去找，我说的未必客观，你亲眼看到的才是最真实的。"

莱特也笑了："对，新闻工作者的精神就是客观公正，我需要的也是最自由的采访，得到真实、完整的信息。"

在郑川的安排下，宋雨田成了莱特的向导，他们决定第二天一早就去汾村，汾村是牺盟会的指挥中心，根据地的生产活动都是以汾村为指挥中心进行的。

山间的小路上，莱特骑着小毛驴，挎着照相机，警卫员牵着马，郑川和宋雨田步行着。

宋雨田兴奋地向莱特介绍汾村的情况：“小鬼子九路围攻，占了太岳县城，可咱们郑团长棋高一着，早就带领根据地的军民悄悄转移了，我们的政权机构转移到汾村，乡亲们把粮食坚壁起来，也跟着转移了！在汾村，太岳根据地的政权机构在照常运转，一切生产、训练、支前活动，仍然在按部就班地进行。”

但莱特隐隐有些担忧，来之前她就了解到，日本军队几乎占领了整个山西、整个华北。而且她还听说，日本人严密封锁根据地，他们这么大摇大摆地走，难道不怕碰上日本人吗？

莱特之所以会这么想，是因为她对根据地的情况还不了解，只知其一不知其二，鬼子虽然进了县城，可他们想控制太岳根据地却是痴心妄想，他们占的县城不过是一座空城，太岳根据地在鬼子的眼皮子底下照样可以运转。

莱特十分疑惑：“郑团长，我还有一个疑问，据外界宣传，你们和日军实力悬殊，尤其是武器装备方面，常常面临缺枪少弹的困境，事实是这样吗？”

郑川认真道：“和敌人相比，我们的装备是比较落后的，不过我们有信心用相对落后的武器去战胜相对强大的敌人。”

莱特不太理解：“以弱胜强？我知道这是一个很神奇的成语，但我仍然觉得你过于乐观了。据我所知，日本是一个强大的帝国主义国家，而中国的国力现在是比较弱的。”

郑川：“日本的武装力量虽强，但它的侵略战争是退步的、野蛮的，得不到国际的认同与援助，而且日本是一个小国，军力、财力都经不起长期战争的消耗。中国的国力虽然比较弱，但我们的反侵略战争是进步的、正义的，我们的反侵略战争也会获得世界上广泛的支持与同情。我说的对吗，莱特女士？”

莱特想想，觉得有道理，笑了。

正说着，一个农民打扮戴着草帽的情报员从另一边小道上赶来报信，来到郑川面前。

飞线情报员摘下草帽：“郑团长，我是地下交通站的，听说你们要过来，一早就在这等着了。”

郑川和情报员握手，关切地询问：“东乡炮楼的情况怎么样？”

飞线情报员汇报道：“大炮楼原来只有三十多个鬼子，这段时间咱们的麻雀战术让鬼子摸不着头脑，大炮楼的兵力增加到了一百个鬼子，南边的小炮楼有六十来个伪军。郑团长放心，前面村里已经安排妥当，你们休息一下，晚上再过沟。”

情报员对鬼子的情况掌握得如此清楚，莱特有些惊讶，又有些迷茫地望着郑川。

……

山西吉县黄河边，阎锡山带领着他的流亡“省政府”，正乘着羊皮筏由陕西宜川向吉县克难坡迁移。他的亲信梁天寿到黄河边来迎接他们。

羊皮筏在岸边靠岸，第一个羊皮筏上坐的正是阎锡山本人和机要处处长“五妹子”阎慧卿。

梁天寿殷勤地上去扶阎锡山下船。

阎锡山四面看看，长长舒了口气：“到底是咱山西的土地，踩着都那么绵，绵塌塌的！”

他用手杖在河滩上使劲戳了几下，环顾四周，又问：“们总算是回来了……天寿，山西现在的形势如何，去吉县的路上是否太平啊？”

梁天寿回答：“会长，小鬼子虽然总惦记着过黄河，发动了九路围攻，可八路军不是那么好对付的，现在已经和小鬼子缠到一块了。我认为啊，日本人虽想过黄河，但他们怕黄河北岸不安定，进攻势头被截断，估计一时半会儿不会贸然过河。请会长放心，我已经布置好了，吉县这一片还算太平。”

阎锡山感慨：“能回来就好……去重庆这些日子，别的不说，就没吃上一口顺口的。天寿啊，老陈家的饸饹面咋样了？”

梁天寿：“鬼子闹腾得大家不得安宁，饸饹面庄已经停了大半年了。”

阎锡山若有所失，遥望远方不说话。

这时，后面的筏子陆续靠岸，士兵们从渡船往大车上搬运着文件、设备，也有阎锡山个人的生活用品、家具等。

五妹子忽然指着一个士兵：“哎！哎！——慢着！慢着！小心点呀！那、那是乾隆时候的粉彩罐罐，阎长官的捣心捶捶，碰点皮皮，你们小心！”她这一跑，高跟鞋一歪，几乎把脚崴了，总算是把那个瓶子抢下来捧在怀里。

那个士兵吓得跪下，像惹了塌天大祸：“我，我有罪！”

阎锡山上去帮助五妹子揉腿：“慧卿，不要紧吧？”

五妹子：“哥，不要紧，不要紧。”

阎锡山把士兵扶起来：“看你把娃吓的，莫关系，莫关系，下次小心点，你走吧。”

士兵诚惶诚恐地走开了。

阎锡山这才握着五妹子的手，亲切地说：“慧卿，我说过几回了，这不能叫罐罐，这叫‘尊’。”

五妹子连声：“好！尊！尊！”

阎锡山“唔”了一声，环视左右，忽然发问：“们种的那几盆洛阳牡丹呢？带上了没有？”

梁天寿忙回答：“带上了，会长，在前一条船上，现在已经摆到你的新办公室了。”

克难坡，位于吉县西北三十公里处，西濒黄河，北通古贤沟，南达麻库掌，东连南村垣，东西长约一公里，南北宽约半公里，是一个三面临沟河、一面通高原的葫芦状独立山梁，确有“一夫当关，万夫莫开”之险要。阎锡山的第二战区司令长官部、山西省政府、民族革命同志会等首脑机关于 1940 年至 1945 年曾驻扎在这里。阎锡山以南村音近“难存”，并意欲标榜克服困难，故改名克难城，通称为克难坡。

克难坡是个黄土山头，原住有六户人家。这个山头，是由西向东并列和从北到南倾斜的几条沟梁组成，各梁均有一块冲积平地，或种有庄稼，或栽有桃树。后来阎锡山将这里定为营地，经过两年多的修建，将这个弹丸之地修建成了一座窑洞叠立，颇具规模，可容纳两万余人的山巅小城，一时成为第二战区的军事重镇与山西省政治、经济、文化中心。

阎锡山根据自然地形分别将这几条沟梁命名为：西新沟、一新沟、二新沟、三新沟、四新沟、五新沟。之所以取“新”字为头，与其 1938 年 6 月，在古贤整军会议上强调的“新能存在，旧必灭亡”是有关联的。

阎锡山走进办公室，他种的两盆牡丹已经搬到了院中。他满意地抚摸了两下，走进窑洞，见窗明几净、四壁白墙，倒也整洁安静，他放下手杖，脱去披风，坐在沙发上，显现出鞍马劳顿之色。

梁天寿小心翼翼地问：“会长，这一次重庆的国防会议开得不错吧？”

阎锡山皱着眉头：“哼！乱糟糟不成个体统。委员长精神也不好，武汉失守的一脸晦气，都带到四川来了，讲话无精打采的，倒是对我们山西的工作还是说了两句好话。”

梁天寿意外，高兴地问：“这个倒很难得，委员长怎么说？”

阎锡山语气不悦：“他说，现在看来，八路军当初坚持不退过黄河，扼守太行吕梁，还是有一定的战略意义，不然，叫日本人进犯西安占据蜀道，我们就不能这样放心地迁都重庆，取得回旋的余地。”

阎锡山说，八路军在山西，现在已经形成个尾大不掉的问题了。

正说着，桌子上的电话响起来，梁天寿接电话，立刻捂住话筒，小声说：“会长，是周恩来从重庆打来的电话。”

阎锡山立刻摆手。

梁天寿会意，借故推脱掉这通电话。

阎锡山站起来踱步，思忖着什么。等梁天寿挂了电话，阎锡山忙问：“周恩来是什么意思?”

梁天寿回答：“还是说他们的给养问题，说八路军通过机动灵活的战略战术打击敌人，队伍扩大，需要的给养倍增，而二战区的后勤部，不仅不承认他们报请的增加人数，就是原来定编的三个师的给养，也经常拖着不给，严重地影响了前方部队的战斗力。他请司令长官过问这件事。”

阎锡山不悦：“八路在们的防区建立政权，擅自收粮征税，们不能助长这种非法行为。”

梁天寿为难道：“会长，我已经转达了您的意思，可周恩来咄咄逼人，说八路收复的失地，饱受日本侵略者的掠夺蹂躏，民生凋敝，不能解决军队的给养问题。建立抗日民主政权，是为了恢复经济和民生、长期消耗敌人，最后战胜敌人。如果有人说这是非法，难道叫八路因为补给不足而丧失战斗力，叫这一部分国土重新沦丧才是合法的吗?”

阎锡山语结：“周恩来的辩才，连委员长都头疼。”

刚说到这里，一个副官匆匆进来报告，卫立煌过来了。

阎锡山立刻起身出门迎接，梁天寿紧紧跟上。

阎锡山笑呵呵地问道：“俊如，们刚刚参加国防会议回来，还没去拜访你，你倒先来了。承蒙将军亲率二十几万国军，坚持驻守在中条山，保三晋之平安，们心中感激不尽。你快说说，你那里情况怎么样啊?”

卫立煌：“军人报效国家，守土责无旁贷。”

阎锡山把卫立煌让进院子：“请，请!”

卫立煌和阎锡山走进办公室，两人分左右坐在沙发上。

梁天寿带着勤务员倒茶。

卫立煌：“不瞒百川先生，我们处境相当困难。这一带人口村庄本来就少，又经过战乱逃亡了许多，难以负担这么多军人的给养问题，部队和百姓、部队和部队之间经常因为粮食和物资匮乏闹纠葛，士气、纪律和战斗力都很受影响。”

阎锡山："你说到的给养问题，们一定会在可能的范围内尽量优先考虑，但是难处很大，你也知道，们的队伍在忻口战役中亏了老本，自顾不暇，前一段迫不得已退过了黄河，好不容易喘过一口气来，才在这里搞下这么个小摊摊，但是留在山西的政权机构，都已经瘫痪了，一切还得重新开始，难啊！"

卫立煌点点头。

阎锡山："俊如进来之前，们正和天寿讨论八路军的问题，周恩来也在伸手要补给，其实山西南部就这么大的地盘，正是他们，借战乱乘虚而入，搞什么根据地，叫二战区难上加难。这次在重庆委员长提醒我说：我们如果不抓这一块，就是把日本人打跑了，山西也不在我们手里，心腹大患呀！"

卫立煌也说："是啊！当初委员长强令我部留守中条山，也有这一层意思。不过，与八路的关系涉及联合大局，还需要谨慎行事。立煌理解阎长官的难处，愿意率领我部尽力克服目前的困难，苦撑待变。"

阎锡山高兴："正当如此！正当如此！武汉失守，党国堪忧，古诗说：但使龙城飞将在，不叫胡马度阴山，如果多几个将军这样的栋梁，何愁日本人不灭？们已下定决心，采取果断的措施，摆脱目前的困境。"

二

夜晚降临，晋东南一条公路上，日军的一支摩托巡逻队驰过。远处一座黑黝黝的炮楼影子，一道强烈的探照灯光扫射过来。

郑川、莱特、宋雨田、农民打扮的飞线情报员一行埋伏在路口旁边的壕沟旁。

莱特十分紧张，下意识地低下头。

郑川却表情轻松，安抚道："莱特女士，不必紧张，这些不过是鬼子虚张声势。"

飞线情报员也说，交通员已经把日本巡逻队和探照灯的规律摸了个一清二楚。只要交通员过来接应，就可以安全地通过交通线了。

正说着，壕沟另一边，一个当地老乡打扮的交通员扛着一个木梯子，俯身跑过来。

交通员把梯子搭在交通壕上，立即成为通过壕沟的一个通道，搭好梯子后，交通员冲情报员打手势。

这一边，看到交通员的手势，情报员对郑川说："郑团长，一切正常。"

郑川和情报员先上梯子，四面警戒，然后接应莱特和宋雨田上去，大家俯身窜过公路，仅仅几秒钟，就都熟练地穿过了公路，插到另一个沟里去。

一行人的身影在苍茫的夜色中渐渐远去。

拐过了几道湾，公路上的摩托车马达声和探照灯光就变得十分遥远。莱特女士这才深深松了一口气："这条封锁线，就这样过去了？"

郑川微笑着点头，反问："莱特女士，你现在还紧张吗？"

莱特回想着自己刚才的表现和担忧，不禁笑了："看来我的担心是多余的。"

经过这一番亲身经历，莱特才算明白，日寇的封锁线再怎么严密，也是漏洞百出。日本人妄想霸占中国领土，但他们却忽略了，在这片领土上生活的始终是中国的百姓，中国人的根在这里，这是谁都改变不了的。

北平日军司令部，日军高层正在举行绝密军事会议。

冈村宁次已经意识到，直到今天，他们还没有在华北形成真正的战略后防，不首先解决这个问题，突破黄河是不可能的。只有首先消灭包括八路军在内的华北抵抗势力，才能进一步突破黄河，尤其是山西，八路的根据地给他们带来的威胁是空前的。但同样，山西目前的局面很复杂，八路军和蒋介石、阎锡山以前就有很深的矛盾，现在也是面和心不合，如果能够利用这层矛盾调整策略，将有利于尽快解决华北问题。

所以在冈村宁次的授意下，多田骏和石原一郎很快想出了一个对策，成立专门的"对伯工作组"，从事对阎锡山的策反和劝降工作。因为阎锡山字百川，正好又是多田骏在太原设立的新民会会长的远房伯父，所以就叫了这个名字。

对于八路军目前在山西扩展的势力，阎锡山感觉顾虑重重。当初，日本人占了临汾，共产党宣告坚决不退过黄河。他也就一笑置之，心想不过是宣传手段罢了，他的十几万晋绥军打光了，国军的几十万大军也溃散了，就凭八路军，一人平均连十颗子弹都不到，留下能怎么样？可没想到啊！这才一年多，人家在日本人眼皮底下发展了那么大的地盘，部队也扩展了好几倍。阎锡山突然觉得，八路军是一支不可小觑的力量，将来赶走了日本人，山西会不会就此落到八路的手里，这都是自己不得不考虑的。

想到这里，他又有些懊悔，当初为了紧急动员支前，重用了共产党人办牺盟会发动群众，结果仗打败了，部队退走了，留下的战地动员组织，倒叫八路军拣了个现成，他倒成了哑巴吃黄连了，这不叫为人作嫁吗？

现在阎锡山想把牺盟会、决死队这几个组织的政权重新把握在自己的手里，便让梁天寿召集堡垒县的县长开会，给他们吹吹风，叮嘱他们要把地盘看住，把武装抓在手里。

汾村打麦场，正在召开群众大会，拉着一条横幅，上面写着“军民团结、生产自救，彻底粉碎敌人九路围攻”。

大会刚开了一半，马蹄声传来，两辆马车驶来，马车上拉着枪械。

黄队长带着十几个保安队员、士兵不断吆喝着：“让开！让开！县长回来了！”

众人急忙躲闪，马车停在土台前面。

周福源从马上下来，摘下礼帽，冲大家挥舞了几下，他看上去精神饱满，转身就指挥黄队长：“快，把车上的东西搬上台。”

几个保安队员急忙把四五个沉重的大箱子抬到台上，周福源自己也匆匆登台。

黎英赶上来迎接：“周县长，您回来啦？”

周福源：“我刚刚从阎长官那里开会回来，就听说这边开这个大会，只怕耽误了，就直接驱车赶到这里。还好，没有误。”

黎英端上一杯热水。

周福源接过来，咚咚地几口喝下，抹抹嘴：“还是家乡的水好喝啊！”

周福源说完转身对着群众讲话：“这一次，我是奉了阎司令长官的特招，参加各保安区重点县的汇报会，我把我们太岳县的军事、政治、经济情况做了汇报，受到了阎长官的赞许，阎长官尤其对我们组建决死队的工作给予了高度评价，速度快，人数多，正符合当前抗敌工作的需要。阎长官亲自下令，给我们的决死队拨发快枪一百支，以示嘉奖。”

随从士兵们当场把那几个大箱子打开，里面果然是一杆杆锃亮的快枪。

此举实出黎英的意料，不知这是何征兆，有些发愣。

张平虏和决死队的成员却都很兴奋。

周福源拿起一支枪：“我受命代表二战区司令部，向决死纵队三纵队太岳支队授枪！”

张平虏整整帽子、军装，走到台前，上前向周福源敬礼，接过枪，扛在肩上。

张平虏激动地表态："我代表决死三纵队太岳支队全体官兵，向司令长官表态，一定不怕牺牲、英勇奋斗，保护太岳人民生命财产，保护抗敌斗争的胜利果实，不达胜利，绝不罢休！"

当天夜里，周福源瞒着黎英，单独把张平虏和决死队的主要干部叫到了自己那里，故意刺激张平虏，要张平虏带着决死队正面打鬼子。张平虏毕竟年轻，没有经验，不知是计就鲁莽地表了态。

"县长，我代表决死纵队表个态，只要有敌人出动，我们肯定在第一时间出击，不惜用鲜血生命保卫乡亲的利益。"

决死队大部分是青年学生，从学堂里出来就参加了革命，缺乏实战经验，鬼子装备精良，若硬碰硬，决死队肯定是要吃亏的。虽然黎英得知后极力反对，但是年轻气盛的张平虏却不以为然。

没过几天，周福源就派黄队长给张平虏送来了情报，情报上写着：明日下午三时，有一支日伪军约五十余人经过石板村附近。

第二天天不亮，张平虏就带着决死队的主力埋伏在了鬼子必经之路两边的土崖上。

张平虏戴一副深度的眼镜，亲自到两边检点潜伏位置，并做战前动员："同志们，以前我们都是跟着郑团长辅助作战，这一次是第一次独立作战，大家有信心没有？"

众战士高声："有！"

张平虏："好！粉碎敌人的九路围攻已指日可待，我们决死队也理应为这次胜利添一道彩。这股敌人下来，不是来抢粮，就是来夺地，都是夺抗日军民的胜利果实，我们决死队的战士理应用鲜血和生命捍卫之，大家有没有决心？"

战士也大都是青年学生，杀敌的士气十分高昂："有！"

正说着，得到消息的黎英带着郭安民匆匆赶到，黎英拉张平虏到一边："平虏，你怎么搞的，昨天你不是答应我不盲目出击吗？"

可张平虏哪里肯听劝。

"黎英姐，情报上说鬼子不过五十多人，咱们三打一，还打不过吗，再说了，阎长官给了这一百支快枪，还没实战过哩，正好打个头彩，也不辜负阎长官的厚望。"

正说着，一支日伪军部队进入了视线，向埋伏圈前进。

张平虏按耐不住，黎英却按住张平虏的枪："别急。"

敌人渐渐进入埋伏圈，是一支几十人的队伍。

张平虏子弹上膛，只等扣动扳机。

黎英突然看到敌人的装备中有小钢炮，一惊，提醒张平虏："敌人有迫击炮！平虏，这场仗不能打，快下令撤销行动。"

通讯员猫着腰过来请示："队长，再不打鬼子就出埋伏圈了，打不打?"

黎英还没来得及说话，突然一声枪响，一个学生兵过于紧张，枪支走火。

枪声惊动了公路上的鬼子。

日军指挥官举起指挥刀："有埋伏！就地隐蔽，架炮!"

鬼子训练有素，马上就地利用地形地物隐蔽好，架起机枪、迫击炮。

土崖上，张平虏大喝一声："打!"

众多的学生兵纷纷扣动扳机，黎英也只得加入战斗。

日军指挥官举起指挥刀，判断定位，一声令下："开炮!"

"轰隆"一颗炮弹落在众人身后。

黎英大喊一声："卧倒!"

学生兵纷纷卧倒。

此刻，郑川正带着莱特在汾村参观，一所所普通的小院子里，院门上挂着不同的牌子："后勤处""被服厂""军马房"等，他们依次走进去，生产在有条不紊地进行。

后勤处，干部在清点聚拢的各种作战物资、药品、担架；

被服厂中，有的老乡在纺线，有的在做军鞋，有的在做军用被服，匆忙之中人们脸上渗透着几分喜悦。

军马房里，有两个青年在铡草，有人在堆砌草垛。

莱特女士显然也为根据地这种热烈的气氛所感染。"这场景多么像米勒的乡村油画!"

郑川："只可惜这些画面是镶嵌在敌人的炮楼和铁丝网之间的。少了一份安宁！莱特女士，我们八路军有一个原则，叫分兵以发动群众，合兵以消灭敌人，我们的部队目前是分兵状态。这个村驻着我们部队的一个排。"

忽然，鬼子的炮弹声远远传来。

郑川惊讶道："这是小鬼子的 89 式掷弹筒的炮声，怎么回事？豆子，豆子。”

黄豆豆跑过来。

郑川赶紧吩咐黄豆豆：“你赶紧去看看，这炮声是怎么回事？”

黄豆豆领命而去。

宋憨头正带着几个战士在打麦场上翻晒粮食。

炮声震动了所有人。

宋憨头扔下手里的工具，大喊：“集合，全排紧急集合！”

……

石板村外路口，张平虏咳嗽着抬起头来，眼镜被炸飞了，张平虏眼前一抹黑，摸索着找眼镜，但一时尘土飞扬找不到。

日军指挥官再次高高举起指挥刀，下令：“射击！”

日军炮手装炮，开炮。

轰隆一声巨响，尘土飞扬。

张平虏好不容易摸到了眼镜，歪歪斜斜地戴上，眼睛上一片尘土，视线模糊。

黎英紧急道：“平虏，不能再打了，快撤，从西边的壕沟撤！”

张平虏士气大挫，狼狈下令：“撤、撤退！”

另一边公路上，日军指挥官身边，副官分析：“长官，据我观察，这是一支毫无战斗力的部队，已经被我们的炮声吓破了胆，妄图向西撤退。”

日军指挥官得意：“吆西，不能让他们跑了，加强火力。”

日军两挺重机枪对准了决死队撤退的方向，密集的火力，顿时有三四个战士胳膊、腿中弹受伤倒地。

黎英和张平虏等人被鬼子火力压制在原地动弹不得。

决死队员小山东紧急报告：“队长，咱子弹打光了，咋办？”

张平虏完全没了主意。

另一边，日军指挥官一抬手，示意停止射击。

日军副官请示：“长官，看样子支那兵没火力了，是不是现在发起总攻？”

日军指挥官：“兵不厌诈，小心为上。”

日军副官指点三个士兵，下令：“你们几个，过去看看。”

三个日本兵抱着枪小心翼翼地向张平虏、黎英等人躲藏的土坡靠近。

土坡后面，小山东拿出了最后一颗手榴弹。

小山东紧紧握着手榴弹：“队长，我冲出去，和鬼子拼了，你带大伙撤。”

张平虏死死按住小山东。

小山东带着哭腔："队长，没子弹了，这么下去是等死，我去把鬼子引开。"

"我是队长，要去也是我去！"

张平虏说着把手榴弹抢过来，就要冲出去。

突然一声枪响，一个鬼子兵倒地，紧接着更密集的枪声传来。

日本副官大惊："长官，不好了，支那兵的援军到了！是八路！"

日军指挥官带领手下沿大路退走了。

宋憨头带着战士们从后面杀出来。

小山东从土坡后面露出头来，高兴道："队长，援军到了！"

宋憨头及时赶到，总算有惊无险。

但常松林十分生气，批评张平虏："真是秀才谈兵，只看人数不看装备和战斗员素质，幸亏你们今天碰上的一多半是伪军，不然今天你们真是捅马蜂窝了。"

宋憨头也说："反扫荡的行动，我们团里早已有了全盘布置，一有情况，彼此配合接应，你们决死队擅自行动，差点出意外，真该好好检讨。"

张平虏有些摸不着头脑，连忙追问："有什么全盘布置，我怎么不知道啊？"

常松林没好气地说："上次开军民联防会决定的，通过地方党组通知了各部，你们怎么不知道？"

黎英和郑川眼神交流，面露难色。

常松林坚持追问："到底是怎么回事？"

郑川解释道："按照上级指示，'决死队'里面现在还不发展党组织，这个支队又是新征召的，所以他们不知道。"

常松林生气道："这叫什么规定，这不是误事吗？"

三

汾村老槐树下，周福源摆酒为决死队官兵祝捷，黎英和郑川、常松林也被请来参与，还有太岳县的名人绅士代表。

周福源满脸堆笑："我们决死队的将士们，为了配合反扫荡，独立打了第一仗，把参加围剿的敌人赶跑了，打死了六个鬼子，我们的人只受了点伤，也算旗开得胜啊！周某在这里特备薄酒，犒劳慰问大伙儿，来，为了胜利，干了这一杯！”

郑川和黎英交换了一下眼色，只象征性地举了一下杯。

周福源来到张平虏面前，给他灌米汤：“张队长，虽然是书生上阵，但也出手不凡，令人钦佩啊！如同当年诸葛初出茅庐，三把火烧出了威风，今天算是第一把火，接下来，太岳县的父老乡亲可等着你的第二把火、第三把火呢！”

张平虏讪讪：“如果敌人再敢来犯，我们照样出击。”

周福源皮笑肉不笑：“光被动出击也不行，我们决死队也要像八路军那样，主动出击，去消灭鬼子的有生力量！”

黄队长插嘴：“哎，张队长，今天这一仗揭穿了一个秘密，这个小队是从东乡炮楼上下来的，看来这个炮楼大部分是伪军，听说那几个日本兵，也是从朝鲜、台湾抓来的假鬼子，战斗力不行，决死队要是筹划一下，把炮楼端掉，那可是为我们这一带消除了一大隐患。”

张平虏也知道以自己的实力还不能拿炮楼，但被架在火上，又不得不答复，只得硬着头皮说道：“这个炮楼——反正我们迟早要端掉的。”

黄队长借酒发难：“张队长，这话说得不硬气呀。什么叫迟早端？现在我们生活艰难，又经常被炮楼上下来的鬼子汉奸骚扰，如同雪上加霜，你们还等什么呀？”

黎英看见张平虏撑架不住，就端了一杯酒，上前替他解围：“诸位乡亲，张队长是读书人，不胜酒力，我兼任决死队的政委，在这里替他说几句吧，保护乡亲是决死队义不容辞的责任，但是，在敌强我弱的情况下，要讲究总体战略，才能有好的效果。以决死队现有的力量，不宜急着去端那个炮楼。”

周福源放下酒杯：“黎副县长，你这样说，老朽不敢苟同，八路军兵强马壮，重视的是大调动，大格局，很难顾及我们这小村小镇的得失。可决死队就不一样了，大都是驻地户子弟兵，鬼子的骚扰，关乎他们亲戚家人的生计，乡亲们想解除这块心病，不依靠我们自己的子弟兵，依靠谁呀？”

黎英又欲辩，郑川从后面走出来，用手轻轻地触碰了她一下，她会意没有做声。

郑川站起来，胸有成竹地说：“周县长的话不无道理，八路军固然要讲大格局的进退，但也不忽视有意义的小目标，既然乡亲们认为东乡的炮楼是我们的心腹之患，那么，我们可以考虑配合决死队，拔掉这颗钉子。”

此语一出，立刻引起了不同的反应。

黎英瞥了他一眼，明显表现出不满："我刚说了拒绝，你怎么就答应了？"

周福源本来是逼张平虏一把，同时将郑川一军，不料郑川竟满口答应了，他反倒犹豫了。

常政委也觉得郑川表态太过匆忙、草率了。

张平虏倒觉得轻松一些，有郑川支持觉得有点底气。

倒是那些城里的乡绅士民代表最为高兴，兴奋地议论："八路要给我们办大事了——"

周福源眼睛一眨，狡黠地举杯："各位乡民，听见没有？八路军决定和我们的子弟兵一起端东乡炮楼了，这是大喜事啊！我们大家一起举杯，祝愿此次进军大获全胜啊！干！"

莱特女士也在席间，看到他们唇枪舌剑，但品味不出其中的言语机锋，有些疑惑地望着他们。

东乡的炮楼虽然兵力不强，但和周边好几个堡垒互成犄角，附近还有一个重兵把守的日军兵站。一旦惊动，他们的兵力加起来，独立团的力量也难以应酬。这些情况郑川是了解的，但是周福源的用心他也很清楚，无非是假借民意，消损决死队的力量，这样，他手里的保安队就能在太岳县独大。

那为什么他还要答应去打炮楼呢？郑川自然是有自己的考虑。周福源千方百计地想破坏八路军在百姓中间树立起来的威信，说八路军到处游击，老百姓指望不上。既然如此，他只有用一个大行动来戳破周福源的阴谋。而且，要彻底粉碎敌人的九路围攻，小打小闹不行，总得需要有个大的军事动作，调动、歼灭敌人剩余的有生力量。不妨借这个由头把事情做大，借力打力，一石三鸟。

石板村村口，儿童团在站岗。

宋老爹这次出去板船，已经大半年没回家了，这次和三个一起板船的老伙伴回到石板村。发现村子与他们离开的时候大不一样了，一派井然有序、生气勃勃的景象。

儿童团站岗的小孩把红缨枪一伸，拦住了他们："站住，你们干什么的？拿路条来！"

宋老爹惊喜道："这不是刘家那个秃小子吗？不认识了？你还得叫我二爷

爷呢！”

儿童团员一脸认真道：“二爷爷，我认识您，可八路军有规定，不管是谁，没有路条不能放进村！何况你又带了这几个认不得的叔叔。”

宋老爹伸手把他的耳朵拧住，拧得他哇哇直叫：“你个小鬼头，还挡住我了！我外出板船的时候，你爹还穿开裆裤呢！叫他过来，他也不敢不叫我回自己的家！”

却不料，“啪！”一块大泥巴摔到他脖子上，紧接着，泥巴从四面八方扔过来，把他打得直躲。回头看，四五支红缨枪，被四五个小孩子举着，逼到他的胸前，拉胳膊拽腿地：“你们不许乱动！跟我们找护村队去！”

宋老爹哭笑不得，只好跟着他们走。

却不料，那些小孩簇拥着他们却朝宋家小院走来。

儿童团员押着几个船工走进小院，径直奔正房。

一进门，宋老爹看见一个穿八路军衣服的人正背朝着自己，兴致勃勃地摆弄着摆在炕上的一挺歪把子轻机枪。

儿童团员煞有介事地向他敬礼：“报告队长，抓住几个没有路条的人。”

那人威风凛凛地转过身来：“把他们押来见我！”

宋老爹一看，那“队长”正是自己的儿子宋憨头，一屁股坐在炕沿上：“押你个鬼呀！在你老子面前要什么威风？”

宋憨头这才赶紧站起来：“爹，是你呀！”

那儿童团长一看惹了祸，吐了一下舌头跑开了。

宋老爹才抖抖被泥巴弄脏了的衣服：“这都是你布置的？乡里乡亲的，搞这玩意儿干什么？”

宋憨头告诉他：“这一段，上级布置军民联防，怕鬼子派奸细出来侦查，这才增加流动哨。”

宋老爹好不容易回来，宋憨头把宋铁头和宋雨田都叫回了家里，一家人难得坐在一起包玉茭面饺子，气氛祥和温馨。

宋老爹也要动手去包，宋雨田立刻阻止：“爹，用不着你动手，我们各自都忙着一摊，平时也没机会孝敬您，您就在炕沿下抽袋烟，等着舒舒坦坦吃顿饺子吧！”

宋老爹果然就在炕沿前面一蹲，抽烟微笑看着儿女们包饺子，心里喜滋滋的。

“日本人这回扫荡粘缠劲儿大呀，什么时候才能撤出太岳呀？从渡口到咱石板村，就这么点路，我们走了两天。”

宋雨田麻利地放下一个包好的饺子，说道：“快了爹，黎副县长说，八路军正准备打个大仗，把日本人的九路围攻彻底粉碎。”

宋雨田擀皮、拌馅儿，动作麻利，包出的饺子玲珑秀气，宋憨头慢一些，勉强像个饺子样，宋铁头笨手笨脚，几乎包不成形。

宋雨田拿起一只笑道：“憨头包的这个还勉强有个样子，大哥你这一个，实在不能看，一煮都要散了。你出去那么多年，也没个嫂子伺候你，可这家务方面的事，你一点没学会。真不知道这些年你是怎么过的？”

宋铁头：“憨头在队伍上吃百家饭，我那——在山上当土匪，还管什么家务？包什么饺子？”

宋雨田也叹息：“说起来，咱一家也是多少年不在一起包饺子了，今天可真是难得团圆。”

宋老爹问：“丫头，我这半年在外面板船，回来一看，这石板村可真是红火多了，家家的人来人往，有认得的，也有不认识的，还那么多戴红袖箍的来来往往，在忙乎什么呢？”

宋雨田笑了笑说道：“您说的那些戴袖箍的，是青抗先妇救会和儿童团，有了情况，他们随时都能组织群众撤退，还能组织支前，保证咱们队伍照常打鬼子。”

宋老爹感慨道：“这组织起来好，老百姓少受鬼子多少糟害！只是咱石板村不大，一下子进驻这么多人，吃的恐怕供不起吧！”

宋憨头看了父亲一眼说道：“爹，这您就不知道了，别看咱抗日县政府退出了太岳县，整个行政活动照样运行，这么多人的衣食住行，是从各村各乡统一征集调配的，形成不了太多的负担，就光说咱们石板村的农户，经过这一年多的减租减息，家家户户都有了点余粮，只不过怕鬼子来抢，都坚壁起来了。”

宋老爹顺手拿起一把算盘算账，问：“雨田，按你们现在推行的这个‘减租减息’的办法，照这么个办法搞一两年，咱那抵债的几亩地也可以赎回来了。”

宋雨田开心地说道：“爹，那时候，您就不用风里浪里冒死去撑船了，在村里好好的种地吧。”

宋憨头：“是啊，我和大哥都在队伍上，雨田还截长补短回来照顾您，政府规定咱们这些入伍的家庭，都有变工队帮着，您种地费不了太大的力，可比一个人在外面饥一顿饱一顿撑船强。”

宋老爹如释重负，立即从神情上轻松了很多。他说：“你们得回来帮我，起码得回来一个，庄户人嘛，还是种地为本。”

三个年轻人一时都不吱声了，宋铁头看着弟弟憨头：“我这多少年在外面打打杀杀，庄稼活都生疏了，要不你回来，跟着爹种地？”

宋憨头急了，瞪大眼睛还没有说话，宋雨田倒先替他排解：“那不合适，憨头到了队伍是一员猛将，得到了郑团长的赏识，一路提升，现在都要当排长了，退回来种地，不是自甘落后吗？”

宋憨头：“排长不排长倒无所谓，现在国难当头，有出息的男子汉都上战场打鬼子，窝在家里那是胆小鬼、草包。我看还是姐回来照顾爹吧，有个洗涮缝补，烧火做饭的。”

宋雨田不乐意了，嘟着嘴说道：“你们都上前线去抗战，把我圈在家里围着锅台转？那妇女要解放、要新生是说什么呢？再说，我现在担任县妇联的工作，动员妇女支援前线事情多了。”

宋老爹叹了口气说道：“算了。我算是明白了，倒说是儿女满堂，可你们谁都指不上，都没把自己的家当回事。”

铁头和憨头都有些尴尬，宋雨田劝说道：“爹，您别伤心，我们几个参军参政，就是保着咱们家。等把日本鬼子打跑了，我们全都回来陪您度个舒心的晚年。”

弟兄俩急忙笨手笨脚地搬凳子、摆桌子，捞饺子，扶老头坐上正位，宋铁头还拿出半瓶子酒来：“爹，我这里还存着一点陈年的老白汾，咱爷俩今天喝两盅？”

宋老爹又高兴了起来：“好啊！饺子就酒，越吃越有。”

宋铁头满斟一杯酒：“爹，您喝！”

宋老爹接过去呡了一口，咂嘴，摸着胡子不由地感叹：“看来这世道——真的要变了。”

四

夜晚，常松林提着马灯走进团部，只见桌子上摊着地图，点着灯，黄豆豆一个人手里拿着两根筷子，在空中比划旗语，比划两下，看一看桌面上的一个小纸头。

常松林拿起桌面上的画着旗语的纸看，夸赞道："练得不错嘛。"

黄豆豆眨了眨眼睛，认真道："日本人新换了旗语，团长安排我们都练，明天还要考核呢！"

常松林放下纸片，问："团长去哪了？"

黄豆豆挠头："说是给敌人'号脉'去了。"

常松林眉头一皱："他一个人？什么时候走的？"

黄豆豆："还有高排长。走了大概二十分钟。"

常松林立刻发火："乱弹琴嘛！指挥员擅离职守，到敌人鼻子底下冒险，万一出个事怎么办？你们怎么不跟着？"

黄豆豆委屈："我们要跟着，团长不叫，说人多容易暴露目标。"

常松林无奈地摆摆手："马上叫警卫排随时准备接应！"

黄豆豆："是！"

东乡炮楼附近，夜深人静，郑川和侦查排长高春生潜伏在一道交通壕里。

待敌人的探照灯晃过去，看炮楼上的哨兵也处于懈怠的状态。郑川做手势："上！"

高春生唾唾手，迅速爬上一根电线杆上，认出哪根是电话线，就把两根带夹子的线头，夹在电话线上，然后迅速地又窜下来。

下面，通过两条长辫子似的电线，连着一个听筒，郑川拿起话筒放到耳边，里面传来炮楼伪军和沁县的日本指挥部通话的声音。

夜色很静，郑川从嘈杂的电波杂音中，仔细辨听着他们的对话中可能涉及军情的东西。

常松林在团部焦急地等待，坐立难安，不时抬手看时间，生怕郑川他们有事儿。

等到天快亮了，郑川才回来。

常松林立刻从椅子上弹起来，劈头盖脸地批评道："老郑，你现在的胆子是越来越大了，搞这种行动，为什么不事先和我商量，你知不知道这么做是违背干部条例的，是不负责任的！"

郑川知道常松林的脾气，立刻陪笑道："是，是，政委，是我错了，我检讨。"

常松林眼一瞪："光检讨就行了？我看你还没有认识到你这个错误的严重性。"

不过他还是很关心郑川侦察的结果，马上又问："你这趟出去有何收获？"

郑川马上摊好桌子上的地图，指点地图："最近鬼子频繁调动队伍，试图筹划一次新的围剿行动，之前我们曾判断这次围剿重点是太岳县，但我现在认为他们的重点兵力集结地不是太岳县，而是东面的沁县。"

沁县虽然位置比较偏，但一直是晋东南敌占区的据守重镇，给养储备和交通设施都比较完备，由这里集结，进犯太岳，居高临下，行动迅速，对鬼子有利。而且，鬼子在沁县周边布了重防，都是联队以上的日军，还有一个囤积南下物资的兵站，也是日军的重点防御目标。单凭独立团一个团，要啃这块硬骨头有难度。所以，硬攻是万万不行的，郑川就想到了调虎离山的点子，把敌人调出来打，鬼子嚣张，不过是仗着碉堡坚固、武器精良，离了老窝，他们还嚣张得起来吗？那这块骨头也就不难啃了。

常松林却犯愁了："道理是这么个道理，实施起来却不容易，如何能把这么多鬼子调出来呢，单凭我们一个团，力量不够啊。我们师的另外两个团，离这边还很远，远水解不了近渴啊。"

郑川却指着地图提醒常松林："老常，你来看，中条山周治国的 414 团、孙幸齐的 98 团离我们很近啊。"

常松林不以为然："指望他们？这几次打交道下来，我可算明白了，他们简直比地主老财还要抠门，他们能指得上？咱们这几次和鬼子拼，他们哪次不是坐山观虎斗？"

郑川却胸有成竹，轻松一笑："我自有妙计。"

414 团驻地附近的丛林里，周治国正在训练自己的战士隐蔽术——这正是从八路军那里学习来的游击战术中的一部分。

正训练着，左金平来报告，郑川和常松林来了。

周治国有些意外："他们来干什么？"

"说是要借路，有个战斗行动，要经过我们的防区。"左金平这样回答。

周治国狐疑：莫非郑川是在打鬼子古楼兵站的主意？那里集中了鬼子从晋东南掠夺来的各种物资，肥得流油，他岂能让郑川那小子独吞。不过，古楼兵站聚集了鬼子重兵，郑川能打得下来吗？想到这儿，周治国又犯了嘀咕，开始摸不清郑川的门路了，只能把郑川让到屋里详聊。

郑川详尽地分析道："打不打得下来，总得尽力一试，古楼兵站关系太大了，打掉它，一、可以夺回被掠夺的部分物资，补充我们战斗生产的急需；

二、直接破坏鬼子前线供给；三、也是最重要的一点，鬼子向沁县集结，围剿根据地，我们攻击兵站，围点打援，也可以解根据地的燃眉之急。”

周治国听完郑川的想法之后，站起来拍案叫绝道：“一石三鸟，郑团长想得真是周到！只是单凭一个团贸然出击，我怕你不但捞不到好处，倒搬起石头砸了自己的脚。”

郑川故作犹豫，看了常松林一眼。

常松林会意，有些迟疑地说：“是不是再向上级请示一下，请求其他部队增援？”

郑川频频点头：“有道理……那这次行动再缓一缓。周团长，既然如此，我们先告辞了。”

周治国急忙上前挽留：“郑团长，留步。”

郑川和常松林背对着周治国，二人眼神交流，知道周治国动心了。

周治国赶紧说道：“照你刚才说的一石三鸟，行动刻不容缓，可你要是回去请示上级，远水也解不了近渴，其实这个兵站离我的驻地更近，你何必舍近求远呢？照我的意思，咱们可以先达成一个默契，你我都先不请示汇报，等战斗打响了，就说是遭遇战，碰上的，得了好处，你我一起分嘛，郑团长你看怎么样？”

郑川看看常松林，觉得正中下怀，可表面还装作为难。

常松林故作难色道：“照我们的规矩，这是违反纪律——”

郑川在一边打圆场道：“不过和友军协同作战这个精神不会有大错，看在周团长面上，咱就破破例？”

周治国立刻拍手：“痛快！我就愿意和郑团长这样的人打交道，既然是协同作战，我们怎么分工？”

郑川立刻规划道：“攻坚方面，国军擅长；打伏击，我们在行，所以正面进攻兵站夺取物资的事，交给你们，我负责在适当位置阻击前来支援的敌军。”

周治国看看左金平，颇得意：“好啊！”

常松林：“周团长，我们这样安排可是出于对友军的绝对信任，你们究竟从日本人那里拿到多少东西，我们没法监督，咱可说好了，战利品方面——”

周治国脱口而出：“对半分！”

郑川十分高兴：“那就这么定了，具体的开战时间和地点我们酌情而定，届时通告。告辞了。”

周治国起身："恕不远送。"

待送郑川他们出门以后，左金平才问："郑川是不是发蒙了，肥差给我们，他自己啃干骨头？"

周治国："他可不傻，以八路的战法和装备，攻坚作战损失大，打伏击付出小的牺牲还能分一杯羹，很上算的事。"

左金平眼珠一转："不过话说回来，我们也不傻，东西先拿在我们手里，愿意给他们多少，还不是由我们？"

周治国高兴地说："没错。"

周治国想了想，又说："不过，日本人在古楼兵站的兵力不容小觑，我想，不如把驻扎在附近的98团拉过来一起干，这样更有把握。左营长，你马上给我接98团指挥部。"

沁县城外的牛脊岭，仅听到这个名字就能让人想象到它的险势，牛脊岭两旁的悬崖有几百米高，在山岭上只有一条手推车能通过的羊肠小道，这便是郑川这次所选择的设伏地点，站在这儿就像站在了沁县头顶，整个沁县的景色一览无余。

常松林和郑川一起站在制高点，看着周围地形，沁水县的城廓依稀可见。

常松林却有些担心："站得高看得远，不过，这里离沁县太近了，我们在这里设伏，是不是太冒险了？万一被发现，四面一围，我们下都下不去。"

郑川却胸有成竹道："最危险的地方也是最安全的地方，我们的部队和石原不是第一次打交道了，就是因为太近、太绝，敌人才不会怀疑这个地方有埋伏。"

另一边，黎英和张平虏也带领决死队到达了预设阵地，黄昏时分，东乡炮楼周边山野里，黎英和张平虏打开一张事先绘制好的草图，草图上以炮楼为中心标志着周边地形地物。他们身后是隐蔽的决死队战士。

黎英看看时间："再过半个小时，炮楼里的伪军就要开饭了，我们的飞线情报上说，他们这个时间的警备最松懈，是动手的最好时机。"

有了上次的教训，张平虏这回也变得谨慎了，他扶了扶眼镜，说："黎英姐，这次我听你的。"

黎英指点地图："好，那我们把队伍分成几股，穿插过去，对炮楼形成包围之势。"

黎英在地图上比划解释着，张平虏频频点头。

此时，炮楼里只有伪军和“假鬼子”，一片懒散松懈。岗楼上的哨兵挎着枪懒洋洋地晃来晃去，“假鬼子”小头目上来查哨，叫人：“喂！把吊桥抬起，打开汽灯！”他只象征性地四面看了看，就下楼去了，叫着：“七（吃）饭了，七（吃）饭了！”

听到开饭的口令，伪军们纷纷从各个方向积极聚集到楼下，岗楼上只剩一个执勤的哨兵。

待到夜幕垂下，有了夜色的掩护。

张平虏看了看黎英：“黎英姐，时间差不多了。”

黎英点点头。

张平虏低声叫：“小山东，发信号！”

一旁的小山东弯腰走了几步，找到合适位置，架起一支步枪，瞄准岗楼上的汽灯。

岗楼上，那个哨兵还在慵懒地执勤，毫无察觉。

突然一声枪响，子弹擦着哨兵的头顶飞过去，“砰”的一声，正打中汽灯，汽灯灭了。

哨兵吓得两腿一哆嗦，噗通趴在地上，抱着脑袋直哆嗦。

小头目正蹲在汽灯下面的墙角吃饭，汽灯碎片夹杂着土灰正落在碗里，小头目吃了一嘴土灰，连不迭地呸，呸呸……

小山东开完枪，看着鬼子岗楼上的哨兵，乐了：“队长，伪军真怂包，吓尿了。”

一旁的决死队战士杨子拿出了手榴弹：“队长，政委，俺也给伪军的晚饭里加点佐料。”

杨子说着一拉索，把手榴弹奋力往外一扔，扔进炮楼院子里。

一组队员朝围墙里扔出一排手榴弹，院子里升起滚滚烟尘，各队队员向着炮楼的枪眼一起开枪。他们还在洋铁桶里装了鞭炮冒充机关枪，一时声势浩大。

……

众伪军吓得扔了饭碗，纷纷往炮楼里逃。

小头目一边捂着脑袋向炮楼里跑一边大舌头地叫嚷着：“不好了，八路来了！”

说着揪住跑在自己前面的两个伪军一推：“上岗位！打！快打！”

两个伪军踉踉跄跄地架起一挺机枪，朝四面一阵茫无目的地扫射。

小头目进楼里，摇电话："太、太太太君，我西（是）东乡啦！我们这里忽然遭到袭击啦！什么部队？不鸡（知）道啦！多少人？不鸡（知）道啊！黑咚咚地看不清啦！请太君赶紧鸡（支）援啦……"

414团团部，左金平从外面冲进来："团座，最新消息，八路去打东乡炮楼了！"

周治国惊讶："什么？不是说好了打古楼兵站吗？情报准确吗？"

左金平："千真万确，这会儿已经干起来了。"

周治国疑惑："郑川这是什么套路？我让他打援，他倒调头去了东乡，打东乡炮楼，那地方没什么油水嘛。"

左金平猜测："团座，会不会是八路计划有变，郑川要诈，没通知咱们？"

周治国在地下转了两圈，忽然醒悟："八路攻打东乡炮楼，转移鬼子的注意力，这是给我们创造乘虚而入的机会，声东击西！命令！马上通知98团孙团长，按原定计划，偷袭古楼兵站！"

东乡炮楼外围，炮楼上伪军的机枪猛烈扫射。

张平虏和黎英冷静观察炮楼的形势，二人一个眼神交流。

张平虏会意，指挥："转移阵地！"

决死队员收起枪，猫着腰，在夜色的掩护下沿着沟壑悄然转移。

四野里只剩伪军机枪拼命喷射着火舌。

炮楼内，几个伪军守在机枪口抱着机枪拼命射击。

小头目拿着个望远镜观察，突然察觉到什么，紧急下令："停、停！"

几个伪军停下来，其中一个伪军早被吓破了胆，只是疯狂开枪，听不见命令。

小头目放下望远镜，上去踹了两脚："停、停，让你停，听不见？专跟老子过不去。"

伪军这才停下来，松开枪，一屁股瘫坐在地上，结结巴巴道："队、队长，八、八八八八路走了？"

小头目举起望远镜，空旷的四野，镜头里却突然看到一颗手榴弹直冲着他的脑门儿飞过来，吓得小头目忙不迭地往地上趴："卧、卧倒！"

手榴弹在院子里炸响。

片刻，小头目回过神来，整理仪容，装作什么也没有发生，狠狠踹了手下的伪军一脚："八路又回来了，还不打!"

伪军的机枪再次猛烈响起。

小头目摇电话报告："太太……太君啊，几（子）弹很快要消耗完了，八路就要攻进来了，我们需要鸡（支）援！鸡（支）援呀!"

古楼兵站，灯火通明，守卫森严，汽车、摩托车出出进进。

414 团和 98 团的国民党军队已经来到古楼兵站外围国军阵地，架起了几门山炮。

周治国和孙幸齐从不同方向赶来会合，二人见面握手先寒暄了几句。

几门山炮一字排开，炮手整齐一致的动作，校准、装弹、拉炮绳。几发炮弹一齐飞向古楼兵站。

古楼兵站外围国军阵地，周治国用望远镜观察战况。

一旁，孙幸齐表情泰然、胸有成竹："周团长，不必担心，我的 98 团和你的 414 团是精锐部队，你我联手，定能事半功倍。"

刚说完，通讯员跑来报告："报告，第一行动纵队已突破古楼兵站第一道防卫线，缴获部分物资。"

周治国和孙幸齐惊喜、振奋。

孙幸齐："治国老弟，兵贵神速啊。"

周治国："孙团长，我的意思，先不急着整理物资，集中力量摧毁第二道防线，速战速决。"

孙幸齐点头："好，就按你说的办!"

话音刚落，又一名通讯兵过来报告："报告，刚得到消息，附近各炮楼据点的鬼子朝我们这边来了。"

孙幸齐有点怵："治国老弟，这个动向厉害啊！要是连沁县的鬼子联队也惊动了，弄不好我们要腹背受敌。"

周治国却有把握："孙团长，放心，按我们的计划，八路负责阻击沁县大方向援敌，我想郑川这点信心还是有的。至于其他据点的小股敌人，我安排的人马足够应付。"

此刻，得知古楼兵站被偷袭的消息，石原突然明白了，八路这是在声东击西，佯攻东乡，他们的真实意图其实是古楼兵站。古楼兵站是支持圣战的重要基地，不能有失，于是他立刻命令附近所有据点的小分队立刻前往古楼兵站，加强兵站防护。

太岳县城外牛脊岭上，潜伏在这里的独立团士兵严阵以待。

郑川和常松林在崖顶，东乡炮楼、古楼兵站两个方向的炮声、枪声隐约传来。郑川和常松林二人不动声色。

黄豆豆气喘吁吁地跑上来："团长，古楼兵站打起来了，周团长突破了鬼子的第一道防线。"

常松林高兴道："看，我们导演的戏已经高潮迭起了。"

"可是我们这些主角，还没有登场呢！"郑川低头看了看表，已经是夜半两点多钟。

常松林心情大好："好饭不怕晚，估摸着城里的鬼子快坐不住了。"

话音刚落，沁县方向忽然响起了一些动静——忽起的哨声，手电光，脚步杂沓，接着是吊桥放下，城门打开了，一队人马出来。还有汽车，摩托车。

郑川两眼放光："大鱼吞钩了！"

牛脊岭下的公路，满载着日军士兵的卡车一辆接一辆开过来。

忽然，"轰隆！""轰隆！"两声巨响，两枚手榴弹在最前面的一辆卡车前炸响，烟雾升腾，卡车戛然而止。

紧接着，密集的枪声响起，手榴弹接连从上面投掷下来，日军中间的几辆卡车顿时起火，日本兵从卡车上抱着枪鱼贯而出，慌乱寻找掩护。

日军指挥官挥舞着指挥刀控制局面。然而遭遇突然打击的日军士兵却依然一片慌乱，不少日本兵躲到了卡车下面，日军指挥官气急败坏的将一个个士兵从车底拽出来，斥责："反击，反击！"

日本兵以卡车为掩护，慌乱开枪。

左翼，宋铁头的骑兵队从高处冲下，宋铁头一马当先，扬起大刀片，手起刀落，砍倒了数人。

冲锋号响起。

独立团战士俯冲下来，喊杀声震天。

熊熊烈火中，郑川带领八路军战士和敌人展开了白刃战。

宋憨头和一个鬼子兵纠缠在一起，另一个鬼子兵举着刺刀咿咿呀呀喊着朝宋憨头杀过来。宋铁头骑马飞奔而来，一路砍杀鬼子，关键时刻，宋铁头纵马赶到，一刀刺中了鬼子兵的胸膛，为弟弟解围。

天渐渐亮了，古楼兵站外围国军阵地上，周治国双目通红，但他依旧紧紧盯着望远镜观察战场，焦急不已。

孙幸齐坐立难安，思忖再三，走到周治国旁边："治国老弟，这小鬼子不好打，抵抗太顽强，这都耗了几个小时，眼看天都亮了，再打下去我们的兵怕拖不起啊！"

周治国继续盯着战场，没有立刻表态。

孙幸齐像热锅上的蚂蚁："治国老弟，我劝你适可而止，见好就收吧……你不撤？反正我的兵是要撤了。"

孙幸齐说着转身就要去下达撤退命令。

周治国这才放下望远镜，转过身来："孙团长，撤退是一方面，最要紧的是缴获的物资要尽数带走。"

孙幸齐大喜："好，好。我这就去布置，捞到多少算多少！"

东乡炮楼里，伪军停止了射击，都忐忑不安地望着那小头目。

小头目放下电话："没有希望啦，援兵被八路截啦，我们留在这里鸡（只）有西（死）路一条啦！"

伪军："怎么办？还抵抗不抵抗？"

小头目："抵抗个屁呀！犯不着给日本人殉葬啦，挂白旗啦！"

一个伪军颤抖着将一面白旗伸出了炮楼。

外面，"小山东"用纸喇叭筒喊话："里面的人听着，先把武器扔出来，排好队举着手走出来！"

伪军果然把枪一支支扔出来，然后，举手出来投降。

太岳县日军指挥部，丢盔卸甲的日军指挥官闯进："报、报告长官，八、八路——郑川——就埋伏在城门外牛脊岭！我们一出城就挨打了。"

石原气急败坏，这才明白自己又上了郑川的当。消息很快传到了多田骏那里，多田骏严令石原以最快的速度组织反击，消灭八路，挽回损失。

五

得知郑川这次出击，不仅拿下了东乡炮楼，还袭击了日本人的古楼兵站，打了日本人两个联队的伏击，缴获了不少战利品。周福源一方面觉得难以置信，另一方面又懊悔不已，本想着借日本人的手削弱决死队，单凭决死队那群书生，打炮楼，不死也得剥层皮，都是郑川，还有那个黎英瞎捣乱，坏了他的好事。

可他表面上还要装出欢欣鼓舞的样子，杀猪宰羊，给八路军庆功。

庆功宴上，郑川精神振奋，黎英脸颊红红，郑川轻轻地碰了碰黎英，黎英回身过来，一脸幸福的样子。闲暇时，郑川缓缓将头凑到黎英的耳边，指了指周福源难掩憋闷的神情，二人会心地笑了。

“啪!”镁光灯一闪，英国女记者莱特女士把这一场景摄入了画面。

莱特很快完成了在根据地的采访，接下来要去二战区司令部，从王家堡到二战区司令部有一百多里，郑川特别安排陆曼云带骑兵队护送她去。

莱特十分感谢郑川：“西方世界对于你们的斗争了解得太少了。为了表示我本人对八路军指战员的敬意，我想把我的照相机留给你们作纪念。”

说着，将自己心爱的“莱卡”照相机从胸前摘下送给郑川：“你一定要收下!”

郑川：“对你们记者来说，照相机太重要了，正好这一次我们从日本人那里缴获了一台日本相机。不如我们交换吧!”

常松林折返团部，很快拿来一台日式相机赠给女记者。

郑川：“莱特女士，祝你早日回到伦敦，代我们向全世界宣示中国人民坚决抗日的决心。”

莱特欣然接受郑川的提议，踏上新的征程。

山野小路上，陆曼云和莱特女士一起并马而行。几个骑马持枪的战士跟随其后。

聊到陆曼云是橡胶大王的女儿，莱特不由得感慨：“真想不到，你这样一个腰缠万贯的富家千金，会以这样一副女侠的装束，驰骋在这黄尘漫漫的土岗子上。”

陆曼云反问：“那么莱特女士认为，我应该是什么样子呢?”

莱特想象着：“应该是穿着白纱裙子，在花园的草坪上安闲地弹吉他或者看书。”

陆曼云：“那样的生活我从前有过，的确是很惬意，很安闲，但是我认为我现在的生活更有意义，有价值。”

莱特女士耸耸肩头："为什么？从远古的部落开始，战争就一直是男人们的事，姑娘们应该是被保护和娇宠的对象。所以，我还是不理解。"

陆曼云笑了，认真道："莱特女士，我想带你去个神秘的地方，也许就能回答你的问题了。"

莱特好奇："神秘的地方？"

陆曼云笑了，挥起马鞭："跟我来！"

几匹马扬起烟尘，侧转而走。

陆曼云嘴里所说的神秘的地方，便是陆家祠堂，在陆家祠堂，陆曼云告诉了莱特自己爷爷的故事，虽然爷爷去了南阳，但每年的正月十五，他都要带着全家人，冲着家乡的方向磕头。

陆曼云告诉莱特："一旦一个民族处于被灭亡的边缘，哪怕是胆怯的羔羊也会发出狮子一样的怒吼，这场战争叫我重新认识了自己，我是一个中国人，为了我的祖国，我愿意成为一名战士，叫侵略者闻风丧胆，为此我很骄傲。"

莱特听了陆曼云的一番言辞，对她这个富家千金更加肃然起敬起来。

克难坡阎锡山的办公室里，阎锡山正在写文件。

梁天寿匆匆而入："会长，外面来了几个八路的人。"

阎锡山头也不抬："不见。"

梁天寿："会长，不光有八路，还有个外国记者，陪她来的，是东南亚橡胶石油大王陆嘉宇的女儿，陆曼云。"

阎锡山立刻放下笔："陆嘉宇的女儿，你没看错？"

梁天寿："千真万确，会长，前几次你多次提起，想见一见这个陆曼云，都因为不凑巧错过了，这次不见一见吗？"

阎锡山："陆曼云来了，自然要见一见，更何况还有国际记者。陆嘉宇可不是个简单人物，支援抗战，那是鼎鼎大名，们早就想见见陆曼云，最好能把她留在克难坡。"

"是，会长，我现在就去把他们请进来。"

梁天寿说着转身要走。

阎锡山却站起来说："不，们亲自出去迎接。"

此时，陆曼云和莱特等在克难坡阎锡山办公室门口。

阎锡山在梁天寿的陪同下走出来，精神抖擞："贵客驾到，们有失远迎，失礼失礼了。"

陆曼云一个标准的军礼："司令长官好。"

阎锡山一愣，没有反应过来。

陆曼云解释："司令长官，我已经加入八路军独立团，现在是独立团骑兵队的指导员。"

阎锡山意外、震惊，热情的态度突然变得冷淡下来："唔，原来是这样。"

陆曼云向阎锡山介绍："司令长官，这位是英国泰晤士报的记者莱特女士。"

阎锡山说着一口忻州式的英语："古德帽儿宁！"

阎锡山万万没想到，陆曼云竟加入了八路军，因此对这次会面便失去了热情，心内不悦，看一眼梁天寿。

梁天寿立刻会意，插话："陆小姐、莱特女士，你们一路颠簸，辛苦了，不如先住下来，休息一下，明天晚一点再安排采访事宜。会长，您还有个重要的高级军事会议，马上到时间了。"

阎锡山作恍然状："只顾着说话，倒忘了正事。陆小姐、莱特女士，失陪了。"

第二天，阎锡山换了一身非常隆重的装束，接受莱特的采访。

阎锡山："山西是们的故乡，也是们为民族革命奋斗了半辈子的地方，因为军事上的失利，们暂时退过了黄河，但是们的心始终没有离开山西的土地，们要把办公地点搬过黄河这边来，就是要宣示们的决心，要和山西的老百姓同甘共苦，并肩战斗。"说着，还拿出手帕，很动感情似的抹一抹眼睛。

莱特："我从八路军的根据地过来，有很多新的见闻，不知道司令长官怎么看？能谈谈您对八路军以及对未来局势的看法吗？"

"们刚才已经说了，八路是们的友军，他们干的好，从隶属关系上说，都是们领导的嘛！"

说着，阎锡山突然想到什么，话题一转，说："最近德国大使陶德曼给我发来一个电报，提出一个调解中日关系的方案，条件不大苛刻，还可以考虑——"

陆曼云忽然开口："阎长官，德国和日本都信奉法西斯主义，他们是盟国，德国提的方案，只能是劝降，有什么可考虑的？"

"陆小姐，不要激动嘛，们说的是值得考虑，不是说要接受这个条件。抗战这几年，们深受其害，们的部队伤亡和消耗太大了，短期内只怕是恢复不过来，战争是实力的较量，如果们实力搞不上去，想硬也硬不起来啊。战争打了这几年，到底什么时候胜利，能不能胜利，还是未知数。继续战争，劳民伤财，使百姓深陷水深火热，新生活的希望也是渺茫，所以们要检讨几年的工作，如果不检讨，就会遭受失败，们就无法面对山西的父老，是历史的罪人。”

阎锡山的言谈间透露着对继续战争的悲观情绪。这让陆曼云十分反感。

太原日军山西派遣军司令部，冈村宁次正在听取多田骏汇报对阎锡山的诱降方案。

虽然对伯工作组通过阎锡山的旧部苏体仁递过话，表示皇军愿意在共同防共的基础上，和阎锡山达成互不侵犯秘密条约，并且愿意退还他在太原的部分财产，但是，目前为止，阎锡山还没有明确答复。

听到这个消息，冈村脸色一沉。

多田骏又立刻说：“不过，阎锡山已经动摇，也许很快就会变通。”

多田骏从阎锡山的下属那里得到一些口风，说阎锡山并不是不愿意谈，只是要价太离谱，他不仅想要退还西北公司的资产，还要日本人提供枪支弹药和几十万军费，却表示不能公开通电反蒋，不能归汪政府管辖。

这让冈村宁次看到了希望，他示意多田骏，只要阎锡山答应把枪口对准共产党八路军，他的一切要求都可以考虑。

王家堡独立团团部小院。黎英骑着马赶来，下了马，一进院子就看见郑川在厨房和司务长咕咕哝哝。

黎英走上前来：“郑川，急惶惶地把我从汾村叫过来，到底是什么事啊？”

郑川做了一个“别声张”的手势，低声说：“师长来了，要检查我们太岳的扩军支前情况，我正和司务长合计，怎么请师长吃这顿中午饭呢。”

黎英十分高兴：“师长来啦？咱可得代表太岳区好好款待。”

司务长开口：“师长是南方人，我们这里的大师傅可都是做北方饭的把式，南方菜见都没见过，到时候还得麻烦黎大姐帮个忙喽！”

黎英一口答应：“没问题。我掌厨炒菜，我老家和湖南交界，口味和总部首长差不多，你只要有辣子就行。”

司务长：“辣子是老乡去年晾干的，还有这次从鬼子那缴获的肉罐头。”

郑川打断，压低声音：“别嚷嚷，什么鱼呀、鸡呀，师长要听见了，肯定不答应，照我说的，乘他外面视察累了，给他来个突然袭击。”

这时他们背后忽然响起洪亮的声音，师长从外面走了进来："谁要给我突然袭击呀？"

郑川急忙站起来掩饰道："师长——我说的是打沁县——"

师长："郑川，你不要和我搞那些鬼名堂，我在外面都听到了，什么缴获的日军战利品，鱼罐头、鸡罐头，你趁早不要给我做，那些东西你趁早给我送战地医院，叫伤病员去吃。你们的战士平常吃什么我就吃什么。"

郑川竟一时语塞。

黎英上前敬礼："师长，太岳县党支部书记黎英向您报到。"

师长熟惯地一摆手："黎英啊，我先找你和常松林同志了解一下统一战线方面的情况，谈完了再吃饭。"

师长告诉黎英，八路军总部知道决死队是一支特殊武装团体，在名义上属于阎锡山领导调动，总部叫他来调查一下这支军队与八路军配合作战的具体情况。

在太岳，虽然决死队实际上还控制在八路军的手里，但在名义上，阎锡山的政府首长对决死队还有一定的支配权，所以就有一些顽固势力，想要用各种方式来限制决死队的行动，甚至想借日本人的手来削弱、消耗决死队力量。

听了黎英的汇报，师长继续问黎英："听你刚才这一讲，以后八路军和决死队配合作战，倒是一个需要认真研究的问题。听说你们县决死队的一帮学生兵，敢单独去偷袭鬼子？"

黎英告诉他："太岳县的这支决死队，组成比较纯粹，他们的骨干都是太原进山中学和国民师范的学生，队长原来是山西大学堂的老师，他原来叫张和平，为了打鬼子才改叫张平虏，年纪大一些，是他们的领袖。"

常松林也说："师长，这个张平虏倒是很有意思的一个人，前年太原陷落，他来临汾做讲演，说日本人的飞机炸坏了他们学校的图书馆，他说得痛哭流涕，是个地道的书呆子。"

师长略加思索，然后说："他爱书，知道知识的价值，这没有错，他将来能发挥的作用也许我们都比不上。暂时不会打仗没有关系，开了窍，进步会比大老粗快，郑川就是个活榜样嘛！"

黎英借机又说："师长，我还有个情况要反映，希望上级能帮助解决。张平虏要求入党，光申请书写了这么一沓。可是常政委说，上级有指示，在决死队里不发展党组织。"

师长看向常松林："老常，有这样的指示？"

常松林回答："敌工委确实有过这样的指示，说为了维护统一战线，不授人以柄，像牺盟会这样的组织中暂时不要发展党的组织。"

黎英眉头一皱："师长，我倒觉得在牺盟会、决死队这样新旧派混杂的组织里，发挥党组织的核心领导作用更加重要。"

常松林："受伤时候我在三原培训，听人讲国际路线，说一切要经过统一战线。按照这种精神——"

师长闻此，突然啪地一拍桌子，站了起来。

常松林微微一震。

师长叹口气，缓和道："老常，我看你培训了两天，叫那些要理论的人把你搅糊涂了吧？统一战线嘛，统一是为了战斗，没有个主心骨怎么统一？毛主席说：以退让求团结则团结亡，以斗争求团结则团结存。牺盟会和决死队里面既然有新旧两种力量的斗争，恰恰应该大力发展党团组织，增加进步力量，压制顽固势力。这个问题包在我身上，我向敌工部反映。"

黎英高兴地说道："这样我们工作才顺手。"

师长："这个问题我们就谈到这里，先吃饭！"

第十章　王家堡遇袭

一

一张方桌子，师长、黎英、常松林和郑川坐在桌边，警卫员摆上来一盘青菜豆腐，一盘萝卜，接着司务长端上一盆小米饭。

饭桌上，郑川握着筷子在青菜里挑了一下，夹了块豆腐到刘师长碗里。刘师长半开玩笑半认真地说："你不要搞这个，我又不是地主老财，饭来张口，要吃什么自己夹。"

刘师长虽然才来了半天，但却已经把独立团的老底摸了个八九不离十，他从食堂开饭的规模判断，这一年多，郑川的部队起码已经扩展到了一个旅，而黎英在这里开展的减租减息政策也初见成效，普通百姓家里也有了余粮，抗日热情高涨。郑川这里是富裕了，可是大多数部队人员和装备不齐整，甚至连吃都吃不饱。

师长放下了筷子，看着郑川："郑川，你主动表个态，给别的部队匀一些嘛!"

郑川笑起来："原来这才是师长的真实目的啊。豆腐白菜不入眼，看上我的人和枪了。"

一旁的常松林憋不住了，抢先说："刘师长，人可以给，那些缴获的日本装备，您可得给我们留下。"

常松林一边说着，一边不停给郑川眨眼睛。

郑川："是啊，刘师长，虽说现在的日子比以前好过了，可我们的难处您不是没看见，周福源认死理，总拿编制做文章，说八路军只有三个师的编制，编制上没有独立团，从来不给我们发饷，我们是勒紧了裤腰带。"

方才还一脸平静的刘师长瞬间变了脸，一摔筷子，生气道："给人不给枪，叫他们吃干饭去啊?"

常松林和郑川二人面面相觑，独立团攒下来的这些武器装备全是战士们用血和命换回来的，一时要拿走，任谁也不情愿。

见二人都不表态，刘师长一气之下离开了饭桌，黎英瞪了郑川一眼，赶紧追出去。

已经入秋，天很蓝，没有夏天那么沉闷，凉爽的风不时地飘进院子，但却无法熄灭刘师长心中的怒火。

刘师长看着满院子的落叶，黯然神伤。

黎英走进院子，刚想开口，却被刘师长抬手制止。刘师长知道黎英想替郑川说话，他也明白郑川的难，可眼下的战斗形势很紧，谁的日子都不好过！

“刘师长，郑川的工作我来做。”黎英开口的第一句话令刘师长一脸惊讶。

刘师长颇感安慰，语气也缓和下来：“黎英，既然你是决死队的政委，那我也要向你提个要求。”刘师长顿了顿，继续说：“决死队大多是知识分子，缺乏战斗经验，我倒有个想法，我们野战部队都是身经百战的老战士，却没几个知识分子，你看这样好不好，从野战部队调二十个战将换你们决死队二十个秀才，怎么样？”

黎英惊喜，现在的决死队最缺的就是有实战经验的军事人才，刘师长这么做无疑是帮了独立团一个大忙。

刘师长接着说：“我也要提醒你一句，时刻不能放松警惕，接下来的日子照样很艰难，日本人是一个方面，另一方面，阎锡山的态度也很重要，我看他未必愿意看到你们壮大。我们要打退日本人的围攻，还要防止顽固派的暗算。”

黎英暗暗赞叹刘师长的深谋远虑，点头表示赞同。

古楼兵站的失利对于多田骏来说是他进入中国战场以来最大的耻辱，当初他之所以把晋东南交给石原，是出于对石原的信任，但没想到，由于石原指挥不当，晋东南彻底失败，现在多田骏已经成了日军大本营的笑柄。

日军指挥部里的空气像是凝结了，死一般地沉寂。

石原低着头站在多田骏面前，不敢出声。

多田骏气得满脸青筋暴起，走到石原面前，连续扇了几个耳光，仍是不解气。

“司令阁下，我认为我们目前的失利只是暂时的，但郑川确实是个不好对付的家伙，很难缠，所以我们改变策略，找到对付他更有效的方法。”待到多田骏打累了，停下来，石原才开口说话。

多田骏深深吐了一口气："囚笼计划，也许是时候开始了。"

现在，太岳县城已经失去补给渠道，对多田骏来说已经没有价值了，他命人撤出太岳县，这样也可以给八路军造成一种假象，使他们懈怠。

很快，石原带领着队伍把太阳旗从太岳县城城楼上降下，带着部队离开了太岳县。

日本人前脚离开，周福源就带领着一家老小，回到了太岳县。

周家祖宅还是之前的祖宅，左行向里是一大额四合院，南房是一个敞厅，绕过活屏便是一条又宽又长的甬道。甬道两旁各有两个黑漆小门，尽头是一个垂花门，门内是一个大三院。

周福源抚摸着自家老宅的柱子，老泪纵横。为修这院落，祖父把祖上积攒了大半辈子的银元全部花光了，这个宅子是周家鼎盛的象征。周福源曾经向父亲发誓，哪怕死也绝不离开这个宅子。可是，日本人一来，他就抛弃了祖宅。现在再次回到老宅，周福源的心里那个激动啊。兴奋的不单单是周福源一人，周夫人也哼起了小曲儿。

周福源很久没听夫人唱戏了，此刻心情大好，坐在太师椅上，一边听，一边手里还打着节拍，眼睛眯着，嘴角微微上扬，非常享受。

七岁红嘴里唱着《大登殿》王宝钏跟着薛平贵还朝的得意洋洋的唱段："我头戴凤冠、身穿蟒袍、腰缠玉带，手拿笏板，风风光光、体体面面——就在那殿前站——呀呼伊呼咳！"

这时，周安邦走进来，看见老爹摇头晃脑在戏文之中的沉迷之象，不想破坏父亲的雅兴，转身欲走，却忽然被叫住。

"安邦，什么事？"

"没有什么，刚才我去咱家老店那边，把地库里面的货清点了一遍。"

周福源满脸紧张："怎么样？鬼子糟害了不少吧？"

"丢了有三四成，其他倒还没动。"

周福源先是握紧了双拳，接着微微叹了口气，三四成的货物，这也足够让周家困难好一段时间了，不过，好在不至于把周家彻底拖垮。

他看着儿子，像是在命令，也像是在恳求："这段时间你先别去学校，多管管老店里生意的事！"

周安邦不好推辞，只好应允。他答应下来一来是因为父亲的嘱托，二来周家老店是百年老店，作为周家的长子，他身上自然肩负着保住家业的重任。之前，之所以去当老师，是因为喜欢，父亲虽有不满，却也没有阻挠。现在家中有难，周安邦自然要留下，帮助父亲重振家业。

周安邦没想到，这个为他“重振家业”的人这么快就来了。

“少爷，门外有一位姓穆的先生，说是您朋友，做生意的。”

听管家来报，周安邦先是一愣，眉头微皱，他在脑子里回忆着自己什么时候有个姓穆的朋友，一旁的周福源再次眯起了眼睛，平静地说：“多个朋友总没坏处，既然是买卖人，或许对咱们的铺面重新开张有用处？你去见见吧。”

周安邦应声离开，周安邦没想到的是，来人确实姓“穆”，但此“木”非彼“穆”。

“木村，你怎么来了？”只见一身长袍的木村笔直地站在周家大门前，静静地等待着。

周安邦瞬间紧张得额头都渗出了汗，这个时候，一个日本人来到了周家找他，要是被别人发现了，他就算是有十张嘴巴也解释不清，他赶紧把木村请到屋子里。

一进里屋，周安邦就把下人全部支走，关好房门，紧张的神情这才稍微舒缓了一些：“木村，你真是好大的胆子，要知道，现在的形势这么紧张，你就不怕被别人发现吗？”

木村却不以为然地笑了：“老同学，我们一起在东京早稻田大学留学时候，你和我说过，你曾经因在日本留学而引以为傲呢，是吧？”

木村一下把周安邦的记忆带回到过去。曾经，去日本留学是他可以炫耀的资本，日本的文化、日本先进的科技他在自己国家从来没有见到过，可是自从日本入侵中国之后，那些骄傲都不存在了。“那是过去，现在中国和日本是交战国，你们是我们的敌人。”这样说着，突然，周安邦脑子里蹦出一个不好的想法：“你——来太岳做什么？是不是军方派来，要你做说客，说服我当汉奸，为你们服务？”不等木村回答，周安邦直接表明立场：“如果是这样，你趁早打道回府。我不是那样的人。”

木村面露笑容：“老同学，你神经过敏了，我大学毕业后继承了家族公司，一直在做商人，今天以私人身份拜访老同学，听说你家在这儿有商铺门面，不知道我们能不能合作做点买卖？”

周安邦满脸狐疑，方才消失的紧张感再次袭来。

木村解释着：“当然，我们之间的买卖和政治绝对没有任何关系。我来只是想做买卖，我关心的是我经营的日用工业品，在你们这个区域有没有销路。”

自从日本进入中国之后，野蛮、凶狠，经常毫无理由地屠杀平民，这令周安邦开始重新审视这个自己曾经求学以及尊敬的国家。只是木村和他是早稻田大学的校友，两人在学校时关系甚好，他认为木村应该不会利用他。再说，虽然木村是日本人，但是周家打开门做生意，自然没有有钱不赚的道理。尤其是听木村说，他手上有一批日用品，这简直就是天上掉馅饼。战争期间，商品流通渠道被隔断，连火柴、毛巾、洗脸盆这样最基本的物资都缺得要命，日用品最畅销了。

见周安邦有些心动，木村继续说：“我以最优惠的价格给你的商铺供应日用商品，怎么样？”

周安邦心中一动，但是依旧有些犹豫，毕竟眼下与日本人做生意不得不要万事小心：“你的货是什么货？日货还是国货？”

“看你要什么，日货、国货，我这里都有。”

周安邦两眼冒光，老百姓恨透了日本人，对日本货当然也十分的抵触，加上太岳现在是八路军控制的范围，要想保险，必须是国货。

看周安邦既心动又犹豫，木村笑了：“你放心，我的进货渠道很畅通，北平、上海的货我都能弄来。只是我日本人的身份，在你们这里行动有很多不便，不如这样，我全权委托你做我在太岳的总代理，货物的往来业务，我会派一个真正的中国人来做联络员。”

木村的话无疑给了周安邦一颗定心丸，他之前还在考虑这个问题，如果每次都是木村亲自来，不免会引人注意。眼下木村思虑比较周全，加上他也确实想为太岳县的老百姓解决一些物资供应方面的困难，所以欣然答应。

临走前，木村又提出了一个新的要求：“不知道你在吉县一带有没有说的上话的朋友，我想扩大生意的规模。”

周安邦常年在学校，很少接触当官的朋友，既然木村说了，他也不好拒绝，他想了老半天，真的在脑子里搜出一个人：“听说现在在二战区阎司令长官身边办事，而且很吃得开。”

木村眼前一亮，欣喜万分：“既然如此，有劳安邦君多多帮忙了。”

周安邦丝毫没有起疑，拿出一张纸条，写下了那个人的名字和地址，交给木村。

很快，木村就进了一批日用商品，放到周家老店卖。周家老店的店面也是装饰一新，门庭若市。

日用商品卖得很红火，不断有顾客来购买比较紧缺的火柴、肥皂、毛巾、搪瓷脸盆、饭盒等物，老店刘掌柜应接不暇。此外，周安邦特地让刘掌柜在招牌上标明“正宗国货，童叟无欺”。

货卖得好，钱赚得多，周安邦自然是心情大好，加上周福源已经答应他，只要店铺生意恢复到之前，他就可以继续回去当他的老师。看着源源不断的客源，店铺的生意一天比一天好起来，周安邦的心情自然也舒畅了许多。

木村说的不错，他并没有自己出面，而是安排了一个姓陈的中国代理人作为二人的中间人。没几天的工夫，陈代理就已经和周家上下的伙计熟络起来。

“刘老板，上次进的那批货卖得还好吗？”

“托东家和穆老板的福，大吉大利，顺当得很，您瞧，我收钱都忙不过来呀！”刘老板笑得嘴都合不拢了。

正在这个时候，胡大喇叭带着两个战士走了进来。

刘掌柜认出胡大喇叭，一脸殷勤：“唔，胡班长，您来啦？来，进里面来，坐，坐，伙计，泡茶！”

“不了，刘老板，我们是到团部受训经过这儿，临走的时候，司务长交代捎买一些东西，听说你这里货比较全。”

“您说，想用点什么呀？”

“篷布、桅灯，还有绳索，还有战士学文化用的石板、石笔什么的。”

……

很快，刘老板把胡大喇叭需要的货物一一点好。可是，问题来了，东西这么多，仅凭胡大喇叭三人，拿着怕是会有些吃力。

胡大喇叭却不在意：“没多少，我们三个人每个人背一点，就背回去了。”胡大喇叭行军的时候，一个人扛着几十斤的东西，每天走几十公里，眼前这点东西，对他来说简直就是小菜一碟。

“不行不行，刘掌柜，咱们店里不是有独轮车吗？找两个伙计推着，给八路兄弟送到营地去。”一旁的陈协理走出来，连忙劝说道。

可是店里就两个伙计，加上店里生意又忙，根本没有多余的人力。陈协理看出刘掌柜的犹豫，自告奋勇道：“和我一起来送货的两个人可以去！总不能叫八路受累。”

“不用了，太麻烦你们了！”胡大喇叭直接拒绝。

“这有什么麻烦？要没有你们这些当兵的，哪来我们的太平日子，我们为你们服务是应该的呀！”还没等胡大喇叭开口，陈协理对内屋喊道：“你们两个，收拾一下，把车推出来，给八路同志送货!”

盛情难却，胡大喇叭只能应允下来。

很快，陈协理就把得到的消息向日军大尉吉田光治汇报。吉田显得异常兴奋，甚至有些迫不及待。

不过，这一次，石原却多了几分冷静：“吉田君，稍安勿躁。郑川很狡猾，几次从我的手里逃脱，这一次我不希望再有失误。我的目标不只是郑川，还有他的团部机关，也要一举消灭，消灭了他们，就是消灭了八路的大脑。”

“长官，郑川屡次逃脱，他依赖的是地形优势，如果我们出其不意，从背后偷袭，我相信八路绝无逃脱的可能。”

石原却没有听进他的话，而是思索着其他的问题，他突然问：“特别攻击队在什么地方?”

“特攻队一直处于待命状态，随时可以出击八路。”

石原在地图上划出一条进攻线：“命令特攻队潜入王家堡，先行出击，扰乱秩序，大部队趁乱包抄，一举消灭八路。”

二

月明星稀，村影朦胧。凝重的空气中弥漫着潮湿气息。

王家堡村边的土地里，出现了十几个鬼鬼祟祟的黑影，悄然向王家堡方向靠近。

最前面带路的正是白天帮胡大喇叭送货的那两个年轻人，紧跟在旁边的是吉田光治，他的身后跟着十几个穿着伪装服的日军特攻队员。

送货人指着王家堡方向说：“太君，就是这儿，白天我们看得清清楚楚，村子里很多八路。”

吉田光治拿出望远镜对着前方，笑了。

……

危险正在慢慢靠近，可是王家堡的老百姓却一点都没有意识到。

鸡叫头遍，淡青色的天空还镶着几颗稀落的残星。

离村口不远处的柴火堆里，伪装过的日军侦察兵由两个送货人带路，隐蔽在柴火堆里。

日军侦察兵观察着村子里的动向，接着打开特制的手电筒，发出信号。

此时，正在村口放哨的两个民兵战士察觉远处的柴火堆中有异动，一步一步靠近日军隐藏的地方。

柴火堆中，日军侦察兵发现自己暴露了，不过吉田似乎并不紧张。在他的心中，中国人都是愚蠢的。直到两个民兵继续朝着这个方向走来，吉田这才有些紧张。

他朝着两个送货人使了个眼神，两个送货人会意，从柴火堆里钻了出去。

已经靠近的两个民兵顿时神经紧绷，枪口指着两个送货人："什么人？你们是哪个村子的？以前怎么没见过？有路条吗？"

两个送货人哪里知道什么是路条，他们支支吾吾地说不清楚。

这下，民兵的疑心更重了："问你们话呢，老实交代，为什么鬼鬼祟祟的？"

不远处，胡大喇叭带着两个战士从村子里走过来，他带着两个新学吹号的战士准备去山上练习气口。

其中一个送货人一眼认出了胡大喇叭，赶紧说："我们是来找胡班长的，昨天我们还帮他送货了呢。"

胡大喇叭闻声而来，一眼就认出两个人："你们怎么到这儿来了，这天还没亮呢。"

一个送货人赶紧解释："店里有急用，老板让我们来取车，耽误了要扣工钱，我们哥俩只好趁夜来了。"说着，两个人急得眼泪都快掉下来了。

胡大喇叭没有多问，就让人带着送货人去取车，自己带着两名战士继续往山上走，而经过昨天运货的那条路时，一包被扔在路边的土特产——蜜饼，引起了胡大喇叭的注意。

在这个兵荒马乱的年月，各种物资极其匮乏，普通人家吃不饱穿不暖，这样的蜜饼对于他们来说是奢侈的食物，怎么舍得浪费呢，可是眼前这包蜜饼的面粉和蜜糖却洒了一地，不正常。

胡大喇叭捡起蜜饼的包装纸一看，上面赫然写着"周记"二字，他突然意识到了什么，瞬间冷汗冒了一身。

胡大喇叭人粗，可是心却不粗。要真是卖苦力送货的，怎么舍得糟蹋这么贵重的点心？他回想着那两个人昨天来到王家堡的一举一动，加上方才的那些行为，很可能是敌人派来的奸细！

胡大喇叭脸色大变，脑门嗡的一声："不好！快，咱们赶紧掉头回去，兴许那两个奸细还没走，可不能放走了这两个人。"

说着，胡大喇叭带着两个战士掉头往村子方向走。刚刚走到王家堡村外小路上，胡大喇叭就察觉到异常，他看到前方，十几个鬼子兵端着枪埋伏着，枪口对准村子方向。

胡大喇叭惊呼："不好，鬼子这是要搞偷袭啊。"

天还没有亮透，村子里的独立团战士毫无防备，要是让鬼子冲进去，后果不堪设想。

战士小李急了："班长，咱们开枪！给团长报警！"

胡大喇叭急忙按住他："不能！现在惊动了小鬼子，真打起来，团长要吃亏啊。"

"那咋办？"战士小张急出一头汗。

胡大喇叭急得团团转，思前想后，最终有了主意："咱们就把位置拉远一点，去后山吹号，迷惑鬼子，给团部转移争取时间。"

可是这么一来，胡大喇叭和两个战士，无疑就成了小鬼子的活靶子，性命堪忧。

"从进部队的那天起，俺就发过誓，活着就为了杀鬼子，俺不怕死。"

"班长，俺也不怕，俺们听你的指挥。"

胡大喇叭看着两个视死如归的战士，眼眶红了。他带着两个战士往后山跑去。

就在日军准备下令发起进攻的同时，村外的后山上忽然响起了军号声，在静谧的晨曦里，显得异常嘹亮。

"滴答！滴答答——"号音在群山间回荡。

声音很快传到了王家堡，常松林、郑川都被喇叭声吵醒。

常松林看看手表，胡大喇叭今天起床号比平常足足早了二十分钟。

这号角非同寻常，郑川、常松林二人几乎同时反应过来："这不是起床号，是紧急转移号！"话音刚落，村子里传来几声枪响。

郑川没有乱，一边解读胡大喇叭的号音，一边翻译着："时间紧迫，敌人已完成包围，立刻向西沟转移。"

听完号音，郑川立刻部署："高春生，你马上带侦察排侦察敌情，有任何异动立刻汇报。刘洪涛，带一个警卫排吸引敌人火力，往东边走。"高春生、刘洪涛领命离开。

除了高春生和刘洪涛带走的警卫排，整个王家堡还剩下一个警卫排以及三十多个民兵。

郑川努力让自己安静下来，不能乱。他明白，此时此刻，头等大事是组织群众转移。他赶紧命令民兵排长挨家挨户的通知，不落下一个人，又安排群众朝西沟里进行转移，只要进了山就安全了。

所有人都走了，只剩下郑川和常松林二人。

“老常，通知团部各机关，一律轻装简行，穿西沟，到椿树口集合。你带一个排，掩护后勤和伤员，一起转移吧。”郑川异常平静地说。

这下，一向平静的常松林不淡定了：“我走了，那你呢？”

“我带警卫排拖住小鬼子，你们尽快转移。”

常松林立刻反对：“不行，我留下，你转移。”

郑川大吼道：“都这个时候了，你还跟我争？！常松林，我是团长，这是我的命令，你马上转移！”

就在二人争执不休的时候，王家堡的一条巷子里，伪装成八路军的日军特攻队正在追击着五六个八路军战士。

日军特攻队行动迅速，枪法奇准，几个简单的动作瞄准、射击，“啪啪”接连几声枪响，几个八路军战士都是眉心中弹倒地。之后，日军特攻队继续深入村子，迅速移动。

郑川带着一个警卫排从村里摸到村口，埋伏在土墙后面，观察敌情。

高春生带着一个侦察兵猫腰过来，他把侦察到的情况向郑川汇报：“日本人来了两个中队。有一小股鬼子已经进了村，刘营长带警卫排和这股鬼子在东边干上了。”

村外树林里，十几个伪装的日军隐秘的穿行而过，树枝晃动。郑川敏锐地捕捉到了树林中小鬼子的行动，示意高春生别出声，他要再看看这些有备而来的鬼子下一步究竟要干什么。

常松林赶上来，趴在郑川旁边：老郑，什么情况？

见到常松林，郑川意外：“你怎么回来了？不是让你组织转移吗？”

“放心吧，群众和后勤机关、伤员已经全部转移了。”说着常松林调整枪口，对着树林方向，“每次上战场都是你冲在最前边，这次你可别跟我抢。”

……

此时，后山方向，嘹亮的军号声再次传来。这下，吉田慌了。

日军侦察兵向吉田报告情况：“大尉，王家堡是八路的指挥部，据情报显示，其他村子还分散着他们的部队，如果他们赶来增援，我们会腹背受敌，十分不利。”

但是现在撤退就等于前功尽弃，吉田可不想放弃这个机会。此刻，日军已经完成对王家堡的战略包围，特攻队也已经潜入村子，正是发起进攻的好时候。但是吉田也清楚，郑川十分狡猾，不可小窥。东乡炮楼失守就是中了他的诡计，眼下王家堡内的八路军已经发现了他们，他们已经错过了最佳偷袭时机，如果八路军的援兵到了，现在行动只会增加无谓的消耗，应该耐心等待更好的时机。想到这里，吉田冲着身边的人喊道："通知各部队，撤销行动！"

胡大喇叭的军号成功地搅乱了日军的计划，同时也为独立团和王家堡的老百姓转移争取了时间，但是他们却忘了一件重要的事情。

当吉田带领着他的部队往阵地撤退的时候，居然在王家堡村外见到了那两个送货人。吉田正好有气无处发泄，二话不说就要杀掉这两人。这二人跪地求饶，哆哆嗦嗦地把胡大喇叭上后山的事情告诉了吉田。

吉田这才意识到自己原来上当了，但是天已经亮了，他们已经失去了最佳偷袭时间，吉田心中的怒火燃烧着："向后山进军！"

清晨，淡青色的天空还镶着几颗稀落的残星。胡大喇叭看到日军撤退，郑川带领着大家正在转移，整个人来了精神，带着两个战士，继续吹着转移号。

突然，一声枪响，子弹从身边飞过。

这一刻，胡大喇叭知道，自己已经暴露了。

胡大喇叭大喊一声："转移！"三人飞快地沿着荆棘小路往下跑。

但是他们三个人怎么可能是十几个训练有素的日本特工队员的对手，子弹嗖嗖地贴着胡大喇叭的耳朵飞过去，突然，一颗子弹打中了胡大喇叭的大腿，他一下子栽倒在地上。

两个战士惊呼："班长……"

这一刻，胡大喇叭知道，自己多半是逃不掉了，他推着二人，大喊道："快走！"

战士小李背起胡大喇叭，刚跑了几步，一颗子弹穿透了小李的胸膛，小李一下子栽倒在地上，胸前顿时被鲜血染红了。

一旁的小张早已满脸是泪，他抹了抹眼泪，背起胡大喇叭就跑。

胡大喇叭回望倒地的小李，心痛不已，他不能再让小张因为自己牺牲，他试图从小张身上下来，没想到身体像是牢牢绑在小张身上一样，根本无法动弹。

"小张，快把我放下，要不然咱俩谁都跑不了。"胡大喇叭的话中带着几分哀求。

小张不说话，只是狂奔，身后的鬼子穷追不舍，枪声阵阵。小张背着胡大喇叭跳到一块石头后面，把胡大喇叭放下来，筋疲力尽地倒在地上，胸骨随着急促的呼吸一起一伏，几乎要撑破胸膛。看得出，他跑不动了。

胡大喇叭爱抚地摸了摸小张的头，语气少有的温柔："小张，好孩子，听话，别管我了，你一个人跑，兴许还能活下去。"

小张不说话，只是大声哭着，泪水在脸上汇合成小溪。他既对小李的牺牲感到痛苦，又为自己的不争气而自责。

胡大喇叭帮小张擦眼泪："军人要有军人的样子，流血不流泪！跑不动就不跑了，小张，别害怕，有我陪着你呢，到了那边，我跟你们做伴，打鬼子。"

听到胡大喇叭这么说，小张的情绪才稍微好转了些："我还跟班长学吹号，给独立团吹冲锋号。"

"对，吹冲锋号，把鬼子赶回日本老家。"

小张看了看外面，十几个鬼子兵端着枪靠近了："小鬼子上来了……班长，你给俺再吹一回冲锋号吧。"

胡大喇叭点头，接着拿起别在腰间的军号"滴滴答滴滴"嘹亮的号声再次响起。

吹完冲锋号，胡大喇叭把军号一收，大喊一声："杀鬼子！"带着小张跳出来，扑向鬼子，和鬼子扭打在一起。

一个鬼子举着刺刀扎过来，小张拼死抓着鬼子的枪柄不撒手，拼尽最后一点力气把鬼子的刺刀拔下来，一反手刺进了鬼子的胸口。

小张抢过鬼子的枪，把枪举起来，激动地大喊："班长，俺杀鬼子了，给小李报仇了！"

话音未落，一声枪响，子弹正中小张胸口，小张一愣，抬起枪想要反击，接连几声枪响，小张倒地，鲜血汩汩流出。

胡大喇叭悲痛地喊着小张的名字，这时，一个鬼子冲过来，胡大喇叭没有丝毫畏惧，和鬼子扭打在一起，他骑在鬼子身上，挥起拳头狠狠地揍下去，发泄着内心的悲痛，一拳接一拳……此时，胡大喇叭身后，十几个鬼子兵围上来，枪口一起对准了胡大喇叭。

几声枪响震撼山野……

三

郑川坐在胡大喇叭的坟前，独自往那面红旗上缝红军帽徽。

常松林走来，站在郑川身后，脱下军帽，凝重地给胡大喇叭鞠了一躬。他心里悲痛又自责，他是独立团的政委，团机关日常管理工作是他负责的，防奸防特工作也是他在抓，却还是让敌人钻了空子。

自责的又何止常松林一人，胡大喇叭是从甘肃打腊子口跟郑川的，是独立团资格最老的老红军战士，曾经与郑川并肩作战，但是现在却因救他而死，在此刻追究到底是谁的责任，又有什么用呢？想到这里，郑川的眼睛也红了。

……

王家堡被日军偷袭的消息很快传到了周庄129师师部，刘师长召开紧急会议，由八路军各路兵马团以上的军政干部参加会议。

对于日军这次偷袭王家堡的事情，刘师长是满肚子的气，他指着郑川，严肃地对众人说："你们都认识他吧？他号称红军里面的智多星，在咱们的革命队伍里面，也算是老人了。前一段，他主动跑到我这里来，说敌人有新的动态，我很重视，给大家发了通电，叫你们注意。可是他自己呢？却正中了人家的套儿，轻敌、麻痹，叫鬼子端了老窝。"

刘师长的话句句戳中郑川的心，不知为什么，刘师长这么骂他，反倒让他觉得心里舒服了些。

见郑川不还口，刘师长更是气不打一处来，直数落："你郑川了不起啊！叫美国大鼻子夸了几句，你就飘飘然，尾巴翘到天上去了，以为自己真是猪耳朵扫地，有两把刷子？结果怎么样？我听说有个老红军战士在这次战斗中牺牲了？"

说到胡大喇叭，郑川的眼眶一下红了："是从甘肃就参加革命的老红军战士。"

刘师长一脸悲痛："你们看看，都看看，这就是咱们部队里的智多星，这就是咱们英雄团的一把手，要是人人都像他，我看要不了几天，这部队就要整得乌烟瘴气，乱了套了。"

郑川站起来："刘师长，这件事我应该负全责，我请求上级领导处分我。"

"你说的轻巧，你以为光处分你就完了？"刘师长依旧不依不饶，对于郑川，他是又爱又恨，郑川有勇有谋，是一个好领导、好战士，但是郑川最大的问题就是爱耍小聪明，不服从组织安排，老爱整出点幺蛾子，借这次王家堡被偷袭的事件点名批评以示警告。刘师长用心良苦，希望通过这次的事情，给郑川敲一敲警钟，以免以后再犯。可是其他人根本就不理解他的苦心，尤其是这个常松林。

“刘师长，我是政委，是我的责任，我愿意接受上级处分。”

刘师长讽刺道：“你们都看看看看，一个个大义凛然的样子，拿我当什么了？我告诉你们，这件事不只是处分那么简单，处分不是目的。”

一旁的政委站起来：“刘师长，你说的对，处分不是我们的目的，只有叫他们从心里认识到自己的错误才能改正错误、弥补错误。只是现在战事这么紧张，独立团肩上的任务还很重啊，现在撤换指战员，恐怕对接下来的抗战工作不利。”

刘师长眼一瞪：“你是什么意思？就这么算了？”

政委看着郑川、常松林：“光认错、接受处分是不够的，重要的是总结经验教训，变被动为主动，不如让他们戴罪立功？”

刘师长的气也消了大半，正好政委给个台阶下，自然欣然接受：“你倒是说说看。”

政委站起来，说道：“师部今天开这个会，不只是讨论独立团的问题，也是要给大家提个醒，在敌我相持的残酷斗争环境下，指挥员的任何一点疏忽和失误，都可能造成不可挽回的损失，我们的每一枪每一弹，都是战士用血用命换来的，我们损失不起。”一旁刘师长暗暗点了点头，政委所言，深得人心。

……

这一夜，郑川来到了黎英的住处。白天刘师长说的那些话，郑川心里都明白，他也理解刘师长，但是对于胡大喇叭的牺牲，郑川依旧耿耿于怀。他也是人，也会伤心，也有难过的时候。而此刻，妻子黎英无疑是最好的依靠。

黎英坐在炕沿上，脱了自己的鞋袜，郑川端过一大铁盆热腾腾的水，放在黎英面前，黎英把脚伸进去，一切都那么自然协调。

黎英心里明白郑川的苦，当她听说王家堡遭到鬼子偷袭的那一刻，她的脑子里闪过的全是郑川和自己在一起的时光。她惊讶地发现，虽然已经结婚多年，但是她和郑川真正在一起的日子还不到一百天。想到这里，此刻的幸福就显得更加珍贵。

“你等什么，也一块儿洗呀！”黎英看着蹲在地上的郑川，声音温柔。

“不忙，总得有个人先当小伙计，女士优先啊！”说着，郑川把脚巾和剪刀放在旁边。

黎英一笑，就先接受他的好意："那天的事，真是把我吓得够呛。想到万一你这一次光荣牺牲了，我们连个后代也没有留下，我对不起你们老郑家。"说着，黎英的眼眶湿了，她强忍着就要滴下来的泪水，努力不让郑川看到。

低着头的郑川又何尝不是满眼的泪水，泪水直接滴到盆里，他勉强挤出一丝笑容："真那样也好啊，赤条条来去无牵挂，在这样严酷的年代，给你留一个负担拖累有什么好？"

"你说什么话呢？"这下黎英不乐意了，"这怎么是负担？是我们希望的根。说实在的，我们这样颠沛流离，还不是为了子孙后代将来能有一个自由幸福的新生活？"

郑川又何尝不想要一个孩子呢，一个属于他和黎英的孩子。可是，战争时期，他和黎英每天都是在生死边缘盘旋，孩子怎么办？他安抚道："你说得对，我们应当有自己的孩子，不过，要把这个最艰苦的阶段撑过去。"说着他给黎英擦着脚，接着剪脚趾甲。

"那你就得保护好自己，不要让我担心。"

郑川心里猛地揪了一下，不出声。这次团部遭到鬼子偷袭，他们的损失不小，教训很深刻，成天打雁的猎人，反叫雁儿啄了眼睛。想到这里，郑川的心里越发不悦。

黎英看出郑川有心事："我看你这几天有些郁闷。"

郑川回过神来："没什么。"

"怎么这么不信任我，快跟我说说。"

郑川定了定神，"我们的指挥机关，明显和战斗部队不同，戴眼镜的多，年纪大的多，拖设备的骡马也多，一眼就可以看出来。太引人注目了！这一次我们就是吃了这个亏，但是如果——"

郑川想到了什么，停了口，在跟黎英聊天的过程中，郑川突然想到了一个办法，"将计就计，请君入瓮。"

黎英提醒道："不过这是一个十分冒险的计划，弄不好就会引火烧身。"

"但是绝对的打破常规，才叫人想不到。"郑川若有所思，补充道："这正是这个计划最可取的地方，出奇制胜是兵家的首选。"

……

正午时分，老乡们纷纷端着饭碗在大柳树下吃饭。

黄豆豆打着快板在给吃饭的老乡们做宣传：

老乡们，仔细听，
反奸防特要留心，
出门不忘带路条，
亲戚来访要申明，
驻军番号不外传，
生人来历要问清，
人人提高警惕性，
鬼子汉奸难逞凶，难逞凶！

众人听了拍手叫好，这时一个货郎摇着拨浪鼓担着担子走到饭场："火柴剪刀、针头线脑、油盐酱醋、掸子笤帚——"

此人面生，黄豆豆警惕，上前问道："老乡，你哪来的？"

"河南淮阳。"

一个老乡好奇："那我们是老乡哎！怎么跑这来儿了？"

说到这个问题，货郎唉声叹气："为挡日本人，老蒋炸了花园口，庄稼全被冲了，只好跑出来做个小买卖。凑合着活吧！"

老乡正在饭后一袋烟，就把烟锅子伸出，和他对火，货郎也伸出自己的烟锅子对火。

黄豆豆注意到什么，就问他："你有路条吗？"

"有。"说着，货郎从胸口拿出路条交给黄豆豆。

黄豆豆看了看路条，又看看货郎，说："你先等着，我拿路条到村公所去登记一下，一会儿还你！"

货郎略犹豫了一下，马上又很平静："好啊！"说罢抽口烟，继续吆喝："火柴剪刀、针头线脑——照顾一下老乡，买点啊。"

吃饭的乡亲们还真围上去看货，黄豆豆机警地从人群中出来向团部走去。

黄豆豆一路飞奔回到了独立团，虽然秋天的风已经带着些凉意，但黄豆豆却早已满头大汗。

一进门，就到处找郑川，郑川和常松林闻声而来。

黄豆豆上气不接下气，郑川忙问："怎么了？"黄豆豆喘了口气说道："街上来了个货郎，身上带着路条，我觉得有点不对劲。"

郑川起疑："哪里不对？"

黄豆豆抓着脑袋，说实话，他也说不上来到底那个人哪里不对劲，只是感觉有点怪：“他和老乡用烟袋锅对火抽烟，可我看见他右手食指和无名指熏得黄黄的，抽烟袋锅的人怎么会熏到那里呢！”

郑川眉头一锁，黄豆豆的观察很仔细，分析的也十分有道理。

一旁的常松林紧张道：“这个货郎有路条吗？”

“有，我把路条拿来了，可没看出什么问题。”说着，黄豆豆把路条递给常松林。

郑川接过那路条仔细地看，又递给常松林看，常松林仔细看着，果真发现了问题。这张路条是假的，虽然模仿得很像，连郑川和黄豆豆都被骗到了，却逃不过常松林的眼睛：“你没有刻过油印的钢板蜡纸不知道，中文方笔划多，日文圆笔划多，刻蜡板时候用铁笔的着力点不一样，这上面明显有圆笔的痕迹。”

常松林心里一惊：“这么看来，这个货郎很可能是日本人的奸细啊？”

听罢，郑川先是大吃一惊，随即好像想起了什么事儿似的，平静下来，还没等郑川说话，黄豆豆倒是急了，转身就要找警卫排将那个人抓起来。

前脚刚踏出门，就听到身后传来郑川的话：“不，先不要动他。”黄豆豆一脸迷茫，只听郑川继续说：“豆子，你去把路条还给他，就说路条没有问题，鬼子扫荡后家家生活物资紧缺，村公所欢迎他来做买卖。”

郑川说着把路条还给黄豆豆，让他快去，黄豆豆疑惑不解。这时，常松林叫住黄豆豆，补充道：“豆子，看看哪家有空房间，给他安排一间，这做买卖不是一天两天的事，让他在我们这里住，接着做买卖。”

这下，黄豆豆真的急了，他没有明白两位领导话中的意思，他只知道奸细留不得，更何况是还要他住下？黄豆豆脱口而出：“这不是引狼入室吗？”

不过，郑川倒是一脸轻松：“不是引狼入室，是请狼入瓮。我和政委要帮他把买卖做大呢。”

黄豆豆十分不解，但还是听从了郑川的命令。跟着郑川的时间久了，大家也渐渐摸透了郑川的性子，郑川有时候和别人的想法不一样，总会有一些奇奇怪怪的点子，但神奇的是，郑川的点子每次都能够成功，想到这里，黄豆豆也不再多问，领命跑了。

……

大地已经沉睡了，除了微风轻轻地吹着，偶然一两声狗的吠叫，冷落的街道是寂静无声的，整个石板村笼罩在这样的黑暗中。

一处民房内，货郎关紧房门，从担子底下拿出小型无线电台放到桌子中间，熟练地发报。发完报，从口袋里拿出一包烟，点上一根，悠闲享受。正清闲着，突然传来一阵急促的敲门声。

货郎一惊，赶紧把烟掐了，随手丢在桌子底下，警惕道："谁啊?"

"老乡，是我。"货郎仔细辨认来人的声音，原来是中午见过的那个自称和自己是老乡的人。

货郎眉头微皱，迅速把电台收好，放到床底下。接着从床铺下拿出一把枪，打开门，脸上堆着笑："是老乡呀，你咋来了?"

"你咋不来俺家吃饭呢，把俺当外人了?"老乡一脸笑容，"俺从十岁那年出来要饭逃荒，家里一个亲人都没了，俺有二十年没回过家，今天好不容易遇上老乡，说啥你也得跟俺喝一顿。走走走，到家去，酒都给你备好了。"

货郎想要拒绝，没想到眼前人却根本不给他机会，不由分说拉着货郎就走。他们俩前脚刚走，墙角闪出一个人影，只见一身黑衣的宋憨头蹑手蹑脚摸到货郎的房里。

……

午饭后，村子里的男女老少蹲在街口晒太阳、聊家常。

货郎担着担子走过来，吆喝着："火柴剪刀、针头线脑、油盐酱醋，掸子笤帚……"见大家都凑到宋老爹的身边，他也跟着围了过来。

原来宋憨头当排长的事情传遍了整个石板村，村里的老百姓都夸宋老爹有一个好儿子，宋老爹吸了一口旱烟，看似不以为然："排长算个啥，只要是踏踏实实地为咱老百姓办事，算俺没白养他。"

这么一说，众人便变本加厉地夸了起来，什么"老宋家真是祖坟上冒青烟儿了""女儿、儿子都这么有出息"之类的话。

宋老爹看似很平静，但是心里却乐开了花。三个孩子，女儿在八路军里当了干部，两个儿子又成了郑川部队里的红人，这幸福来得太突然，让宋老爹一时竟有些不知如何是好。不过，大家的吹捧让他很受用。

一直叫卖的货郎听大家这么说，也停了下来，凑到宋老爹身边："大爷，你家出了两个大官啊?"

宋老爹虽满脸得意，嘴上却说："没啥没啥。"

货郎赶紧吹捧："大爷，你是英雄家庭啊，真没看出来，八路打鬼子辛苦啊，那我可得表示表示……"说着，货郎把担子搬到宋老爹面前："大爷，我的货你随便挑。"

宋老爹一看，原来夸自己是要付出代价的，直接摆手："不买，不买。"

谁知货郎却说："不要钱！"

这下，换宋老爹明显一愣："不要钱，白送啊？"货郎点头。

令货郎没想到的是，宋老爹却磕磕旱烟袋，直接站起来就要走，临走说了一句："那俺更不能要了。不要钱？那你小子吃啥喝啥？"

这次，货郎直接拦住宋老爹。

宋老爹活了几十年，也不是白活的，他总结出了一个人生道理，那就是天上不会掉馅饼，没有人会做赔本的买卖，任何事情都是要付出代价的。

这个货郎无事献殷勤，肯定有事儿，这件事儿还不是小事。

货郎看情况不对，赶紧说道："大爷，你家有人在八路当大官，能不能给俺介绍介绍，俺也想当八路。"

"你为啥想当八路？"

"鬼子闹的，家都没了，俺恨鬼子。"

这个理由，令宋老爹无法拒绝，因为他也恨鬼子，而且也是因为鬼子，连家都没了。

这时，宋憨头从远处走来，他已经在一旁等候多时。郑川料事如神，料到货郎会从村子入手，宋老爹无疑是最好的选择。郑川特地让宋憨头前来观察情况，没想到宋憨头一来就看到货郎主动找宋老爹聊天。

"爹！"宋憨头远远地叫着。一旁的货郎看到宋憨头走过来，双眼明显一亮。

二人都心中有事儿，只有宋老爹不明白其中蹊跷："憨头，你不是去找郑团长开会吗，怎么这么快就回来了？"宋老爹一脸好奇。

"爹，有件重要的事要跟你说！"说着，宋憨头故意把宋老爹拉到一边。

货郎有意地朝着二人的方向挪了挪位置，但又不敢太靠近，怕露出破绽，宋憨头嘴角微微一翘，故意压低声音："爹，团部马上有个大行动，这两天……"

货郎听不仔细，往近处凑了凑。宋憨头却已经说完了，临走前，特地叮嘱宋老爹："爹，这几天你留点神，团长在王家堡是吃过亏的，这次可不敢大意了。"

宋憨头叮嘱完，看一眼货郎，货郎躲躲闪闪的，宋憨头看似不在意，转身走了。

很快，货郎从宋憨头那里得到的消息就传到了石原耳朵里。

"'蚊子'在情报上所说的八路军的大行动具体是指什么？"

“目前还不清楚。”情报官回答。

石原走到地图前，指点着地图上的几个位置，画一个圈：“这里，这里，还有这里，这一带都是八路军的势力范围，如果你是郑川，会往哪个方向转移？”

情报官看着地图：“往北山地多，八路擅长打游击，山地适合隐蔽，也能躲避我们的追击，我认为八路极有可能向北转移。”

“郑川是这支八路的大脑，除掉他，八路会变成一盘散沙。此次行动，我只有一个目的，找到郑川，除掉他，不容有失。”

就在石原准备想办法除掉郑川的同时，郑川、常松林、刘洪涛、杨大河、段勇已经开始部署下一步的计划。

会议期间，宋憨头进来，在郑川耳边耳语几句。

郑川嘴角微微一扬，心里便有了打算。他看一眼常松林，常松林心领神会。

石原的目的是杀掉郑川，可郑川的目的却是打下沁县。

沁县位于山西省长治市北部，东接襄垣、武乡，南邻屯留，西部与沁源毗邻，北部与武乡及晋中地区的平遥接壤，是在太原与市府长治的中轴线上，自古就有“冀州门户、潞泽咽喉”之称，是晋东南敌占区的据守重镇，给养储备和交通设施都比较完备，是日军重火力的集结地。如果直接攻打沁县，以独立团的实力根本就不现实，所以只有智取。而郑川认为这一次，是绝佳的机会。

“团长，是不是向师部请示一下呢？”杨大河问道。

段勇挠着头皮，一直在看地图，他疑惑着：“团长，地图的图示我怎么看不懂呢？你说要打沁县，但进攻箭头细细的，拖尾又窄窄的，怎么看都不像主力的作战规模啊？”

郑川铺开地图：“你们来看，这是沁县，以西八十里是郝庄，郝庄之东的大石沟四面悬崖峭壁，是入郝庄的沟口，如果鬼子想打我们的伏击，这里是绝佳之地。”

刘洪涛有些着急，插话说：“可是，团长，我不明白，郝庄没有任何战略价值，鬼子为什么要去那儿呢？”

“鬼子能听我们的指挥吗？”段勇更加疑惑不解。

常松林急得拍着桌子：“动动脑筋嘛，你们想想，小鬼子是不是一直惦记着消灭独立团啊？是不是把团指挥机关当成眼中钉啊？是不是重金悬赏团长呢?”

几人点点头。

常松林笑了:“这不就对啦!小鬼子派的探子又上门了，咱们给他摆个戏台子，唱出好戏。”

大家这才明白过来，郑川把几个铅笔头汇聚在大石沟位置，然后抬起头来:“大家已经看到了，我们已经摆了一个金钩钓鱼的阵势迎接他，我带着团指挥部充当钓饵，你们在瓮旮旯的埋伏就是一张大网，敌人只要钻进来，我们把口子一扎，就给它炖一锅鱼汤。最好啊，能把石原一郎这家伙诱来，那可就……”

常松林皱着眉头打断郑川:“不行，不行，我有意见:我不同意你充当钓饵，那样太冒险，万一造成指挥员的意外损伤，于全局战斗不利。既然已经把敌人调动过来了，敌人进网已成定局，指挥部没有必要继续留在中心挨打。”

“我赞成政委的意见，不同意团长留在中心。”

“太危险了，而且没有必要!”

“团长索性跟我们一起上瓮旮旯指挥，我带着团部留郝庄。”

众人纷纷发表意见，只有郑川一直不出声。最后，大家都安静下来，郑川才开口:“敌人拿重金悬赏我的脑袋，我在他们才会听话。对不对?再说了，以前我们常用声东击西的办法，这个声东击东之策，反倒会成为出敌预料的奇招，我不认为中心就一定是最危险的地方，台风的中心往往是平静的。有时候最险的地方恰恰最安全，有你们在外面打，这本身就是对我们的最大保护呢……”

这一刻，屋子里一下安静了。

另一边，货郎第一时间把从宋老爹那里获取的消息告诉了石原，石原大喜，快步走到地图前，盯着地图上的路线:“绝不能让他们穿过大石沟。命令，马上集合所有部队，在郝庄设伏。”

日军速度很快，黄昏时分吉田就带领着先锋队来到了郝庄。货郎早已在此等候多时，一见日军长官来了，屁颠屁颠地冲出来，殷勤地给日军大尉点烟。没曾想吉田根本不吃这一套。

货郎热脸贴了个冷屁股，自讨没趣，熄了烟，走上前:“太君，这回八路跑不了，郑川也跑不了。”

日军大尉看都没看他一眼，就让他回去继续监视。货郎自知没趣，悻悻离开。

……

这一夜，尤为漫长。

第二天天一亮，宋憨头已经集合自己两百多人的队伍，在村口待命。

郑川走来，宋憨头说着转身指挥队伍，大喊一声："出发!"紧接着，八路军队伍浩浩荡荡前进。

货郎躲在墙后面，看着八路军走远了，这才从墙后面走出来，嘴角泛起几分狞笑，悄悄地尾随在他们后面。

前往郝庄外围路上，郑川和宋憨头带着队伍前进。距离郝庄还有二十里的时候，郑川命队伍停了下来："走了半天，大家都饿了，先准备午饭吧。"

郑川把宋憨头招呼到身边，让宋憨头看看货郎跟丢了没有。

片刻，宋憨头走到郑川身边，低声道："团长，那家伙，还挺上心，等一会儿打起来，我先烩了他烧雀儿肉吃。"

此刻，在郝庄外围的山梁上，常松林和几个营长领着大部队也正坐在地上休息。赶了一上午的路，大家都累了，但是中午饭却成了一个大问题。

如果生火，必然会引起日军的注意，这么关键的时刻，常松林不能冒险，更何况是关乎郑川等人的性命。

常松林思索片刻，冲着司务长说："咱独立团炊事班不是有常备的窝窝头吗？待会儿给大家发了，有时间啃上两口，再抓紧时间赶紧睡上一个钟头，打鬼子的时候有精神!"

……

风吹得紧，郑川、宋憨头带着十个战士在树林间穿插前进。

突然，一颗子弹呼啸而过，直冲郑川面门。郑川一闪身，子弹贴着郑川的面颊钻进了他身后一棵树的树干里。

郑川大喊一声："有埋伏!"，几乎同时，所有人立刻卧倒。

郑川敏锐地观察着周围，发现草丛中隐蔽着日军狙击手，而且从刚才的枪法来看，绝非等闲之辈。

原来，日军大尉吉田安排了四个狙击手，分别藏于草丛中，狙击手巧妙伪装，不仔细看很难察觉。他们得到的命令是，一旦发现郑川，立刻击毙。幸好风向突然转变，导致子弹出现误差。

这下，大家都有些慌了神。敌人在暗，独立团在明，这一仗，独立团吃亏。

宋憨头卧在一块大石头后面，看着四周的丛林，完全摸不着头脑："团长，看来咱今天碰上硬茬儿了。”

黄豆豆从后面匍匐爬向郑川，一脸紧张道：“早就听说小鬼子的狙击手枪法准，今天让咱给碰上了。”

宋憨头心有余悸：“咱连人在哪儿都没看清哪，要是就这么被小鬼子打死了，这死的也太冤了。”

“敌不动我不动，现在谁动就成了鬼子的活靶子，明白吗?”郑川嘱咐道：“豆子！你马上通知常政委，就说我这边现在碰上点麻烦，让他马上前移潜伏位置，向敌人两侧迂回，扎住口子。”黄豆豆应声跑去。

郑川一阵沉思，他得想个办法逼鬼子的狙击手现身，狼出来了就好打了。这时，风越来越大。突然，郑川想到了什么，把大家招呼过来，众人凑在一起，他让大家在地上抓两把干草，用绑腿绑一个草把，并命令宋憨头尿一泡尿把草把沾湿了，再点燃了朝对面草丛里扔，湿草把没有点燃，咕嘟咕嘟冒浓烟。郑川倒要看看，这些狙击手是不是能扛得住烟熏。

很快，浓烟顺着风向吹向鬼子狙击手一边。几个狙击手被呛得直咳嗽，待不住了。

郑川举起枪，对准一个鬼子一枪击毙。剩下的狙击手大惊，三人落荒而逃，狼狈返回复命。

四

日军指挥部里，气氛死一般沉寂。

对于三个狙击手的失败而归，石原没有生气，他了解郑川，知道这个人很狡猾，这几个狙击手败在郑川手上，早已是意料之中之事。不过，很快，另一个震惊的消息传来后，石原就没有那么镇静了。

“长官，我们中了八路的埋伏！八路军正在向我方靠拢。”吉田一脸惊慌地闯入指挥部。

话音刚落，指挥部四周已响起震耳的枪声。

吉田紧张：“地势对我们十分不利，山势陡峭，无法组织反攻！”

石原此刻才清醒，自己中了郑川的计了！原来郑川用自己作为人肉靶子，引他们进入了包围圈！

日军大尉焦急：“我马上下令撤退——”

石原却突然镇定下来，嘴角露出一丝不易察觉的笑容：“郑川绝对没有料到，我还为他准备了一把特别的尖刀，一旦发现他的踪影，就能刺入他的胸口！郑川，既然你以暴露自己为代价，那我就不客气了！”

吉田依然不明所以，一脸茫然。

石原继续说道：“特别攻击队现在在什么地方？马上叫他们增援，采取穿插战术，突袭郑川的指挥部！”这下日军大尉振奋起来。

此刻，常松林正带领几个营长趴在山梁上，营长们和战士们一个个屏住呼吸，怒目圆睁。

常松林大喊一声：“打！狠狠地打！”

杨大河和段勇指挥同志们开火，刘洪涛操控一挺歪把子机枪，一边还念叨：“这歪把子是你们日本人造的，叫你们尝尝家乡的味道。这一梭子代表段小虎，这一梭子代表陈大锅，这一梭子代表胡大喇叭……”

夜，静极了，玉盘似的满月在云中穿行，淡淡的月光洒向大地，不一刻，一片云慢慢遮住了满月，大地被笼罩在一片黑暗当中。

由石原安排的特攻队员进了村，他们穿着八路军的衣服，拿出无线电测向器判断，其间遇到的八路军，纷纷成为他们的枪下冤魂。

虽已深夜，但郑川依旧没有睡，他分辨出外面的枪声不对，马上命战士集合。

郑川带着几个战士从指挥部出来，刚一出来，郑川身边的一个战士就被鬼子一枪打中了。

郑川立刻隐蔽，大喊：“注意隐蔽！”训练有素的独立团战士迅速躲好。

一个特攻队员插过来，被郑川识破，举手一枪，打倒在地。但郑川出枪的瞬间，暴露了自己，日军特攻队队长抓住机会开了一枪，子弹打中了郑川左上臂，鲜血顺着衣袖不停向外涌出。

宋憨头吓傻了，他不顾危险冲到郑川身边，大声呼喊着卫生队。

郑川带着战士被围在指挥部，宋憨头扶着郑川撤退，鬼子背后传来了枪声。只见宋铁头和陆曼云带领的骑兵队奔袭而来。

宋憨头吼道：“团长受伤了！快来！”

宋铁头和陆曼云将鬼子的包围圈撕开了一个口子，冲了进来。宋铁头朝特攻队队长开枪，特攻队队长仰面倒下。

一个鬼子高呼：“队长受伤了，快撤！”

说着，余下的日军迅速撤离。

陆曼云和宋憨头搀扶着郑川，边打边撤退。

宋铁头掩护着郑川撤退，见郑川被陆曼云扶上马，吹一声口哨，招呼他的骑兵队撤退。

……

担架队进进出出，抬进一批又一批的伤员，这次偷袭，独立团损失惨重。

郑川的胳膊被厚厚的纱布包裹着，他顾不上疼痛。他和黎英从医院出来看着伤员，心情沉重不堪。

“这次我低估了石原，错误估计了指挥部作为钓饵的危险性，要不是铁头和曼云及时赶到，我差点就……”

黎英理解郑川心里的苦：“你也不必过分自责，这次行动收获不小，石原的两个秘密武器——狙击手和易装特攻队都暴露给我们，战士们以后也会多加防备了。算是打了个平手。”

“虽然打了个平手，但我们的部队伤亡不少，尤其是那些刚扩张进来的新兵，没有战斗经验，导致这么大的伤亡，是我事先没有考虑周全。”

黎英宽慰他：“不管老兵还是新兵，谁不是这么过来的，打一仗下来就是老兵了。鬼子猖獗，抓不到我们，就拿平民开刀，这才逼的大家不得不拿起武器来自卫。这一次，鬼子的特攻队化装成我们的人混进来，所以我们没有防备。”

“敌人从大兵团围剿转入小部队突袭，从单纯军事进攻到加强劝降活动和间谍活动，如果我们不及时改变，就要吃亏，这回真是印证了首长的话。”

“看来全区的防奸锄奸工作要继续加强才行。上次刘师长在我们这里回去以后，就取消了牺盟会内部不能发展党组织的规定，这倒给我们开展工作提供了很大的便利，我准备把张平虏、宋雨田几个人首先发展进组织来。”

黎英这么一说，倒提醒了郑川，部队里有几个同志经过这几年锻炼，思想也相对成熟了，宋憨头就是个例子。另外，他还有一些想法，他决定要以敌之道，还施彼身。

郑川认为，情报工作只做到防奸防特还不够，太被动了，他想掌握主动权，从敌人内部动手，既然日本人能在他身边安插“蚊子”，那他也能在日本部队安插自己的眼线。

“只是这份工作危险很大，你准备安排谁去呢？”黎英有些担心。

“我这两天一直在琢磨，你觉得——宋铁头怎么样？”

黎英与郑川心里所想之人不同，她认为宋铁头是马上英雄，一个粗粗拉拉的人，怎么适合干这种动心眼的工作？

郑川解释道："粗粗拉拉，你看的那只是个表面，宋铁头并不是简单的一介勇夫。他是粗中有细，有马虎的一面，也有机智的一面。"

"这，我倒没看出来。"

郑川笑了："人人都知道他当过土匪，看着又彪悍、鲁莽，就认为他头脑简单，胸无城府，好利诱，好驱使。正因为这样，也比较容易取得鬼子和汉奸的信任。"

黎英思考片刻："也许你说的有道理，可我还是持不同看法，你我都是做过地下工作的，知道这份工作的残酷性，不容许一丁点儿失误，如果宋铁头出错，那是会影响全局的。"

"在实践中锻炼成长嘛。"郑川却对黎英的担心不以为然，"没有谁是一生下来就适合做地下工作的，我相信我的眼光没有错。"

黎英看着固执的郑川，心急如焚，郑川什么都好，就是太自信，做事独断专行，以前她可以依着他，但是这次，人命关天，二人争执不休，黎英一怒之下，掉头走人。郑川知道黎英有她的顾虑，经过这么多意外，他相信这次的安排是妥当的，他相信自己的眼光，相信宋铁头。

郑川直接说明来意。宋铁头很意外，一时反应不过来："团长，你啥意思，让我当汉奸？"

郑川没有回答，而是反问道："铁头，这任务你有没有信心完成？"

宋铁头当即强烈反抗："不行，坚决不行！"宋铁头心里有一千个一万个不乐意，"团长，你让我干啥都行，可就是不能当汉奸，我答应过爹，这辈子就是刀架在脖子上，也不能帮着狗日的小鬼子祸害人，那是要遭天打雷劈的。"

"你先别急着反对，再考虑考虑。"郑川解释着："不是真让你当汉奸，这是一种策略。策略，明白吗？"

"团长，啥策略不策略的，我听不明白，关键是这确实不合适，我就是个粗人，和鬼子拼刀子行，斗心眼我可干不了。团长，你找别人吧。"

说着，宋铁头背过身，就要走。

郑川一路劝说："你说你是粗人，可我看你打起仗来排兵布阵严丝合缝，十分得体，当年和铁刀会的单仁飞打起交道来也刚柔并济，收放自如！"

宋铁头听得出郑川是在抬举他："那不是江湖凶险，情势逼的吗？现在可不一样，自从跟了团长你，我算是找着正道了，现在就想踏踏实实打鬼子，别的什么也不懂。"

郑川紧跟着说："我看你是张飞吃豆芽，粗中有细。我这回派人深入虎穴，还真得你这样黑道白道都撞过的人，别人我还真看不上。"

"团长，你别跟我费口舌了，这回你就是说破了天我也不能答应。"

郑川看没希望，不再说，心内却寻思再想办法，他很快把目标转向陆曼云。

郑川早就看出陆曼云是宋铁头的死穴，最重要的是当郑川把想法一一向陆曼云说出后，陆曼云二话不说就答应了下来："团长，这件事你就别管了，交给我，我去跟他说，我还不信就治不了他了。"陆曼云说着抬脚出了门。

陆曼云的态度正中郑川下怀，郑川暗中窃喜，还故意冲着陆曼云的背影叮嘱："曼云同志，见了他要跟他摆事实讲道理，以理服人，可不能硬来啊。"

郑川推测的没错，宋铁头一遇上陆曼云，啥也说不出来了。不过令郑川没想到的是，陆曼云居然拿出了当初收编白龙队的时候，宋铁头欠下陆曼云一个人情说事，最后在陆曼云的威逼利诱下，宋铁头乖乖就范。

自从木村开始为周安邦提供货源以来，周家老店可是财源茂盛，生意兴隆，但却引起了周福源的怀疑。

周福源安坐在太师椅上，微闭着双眼。周安邦从外面回来，蹑手蹑脚，生怕吵醒了父亲。

"咱们的老店，听说最近生意不错?"周安邦的身后突然传来周福源的声音。

周安邦这才知道父亲并未睡着，身子也站直了："最近这一段，货确实卖得俏，主要是日用品。爹，我粗略算了算，每天的流水就是几十个现大洋，算日进斗金了!"

周福源却并没有多大的反应："挣钱自然是好事，可那供货的商户、买办，你查过吗？这些人都可靠吗?"

周福源的话直接戳中周安邦的心，周安邦心里明白，父亲虽然是生意人，但是对日本人却极度厌恶，要是被父亲知道自己拿货的对象是日本人，恐怕就要和他断绝父子关系了，但又不想欺瞒父亲，只好避重就轻答道："供货的穆老板，是我的同学，家族企业，我知根知底，关键是货真价实。"

"我问的不是质量高低，是问这些货的出处。"周福源提高了音量，"现在日本人对边区实行经济封锁，许多地方连火柴都买不到，可咱们的店里什么都有。这个穆老板别是有什么背景吧?"

周安邦解释着："穆老板说了，他是家族企业，在南洋有多年的进货渠道。这也不奇怪。”

听周安邦这么说，周福源这才安下心来，他还是很信任周安邦的。儿子有本事挣钱，肯定不是坏事，要在政治上惹出麻烦就不值得了，甭管怎么说，眼下这太岳县毕竟是八路军控制的地盘，好歹他也是抗日政权的县长，总不能在这方面捅娄子。

周安邦心中七上八下，就跑去学校找到宋雨田。

宋雨田正要去上课，周安邦开门见山：“听说这回选举县议员，你得票比我爹都多?”

宋雨田：“那只能说是群众对我抱的希望大，我自己知道是个什么水平。”

周安邦：“你的水平我是了解的，不然也不会请你到这里讲课。”

宋雨田：“我不过讲的是抗战时期妇女解放的一般道理，深点的理论我可讲不出来。”

周安邦：“我倒宁愿你什么革命啊、解放啊统统不谈，就谈谈纯粹的妇道，一个女子，怎么举手投足，如何梳洗打扮，怎么倒茶弹琴，伺候丈夫公婆。”

宋雨田：“这不还是做家庭的奴隶，做男人的附属品？还叫什么新时代的女性?”

周安邦：“雨田，你现在是被别人利用了，你没有到国外跑过，不知道先进的、文明的国家，女人就是属于家庭的，女人最主要的任务就是相夫教子，外面的事情靠男人去办，社会才能协调。相反，倒是我们这些不怎么文明的地方，才叫妇女穿着男人的衣服，每天冲锋陷阵，抢着干男人的事。”

宋雨田：“你是在暗指八路军？指我们这样的妇女干部在干男人的工作？还有你说的那个文明国家是指的日本吧？我听说那里的女人就是你说的那样。”

周安邦：“我可没那么说。每个女人都可以选择自己的生活方式，我只是怕你走错了路，被别人利用了还不知道。”

宋雨田：“我现在的生活方式就是自己选的，我很喜欢。大少爷，我的文化不高，可是也听得出来，你说喜欢我，不是当八路的我，也不是要争取翻身解放的我，而是要我去按你喜欢的方式生活。我一直搞不大明白，八路军的事迹和精神感染激励了那么多的人，为什么你这个知书达理的人却总是那么冷漠麻木？你为什么非要把我和这个关系到我们每个人命运的大革命分割开呢?”

周安邦脸色不好看，却不想再说下去。看着宋雨田离去的背影，他有些愤怒，有些懊恼，有些不服气，甚至也有些震撼：这还是当年那个跟在自己身后乖乖听话的丫头吗?

第十一章　争雄瓮沓旯

一

一大早，太阳还没有从远方的地平线上露脸，郑川就已经开始在院子里做操了，这是他多年养成的生活习惯。

与郑川起得一样早的还有宋铁头，不过他倒不是因为起得早，而是压根儿一夜没睡，原本黑黝黝的脸上现出两个重重的黑眼圈。

宋铁头一见郑川，面容紧张，郑川猜测陆曼云已得手，暗自欣喜，但表面上却不动声色。

“铁头来了，什么事儿?”郑川继续做操，平静地说。

宋铁头满脸的郁闷：“团长，上次你跟我说的那件事，你是不是再考虑考虑?”

“什么事？考虑什么?”郑川故意装傻，拳也不练了，掉头就往屋里走。

看郑川要走，宋铁头赶紧跟上去解释，说他昨晚一宿没睡，翻来覆去地想，还是觉得自己根本就不合适组织交代的这个任务。他平时粗粗拉拉的，让他上战场跟鬼子拼命还行，但是要论斗心眼他根本就不是日本人的对手，丢了性命是小，耽误了组织的事是大啊！

郑川听完宋铁头的顾虑，没有表态，而是一针见血地找出宋铁头话中的漏洞：“一支部队的政治工作在任何时候都不能有丝毫放松，战士们的思想问题不纠正，是不能很好地对抗敌人的，铁头同志，看来我得找人做做你的思想工作了。”说着，郑川直接对外面一招手：“警卫员，去把曼云同志找来！”

“曼云”两个字，郑川故意提高了音量。

宋铁头一听到要找陆曼云，全身的神经立刻紧绷起来，方才的犹豫一扫而光：“团长，不用，不用那么麻烦，其实……其实我早就想通了，我今天来就是想告诉你一声。”

宋铁头的最后一句话，说的没有一点儿底气。

这下，郑川心里的一块石头算是落了地。

……

第一步成功说服宋铁头，接下来就是第二步了，教会宋铁头如何成为一名真正的“特务”。

郑川把宋铁头带到房间里，点燃了一根蜡烛，接着拿出一盆清水，一叠毛头纸，一支毛笔，还有一小碗明矾水。他拿毛笔蘸明矾水，然后在毛头纸上写了几行字，把毛头纸拿到蜡烛上烤干。这一烤，纸上什么字都看不到了，宋铁头疑惑地看着郑川的一系列动作，不明所以。

郑川没有过多解释，而是非常谨慎地把烤干的毛头纸浸入那盆水里，先前什么都没有的毛头纸上竟渐渐的显现出一行行字来。

一旁的宋铁头看得目瞪口呆，他还是第一次见识这种神奇的“法术”。

郑川把纸递给宋铁头，宋铁头接过纸，像是拿到什么宝贝似的，左看看右看看，小心翼翼地，生怕给碰坏了。

“铁头，你来念念，这几句是什么字。”

宋铁头这才反应过来，忙仔细辨认着纸上的字，念了出来：“山上青松山下花，花笑青松不如它，有朝一日……”这些字在宋铁头的嘴里像是蹦豆似的，一个一个地念了出来，突然，他停了下来，指着纸上的两个字问：“这两个字念什么？”

“寒霜。”

宋铁头“哦”了一声，继续念着：“有朝一日寒霜降，只见青松不见花。”纸上的每一个字倒是都认识，但是连在一起宋铁头却犯了难，完全是一头雾水！

郑川没有多说，也没有半点责怪，异常平静地说：“这是古人的诗，你记住我的话，背下来就是了。”

宋铁头似懂非懂地答应着，虽然不懂郑川到底什么意思，但是在他心里，只要郑川的话就一定有道理，所以他也没有多问。

“在敌人眼皮子底下做事，以后凡事你要多留个心眼，我们联络，就按我教你的，用明矾水写字，字上的明矾，遇水会融化，什么痕迹也留不下，这样敌人就没有痕迹可查。”郑川非常认真地提醒着宋铁头。

宋铁头看着桌上的明矾水，又看着那张写字的纸出神。这次，他是想逃也逃不掉了。

前两步计划顺利进行，接下来就是第三步，要想办法让宋铁头与八路军脱离关系。这前两步郑川可以帮忙，但是这第三步，只能靠宋铁头自己了。

宋铁头之前当过土匪的事情在太岳县是众所周知，但是成为一名八路军也是街知巷闻，加上宋老爹没少在大家面前说起过自己儿子的丰功伟绩，所以这第三步计划也就难了许多。

但是宋铁头心里却有自己的打算，八路军最忌讳的就是战士们不守纪律，肆意妄为。为了实现这第三步，宋铁头来到小酒馆，重新拿起了自己曾经发誓再也不碰的酒杯。

几罐酒进肚，宋铁头已是昏昏沉沉，但却没有找到合适的机会。正发愁呢，突然进来两个酒客，坐到了宋铁头身后。

两个酒客一眼就认出宋铁头，这下，话题来了。

“那不是宋铁头吗，听说现在是八路跟前的红人。”

“谁说不是呢，以前就是个打家劫舍的土匪，现在摇身一变，倒成了大英雄了，你说说这是什么世道，土匪都变成英雄了。”

两个人的目光落到了宋铁头身上，宋铁头一个转身，与其中一人相视而对，犀利的眼神吓得那人赶紧收回目光。

另一名酒客却拽了拽的同伴袖子，充满神秘，故意压低声音说道：“你听说了吗，昨晚上有人亲眼见宋雨田和周安邦……”说完后，两个人都怪笑起来，还不忘向一旁的宋铁头投去异样的目光。

二人声音虽小，但“宋雨田”“周安邦”这六个字，宋铁头却是真真切切地听到了耳朵里。

宋铁头微皱眉头，满脸不悦。身边的战士也听到了一二，忙给他倒酒，试图转移宋铁头的注意力。

没想到，宋铁头却不领情，二话不说就把酒碗重重地往地上一摔，满满一碗酒溅得满地都是。

已经有些微醉的宋铁头走到两个酒客面前，面露凶光，双眼死死地盯着说话的那个酒客，像是要把酒客吃掉一样：“你刚才说什么？再说一遍！”

那个酒客像是才看见宋铁头似的，站起来，恍然道：“这不是宋队长吗，您也到这儿喝酒来了？”

“宋队长，您是保卫太岳的大英雄，今天这顿酒我请了。”另一名酒客看情况不对，赶紧补充道。

二人知道宋铁头之前是干什么的，现在又是八路军身边的红人，自然不敢得罪。

宋铁头直接抓过方才嚼舌头的那个酒客，右手死死地握着他的肩膀，双眼冒着火："你刚才说雨田和周安邦怎么了？"

酒客被抓得直叫唤，赶紧赔着笑道："宋队长，这话可不是我说的，我也是听别人说的。"

别人？还有别人？到底多少人在背后诋毁妹妹的清誉，想到这里，宋铁头火冒三丈，他要找出这个"别人"到底是谁。

"谁说的？说！"宋铁头手上使劲。

那酒客疼得直叫唤，全身直哆嗦，吞吞吐吐地说："是，是周安邦说的。"

声音虽然不大，但是足以让整间小酒馆的酒客听得清清楚楚。一时间，小小的酒馆炸开了锅，原本就闲得无聊的酒客，没想到还遇到这般有意思的事情，纷纷竖起耳朵。

宋铁头恼羞成怒，挥起了拳头，正准备跟酒客动手，却突然看到周安邦和陈协理满脸笑容地从酒馆对面的周家老店里一起走出来，二人相谈甚欢。

这下，宋铁头气不打一处来，一把松开紧抓酒客的手，借着酒劲儿冲出了酒馆，走到周安邦的面前。

"我问你，你是不是打我妹子的主意？"宋铁头啥也不说，直接质问周安邦。

周安邦本来是送陈协理出门的，没想会遇到宋铁头，心里自然不快，不过又不敢表现出来，毕竟在陈协理面前，他还是要表现出周家的教养。另外，虽然他对宋铁头这种流氓土匪十分厌恶，但是宋铁头毕竟是宋雨田的哥哥，将来成了亲，就是他的大舅哥，这是谁也改变不了的事实，所以面子还是要顾及一下的。

"我看你恐怕是误会了，我和雨田一直是两情相悦。"周安邦表现得温文尔雅。

两情相悦？妹妹怎么会喜欢这么个富家子弟，想到这里，宋铁头简直快要发疯了，指着周安邦大吼道："周安邦，你少给我拽那些文绉绉的酸词，我听不懂。"说着，宋铁头直接抓住周安邦的衣领，带着威胁的口气："周安邦，你今天必须把话给我说清楚，还我妹子一个清白，否则我饶不了你。"

这句话宋铁头虽然是气话，却也是真话。起初宋铁头听别人说自己的妹妹和周安邦有一腿，他还不信，毕竟自己的妹妹自己清楚，喜欢谁都不会喜欢上周安邦这种富家公子，没想到周安邦这小子居然亲口承认了，还承认得这么理所当然。这下，事儿变大了，自己的亲妹妹居然喜欢大财主的儿子，这要是传出去，人家会怎么议论宋雨田，以后还怎么嫁人。

周安邦露出一丝鄙视的笑容："我差点忘了，宋队长是从山上下来的，在山上待的时间长了，对我和雨田的情况可能还不了解。"

宋铁头抡起钵大的拳头，朝周安邦脸上猛地一击："雨田不是你这个混蛋能随便叫的！"

周安邦哪里敌得过宋铁头的拳头，重重摔倒在地。

才几分钟的工夫，周家老店外围满了人，周安邦一脸嫌弃地看着宋铁头："土匪就是土匪，一点规矩都没有。你要是不信，你去问宋雨田，是不是她亲口答应嫁给我的。"

宋铁头气得眼珠子快暴出来了，他再次扬起拳头准备挥向周安邦，这时，身后传来了常松林怒吼的声音："宋铁头，住手！"

宋铁头愣住了，只见常松林和宋雨田拨开围观的人群，走了过来。

宋铁头看到常松林，先是一愣，眼神中带着一丝愧疚。但是很快就恢复了酒醉的样子，他颤颤巍巍地走到常松林身边，搭着常松林的肩膀，接着打了个酒嗝儿，那味儿冲得常松林差点没吐出来。

"政委来了，你来得正好，帮我评评理。"

常松林厌恶地把宋铁头推开，满眼怒火："宋铁头，带头酗酒，你看看你，像什么样子！"

一脸慌张的宋雨田忙走过去拉宋铁头："哥，赶紧给政委认个错！"

宋铁头身体晃晃悠悠，但态度却十分强硬："我没错，凭什么认错！"

常松林看着宋铁头一副嚣张的样子，恨铁不成钢道："刚打了几场仗，立了点功，烧得不得，是不是连自己姓什么都忘了！"

这下，宋铁头不说话了。

周安邦心里得意，露出一丝笑容。他治不了宋铁头，总有能治得住宋铁头的人。他趁机煽风点火，借机插话："常政委，我对你们的部队一向是积极拥护的，只是今天有些让我失望，八路军一向军纪严明，怎么现在也纵容部下酗酒呢，而且这素质太低下了。"

周安邦的话一下戳中了常松林的死穴，八路军刚刚在太岳县站稳脚跟，群众基础刚打牢，不能出现一点问题，他赶紧对周安邦赔笑脸："周校长，今天的事是一场误会，你放心，我一定会严肃处理，绝不助长歪风邪气。"

宋铁头才懒得管他俩说的什么，他最关心的还是妹妹，他拉过宋雨田，质问道："妹子，刚才周安邦说你答应嫁给他，是不是真的？"

宋雨田没想到宋铁头会当着这么多人问这个问题，一时间不知道该如何开口："哥，这件事不是你想的那样！"

"我再问你有没有答应过要嫁给他！"宋铁头不依不饶地问。

宋雨田被宋铁头弄疼了："我是答应过，可是……"宋雨田突然停住，有些话，她知道那些话不适合在当下的场合说。

紧握宋雨田的双手瞬间松开了，宋雨田清晰地看到宋铁头眼里的惊恐与不安。

"什么，你真答应他了？！"宋铁头惊讶的声音大得几乎整个太岳县都能听到，宋铁头真的火了，不是为了完成郑川的任务，而是真真切切地发怒了，他完全没有考虑到下面这句话对妹妹的影响。

"宋雨田，你是吃错药了吧，你真想攀周家这根高枝，一辈子当奴才！"

宋铁头的话字字戳中宋雨田的心。周围的人都指着她议论，弄得宋雨田羞愧难当。别人说三道四就算了，就连自己的亲哥哥也不相信自己，这么诋毁自己。想到这里，宋雨田双眼含着泪水，恼羞成怒，一巴掌朝着宋铁头的脸打了过去。

宋铁头捂着脸颊，呆住了。他这才意识到刚刚那句话似乎有些过头了，他并没有要侮辱妹妹的意思，只是顺嘴说了出来，完全是有口无心啊。宋铁头心里暗暗后悔，骂自己蠢笨，但一切已晚，说出去的话，犹如泼出去的水，字字刺痛着宋雨田的心，还没等宋铁头解释，宋雨田已经哭着跑开了。

这下，围观的群众议论得更加激烈了。

"原来这个宋雨田想攀高枝啊！"

"那可不，要是嫁给周安邦，那可是一辈子享不尽的荣华富贵。"

大家议论纷纷，宋铁头既懊悔又愤怒，他把怒火全部投向周安邦。

常松林一看情况不对，赶紧对身边的几个战士下令："把宋铁头绑了，送军法处！"

接着，常松林当众宣布："宋铁头恶意破坏军民团结，当众酗酒闹事，我们一定会严肃处理，绝不姑息。"常松林这句话一方面是想要安抚群众，另外也是想给宋铁头个台阶下，毕竟自家的事，关起门来怎么说都行，大庭广众之下，这么闹，对八路军的影响太恶劣了。

但常松林没想到，宋铁头非但不领情，还用力挣开两个战士："我犯什么错了，凭什么抓我？"

“我刚才已经说得很清楚了，这件事我会和团长讨论之后再决定处理结果。”常松林话里的意思很明白，回团里再说。

没想到宋铁头依旧不依不饶，把矛头指向了常松林：“我知道，你不就是看不起我吗？是，我以前是当过土匪，可你也不能借着这事儿故意整我，公报私仇！”

这下，常松林也火了：“宋铁头，注意你的态度，我现在就可以给你再加一条罪状，污蔑上级，妨碍公务！宋铁头，你现在不是土匪了，是八路军战士，以前当过土匪不要紧，重要的是改邪归正，争取宽大处理。来几个人，把他带回去！”

“我看谁敢！”宋铁头二话不说，摆出一副要打架的架势。一旁的几个战士左右为难。

“我宋铁头在江湖上闯荡这么多年，哪里受过这个窝囊气？我还告诉你，从今天起，老子不跟你干了。”说着，宋铁头将身上的配枪取下来扔在地上，临走前扔下一句话，“此处不留爷，自有留爷处！”说完，扬长而去。

二

深夜，月朗星稀。

常松林和郑川二人在房间里，一坐一站。常松林白天的气还没消，他是打算要好好教训教训宋铁头了。

郑川却安然自若，宋铁头大闹周家老店的事情已经闹得沸沸扬扬，这正和郑川的意。宋铁头脱离组织这件事，就怕闹得不够大。但是宋铁头毕竟做的是危险的工作，知道的人越少越好，所以郑川之前没有跟常松林打招呼，不过他暗暗庆幸，恰好是因为常松林不知道，所以这出戏才能演得这么真，要不以常松林的性格怎么可能配合宋铁头演戏。想到这里，郑川劝起了常松林：“老常，行了，消消气，为了这点事儿跟自己过不去，不值当。”

常松林却勃然大怒：“你这话说得倒轻松，这是小事儿？你这个团长心可真够大的啊，战士叛变潜逃，你还能坐的下来，我真是佩服你啊！”

“事情已经发生了，急有什么用。”郑川喝了口水，接着往常松林的杯子里蓄满水：“行了，老常，你别走了，走得我眼晕，坐下来喝口水，消消气。”

“我还有心情喝水？我早就给那个宋铁头气饱了。”

常松林越想越气，他早就提醒过郑川，不要什么人都往队伍里拉，铁刀会是前车之鉴，现在的宋铁头就是重蹈覆辙！土匪就是土匪，狗是离不开茅坑的！想到这里，常松林把一缸子水咕咚咕咚全部喝完了。

这时，黄豆豆带着两个战士回来，几人气喘吁吁地向常松林："找了一天，他们连宋铁头的影子都没见。"

"骑兵队去看了吗？是不是自己回去了？"郑川故意问。

黄豆豆上气不接下气："没有，陆指导员说了，今天一天没见过宋队长。"

这下，常松林更气："老郑，你快别幻想了，犯了这么大的错，他能自己回来？不投敌叛变就是好的了。"

郑川清了清嗓子，暗示常松林注意说话的尺度。

黄豆豆识相地走了出去，这下，常松林开始重新审视宋铁头的事情："宋铁头的事影响很恶劣，绝不能轻饶，必须想办法把他抓回来。"

"我知道，这件事我心里有数，一定给你一个满意的答复。"

常松林提高了音量："不是给我，是给太岳县的所有民主人士，他们可是几百双眼睛盯着，尤其是周福源，不让他满意，以后又得给咱们小鞋穿。"

一波未平，一波又起。自从日军开始施行囚笼政策，完全切断了八路军的日常用品供给渠道，而石原却并不满意，他的目标是除掉郑川这个眼中钉，但是几次战役下来，虽然八路军有伤亡，而郑川却还好好地活着，偶尔还会给他制造点小麻烦。石原熟读中国军事书籍，知道知己知彼百战百胜的道理，而最了解郑川的无疑是八路军内部的人。这件事情石原曾经和木村提起过，让木村帮他物色几个有意向的八路军，却一直都没有结果。

这次宋铁头与八路军翻脸的消息，让石原又惊又喜。

陈协理当时在现场，亲眼看到宋铁头与常松林闹翻，第一时间向木村进行了汇报。敏感的木村一听到是"宋铁头"三个字，当下就兴奋不已。

"宋铁头？这个名字很熟悉。"石原沉思。

"长官，特攻队行动屡次受挫，就是受到八路骑兵的困扰，宋铁头是他们的头目。"特攻队队长心有余悸。

经这么一提醒，石原才想起来："郑川似乎很器重宋铁头，怎么会和他冲突呢？"

木村解释着："宋铁头参加八路之前是山上的土匪，虽然郑川器重他，但是八路的其他人却并不这么认为，他们是看不起土匪的。"

石原眼前一亮，如果木村君这个消息确凿，宋铁头对他们就会变得非常有价值："他现在在什么地方？"

木村心里暗暗称赞陈协理的精明，当时在一旁冷眼旁观的陈协理，一看宋铁头走了，便跟了上去，很快便查清了宋铁头所在的位置。

"据可靠情报，此人现在正在太岳县附近的深山当中。"

石原对木村的办事效率非常满意，但是他还是有些担心："只是我常听人说，中国的土匪讲究'盗亦有道'，讲究江湖名声，宋铁头是很在乎江湖义气的，他会为我们所用吗？"

对于这点，木村倒是非常有信心。经过一段时间与周安邦打交道，木村认为中国人共有的弱点："只要有足够的利益驱使，他们是情愿冒险的。"

这下石原才真正满意，这件事情他决定让清水亲自去办。末了他留下一句话："如果宋铁头不答应，那么也不能把他留给别人。"

在一座深山的窄道上，清水装扮成押货人，同一个车夫赶着一辆马车，拉着鼓鼓囊囊的货物走在路上。山林中荆棘丛生，清水看着四周，不像警戒，反像是期待。

忽然一个蒙面人从丛林中跳出，用枪逼住他们："把货留下，赶紧滚！不然老子的枪子儿不认人！"

清水非但没有恐惧的样子，反而微微一笑，走到近前问："敢问大侠，可是宋铁头宋先生吗？"

蒙面人明显一愣，清水猜得没错，这个蒙面人正是宋铁头。

宋铁头当时大闹周家老店，郑川之前提醒他，闹得越大越好，因为闹得越大，才越能吸引日军安排在太岳县奸细的注意。所以宋铁头故意找那两个酒客的事儿，不过后来与周安邦的冲突是意料之外，尤其在说完妹妹之后，宋铁头又有些后悔，总感觉不应该把妹妹扯进来。

但是他没有时间考虑那么多，刚刚和常松林吵完架，宋铁头就迅速离开现场，等待着跟踪他的人。没想到刚走两步，就发现身后有影子，虽然看不清跟踪人的相貌，但是也确定自己已经成为日军的目标，他顺水推舟，直接把跟踪人引到深山，接下来，他要做的就是等待。

没想到，日军的速度竟如此之快，才一天的时间就派人上山与他谈判。

"老子是谁和你有什么关系？"说着，宋铁头看了清水一眼，一副不屑的样子。

清水微笑着说："宋先生，咱们能不能借一步说话？"

宋铁头四下看看："你要怎么样?"

"宋先生不必紧张，在下清水，临汾警备队保安司令大队长。久闻宋先生大名。不想在这里不期而遇。没有想到，宋先生驳壳枪、赤炎驹，驰骋江湖一世英雄，竟然沦落到剪径草寇的境地。"

"有事说事，别那么多废话!"宋铁头一副爱答不理的样子。

清水直说来意："不瞒英雄，鄙人是特地来请先生出山的。"

宋铁头冷笑一声："你耳朵倒灵啊！怎么打听到这儿的？就不怕我把你揪到八路军那里办了?"

清水也笑了："宋英雄为人义气，是不会这样做的，当初宋英雄率领自己手下弟兄投奔到八路门下，不仅没有得到器重，反而横遭猜忌，屡屡责难，还要借故惩处，逼得宋英雄只得冒险出走，躲避山林，真是叫我们这些旁观者惋惜不已啊!"

宋铁头仿佛被触到了痛处，不由"唉"了一声。

清水见宋铁头有所动摇，赶紧补充道："我知道先生是英雄豪杰，所以特地来请英雄出山，以后咱们二人共事，共创一番大事业!"

"你还是省了这份心！我不当汉奸。"宋铁头直接拒绝。

清水定了定神："宋英雄，看来，你是对我这边的情况还不了解，有些误会。"

"什么误会?"

清水解释道："我的警备队从属于太原苏体仁先生创办的新民学会，寻求避免战争和平救国的途径，所谓以退为进，曲线救国。我们可不是汉奸啊，都是国民党员，和投降卖国是两回事。"

宋铁头一头雾水："什么政治名堂，我不懂，我只想知道，跟着你干，有什么好处?"

清水一听"好处"二字，心知已经差不多了，他笑道："我想请你拉一支马队，担任沁县警备队中队长，月薪法币三百元，平时驻守在沁县，参与沁县和临汾两地的军事行动，你有任免下属官兵和就地筹饷的权力，说白了就是可以自己拉人马，吃地方，沁县没有人能管得着你，宋先生，作为军官来说，这可是少有的肥缺呀!"

宋铁头沉吟片刻，提出来三个条件：第一，这支马队调动可以由清水支配，名字可得他亲自取，叫大汉义军，他说这叫'降汉不降曹'。第二，马队执行战斗任务可以，但是不能去杀中国老百姓。第三，只接受清水的命令，不听日本人的命令。

清水故作为难，宋铁头却表现出一副爱要不要的样子："就这个，行就干，不行拉倒。"

宋铁头提出的三个条件，从日军的角度来说，实在苛刻，清水不敢自作主张，先安抚宋铁头，争取时间回到总部，听石原安排。

石原听后，不屑地对清水说："这就是你说的中国人的'江湖义气'？参与皇协军的编制，就是我们的人了，什么降汉不降曹？自欺欺人！"

"他要的就是个名分，听起来好听，好交待国人而已。可以答应他，我们在江南早有这个先例，什么忠义救国军、靖国安民军，还不是拿了皇军的给养，听皇军调遣？"清水解释道。

"好，就按他说的。"

……

宋铁头这一走，郑川最担心的还是骑兵队没了主心骨，现在整个骑兵队只能靠陆曼云一个人撑着，郑川不免有些担心。

"团长放心，走了连长，还有我这个指导员，乱不了。"陆曼云自信满满，没想到一波未平，一波又起，郑川这边刚刚觉得可以放下宋铁头的事情，宋憨头却又跑过来添乱。

自从宋铁头失踪后，宋憨头没有一天睡好过，他鼓足了勇气，来找郑川。

"团长……"

郑川一看宋憨头的神情就猜着他的心思，但仍装作茫然地："怎么？你有事啊？"

宋憨头嗫嚅："我是说，我哥的事。"

郑川直接打断，眉头一皱："你哥的事，性质很严重！你不要给他说情。"

宋憨头替宋铁头辩解："他多喝了酒，一时头脑不清醒，做出不理智的行为，不是闹反叛，他不会叛变的，以前我不是也……"

宋憨头话还没有说话，再次被郑川打断："他和你的情况不一样，不能相提并论。"

"是，我知道，我就想和您提个请求，您给我几天假，让我出去找他，保证把他带回来，回来向组织认错。"宋憨头苦苦哀求着。

郑川搪塞："这件事我已经安排人去做了，你就别跟着掺和了。"说着故意扯开话题，问黎英："黎英，我听说，你那边有地方工作需要我们的配合，是有这个事吧？"

黎英应声答是，郑川顺水推舟："哦，那正好，这个任务就交给憨头吧。"

说着，郑川大步离开。

宋憨头看着郑川的背影，心想这次哥哥宋铁头死定了。

黎英知道郑川派送铁头当特务的事儿，所以笑着对宋憨头说："两天后县里要召开生产模范表彰大会，你得派人给我连夜突击糊三百朵大红花出来。"宋憨头听后哭笑不得。

……

很快，伪军大队长清水带着石原的命令，请宋铁头吃饭，纪群作陪。

桌上杯盘狼藉，宋铁头举起一杯酒，和清水一起喝掉，然后提着酒瓶子，拍着清水和纪群的肩，装醉说："你，清水……大队长，好样的，够意思，接风宴……咯！就搞这么大排场招呼我，还有你，纪群，纪先生，你还亲自作陪，这是……看得起我，没说的！以后，我只听你们的，连他妈的日本人，也不作数，我只听你们的，你们指哪儿，我打哪儿！干！"

说着，宋铁头又饮了一杯，可已经是歪歪斜斜，说不成话了。

清水看了看他这架势，和纪群对笑了一下，说："宋先生醉了，醉了，纪先生扶他回去休息吧。"

宋铁头逞强地："我没醉，再喝半瓶我也醉不了……"

清水笑着说："没醉没醉，以后有工夫，咱再接茬喝。"

宋铁头搂着清水的肩膀："说话算数！咱——喝！"但是整个人已经完全站不起来了。

整个喝酒的过程中，纪群一直在旁边观察着宋铁头，看宋铁头一身的痞子相，纪群自以为对宋铁头看"透"了。就上前扶住他，他果然一摊泥似的靠在纪群身上，竟然打起呼噜来。

清水穿衣，对纪群不屑地说："不怨八路不喜欢他，三杯酒落肚连祖宗也忘了，不过这样的人好对付，捧着点，惯着点，就听你的。"

纪群笑笑，不置可否，清水离开后，只剩下纪群和宋铁头二人。宋铁头醉得一滩烂泥，搭在纪群肩膀上，左右摇晃地走在街道上。

纪群看看烂醉的宋铁头，一脸嫌弃。

宋铁头嘴角露出一丝不易察觉的笑容，他大剌剌说道："我没醉，你看，我自己能走！"

说着，宋铁头甩开纪群走了几步，接着回身招呼纪群，只见纪群愣在原地，不走了。

“走啊，愣着干嘛?”宋铁头一脸迷茫。

顺着纪群的视线，宋铁头转过身，看到了不远处的纪大娘，纪大娘是纪群的姑姑，也是纪群唯一的亲人，现在，让纪大娘看到纪群和一个酒鬼在一起，纪群心里十分不是滋味。

纪群推开宋铁头，赶忙追过去：“姑，昨天我从太原双合成和宁化府买了吃的，正想给您送过去呢!”

纪大娘疾走：“别叫我姑，我没有你这样的侄儿，以后就算在大街上碰见，也当不认识!”

宋铁头有些纳闷，不远不近的跟着，只听纪群说道：“姑，您听我解释……有些事情真不是您想的那样，您得容我解释啊，我是身不由己……”

纪大娘却依旧没有好脸色，她厌恶纪群，男子汉大丈夫，干什么事儿不行，非要去给日本人当汉奸?想到这里，纪大娘的脸上留下两行泪，转身走了。

纪群看着走远的姑姑，耷拉着脑袋，不说话。宋铁头上去，手搭在了纪群肩上。

宋铁头看着走远的纪大娘，问道：“那是你姑姑啊?老太太脾气还挺倔。”

纪群叹口气，轻声嗯了一下。宋铁头见纪群满肚子话，试探道：“老百姓都说，姑侄亲，打断骨头连着筋，可你这……”

纪群被戳中软肋，轻声说道：“我们纪家，就剩下我和姑姑俩了。”

宋铁头感慨：“这年头，哪个家都是支离破碎的啊!”

纪群打开了话匣子：“姑姑是从榆次避战乱搬过来的，以前姑父买卖做得大，还常去东北，前些年攒了些家底，可没想到，九·一八以后，姑父病死了，这世道不太平，我和姑姑没地儿去，就又回来临汾的老宅——”

“那该相依为命才是啊，怎么现在姑侄俩闹到这个地步啊?”

纪群看宋铁头一眼，一肚子的苦终于有了发泄的地方：“是我没出息啊，早年参加了晋绥军，谋了个文职，日本人到山西，我也被派上前线，不想这第一仗就打败了，当了日本人的俘虏……”说着，纪群恨恨地垂下了脑袋。

不知为何，宋铁头看到纪群的样子，竟然像是看到了自己的将来。如果将来宋老爹、宋雨田、宋憨头看到他和日本人在一起，不知道会有什么反应。想到这里，宋铁头深深地叹了一口气：“你呀，也是命苦啊!”这话，是说给纪群听的，也是说给自己的，他接着问道：“那你这日本话哪学的?”

“早年姑姑送我去满洲国上学，学会了说日本话，就被日本人选到司令部当翻译官了……”

“你姑姑也是希望你有出息啊！本来想让你成龙成虎，你倒好……”宋铁头说到一半，突然停了下来，他看了纪群一眼，纪群脸上露出羞愧的表情。

宋铁头起身，缓解尴尬：“我这酒都醒了一大半了！走，咱再找地方喝两杯！”

说着，宋铁头哼着小曲，两人顺着街道，缓缓走去，一个想法却在心里形成。

……

宋铁头离开的这一个月里，郑川交代黄豆豆，每天都到与宋铁头约定好的接头地点查看，可是一直没有消息。不过，在第三十二天的时候，终于有消息传回来了。

当郑川把宋铁头卷在卷烟上的纸浸了水之后，几个简单的字渐渐显现出来。

一旁的常松林一脸疑惑：“老郑，你搞什么名堂？”

郑川看完纸上的字，松了一口气，笑道：“看来这件事成了一半。老常，铁头给我们捎话了。”

半晌才反应过来，原来宋铁头那天全是在演戏，常松林惊道：“你真派那小子去日本人那儿了？！”

“形势所迫，也只有他合适了。”

这下，常松林不乐意了，这么大的事，郑川居然自作主张。“我说你这人，怎么不听劝呢，我早跟你说了，这事不能急，宋铁头他不合适，出点差错是要坏大事的。”常松林一来是担心宋铁头，二来是为当时那么说宋铁头感到愧疚，三来是生郑川的气：“郑川，你的脾气什么时候改一改，难道我这个政委的意见不该采纳吗？你不能什么事都自作主张，那上级还派我来干什么呢？你干脆现在就给刘师长打报告，让他把我调走。”

看常松林真的生气了，郑川赶紧解释：“老常，形势所迫，你也要理解我。”

“这种情况不是第一次了，郑川，你别想抵赖，我说过，是要我来搞政治思想工作的，我看其他战士都不要紧，我这个政委首先得做做你的思想工作。”

对于自己的思想工作，郑川倒认为可以先放放，他更关心的是宋铁头捎来的消息。

“临汾日军司令部的翻译纪群，找人查查他。”郑川认真地说。

常松林看出了郑川的心思，立刻认真道：“你认为这个人可以争取？”

郑川现在还不能确定，不过他知道宋铁头不会无缘无故写纪群的名字。

常松林也冷静了下来，不再计较之前的事，认真建议道：“老郑，这个人要争取过来，作用可太大了！不过，这事不能急，要慎重！”

最近有一批顽固势力的代表人物，在勾结国内外的投降势力，破坏抗日统一战线的团结，对此常松林认为要和当地党组织密切配合，坚决击退这一股逆流。此外，共产党和顽固派的斗争已经尖锐化，到了一触即发的局面。更令人头疼的是，防奸防特的形势也很严峻，上次独立团团部被袭，奸细就是从太岳城里跟出去的，这个事情到现在还没有查清。一系列的事情，让常松林头疼万分，所以做任何事情都不能操之过急。

此刻，头痛的又何止常松林一人！宋铁头的真实身份只有郑川几个极少数的人知道，可是宋憨头和宋老爹并不知道。

当宋老爹听说宋铁头当汉奸的事情后，气得差点晕过去，思前想后，他来到了独立团的驻地，准备找宋憨头商量。

一见到宋老爹，宋憨头就知道他的来意，不等他开口，宋憨头就先安抚道：“爹，我想我哥他一定是有苦衷，他不会当汉奸的——”

“什么苦衷不苦衷的，以前他一句话不说就上山当了土匪，现在还是那个德行，一声不吭就干了这辱没祖宗、伤天害理的事啊！憨头，你们兄弟在一个部队，你怎么不劝劝他啊，怎么能看着他走上弯路？”宋老爹痛心疾首。

“爹，我觉得哥是一时冲动办了错事，我正和郑团长申请，去劝他回来认错呢！”宋憨头为宋铁头辩解。

宋老爹跺着脚，气得胡子都竖起来了。他们老宋家世世代代靠辛苦钱过日子，穷是穷，可门风正，宋老爹的一生没啥追求，就希望子女都是堂堂正正的本分人。先前宋铁头跑去当土匪，宋老爹二话不说就和宋铁头断绝了父子关系。幸好宋铁头迷途知返，加之这一段宋铁头、宋憨头、宋雨田都出去干八路，宋老爹以为自己祖宗积德了，人们还都夸，说老宋家坟山贯气，要改换门庭了，这可好，一个跟头栽倒粪坑里，给宋家全家都溅了一身臭水，想到这里，宋老爹是又气又恨，恨不得一巴掌打死宋铁头那个逆子。

宋憨头拿出一张纸，在上面写了半天：“我这不正打报告呢吗，向组织上要求，去沁县，就是拼命也得把哥拉回来。”

宋老爹一听宋憨头要去找宋铁头，一下来了精神：“对，你就和他说，他要不回来，这辈子就甭想再见他爹了，反正爹是没脸活了。”

正说着，郑川恰好进来了。

郑川看到宋老爹，便猜出了一二，不过还故意问道：“宋老爹，你怎么过来啦？有段日子不见了，您老人家身体好啊？”

宋老爹看到郑川，脸刷一下就白了，想到自己那个逆子居然当了汉奸，觉得没脸面对郑川，低垂着脑袋，说话也断断续续：“我，我很好！”

这时，宋憨头直接把自己写的那个纸头递上：“我哥的事！”

郑川浏览了一下，惊呼：“你要独闯沁县，把你哥拽回来？”

“是！”宋憨头肯定道。

“就你一个人？”郑川明显提高了音量，“沁县城住的一千多鬼子，一千多伪军，都是瞎子、聋子呀？还有那么多铁丝网，岗楼子，都是摆设？你能把个大活人拽出来，你是孙悟空，会障眼法？还是哪吒，有三头六臂呀？”

宋憨头听出这是反话，没敢辩解。

郑川严肃地对宋憨头说：“我知道你哥哥投了敌，你心里急，想要挽回，要争取他，可你现在好歹是个八路军的指挥员了，要搞一项行动，怎么也得有措施有步骤，怎么能脑袋一热，逞匹夫之勇，那顶事吗？像话吗？”

宋憨头不说话，郑川语气缓和下来，为了让宋憨头和宋老爹安心，郑川说道：“争取和挽回你哥的事，我已经安排了我们的内线，叫别的同志去做，你就安心搞你的训练、整顿。”

这下，宋老爹见状更觉得自己不好开口，看着郑川眼泪就下来了：“团长，郑团长，俺养的那个不争气的孽畜——唉！”

郑川明白此时最痛苦的肯定就是宋老爹，宋铁头当特务是自己的主意，他自然有愧于宋老爹，诚恳地安慰道：“老爹，您别说了，您的心情我理解，铁头走上这一步，确实您没想到，我们也没想到。”

宋老爹老泪纵横：“这个孩子顽是顽些，犟是犟些，可怎么也不至于连祖宗都不认啊！”

“老爹，您放心，我心里是有数的，现在斗争形势复杂，铁头虽然担负了警备队长，但还没有干什么坏事，我会从别的渠道想法联系他，希望他迷途知返。”

直到郑川这么说，宋老爹激动的情绪才稍微安抚了一些。

三

日军的囚笼政策，以铁路为柱、公路为链、碉堡为锁，在横贯太行山、连接太原至石家庄的正太铁路上密布据点，阻断了八路军运输物资的交通要道，使物资补给无法跟上。与此同时，由于据点数量巨大，导致整个太原城内到处都布满了日军的眼线。为了帮助八路军，秘密运输物资，一些仁人志士都倒在了日军特务以及伪军的枪口下。

……

清晨，张平房起床披衣走出来，要刷牙，却发现牙膏袋里已经挤不出牙膏，他放下牙刷，索性把那锡皮的牙膏桶卷起来，但也没有挤出多少牙膏来，只好丢弃，拿起牙刷来空刷。

但刷到半截，又发现盛水的搪瓷缸子也漏了一个小洞，水一滴滴掉到他的脚面上，他放下牙刷，看那个洞，用手试探着把那锈蚀的地方抠了一下，不料漏得更猛，水滴成柱，很快把水漏完了。

他想一想，忽然想起刚才扔掉的牙膏皮来，于是戴起眼镜，趴在地上瞄了好半天，才把那块打了卷的锡皮桶找出来，在搪瓷缸上比对了一下，准备用它来补茶缸。

和他一样有苦恼的还有炊事班的老王，一大早，老王像往常一样，准备生火做饭，不过却犯了难。整个伙房冷锅冷灶的，不见半点火星子。因为囚笼政策，整个独立团连一根火柴也买不着。幸好张平房懂得钻木取火的原理，拿着一架望远镜，从上面卸下一块镜片。把镜片对准太阳，焦点聚光在一些旧棉絮上，不一会儿，棉絮冒起细细的青烟，他使劲吹着，袅袅青烟变成了小火苗。

这可让老王高兴坏了，连忙引火，把灶口的柴草点着了，火突突地着起来。老王感慨道："队长，还是你们文化人办法多呀！"

这时，"小山东"从外面走进来，把两盒火柴扔到了锅台上，满脸兴奋："老王，火柴！我买到了。"

老王如获至宝："你从哪儿买到的？"

"周家老店呀！"

张平房没有多问，把一根铁通条伸进火中，烧红了准备补茶缸。"小山东"看见了，不以为然："队长，你那缸子都补了好几次了，快补不上了，买个新的吧！"

张平虏头也没抬："你说的倒轻巧，有本事你给我买一个。"

没想到"小山东"倒真的拿出了一个搪瓷缸子，得意道："队长，我都替你想着呢。"

张平虏拿着缸子，看着缸子上好似"浮士绘"的图案，一脸惊愕。这个图案和他平常所看到的不太一样，但具体哪里不一样，他一时又想不起来。

另一方面，"囚笼政策"切断了129师和八路军总部的一切联系，整个师部的处境也变得十分艰难。这下刘师长犯了难，连基本的吃饭都成问题了，还怎么打仗啊！唯一的办法就是冲破日军的"囚笼"，但是冲破又谈何容易？日军的囚笼政策是针对整个华北，范围太大了，加之多日以来八路军的士兵吃不上饱饭，所以战斗力直线下降。

无奈之下，刘师长把郑川找来，想听听他的想法。

"郑川，你一向是咱们部队的智多星，怎么也有你办不成的事吗？"

"刘师长，这件事确实不好办！"郑川一句话出口，刘师长的整个脸都拉了下来，郑川解释："鬼子的囚笼政策是针对整个华北，范围太大了，我只守着一个点，就是想破了他的囚笼也不好下手啊。"

刘师长微微叹了一口气，是啊，就算郑川再厉害，但胳膊拧不过大腿，这件事情不是靠一个独立团就能解决的。想到这里，刘师长也不愿再难为郑川，转而换了一个话题："这件事你先放一放。我倒是听到了点小道消息，说是日本人要拉拢周福源。周福源是太岳县的县长，你一直在太岳，他的情况你应该了解，你怎么看？"

"周福源这个人很自私，而且很看重利益，虽然他和日本人正面勾结的可能性不大，但也绝不会帮助我们渡过难关，更不愿意看到我们的队伍壮大，他在乎的只是他一亩三分地的权力。"

二人正说着，电话铃声响起，是总部打来的，彭总亲自点名要刘师长和政委马上去总部开会。

刘师长带上了郑川，准备让他把太岳的情况向彭总仔细说说。

……

田野山峦，显得特别空旷，会议选在此处召开，也是为了躲避日军的囚笼政策。开会的人都穿得很厚，还不时地跺脚御寒。

郑川跟在刘师长身后，刘师长叮嘱他："一会儿彭总讲话，不点名叫你，你不要插嘴。"

彭总裹着大衣主持会议："一开口，我先得和大家道个歉，这么辛苦把大家叫回来，我却没有煤炭给大家生个炉子，好在今天来的人多，人多火力壮，咱们就挤着暖和开会吧！"大家轻笑。

笑声过后，彭总面露难色："你们都说说，我们现在的处境为什么这么艰难啊？"

大家都不说话，郑川看看这个，看看那个，也不顾刘师长之前的嘱咐，忍不住站了起来："首长，这是敌人的囚笼政策造成的，日本人大修公路、铁路，通往根据地的商路被截断了，敌人的目的就是想在军事上割裂我们，从经济上封锁我们。"

彭总认出了郑川，他知道郑川是刘师长带出来的兵，心中便多了几份信任："那我要考考你，你刚才既然说到了日本人的囚笼政策，那你就接着说说，我们应该如何破敌囚笼？"

"首长，敌人想用囚笼困住我们，我们不如趁机跳到外线去，从外线打击敌人。"话一出口，立刻引起众人低声议论。

彭总惊讶，八路军最擅长的都是山地战、游击战，跳出这个圈子到外线去，无疑会增加整个部队的战斗风险。

"你的思想倒是和我们大部分不一样啊。"彭总颇有兴趣地说。

郑川解释着："首长，跳到外线不仅可以打击敌人，也可以解决根据地的困境，平川的粮食和物产要比山沟里丰厚得多，要是再和煤炭矿产交流起来，我们在经济上的回旋余地就更大了。"

郑川话音一落，整个会议现场瞬间炸开了锅，八路军之前的军需要不就是靠缴获日军的，要不就是老百姓自发赠送的，现在郑川突然说要靠自己卖东西赚钱，这可是之前想都不敢想的。

不过，彭总却兴致勃勃，越听越有兴趣，命郑川继续说。

"求人不如求己，首长，为什么我们一直以来在挨饿，就是我们的口袋太瘪，要是我们的口袋鼓起来了，还怕吃不上饭吗？煤炭矿产交流还只是第一步，接下来我还准备……"

此时，刘师长的脸色已煞白，他赶紧悄悄拉郑川的衣服，打断了他："首长，他就是随口说说，您别当真。"

"郑川，你是随口说说吗？"总部首长问道。

"报告首长，不是！"郑川直接回答，他不顾刘师长的阻挠，继续说道："首长，只有我们富起来，我们的根据地才能壮大，才能扩大到更广阔的天地，扩大到河北、扩大到山东，扩大到鬼子再也打不倒我们的地步。”

郑川说的热血沸腾，众多的将领也都受到了感染，兴致高涨，一时间驱赶了严寒带来的痛苦。

总部首长颇为感慨，这无疑是跨出非常有战略意义的一大步啊！不过从山地到平原，这对于八路军来说可是个大挑战。八路军最擅长的是山地游击战，一下子下到平川，原来的优势发挥不出来，会不会像老和尚堵嘴——没有咒念了？加之日军的机械化部队在平川公路上如鱼得水，去年的台儿庄大捷以后，李宗仁就是因为在平川没有屏蔽，不得不撤出徐州的。但是如果一味的等待，到头来整个队伍很可能被活活饿死，拼一拼还有希望，如果不拼必死无疑。想到这里，彭总对郑川说：“你刚才说的这些，就是我们如今根据地建设的中心思想。”接着他把目光转向大家：“从现在开始，大家多想想办法，鼓励农民生产，发展农业，增加粮食；成立牧场，养猪放羊；成立集市，便利交易。总之，用尽一切力量，壮大我们的根据地！”

……

夜，大地已经沉睡了，除了微风轻轻地吹着，偶然一两声狗的吠叫，冷落的街道寂静无声。沁县警备队前，几辆汽车在昏暗、破旧的县城内行驶，停在一个挂着汪伪“国徽”的大门前。

一身便装的纪群从车上走下来，剩下喝得烂醉如泥的宋铁头一人，斜躺在车上。

纪群皱着眉头把宋铁头送到房间内，忽然听得宋铁头低声说：“纪先生留步！”声音不高，但是十分清晰。

纪群以为听错了，回头一看，却见宋铁头正眼看着他，脸上似乎没有一点醉意。

纪群一脸惊愕，他不明白刚刚烂醉如泥的人怎么突然变得如此清醒。

宋铁头却笑了：“纪先生，有的人醒着，心里却是糊涂的；有的人虽然醉了，可心里却很明白。”

纪群听出宋铁头话中有话，说：“你说的什么绕口令，我听不懂，有什么话不妨直说吧。”

“我是个粗人，要是说错了什么，纪先生不要当真，我知道纪先生的本性不坏，只是不知道为什么要帮我们国家的仇人做事。”

纪群骤然警觉起来，把枪拔出来：“你到底是什么人？为什么要和我说这些话？”

宋铁头却临危不惧，笑着说：“这话不是我要和你说的，是有人托我带给你的。”

“谁?”纪群满脸警惕。

宋铁头走过去，在纪群的手中写了一个门牌号。

这个门牌号纪群怎么会不知道，多少次，纪群走到姑姑家门前，却没有勇气敲开房门。不对，宋铁头怎么会有姑姑家的门牌号，难道……想到这里纪群一脸惊恐：“你见过她？你们把她怎么了？我警告你，这件事别牵扯上姑姑。”

“纪先生放心，我们不会伤害无辜，相反，我们还会暗中保护大娘的安全。”

纪群顿时精神紧张，听到门外似乎有动静，示意宋铁头小心。

纪群打开门，左右看看，然后回身，故意说道：“来，铁头兄弟，咱们到里面说……”宋铁头点点头，二人进了里屋。

四

决死队太岳总部房间，张平虏正摆弄着一些碗、碟子、瓶子和盆，用土办法对黎英在黄队长那儿缴获的毒品“白面儿”成分进行检验。

作为助手的宋雨田拿起一个醋瓶，倒出了一些放进一个盘子里，张平虏又加入其他的一些土“试剂”，然后加入一些“白面儿”。张平虏看了看颜色的变化，随即在一张毛头纸上进行了一番计算，随即发愣。

这时，黎英从外面进来，问张平虏：“有结果了吗?”

“从这些料面儿的纯度上判断，应该是由现代机械加工，又直接倾销到这里的。”

黎英明显一惊：“你的意思是，日本人?”

张平虏点头。

宋雨田一脸崇拜地看着张平虏：“平虏哥你可真行，就用这些碱面、醋、硝石什么的一捣鼓，就什么都验出来了。”

“平虏这个化学脑袋，这些东西到了他手里就是小菜一碟。”黎英也赞许到。

听黎英这么说，张平虏反倒有些不好意思了：“黎英姐你别取笑我了，这没有什么了不起，不过是化学上的酸碱中和以及计量这一套。如果是经过国内小贩的手，为了追求更大的利润，他们肯定要加一些别的粉末来滥竽充数，这个样品却没有，可见是由日本人直接销售的。”

黎英收起笑容严肃起来，皱起眉头，这恰恰说明了问题的复杂，她之前找过黄队长，黄队长当时惊慌的表现一看就知道心里有鬼，黄队长说这个东西是他一个朋友送的，那么那个朋友究竟是什么人？如果和日本人没有接触，怎么会得到这个东西？一系列的问题涌入黎英大脑，突然一个想法冲入她的脑子，她被自己的想法吓出了一身冷汗：“我看这些人不像是为了钱，而是在有意识地搞破坏。”

宋雨田倒吸一口冷气：“黄队长那人虽然不地道，可也没这么大胆子吧？”

“人心隔肚皮，这种事可说不准。”张平虏向来对黄队长那个人没什么好印象。

黎英越想越觉得其中大有文章，这件事涉及除奸防特，必须调查，但是周家身份特殊，一定要暗中进行，此外没有证据不能轻易下结论。

张平虏突然想到了一个问题，就在几天前，“小山东”从周家店铺里面买到了许多市面上紧缺的东西，说：“这些日子因为敌人的封锁，很多东西都买不到，可是周家老店里，货物一直比较齐全，会不会也和日本人有关？”

张平虏的话提醒了黎英，要真是这样，那事情可就严重了，日本人为什么帮周家老店进货，要么是他们之间做了交易，要么就是日本人在太岳安插的一个钉子，很可能是个谍报点，那就得坚决铲除。想到这里，黎英的眉头皱了起来。

黎英了解到，周家从中条山回来后一直是周安邦在打点生意上的事，宋雨田和周安邦之间的事情，黎英之前听一些战士聊起过，虽然她对宋雨田的私事并不想干预，不过这次的事情恐怕只有宋雨田能办到了。宋雨田看黎英开口，二话没说便答应了下来。

“白面儿”的事儿刚刚安排好，阎锡山这边又有了动静。黎英接到急件，说阎锡山要在吉县克难坡开会，通知黎英作为太岳区牺盟会的特派员即刻动身。不出所料，一同前往的还有周福源和妻子七岁红。

克难坡空场上聚集了来自全省各地区的代表，周福源、黎英坐在这些人中间。

只见梁天寿领着卫兵在前面列队恭候阎锡山，片刻后，阎锡山戴着白手套，执着马鞭，骑着一头毛驴，从沟里摇摇摆摆地走出来，有些滑稽。

他走到大家跟前，下了驴，拿着马鞭，梁天寿上去扶住他。

阎锡山满脸堆笑，很随和地对大家说：“们愿意骑驴，为什么呢？毛驴是个好东西，劲儿大，听话，吃的却少，可以节省出草料，给那些大骡子大马，上前线杀敌，啊？”话音一落，大家哗哗的连笑带鼓掌。

阎锡山用一口地道的山西话说着：“们首先要慰问大家，你们都是从前线回来，一个个都经过了浴血奋战，艰难险阻，你们辛苦了！们要感谢你们，向你们敬礼！”

说着，他演戏一般敬一个军礼，大家只好再鼓掌。接着阎锡山为参加会议的每个人安排了住处，并命令梁天寿带着大家到壶口瀑布去玩一玩，养精蓄锐，次日再开会。众人听说有吃有玩，自然又是一阵鼓掌。

黎英却兴奋不起来，从阎锡山进场的那一刻，黎英的目光就没有从阎锡山的身上挪开，阎锡山这个老狐狸，心机重，黎英仔细观察着阎锡山的一举一动，想看看这只老狐狸葫芦里卖的到底是什么药。只见阎锡山叮嘱梁天寿几句什么，梁天寿频频点头答应，阎锡山随后骑上毛驴走了。

……

不大的一间屋子，收拾得十分整洁。桌子上摆着几个简单的小菜和一壶汾酒。

自从周福源得知，阎锡山要和自己吃午餐的时候，心中甚是恐惧不安。还没等周福源想明白呢，阎锡山就已经来到了周福源的房间。这顿饭吃得周福源是心惊肉跳。他猜不透阎锡山葫芦里到底卖的什么药，只能向梁天寿请教。梁天寿是阎锡山的心腹，阎锡山想干什么，梁天寿自然清楚。

“梁主任，阎长官突然把我们叫来，这次会议的主要精神是？”周福源贴上去向梁天寿打听。

“一句话，就是警觉，要叫我们的骨干分子，警觉起来，警钟长鸣。”

周福源听得云里雾里，见四下没人，低声问道：“梁主任不妨说得更明白一些。”

梁天寿解释：“我们的某友军，抗战以来不到两年，力量却增加了四倍，按这个速度，再过几年，在山西这块地面上，到底是谁说了算？你们说可怕不可怕？还不需要警觉吗？”

周福源连连点头：“长官说的是，这是我们最大的隐患，心腹之患呀！”

……

会议在第二天如期举行，不过开会的地方却不是在会议室，而是一间布置奇特的小房间。房间里并没有会议桌和椅子，只是一个空场，倒像个江湖上的香堂，正面有一个供桌，摆着供果香炉，正面却没有神像，只有一个大铜鼎炉，里面木炭烧得红彤彤的，正面墙上只有大大的两个字“烘炉”。

梁天寿当下宣布：“第二战区干部首届烘炉培训开始！第一项，在烘炉台前反省、检讨自己的工作！”

然后，梁天寿带头，从供桌前拿了一支香，在烛火上点燃，然后肃立在后面。

梁天寿首先做出十分痛悔的样子，在烘炉前忏悔：“多年来，阎长官十分器重我们，栽培我们。而我们却辜负了长官的希望，仗打得不好，许多工作都落下了脚步，我们为此痛悔不已。苍天在上，现在我们决心在烘炉前熔炼自己，洗心革面，英勇奋斗，永远忠于长官，报效长官，为实现民族革命的目标赴汤蹈火，肝脑涂地。宣誓人——梁天寿。”

然后，他带头把香火扔进烘炉，十三个人也鱼贯前行，都把香火扔进烘炉。

等所有的人都结束仪式，梁天寿这才向他们讲：“烘炉宣誓结束。从此我们就是第一批铁军基干，也就是阎长官身边最亲信的人。我也就向大家交底了，阎长官已经把这次会议的宗旨、目的讲得很清楚，这次会的主要目的，就是要先发制人，把我们身边埋藏的最大的隐患彻底排除。”

“隐患？你是说——决死队、牺盟会？”一个亲信说。

“这已经很明白了，牺盟会、决死队，完全被共产党控制，尾大不掉，成了八路军的别动队，阎长官的调动指令反倒不灵了，此时如果再不出手，难道眼看着我们经营半辈子的山西落入他人手里吗？”梁天寿不满。

末了，梁天寿又补充一句：“阎长官还有九个字的行动准则要我转告你们——狠下手，下狠手，下手狠！”

五

伏击战是一种重要的战术进攻行动，需要事先通过侦察地形和敌方运动规律，确立伏击的地点以及伏击圈，并预先部署必要兵力。当敌人进入或被诱入伏击圈后，利用地形地物形成兵力的局部优势，对敌形成多面围攻之势，予敌以重大杀伤。打伏击战最重要的是迅速隐蔽，动作要快，此外，伏击战指挥要灵活果断，发起战斗要适时，火力要突然、猛烈、集中，趁敌人措手不及时，勇猛出击，速决全歼；遇到强敌时，不能达到速决，应给予火力杀伤后，隐蔽而迅速转移。

总部首长选中的首要袭击目标是威县城，原因是威县城是日军后方补给线的重点，由敌第十四师团四十联队之一部驻守。周围之曲周、广宗、清河等县城亦仅有少数敌人。而周围广大乡村及威县以南的邱县、馆陶地区仍在八路军掌握之中。

八路军最擅长的是游击战，打伏击还属新手，这下常松林犯了难：“老郑，总部首长的意思，是要我们打他们个伏击战，可这伏击战不是说打就能打的，首先得有地理优势，这两天我都出去转了好几圈了，这大冬天的，威县又是平原，到处都光秃秃的，连个遮拦都没有，咱们的部队怎么埋伏呢？”

冬天的平原地区，举目望去，到处是光秃秃的原野，哪里是有利地形？兵力如何集结？如何隐蔽？这些都是迫切需要解决的问题啊。

对于这些问题，郑川也没有头绪，他命高春生组织侦察排，把方圆十公里的地形地貌勘察清楚，拟一份详细的报告，希望能有帮助。

常松林一脸的担心，八路军一向打山地战，平原战并没有经验：“我看光勘察地形还不够，咱们部队里不是有几个参加过平原作战的干部战士吗，不如听他们讲讲。”

常松林的话提醒了郑川，郑川一脸惊喜：“这个主意好啊，没吃过猪肉怎么知道猪肉是什么滋味呢，就叫他们来讲，干脆开个‘诸葛亮会’”。

“诸葛亮会”在院子里举行，郑川、常松林站在前面，十几个战士席地而坐在院子里，刘洪涛、杨大河、段勇几位干部坐在前排。

郑川先开口：“今天这个会的目的很明确，就是要你们积极地开动脑筋，献计献策，在当前的形势下，哪里是打伏击的有利地形？我们的兵力如何集结？如何隐蔽？如何出其不意的打掉鬼子的有生力量？”

一系列问题相继抛出，大家一时陷入沉思，刘洪涛率先开口：“团长，你这个问题太刁钻，你要说夏天高杆儿庄稼起来，这地方藏个千军万马都没问题，这冬天呀，还真没辙。”

杨大河也说：“就是，这到处光秃秃的，连片树叶子都见不着，别说人了，就是只鸟杵在那儿也看得见啊。”

一听一个一个都没信心，这下常松林没好气道：“就属你们俩废话多，你以为叫你们来是叫你们发牢骚来了，要是问题不刁钻我和团长还不找你们呢，真以为自己成了香饽饽了。”

郑川反问大家："打了这么多年山地战，难不成现在真成了虎落平原被犬欺了？"

"那掉毛的凤凰还不如鸡呢，我看这地方根本不适合打伏击，要不您跟总部首长说说，咱们换个方式方法？"刘洪涛脱口说出自己的想法。

这下，常松林脾气上来了："嘿，你小子，你以为总部首长是好糊弄的，你少给我扯淡，我告诉你们，这一仗必须打，而且必须打得漂亮！"

"对，我们不做掉毛的凤凰，也不能因为下了山就成了没牙的老虎。"郑川解释着："因势而动顺势而为，山地战有山地战的打法，平原战肯定也找得到窍门嘛。"

段勇开玩笑："团长，我昨天出去溜达了一圈，看到西南角的地里倒有财主家几个坟堆子，藏五六个人还行。"几个营长都笑了。

刘洪涛推段勇一把："你以为是偷鸡摸狗呢，净出馊主意。"

正说着，高春生带着几个战士回来了，他把调查的结果向郑川做了汇报："出了村子往西北走两里地，有一带沙滩，我去看了，是一片袋形沙河故道，本地人称转向湖。四周还有野林子，地形倾斜，洼地西是大沙岗，长约一千五百米，岗高两三丈。"

一听到这里，郑川、常松林两人惊喜，毫无疑问，这里是个打伏击的好地方。

……

克难坡外河滩，郑川、常松林带着高春生和几个营长一起查看地形，一行人登上高处。往东北三里路是庄头村，隔着沙滩那是张家庄。

郑川环顾四周，十分满意："老常，你看，这庄头村和张家庄两个村子把地势倾斜的洼地紧紧夹在当中，构成一个自然的钳形防御阵地，这不就是我们要找的伏击阵地吗？"

常松林看到此处，也如释重负道："我就说嘛，要吃猪肉还发愁找不到个杀猪的地方？"

"那我们就在这里让小日本鬼子见阎王！"

这时，刘洪涛一脸苦闷地走过来："团长，这地方离威县县城有三十多里路，前不着村后不着店的，要把敌人引到这里来恐怕不容易。"

"鬼子不来，那我们就主动点，主动去把他们找来嘛。"郑川笑着说。

刘洪涛不解。

常松林领会了郑川的意思，笑了："毛主席常说，诱敌深入，这次咱们只有真把主席的这一条发挥好了才能打得好。”

郑川从口袋里掏出铅笔，指点地图：“香城固一带沙滩是个很理想的袋形伏击阵地，虽然威县之敌的数目不小，但只要出了县城，广大的农村还是掌握在我们的手里，所以一路把鬼子引下来，路上倒是不存在威胁，关键是如何引鬼子上钩……”

“快说说你的计划！”常松林已经有些迫不及待了。

郑川笑了：“想吃猪肉，咱还得想个法儿先把猪赶进场。”

常松林摩拳擦掌：“赶猪我拿手啊！我小时候给东家养过猪。”

这一仗，郑川势在必得。

……

夜，天空像刷洗过一般，没有一丝云雾，蓝晶晶的，又高又远。

威县城门外，常松林、杨大河带着一队战士悄悄潜伏到城门外，观察着城门方向。远远的可以看到，城门上几个鬼子哨兵在执勤。

杨大河已经有些迫不及待了：“政委，这次我们先开荤，然后再吃肉。这一刀子下去得让小鬼子多出点血才行。”

常松林提醒他耐着点性子，心急吃不了热豆腐：“你们现在就好比是牵猪的绳子，手里这根绳可要牵稳了。要给鬼子放血，还愁没机会下手吗？”

通讯员猫腰从后面上来：“政委、营长，攻城梯队准备好了。”

杨大河兴奋：“让第一梯队做好准备，整热闹点！”

……

威县城墙上，几个日军哨兵站在城墙上站岗放哨。日军大队长带着一支巡逻队登上城墙巡视。

夜晚一片安静，四野无声。

日军大队长带着巡逻队四处查看，颇为满意。突然一颗子弹飞来，站在他对面汇报工作的哨兵中弹倒地。紧接着，一阵枪响，子弹呼啸着朝城墙上飞来。

城墙上的日本兵顿时慌乱，日军大队长当即下命令集结所有部队，全力反击。很快，城墙上，日本兵迅速架起一挺挺机枪，枪口对准城下猛烈扫射；城墙下，杨大河的攻城部队扛着几把云梯，迅速在城墙边架起云梯。

杨大河命令十几个战士同时登上云梯，向城墙上爬去。自己则带领剩下的战士在墙下开枪掩护登上云梯的战士。城墙上的鬼子机枪突突地喷射着火舌，火力猛烈，爬上云梯的战士被压制得抬不起头来，紧紧抱着梯子无法前进，还有几个战士中弹跌下了云梯。看小鬼子已经上当，杨大河大喊一声“撤”，顷刻间，战士们收走云梯，迅速撤退。

日军大队长正打在兴头上，二话不说，就派兵追击。一辆接一辆满载着日本兵的汽车从城内驶出，通过城门，向城外驶去。

这下，“猪”要进“场”了。

第十二章　抗逆流巾帼浴血

一

清晨，东方出现了瑰丽的朝霞，空气中弥漫着轻纱似的薄雾，成为隐蔽在树林中独立团战士的最好掩护。

常松林、杨大河带领撤下来的部队埋伏在路边，静静地等待着小鬼子上钩。郑川推测的没错，小鬼子这次真的是被激怒了。独立团前脚走，小鬼子马上跟了上来，誓言要将独立团碎尸万段。

不怕鬼子多，就怕鬼子不来。

素有千里耳之称的杨大河大老远就听到日军军车的声音由远及近，整个人兴奋不已。

“这说明我们这根绳拽的力度好，重头戏还在后面呢，别让鬼子起了疑心。”一旁的常松林轻声提醒道。

随着轰鸣声由远而近，满载着日本兵的汽车驶进杨大河的视野。

日军大队长趾高气扬地坐在第一辆汽车上，他身穿黄呢军服，佩戴中佐军衔，身材壮实，脸上冒着营养过剩的油光，一脸横肉写满骄横的神情。

杨大河一眼就看到了坐在汽车里的日军大队长，心想这次算是赚了。想着，他举起手枪，瞄准了日军大队长的胸口，扣动扳机，子弹脱膛而出。

子弹剑一般的穿透了汽车玻璃，钻进了日军大队长的胸口。日军大队长还来不及反应，已经一命呜呼了。

一切按计划进行，果不出所料，一同前往的日军少佐看到中佐毙命，不禁倒吸一口气，整个人呆若木鸡，半天才缓过神：“为中佐阁下报仇！”

日军少佐毕竟年少轻狂，报仇心切，完全没有意识到自己即将面临的是怎样的形势，根本无心去考虑眼前的是不是一个圈套，他只想以最快的速度把杀害中佐的八路军统统杀掉。

香城固河滩附近，郑川带人埋伏在河滩正面。常松林已派人传来消息，日军已经上钩，同时段勇也传来消息，三营主力已经转移至庄头，随时准备迂回敌人左侧背，接下来就要看他郑川的了。

半盏茶的工夫，日军一辆辆汽车接连驶向河滩，渐渐开进了郑川预先设计好的包围圈。突然，“轰”“轰”两声巨响，伴随着巨大的爆炸声，日本军车迅速燃起火来，整个汽车队被迫停了下来，车上的日本兵纷纷抱着枪跳下车，原地隐蔽。还没等日军少佐反应过来，更为密集的枪声紧接着响起，子弹从郑川部队的埋伏点“嗖嗖”朝日本兵飞来。

日军少佐迅速低下身子，大声喊着原地反击，可是为时已晚，直到此刻他才知道自己是中了八路军的埋伏，朦胧中他看到东北方向香城固村的几处民房，心生一计：“命令全队，立即向东北方向进攻！”

这个年少的日军少佐虽然做事冲动，但也算是有些小聪明，他之前听说过一些八路军的事情，据说八路军很爱护老百姓，他倒要看看，这下八路军爱护百姓是真是假。

然而郑川早已把老百姓安排妥当，所以当日军少佐带着日军冲入香城固村时，早已人去村空，只剩下几处空荡荡的院子。

就在这时，常松林已经带领二营进至张家庄、马落堡以北的地方，切断了敌人的退路。而由段勇带领的三营主力也已迂回至敌人左侧背的耿家庄、康家洼，开始向敌人背后攻击。

……

双方都杀红了眼。日军少佐虽然听说过郑川，但是与所有日本人一样，他打心眼里是瞧不起八路军的，继而发动大火力袭击。

郑川带着大家顽强抵抗，却也抵不过炮弹的力量，不少战士被炸伤，幸免于难的战士也因为炮弹爆炸掀起的沙尘，迷得睁不开眼。

火力的差距是郑川没有办法弥补的，眼瞅着弟兄们一个个倒下，郑川急了。但是就这么放弃，又太过可惜，犹豫之间，刘洪涛愤愤地说：“他娘的，小鬼子的大炮真他娘的狠，我非得给他全搬回来。”

郑川深知，此时已到了整个战斗胜败的关键时刻，他猛然站起来，挥动手枪高声下达冲锋的命令，嘹亮的冲锋号在山野中回荡。

一时间，各团指战员纷纷跃出阵地，端着刺刀，冒着炮火前进，杀声震天。

双方短兵相接，八路军战士从四面八方冲向日军，双方展开肉搏战。一时间，香城固河滩变成了杀场，无数鲜血将原本清澈见底的河水染成血水。

这场战斗最终以独立团的胜利而告终，最重要的是战利品异常丰富，击毙日军两百余人，烧毁敌汽车八辆，俘虏十名，缴获山炮一门、九二步兵炮两门、迫击炮一门、长短枪数百支……

常松林念着本子上的战利品，越念越高兴，心里乐开了花，连嘴都合不拢了。片刻，他合上本子，一脸神秘地对郑川说："老郑，这一仗都是你出的点子高明，才能大获全胜，我现在是心服口服啊，所以我特地从这些战利品里给你挑了两样好东西。"说罢，小心翼翼地从背后神秘地拿出一个小布包，像珍宝一样递给郑川。

郑川小心地接过布包，打开，里面还有一层纸包着。郑川心想这得是多好的东西，让常松林这么兴奋，打开纸包，里面是两本崭新的日文书。

结局明显出乎郑川的意料，常松林却不紧不慢："知道你是读书人，不就好这口吗？我特地给你留的，不用谢我。"

这次的收获很大，常松林原本也想弄两把勃朗宁手枪送给郑川，思来想去最终还是没舍得，但是什么也不给，也好像说不太过去，毕竟这次打赢靠的是郑川，最后终于在箱子底发现了两本日文书。

郑川一脸无奈地看着常松林，嘴张开又闭上，他原以为常松林会从那一箱箱的短枪里面寻觅一把，送给自己，没想到等来的却是两本日文书。看来，素有"铁公鸡"之称的常松林果然不是浪得虚名啊。常松林正冲着他乐呢，最后他只能憋出两个意味深长的字：谢谢。

二

另一边，阎锡山的表演还在继续，他安排牺盟会的人参观瀑布。

壶口瀑布位于黄河中游，东濒山西省临汾市吉县壶口镇，西临陕西省延安市宜川县壶口乡，声响如虎啸震川般发出，浊流如巨龙腾飞般奔涌，水流如天幕般张挂悬垂，水珠如钢花般四溅激起，引得观赏它的人心潮澎湃。

牺盟会的人当然知道阎锡山让他们参观壶口瀑布的用意何在，阎锡山是在暗示，山西是他的地盘，就如壶口瀑布一样，是北方最大最汹涌的瀑布，仅靠一个小小的牺盟会根本不会让他的地位有任何动摇。

大家在瀑布旁边的石板坐下，表面上是在游览观赏，实际上则是在低声讨论着对策。自从参加完会议之后，黎英的心里便有了一些打算。阎锡山此次会议壁垒分明，目的十分明显，几句话就把牺盟会的人和自己的心腹分别对待了。这次，又特地带他们参观壶口瀑布，用意更加明显。不过，黎英现在最担心的就是周福源那伙子人究竟想干什么。

第二天会议如期。

这天的会议阎锡山并没有亲自出席，而是让梁天寿代为主持，梁天寿给出的理由是：“阎司令长官今天有一个重要的接见。”

正说着，窗外突然响起了一阵钟声。

梁天寿解释着：“阎长官刚才特地安排，要我们在会议开始的时候，敲响烘炉台的钟，意思是叫我们警钟长鸣。阎长官说了，我们现在面临的形势，不论国际国内，都很复杂。现在的山西，三股子势力，我们是踩着三颗鸡蛋跳舞，你们说复杂不复杂？更要命的是，现在我们内部还出现了这样一些人，打着二战区的招牌，打着抗日的旗号，实际却是在为某个政党、某个军队牟取小团体的利益，帮他们占地盘、拉势力。我看，这样的人不是真正的革命分子，是伪装分子，是应该肃清的。”

梁天寿的话里有话，阎锡山的那些心腹们七嘴八舌地起哄：“牺盟会就是长官说的那种‘伪装分子’！……牺盟会拿着阎长官这里的薪饷，专门给八路军办事……自立县长，擅发政令，简直无法无天！”

梁天寿暗自高兴，表面上却装作公道的样子制止众人。他把目光转向周福源：“周县长，不如您也表个态吧？”

周福源是唯一一个私下由阎锡山亲自接见的人，他早已和梁天寿盘算好了，缓缓开口：“牺盟会组织决死队，为的是保卫一方平安，大方向还是好的，也是应该支持的，只是牺盟会在新军里设置政委，这其中的目的倒让老朽看不明白了。”

周福源话音刚落，立刻有人附和：“我看他们的目的明白得很，就是想控制军队，伺机叛变！”

“对，什么新军决死队？其实就是八路军的别动队，打着抗日的旗号，游而不击，居心叵测啊！”

一时会议的气氛黑云压城城欲摧。

这下黎英坐不住了，直接站起来：“梁主任，你不能听信一面之词，我认为，大家可能对牺盟会和决死队有所误会。刚才有人说搞减租减息、民主选举、群众运动，是八路军的一套，请你们再认真地看一看阎司令长官签署的《抗敌救国十大纲领》，这些条文是都有的。”

像是事先安排好的一样，立刻有人站出来针锋相对："你少拿司令长官的纲领做挡箭牌，你们分明是挂羊头卖狗肉，你怎么不说，你们的那一套是八路军、共产党的做派？"

黎英处乱不惊："这和共产党颁发的十大纲领是吻合的，这不是恰好说明，在民族革命的重大问题上，阎长官和共产党是不谋而合吗？既然大家的见解一致，自然应该精诚合作，怎么是我们擅发政令呢？"

这下，会场哗然，全国都在搞抗日统一战线，谁也不敢在这个时候说出反对的话，顽固派一时语塞。

牺盟会决死队的人报以热烈掌声，喊口号："拥护阎长官！坚持团结！反对分裂！"

一直不出声的梁天寿看形势有逆转之势，马上开口："你们张口闭口拥护阎长官，你们私自任命了四十多个县长，通过阎司令长官了吗？"

"这一点我要说明。"与会者纷纷寻声望去，原来是一直沉默的决死二纵队的总政委雷天任，他缓缓地说："牺盟会任命县长是1937年抗敌的紧急状况下采取的措施，当时旧县长逃跑了，而前方正在激战，有大量的支前工作要做，所以我们只有临时任命县长开展工作，这个情况我回来都和阎长官作过汇报，是得到阎长官首肯的。"

黎英紧接着补充道："我们牺盟会任命的县长只是代行职权，只要原来的县长回来，我们就仍然承认原有的任命。这个，周县长亲身经历过，可以为证。"这下，与会者把目光全部转移到周福源的身上，周福源一时语塞，支支吾吾，不置可否。

"这是个形式，关键是你们的县长为谁服务？你们牺盟会把持的许多县，名为阎长官的保安区，实际上供给的都是八路军的队伍，不信，你们统计一下，你们为前线提供的钱粮物资，到底是给八路军的多，还是给我们晋绥军的多？"一个顽固派赶紧转移话题。

一系列的问题并没有让黎英畏惧，反倒让她抓住了对方话中的漏洞："不管是谁任命的县长，责任就是支持中国军队抗击敌人，八路军既然是国府建制的国民军，我们有什么理由不支持？"

一个旧军官火上浇油："你们号称新军，其实全是模仿八路军那一套，在部队里设政委，什么都是政委说了算，阎长官亲自委派的军事干部在那里也做不了主，你们把阎长官置于何地？"

"在部队里设政治委员负责制，那也是在1937年成立时候由阎长官亲自同意的，阎长官说过，政治力量的军队，比不上主义力量的军队，政治委员就是传播主义力量的呀！”黎英一句话就把那人说得哑口无言。

众人已经看出来了，这个叫黎英的女人是个厉害角色，如果要灭掉牺盟会的威风，首先要先把黎英的气焰灭一灭。

“你不要说了！”一个顽固派官员穷凶极恶地打断黎英的话，“归根到底你们牺盟会、决死队就是挂羊头卖狗肉，打着拥护阎长官的旗号给八路军办事。你们就是阎长官说的那种伪装分子。”

这下，众多的顽固势力纷纷跟着起哄。

“你们牺盟会就是伪装分子！”

“你们是破坏抗战的顽固分子！”

“打倒伪装分子！”

“打倒顽固分子！”

会议最后在一阵混乱中草草结束，令黎英没想到的是，阎锡山并未让牺盟会的人离开，而是让他们继续学习。说是继续学习，实则是软禁。

这次会议很明显就是阎锡山处心积虑、精心策划的一个圈套，阎锡山一直在找机会，瓦解牺盟会。而这次会议的目的正是如此，他要从组织上解除牺盟会的武装，再通过同志会取代牺盟会，叫顽固派在思想上搅乱决死队，把新军重新拉回到他们的阵营里。

想到这里，黎英不禁心中一颤，这个阎锡山，实在是太狡猾了。

……

当宋雨田主动找到周安邦的时候，周安邦的心里像是吃了蜜糖那般甜蜜。但是周安邦并不知道，若不是黎英亲自找到宋雨田，宋雨田是打死也不会主动来找他的。自从上次他向宋雨田表明了心思，宋雨田就总是有意无意地躲着他，这种距离恰到好处的掩饰了两个人之间的尴尬与别扭。

宋雨田开门见山：“我听说周家老店现在几乎垄断了日用品市场，县城里别的商店买不到的缺货、稀货，在你们这里都能买得到，而且质量还好，不过我很奇怪，现在鬼子封锁这么严，关卡设了一道又一道，你们是怎么过鬼子的关卡的?”

周安邦生疑，宋雨田和他一起长大，向来不关心他家生意上的事，今天倒问这么多。他不想对宋雨田有所欺瞒，但是又不知该怎么解释。

见周安邦似乎不愿说，宋雨田也不再勉强：“你要是不想说就算了。”说着，起身要走。

宋雨田好不容易找周安邦一次，周安邦哪里舍得这么快就让她走，急忙拉住："你看你，我又不是不说，你怎么还生气了呢。"语气中带着几分不舍与怜爱。

宋雨田有些别扭地推开周安邦的手，解释着："从我在周家做事的时候，校长一直关照我、帮助我，我很感激，没有什么可以报答的，这两年出了这么多的事，我觉得咱们之间生疏了很多，所以才来问你，既然你不愿意说，我也不想你多心，就算了吧。"

周安邦这下有些急了，一把拦住她，他知道宋雨田现在和牺盟会走得很近，也推测出宋雨田问这些都是牺盟会的意思，但是宋雨田执意说没有，周安邦也不好强问。

"我知道，现在周家的生意好了，有些人眼红，背地里使绊子说闲话，还有的造谣说我跟日本人联系上了。可是，雨田，别人不相信我，我不在乎，但你一定要相信我。"周安邦的眼神非常诚恳，他说这些话的时候，心里也是不断提醒自己，自己只是和日本人做生意，没做一点出卖国家的事情，这也是他一直以来不断自我安慰的理由。

对周安邦来说，哪怕全世界所有人都误会他，他都可以不在乎，唯独宋雨田是个例外。

"可你们现在卖的货，确实有些奇怪，像是用日本货改装的。"

周安邦眼神中明显流露出一丝恐惧，如果之前他还只是怀疑，那么此刻他敢肯定此次宋雨田前来绝对是奉了谁的命令。宋雨田就是一个丫鬟，到过最远的地方也不过太岳县的邻村，别说是日本货了，就是不少国货她都没见过。

想到一直想念的宋雨田，居然是为了套自己话的，周安邦的心里不免有些不快，厉色道："无稽之谈！要说到货源，向来是商家的商业机密，对旁人我是懒得解释的，但对你，雨田，我务必要解释清楚，周家店面是老字号，门路熟，自然货源广，最近与我们合作的穆老板，是多年的家族企业，常年跑南洋，自然有更多的进货渠道。"

说完，看宋雨田还有些怀疑，周安邦赶紧转移话题："我的立场你是知道的，我一向支持牺盟会的工作，这一点在中条山的时候我就向你保证过，雨田，你忘了你答应过我的吗？"

想到在中条山那晚答应周安邦的事，宋雨田表情复杂。

周安邦趁机抓着宋雨田的手："雨田，我再次向你保证！你也答应我，我们履行彼此的承诺，绝不反悔，好吗？"

宋雨田看着周安邦真诚的眼睛，一直不知该如何回答。周安邦却喜上眉梢，这是第一次宋雨田的眼睛没有逃避自己，他胆子也大了起来，顺势抱住宋雨田，蜻蜓点水似地在她的脸颊上亲了一下，宋雨田竟然没有抗拒。

三

当宋雨田把从周安邦那里得到的消息一五一十地汇报给张平虏时，张平虏的态度却依旧有所保留，他始终觉得周家和日本人之间有些说不清、道不明的关系。但毕竟宋雨田一个小姑娘家家，主动替周安邦辩解，张平虏也就没再说什么。

宋雨田从张平虏的表情中看出，张平虏对周安邦还是有些怀疑，要不也不会派人日夜盯着周家老宅。因此，宋雨田回到家之后，也变得冷静下来。她隐约记得周安邦提过一个姓穆的老板，她决定以这个人为突破口，特地嘱咐负责监视周安邦的郭安民，如果穆老板来到周家，一定要告诉自己。宋雨田的目的很明确，她要亲自看看这个穆老板是谁：一来，她想要查清这件事情的真相，二来，虽然她说不上爱周安邦，但还是很相信周安邦的，相信他是个读书明理的人，希望还周安邦一个清白。

所以当负责监视周安邦的牺盟会干事郭安民看到木村走进周家大宅后，马上把这个消息告诉了宋雨田。

……

周家老宅，香烟一缕袅袅，榻榻米上，周安邦正在按照日本茶道的方法给木村泡茶。

周安邦双手递给木村一杯茶，木村接过，呷一口，嘴角露出满意的笑容，用一口流利的日语说道：“没想到离开日本这么多年，安邦君对日本茶道还是如此谙熟，看来平时是经常温习啊！”

经木村这么一说，周安邦的思绪回到读书的时候，对他来说，早稻田大学的经历是他这一辈子过得最幸福、最有情调的一段时光，他时常怀念那时他与木村坐在早稻田大学的草坪上，捧一本书，端一杯茶，暖暖的阳光照在脸上，看着干干净净的白云蓝天，间或有穿着校服裙装的女同学路过，轻声打个招呼，那情景犹在眼前。可是，回国之后，满眼是尘土飞扬的大地，到处是杂乱无章的街道，真是恍若隔世。

“你今天来，不会就是专门来品我这一杯日本茶吧？”叙旧结束，周安邦直接切入主题。

木村笑了，脸上划过“当然不是”的表情，他拿出一张小纸条，就是上次周安邦给他的那张。

周安邦一脸惊愕，不明白木村的意思。

木村解释着：“我已经和他联系上了，相信很快就会建立商业合作，所以我特地来告诉你这个好消息，并且表示我对你的谢意。”

周安邦眼神中流露出一丝别样的神色，心口不禁猛地一揪。他不知道自己做的到底对不对，毕竟木村是日本人，对自己来说，虽然只是举手之劳，但总觉得木村的要求不简单。

木村像是看透周安邦的心思，笑着说：“老同学，虽然中日之间现在正在开战，但是没有人会拒绝和我合作来丰满他们的钱包。应当承认，在这方面很多人都比你开放得多，在他们的铺面里，从不避讳卖的是日本货。”

“处境不同，应该说，在中国现在各派政治力量中，对日货的抵制和排斥，只有八路军的区域是最认真的，希望你能够理解我的谨慎。”周安邦解释着。

周安邦和木村聊着这些“秘密”的时候，宋雨田正站在门外，不小心撞到了圆柱边上摆着的一个花盆。房间内的木村立刻从包里掏出手枪，周安邦脸色瞬间变得铁青，面部肌肉由于过分紧张而痉挛着。

“谁?”木村下意识地用中文问，开口之后他就后悔了，这无疑是把自己暴露了。

此刻门外的宋雨田也变得紧张起来，走也不是，回答也不是。正犹豫期间，周安邦从里屋走了出来，问：“雨田，你怎么来了?”

宋雨田觉得眼前的周安邦很陌生，她尽力保持镇静，掩饰着内心的紧张：“我，刚好路过，听管家说你在家，来找你谈点事。”说着，宋雨田的目光转向周安邦身后的房间。

“你有客人?”宋雨田试探地问。

周安邦不安地侧了侧身子，竭力掩饰：“雨田，今天确实不方便，改天吧，改天我亲自去找你。”

宋雨田绕过周安邦，径自走向内室。屋内木村正在平静地喝茶，察觉有人进来，赶紧站起来，他没想到周安邦会把门外的人放进来，想来此人对周安邦来说一定很重要。

宋雨田看到榻榻米上的木村，也看到摆在木村面前的茶具，如此考究的喝茶方法她还是第一次看到，而且说不清是为什么，眼前的场景让人感到很不对劲，同时也很不舒服。

周安邦紧随宋雨田走了进来，脸色铁青，他冲着木村说："穆老板，今天的事谈得差不多了，不如你先回去吧，改日我们再约。"

木村看看宋雨田，警惕地问："她是谁?"此时此刻，木村的右手紧紧地握着枪，对他来说，如果眼前人会妨碍到自己，他会毫不犹豫地将她杀掉。

周安邦看到木村手中的枪，空气紧张得似乎快要凝固，他吞吞吐吐地说："她以前是我们周家的……服务人员。"说着，周安邦把宋雨田挡在了自己的身后。

木村上下打量着宋雨田，总觉得眼前这个女子很面熟，他能看出周安邦对宋雨田的保护，他直起身子，脸瞬间出现笑容："既然周老板佳人有约，我先告辞了。"

直到木村离开，周安邦紧绷的神经才算是放松下来，努力装作若无其事的样子："雨田，不知道你今天会来，不然就是天大的生意我也要往后放一放，其实我是很反感这些生意场上的勾心斗角的。"

宋雨田望着桌子上的茶杯出神，很久才冒出一句："你和这位穆老板关系不一般吧。"

"哪里，很一般。"周安邦平静地说。

宋雨田知道周安邦以前在日本留学，肯定会认识不少日本人，她不知道刚刚那个人是不是日本人，但是直觉告诉她，那个男人不一般，不管是从周安邦闪烁其词的言语中，还是桌子上的茶具，都不得不让宋雨田怀疑眼前这个曾经自己崇拜的大少爷："你没做过什么对不起大家的事情吧?"话一出口，宋雨田自己也觉得这个问题有点傻。

周安邦瞬间脸色刷白，反问道："你这么说是什么意思，难道你怀疑我?"

"不是我怀疑你，而是你到底有没有做过，上次我来问你，你对我说的话到底有几分是真的?"

"这些话是你的本意，还是那个黎英、郑川派你来的?你现在对我的心还和从前一样吗?"

"我现在在问你穆老板的事，我和你的事是我们两个人的事，和这件事是两码事。"

"在我看来就是一回事！你现在是越来越能耐了，我的话从来都当耳边风。难道我们十几年从小一起长大的情分，还比不上几个臭八路吗?从前的你不是这样的!”

宋雨田既失望又生气，看着周安邦，眼泪在眼眶里打转。在宋雨田看来，日本人来了，每一个中国人都应该挺身而出，扛枪杀敌。可是周安邦却总惦记家里那点生意，每天只想着赚钱。她不想怀疑周安邦，可是更加相信自己的眼睛。宋雨田呆呆地看着周安邦，嘴唇动了动，眼泪开始成串地滚落下来。

周安邦最看不得女人哭，更何况还是自己心爱的女人，一时不忍心，语气缓和下来：“雨田，你听我解释，事情不是你想的那样，你误会我了。”

宋雨田却一把推开他，还在追究穆老板的真实身份。周安邦也火了：“说来说去你还是不相信我，你这样刨根究底地问，有意思吗?”

周安邦越是逃避这个话题，宋雨田越是觉得蹊跷，一气之下，摔门而走。

早在门口等待的郭安民一眼就看到双眼红红的宋雨田走了出来。

“雨田，没事吧?”郭安民关切地问。

宋雨田掩饰着：“那个穆老板的身份现在还不能确定，但我觉得他不太可靠，所以你还是要继续盯着周家。”

他们的一举一动都被躲在周家大宅二楼的周安邦看得一清二楚，他的双拳紧紧地握着，一种不甘、懊恼的骚动凝聚在他的眉际。

自从宋雨田上次找自己，周安邦就开始怀疑，自己已经成了牺盟会或者说八路军怀疑的对象，但是从内心来说，他还是不愿意相信宋雨田会试探自己。他一直固执地认为，哪怕真的有一天，宋雨田知道了自己所做的事，她也会站在自己身边。

可是，现在他不敢再那么自信了。

“宋雨田已经怀疑你的身份，牺盟会的人可能也会有所动作，你以后要更加谨慎。”木村提醒道，“那位宋小姐和你是什么关系？我看你们的关系不一般吧?”

见周安邦没有否认，木村笑了，开玩笑道：“那你可要管好自己的女人，不要后院起火啊。”

“我的事我自有分寸，你现在还是担心你自己吧。”

“我？我有什么可担心的，既然到了现在这个地步，我不妨和你坦白吧。”

“坦白?”周安邦心里一惊，这话是什么意思?

一切尽在不言中，木村回了他一个肯定的眼神。

周安邦脸色煞白，他身子晃晃便颓然倒在椅子上。他简直不敢相信自己的耳朵，好似晴天霹雳当头一击，又好像被人从头到脚浇了一盆凉水，全身麻木。

木村一直在找机会跟周安邦坦白自己的身份，宋雨田的出现无疑为他提供了一个绝佳的机会，现在他的手里不单有周安邦的把柄，还知道了周安邦最爱的女人是谁，这对于木村来说，无疑又多了一个筹码。

“天下没有免费的午餐，如果没有我，你们周家又怎么能生意兴隆呢？这只是我们之间的一种生意往来，你的目的在于赚钱，而我的目的在于监视八路，一举两得。”木村笑着说。

周安邦的脑袋如同雷轰电掣一般，呆住了：“那我上次给你的地址——”

“说到这个，我可要再次感谢你，是你帮助我找到了一条接近阎锡山最高机要机关的秘密通道。”

周安邦大惊失色，看着木村，声音不受控制地颤抖着：“你、你你——究竟是什么身份？”

“在下是大日本山西派遣军司令部对伯工作组组长。”木村毫不掩饰，“司令部感谢你对皇军做的贡献。我也来向你这个老同学表示感谢，并且希望今后进一步合作。”

周安邦面如土色，他再也无法忍受了，大吼骂道：“你滚！你给我滚！滚出去！以后，再也不要来了。”

木村却不紧不慢，拿起帽子：“希望周先生能够冷静下来，认真考虑一下自己今后的立场。”说完，他颇潇洒地走了，留下周安邦坐在地上瑟瑟发抖。

木村离开之后，在周家大门外监视的郭安民紧随其后，想要看看这个“穆老板”究竟是何许人也。

郭安民的行动全被周安邦看在眼里，周安邦心里慌乱不堪。不行，不能出去阻止，那不是正说明自己心里有鬼了吗？可是——不阻止又怎么办？要是木村被抓了，说出事实来，那不是平白无故就成了个汉奸特务，整个身败名裂了吗？周安邦觉得有万千斤压在他胸口，脑袋里有什么东西爆裂了，碎断了，心头像是挂了几十个吊桶一样七上八下，进退两难。

这时，门一开，撞进一个人影来，吓了他一跳，大叫：“谁？什么人？”

“周校长，是我。”

周安邦定睛一看，原来是保安团黄队长。

周安邦心里正憋闷着，懒得和他多说一句：“你怎么来了——什么事？”语气中充满了厌恶。

黄队长脸色蜡黄，身体不停地抽搐着：“听说穆老板来了，我这里的那料儿没有了，和他说一说，再弄来点。”

周安邦一听，更吓出一身汗来。之前虽然宋雨田质问过他，但他心里有底，毕竟自己什么也没做过，没想到，木村真的借着周家老店，公然卖毒品。如今他和周家老店被牵连上，闹的一身骚，现在想洗都洗不干净。

打击接踵而至，周安邦的身体不自觉地向后退了一步，一股热血直冲到头上，脑袋嗡嗡地响起来，张大的瞳孔中充满恐惧。

“你们，你们还真的搞——这个买卖啦?”周安邦怯生生地问道。

“真的呀!”黄队长一脸无所谓的样子。

周安邦看到黄队长的态度，气不打一处来，这小子现在还不知道问题的严重性，周安邦突然脑子里闪过一个念头，既然他无法动郭安民，那么不如借黄队长的手除掉郭安民，想到这里，周安邦他稳了稳身体：“你们抽料面的事情闹大了，牺盟会的人追查‘料子’，追到了穆老板身上，现在牺盟会的郭安民已经跟上他了，要是把他抓住，就等于抓住了你的把柄，你就等着吃大瓜落儿吧。”

黄队长脑门一热，把枪一拔：“是吗?我现在就叫几个人，马上把那姓郭的抓了。”

黄队长的态度正合周安邦的意，不过周安邦却依旧故作镇定：“别把事情搞大，抓他要有个名头。”

就在黄队长在太岳县布置抓捕郭安民的行动时，木村也被郭安民这个“尾巴”缠得无法脱身。

从周家出来后，郭安民寸步不离地跟在木村后面，虽然木村有一定特务经验，但是毕竟郭安民本乡本土，地形熟，好几次都被他追了上来。绕了好几圈之后，木村有些耐不住性子了，他把手放到腰间，准备找机会除掉这个黏人的“尾巴”。

这时候，黄队长忽然领着几个保安队员，荷枪实弹冲过来，立时就按倒了郭安民。

郭安民见木村神色慌张，已趁乱走远，他一脸惊愕地冲着黄队长大吼：“凭什么抓我?”

“你小子老实点，跟我到保安处去说!”黄队长不由分说把郭安民给抓走了。

木村见郭安民被抓，心中窃喜，黄队长的出现应该不是偶尔，而整个太岳县，能命令的了黄队长，又不想让自己身份暴露的人只有一个。想到这里，木村放下心，继续赶路。他没想到，跟踪他的除了郭安民，还有另外一个人。

太岳城外，木村在山路上走一段，就向四面机警地看看。最终向停在林子里的一个带篷子的驴车走去，赶车人很殷勤地让上车，看来二人十分相熟，身后一个黑影紧跟上去。

这个黑影便是宋憨头，原来宋雨田从周家离开后，越想越不对劲，又怕学生出身的郭安民应付不来，情急之下，她找到宋憨头，把在周家遇到木村的事情一一向宋憨头说明。

宋憨头一听完就觉得事有蹊跷，和郑川待久了，他也机警敏感了不少，又怕郭安民应付不来，所以亲自来到周家跟踪木村，当看到郭安民被黄队长抓走之后，宋憨头更加肯定自己之前的推断，这个穆先生不简单。一路上，宋憨头根据马车留下的痕迹，判断木村的走向，然后抄小路插到前面去。

呈现在宋憨头眼前的是临汾日军指挥部，穆先生竟朝着日军指挥部门口走去。这下，宋憨头又惊又喜，正准备把这个重大的消息向组织汇报，竟发现了一个熟悉的人影。

已经成为汉奸的宋铁头。

这下，原本淡定的宋憨头慌了。他直直地盯着自己的大哥，惊讶得像头顶炸了个响雷，一时竟没了主意。

几乎同时，宋铁头也发现了躲在角落的弟弟，但是他加快脚步朝着日军指挥部走去。

“大哥！”

一个简单的称呼，却让宋铁头的心像被刺了千万颗针一样，其痛难忍，整个人像半截木头般愣愣地戳在那儿。

“你认错人了！”宋铁头把头压低，试图迅速离开。

“大哥，你跟我回去，回石板村，爹为了你的事都气病了！”说着，宋憨头冲上来，拉住宋铁头的胳膊。

宋铁头甩掉宋憨头的手：“我警告你，别再纠缠我，否则没你的好果子吃。”

二人纠缠不休，但此处是鬼子的地盘，不免引来一些伪军和鬼子的目光。宋铁头紧张的是稍有差池，两人谁也跑不了，最重要的是自己之前的努力全都白费了。

正想着，宋铁头看到石原和清水的车从指挥部里驶出，他心里一惊，把宋憨头往地上一推：“你给我老实点！”

宋憨头没有防备，跌坐在地上，他没想到自己的哥哥变化如此大，他从未对自己动过手，这下宋憨头着实愣住了。

不过，令宋憨头更意想不到的是，宋铁头竟从腰间拔出枪，故意打伤自己的胳膊，说道："快跑！日本人正看着你！"

宋憨头一愣："你说什么?"

宋铁头："快走！不然你丢命不算，组织都要受大损失。"

宋憨头这一刻恍然大悟，赶忙钻小巷逃走。

宋铁头在地上满身血迹地滚。

石原和清水看了这个情况，原来对宋铁头的怀疑顿时消解。而谁也没有料到：这一切，竟被路过的日本"洪部"翻译官纪群看在眼里。

四

共产党的势力越来越大，阎锡山已经感到自己的处境变得十分不好，他害怕共产党夺取他的天下，失去"华北王"的地位。同时，亦不甘心受蒋介石"处处歧视"、"事事为难"的抑制，甚至还怕蒋介石真的和日本政府"和谈"成功而落个"上穷碧落下黄泉，两处茫茫皆不见"的下场。为了生存下去，阎锡山不惜破坏抗日民族统一战线，与日本人勾结在一起，妄图借助日本人的力量来发展自己，壮大自己。他玩弄两面三刀的手法，不管采取什么办法骗得日本的信任都行。

梁天寿给阎锡山带来了好消息，牺盟会已经有了答复，黎英这帮人不需要再留在这里。

就在郭安民被拷打得奄奄一息的时候，黎英突然出现，与周福源巧妙周旋，名正言顺地救走了郭安民。这让周福源怒不可遏。

就在黎英回来后没几日，一张解放日报引发了巨大的波澜：

"据悉，有人以二战区长官的名义，在临汾秘密会见了日本驻山西派遣军的代表，达成了所谓和平协议草案，主要精神是所谓'亚洲同盟，共同防共，外交一致，内政自理'，内容如下：一，日、阎双方消除敌对行为，互相提携围剿八路军；二，日军交还阎本人和阎军将领在太原的所有产业和住宅并恢复山西西北实业公司；三，日军为阎军提供装备三十个团的武器、粮食和经费。"

新闻有时候比炸弹的威力更大，阎锡山极力辟谣，但和八路军之间的这一仗，已经不可避免，两虎相斗，就看谁的动作快了。因此，郑川还没动手，周治国就抓了高春生等几个警卫排的士兵。

这下，郑川坐不住了。郑川原本派高春生带着几个战士去国军驻地附近观察一下情况，没想到却被周治国先发制人，直接把人抓了过去。

周治国抓了八路军的人，这是公然挑衅。常松林气不打一处来，急得团团转：“乱了乱了，全乱了套了，我们出来是打鬼子的，现在倒和自己人干上了，分不清敌我了！”

郑川一言不发。

常松林看着沉默的郑川，更急了：“老郑，你倒是说句话啊，这件事你打算怎么办？”

郑川淡然：“我就一个字，等。”

“啥？等？你就打算这么等下去，高春生他们不管了？”

“不然能怎么办，我们现在轻举妄动，高春生随时可能有生命危险。”郑川说的看似随意，其实内有乾坤。

他知道，周治国抓了高春生，目的应该不是要杀了他们，而是想要提出条件，但是至今也没有派人前来提出这个条件。既然不知道周治国的真实用意，眼下能做的，就只有等待了。

时间一分一秒地过去，黑夜席卷了大地。

常松林再也坐不住了，扬言要带人去把高春生抢回来，没想到，前脚踏出门，后脚高春生竟完好无损地回来了。

“怎么样，受委屈了吧，有没有受伤？”虽然只有短短一日未见，但是常松林像是过了一辈子那么久。

“报告政委，没有人员伤亡。”高春生声音清脆洪亮。

这下，常松林才算是放心，不过很快，他的心情再次跌落到谷底。

“周治国让我带话，说这次是小惩大诫，放我们走，如果还有下一次，就对我们不客气，他还说，要我们独立团立刻撤出香城固，否则他就要对我们动手了。”高春生说道。

话一出口，郑川和常松林对视一眼，二人倒吸一口凉气。

看来，这次周治国是要动真格的了。

周治国有他的打算，就算杀了高春生等人，对他来说也占不到多大的便宜，放走他们几个也不足为惧，他只是想给郑川提个醒，要他知难而退。根据他的了解，郑川的弹药很是匮乏，不敢跟他们硬碰硬。

指挥部里，气氛压抑。常松林在屋里来回踱步。

周治国的动作非常快，短短一日，他已经联合孙幸齐，正在向独立团的指挥部逼近。这下，常松林有些着慌："老郑，敌人这个阵势还真是够刁钻的，齐头并进，互为犄角，连一条缝隙都不给我们留啊。"

"高春生，你带侦察排再去侦察敌情。刘洪涛，你带一连从孙幸齐部右翼往里突进。"郑川安排着。

常松林不解："周治国、孙幸齐来势汹汹，我们派一个连迎上去不是叫敌人钻了空子吗?"

郑川却笑了："虽然我们只有一个连，可是要灵活机动起来。刘洪涛，我给你的任务不是歼敌，而是要扰乱敌人，干扰敌指挥部的判断，最好打的他们连找不到排，排找不到班，我们才好趁乱捡便宜。"郑川一脸自信地说。

很快，刘洪涛就带着一队的战士来到了孙幸齐的驻地，他们此行的目的很简单，就是捣乱。刘洪涛自认为，要论打仗，可能比不过郑川那么有勇有谋，要论文化，比不过常松林那般出口成章，可是，要说这捣乱，他刘洪涛要说自己是第二，怕是没人敢说是第一。

正午时分，太阳火辣辣的，晒得人们脊梁直发烫，耀得人睁不开眼。

几十个士兵端着饭碗，懒懒散散地蹲在地上吃饭，警戒松懈，还有吃完饭的在打瞌睡。大米饭的香气飘在驻地上空，引得刘洪涛直流口水，他紧了紧裤腰带，从侧面绕过去引开国军。

几声枪响，国军战士果然上当，抱着枪就朝枪响方向追去。

几天下来，刘洪涛带着十几个战士混进了国军的大小驻地，收获颇丰，各个穿上了国军军装，戴着国军头盔，就连脸蛋也比之前红润了不少。

很快，刘洪涛混入阵地的消息就传到了孙幸齐的耳朵里。

不过孙幸齐却不以为然，或者说根本就不屑于专门出手对付刘洪涛："土八路没什么本事，就会搞这一套偷鸡摸狗的勾当。马上给我调两个连过来，我去会会他。"

"可是，周团长叮嘱过，让我们不要轻举妄动。"参谋长建议道。

"什么不要轻举妄动，周治国那是被日本人打怕了，现在连几个土八路他都不敢打了，我就是要挫挫郑川的威风，马上去给我调兵。"

孙幸齐这个人最大的缺点就是太狂妄、轻敌，这也正是郑川派刘洪涛去98团捣乱的原因，他早就料想到孙幸齐一定会派兵追捕。

"老郑，你这一招出招诱敌，用的可真是巧妙啊，刘洪涛刚刚派人来报，孙幸齐已经出了驻地，按你预定的路线，上钩了！”看孙幸齐已经上钩，常松林心里窃喜。

郑川一边研究地图一边说：“在武乡小冬岭战术交流班的时候，孙幸齐就是这种大意轻敌的个性，只是没想到，他到现在都没什么长进。”

常松林激动之情溢于言表，他已经下令，让杨大河接应刘洪涛，按预定计划包围孙幸齐。

孙幸齐还没闹明白是怎么回事儿，自己就已经被关到了独立团的房间里。

郑川看着地图上花花绿绿的坐标，心想，孙幸齐和周治国原本是齐头并进，毫无破绽，现在缺了一角，周治国不会见死不救。

不过出乎意料的是，周治国却并未上钩。听到孙幸齐被抓的消息后，周治国虽然愤怒，却也算理智，他并没有出兵相救，而是静静地等待着。

周治国的部队迟迟不来，郑川也就不再难为，没有追究，而是放过了孙幸齐，这下，常松林不乐意了。

眼瞅着孙幸齐的队伍气势凌人，最重要的是，当杨大河和刘洪涛把孙幸齐包围之后，孙幸齐二话不说就朝他们开了枪，几个战士因此受伤。这口气，郑川能咽下，常松林可咽不下。

“老常，你这是在闹个人情绪，你是搞政治工作的，怎么能犯这种低级错误。”郑川平静地说。

常松林怄气：“我看我不适合搞政治工作，你郑川才适合搞政治。干脆，你向上级打报告撤了我，你自己团长政委一块干，岂不更好！”

郑川知道常松林说的是气话，也不跟他较真，语气依旧平和：“你把我说成什么人了，我现在不是在跟你商量嘛。”

“你这哪是商量的意思，我看你心里早盘算好了，故意压着不告诉我，我问你，你是不是从一开始就没打算向周治国开火？”

的确，郑川打一开始就没打算真的把枪口对准周治国，只是想吓唬吓唬，让对方别太嚣张，否则真的打起来，最后落个两败俱伤，岂不是让日本人捡便宜？

不过常松林似乎并不这么认为，周治国这么对付他们，明摆着是有的人和日本人达成了默契，而日本人就是利用国军那点小心眼来对付八路军，想到这里常松林的火气更大了：“我看他们那伙人心眼小的比针眼都细，跟他们合作，不可能！”

“兄弟阋于墙，外御其侮，这么简单的道理，周治国不会不懂，我和他打过几次交道，我了解，他不是那种人。”

“你有把握说服周治国，难道你有把握说服吉县那位，有能耐说服重庆那位？我看你一个小小的团长，操着比彭总还难的心，在这干真是屈了才了，你应该去外交部。”常松林依旧不依不饶。

常松林的担心并非空穴来风，谁也不能保证国民党以后不再打黑枪，这次放过他们，岂不是放虎归山，想到这里，常松林执拗起来：“要我说，这一仗必须打，叫那些动摇的顽固派彻底熄了火。”

“打完了之后怎么办呢？”郑川反问，又道：“老常，我们现在要考虑的不只是眼前这一仗，我们还要往后想，往更长远的方向想，现在是国共合作的敏感期，我们打下去，只会让合作的战线彻底撕裂，而且，就算打赢了也不光彩，不是英雄，是罪人。”

“罪人”二字，令常松林倒吸一口冷气。

此刻的常松林才冷静下来，鹬蚌相争，渔翁得利，小鬼子现在巴不得国共之间出现问题，他们好在指挥部等着做渔翁，如果现在国共真的打起来，受益最大的肯定是小鬼子。

“那你打算怎么办？”常松林反问道。

“我去见周治国，和他谈。”

……

此时的周治国早已忙得焦头烂额，虽然他知道一切都是郑川的圈套，但是却耐不住长官一个个逼迫的电话。当周治国看到郑川孤身一人来到自己的指挥部时，不免有些意外。双方的部队正在前线，战争一触即发，而郑川却不带一兵一卒，这让周治国佩服起郑川的勇气，道：“郑团长此来所为何事啊？”

“如果我没有猜错，周团长刚刚下令驰援孙幸齐。”

周治国眼前闪过一丝惊恐，不做声。

郑川继续说道：“增援孙幸齐，你不仅救不了他，414 团也要为此付出代价，得不偿失。”

“仗还没打，郑团长言之过早吧，鹿死谁手还不一定。”

“周团长，现在这里没有别人，你我都是心知肚明，我们也算是老相识了，在我面前你就没必要装了吧。”

“郑川，你到底想干什么？我提醒你，现在这里是我的地盘！”

郑川不动声色：“现在还是你的，不过很快是谁的就不一定了。”

听到这里，周治国气得心尖发抖，浑身的血管都要爆炸开来：“就凭你单枪匹马也敢说这种大话，想看我的笑话？还轮不上你！”

郑川收起笑容，表情异常冷静：“你我是合作抗战的友军将领，日本人就在威县，距离香城固不足百里。你我内讧，日本人隔岸观火，周团长认为此刻日本人希望我们谁胜谁败？”

周治国心里清楚，郑川的话句句在理，但是他不能示弱，威胁道：“妖言惑众！你就不怕走不出我的指挥部？我现在一声令下，警卫排马上就可以进来。”

“为什么要打一场注定两败俱伤的仗？”

周治国的大脑瞬间凝固了，是啊，这场仗对于二人来说，无论谁赢谁输，都是失败的。一旦二人真的兵戎相见，那么坐收渔翁之利的只有日本人，最终的胜利者，也只有日本人。如果真是这样，二人都成了日本人的帮凶，想到这里，周治国犹豫了。

是战是和，显然，周治国只能选择后者。孙幸齐起初并不乐意，但是毕竟自己的力量有限，只好乖乖求和。

一件心事了结，郑川的心情自然好了许多。不过，他没想到的是，一个更大的打击正在等着他。

周福源等待的机会终于来了，他命令黄队长带着突袭队配合阎锡山的14军行动，目标就是牺盟会决死队的团部指挥所。黎英和宋雨田得到了消息，连夜赶路报信，不想在途中发现了埋伏的突袭队。时间紧迫，黎英果断决定自己引开敌人注意，让宋雨田给指挥所同志报信。

黄队长看到了黎英，新仇旧恨，他命令突袭队击毙黎英。二十多个人向黎英包围上去。黎英勇敢沉着，一枪击毙一个敌人。黄队长狡猾地从旁边迂回过去，绕到了土丘侧面。忽然对着黎英开枪，黎英手臂中弹，翻滚了几圈躲在了石头后面。

宋雨田看到黎英中枪倒下，心急如焚，她折回黎英身旁，誓死要和黎英并肩作战。黎英情急之下用手枪指着自己的头，如果宋雨田抗命，自己现在就死在宋雨田面前。宋雨田的泪水夺眶而出。黎英盯着宋雨田，说了最后一句话：“告诉郑川，下辈子我会好好照顾他，不会这么早就离开他……”宋雨田还想再说，黎英一把推开了她，快走，走啊……宋雨田向山下指挥所跑去……

黎英奋力向包围上来的敌人开枪，终于没有了子弹。山崖上出现短暂的宁静。黄队长大喊一声，冲上去，抓活的。敌人包围上来，黎英斜靠在石头旁，献血从手臂上流出。黄队长走过来，用枪指着黎英，面目狰狞。黎英突然扑上来，握着黄队长的手扣动了扳机。子弹穿过黎英的胸膛。黄队长大惊，黎英倒在了血泊之中……

指挥所方向星星点点的火把亮起，迅速向村外移动。黎英用生命换来了同志们的安全转移。

宋雨田跑到郑川团部的时候，已经快要虚脱，她泪水迷离，嘴唇发白，告诉郑川黎英牺牲的噩耗。

太岳根据地沉浸在悲愤中……

五

1939 年 12 月，酝酿已久的晋西事变终于爆发。国民党发动了第一次反共高潮，阎锡山的部下进攻新军、破坏牺盟会，残杀抗日人员。然而，螳螂捕蝉，黄雀在后，令阎锡山意想不到的是，蒋介石已经乘机把手伸向山西。事变以后，中共中央审时度势，科学地分析当时的形势，既看到了阎锡山在坚持华北抗战中还有一定的进步性和重要性，又看到了蒋介石要搞掉阎锡山从而孤立共产党的企图，表示愿意和平解决山西内部问题，并愿意在阎锡山领导下继续团结抗日，以免被敌人利用。

为了安排部署，八路军独立旅旅部召开会议，郑川、常松林出席。

会议首先由特派员方明传达总部的最新指示："此次我们在中央委员会'有理、有利、有节'方针的指导下，打退了山西反共顽固派的投降阴谋，巩固了山西的抗战局面，这一点是值得肯定和表扬的，我代表八路军总部向各位指战员表示敬意。"方明说着敬礼，礼毕继续说："但是，我们接下来的目标还是要争取阎锡山继续留在抗日阵营，维护我们的统一抗战关系，最近，我们的朱总司令、周副主席出面，与阎锡山、卫立煌进行了三方协商，在具体的划界问题上，中央决定作出一定的让步，晋西南交给阎锡山，河北、山东的新开辟疆域交给国民党，晋东南和太岳地区，以长治、屯留为界，南部属国军，北部仍属根据地。"

话音一落，众人立时轰动，都不太理解。

"这让步也太厉害了，把我们那么大地盘都让给他们，凭什么？"

"这些土地都是我们一寸寸打下来的！白送给他们，为什么？"

常松林看看郑川，原本以为以郑川的性格会有所反应，但是出乎意料的是郑川却冷静地坐着，没有表示反对。

自从黎英死后，郑川整个人性情大变，不爱说话，没事儿的时候就喜欢吹着口琴发呆。常松林知道郑川心里难受，他宁愿郑川像曾经一样和自己吵一架，或者不听上级的命令，可是，郑川却像变了一个人似的，什么也不说，什么也不做，郑川越是这样，常松林越是担心与不安。眼下，他们刚刚打击了顽固派，取得了一点成绩，在这个时候让步不是动摇了抗战的决心么？想到这里，常松林再也坐不住了，他站起来大声反对："我们的革命成果，凭什么拱手让人？反正我就是想不通！"

不少指挥员都和常松林有着同样的疑问，会场一时间陷入了一片混乱。

方明解释道："大家都是革命老同志了，这点觉悟应该是有的，当下国内的形势很复杂，抗日战局也很不稳定，在山西，阎锡山能不能继续留在抗战阵营，这是十分敏感的话题。而我们现在要做的，就是争取阎锡山，不能让他被一些别有用心的人拉到我们敌对的队伍里去。"

方明正说着，郑川突然站了起来，大家都看向郑川。

常松林的心跳得很快，心像是要裂成两半儿。他隐隐担心，怕郑川因为黎英的事冲动。没想到郑川却平静地说："我坚决拥护总部的决定。"

这下，众人惊讶地看着郑川，尤其是常松林。

"老郑，有什么事你可别憋着，咱们十几年的老战友了，有什么情绪你发泄出来。"常松林有些担心地说，说实话，他现在反倒希望郑川像之前那样和他斗嘴，郑川越是不发泄，常松林越是担心。

"天色不早了，收拾一下，回太岳，有些工作还得交接。"郑川冷冷地说。

……

对于黎英的死，郑川虽然不说报仇的事，但是宋憨头却咽不下这口气。宋憨头一直把黎英当成亲姐姐看待。

黎英没有死在敌人枪口下，而是死在中国人的枪口下，想到这里，宋憨头恨不得把杀害黎英的那个人碎尸万段。他带着几十个战士气势汹汹地冲入了周家。

这下，黄队长可慌了神，只能找到周福源这个大靠山。

"怎么回事？大清早就吵吵嚷嚷的？"周福源一脸睡意地从院子里走出来。

只见宋憨头等人满脸杀气地站在院门口，让周福源也不禁一身冷汗，他恭敬地上前："这不是憨头吗，什么风把你给吹来了，这可真是贵步临贱地啊，前方的仗打得怎么样，你们这是凯旋了吗？"

"周福源，你少假惺惺地来这一套，我们是来给黎大姐讨公道的！"宋憨头没好气地说。

宋憨头居然当众直呼周福源的名字，周福源脸色煞白，心想连这个兔崽子都敢骑到我头上，这要是在以前，周福源一定会找人打上宋憨头几十板子出气，可是时代不一样了，想到这里，周福源觉得自己很可悲，他假惺惺地抹起了眼泪："黎副县长年纪轻轻，原本可以大有作为，实在是可惜了。"

宋憨头厌恶地打断周福源，他没心情也没空看周福源演戏："周福源，你听好，现在我要代表八路军收回我们自己创建的政权，你要识相，赶紧带你的人撤出县政府，要不然，就休怪我们不客气！"

说话间，几个战士们一个个枪柄擦得锃亮，一步不让地和保安队僵持着。

"憨头，你干什么？"一听到郑川的声音，宋憨头整个人都蔫了。

郑川一把卸下宋憨头的手枪："这么大的事，你还想瞒着我和政委？憨头，你这是在犯错误。"

这下，周福源一下子冲到郑川面前，一脸委屈："郑团长，你可来了，你要是再不来，可就要出人命了。"

宋憨头看到周福源的嘴脸，一皱眉，不由得一股怒火从两肋腾地一下窜上来，眼瞅着就要冲上前去，一旁的常松林赶紧摁住，示意他不要冲动。

二人把目光转向郑川，郑川的平静令在场的人毛骨悚然。

"黎副县长的事，确实是误会，郑团长，你要相信我，我是清白的呀，保安队不知怎么和决死队起了冲突，擦枪走火，把黎副县长给伤了，我是真恨不得伤的人是我啊，千不该万不该，我不该由着保安队这些蠢货胡来。"周福源眼神躲闪着。

郑川却并未接话，而是转身面对八路军战士们："听我的命令，全体都有，向后转，齐步走，回驻地！"

宋憨头牙关紧闭，战士们也面面相觑，不肯走，仇人就在眼前，而只能看着他逍遥法外，想到这里，宋憨头的拳头握得更紧了。

"我这个团长说话不好使了？！"郑川断喝一声，大家也不敢再说什么，愤愤离开。

回营地的路上，郑川始终都没有和常松林说一句话。郑川知道常松林的好心与苦心，但是自己的事情在国家大事面前毕竟是小事儿，战士们头脑发热，不顾大局就算了，但是常松林却还默许宋憨头去找周福源的麻烦，想到这里，郑川的气不打一处来。

不过常松林却有自己的想法，在他看来，八路军用命换来的抗日政权，被周福源非法篡夺，他们理应收回。而黎英的牺牲，更是血淋淋的教训！

“刀都架在脖子上了，谁还和他们搞统一？”

“要斗这个气，咱们1937年就不该和蒋介石合作，可那样行吗？能有现在的抗战形势吗？”

常松林心里有气，明明是八路军战士们打下的大好江山，现在却要拱手让人，他不甘心！

……

一轮明月当空，山坡上一片安静，黎英的坟墓静静地立在这片山坡上。

坟墓前，郑川正亲手栽植一棵小松树，一边念着那首诗，山上青松山下花，花笑青松不如她；有朝一日寒霜降，只见青松不见花！这是当年他们第一次接头暗号的诗，郑川一直记着。

很快就要离开太岳县了，其他人也许舍不得的是太岳，而郑川最舍不得的却是妻子。离开了太岳，他不知道自己是不是还有机会回到太岳看望妻子。郑川把一颗小松树栽到妻子坟前，黎英生前，他没有好好陪伴过她；死后，他依旧没有机会陪伴妻子，就让这颗松柏树一直陪伴着妻子吧。想到这里，郑川的眼眶红了。

他从兜里拿出心爱的口琴，吹着黎英最喜欢的《五月的鲜花》。熟悉的旋律环绕在耳边，在山坡上蔓延。

郑川泪眼婆娑，抬头看天空，泪眼朦胧中似乎看见黎英就站在他的面前，对他笑着。郑川松开口琴，激动地站起来，却发现眼前空荡荡的什么也没有。就像他们在山西第一次重逢的那晚，郑川的眼泪再一次无法控制地流了下来。

……

六

八路军主力撤出太岳县的事情，很快就传到了石原和多田骏的耳朵里。这一消息，无疑令多田骏欣喜万分。

“好啊！多年来太行山这个制高点不能为我们控制，使陆军总部向西进军甘陕的计划不能实施，平汉线也一直不得安宁，原因就在于八路军和国军成犄角之势，互为依托，很难对付。现在八路军主动撤出太岳，国军就成了孤军，这可是天赐良机啊。”

当下，日军陆军大将冈村宁次连夜来到临汾日军司令部准备亲自指挥战斗。

岗村宁次的到来无疑令石原和多田骏有些意外：“司令阁下连夜赶来临汾，是不是对山西战事有新的指示?”

“大本营指示，调整对华作战指导方针，必须迅速解决中国事变。”岗村宁次平静地说。

多田骏神色立刻严肃起来，询问道：“不以国民政府为对手的立场是否也要作出改变?”

“大本营指示，改变预定计划，不放松对华压迫，在此期间，竭尽一切手段，尤其利用国际局势变化，谋求‘中国事变’得到定局。我已经决定与中国军进行最后的积极作战，解决中国事变。”

冈村宁次说着站起来，走到挂在墙上的大幅山西地图前，问：“多田，你是华北方面军的司令官，关于华北的战局，我很想听听你的看法。”

多田骏也立足于地图前，详细地分析起来：“山西西面有延安的共产军，南面黄河两岸有国民党中央军，治安状况一直得不到改善，如今华北之晋南是有蒋直系国军的唯一地区，应当作为打击的重点。”

对于多田骏的分析，冈村宁次比较满意，毕竟日军在中国主要占领区域的治安现状，以华北为最差，而华北又以山西最为恶劣。他此次来临汾，便是要转告多田骏，日本大本营特别期待在华北消灭山西南部国民党中央军的一战。

冈村下达命令：“为配合中原会战顺利进行，我决定从华中抽调第 17、第 33 师团，配属华北方面军。再由关东军调集飞行第 32 战队、飞行第 83 战队，以第 3 飞行集团主力在运城、新乡两个机场展开，担任空中配合，此次会战的目标是全歼中国守军!”

送走了冈村宁次，多田骏即刻秘密传达了一道道针对于中山条的军事部署，将第 36、37、41 师团及第 3、9 独立旅团，分布于绛县、横岭关、闻喜至风陵渡、河津地区。此外，将第 33 师团附第 4 独立旅团分布于阳城、芹池、沁水一带。而第 35、21 师团分布于温县、沁阳、至陵川地区。

多田骏命令对所有参战部队进行为期两个月的山地战强化训练，确保会战一举成功。

第十三章　中条山悲歌

一

中条山，位于山西南部，因居太行和华山之间，山势狭长，故称中条。此处东临黄河，西接潼关，自古就是战略要地。自从抗日战争爆发以来，黄河以北的国土相继沦陷，晋南中条山区成了黄河以北中国军队在正面战场的唯一据点，日军如果拿下中条山，黄河北岸便无险可守，日军西渡将威胁西安，向南则进逼洛阳。

从 1938 年开始，日军便对中条山区发动了十几次大规模进攻。为了保中条山的安全，蒋介石命第四集团军驻守在此。几年下来，第四集团军虽伤亡惨重，但作战相当顽强，多次击退日军对中条山凶猛的进攻，被称赞为“中条山的铁柱子”，而自从八路军从太岳县撤出后，这条铁柱子的能力几乎失去一半。此外，日军开始征调频繁，不断在中条山东西南北四面逼近，意图非常明显，他们要拿下中条山。洛阳第一战区参谋长何应钦原本计划着下达战略准备的命令，没想到却收到了蒋介石发来的急电，命第一战区抽调第四集团军南下待命。铁柱子移走，中条山的防御塌了半边天。

何应钦，贵州兴义人，早年参加中国同盟会，留学过日本，是蒋介石最得力的助手之一，1937 年抗日战争开始后，任第四战区司令长官。因为在日本和蒋介石同读一个学校，二人便有了交集。按理说，何应钦很了解蒋介石的心思，不过这一次，他却没了主意，他怎么也想不通晋南之敌屡有进犯之势，蒋介石为何在此时抽调第四集团军。

“参谋长，或许日本方面只是做出一种姿态，事实上并没有实际威胁，蒋委员长虽然人在重庆，但对山西的战局一直以来还是关注的，他在此时调兵或许是在暗示我们。”副官提醒他。

副官的话点醒了何应钦，毕竟国军的主力全部集中在此，料想日本方面应该不敢真的有动作，只是虚张声势而已。何应钦当即下令：“给一战区各部队发电，日军当前行动属正常军事调动，不必大惊小怪，只需要继续加强中条山及潼洛工事，积极训练即可。”

蒋介石调离第四集团军的命令很快传遍了中条山，最为震惊的莫过于周治国。

晋南之敌频繁调动，已有进逼之势，蒋委员长却在此时调离中条山的铁柱子，到底是为了什么？想到这里，周治国既愤怒又无奈。

更糟糕的是，就连何应钦也下达命令，命他们按兵不动。这下，周治国彻底慌了，情急之下，他拨通了孙幸齐的电话。

孙幸齐似乎对周治国的来电并不意外，同时也对上级的安排表现的不以为然：“还是那句话，攘外必先安内。”

“现在说这种话不合时宜吧，日本人可眼看到了家门口了。”电话这头的周治国眉头皱了起来。

对此，孙幸齐也很无奈，作为军人，他们能做的也只是服从，出于和周治国的关系，孙幸齐好意劝了一句：“只管守住自己的地盘，对上面的决定少议论为妙。”

不过，孙幸齐的好意并没有得到周治国的领情，周治国反感道：“晋南之敌咄咄逼人，到了这种关键的时候，不齐心对外，还三番两次的强调赤化问题，孙军长被撤，卫总司令又远在重庆回不来，第一战区连个统一大局的主心骨都没有，日本人要是钻了空子，那咱们不是成一盘散沙了吗？”

这下孙幸齐彻底蒙了。一支军队，最怕的就是没有主心骨。一旦乱成一盘散沙，失败就将成为必然。但是上级的决定，他无法干涉，也没有资格干涉，不过，他向周治国保证，日本人要真打进来，他绝对不会后退一步。

……

虽然已经撤出太岳县，但是郑川一刻都没有停止过关注日军的动向。日军的意图很明显，就是利用已设阵地，以挺进部队切断退路，只要从两侧突破，就可以将中条山完全包围。日军这么做既可以与豫东之敌相呼应，进取洛阳、潼关，威胁五战区侧背，也可以西向进窥西安。而卫立煌原来是凭着二十六万大军与日军四个师团对峙，才能长期坚守中条山防线，但此次日军集结的兵力已经达到七个师团超过十万人，来势汹汹。这一仗，不好打。

当常松林带来蒋介石已经把中条山的第四集团军调走的消息时，郑川整个人跳了起来。中条山是山西最后一道防线，如果丢了，日本人立刻就能渡河南下，问津陇海，侵夺中原。想着，郑川就要拨通首长的电话。

不过，立刻被常松林制止了，中条山究竟有多重要，常松林自然也清楚，国民党比他们更清楚：“我们这是皇帝不急太监急，顶什么用啊，人家现在正想着法的对付咱们呢。”

常松林的话里有气，但是也在理。自从独立团撤出太岳县之后，国民党没少找事儿，不过气是气，孰轻孰重常松林还是有分寸的。第二天，常松林拨通了首长的电话，他们的担心很快也传到了阎锡山的耳朵里。

阎锡山却不以为然，认为八路军是狗拿耗子多管闲事，总想把胳膊伸到别人的饭碗里。

梁天寿对八路军虽然没什么好感，不过却暗暗担心：“如果八路的情报属实，那中条山可就危险了。”

阎锡山却满脸自信：“八路打的什么算盘，们心里清楚，他们这是想转移视线，叫们放松对他们的警惕，八路这一套，们早就看透了，不用理他。”

阎锡山没想到的是，自己的以小人之心度君子之腹，很快就遭到了报应。

自从冈村宁次下达了命令之后，多田骏和石原便开始了他们的计划，派了大批谍报人员混进中条山，并在中国军队的指挥部附近潜伏，以期随时掌握中国军队的动态。不过，情报人员得到的情报比他们料想的还要好，整个中条山的部队非但没有全线戒备，反倒是忙着贩卖粮食、烟土，中条山已经成了国民党的经商之地。

这些消息令多田骏兴奋不已，他派出石原的特攻队为先头部队，带领第十二混成旅三浦联队从临汾、垣曲出发，津生联队从沁县、长治出发，实行分进合击，分割包围，作战期限暂定三十天。

……

就在国军战士还在阵地上修筑防御工事，挖战壕，松松散散磨洋工的时候，日军的飞机已经飞到了中条山的上空。

一眨眼的工夫，炸弹轰然炸响，阵地上硝烟弥漫，火光四起。阵地上的国军士兵立即炸了锅，扔掉手里的工具四散逃跑。几分钟的工夫，阵地上一片狼藉。

国军尸体尸横遍野，狼烟未退，阵地上高悬着被打得千疮百孔的青天白日军旗。左金平带领一支部队补充上五号阵地，试图守住，但是战士们刚刚踏上五号阵地，还未站稳脚跟，一批日军轰炸机再一次呼啸而至，扔下一排炸弹。炸弹四处炸响，硝烟弥漫。左金平为保实力，只好撤出阵地。

指挥部里周治国的情况也没好到哪儿去，得知五号阵地失守的消息后，更觉绝望。不祥的预感像浓重的乌云，将他的心厚厚地裹了起来。眼下所有的部队都派出去，团部已经无兵可调，第一战区司令长官打电话询问情况：

“周团长，你那边情况怎么样?”电话那头传来长官急促的声音。

周治国像抓住了救命稻草般：“长官，战况惨烈，我请求长官派部增援。”

长官部却没好气，现在到处都在求援，他哪来那么多兵可调：“参谋总长让我通知你，迎头拦截日军，拼死抵抗，不能让出一寸土地。”

这下，周治国着急了：“长官，这场仗不能这么打，这么打下去，我一个团都要报销了。”

长官部那边的话筒被何应钦一把夺过去，只听何应钦厉声道：“周治国，怎么打仗还轮不到你来教我，这是命令，立即执行!”

这一刻，周治国彻底绝望了。

打是死，不打也是死。

……

绝望的又何止周治国一人。

孙幸齐安札的驻地是防守重点，上级特地安排了重兵，但是他没想到战斗才一打响，战士们就被吓破了胆，第 80 军军长孔令恂、165 师师长王治岐弃部渡过了黄河，两支部队失去指挥，争相竞渡逃跑，伤亡惨重。一场战斗下来，他的一个营整整损伤了一半。加上没有兄弟部队配合，他的 98 团现在是孤军奋战，根本难以撑过鬼子的三轮攻势。

阵地上，硝烟弥漫，满目疮痍，到处七歪八斜的躺着国军尸体，一枚接一枚的炮弹持续在阵地上炸响。98 团的战士们隐蔽在战壕里，一个个狼狈不堪，被炮弹压制的抬不起头。

短短几个小时，原本的 98 团只剩下一百多个人。这时，鬼子的大炮突然停了下来，战场上出现了片刻的安静，而这一刻的安静反倒让每一个战士更加胆战心惊。

只见黑压压的日军步兵涌上了阵地，孙幸齐带着 98 团剩下的一百多个战士向樊家沟方向转移。

刚走了几步，前方来报，樊家沟已经被日军占领，根本无法转移。孙幸齐心急如焚。他带着仅有的一百多名战士，躲在了简易的临时工事后面休息，战士们都十分狼狈，情绪低迷。

孙幸齐环顾战士，知道这一劫，自己怕是躲不过了，他站起来鼓励道：

“各位都是一直跟在我孙某身边出生入死的兄弟，走到今天这一步，是我对不住你们。诚如军长言，吾侪今日惟奋力杀敌耳！枪在手，剑在腰，不令为贼服也。济则为国争光，不济以死继之。”

战士们都静静地听着孙幸齐的话，凝神注视着他。

孙幸齐继续说道：“兄弟们，与中条山共存亡，你们怕不怕？”

“不怕！”声音响彻云际。

孙幸齐眼眶红了，内心更多的是震撼，一股血性冲入心口。就在此时，小鬼子全部冲了上来，孙幸齐拿着枪，上刺刀，大喊一声：“与中条山共存亡，战斗到底！”

一时间，一百多号战士冲下山，与鬼子展开白刃战搏杀。

孙幸齐接连刺杀三个鬼子，勇猛无比。五六个鬼子冲过来，将孙幸齐团团围住，孙幸齐面无惧色，怒喝一声，冲向鬼子，却寡不敌众，被鬼子从身后用刺刀刺穿了胸膛，孙幸齐双目怒瞪，抓着胸口的刺刀，怒吼：“杀！”

看着战士们一个个死在鬼子的刀下，孙幸齐流下了眼泪，他挣扎着爬起来，用最后一丝力气冲向鬼子，鬼子疯狂开枪，孙幸齐身中数枪，鲜血喷涌而出。

……

“孙团长身负重伤，仍率部苦战，陷日军重围，二次负伤，右腿被敌炮炸断，身中数枪，壮烈牺牲。98 团余部无一人退出阵地，全部壮烈牺牲。”

听着通讯兵抽泣地念着孙幸齐牺牲的消息，周治国心如刀绞一样，疼痛难忍。就在孙幸齐牺牲前几个小时，周治国还接到了孙幸齐的电话，提醒他小心，可没想到，短短几个小时，多年的朋友却已阴阳相隔。

周治国沉默着，1938 年以来，国共各部队协同作战，终使日军不能逾越中条山，但由于中条山区的物产无法供应几乎二十万的团队，粮食、给养都要靠人挑，靠动物驼，从黄河南岸运往部队。但自从小鬼子实行囚笼政策以来，黄河各渡口被封锁，补给根本运不进来，很多部队已经断了粮，而 414 团剩下的军粮最多也只能撑三天了。

也许过不了多久，414 团没死在鬼子的枪口下，却被困在中条山活活饿死，想到这里，周治国再也无法等待下去了。

他再一次拨通了何应钦的电话：“我是 414 团周治国……长官，这仗不能再这么打下去了，我军会全军覆没。”

接电话的正是何应钦，战场不断传来的消息已经让何应钦焦头烂额，没想到这个周治国却在这个时候火上浇油，扰乱军心。何应钦的声音更加恼怒了：“周治国，你再敢危言耸听，我马上将你撤职查办。”

经历了孙幸齐的死，周治国变得无所畏惧了，他进言道：“参谋长，我请求迂回到外线打击敌人，游击运动作战。”

“混账！游击战，那是共产党游而不击的陈词滥调，是避战的借口！周治国，我命令你，全力阻击，不许后退一步。”何应钦说完撂了电话。

周治国放下话筒，再次陷入空前的绝望。

这时，左金平冲进来，神色慌张，中条山二号阵地也失守了，驻守二号阵地的1连伤亡惨重，连长至班长无一幸存，只剩下一个炊事班了。

周治国愤怒，有些事情他心里一直清楚，只是不愿意承认，但是这一刻，他开始重新正视自己曾经的信仰，重新审视自己最为尊敬的上级领导：“这是在拿我们当炮灰，用我们去堵鬼子的炮口，给他们逃跑争取时间！414团经我多年苦心经营．不能因为长官部一个错误的指令就全军覆没，枉死在中条山。”

左金平大惊，周治国这无疑是在违抗军令，是杀头的大罪。

不过周治国却是一副大义凛然的样子，他认为大丈夫死也要死得其所，坚守阵地，寸步不让，孙幸齐固然英勇，但于抗战大局却无益，没有兄弟部队的配合，他们现在一支孤军如何坚守？

想到这里，周治国不再犹豫，当即对左金平下令：“你马上给长官部拍电报，就说将在外军令有所不受，形势所迫，为抗战大局考虑，414团只能改变战术，游击运动作战，相继打击敌人。”

二

1941年5月7日，中条山外围日军在航空兵的支持下，由东、北、西三个方向开始全面进攻。中国军队由于事前准备不足，又缺乏统一指挥，除少数突围外，大部溃散，被俘虏三万五千人，遗弃尸体四万二千具，此役给积极“剿共”的国民政府沉重打击，被蒋介石称为“抗战史上最大之耻辱”。

郑川自从退出太岳山后，一直也没闲着，带着战士们拗螺丝，卸铁轨，弄得日本货运火车总是不得安宁。

不过，他最担心的事情还是发生了。日军肆意屠杀着已经丧失战斗力的国军士兵，更有不少国军指挥和逃难的百姓抢夺渡船。虽然自己之前给总部发过情报，但情报居然被阎锡山直接扣下，压根儿就没往中条山报。

情况危急，国民党终于决定向八路军求救了。卫立煌亲自给总部打电话，向八路军求援，总部当即下令前去增援。

师部，政委研究地图，抬头笑笑：“时移世易，你不知道，越是那些个喝过洋墨水的人，越会变脸啊。”

这下刘师长笑了，玩笑道：“你这句话说的有失偏颇啊，郑川也是喝过洋墨水的，你可不能一刀切啊。”说着，六师长看着郑川，笑着说：“你小子最近怎么一点消息也没有了？”

“没有消息就是最好的消息，这说明咱们这一带风调雨顺啊。”

政委和刘师长对视，笑道：“这小子，就属他的嘴皮子灵。”

看着几个人开起了玩笑，常松林在一旁耐不住性子，急切地问：“师长，中条山到底怎么样了，国军不会真的守不住吧？”

方才轻松的气氛一扫而光，首长们的脸色凝重起来。

刘师长扬了扬手里的电报，严肃地说：“刚刚收到中条山战况通报，日军发起总攻，中条山给养弹药告罄，各部分散突围。”

“什么分散突围，他们那是在往自己脸上贴金呢，明明就是顶不住了，是溃败，是逃跑。”提起国民党，政委是一肚子的气。

郑川却很冷静，他思考的问题是国军在中条山最少也有十几万大军，怎么会败得这么快？

刘师长气哼哼道：“这个还不好解释吗，上层思想准备不足，下层部队更是没有任何应战准备，渡口工事没有加强不说，竟然粮食都没有储备够，真是滑天下之大稽！”

政委补充说：“听说在中条山，现在远途来袭的日军倒是兵精粮足，反而是守在自己阵地上的中国军队出现了‘断粮三日’的绝境，你们说，是不是咄咄怪事！”

刘师长突然想到了什么：“对了，听说周治国也被困到了黄河边上。”

听到周治国的名字，郑川的眉头明显一皱，心感大事不妙。

……

增援，简单的两个字，却让郑川和常松林犯了难。

周治国所在 414 团的位置距离独立团驻地足有三百公里，就算急行军一刻不停也得走三天。

郑川建议派骑兵队先行，一方面可以先去摸摸情况，另一方面也可以稳定人心。不过，这个提议常松林倒有些疑虑："宋铁头不在，骑兵队只剩陆曼云一个主心骨，她没有实战经验，这次这么重大的军事行动，交给她能行吗?"

"疑人不用用人不疑，陆曼云虽然没有实战经验，但是她够机灵，胆大心细，单凭这一点，交给她，我放心。"

听郑川这么说，常松林也没有异议了。

几个小时后，陆曼云带着骑兵马队迅速向414团的方向驶去。一路上，目光所及之处，是一队溃败的国民党军队，狼狈不堪地后撤，震惊之余，陆曼云最多的是担心。

她到处寻找周治国的414团，到处找人询问，得到的回答出奇地统一："全败了，不管哪个团，不是死光了，就是跑光了。"陆曼云心急如焚，她不顾危险，带着部队朝东南方向前进。活要见人，死要见尸，就算是周治国已经战死，她也要把他的尸体带回去。想到这里，陆曼云的眼眶红了。

另一边，周治国正带领着自己的小股警卫队在太行山丛林间边战边撤退，但是走到一半，周治国就觉得不太对劲，四周一片寂静，静的有些可怕，而战场上的每一分安静往往都预示着更大的危险。

突然，四周的几片枯草抖动了几下，周治国敏锐地察觉到了草丛中的异动，他立刻抬起手示意身后的部队停止前进。

此刻，就在他们行军道路的两侧，已经密密麻麻地埋伏了几百名日本兵。周治国慢慢蹲下来观察，身后的战士也跟着蹲下来隐蔽。突然，周治国从望远镜中看到了枯草中隐蔽的日军狙击手，心中大叫不好，此刻他才意识到，他们已经中了日军的埋伏。

隐蔽的狙击手似乎也发现了周治国，迅速扣动扳机，子弹从周治国的头顶飞过。顷刻间，双方纷纷开枪，一时间枪林弹雨。中了埋伏的414团处于明显劣势，一个接一个的战士在枪声中倒下，死伤大半。半个小时的工夫，周治国身边只剩下二三十个战士了。左金平着急，再这么下去，他们全都要被小鬼子给打死了，周治国努力让自己冷静下来，他听到北边枪声弱，准备带领部队从北边突围。

日军似乎看透周治国的心思，大批日军从树林里集合起来，朝周治国突围的方向追击。

周治国带着几十个战士且战且退，大批日军紧追不舍，周治国身边的战士接二连三的倒下。

突然，一名日军狙击手瞄准了周治国，扣动扳机，子弹朝周治国飞来。

而另一边，骏马“大红”飞驰而来，在最后一刻挡在了周治国和日军之间。子弹穿透“大红”的身体，“大红”哀鸣一声，转头看着周治国。

原来陆曼云骑着“大红”一直在中条山附近寻找周治国的队伍，但是却不知该往哪里走。而“大红”整整一天都很不安宁。

起先陆曼云以为“大红”累了，准备停下休息，却不曾想，陆曼云一下马，“大红”哀鸣一声，忽然站起来，甩开陆曼云飞奔而去，直接奔向它曾经的主人——周治国。

周治国看到子弹穿透爱马的身体，惊呆了。子弹继续朝着这边飞来。“大红”没有挣扎，而是替周治国挡住接二连三的子弹，它顽强地站着，眼睛始终看着周治国。

周治国悲恸，最后被左金平硬拽着离开。“大红”庞大的身躯轰然倒下，躺在地上，看着蓝天白云，留下了两行热泪。

周治国被左金平生拽着离开“大红”，他率领着414团的十几名残兵一路边打边退，一直退到黄河岸边的黄土高岗上。

左金平跑到高岗边，向下一望，发现前面是几十米高的断崖绝壁，下面就是滚滚黄河。

左金平看着咆哮的黄河，知道已经无路可退了。

周治国还沉浸在方才的悲痛中，看着身后潮水一般的鬼子，一股滚烫的热血冲入他的体内，他当即下令：“利用地形地物，隐蔽散开，给我打！”

十几个战士伏在高岗上，对蜂拥而来的敌人开枪，414团的战士们全都抱着必死的决心，个个杀红了眼。很快，小鬼子的第一波进攻，终于被压下去了。

周治国大声嘶吼着：“清点武器，修复工事，准备再战！”

左金平看着新一轮准备进攻的日军，绝望了。

“团长，这里前临绝地，后无救兵，我们——”

周治国却异常坚定地说：“我说过了，修复工事，准备再战！”

士兵们拿起工兵锹，垒土造掩体，很快，高岗上建起了简易的防御工事。

周治国看着临时防御工事，十分满意：“兄弟们，今天在这里我们要打出414团的威风来！”

左金平哽咽道：“团座，我们的子弹已经不多了，现在没有补充，只怕捱不过下一轮攻势。”

“那就等鬼子靠近了再打，不要浪费子弹。”

周治国和战士们一起趴在简易的工事后面，盯着鬼子上来的方向，再次叮嘱："都别着急，等鬼子靠近了再打！"

对面，鬼子的先头部队几十个鬼子兵端着枪围了上来。

周治国紧紧盯着上来的鬼子，大喊一声，打！

顷刻间，高岗上的414团战士纷纷开枪，走在最前面的鬼子兵中弹倒地，剩下的鬼子纷纷后撤。

414团的战士一阵欢呼。片刻之后，对面的鬼子却架起迫击炮，炮口对准了414团。

周治国却依旧面不改色："都给我稳住！"

随着日军指挥官高高举起的指挥刀，落下的那一刻，迫击炮弹在414团的简易工事前面炸响，掀起大片尘土石块。

左金平头上嘴里都是土，他啐了一口，嘴里骂着。狗日的小鬼子！端起枪，瞄准，射击，一个鬼子炮手被击毙。

左金平刚刚站起来，准备再次瞄准，未及扣动扳机，一颗子弹飞来击中了左金平的胸部，鲜血浸湿了左金平的衣服，如同泉水般涌出。

左金平轰然倒下，周治国赶紧扑过去将左金平扶起来，左金平睁开眼，勉强挤出一丝微笑："团座，我累了，我不能再跟你打鬼子了。"

周治国早已泪流满面："你干什么，你想当逃兵吗？不行，我不答应，我命令你给我挺住！"

左金平笑笑："团座，当你的兵我不后悔，到了那边我还打鬼子，给，给你开路！"说完，左金平缓缓闭上了眼睛。

周治国悲恸，抓起地上的枪，拼命朝鬼子射击。鬼子再次开炮，一枚炮弹在周治国身边炸响，周治国重重地摔在地上。半晌，他挣扎着爬起来，去抓掉在地上的枪，身边的414团战士悉数牺牲。

大批鬼子冲上了阵地，将周治国团团围住，拼命射击，周治国身中数枪却依然用枪托支撑着身体，毅然不倒。

三

中条山驻军的最后一支劲旅414团，在团长周治国的带领下坚持了4个月的游击战争，最后终因敌人重兵围剿而覆灭，一百二十名官兵壮烈殉国。至此，山西境内再无成建制的国民党中央军。

太岳县城门上方悬挂着日本的太阳旗，城门口换上了凶神恶煞的日本军人和汉奸在站岗。城里鸡飞狗跳，不断传出来哭声、惊叫声和物品破碎的声音。日本人正在捉拿他们所谓“反日分子”，街头掠过架着机枪的汽车和摩托车，不断有五花大绑的人被押着走过，气氛如同人间地狱。

周家，周治国的遗像挂在内厅。周福源形如枯槁，眼望着遗像，但已经哭不出眼泪了——这些日子，儿子的死已经完全摧垮了他的精神，泪水都流干了。

几乎一夜之间，周福源头发全部变白了。

前庭一阵乱响，他还没回过神来，几个日本兵冲进来，一把抓住他。

原来，日军占领太岳县之后，听说周福源曾经当过县长，是一名彻彻底底的“反日分子”，二话不说就要捉拿周福源。

周福源恨日本人，儿子的死让他更恨日本人，他身体里的每一根血管都恨日本人。他不求饶，任凭日本人把他带走。

不过，周安邦就没这么淡定了。弟弟死了，现在就连父亲也被抓走了，他一定要将父亲救出来。

他来到了太岳县日军指挥部，战战兢兢地把两根金条放在案上，他认为有钱能使鬼推磨这个道理在任何一个国家都适用，不过这次他错了。

日军军官不屑地把金条拨拉在一边，这一次，他想要的并不是钱。

周安邦用日语替父亲辩解：“当时我父亲当县长，是八路逼迫的，并非出于自愿，请太君明察。”

日军军官之前就已经把事情调查清楚：“在中条山战役中，给支那军队提供给养，这也是被迫的？”

周安邦辩解：“皇军误会了，这绝对是误会，我父亲从来没有做过这样的事。”

“你的父亲，他的良心已经坏了。你的弟弟是支那军队的团长，是大日本帝国的敌人！”周安邦还想说什么，日军军官索性把他推开：“你不要再说了，你的父亲罪行是严重的，在我们没有审讯清楚之前，想要叫我们放掉他，是绝对不可能的。”

说罢，日军军官气昂昂地走出去。看着空荡荡的房间，周安邦满脸沮丧。

这时候，进来一个人，拍了拍他的肩膀，用一口流利的中文问道：“老朋友，还认得我吗？”

这个声音他再熟悉不过了，不过眼前的木村，身穿关东军的黄呢面皮大衣，足蹬高统马靴，打扮与往日不同。

周安邦看到一身军装的木村，十分厌恶：“我怎么会不记得，只是我没想到昔日的老同学会这样暗算我，你们现在得势了，用不着再乔装打扮成商人了吗?”

木村得意地笑了：“你这句话说的不准确，你应该说，是我们得势了，我能有今天，全靠你的帮助，我是不会忘记的，你们中国人不是常说，有福同享吗?”

“我们?”周安邦不屑地笑了，“我怎么敢和你相提并论?你是占领者，我是被征服者，现在你们的监狱里，还关着我的父亲。”

“我可以把他放出来，成全你的孝心。”木村继续说：“但是你也要成全我们的美意，皇军认为你是能够和我们合作的人才，以前有很好的合作，以后还希望继续合作下去。”

“我想你不会忘记，我们以前的所谓合作，是你用欺骗的手段得到的。”

“不错，那你为什么不向八路去告发我呢?”

木村一句话说中周安邦死穴，周安邦不做声。是，他之前为什么没有去向八路军告发，还不就是怕自己被牵连，周家老店被连累吗。可是现在，他已经成了汉奸，一切都为时已晚。

自打木村第一次去找周安邦，他就已经把周安邦看懂了，从周安邦的骨子里，既不愿意接受八路军的那一套，也不愿意接受革命来打破他原有的地位和秩序。

“我知道你是愿意用我们大和民族的品位、格调来改造你的生活环境的。既然如此，你还有什么理由拒绝我呢?”

“我对你们的圣战和共荣不感兴趣，我只要求你们把我的父亲放出来。”

木村笑了：“只要你答应做太岳维持区新民学会的会长，不然，你的要求我们不会考虑。你，自己定夺吧!”说着，木村趾高气扬地走了。

木村没有食言，很快就把周福源放了出来，当然前提是周安邦答应了做太岳维持区新民学会的会长，或许只有这样，周安邦才能保住父亲，保住周家的这份家业。

不过，周福源虽然被放出来，但整个人的精神却已经被彻底摧垮。本来周治国牺牲带来的伤痛，就已经令周福源身体吃不消了，没想到，日军把他关进看守所后，并不打他，而是叫他去看日军打中国人的抗联干部、积极分子，当着他的面给他们灌辣椒水，坐老虎凳。这无疑比杀了周福源还令他痛苦。

周福源闭眼不看，日本人就把他拖回去，拿电棍击他，叫他从日本兵胯裆底下爬过去，周福源哪里受得了这般羞辱。

一波未平，一波又起，周福源前脚到家，后脚日军就在县衙门口贴满了布告，布告的内容多为周安邦怎么和日本人合作，通情报、当耳目，怎么袭击八路、为皇军立下了赫赫功劳，以后要和皇军合作，统领太岳，共建“东亚共荣”的王道乐土了。

周安邦像被抽了筋一样瘫坐到椅子上，这一下，他在全县人面前，就永远是个汉奸特务，跳进黄河也洗不清了。

周福源也似乎醒悟：“哦，我明白了，原来他们、这一步步都是设计好了，抓我就是为了逼你——唉！我们周家是做了什么孽呀？治国被日本人害死了，还要背上这个汉奸的罪名……”

……

乱世出英雄，小人也得志。日军一攻入太岳县，保安队黄队长跑到日本指挥部，毛遂自荐。日军正缺少可靠的人，没想到黄队长竟自己找上门，直接任命黄队长为伪军警备队大队长，专门带着一帮伪军在会场上维持秩序。说是维持秩序，就是狐假虎威，到处欺负百姓，搜刮民脂民膏。

老百姓们看着端着枪的伪军，内心愤怒却不敢声张。

同时，周安邦的身份也发生了变化，成为太岳维持区新民学会的会长。

太岳新民学会成立大会这天，一身戎装的木村和一身长袍马褂的周安邦一起来到太岳县县政府大门，不过周安邦的脸上却没有丝毫的笑容。

看到周安邦和日本人在一起，会场里的老百姓们指指点点，窃窃私语。周安邦看着一院子的太岳百姓，自觉脸上无光，不愿再往前走。自从布告发出后，老百姓虽然表面不说，但是背地里早把周安邦祖宗十八辈骂了个遍，曾经的周校长，顷刻间变成了小鬼子的汉奸。

周安邦无奈，为了周家，为了父亲，他只能硬着头皮一步一步地走到台上，感觉每一步都像是有千斤的重量压着，速度很慢。该来的总归会来，周安邦深深地吐了一口气，清了清嗓子：“诸位，今天是太岳新民学会成立大会，我周安邦不才，承蒙皇军信任，推选鄙人担任第一届会长。……所谓大学之道，在明明德，在亲民，在止于至善，这是新民学会的工作目标，也是中日两国亲善的基础，只有中日两国亲善相互提携，建立政治、经济、文化等方面互助互连的关系，才能创造大东亚共存共荣的新秩序，才能使太岳变成真正的王道乐土。”木村看着周安邦讲话，十分满意。

不过，会场里的百姓却骚动起来，对周安邦的非议声越来越大。

一个青年学生突然站出来，大声指责道："一派胡言，你们这是在愚昧百姓！乡亲们，不要被这些侵略者的虚伪嘴脸蒙蔽，我们不能做他们的奴隶，不能做亡国奴，要站起来反抗，打倒汉奸，打倒侵略者！"一时间，会场上一阵骚动。

黄队长看了木村一眼，只见木村眉宇微皱，黄队长二话不说，立刻带着伪军维持秩序，威吓道："干什么，都嚷嚷什么，给我老实点！"

正说着，突然一声枪响，方才说话的青年学生倒地，胸口汩汩冒着鲜血。

大家把目光转向子弹发出的方向，是木村带来的日本兵开的枪。

会场上顿时安静下来，大家战战兢兢地看着日本人，气氛一时间变得异常凝重。

"他是皇军的敌人，良心已经坏了，皇军只会杀自己的敌人，是不会对平民开枪的。"木村缓缓地说，接着，他走上台，笑着对周安邦说："周会长，感谢你与皇军的合作，我向太岳新民学会的成立表示祝贺。"

木村说着一招手，几个日本兵把那块牌匾抬上来，木村把盖在上面的红布掀开，牌匾上的题词是"一衣带水，共存共荣"。周安邦点头哈腰接过牌匾，一副奴颜婢膝的样子。台下的百姓敢怒不敢言，怒视着周安邦，看得周安邦心里一阵阵发毛。

四

夜，一轮明月挂在幕布一样的天空中，一颗一颗蓝幽幽的星星点缀在周围，店头独立团临时驻地的院子里，挂着一条写有"欢迎太行演剧队来我区慰问演出"的横幅。

这次演出是太行演剧队特地安排的，目的就是为了让战士们在打仗之余能够好好放松放松。

战士们的衣着单薄，还有很多受伤的战士吊着胳膊、绑着绷带在大树下席地而坐，每个人精神高昂，脸上写满兴奋。

一个穿八路军服、扎小辫子的姑娘出来报幕："下一个节目：大合唱《五月的鲜花》，指挥：冼星海。"

说着，合唱队走上台，伴奏的乐队中间还杂有敲铁桶、擀面杖之类的"土乐器"，但是气氛仍然十分庄严。

一个高个子、瘦脸庞、长头发的男青年，风度十足地向大家鞠了个躬，这个人便是冼星海。他挥动着指挥棒，随即深情的歌声响起：“五月的鲜花，开遍了原野，鲜花掩盖了志士的鲜血，为了挽救这垂危的民族，他们曾顽强的抗战不歇……”激昂的音乐震耳欲聋，划破了漆黑的夜空，大家都不只是在用声唱，更是在用心、在用命唱。

虽然这是很多战士第一次听专业的合唱队演唱，但是大家还是被深深地感染，聚精会神地倾听。郑川和常松林坐在战士中间，常松林听得很投入，他不禁跟着合唱团一起唱了起来。

郑川情绪起伏，黎英的面庞隐约闪现眼前，他回想起和黎英并肩奋斗的日子，仿佛看到黎英也站在台上唱着《五月的鲜花》，不禁眼角沁出泪花。

表演过后，郑川独自一人回到了房间，面对着一个小扣箱吹口琴，扣箱上，放着黎英当年的那个公文包。他吹得全神贯注，一往情深，以至宋雨田走到了他的身后都没有觉察。

自从黎英死后，宋雨田经常在生活上关心郑川，表面上说因为黎英死之前的嘱托，但只有她自己心里清楚，她对郑川的关心不仅仅是因为黎英，其中还掺杂着其他的感情。

宋雨田蹑手蹑脚地走进房间，生怕打扰了郑川的思绪，待他吹完一个段落，宋雨田才开口叫到：“郑团长。”

三个字，让郑川再次回到现实，就连他自己也记不清有多少次，他都梦到黎英没有死，一直在他身边，可是梦醒后，却是比之前更加痛苦地思念。

“小宋来了！你不是在黎城吗？怎么这个时候过来了？”郑川掩饰着方才的情绪。

宋雨田显得不太高兴：“团长，你现在怎么叫我小宋啊？你以前不是这样叫我的。”

“我叫你雨田，叫你小宋，这有什么区别吗？”

“当然有了！显得生分。”

郑川却不以为然，打趣地说：“叫你小宋就生分了？那我们八路军的部队里，小宋小张李班长的多了去了。”郑川说着仔细地擦拭了一遍口琴，小心翼翼地把口琴收起来。

听到郑川把她和部队里那些小宋、小张的班长放在一起比较，宋雨田的心里很不是滋味：“郑团长，刚才是在想黎英姐吧？”

郑川一愣，倒是一点也不避讳：“这首曲子是黎英最爱听的，现在她人不在了，就剩下这个念想了。”

说起黎英，宋雨田心里也很难过，她也常常想黎英，想起黎英当初对自己的好，想起黎英如何为了救自己，死在了黄队长的枪下。

一时间，整个房间安静了。

郑川首先打破沉默：“雨田同志，你今天来有什么事吗？”

宋雨田这才想起自己此次来的目的：“我做了一双鞋，不知道合不合适，你穿上试试。”说着，宋雨田把自己做好的那双布鞋递到郑川面前。

郑川有些意外：“你给我做的？这，不合适吧？”

“有什么不合适的？你快穿上试试。”宋雨田说着就要动手去帮郑川脱鞋。

这下，弄得郑川反倒有些不好意思了，接过鞋，赶紧自己穿上。

宋雨田看着郑川手忙脚乱，咯咯咯笑了，打趣道：“郑团长，你是不是拿我当外人了？黎英姐走的时候叮嘱我，可是让我来照顾你的。以后你的……”

说着，宋雨田突然意识到自己有些唐突，话到嘴边又急忙咽了回去，低着头不说话了。

“雨田同志，你误会了，我不是这个意思。”

宋雨田没再说什么，红着脸，转身走了，剩下郑川一个人尴尬地站在原地。刚要上前去追，没想到常松林笑着走了进来，问：“你这是要去追谁呢？”

“没谁！”郑川掩饰着。

常松林一眼看到炕上的布鞋，故意抬高声调，啧啧道：“你看看，别人穿的鞋什么样子，你再看这鞋，褙了七层纯棉布的‘疙别’，手搓的麻线，这么密的针脚，你见过吗？”

郑川听出常松林是在打趣自己，没好气道：“你喜欢？拿去穿。”说着，郑川一把脱下脚上的鞋，扔给常松林。

常松林一把接过：“我倒是想！可只恨爹妈生了两只大脚啊，你这小鞋我穿不上。”郑川瞪常松林一眼，不过常松林却笑了。宋雨田对郑川的心思整个独立团都知道，战士们私下里都议论，黎英死了，团长总要有人来照顾啊，宋雨田人长得好，心眼也好，最重要的是对郑川上心，可是唯独这个郑川却像是木头疙瘩一样，完全没有开窍。常松林希望郑川和宋雨田好，别的不说，最起码能让郑川从黎英死去的阴影中走出来啊：“老郑，这是好事啊！不要总是一副拒人千里的样子嘛，我可提醒你，这鞋子可是人家姑娘的一番心意。”

郑川看一看那鞋底上细密的针脚，又看了看旁边黎英留下的公文包，似有所思。他是个男人，宋雨田的心思他又岂能不懂，但是他今生最爱的女人只有黎英。

……

演剧队的同志们在独立团的演出任务结束后，要渡黄河回延安，他们回去的安全性就成了独立团眼前的头等大事。郑川思前想后，决定派宋憨头带一个班的战士护送他们回去。

“憨头，有个伤着碰着的，你可要负责。”郑川一脸严肃地说。

宋憨头满脸自信：“保证完成任务。”

“知道为什么要派你去吗?”

“我从小跟着我爹在黄河边撑船，这条道我熟呗!”

郑川满意地点头，最近太岳县的鬼子活动频繁，所以行动要万分小心，临行前，郑川再次跟宋憨头强调：“要紧紧依靠我们的堡垒户、交通员。选择最安全的线路走，明白吗?”

“明白!”

郑川来到那些青年们面前说：“这位是我们警卫排的宋憨头排长，负责护送你们的。”

宋憨头恭恭敬敬地向他们敬礼，接着带着大家上路了。

一路上，倒是风平浪静，但是，经过一片树林的时候，危险还是来了。

宋憨头走在最前面探路，他敏感地察觉到了什么动静，他安排其他人原地待命，自己带着李班长，前去打探。

宋憨头带着李班长悄悄地来到了树林边缘，趴在路边，看到前面新修了一条公路。几辆大卡车由远及近，车上满载着日军士兵，车棚上还架着机枪。

这下，宋憨头惊呆了，因为很久没回太岳，他不知道，小鬼子什么时候在这里修了一条新的公路，这条公路是从县城里出来，直修到黄河边，方便日军南渡黄河。

远的不说，可是眼下，宋憨头要护送演剧队的同志们，一般来说，山路是最好的伪装，可是这公路，一览无遗，这下宋憨头犯了难。

这时，一名老百姓打扮的八路军交通员走过来，他是八路军汾村的交通员老周，协助宋憨头护送大家渡河。

……

夜渐渐深了。

老周背一盘大绳领着宋憨头的队伍走到一个公路转弯背光的地方，宋憨头做手势，几个战士分头监视各个方向，然后老周把大绳拴到旁边一棵树干上，绳头垂到沟里，演剧队的青年们一个个抓住绳子溜下沟里。

公路上闪过摩托队的灯光，警戒的战士急忙发出“嘘”声。下面沟里的青年贴到沟壁上。上面，摩托车呼啸而过。

宋憨头和老周先做人梯，把两个身高体壮的队员送上去，然后，他们在上面接应，沟下的用人架人的办法往上推，很快就把队员们都拉上去。

老周做了个手势，叫大家都趴在公路五尺高的路基下，此时，这路基成了极好的掩体。一辆摩托车亮着灯光驰过，等摩托车一过，宋憨头立刻一声喊：“过！”

队员们一跃而起，弹过路面，那边老周早已拴好了绳子，飞快地一个个又溜到了那边的隔离沟底。有一个体弱的女演员动作慢了一些，被扫过来的探照灯光柱扫到，她没有经验，竟然愣住了，宋憨头见状，急忙把她拽倒，抱着她就地一滚，滚下了路基。

就在这一瞬间，机枪子弹“嗒嗒”地扫到路面，激起“扑！扑”的几股青烟。就听得远处有人说话和摩托发动的声音。

宋憨头提醒那个女演员不要慌：“鬼子这一时半会儿的找不过来，赶紧翻沟。”

演职员们赶忙在老周的帮助下，迅速地滑到沟底，又迅速地攀上沟那边去。公路上摩托车的灯光摇晃着，再扑过来，公路上下和左右壕沟里都早已空无一人。

见离公路已经很远，大家紧绷的神经才放松了些，队伍顿时充满了欢声笑语：“真刺激啊！险象环生！”“刚才在沟里的时候，我们小吴的手都在发抖！”“谁发抖啦？咱老宋的鞋掉了一只！”“哈哈哈……”

五

曙光初照，岸边一排船工里临时搭住的棚子。

几个船夫已经把渡船准备好，宋憨头和护送班的战士们把演剧队送上船。船夫们起锚，唱起了号子，渡船缓缓启动，远离了河岸。

没想到，演剧队刚刚远离河岸，公路上就传来震耳欲聋的摩托车声，紧跟着几辆日军的摩托队驶向岸边。摩托车的速度很快，转眼就到了黄河边，几个日本兵纷纷抱着枪从摩托车上下来。

原来鬼子回去越想越不对，一大早就顺着公路来到了黄河边，大老远就看到了身穿军装的宋憨头。

鬼子兵在路边架起一挺机枪，这时的渡船还在机枪射程内，鬼子兵立刻开枪向渡船扫射。

一串子弹打过来，一名船夫不幸中弹，栽进了河水。船夫们都不敢再动，渡船停在了河面上。

岸边的宋憨头看着渡船陷入绝境，咒骂道："狗日的小鬼子！该死的囚笼政策！大家跟我来，火力掩护渡船过河！"

说着，宋憨头带领五个战士攀上高崖，居高临下向敌人射击。日军立刻掉转枪口，向宋憨头扫射。另有三个日本士兵抱着枪向土崖后方绕去，试图包围宋憨头的小队。

五个步枪手对付一个机械化巡逻队的敌人，宋憨头知道这很难，可是为了完成团长交给的护送任务，他们必须拼死一搏。他知道，如果叫这三个敌人的包抄完成，自己就会腹背受敌，掩护的任务就无法完成。于是他也毫不示弱先发制人，一枪干掉了一个鬼子，但是另两个鬼子躲在了一个土崖后，架起了机枪，随即喷射出一串猛烈的火舌。

机枪的火力太猛了，宋憨头他们尽管占着高崖的地势优势，但是步枪要瞄准射击就必须得探出头来，而这恰好成为小鬼子机枪的目标。很快，战士们被鬼子的火力压制得抬不起头，宋憨头身边的两个战士受了伤。

与此同时，高崖下鬼子的另一挺机枪调转枪口，朝着渡船疯狂地扫射起来。宋憨头叫道："必须炸掉那挺机枪！"

"我去！"一个战士抓着一颗手榴弹，匍匐前进，冒着枪林弹雨向鬼子的机枪爬去。鬼子的枪口纷纷对准这个战士开枪，子弹嗖嗖地打在黄土地上，密集的子弹在他面前形成了一条火线，战士抱着头停了下来。

高崖上，宋憨头带领着两个伤员猛烈开枪掩护。

只见那战士拉开手榴弹，猛然站起来，奋力扔出去，轰然一声巨响，鬼子的机枪手被炸飞。宋憨头等人振奋地叫好。但那名战士却成了鬼子的射击目标，胸口连中数弹，轰然倒下。

宋憨头悲愤地喊道："打！"

一轮更加疯狂的射击开始了，日本人立即换上新的机枪手，继续向河中扫射。

宋憨头看着河面上动弹不得的渡船，形势越发危急，他狠下心，向后方的坡下一滚，滚下坡去。两个战士紧随其后，也冲了出去。

宋憨头滚下坡，拔出随身携带的刀子，飞奔向敌后绕去。宋憨头绕到了敌人机枪旁边的一个土崖上，跳下去，正好压在那两个机枪手身上，不等他们反应过来，一刀一个，解决了他们，抢过重机枪，转过枪口反向日军射击，两个伤员填弹，日本人一时被打蒙了。

黄河中，船工们重新喊起号子，渡船又重新回归了航道。

见渡船渐渐走远，宋憨头才算是松了一口气，他抱着机枪在公路上扫射。不料几个鬼子兵搬来一门小钢炮，调整炮口，对准了宋憨头。

炮弹脱膛而出。与此同时，宋憨头调整机枪口，对准了鬼子炮手，猛然扫射，几个鬼子炮手翻到一边。鬼子炮手倒地的同时，炮弹轰然炸响，宋憨头的身影消失在尘土飞扬的硝烟中。

日军军官见宋憨头失去了抵抗力，立刻从摩托车后面站起来，一招手："你们几个，上！"

几个鬼子兵抱着枪小心翼翼地向宋憨头靠近，见宋憨头浑身血污躺在地上一动不动，鬼子兵松了口气。然而，就在这时，宋憨头突然一跃而起，手中的刀子扎进了一个鬼子兵的胸口，剩下的鬼子兵立即开枪。一颗颗子弹穿透了宋憨头的后背，鲜血从宋憨头的嘴角涌出……但宋憨头依然夺过了机枪再次射击。

……此时的渡船上，艄公们利用这短暂的时间，已经把船驶入了滚滚黄涛之中。

看着这悲壮的一幕，船上有位戴眼镜的作曲家，忽然冒出了灵感，发现找到了自己酝酿多年而没有构思完成的交响乐的总旋律：

风在吼！
马在啸，
黄河在咆哮！
黄河在咆哮！
……

后来，这首歌曲和宋憨头在黄河边浴血奋战的故事一起在解放区传颂。

六

1940 年 8 月，为了全面粉碎日寇的囚笼政策，八路军出动华北各部军队共 105 个团，在华北地区两千多千米的战线上，对日本侵略者发动了大规模攻击，拔掉了敌人靠近根据地的碉堡、据点，炸毁铁路、桥梁、公路，使日军的交通线瘫痪，这就是轰动全国的百团大战。

这是中国共产党领导下的八路军、新四军与日军在中国华北地区晋察冀边区发生的一次规模最大、持续时间最长的战役。1940 年 8 月，八路军的晋察冀军区第 129 师、第 120 师在总部统一指挥下，在河北山西发动了以破袭正太铁路为重点的战役。参战的八路军部队达 105 团。在战役的第二阶段，郑川的独立团作为太岳区的主力部队接受了攻占榆社东郊赵庄的艰巨任务。

榆社东郊赵庄，榆社县地处山西省中部，太行山西麓，此处境内山峦起伏，河流纵横，呈西北高东南低、四面高而中间低的地形，最重要的是，这里是通向太行腹心地带的门户，刘师长给郑川三天时间，命令他把赵庄撬下来。

这一仗，对郑川来说无疑是一场恶战，日本人对战略要地的防守是很严密的，独立团习惯了打游击战和伏击战，这一次却是场攻坚战，等于说用小牙口啃硬核桃。

郑川却有自已的想法，他不打算硬啃，而是准备去砸开这个小核桃，靠的就是一个猛，一个快。

不过真到了榆社城外却又是另外一番景象，县城内外壁垒森严，敌人的工事极其坚固、完备，并有多处瞭望台，城外是一片开阔地。就连郑川也不得不承认，榆社城里的敌人布防严密，几乎没有什么疏漏可以利用。另外，此处太过于开阔，给部队的隐蔽造成很大的困难。

侦查没有结果，郑川和常松林带领独立团临时在榆社城外寻找了一处棚房，作为临时指挥部。

房间周围的窗格已经全掉了，房顶也十分残破。

常松林却没有心情去管房间的好坏，这一仗到底该要如何来打？正烦着，高春生带着小鬼子从榆社的火力点跑了回来。

常松林看完，更加发愁：“小鬼子的火力网布置得真是严密，根本无处下口嘛。”

郑川也很惆怅。

常松林急脾气上来了，嚷嚷道："照我说，实在找不到突破口，就强攻，小鬼子也是血肉之躯，没有不怕死的。"

郑川立刻反对："不行，杀敌一千自损八百，这种举措是不明智的，也是不可取的。"

"老郑，师部总共只给了三天时间，这一天工夫下来，什么也没干，就对着这么张图研究来研究去，到底研究出个什么了？我看这就是在浪费时间。"

郑川不和他争，继续研究自己的图，拿铅笔在图上写写画画计算着什么。

就在常松林和郑川一筹莫展之时，指挥部的院子里传来了一阵嘈杂的声音，原来是黄豆豆和几个战士正在院子里抓老鼠。

常松林本来心情就不好，被二人吵得心情更加烦躁："几只老鼠有什么稀奇的，看把你们几个折腾的，怎么这老鼠比鬼子还难对付？"

黄豆豆又气又急："司务长藏了大半年的白面，全被这几个东西给毁了，司务长气得直哭呢，叫我们把这几个小东西逮住熬汤。"

另一个战士提议："政委，我刚才在屋里看到一个老鼠洞，那几个东西这会儿准钻进老鼠洞了，咱们去烧一锅开水，把老鼠灌出来。"

"你个傻小子，你以为耗子打洞就只有这一个洞口啊，我告诉你，你得把其他几个洞口先找到了，守住，别叫它从别的地方跑了。"常松林建议道。

抓老鼠事件，让郑川明白：应该把鬼子的洞口也统统堵住。

当郑川把自己的想法向大家说后，常松林憋不住了："老郑，我对付耗子的办法，也能拿来对付鬼子？"

郑川却笑了："我看那榆社的鬼子和耗子没什么分别，耗子进了洞，鬼子躲在碉堡里，要对付他们，还真得用一种策略。"见大家不太明白，郑川继续说道："碉堡里的枪眼、垛口，虽然分布得很密集，但毕竟是有限的，如果我们采用包干的办法，用优势火力集中来压制它，比如：以两挺重机枪对付他一挺轻机枪；以轻机枪和一等狙击手对付他一个枪眼，把他们的枪眼压制住，那我们进攻部队的压力就小多了。"郑川向大家解释着自己的办法。

常松林豁然开朗："那咱们平时训练的那些射击模范、狙击手这回可派上用场了！"

这一仗，郑川势在必得。

……

榆社城外围，十几个八路军狙击手隐蔽埋伏在不同的位置，枪口对准了榆社方向。另一边，郑川带领八路军攻城部队的战士们扛着云梯做好了攻城准备。

榆社城楼上，城墙垛子中间、各个枪眼中都露出了枪口。常松林和八路军狙击手们趴在一条战线上，他对着望远镜观察着榆社方向，一声令下："打!"几乎同时，八路军狙击手瞄准各自的目标，扣动扳机。

城墙上露出的枪口打了几梭子，便被八路军狙击手压制，枪口缩了回去。

常松林对着望远镜观察着，看着城墙上的枪口纷纷缩了回去，不禁喜形于色。与此同时，郑川一挥手，攻城部队抓住机会，扛着云梯冲向了城墙，云梯架好，战士们顺着云梯向城墙上爬去。

榆社城内日本兵从城内鱼贯而出，一名日军军官带领炮兵部队赶来，日军炮手们井然有序地在空地上架起了几门迫击炮。

日军军官一声令下，一枚枚炮弹被推进炮膛，日军炮手们纷纷拉炮绳，几发炮弹脱膛而出，呼啸而去，在八路军的阵地上炸响，有几枚炮弹落在了常松林和狙击手的阵地上，几名狙击手被炸飞，剩下的狙击手也因为炮弹干扰无法准确射击。

城墙上鬼子的一支支枪口重新伸了出来，疯狂射击。爬上云梯的八路军战士接二连三地摔下梯子，伤亡严重。

看着城墙上喷射出的火舌，郑川没想到日军炮兵火力竟如此之强，无奈下令撤退!

……

夜幕降临，四周一片寂静。

郑川、常松林、刘洪涛、杨大河、段勇等人聚集在简陋的指挥室，大家都不说话，情绪低落。

常松林先开口："怎么都不说话了？现在是总结战斗教训的时候，你们不说话打算让谁替你们说啊?"

"是我考虑欠周全，忽略了鬼子的炮兵部队，是我的疏忽，我先检讨。"郑川接话。

"老郑，你先别检讨，你点子多，你赶紧想想怎么对付鬼子的迫击炮。"

说实话，对于鬼子的迫击炮，郑川也是一筹莫展。他们定位精准，反应迅速，从来都是说打哪儿就打哪儿，凭他们现有的人力和火力，根本不可能对付得了鬼子。

"没有金刚钻，你就别揽这瓷器活啊，是谁在刘师长面前吹牛皮说要砸核桃的？难道是我啊？”常松林的语气里带着些许的埋怨。

这下，郑川也没了主意。自己想不出来，郑川把希望寄托在独立团的弟兄身上，他以一个肉肘子作为奖励，谁要是想得出主意，就赏谁肉肘子吃。对于多日只喝米汤的独立团战士来说，肉肘子简直比满汉全席还有诱惑。

第二天一大早，院子里就坐满了人。黄豆豆抱着把稻草进来了，冲院子的战士们说：“大伙都散了吧，团长的肉肘子我包了，你们没戏。”

“豆子，你小子可别吹牛皮，团长的肉肘子可不是那么容易吃的。”

“就是，豆子，你小子昨晚做梦还哭着喊肉肘子呢。”

说着，大伙都哄笑起来。

黄豆豆也懒得解释，直接在地上用步子量了一下，然后选定一个地方，把一个破盆子拿过来放在那儿，接着对郑川说：“团长，这就相当于是榆社城了。”

郑川、常松林等人看着黄豆豆演示。只见他把带来的稻草放在盆子的上风向，然后点火，这把稻草有些湿，一点就冒出了一股浓烟，风一吹，烟都往盆子的方向跑。

黄豆豆解释着：“团长，我这叫烟雾弹，风一吹，保管叫榆社城里的鬼子啥都看不见。”

郑川和常松林眼前同时一亮，郑川满脸惊喜：“借风送烟，豆子的脑袋灵光啊！”

黄豆豆得意地瞥一眼那些前面打趣自己的战士，一溜小跑到郑川面前，问：“团长，我的肘子呢？”

郑川哪里真的有肘子，他这么说只不过是想让大家集思广益，原本没抱什么希望，没想到还真把他点醒了，他冲常松林说：“老常，给豆子打张白条。”

很快，郑川开始了对榆社城的第二次进攻，他命令刘洪涛带着几十个战士爬上一片小高坡，这片坡地正位于榆社城的上风向，战士们一人手里扛着一个硕大的用湿稻草扎起来的烟雾包。

刘洪涛一声令下，战士们纷纷将烟雾包点燃，从坡上将烟雾包滚下去。几十个烟雾包从坡上滚下来，顿时浓烟滚滚。

城内的日本人显然被突如其来的烟雾迷住了眼睛，他们原本以为八路军被打怕了，刚刚放松警惕。加之烟太大了，观察哨根本无法分辨目标，不能计算准确的射击。

这下，榆社城内的日军慌了神，与此同时，城外传来八路军战士密集的枪声和一片喊杀声，八路军吹响了嘹亮的冲锋号。刘洪涛带着先锋队冲到榆社中学门口，这里是鬼子的最后据点，只要攻下它，就胜利了。刘洪涛大喊着冲啊！战士们刚刚向前冲去，就在这个时候，榆社中学旁边一个二层的小楼建筑，忽然捅掉了几块砖，现出几排炮眼，变成一个居高临下，射程控制范围极为广阔的中心炮楼，火力猛烈。

有些冲锋的战士被打中倒地。马上有战士冲上去，把他们背下来。刘洪涛和战士们被这道火力封锁，无法向前，只能停下来原地反击。

这个时候，榆社中学的大门忽然打开，从里面冲出一帮戴防毒面具的日军士兵，开始投放毒气弹。一股淡黄色的气体顿时弥漫过来。冲锋到前面的战士顿时被熏到，纷纷捂鼻子、咳嗽起来，头晕，甚至呕吐、栽倒。

这时，杨大河带着一队战士赶来营救。

杨大河立刻反应过来，这是小鬼子放的毒气，他捂着鼻子，上前把刘洪涛扶下来。刘洪涛全身虚脱，嘴里还不停喊着："快撤！"

计划接二连三失败，常松林没想到榆社城的鬼子居然有这么厉害，这一眨眼的工夫，中毒的战士已经超过了一百个，连刘洪涛也躺在床上动不了，急得常松林的团团转。幸好刘洪涛吸入的毒气少，暂时没有生命危险，不过要恢复体力，重新上战场，得修养个把月才行。

黄昏时分，伤员们集中在一间旧庙休息，其中相当大一部分是中毒的，咳嗽和喘息的声音充斥全庙。几个卫生员正在挨个给伤员检查喉部。很多伤员的鼻咽后壁被毒气烧起了燎泡。

敌人的毒气叫做芥子气，是一种毒害作用巨大的化学制剂，主要通过皮肤或呼吸道侵入肌体，潜伏期2—12小时。直接损伤组织细胞，对皮肤、黏膜具有糜烂刺激作用，因此被称作"毒剂之王"。

最令卫生院苦恼的是，他们没有应对的药物，大部分伤员开始发烧，个别的已经有痉挛反应，须赶快送后方医院。

战士们伤亡惨重，郑川心痛不已，他咽不下这口气。他不相信，这只鬼子的队伍真的是硬如核桃，哪怕是块铁，也要把它咬碎，郑川心里暗暗地想。

"臭皮匠"会再次举行，参加的是战士们，包括厨房的大师傅和养马的饲养员。

"大家想想办法，我们应该怎么对付敌人的毒气?"常松林朝着大伙说。

"政委，这回不会还打白条吧?"黄豆豆还在为上次肘子的事情耿耿于怀。

"你小子，就惦记着那点东西，这回你要是再找着了窍门，欠你的那个肉肘子立刻兑现，我自己掏钱，再给你买只鸡，怎么样?”

看常松林这么保证，黄豆豆心里可开了花，其实他心里也知道常松林变不出烧鸡。不过还是嘴上不吃亏：“那还不简单，跟鬼子学，一人发一个那长鼻子的防毒面具戴上。”

“臭小子，你少给我耍贫嘴。”说着，常松林打他一巴掌，疼的黄豆豆呲牙咧嘴。

喂马的马夫却想到了什么，说：“政委，有一次我们马圈里的草房失火了，都是烟，呛的人进不去，可是我得把马抢救出来呀！我就在手巾上撒了点尿，捂着鼻子就冲进去了，别说，虽说有些尿臊气，还真管用，硬是把马给牵出来了。”

他的这个建议倒是让常松林眼前一亮，他之前也听别人说过，尿解百毒，但是一直觉得是歪门邪道，不过听马夫亲口这么说，才相信。

马夫继续说道：“一物降一物，那毒气还能治不了它了？决死队的张平虏不是懂化学吗？油盐酱醋碱面，看哪个能沾边，捂上，也许管事。”

一旁的炊事员补充道：“咱不能光等着敌人放毒气弹，咱也可以想个法儿治治他们呀！我们的辣椒面、芥末面、花椒面，也能辣得人睁不开眼睛。”

三个臭皮匠，真的顶上了一个诸葛亮。

毒气的问题解决了，下面就是要想办法击破小鬼子设在榆社中学的中心火力点了。

“那个中心火力点前面是一大片空场，敌人的炮眼居高临下想打哪里就打哪里。我们的活动范围就只能在几个街巷口调整，从正面硬攻太吃亏了。”杨大河解释着。

“能不能迂回呢？从侧面和后面绕过去?”郑川反问。

“团长，我们试着，没有成功，冲击起来还是伤亡很大。”段勇对那次迂回依旧记忆犹新。

从前面后面都不行，这下大家没了主意。

段勇突然想到什么：“团长，你刚才说从下面下手，那咱们挖地道吧，挖到中心炮楼底下用炸药把它炸了。”

“我看不行。”杨大河眉头微皱，“从我们占领的街口到中心炮楼，中间有二百多米，一锹一锹挖过去得多长时间？平时我们挖个菜窖还得半天工夫呢!”

这下，大家把目光投向郑川。郑川眉头紧锁，片刻后，说道：“我倒觉得不妨一试，这个办法最大的好处是隐蔽，牺牲少，从上面佯攻掩护，明修栈道，暗度陈仓，这是一步好棋呢！”

……

黑沉沉的夜，仿佛无边的浓墨重重地涂抹在天际，连星星的微光也没有。

榆社中学周边铁丝网密布，游弋的士兵晃动。敌人的警戒森严壁垒。

郑川看着街口的电线杆，找了根草棍竖起来，瞄准那根线杆在地面划了一条线，又瞄准那中心炮楼划了一条线，然后又拿出一个量角器来，把这个角度记住。然后说：“咱们走。”高春生看着他的动作，有些莫名其妙。

指挥部内，郑川在门板上铺开了纸张和一个三角尺，又画图又计算。

片刻，郑川计算出了结果。从东街的那个小杂货铺院子里破土，有七八个小时就可以挖成这个地道。

常松林领着三个强壮的后生走来，这几个人都是在煤矿下过窑，掏洞那是一顶一的好手。这次，郑川是铁了心要把榆社县给弄到手。

第十四章　智取榆社城

一

榆社中学附近，炮火轰鸣，枪声不断，杀声高昂，双方在进行着激烈的战斗。

中心炮楼的枪眼喷射着火舌，八路军已经在适当的位置建起临时的简易工事，架起枪，二营长杨大河指挥对中心炮楼进行轮番火力压制。

几个爆破手准备好了炸药包。

杨大河一声令下：上！

爆破手冲上去，他们谨慎地拐着“之”字形的道路沿边缘前进，巧妙利用地形地物，不贸然突进，有几次接近了榆社中学的大门。

敌人故伎重演，开始放毒气。一阵黄烟弥漫过来。

攻在前面的战士却并不慌乱，从身上拿出一个湿毛巾捂在脸上，靠“土防毒面具”稳稳地撤了下来。

毒气弥漫过阵地这边来。战士们都没有慌乱，也都戴起了“土防毒面具”。

紧接着，三营长段勇带着一队士兵赶到，他们从街巷里面推出了三个庞然大物。原来是农家打场用的扇车，每一辆车上都坐着三个战士，轮流挥动手臂，把扇车摇得嗡嗡响，一股强大的气流从前面的风口上喷出，三个扇车并肩而行，像三条蛟龙喷云吐雾，把那些弥漫的黄烟顿时给吹回去了。

放毒气的日军，没有想到这一招，一时愣了。没有戴防毒面具的日本兵也咳嗽起来，失去了抵抗力。

扇车继续前进，接近榆社中学门口，忽然，隐蔽在扇车后面的战士跃出来，向榆社中学门前那些守卫工事里投掷包着辣椒粉、芥末面、花椒面的手榴弹。

“轰！轰！”的几声爆炸后，阵地里的日军、伪军士兵一起跳起来，揉眼睛，打喷嚏，不停咳嗽。

我方阵地上，战士们用手炮也把这样的炸药包抛掷到榆社中学的校门里去。

日本兵纷纷捂着眼睛、鼻子从工事后面跳起来，四散逃跑，一边跑一边大叫道：“八路放毒气了！”

杨大河和段勇躲在沙包后面，看着日军一片混乱，二人笑了。

段勇看到小鬼子狼狈的样子，很是畅快：“他娘的，过瘾，真过瘾，也叫小鬼子尝尝咱们的毒气弹。”

趁着势头，杨大河鼓励战士们说：“同志们，狠狠地打，打出独立团的威风来！”

沙包后面，八路军战士们愈战愈勇。

杂货铺院内，榆社方向不断传来枪炮声。与此同时，地道也在紧张的挖掘。

三个青年战士挥动镐头，正奋力地挖地道。

郑川亲自为他们打着桅灯，不时地拿出一个小磁针，站在洞的中轴线上矫正一下角度，指挥着：“往这边挖一点，对，再往这边来一点。”

地下新刨出来的土，被接连进入的战士们一筐筐地传递出去，堆到院子里。

……

日军中队长竹内气急败坏地在榆社中学内日军指挥部走来走去，对几个通讯兵嘶吼，要他们加强火力，不惜一切代价阻挡八路军的攻势。

这时，石原打来了电话，询问榆社这边的进展情况，竹内纠结沮丧着说八路军已经攻破城门，正朝着指挥部发起进攻。石原大声责骂竹内，让他无论如何要守住阵地，并说自己派出的援军将在半天之内赶到。竹内听石原交代完毕，信心大增，等待援军的到来。

山路上，一支日军增援部队正沿山路向榆社行进，一名汉奸谄媚带路，其中的日本参谋对这次步行增援的意图困惑不解，带头的军官告诉他这是石原队长的精心安排，为的是出其不意地全歼榆社的八路，他下令全体静默，没有命令谁都不许开枪，增援队一路悄无声息地朝榆社赶来。

宋雨田带着民兵送中毒的伤员去后方医院。五十九个伤员，有六个重伤的，躺在担架上，其余伤员互相扶持着步行前进，有些轻伤的伤员手持着枪械，和护送的民兵一起，保护着全队的安全。

队列的前面有开路的民兵，后面有殿后的民兵，宋雨田拿着枪在中间领着主要队列行进，一脸的机警。

队伍来到了一个分岔口，一条是大路，一条是弯曲的小山路。

领头的民兵不知道该往哪边走，停了下来，跑过来向宋雨田请示，根据以往的经验，宋雨田断定鬼子是机械化部队，肯定会走大路，她领着队伍果断向山路行进，这时一个民兵发现水壶已空，主动请示外出为战友们打水，宋雨田嘱咐他要小心谨慎，随时观察周围状况，民兵领命而去。可就在回来的时候，民兵一不小心与前来增援的鬼子撞了个正着，一时害怕，民兵掉头就跑。

日军军官身边的参谋看到打水的民兵抬手就要开枪，被日军军官按住："不要开枪。你们几个，追！抓活的！"

几个日本兵抱着枪去追民兵。

山路另一边，宋雨田正带着民兵队朝这边走过来，远远地看到背着水壶的民兵往这边跑。

民兵朝宋雨田挥手示意，宋雨田等人还没有警备，没有明白民兵的意思。

民兵刚要开口喊，一声枪响，民兵背后中弹倒地，挣扎了两下，没有动静了。

宋雨田：有情况，准备战斗！

另一边，日军军官也被枪声震动，恼怒训斥："谁让他们开枪的！这群蠢货！"

他话音刚落，更为激烈的枪声传来。

日军军官恼怒道："跟我来。"他带着大部队跑步前进。

那几个追民兵的日本兵和宋雨田的民兵队交火了。

宋雨田举着枪瞄准，念叨着郑川教给她的要领："镇静、果断，三点一线！"扣动扳机，只听"叭"的一枪，一个鬼子一头栽倒。

民兵甲欣喜道："宋主任，你和郑团长学打枪，名师出高徒呀！"

宋雨田看着对面涌出来越来越多的鬼子，没空搭话，紧张道："鬼子这么多人，看来是去增援榆社的，他们走小路，郑团长一定没有防备，咱们得赶紧想办法给郑团长报信。"

对面的日军被这支突然冒出来的八路军队伍搞得莫名其妙，但日军军官清楚此次行军的目的，他即刻下令不可恋战，加速直奔榆社增援。机敏的宋雨田发现了鬼子想要增援的意图，她果断决定拖住鬼子，为郑川打榆社争取时间。

宋雨田立刻将身边的民兵分成两队，一队转移伤员，另外两个则去向郑川报信，只留下自己和七个人阻击鬼子。

郑川带着几个战士在榆社挖的地道已经初具规模。不想黄豆豆火急火燎跑下来，说宋雨田的民兵来报，日军的增援队伍很快就到，宋雨田只带了七个人在山路上与鬼子搏斗呢。郑川一听这个消息，赶紧站起身来，他迅速思考，即刻下令，命杨大河带一个连前去增援，不惜一切代价将鬼子挡在榆社城外。

山路上，宋雨田带着七个民兵战士和日军激战。

日军的子弹密集而至，一个民兵战士的胳膊受了伤，但他仍然坚持作战，另外两名民兵奋力扔出手榴弹，将几个鬼子兵炸飞。日军军官看着伤亡的部下，极度愤怒，命令手下抬来一门迫击炮，对着宋雨田这边狂轰过来。几次狂轰过后，宋雨田从尘土中缓缓抬起头来，她坚定地告诉战士们，要拼死拖住鬼子的步伐，哪怕就是多坚持一分钟，郑团长在榆社胜利的希望就大一番。几名民兵战士身负重伤，早已把生死置之度外，抱定了跟鬼子同归于尽的信念，拼死炸翻了对面阵地上鬼子发难的迫击炮，弹药打光了、手榴弹也仅剩两颗了，两位民兵嘱咐宋雨田保重，他们却做好了与鬼子同归于尽的准备，宋雨田控制不住自己的情绪，一时间泪如雨下。

此时，榆社地道已经挖完。

几个战士抬来两根光洁的木头做轨道，把一个装满炸药的木箱子运到洞底。

郑川四处检查了一下，说道："你们先撤，我来点火！"

他掀起木箱盖，里面堆满了密密的炸药包，他从里面理出一条导火索，铺出一截，然后用火柴点着。

导火索冒着火星，郑川冲出洞口。

中心炮楼四面的枪眼吐着火舌。

"轰隆"一声巨响，炮楼内火光冲天，硝烟弥漫。顷刻间中心炮楼只剩下一片废墟。

八路军嘹亮的冲锋号吹响。

八路军战士从四面八方冲进日军指挥部。

山路上，宋雨田和仅剩的两个民兵战士靠在一起。三个人浑身血污，伤痕累累。

阵地上短暂的安静。

硝烟中，日本兵端着枪试探着向宋雨田他们靠近。已经身负重伤的三个人将手榴弹握紧，靠在一起，他们等待着，等待着与鬼子同归于尽的时刻。

就在这时，后方突然传来一阵枪响，几个鬼子兵随之倒地。杨大河带着一个连的战士赶到，很快来到宋雨田他们的身边。

杨大河快速地跑过来，急切地问道："你们没事吧？"

宋雨田以为自己要死了，这时候看到杨大河，看到自己的战友，她欣喜地喊道："杨营长！"

与此同时，对面，一名通讯兵向日军军官汇报："榆社已经失守，没有增援的必要，石原长官命令，你们立刻返回！"

日军军官死死地盯着对面的敌人非常不甘心，但不得不下令："撤！"

民兵看着大批后撤的日军，惊喜："鬼子撤了！"

宋雨田喜极而泣："我们赢了，我们赢了！"

二

榆社战斗的胜利，被八路军总部首长称赞为"打了一个漂亮的神仙仗"，成为百团大战中的生花妙笔。至此，百团大战历时五个多月，大小战斗一千八百多次，击毙、打伤日伪军近五万人，彻底粉碎了日军的"囚笼政策"，迟滞了日军的南进步伐。

冈村宁次坐不住了，他和自己的心腹多田骏、石原等人聚集在一起，进行着一场密谈。冈村宁次透露了现在日本面临的内忧外患等多种问题，尤其是持久战和石油短缺给他们带来的不利影响，而能解决他们战略资源的唯一办法就是打通海上能源通道，所以日本决定袭击珍珠港，向美宣战。密报传来，日本偷袭珍珠港成功，几名日本军官欢呼不已。对于中国，岗村宁次则希望他手下的几名部将尽快解决共产党，扭转战争局面。

1941 年 12 月 8 日，太平洋战争爆发。12 月 9 日，美国、英国和中国向日本宣战，欧亚两大战场合流。由此，中国的抗日战争也进入一个新阶段。随着敌后战场的迅速发展，八路军领导的抗日军民不断壮大。同年，中共北方局决定由独立团领导成立太岳第三军分区，郑川担任军区司令员。

郑川驰马进入石板村，宋老爹家的院门口悬挂着"太岳军分区"的木牌子，郑川下马，走了进去。此刻，这里已成为八路军临时军分区。

房间内，第三分区的军队、地方干部在炕上炕下满满当当坐了一屋子，常松林正在和他们说着什么。郑川走进来，大家顿时鼓掌欢迎，请郑川为大家分析新的战局。

郑川有条不紊地为大家讲解目前的情况，他说日本敢对美国宣战，恰恰说明他们发动的这场非正义战争已经到了穷途末路，因为他们的战争资源严重短缺，不得不向美国宣战。如今，美国向日本宣战，国际反法西斯统一战线形成，对中国的抗战是有利的。当前，要充分利用国际关系变化，日军无暇东顾的有利形势，主动出击，把冀中、鲁西、晋东南、太岳、中条山那些一度丧失的根据地重新夺回来，压缩敌伪势力！但是，对一些大的县城，还不急于去攻取。让敌人占着，又不得安宁，这就能牵制、损耗敌人的一部分有效军力，支援太平洋战争。

经过郑川的缜密分析和布置，日军的各据点相继被拔除，八路军军旗迎风飘扬。一些汉奸恶霸被惩处，民兵给他们的高门大院贴封条，标语："打倒汉奸走狗！""没收汉奸逆产！清算汉奸罪行！"房契、地契和各种债卷、欠条等，堆积如山，被一把火当众焚毁。佃户和穷苦人看着这场景，激动得涌出热泪。而在汾村，锣鼓喧天中，太岳县抗日民主政府再次挂起了牌子。打麦场上召开群众大会，宋雨田胸前戴着"县长"的红布条，发表激动人心的讲话。从气质、打扮和神态上，都宛如第二个黎英。

……

太原日军司令部，多田骏看着自己的下属收拾东西，准备离任。他双手拄着战刀，正襟危坐在那里，表情复杂。石原在他的对面恭敬地肃立着。这时，冈村走进来跟他辞行道别，事已至此，多田不愿意再说什么，只撂下一句八路军一贯不按常规出牌，让他小心对付，冈村胸有成竹，请他莫要担心，自己已经做好了大扫荡的准备。

沁县日军军营集合场上，日军和伪军一千余人在这里接受"扫荡"前的动员。警备队长宋铁头带着他的"大汉义军"也在其列。

石原说："我们这一次行动，和以往的行动不同，不仅要消灭八路，还要完全地消灭八路的生存条件，凡是支持帮助过八路或者有可能支持八路的人，不问男女老幼，一律枪毙，房屋一律烧毁，锅碗一律打碎，井水一律下毒。即使是没有劣迹的良民，也要迁移到治安条件好的地方集中管理。"

队伍中的宋铁头听着这些话，眉头不由自主地皱起来，他有些担心。

根据日本人制定的"三光政策"，日军在太行根据地疯狂屠杀无辜百姓，把成村村民集中在一起，机枪扫射；对抗日积极分子进行活埋；好些地方一下子变为百里无鸡鸣，出现野狗啃尸、夜半鬼哭的阴森场面；华北变成了村村狼烟，户户横尸的人间地狱，十余万无辜百姓惨遭杀害，其惨烈不亚于1937年的南京大屠杀。

“三光政策”很快传遍了全中国，常松林很是愤怒，大骂冈村宁次是没有人性的法西斯野兽，郑川则认为这是日本人对百团大战的报复，也是急于摆脱困境采取的极端措施。他决定紧急动员各部队，配合区县大队和民兵组织，武装保护群众撤离，为了更快搞清楚状况，他派高春生先去神头岭村打探消息，高春生信心满满前去打探，没想到老百姓却一反常态闭门不见，似乎都有意躲着他。这些现象都令其难以理解。高春生将村内情况报告给郑川，郑川打算跟他一起去村子里看个究竟。

黄昏时分，郑川也换了一件老百姓的衣服，和高春生走在街道上。果然，看见他们，老乡们都纷纷躲着，关门闭户。郑川看见一个认识的人，主动上去打招呼，不料那人却装作没看见，快走两步，钻进一个院子里把院门插上，再没声响。郑川心想以前这满村子都是熟人，今天这是怎么了？正当他一脸莫名的时候，有个壮年人从后面拍了拍他的肩膀，让郑川到别处叙话，郑川跟着壮年人来到一个院子里，壮年人称自己叫清飞，以前给郑川抬过担架，他说现在村子已经被鬼子定成了治安村，昨天村里的人已经被鬼子杀了二十多口，鬼子还天天巡逻，让乡民们互相监督，若发现跟八路军有来往的就满门抄斩，现在村里是形势所迫，不得已才跟八路军保持距离。郑川听罢很是痛心，他遗憾自己来晚了，让鬼子屠杀了这么多无辜百姓，他心里对老百姓的愧疚更加沉重，对惨无人道的日本鬼子愈加憎恶，这股怒火他一直忍着，他想迟早有一天革命会胜利，鬼子欠老百姓的债必定要他们血债血偿。

郑川面对着窗格凝视，想着在神头岭看到的情形。

常松林走进来：“老郑，还想着神头岭的事呢？”

郑川叹了一口气说道：“老百姓为了支持我们付出的牺牲太大了。我们的军队挺进山西的目的本来是保护他们，服务他们，没想到反而带给了他们灾难。”

这时，外面忽然传来黄豆豆的声音：“拦住它！拦住它！”

郑川、常松林以为出了事，拔枪跑出院里，却发现院里跑进两头驴，还驮着两驮子鼓鼓囊囊的口袋，有一付驮子已经歪向一边，还在满地窜，却没有人跟着。

黄豆豆跟着跑进来，气喘吁吁。

郑川吃惊问道：“这是谁家的驴？”

黄豆豆："不知道，直不愣登就往院子里跑，拦都拦不住，我在村口问了半天，都没人答应。"

常松林过去小心地扶住驮子，摸了摸驴鼻子，那驴打了两声响鼻，老实了。

这时候，郑川才注意到那驮子口袋上有隐隐约约、歪歪斜斜的两个字："公粮"下面还有落款"神头岭村"

郑川一惊："神头岭?"他急忙过去，把覆盖在垛子上面的麻袋揭去，露出一大堆捆在一起的粮食袋子。看袋子上写着其他的落款"寨底村""石拐村""关家垴"……郑川立刻明白了什么，既感动又伤心。

常松林凑过去问道："怎么回事?"

郑川把粮食袋子给常松林看，常松林也如鲠在喉，说不出话。

黄豆豆还不明白，问道："这到底是怎么回事啊?"

郑川眼眶泛红解释道："这些都是被搞成无人区的百姓，人被关到了治安村，可还惦记着咱们，怕咱们队伍没吃的，偷偷摸摸凑了这些粮食，人没法出来送，知道老驴是认路的，就悄悄把粮食刹在垛子上，半夜放开驴，给我们送来。"

黄豆豆上前把驴垛子解开，发现那些粮袋子或半袋，或小半袋，很明显是一家人从自己的口粮袋子里舀出来的。

郑川抓着这些粮袋，抚摸着里面的颗粒，眼泪流下来了："这一袋袋的粮食，是老百姓从嘴边上挤出来的，而且，是顶着联保联户满门抄斩的风险，给我们送出来的。"

在场的人，鼻子发酸，眼泪扑簌。

……

临汾特攻队训练营，冈村正随着石原由办公室走向训练场，边走边议论，冈村的神情颇为得意。

石原："司令官实行无人区，绞杀八路军生存基础的构想，获得了前所未有的成功。据我了解，八路军正处于极度饥馑的状态。"

冈村："这仅仅是个开始，消除八路立足的基础，就好比砍掉他的腿，下一步，我还要斩掉他的头，那就是我对你的特别攻击队寄予的希望。"

石原："司令官，我和我的特别攻击队正在加紧强化训练，等待着您的命令，定将不负您的重望。"

冈村："但愿如此。"

石原推开一扇厚厚的铁门，冈村果然对眼前看到的情况惊呆了。

眼前有一群“八路军”在“操练”，有的在练习担水，有的在练习割麦子。三五成群在树下休息、喝水，和“老乡”亲切地唠家常，一个“排长”甚至还哼唱起了《太行山上》。

担任“教练”的正是木村。见冈村来视察工作，赶紧站起来行礼。冈村亲自表扬了木村，并让石原集合队伍，他要给日军训话。

石原：“全体集合！”

特攻队员立即排成了整齐的队列。

石原：“今天，冈村司令官亲自来看望大家，现在请他来为我们训话！立正！”

冈村：“你们是帝国军队中的精英，你们知道，我们刚刚有一个轰动世界的壮举，那就是珍珠港的海上袭击行动。今天我给你们布置的任务，可以说是陆地上的珍珠港行动，你们将分成三个小组，袭击八路军的三个最重要的首脑机关，一个是辽县的八路军总部，一个是他的黄崖洞兵工厂，另外一个就是共产党的首府延安。这是一次斩首行动，如果成功，你们也会和袭击珍珠港的神风突击队员一样轰动世界，青史留名！”

特攻队员都兴奋起来，高呼：“为天皇尽忠！”

临汾日军司令部会议室内，冈村在召集部署新扫荡行动的最高长官会议。纪群作为翻译官也参加了会议，日伪军各联队的带队将领都到了会，里面就有石原和木村，在伪军人员中也有区警备司令清水到会。

冈村：“各位，今天的军事会议是最高机密，除了今天到会的人，不准向任何人谈及会议内容，如有违反，军法从事。”

冈村继续说：“我提交的晋东南地区扫荡计划已经得到大本营批准，这个计划与以往任何一次扫荡不同，我决定命名为‘铁磙式三层阵地新战法’，这是在黄河北岸扫清八路军的关键一战，是必胜的，所以特地从各地驻军中选了一百名军官，组成‘军官参观团’，来观摩我们这一次的行动。这是我们的荣誉，也是上级对在座各位的信任和重视。我们这一次行动责任重大，各位要奋发努力，只能成功，不能失败！”

众将：“是！”

冈村：“下面我来布置具体任务——”

深夜，郑川将纪群在临汾通过飞线情报传回来的日军计划书摆在桌子上。计划书详细记录着日军的铁磙式三层阵地战法，郑川打算采取敌进我进的反常规方式突破敌人的扫荡，并果断分配常松林负责带领机要处打头阵，骑兵队协助掩护，郑川带作战部的同志们殿后，陆曼云和常松林服从命令，按计划执行。

临汾城某酒馆门口，宋铁头扶着已经喝醉的清水从里面出来。

清水口齿含糊不清地说："你呀，铁头，每次来临汾都请我喝一顿，是不是想巴结我，还想再升升官呀？"

宋铁头："清水司令，这话您可说错了，我宋铁头可不是那种忘恩负义的人，这么长时间要不是您照顾我，我哪能在这立足啊，是您看得起我，士为知己者死，我也是讲义气的人，为了朋友可以两肋插刀。"

清水："我和你开玩笑呢！我知道你是条汉子，你跟我好好干，亏待不了你，你知道我在皇军面前是什么地位？今天上午，最高军事长官会议，中国人没几个，可这里面就有我，你知道吗，日本高层的决议，那向来是不会告诉中国人的，可我今天在会上露脸了，长官说这次大扫荡——唉，我就不和你说了，这是机密，军事机密。"

宋铁头从兜里掏出个东西塞给清水："这么长时间没见面，兄弟总应该意思意思，上次出任务，弄到一个金镏子，好歹是个黄货。这次出任务，还仰仗您多关照呢！"

清水收起来，眉开眼笑："够意思，兄弟！关照没说的，咱哥们儿什么交情？那些卖命的、危险的，派他们干去！那些轻省的，有油水的，那还不是我一句话？"

宋铁头："天不早了，我送您回营房？"

清水："你先走，我这边翠花巷还有事。"

宋铁头："那我送您去？"

清水："不用，不用了，我这有车。"

他的勤务员赶紧上前来，扶住他："宋队长，我来吧！"扶他进了一个马车。

宋铁头："司令小心！"之后却没急着走，点上一支烟看着那马车往哪里走，他发现，那马车并没有走太远，就在翠花巷的一个小门旁边停下来，勤务员敲敲门，里面出来一个打扮妖艳的女人，和他扭扭捏捏说了句什么，两个人就进门去了。

宋铁头哼了一声，把烟掐灭在地上，上马离开。

三

晋城一带旷野上，太阳旗招展，从各地调来的日伪军，队列整齐，刺刀闪亮。

鬼子的队伍互打信号旗，沟通彼此情况，二营长杨大河面对鬼子严格的搜查显得胸有成竹，他和战士们伪装成半山腰横亘着的一块块草皮轻松逃脱。刘洪涛带领的二十多人的小分队差点与鬼子打个照面，他急中生智，叫大家藏在玉米秸秆丛中，经过老乡的帮忙，也巧妙躲过鬼子的搜查，安全后，两队分别向郑川电报平安。陆曼云和常松林经过一夜的隐蔽行进也致电郑川，汇报平安。

郑川收到三支队伍的汇报后，顿时安心不少，他即刻下令收拾装备准备连夜突围。

忽然一名侦察兵跑来报告："司令员，后面发现一支大部队，判断是鬼子的人。"

郑川和高春生急忙赶到后方，倚着一个土崖观察，果然看见一闪一闪的手电筒，还有摩托车的光柱在闪。

高春生："司令员，不好了，真是日本人，有摩托车和汽车，应该是合围的铁滚部队的一部分。"

郑川看看地势，赶紧指挥道："狭路相逢，我们不占地形优势，要吃亏，赶紧找条小路，转到山梁上去。"

司令部人员走上山梁，回望沟里，敌人的灯光人马已经如潮水涌动，都不禁松了一口气。

黄豆豆："好险啊，幸亏这里有条道。"

高春生："你们先停停，我去前面探探路。"

高春生赶到前面，穿过一座土崖，一探身，却又下意识地往后退了一下。

郑川上前问："怎么回事?"

高春生缩回来，紧张道："司令员，鬼子包围上来了!"

郑川赶紧上前查看，山梁上迎面有一股大批的人马朝这边压来，举着手电、火把，黑压压的一片，还有马蹄声。

郑川再回身往后看，后面也有一大批日军，他们现在是腹背受敌、进退维谷。

高春生紧张："司令员，我们现在怎么办？"

黄豆豆："司令员，我们和鬼子干吧，趁他们没有反应过来，杀出一条血路。"

身后的战士们也都纷纷抱紧了枪。

郑川却十分冷静，严肃道："急什么，都沉住气！越是这种时候越不能慌。"

他说着站在土坡上观察了一下，发现半山坡上，有一个被废弃的小庙宇，立刻对高春生下令："高排长，看到那个小庙了吗？从这里下去，到那个庙里去。"

八个人凝神敛息，乘着月光，往坡下走，绕了几道弯，果然来到一所破庙前。

站在门前看，头顶上面人声嘈杂，灯光闪烁，沟下面也同样如此，他们已是陷入绝境。

大家异常小心地暂时驻扎在破庙里，在郑川有条不紊的安排中休息、观察、放哨，时刻关注着上面鬼子的动向。还好，一夜安全。

皇协军25团的驻扎地，是清水和宋铁头率领的伪警备队队伍。伪军正在懒懒散散地洗漱起床。

清水起来在山梁上漫步，一眼看到了半山不远处的小庙院。

宋铁头也正好过来，向他打招呼："司令员，起这么早啊。"

清水指着那座小庙，问："铁头，昨天晚上看见那个庙院了吗？"

宋铁头："昨晚上天黑，黑里糊涂看不清楚。司令员觉得这里面有问题？"

清水："小心无大错，咱们还是去看看才放心。"

宋铁头立刻说："好啊，司令员，这点小事就不劳烦您了，我带两个人过去看看。"

宋铁头说着就要走，清水却说："我亲自去。"

宋铁头赶紧说道："好，我陪司令员去。"

两人朝庙宇走去。

"暗哨"战士匆匆走进来，对郑川："司令员，有两个人走过来了，穿的是伪军的军服。"

郑川："别着急，他们不一定能发现咱们，做好准备战斗！"

大家都拿起武器，贴着墙，分守门两边。

郑川低声道："万一暴露，三个人对付一个，一个人按住枪，一个人捂嘴，另一个人卡脖子。不能发出任何声音。”

众人低声：“是!”

清水和宋铁头向小庙走去。

还有一丈多远，宋铁头一眼看见庙前墙上那个“川”字的土坷垃划痕，心里一紧，脚下不禁慢了下来，眼看着清水已经走到了庙门前。

宋铁头盯着清水的背，手却摸向腰间的枪盒。

清水却在此时突然回头，宋铁头移开手，装作轻松的样子四处查看。

宋铁头故意说道：“这个破庙，原来香火挺旺，看那木活儿雕的就知道以前这儿排场大了。可惜了，破败成这样，一看就是没人再来了。”

清水抬手一推门，门吱吱呀呀地开了。

宋铁头的心也跟着提到了嗓子眼上，手再次摸向枪盒，随时准备拔枪。

院子里，郑川等人躲在门后，凝神敛息。

清水的脚，眼看就要迈进门槛。

千钧一发。

院子外，宋铁头紧张到了极点，盯着清水的背，慢慢拔枪。

清水还没有察觉，看着庙内荒芜的景象，感慨：“这才几年的工夫，世易时移了。”

宋铁头突然拔出枪，掉转枪口对着一个方向连开两枪，大喊：“什么人?站住！站住!”说着挥着枪追了出去。

清水一惊，也立刻拔枪追过去。

宋铁头一口气追出几百米远，气喘吁吁地停下来。

片刻，清水也追了上来，问：“怎么回事?”

宋铁头指着底下：“一个人，灰衣服，鬼头鬼脑地往那边跑了。”

清水环顾四周，空荡荡的不见人：“我们的人已经把这里团团围住，相信连只苍蝇也不会放进来，我看是你太紧张了，看错了吧?”

宋铁头慢慢收起枪：“可能是我看错了。”

清水观察着宋铁头，起疑：“这一带只剩那座庙没有查。”

清水说着折返回去。

宋铁头只得跟上，忐忑不安。

宋铁头和清水从山路上返了回来。

宋铁头：“司令员，我看得清清楚楚，是下了那个土棱子，穿的灰衣服，是个小个子，手脚还挺麻利，追下去，就不见了。”

清水却一言不发，径直奔着破庙去了。

庙院内，清水走进来，院内出奇的安静。茅草横斜，一副破败景象。

宋铁头站在他身边，没有发现异常，松了一口气，但仍是心中忐忑。

清水走到大殿，一碰香案，发现大殿神龛上下尘土飞扬，并没有任何痕迹。

宋铁头抬手扇动着替清水去挡神龛上落下来的灰，一边扇一边说："司令员，看样子这破庙有日子没来人了，看这灰落的。"

清水还不甘心，继续在庙里转。

清水注意到地上茅草被压过的痕迹："哎？这里的草好像被什么压过？"

宋铁头："也不奇怪，这庙盖在当路上，来往的人进来歇歇脚。"

清水："不对，这印子还是新的……"

宋铁头再次紧张起来。

清水胡噜着地上的草，煞有介事地比划着："你看，这印子肯定是新的，一定有什么人来过，也许是八路。"

宋铁头紧张，手再次摸向腰间的枪盒。

就在这时，外面突然传来一阵轰隆隆的坠落声。

宋铁头听见声音，拔枪追出去："司令员，外面有人！"

清水也立刻跟出去。

小庙外，宋铁头和清水从院里出来，朝着声音传来的方向追去，来到一处断崖，崖上的碎石块正轰隆隆的往崖下滚。

宋铁头看着滚落的石块，立刻说："司令员，这些石块松动了，一定有人来过。"

清水上前查看石头，点头："不会有别人，一定是八路。"

宋铁头："司令员，他们也许往那边跑了。"

清水："快，跟我回去集合人马，追！"

二人跑着离开。

庙院后墙，郑川带着战士们躲在墙后面，看着清水和宋铁头离开，众人这才松了口气。

高春生眼睛直盯着宋铁头，着急："司令员，那不是宋铁头吗？他怎么当了狗汉奸了?!"

黄豆豆想要解释："宋队长他不是。"

郑川却厉声打断黄豆豆的话："什么宋队长，叛变投敌，八路军没有这样的队长！”

黄豆豆会意，不再出声。

高春生愤恨，拔枪：“司令员，我去解决了这个狗汉奸。”

郑川拉住他：“敌众我寡，轻易不要暴露目标，他们现在还没有起疑，我们留在这里才是最安全的，先回庙里。”

高春生：“司令员，那个汉奸……”

郑川：“小不忍乱大谋，你不要忘了我们的任务。刘洪涛他们可能已经到位了。”

郑川说着带着大家向庙里走去。

高春生对着庙外：“呸，狗汉奸，先留一条狗命。”

……

山野里，陆曼云的骑兵队掩护着机要处的人马在丛林里行进。很快就到了岭头村，常松林提醒陆曼云要提防鬼子的第二波铁礤合围，不想等到他们刚进入村子就发现村里的乡民们被鬼子扮演的“八路军”特攻队屠杀殆尽，死状凄惨。常松林对日军的暴行恨得咬牙切齿，声称一定要为老百姓讨回公道。陆曼云和身后的战士们望着被屠杀的百姓们潸然泪下，带着沉痛的心情，在一个岔路口与常松林分别，互道珍重。

山野里，陆曼云带领着骑兵队继续前进。

在过一个山坡的时候，她拿起望远镜观察，忽然发现底下的公路上前进着一支“八路军”，顺口对战友说：“前面路上好像是咱们的人。”

战士也拿望远镜看：“应该不是咱纵队的。”

陆曼云想想又觉得不对，嘀咕着：“咱们的队伍撤离也不在这个方向呀！”

但此时她身边的战士已经站上山坡，朝下面的那支“八路军”打招呼：“喂，你们是哪个部分的？”

陆曼云疑惑的神情，再次对着望远镜观察，望远镜镜头中，突然看到一个士兵的裤脚上沾有一片血迹，再往下看，那个士兵穿的竟是一双皮鞋，陆曼云立刻想通了什么，去拉身边那个跟他们打招呼的战士：“快趴下！”

他们刚刚卧倒，一梭子子弹便从他们的头顶飞了过去。

陆曼云大喊：“注意隐蔽！”

所有的战士纷纷卧倒隐蔽。

陆曼云身边的战士震惊：“指导员，他们到底是什么人啊？”

陆曼云惊魂未定道：“是鬼子的特攻队！”

战士："那咱们现在怎么办？"

陆曼云："鬼子太狡猾了，机要处有危险。一班长！"

一班长跑过来："指导员！"

陆曼云："你马上带三十个人原路返回去追政委，保护机要处的安全。"

"是！"一班长带着一队人马骑马离开。

陆曼云对剩下的战士说道："同志们，小鬼子残杀我们的父老乡亲，现在是我们给乡亲们报仇的时候了！"

战士们个个表情坚定。

陆曼云说着骑上战马，挥舞着马刀带领剩下的二十几个战士向鬼子的阵地冲去。

公路上，"益子"特攻队忽然受到山坡上冲下来的马队冲击，一时有些混乱，陆曼云和战友们一路冲杀过去，砍死了几个鬼子。

然而特攻队立刻从短暂的混乱中恢复过来，依靠地形地物开枪反击。陆曼云也跳下马来指挥："同志们，占据有利地形，狠狠地打！"

战士们马上熟练地各找位置，组成火力点，投入阻击。

一队日军"铁磙"部队正在前进，忽然听得身后响起枪声，部队停了下来立刻投入战斗，向陆曼云骑兵队的方向杀去。

陆曼云的马队战士虽然有地形掩护，但腹背受敌，陷入重围，抵抗的战士纷纷中弹。

陆曼云也已经身受重伤，但仍拼杀英勇，所向披靡。

一颗子弹突然打中了陆曼云的左腹，她一下子栽倒，从山坡上滚下去。

陆曼云滚下山坡，四面的日伪军立刻一拥而上，枪口纷纷对她。

陆曼云却面无惧色，站起来，拨开日伪军的枪口，掸掸衣服上的灰尘。

特攻队的队长走过来，看着陆曼云："把她带走。"

几个特攻队员上前，押着陆曼云离开。

……

1942 年，日军"华北方面军"在冈村宁次指挥下，纠集三个师团、两个旅团的部队约五万余人，对八路军领导的敌后根据地进行了数月疯狂大扫荡。根据地被敌上千据点分割，一度遭受严重损失。根据地军民在八路军总部领导的"反扫荡"中，顽强的抗击日寇。5 月，八路军副总参谋长左权将军在指挥部队掩护中共中央北方局和八路军总部等机关突围转移时，不幸壮烈殉国，年仅 37 岁。同期，郑川领导的太岳三分区的"反扫荡"斗争也异常残酷，尤其是骑兵队政委陆曼云同志不幸被捕，因为其特殊身份，引起八路军总部及党中央的高度重视。

临汾日军司令部内，冈村在地图前看着自己的得意之作。图上，他的象征铁磙的蓝箭头正在向南端逼近。这时，石原打来电话，说特攻队在牯牛岭俘虏了八路骑兵队的指导员陆曼云，此时正押着她往这里来。冈村听到这个消息顿时精神倍增，特别交代要善待陆曼云。

此时，就在临汾附近韩略镇边山地，几个支队长已经把部队埋伏在了这里。

战士们精神饱满，积极备战。刘洪涛向郑川汇报现在部队集结的情况，也向郑川表明了自己和战士们的疑惑，虽然伏击地点选好了，但是来这里蹲守了两天都没看见像样的鬼子的队伍经过，他和战士们有点耐不住性子了，郑川告诉刘洪涛，做指导员最要紧的就是要沉得住气，要冷静思考、仔细分析，不能光看表面现象，刘洪涛大受教育，这时一个通讯员过来报告，说前方出现了十三辆鬼子的卡车，郑川和刘洪涛一拍即合，立刻对这支鬼子的卡车队伍展开猛烈的炮火攻击，鬼子被歼灭八十人。

日军驻地接待室，日式结构的装潢，看上去还有几分典雅和舒适。

陆曼云被带到这里。她看着这些装饰，已经猜想到敌人的意图。

石原走进来："是陆曼云女士吗？南洋著名的石油大亨陆嘉宇先生的女儿，久闻大名啊，在下石原，是——"

陆曼云厌恶道："不用介绍，我知道你是什么角色。"

石原呵呵一笑："那我们就是熟人了，不必客气，请先坐下！来人，上茶！"

陆曼云不客气地坐在榻榻米上。

和服打扮的侍女端上茶，放在一张小炕桌上。

石原继续说道："今天特请陆女士来，是想和您探讨我们之间可能的合作前景问题。"

说着，也坐到榻榻米上。

陆曼云不动声色："石原先生，我们得先把话说清楚，你是侵略者，我是被侵略者，我们之间怎么合作？是叫我和你一起侵略呢，还是你跟我一起反侵略？这两者恐怕没有调和的余地。我们这样面对面坐着，你觉得合适吗？"

石原有些尴尬，但是他立刻调整了状态："久闻陆女士是个极为有智慧和胆识的女人，果然是闻名不如见面。陆女士，你的话太绝对，看来你对我们存在着许多误会，我们不是侵略者，中国人在南京有你们自己的政府，我们不过是和他们搞亲善的合作，一起振兴东亚，让中日两国并立于世界之林。这是一个伟大的大东亚共荣事业，我今天想要邀请陆女士一起来参与这个事业。我觉得没有任何的不妥啊。”

陆曼云愤怒道：“南京的什么狗屁政府不过是你们豢养的狗，我没有做狗的兴趣。我也见识过你所谓的亲善，仅仅在这几个月的‘扫荡’中，你们就杀掉了将近十万无辜的百姓。其中包括老人和孩子。残忍的手段就是亲善的途径，大东亚共荣就是你们侵略的外衣，你们真是不知羞耻。”

石原依然恬不知耻地解释道：“我们是杀了一些中国人，不过那些都是反对大日本皇军的刁民，他们受了八路军的唆使，破坏治安，反对皇军。而其他老老实实的百姓，他们仍然可以安居乐业。”

陆曼云：“哼，让他们老老实实地受你们奴役、任你们宰割而默不作声？你是在说梦话吧？我就是八路军，是志愿和老百姓站在一起反对你们的侵略和欺压的人，你说我和你怎么合作？”

石原：“其实合作对陆小姐来说很简单，不过就是举手之劳。只要你给你的父亲写封信，告诉他只要愿意和皇军长期合作，为圣战源源不断地提供石油，我们就可以放了你，把你送回南洋叫你们父女团圆。”

陆曼云笑起来：“石油和橡胶是战略物资，看来，你们的战略物资现在极度匮乏，一旦失去补给，你们会失去这场战争的主动权，你们在这里掠夺来的一切都会失去控制，你们很快就会完蛋，我说的对吗，石原先生？”

石原的脸色开始变得难看：“陆女士，你的分析很可笑。你已经成为了我们的阶下囚，居然对战争的局势还能如此乐观，我很佩服，但是我不赞同。你们中国有句话，叫识时务者为俊杰，像陆女士这样有身份的人应该称得上是俊杰吧。”

陆曼云：“不，石原先生，在你眼里的俊杰应该是那些向你摇尾乞怜的狗汉奸，我陆曼云是堂堂正正的中国人，我劝你还是看清局势，你们发动的这场侵略战争注定会失败。未来，对于每一个中国人来说都是光明的，但对于你，你们所有的侵略者，等待你们的只有国际军事法庭的重锤。”

石原瞬间被激怒，双手支撑在桌子上，凑近怒视陆曼云，质问：“你说什么？再说一遍！”

陆曼云毫无惧色：“石原先生，你害怕了吗？”

石原站起来，整理情绪，冷冷道：“陆女士，来之前，冈村先生曾经说要特别关照你，但是如果你这么不配合，恐怕我也无能为力了。你刚才描述的美好未来，光明的那一天，你以为你还有机会看到吗？”

陆曼云：“我看不到，不代表亿万的中国人民看不到，只要还有一个站着的中国人，他们可以替所有死去的亡魂伸张正义，制裁侵略者！”

石原一挥手：“来人！”

几个日本士兵走进来。

石原：“我再给你最后一次机会，这封信你到底写不写？”

陆曼云：“我也再说最后一遍，我是一个中国人，绝不会像你们这群侵略者低头。我不会，我的父亲也不会。”

这时一个鬼子上来，给石原递过一份电报，石原看了几乎跳起来：“什么？军官团全部被歼？这怎么可能？郑川是从天上掉下来的吗？”

陆曼云拍起手来：“你们的军官团全军覆没，这就是你们注定失败最好的证明！”

石原怒不可遏，吼道：“把这个女八路带下去，不管用任何方法，我都要亲耳听到她向我们求饶！”

两个日本士兵上前去押陆曼云，陆曼云一挣，甩开日本士兵，自己走了出去，留下一串笑声。

石原愤怒不已。

四

黄河边渡口船工棚，宋老爹和宋雨田在一起编着摆渡船上用的绳具，一边聊着天。宋雨田留给父亲一枚手榴弹让他防身用，宋老爹看着自己的女儿成天在部队里过着枪林弹雨的日子很是担心，感慨什么时候能把鬼子赶跑了，什么时候就能过太平日子了。宋雨田让父亲不用担心自己，反倒是最近的鬼子让他有些不放心老父亲，她临别时告诉父亲，最近有些鬼子经常扮成八路军的样子祸害百姓，让他一定要多留心。

郑川得知陆曼云被俘，十分着急，他预料到鬼子肯定是在打能源的主意，他让常松林给总部打报告，希望总部上报延安，寻找更多的渠道来营救陆曼云同志。

傍晚时分，黄河渡口宋老爹的住房，宋老爹点起一笼火烧晚饭。在他咳嗽着回房取东西的时候，有人敲门。

宋老爹忙着找东西，没回头：门没关，进来吧。

一只手推开房门，却没有进去。

宋老爹放下手里的东西，回头，看到外面站着一支二十来人的队伍，都是八路军打扮。

宋老爹轻松道："哦，是八路军同志们啊！进来，快进来！"

一个队长模样的人："大爷，我们是28团的，奉组织命令执行一项秘密任务，需要过黄河，听说您是这里最有名的船老大，所以请您帮忙来了。"

宋老爹："过河啊？好办好办。不过现在天太晚了，过河不安全，今天就将就住在这里，明天一大早，俺亲自送你们过河，好不好？"

那队长和旁边的副队长交换一下眼神："好吧！麻烦您啦！"

宋老爹："麻烦什么，你们还没吃饭吧？叫同志们歇一歇，俺来做晚饭。"

那队长："我们带的有粮食，就一起做吧，小张，去担水，小王，来帮大爷烧火。"

"是！"那些战士放下枪和行李，还真忙乎起来了，倒也出现一派"军民鱼水情"的温馨景象。

宋老爹一边给他们做"合子饭"，一边和那队长聊天："队长贵姓呀？哪里人？"

那队长眼神闪烁："我姓赵，是安阳人。"

宋老爹："河南人？听口音，可不大像。"

那副队长赶紧插话："哦，我们队长当了十几年兵，天南地北的一撞，口音就杂了。"

宋老爹："听副队长的口音倒像是本地人。"

副队长："是，我是高平人。"

宋老爹对队长说道："河南那边，吃烩面要多一些，是不是？"

队长还蛮有自信地说："是，是喜欢吃烩菜面。蔬菜多嘛！"

那副队长一看他言辞不当，赶紧掩饰道："你别和大爷开玩笑了，烩菜和烩面能是一回事？"

队长赶紧解释："是是是，我离家时间长了，有些习惯也忘了。"

宋老爹："俺们这没有那么多白面，小杂粮多，所以平常喜欢吃合子饭，米、面、豆子，什么都放点，连汤带水的喝，不知道同志们吃得惯吃不惯。"

队长："吃得惯，好吃！好吃！"

那些八路军已经吃完了饭，纷纷放下了碗，还自己打点水给洗掉了。宋老爹揭开锅盖，看到里面的合子饭还有不少，便觉得这些八路军到底是河南人，对自己的合子饭还真是吃不惯。

宋老爹放下锅盖，对战士们说："这个房子只是个船工的工棚，地方小，只好叫同志们受委屈打地铺了。"

队长大方道："没关系！地铺就好！革命就不能怕艰苦嘛！睡觉！睡觉！"

那些"八路军"就纷纷脱衣睡觉。一个人在脱衣服的时候，一张什么小纸片从他的衣袋里掉出来，正好落在宋老爹的脚下，他就拿起来一看，发现是彭德怀和朱德的两张并排洗印的照片。

宋老爹好奇地："这不是咱们的朱总司令和彭副总司令吗？"

那战士连忙把那相片装起来。

宋老爹很是疑惑，问道："你去打仗，为什么要带总司令的照片啊？"

那战士连忙解释道："哦，我崇拜这两个首长，尊敬他们、爱戴他们，所以我要把他们的相片带在身上。"

宋老爹："同志们一天奔波辛苦了，睡觉吧！"

那副队长对其他人："你们别说话了，赶紧睡觉！睡觉！"

夜色已深。

工棚里那些"八路"都睡觉了，鼾声一片。

外面忽然响起了几声滚雷，紧接着传来雨点声。

宋老爹被风雨声惊醒，从床上爬起来，心想这房顶本来就漏雨，可别淋着八路军同志们。

于是他就翻身起来，披了一件长衣服、提着桅灯去看那些八路住的那个房间，仔细看了看，发现还倒没有漏。

就在他回身将要离开的时候，忽然听见有个人好像说了一句什么话。他以为是叫他，回过头来，却发现那人是在说梦话，仔细听，似乎听不懂，那人又说了一句，翻过身去。这一次听清楚了，还是听不懂："啊以亏克依，啊不那衣造！"

宋老爹念叨着这一句，返回自己的小屋，忽然想起，疑惑地自言自语："这不是日本话吧？"

顿时，他马上联想到临睡前和队长几段蹊跷的对话，以及那几位同志言行不妥的场景，这时，女儿说过的话如雷电般闪过他的耳际，宋老爹在床上辗转反侧，再也睡不着觉了。

第二天一大早，宋老爹很早就来到了船前，收拾着桅杆。

那个队长走过来打招呼：“大爷，早啊！”

宋老爹：“早，早！”

队长：“大爷，您可以渡我们过河了吧？”

宋老爹：“好！好！俺收拾收拾，这就送你们过去！”

那些“八路军”已经坐上了船。宋老爹自己坐在摇橹的位置，把锚绳解开，船就向河中滑去。

老爹一边摇橹，一边唱起了悲凉慷慨的船歌：

你知道：
天下黄河几十几道弯？
几十几道弯里几十几条船？
几十几个艄公要把那船来搬？
我知道：
天下黄河九十九道弯，
九十九道湾里九十九条船，
九十九个艄公要把那船来搬——

这时，船已经渡到了河心，艄公的歌声随着波涛声起伏，突然，歌声戛然而止。

宋老爹松开船橹，船立刻停在了河心不再向前移动。

船上的“八路”面面相觑。

队长质问：“大爷，怎么回事？你怎么不摇橹了？”

宋老爹瞪着那个队长，质问：“你们真的是八路军？”

队长还想掩饰：“当然，大爷，你这不是明知故问吗？”

副队长也过来帮腔：“大爷，你怎么停下来了？我们赶时间，耽误了上级交代的任务，我们可担不起责任啊。”

宋老爹：“昨天你们说你们是28团的？”

队长：“对啊，我们确实是28团的。”

宋老爹：“俺有个侄子在28团当兵，叫宋大年的，你们认识吗？”

副队长忙不迭点头：“认识认识，上个月我还和他一块喝酒了呢。”

宋老爹立刻变脸，戳破对方的谎言：“胡说！你们根本不是八路军。”

副队长赶紧解释：“大爷，我们就是八路，你这是怎么了，赶快摇船啊。”

宋老爹：“哼，实话告诉你们，我根本就没有一个叫宋大年的侄子。你们是披着羊皮的狼！你们是鬼子！”

队长不再伪装，拔出枪，指着宋老爹：“既然你已经知道了，那就打开天窗说亮话吧，我现在没有时间跟你废话，识相的赶紧送我们过河！”

宋老爹却站着不动，藐视的眼神。

副队长见状，上前按住队长的枪，说：“队长，这老头吃软不吃硬，让我来。”

队长放下枪，副队长走到宋老爹跟前，好言好语地劝：“大爷，你一把年纪了，跟我们对着干没好处，只要你按我们说的，送我们到对岸去，我们是不会为难你的。钱，我一分不少的给你，还能保住你的命不是？”

宋老爹不为所动。

副队长接着说：“皇军非但不会为难你，你送我们过河，立了功，皇军还会论功行赏。”

岂料，宋老爹却一口唾沫啐在那个副队长的脸上，骂道：“我呸！没人性的畜生，憨头就是死在你们手里，俺和你们这帮畜生不共戴天！”

副队长立刻被激怒，擦着脸骂：“不识好歹的老东西！”

队长再次举着枪对着宋老爹，威胁：“我再给你最后一次机会。”

宋老爹满腔仇恨，高高举起船槁要去打日本人，日本队长被激怒，扣动扳机，一声清脆的枪响，宋老爹的身体一震，半跪了下去，捂着大腿，大腿上溢出鲜血。

队长厉声：“我再给你最后一次机会！再不识好歹，别怪我不客气！”

宋老爹抬头怒视，慢慢向船中间爬去。

船上的日军不明白宋老爹要干什么，纷纷看着他，队长的枪口一直指着宋老爹，枪口跟着他移动，不明所以。

宋老爹爬到船中间，转头笑着看着日军队长：“小鬼子，拉着你们一起见阎王爷，俺也没白活这一回！”

宋老爹说着用力拔出手榴弹的栓，手榴弹引线“嗤嗤”冒着烟，马上就要引爆。

日军队长和副队长发现了船上的手榴弹，欲捡起扔到黄河里，却发现手榴弹早已跟船帮绑牢了。

船上的日军纷纷站不稳，身体跟着猛烈摇晃，惊慌失措。

日军队长恼怒大骂：“八嘎呀路！”

宋老爹欣慰的表情："憨头，憨头，你看见了吗，爹给你报仇了！"

日军队长恼怒地扣动扳机，对着宋老爹接连开枪。

宋老爹咧嘴笑起来："俺今天就用你们喂咱河里的鱼神仙……"说完，宋老爹用尽最后的力气，一跃而起扑进了涛涛浊浪的黄河里。

日军队长和副队长慌乱之间，手榴弹爆炸，整个船连同船上的日军，被炸飞了。

……

冈村面对失败的全盘计划，气急败坏地推断日本军内部有内奸，他咆哮着朝石原下达立刻彻查的命令。就这样，清水和宋铁头等其他为日本人办事的中国人统统被抓起来关进了牢房，进行刑讯审问。

审讯室里，清水被带进来。石原跟清水当面对质，让清水老实交代把机密泄露给了谁，清水一口咬定自己对皇军是忠心耿耿的，石原却说那天召开高级军事会议时，只有他一个中国人在场，问他为什么还要抵赖，清水为了证明自己的清白提出要跟冈村当面对质，石原看他拒不承认，就让他好好想想是不是落掉了什么细节。

另一间审讯室，宋铁头被吊着，两个日本兵狠狠地挥动着鞭子，宋铁头咬牙毫无惧色。

石原在旁边观察着他的表情。

宋铁头："咳！咳咳！老爷们不怕受气，但不能这么平白无故地冤枉人，你们他妈的不够义气！"

打手还欲打，石原狞笑着止住他："宋铁头，我知道你是条讲义气的好汉，正因为此，我才要打你，不打你，你也不会主动说出清水的秘密。"

宋铁头："你说清水司令？他……有什么秘密？"

石原："有啊！比如他是不是和你说过，有一个军官团，要来参观铁磙行动的事？"

宋铁头："什么军官团？没听说过呀！"

石原："你没有说实话，继续打！"

宋铁头立刻大声分辩："没有，真的没有听他说过。"

石原："你不老实，给我继续打，狠狠地打！"

宋铁头立刻求饶："别打了，别打了，参谋长，我说，我说。"

石原一挥手，打手退下。

石原："说吧，你都知道些什么？"

宋铁头：“清水司令认不认识八路我不知道，我只知道我们司令在翠花巷有个相好的叫小春芳，你们开会那天，他去了她那里。其他的我就不知道了。”

石原思索：翠花巷？

宋铁头：“那天喝酒，我还送了清水司令一个金镏子，不知道清水司令是不是送给小春芳了。”

石原迅速带了几个日本兵来到翠花巷12号，当下就命人拿了小春芳，对她进行一番威胁盘问，小春芳被日军吓得三魂七魄都飞走了，赶紧把自己知道的全都告诉了石原。石原调查之后向冈村报告，确实是清水泄露了消息，冈村很愤怒，命令立即把清水送到军法处，宋铁头因举报有功，被提拔为临屯区警备队大队长。

宋铁头新上任，来视察监狱，沿途伪军都向他敬礼。几个狱卒跟着他。

陆曼云在牢房里，已经是遍体鳞伤，被折磨得不成样子，但是她的精神状态还是高傲、冷艳的。

宋铁头走过来，看着她，她也看着他，互相在用眼光探询。

宋铁头故意道：“女八路，近来可好啊？”

陆曼云“哼”了一声，把头别向一边。

宋铁头：“今后，你归我负责了，知道吗？”

狱卒帮腔道：“对，女八路，这是我们新到的警备大队长，你最好老实点！”

陆曼云还是一声不吭。

宋铁头看着身边的狱卒：“冈村司令有几句话让我带给这个女八路，涉及高层的军事机密，你带他们先出去。”

狱卒立刻点头哈腰：“明白，明白。不过，大队长，你可得小心，这个女八路硬着呢。”

宋铁头：“一个女人有什么可怕，你们都出去吧。”

狱卒一招手，带着周围看管的伪军出去了。

监狱内只剩下宋铁头和陆曼云，二人近在咫尺，隔着牢房的围栏对望着，眼神内似有千言万语，但却无法言说出来。

宋铁头装腔作势地大声道：“女八路，不就是给你老爹写封信吗，受了这么多刑，还不肯写？”

陆曼云大声骂：“狗汉奸，有本事现在就枪毙了我，少在这装腔作势，我是不会和你们合作的!”

宋铁头故作威胁地说:“被大日本皇军抓住的八路只有两条路,一条是受尽了折磨最后投降;一条就是死硬到底,最后丢了性命。我劝你这两条路都别选,现在同意合作,我立刻送你出去,好吃好喝伺候着,舒服的房子住着,怎么样?”

陆曼云冷笑:“鬼子不是人,汉奸更是猪狗不如的东西,收起你这副嘴脸,你没有资格和我说话。”

宋铁头四下看了看,压低了声音:“坚持住,我一定想办法救你出去。”

陆曼云立刻反对:“不行,你好不容易才取得他们的信任,不能因为我暴露自己,那样就前功尽弃了。”

宋铁头:“都什么时候了,还说这种话,这是什么地方,是你一个大小姐该待的地方吗?我一个大男人看着你一个女人受这种罪,要是不能救你出去,还算什么男人。”

就在这时,外面突然传来逼近的脚步声。

陆曼云赶紧大声骂:“滚,滚出去,狗汉奸,别让我再看见你!”

宋铁头赶紧把一卷纸条塞到陆曼云的手心:“你一定保重,我自有办法。”

宋铁头转身向外走,一边走一边骂骂咧咧地:“不识抬举的东西,早晚让你知道我的厉害!”

陆曼云紧紧握着纸条。

脚步声远去。

陆曼云打开纸条,仔细看着。

郑川在信中说道:“曼云同志,面对威逼利诱大义凛然,此事军区已经上报延安,延安的首长叫我们转达他们的敬意和感谢,并已通过海外各华侨华商爱国组织对日施压,要求日方释放你。延安首长认为,日寇在东南亚掠夺战略物资是本性使然,实不能免,也终不能改变其覆灭命运,故你可假意接受他们的条件,得以保存实力,再谋进展。切切,郑川。”

陆曼云看罢,眼里含光。然后把那纸条含到嘴里,咀嚼后咽下。

五

太岳军区三分区司令部,高春生等七八个人在房间内,接受郑川给他们分配的任务。

郑川："上级指示，就营救陆曼云同志做好两手准备，如果陆曼云同志能接受我们的建议，由日方安全送出最好，如果因为其他原因不能成功，我们只有依靠军事手段武装营救。要按最坏的情况做准备。你们侦察排一定要仔细行事、布局、做预演，保证万无一失。"

高春生："是。"

清晨，临汾城街道，一个脏兮兮的麻袋横在街道上，扫街的踢了一脚，不知是什么东西，打开一看，原来是汉奸清水的尸体，吓得怪叫一声跑掉了。

后面的行人断断续续地走来，看了看，都吐口唾沫走了。

两个市民看到，议论："恶有恶报，总算老天有眼。"

"活该！做了多少伤天害理的事，这就是报应！"

"呸！呸！"两个人朝尸体吐了两口唾沫也走了。

日军司令部，宋铁头对冈村汇报："报告司令，那个女八路松口了。"

冈村意外："她答应了？"

宋铁头："她说她可以写信，但是必须知道她的家人现在都很安全，才可以把信交出去。"

冈村："这个女人很精明，好吧，可以答应她的条件。"

宋铁头："司令，我还考虑到这样一个问题，不知道对不对，请司令定夺。"

冈村："讲。"

宋铁头："前一段清水掌管监狱的时候，可能是对那个女八路逼供太紧了，她现在是遍体鳞伤，身体很虚弱，再这么下去，我只怕她等不到她的家人来，就要一命归西了。"

冈村："那你说该怎么办？"

宋铁头："应该赶紧派医生给她医治，并且在生活上尽量加强营养，不管怎么说，不能让她死在这儿，否则这个人不是白抓了吗？"

冈村点头："继续说。"

宋铁头："交接信件的地方最好也不要在皇军的司令部，应该安排在一个民间讲究一点的饭店，比如城东的鸿宾楼这样的地方，显示出这一切都不是出于皇军的逼迫，而是她自己愿意亲善的举动。这样一来，显得皇军更有诚意呀。"

冈村频频点头："好，你考虑得很周到，就照你说的办。你去准备吧，等你准备好了，我亲自参加会面。"

宋铁头：“是。”

木村和汉奸“新民会长”周安邦见面，周安邦大倒苦水，说自己整天提心吊胆，日子很难过，木村立刻好言相劝，稳住周安邦，但说起清水被日军处置的事，木村说他泄露机密死有余辜，二人谈到冈村新提拔的大队长宋铁头，周安邦一听这个名字就立刻炸了锅，说他认识这个宋铁头，这个人很不简单，他提醒木村防着宋铁头，认为这很有可能是八路军的圈套，但是苦于现在没有证据证明，木村听了周安邦一席话，表示会向冈村报告，对宋铁头加强留意。

第十五章　困太岳迎胜利

一

临汾日军司令部，冈村和石原一起站在一张地图前。

冈村眉头紧皱，问道："陆嘉宇还没有消息吗？"

石原赶紧回答道："陆曼云写的信我检查过内容，没有问题，相信很快就会有消息了。"

冈村一边踱步一边思考说："我们在华北战场就像是一盘围棋，处处是路，又处处不是路。现在我们最大的问题就是能源，如果陆嘉宇能给我们提供石油，那一切困局就会迎刃而解。陆曼云这颗棋子用好了，我们就能赢了这盘棋。可要是用不好，我们在华北的战果恐怕会付诸东流。"

"是，司令阁下．陆曼云是陆家的宝贝，陆家不会坐视不理。"

正说着，一名通讯兵进来送信："司令长官，南洋派遣军司令部来电。"

石原从通讯兵手中拿过信转交给冈村。

冈村打开信匆匆看一遍，脸上的表情渐渐舒展。

石原试探问道："是不是陆嘉宇有消息了？"

冈村把手中的信件拍到桌面上说道："这个陆嘉宇老奸巨猾，帝国攻占新加坡后出逃澳洲，我们数次邀请，他都置之不理。这次总算抓住了他的软肋。陆嘉宇说，只要陆曼云平安无恙，他愿意和我们合作。"

"看来，刺刀下的交易才是效率最高的，司令长官英明。"

"不过，陆嘉宇提了一个条件，他要派他的儿子陆洪全来这里接陆曼云，陆曼云回去以后，他才会在合作协议上签字。"

"让我们先放人，这会不会是陆嘉宇要的花招？"

"我们可以答应让陆洪全来接人，至于放人，那就看陆嘉宇的诚意了。只要陆洪全一到，我们手里的砝码又增加一倍，还怕陆嘉宇要花招吗？"

"是。"

"陆曼云现在怎么样了?"

"宋铁头报告，陆曼云经过医治，虽然还没有完全恢复，但已经可以走路了。"

"好。盯紧陆曼云，和陆洪全会面的事，你亲自安排。"

石原有些疑虑，问道："司令阁下信不过宋铁头吗?"

"宋铁头毕竟是中国人，我总觉得他和清水不是一类，清水的事就是一个教训，我们对中国人不能太过信任。最近，我有一种直觉，那个内奸还在我们身边，而且离我们越来越近了。"

"木村从太岳带来一个人，认识宋铁头，说是有重要情报报告。"

"叫木村马上带他来见我。"

"是。"

临汾街头，宋铁头带着几个手下在街上巡逻。看到周安邦和木村迎面走来，他心中一惊，不明白这两个人为什么会无端端地到这里来。

郑川和常松林二人围在地图前讨论营救方案。地图上散落着一把铅笔头，郑川写写画画，一脸沉思。

就在这时，黄豆豆跑进来送情报："司令员，临汾送出来的飞线情报。"

黄豆豆将一个筷子粗细的筒子交给郑川，郑川打开，拿出里面的纸条，看着，脸色突然凝重起来。

常松林赶紧走过来问道："什么情况?"

郑川一脸凝重道："鬼子突然把铁头的警备队从鸿宾楼调走了，鸿宾楼中心的警戒，全部换成了日本人。"

常松林一惊："铁头是不是暴露了?"

"从目前的形势看，鬼子只是起了疑心，铁头暂时还没有危险。"

"鸿宾楼是唯一营救陆曼云同志的机会，我们不能再耽误了。"

正说着，桌子上的电话骤然响起。

郑川赶紧拿起："是，我是郑川。"

电话里传来彭老总的声音："郑川，陆曼云同志的身份很特殊，她的安危关系重大，不只是总部，延安也非常重视。我们不能让和我们同仇敌忾的爱国华侨遭受这样的威胁和打击。我们的态度很明确，全力以赴，不惜一切代价营救陆曼云同志！等你们成功了，我代表总部亲自给你们开庆功会!"

郑川：“是，我明白。”

郑川接电话的时候，黄豆豆又进来送情报，常松林把情报接了过来。

郑川放下电话，倍感压力：“彭老总亲自指示，要我们不惜一切代价营救陆曼云。”

常松林把新情报递给郑川：“高春生来信了，武工队在鸿宾楼已经做好准备，随时可以接应陆曼云。”

郑川看着高春生送来的情报，心绪不安，来回在房间里踱步。几番思考之后，觉得还是放心不下，索性直奔鸿宾楼。

鸿宾楼内外戒备森严，扛着枪的日本兵将鸿宾楼里三层外三层地围起来，方圆一公里内不见一个行人。

两辆吉普一前一后在门口停下，一个日本兵上前打开第一辆车的后门，冈村和石原从车上走下来。与此同时，陆曼云也从后面那辆车里被押了出来。

这时，鸿宾楼的老板带着几个伙计从里面哈着腰出来，毕恭毕敬地站成一排。

鸿宾楼老板：“太君大驾光临，小店蓬荜生辉。”

老板身后的几个伙计都把头压得很低，看不清脸。

陆曼云不想听冈村的寒暄和假惺惺的客套话，只身向鸿宾楼内走去，她身子虚弱，突然一个脚步不稳，差点歪倒，幸亏鸿宾楼老板身后的一个伙计及时扶住了她。

那个伙计的脸清楚地映入陆曼云的眼帘，陆曼云震惊，那人正是高春生。

高春生压低嗓音：“小姐小心。”

陆曼云既意外又感动，又替高春生的安全担忧，万千情绪涌上心头，眼泛泪光。

高春生把陆曼云扶起来，为免暴露，很快退回了原地。

陆曼云也收起情绪，向内走去。

冈村看着一脸坚毅的陆曼云，特意交代要好好盯着这个女人，万不可大意。

宋铁头带领的“大汉义军”弟兄守候在鸿宾楼外围街道。

几个心腹围着宋铁头闲聊。

“头儿，那个娘们儿到底是个什么人物，看样子日本人还挺重视的。”

“是啊，头儿，你不是说今天要出大事吗？到底是什么大事？”

街角，一个人鬼鬼祟祟地监视着宋铁头。

宋铁头早发现了监视自己的人，心知肚明，却不动声色："到时候你们就知道了。"

鸿宾楼对面旅馆房间内，郑川和刘洪涛等人坐在房间里。

郑川拿着几个茶杯在桌子上摆着位置，说道："高春生已经就位，只要他和陆曼云接上头，告诉她我们的计划，我们就有三成的成功机会。"

刘洪涛大惊："才三成?"

郑川拿过一个杯子摆放到右侧："你负责地道接应，把陆曼云带出来，我们的计划就成功了六成。"

"那还有四成呢?"

"那就要看另外一个人了。配合得好，我们就有十成的把握。稍有差错，就前功尽弃。"

刘洪涛表情冷峻："另外一个人? 司令员，你还有其他部署?"

郑川笑而不答。

鸿宾楼包厢里，陆曼云坐在包间内。

高春生进来送茶水。

陆曼云十分激动。

高春生急忙做了个"嘘"的动作，提醒她隔墙有耳。他用手指蘸着茶水在桌子上写字："川到"。

陆曼云一震，知道高春生要冒险营救，立刻摇头。

就在这时，一阵敲门声响起。

陆曼云故意打翻茶杯，水泼在了字上。

高春生连连道歉："对不起小姐，对不起小姐。"擦干净了桌子，转身离开。

陆曼云的哥哥陆洪全推门进来，和高春生擦肩而过。

兄妹二人久别重逢难免有些激动，陆洪全看妹妹被日军折磨的不成样子，心疼不已，他全力说服妹妹返回南洋，但任凭陆洪全怎么劝，陆曼云还是选择坚持自己的信念，她说她已经成为了一个战士、一个军人，对军人来说让步就是变节，就是投降。作为一个中国人，她绝不会辱没了中国人的气节。此番兄妹见面，她就是想告诉哥哥，她宁死都不会投降。陆洪全难过至极，但他知道妹妹既已拿定主意，再说什么也是无济于事。兄妹二人只好含泪告别，互道珍重。

鸿宾楼门外，石原稳操胜券，见陆洪全一个人慢慢地、脸色沉重地走出来。他急忙迎上去问：“陆先生？你们谈得怎么样?”

陆洪全一脸怒气，狠狠斥责石原：“我妹妹被你们折磨成这样，简直是欺人太甚。你们提出的条件我要回去和父亲再商量。”

石原有点吃惊，连忙拦住陆洪全：“陆先生，你这是什么意思?”

陆洪全打开了车门：“石原先生，我很抱歉，如果你们敢再伤害我的妹妹，我们之间的合作就绝无可能了。”

陆洪全说着坐上车，关上车门。

石原震惊，愣在原地。

鸿宾楼房间内，陆曼云还坐在原来的位置，心情沉重。

忽然，角落里地上的一块板一翻，刘洪涛从里面露出半个头来，观察四周没有危险，高春生从地道里一跃而出，指挥底下的人：“快，动作麻利点。”

与此同时，包间门打开，高春生和鸿宾楼老板一起走进来，迅速关好门。

陆曼云惊讶地扶着桌子站起来。

刘洪涛赶紧说明情况：“曼云同志，长话短说，跟我们走。”

高春生扶着陆曼云走到地道旁。

陆曼云惊讶：“这到底是怎么回事?”

鸿宾楼老板解释：“鬼子进城以后，以防万一，我找人挖了这条地道，也是为了万不得已的时候给自己留条后路。你们就从这儿走吧。”

陆洪全的汽车离开。

石原察觉气氛不对，赶紧命人把门撞开，里面已是空无一人，他愤怒至极，立刻下令全力搜查陆曼云。

一所废弃的旧院子，墙角的几块砖被推开，高春生从里面露出头来。

院子里，武工队的几个战士在这里等候接应，看到高春生钻了出来，立刻上前接应。把陆曼云和刘洪涛送地道里拉出来。

郑川等候在此处。

陆曼云见到郑川，激动不已：“司令员……”说完，眼前一黑，晕了过去。

郑川一把扶住陆曼云：“快，上马车。事不宜迟，马上走!”

宋铁头一直在街道上观察着鸿宾楼的方向，此刻，鸿宾楼警戒的日本兵纷纷列队朝城门方向跑，一片吵嚷。

宋铁头明白郑川已经得手，他立刻大喊：“大汉义军的弟兄们，集合了！”

大汉义军集合起来。瘦猴和大汉站在最前面。

宋铁头瞬间全身充满了力量，他大声说道：“弟兄们，我说过，今天要出大事，现在我可以告诉大家，日本人今天押来的那个女人，就是爱国华侨陆曼云，她宁死也不接受日本人的条件，现在恐怕已经逃跑了。”

众人震惊。

“头儿，你怎么知道得这么清楚？”

宋铁头一脸正气，说道：“这就是我接下来要说的，各位都是我信得过的兄弟，我现在可以跟大家挑明了，今天我宋铁头要反了！”

众人瞠目结舌。

瘦猴胆战心惊：“头儿，你不是开玩笑吧？”

宋铁头：“我宋铁头说一不二，以后再不披这张汉奸皮了，你们愿意跟我干的，就和我一起杀出城投八路；不想跟我干的，你们现在就去报告日本人，杀了我宋铁头，拿日本人的奖赏！”

众人一愣。

大汉首先响应：“头儿对我有救命之恩，谁要是跟你过不去就是跟我过不去，头儿，我跟你反了！”

瘦猴随后响应：“反就反，脑袋掉了不过碗大一个疤，老子再不受小日本的窝囊气了！”

众人纷纷响应：“反了、反了！”

城门口有日伪军在站岗，架着铁丝网、木栅栏等。

宋铁头一马当先，带领手下的弟兄们杀过来。城门口的日伪军措手不及，愣在原地。宋铁头拍马而来，挥起马刀，砍倒几个鬼子。

郑川和高春生驾着马车随后而来。

宋铁头带领手下的弟兄为郑川杀出一条血路。

宋铁头骑在马上：“司令员，鬼子的大部队马上就到，你们赶紧走。”

郑川：“铁头，敌众我寡，不要恋战，完成任务马上到七里坡和我们会和。”

正说着，石原带领一队日军追出来。

宋铁头立刻跳下马，和几个弟兄在门口架起日本人的机枪，对着追出来的日本兵猛扫，挡住了石原的追击。

郑川赶着马车带着陆曼云冲出了城门。

马车上，高春生看着拦截日本人的宋铁头十分吃惊："宋铁头？他不是叛变了吗？"

这个时候郑川把实情告诉了高春生："铁头是我派到日本人那里去的，为了他的安全，这件事一直没有公开。"

高春生恍然，肃然起敬："铁头是条汉子！"

身后，城门口，宋铁头带领大汉义军的兄弟们奋力阻挡日军的攻势。

石原气急败坏，疯狂嘶吼："打，狠狠地打，不要放过一个支那人！"

日军在城门口架起机枪和迫击炮，疯狂还击。

炮弹接连在宋铁头身边炸响，大汉义军的战士接二连三地牺牲，硝烟弥漫掩盖了宋铁头的身影，遮挡了他的视线，但他仍牢牢抓着机枪朝敌人猛烈开火。

马车上，苏醒过来的陆曼云看着宋铁头坚毅的背影，渐渐消失在自己的视线，泪流不止。

城门口，日军炮兵拉动炮绳，几枚炮弹呼啸而来。

炮弹在大汉义军中间炸响，瘦猴和大汉等战士被炸飞。宋铁头也被爆炸产生的气浪掀翻在地，被硝烟淹没。

石原看到对面失去了抵抗力，一个手势："你们几个，上！"

日本兵抱着枪谨慎地向城门口靠近，城门口一片短暂的死寂。

硝烟散去，浑身是血的宋铁头突然从地上跳起来，大吼一声："杀！"再次抱着机枪猛烈扫射。

围上来的几个日本兵纷纷倒地。

石原被激怒，声嘶力竭地怒吼道："我要活捉宋铁头，把他的脑袋割下来，挂到城门上！"

日军一批接一批的冲上来。

宋铁头孤身奋战，机枪打完了打步枪，子弹打完了，他扔掉枪，抄起大刀，和冲上来的鬼子肉搏，接连砍倒几个鬼子。

鬼子被宋铁头的气势震慑，纷纷端着刺刀犹豫不敢靠前。

宋铁头瞪着发红的双眼怒吼："来啊，来啊！"

十几个鬼子试探着上前把宋铁头团团围住，十几把刺刀同时刺向了宋铁头的胸膛。

鲜血从宋铁头的嘴角涌出，他转头看看城门外空荡荡的道路，知道陆曼云已安全，露出了欣慰的笑……

一刹那间，眼前的一切都不存在了，宋铁头仿佛感到：自己没有留守在城门前，而是骑马驮着陆曼云奔驰向远方的深山。那马跑啊，跑啊，来到山顶上一片广阔的草甸子上，这才停下来，陆曼云从背后放开宋铁头的腰，也跳下马。在下马的那一刻，两个人相视一笑。

宋铁头说：“曼云队长，你可算回来啦！”

陆曼云说：“回来得太精彩、太痛快了，大刀砍得痛快淋漓，智谋也玩得出神入化，我真没想到，才一年多没见，你变得这么有勇有谋、挥洒自如。真叫人刮目相看。”

“说痛快，今天我也感到真痛快，这么多日子以来，我说话得扭着憋着，看鬼子汉奸的脸色，今天我才能放开嗓子对他们喊：杀！杀！”

“你别扭着，可因为你在里面，减少了多少人的牺牲！避免了多少失败，以前我不知道这条战线上的人这么难，这些天我亲自体会，才知你不容易，要大智大勇啊！”

“唉，这不都是被逼的吗？我这些日子也感觉到，你陆队长不愧是女中丈夫、巾帼英雄，一股冲天的浩气，鬼子汉奸愣拿你没办法！”

两人会心地笑了，并肩牵马向村子走来。走着走着走到了一片绚丽的云霞里……

城门边上，满身血窟窿的宋铁头早已牺牲了，但是他没有倒下，已经僵硬的遗体像一尊红铜的雕像，仍然圆睁着眼睛，紧扣着枪机。来清理战场的日本鬼子惊异地发现：他那张凝固的脸上，居然绽放着那么惬意的笑容！

二

黄河边高崖上，宋憨头和宋老爹的坟墓旁，立起了宋铁头的新坟。

寒风萧瑟，宋雨田和郑川二人一起在宋铁头的坟墓旁栽了一棵青松纪念他，二人脱帽敬礼，心情十分沉重。眼看这世界上再也没有她的亲人，宋雨田泪如雨下。郑川想上前安慰却也知道言语苍白，宋雨田转过身来，二人四目相对，郑川不忍看雨田流泪，也不知道为什么，看她流泪，他的心里莫名的难受，郑川欲伸手擦去她的泪滴，雨田却开口问道：“司令员，我们总会看到光明的一天，对吗？”

郑川认真道：“对，光明的一天快到来了，那是属于所有中国人的光明，属于正义者的光明。”

宋雨田深情地望着郑川，她相信，相信他说的每一句话。

很快，总部就下达了攻打太岳县城的命令。

刘洪涛、杨大河、段勇三人接连进来报告，已经做好所有准备，可谓箭已在弦，就等郑川一声令下，但郑川却迟迟未下命令。众人莫名，不知道郑川的想法，郑川指了指地图告诉大家，太岳县城是战略要地，鬼子不可能拱手相让，必定会有所行动。不一会儿有人来报日军的69师团、60旅团和65旅团84大队，还有伪军一部，总共大约两千人，一早已从临汾出发，增援太岳，现在距离太岳城不足百里。大家纷纷夸赞郑川料事如神。

此刻，宋雨田赶来报告说陆曼云的病越来越严重，郑川等前去看望病重的陆曼云，在陆曼云的强烈请求下，郑川答应带着她一起去收复太岳城。

汽车、摩托车和排成队列的士兵，浩浩荡荡地长驱直入太岳县城。

县政府挂起了一个大牌子，上面写着“山地剿共实验县”的中日文并排的牌匾。

石原在太岳日军指挥部召开军事会议。木村、黄队长、周安邦都在座，还有几个维持会的汉奸会长。纪群作为翻译官站在石原身边。

石原鼓吹要在太岳建立新秩序，想让众人为他效力，黄队长卖力谄媚，赢得石原的赏识，周安邦看姓黄的那副嘴脸感觉浑身不舒服。

石原注意到周安邦，热情地打招呼：”周桑，是你，我们这是第二次见面了？”

周安邦只得站起来，敷衍道：”是，太君好记性。”

“周桑，木村向我举荐由你担任太岳县的新任县长，我也觉得你很适合，希望我们的合作愉快。”石原说着向周安邦伸出手示好。

周安邦却没有和他握手：“太君，我何德何能，恐怕不能胜任，希望你们另选高明。”

石原的脸色不悦，让周安邦说清楚缘由。

周安邦指责石原不该在太岳城大开杀戒，认为他们应该履行承诺，善待民众。

很快，太岳县城里，贴上了“中日亲善”“共和共荣”等大标语。

巡逻的日本兵在街上给路过的小孩发放糖果。

一个日本兵扶着残废的老人过马路。老人恐惧又带几分疑惑地望着他。

广场上，日本人在给群众放日本电影，画面上一副田园乐土的温馨画面。老百姓议论：“那些婆姨怎么每个人的衣服上背个小包袱？”“那抢了东西还不得有地方装啊?”百姓们哄笑。

看守的日本兵听不懂中国话，以为百姓在说他们的好话，也跟着笑。

郑川很担心陆曼云的身体，托宋雨田把鸡蛋给陆曼云吃，让她好好养病。接着，郑川召集大伙回到石板村宋家房间里开诸葛亮会。郑川认为强攻县城是不可取的，他向大家提出新的作战计划，那就是针对日本人在城里搞山地剿共实验区，他打算据守广大的农村包围太岳城打围困战，将日本人困死在太岳城内，并下令尽快将城中百姓撤出，使太岳县城变为一座空城。众人都夸郑川这招出的精妙，不仅事半功倍，更能直击鬼子的要害。

长期的战争考验，太岳民众已经拥有了非凡的经验、智慧，他们默默配合八路军的行动，整个迁移计划进行的悄无声息。

一段时期的观察，石原惊讶地发现街上的百姓越来越少，他觉得气氛不对，命令木村迅速查看原因。

石板村宋家房间，黄豆豆将一封电报递给郑川。

郑川看着电报，眉头渐渐舒展。

常松林正好进来，说道：“看样子是个好消息。”

郑川把电报递给常松林：“总部已经批准了我们在太岳开展围困战的申请。另外，彭老总亲自指示，我们的抗战不仅是为中国而战，也是为世界所有遭受法西斯侵略的国家而战。”

常松林看着电报，也十分高兴。

这时，宋雨田从外面进来将自己这些天的所见所闻向郑川他们报告，她说：“听说日本人在城里搞怀柔政策，闹了许多笑话。”

常松林愤慨道：“他们在中国杀了七八年的人，指望几块水果糖就能把这仇恨抹煞了？那才是大笑话。”

郑川问宋雨田：“群众转移工作怎么样了?”

“最近一个月，城里的群众已经转移了一批，但这几天鬼子提高了警惕，转移工作就缓下来了。”

“我们围困城里的鬼子，但不能叫城里的群众因此受牵连，所以转移工作你们还要抓紧。”

“我明白。”

太岳日军指挥部，一名军官站在石原面前听命。

石原：“城里的粮食不足支撑半个月，这批物资至关重要，不容许出任何差错。”

军官："是。但是，据我所知，我们常用的两条路线附近都有八路的势力，一条是大古镇，一条是岳西沟。"

石原走到地图前，看着地图上的路线，指定一条说：还有一条，走店前镇，这条路离八路的势力远。

军官担心："可是这条路线我们并不熟悉。"

石原："帝国的军人需要的是开拓精神，我们走新的路线，正是为了提防八路偷袭。"

房门口，纪群将石原的话一字不漏地听进了耳朵里。

纪群刚要转身走，木村走了过来。

木村似乎起了疑心："纪副官，要出去吗?"

纪群："木村先生来了，联队长在里面，我出去办点事。"

木村疑心："纪副官，我今天不是来找石原长官的，我想和纪副官谈谈。"

纪群一愣。

木村试探："怎么，纪副官不方便?"

纪群掩饰："方便方便，木村先生，请吧。"

纪群和木村向一边的办公室走去。

黄豆豆将一封密信递给郑川："司令员，城里来信了。"

宋雨田和常松林都知道这是纪群从城里送出来的情报，都紧张地注视着郑川。

郑川打开密信看，振奋，立刻说："老常，开诸葛亮会!"

石板村宋家房间，郑川和常松林在桌子上铺开一张地图。

刘洪涛、杨大河、段勇先后走进来："司令员、政委。"

郑川抬头："你们来了，都坐吧。"

刘洪涛凑到地图前问道："司令员，突然叫我们来是不是有任务啊?"

常松林兴奋道："我们收到情报，近期有一批物资从临汾运往太岳，司令员和我商量了，决定把这批物资截下来。"

刘洪涛、段勇、杨大河一听是大肥差，都摩拳擦掌，跃跃欲试，说着三人争论起来，郑川眯起眼睛，笑着听这三个人互相拆台。最后杨大河和段勇抢先领了埋伏大古镇和岳西沟的差事，只剩下一条路况不是很好的店前镇让刘洪涛去守着，刘洪涛嘴上尽是抱怨，后来郑川给他分析，这条路鬼子不经常走，但这次极有可能会走。刘洪涛恍然大悟，乐呵呵地去执行任务了。果不其然，店前镇附近很快就听到了日军汽车的声音，刘洪涛嘱咐大家隐蔽好，准备开火，日军运送物资的官兵异常小心，生怕中了八路军的埋伏，几个扫雷的工兵扫了半天，无功而返，放心大胆地前进，不想正好踩到埋在隐蔽处的土炮上，炮声作响，鬼子被炸了个人仰马翻，刘洪涛顺利夺得了物资。

三

石原接到物资被八路军截了的消息，气得暴跳如雷，更坚信在他的队伍中一定有个为八路军通风报信的内奸，他命令木村要以最快的速度查出这个内奸。还交代沁县有一批物资即将抵达，不能再出错。

第三支队埋伏点，北风萧瑟，段勇带着第三支队的主要干部勘察战场，一段盘山路，路陡、弯急，左右都是长刺的荆棘，前后没有其他路可走，是这一段的必经之路。

公路弯道上，十几个战士趴在已经挖好的土坑边，小心翼翼地埋着土制的地雷。

这一边，还有几个人正在用撬棍、肩膀在公路中间摆弄那块大石头，很快这一带的路上都做好了机关，就等着鬼子的物资如期到达。

不出所料，鬼子重蹈覆辙，中了埋伏，被段勇他们杀了个片甲不留。

石原在电话上咆哮如雷，立刻下令在路上设据点，保护交通线。

郑川对石原的保护交通线的策略立刻想出了一个热闹的办法，他交代宋雨田要好好招呼。

日军新建的护路据点外围，宋雨田带领民兵拿着广播喇叭，来到据点下面。看到据点里有灯光。

宋雨田举起手提喇叭筒大喊："据点里的人听着，我们是太岳抗日政府，和你们谈谈话：我们知道你们是警备队，日本鬼子上了太平洋，把你们送来当炮灰。中国人不应该打中国人，你们要是还有点良心，现在收手还来得及，我们愿意宽大处理，为了叫你们早日警醒，我们给你们放点音乐——"

民兵队一起敲起锣、鼓，一阵乱响。

深夜，据点里。临时搭起的据点，处处走风漏气，冷不堪言。里面都是伪军，龟缩着身体，捂着耳朵，听到外面的喊话声和锣鼓声，都睡不着，但也不敢出去看。

当官的是个假鬼子，赶紧站起来阻拦道："不准听，这是共党宣传！赤化了要遭枪毙！睡觉！睡觉！”

敲锣打鼓声持续传来，伪军疲惫不堪。

假鬼子头昏脑胀，再也支撑不住，赶紧给指挥部摇电话：“联队长，共党骚扰频繁，我们顶不住啦，请求支援啊！”

石原和木村在太岳日军指挥部。

石原挂断电话，脸色难看：“一晚上求援电话就有十几个，这些据点的皇协军难道都是摆设吗？连几个民兵都对付不了。”

木村：“石原长官，这样不能全怪他们，已经两个多月了，我们的给养不能及时补充，不止皇协军，皇军同样疲惫不堪，难以为继。加上新设立的这些据点，开支更大，得不偿失啊。”

石原大怒，站起来着急道：“那你说该怎么办？”

木村想了想：“不如把这些据点先撤下来一部分，再从长计议。”

石原叹气：“如今也只有这么做了。另外，我有一个新的想法，以前我们运输物资用汽车、火车，八路抓住了我们的弱点，破坏交通线，我们的汽车、火车反而成了累赘，从现在开始，改用骡马。”

木村赶紧拍马屁道：“联队长英明。”

……

石板村宋家房间，常松林看着战报，大快人心道：“老郑，你这一招见招拆招可真是用的神了，日本人改用武力押运，咱们就把麻雀战术再搬回来用，倒消耗了敌人不少的有生力量。不过情报上说石原又想出了新办法，他要用骡马押运来破解我们的麻雀战术。”

郑川若有所思道：“骡马队不同于汽车队，可以走山林小道，对付起来倒是个麻烦。”

正说着，陆曼云走了进来，她的身体恢复了一些，精神也好了很多。

陆曼云：“司令员，政委，你们怎么把我的骑兵队给忘了。鬼子换了骡马队，骑兵队不正派上用场了吗？”

郑川深思，然后说：“骑兵队可以出动，但我有一点要求。”

陆曼云：“什么要求？”

郑川看着陆曼云，严肃道：“你不能上战场。”

陆曼云不解：“为什么？”

常松林解释道：“曼云同志，你的身体没有完全恢复，司令员不准你上战场，这是纪律。”

陆曼云态度恳切："我不参加战斗可以，但你们要批准我上战场，我要亲眼看着骑兵队杀敌。我看到了，也就是铁头看到了。"

陆曼云说着有些伤感。

深山里，一名日军军官领着一支骡马队在丛林里前进，虽然跟着一队护卫的日伪军，但已经个个成了惊弓之鸟，气喘吁吁，提心吊胆。

树丛里嘶嘶有什么响，护卫兵马上剑拔弩张："什么人？"

一只野鸡飞出去。

日军军官不以为然："继续前进！"话音刚落，身边就落下一颗手榴弹，嘶嘶地冒着青烟，日军军官猛躲，"隐蔽！"一个士兵把手榴弹抓起来刚要扔出来，手榴弹在手里爆炸了。一阵尘土后，所有人灰头土脸。

"嗒嗒——"的枪声，一片树丛后，闪出几个民兵身影，朝他们放枪。

护卫兵马上对射，民兵回身往山上跑。日军军官恼怒地说："追上他们！"

护卫兵往前追了一阵，却掉到一个大陷坑里，里面放了三角钉，一片哀嚎。

日军军官有些慌乱，赶紧下令阻止："别追了，这是八路的圈套，继续前进！"

这时，骑兵队的人冲了出来，"杀呀！""冲啊！"势不可当，立刻砍倒了几个鬼子。

陆曼云在后面，热血沸腾，按捺不住，突然飞身上马，挥舞着大刀向敌人冲去。

日军军官仓促抵抗一阵，看势头不妙，连连叫："撤！撤！"护卫兵只好丢下粮食和马匹仓遑逃窜。

陆曼云十分高兴，但一失手，没拽住缰绳，一头栽倒在地下。

后面，宋雨田跑着过来，惊叫道："曼云姐！"

陆曼云躺在床上，卫生队的医生在给她检查身体。

郑川、常松林、宋雨田几人紧张地围在床边。

……

为了围困驻守之敌，郑川指挥的太岳三分区创造了战争的新奇迹，在全县实行"空室清野"大动员。短短的几天时间内，纵横百里的二十三个村庄、三千二百多户、一万六千多人的群众动员出来，填死水井，埋起粮食，搬净用具，疏散隐蔽到沁河两岸的深山密林，制造无人区，使敌占区成为"没有人没有粮食的世界"。这是一种"同归于尽"的气概，要把敌人围住、困死，当地百姓付出了卓绝代价！

石原带着纪群和几个士兵巡视全城，发现道路两边大部分商店都关了门，路上也没有人出来摆摊。另一条街道上的商铺也基本上了锁，道路上不见人。

石原一做手势，几个士兵冲上去用枪托砸开一家商铺的门锁。石原冲了进去，里面基本上搬空了，大院小院都空空如也，一直到了厨房，都没有人，账房地下有一个火盆，里面有烧过单据的灰烬。

石原愤怒道："每一家都是这样，明显是有预谋的，八路想把太岳变成一座空城。"

他气急败坏地下令："立即全城戒严，平民一律不许出城，发公告！全城搜捕八路。"

警哨声四起，城中的日军、伪军立即活动起来，路人奔逃，气氛紧张。

四

乔装打扮的宋雨田匆匆走在行人寥寥的街道上。这条街道上还有几家商铺开着门。

突然，日军的警哨声刺耳地响起。

街上的行人顿时紧张起来，纷纷回家关紧了房门，临街的几家商铺也都迅速打烊上锁。

宋雨田加快脚步，匆匆朝前走。刚走了几步，前面街角突然拐出一队巡逻的日本兵。

宋雨田赶紧调头朝相反的方向走，走了一段，前面出来一队伪军。

宋雨田又调头往回走，迎面遇上了日军巡逻队，宋雨田想躲却已经来不及了。

日军巡逻队发现了宋雨田，呵斥道："什么人？"

宋雨田低着头，不理会日本兵，拐进小巷子匆匆朝前走。身后传来日本兵的喊叫声："站住！别跑！"

宋雨田慌张朝前跑，慌乱之中竟跑进了一条死胡同，身后日本兵追赶的脚步声越来越近，眼瞧着进了死胡同，宋雨田绝望。就在这时，一个女学生立刻把宋雨田让进了一户人家，让她暂时躲躲危险，宋雨田惊魂未定。

经过一番查问，宋雨田才知道眼前这位大娘竟然是纪群的姑姑，纪群的姑姑也知道了宋雨田竟然是宋铁头的妹妹，同是革命战士，纪大娘打算帮帮宋雨田。她叮嘱女学生帮宋雨田化了装，换了衣服，准备应对前来搜查的鬼子。

石原冲进来抓人，命人观察了半天，并没认出宋雨田，只能悻然离去，纪群也长舒一口气，跟着石原去别的地方查看。

村口，从县城里转移出来的一批群众在这里集合，他们都背着简单的行装，有的拖儿带女。

郑川在村口迎接他们："乡亲们，我代表八路军太岳军分区欢迎你们，并且感谢你们，你们为了抗日，作出如此大的牺牲。虽然这里的生活条件相对艰苦，但我可以向你们保证，八路军和根据地的军民会和你们同甘共苦，一起克服困难，总有一天，我们会把太岳城从敌人的手里夺回来！"

正说着，黄豆豆跑步过来报告："司令员，陆指导员让我通知你，新打的窑洞都收拾好了，可以住人了。"

郑川转头告诉群众："大家委屈一下，暂时先住下来。"

军队和各级组织的人迎上去，扶老携幼，有条不紊地把那些群众引向安置点。

郑川看着人头攒动，颇为欣慰。

这时，常松林火急火燎从村子里出来："老郑，出事了。"

郑川一惊："什么事？"

常松林："宋雨田的行动暴露了，鬼子全城戒严，现在正挨家挨户的搜呢。"

郑川心头一紧。

常松林又说："还好，城里有我们的人，纪群派人给我们传话，宋雨田现在在他那儿，暂时安全。"

郑川这才松了一口气。

清早，纪大娘刚开门，一个提篮卖菜的人来到门口："大娘，买点茄子、豆角吧！"

纪大娘："你这菜倒还新鲜，怎么卖啊？"

卖菜的："我的菜好，今天一大早从石板村运进来的，不新鲜不要钱。"

纪大娘一惊，意识到什么："那我得买点。"

说着挑了两个茄子，给钱。

卖菜的："这是找您的钱。"塞给她几张钞票，然后提着菜篮子走了。

纪大娘环顾左右没人，拿着菜赶紧回了院里，关上院门。

宋雨田从里面出来。

纪大娘把钱打开，里面有个小纸条。纪大娘把纸条交给宋雨田。

郑川在信中说道："为安全计，暂停发动工作，现尚未出城群众，多系有子女老人拖累者，冬季出逃困难很多，宜做长期细致工作，到明春伺机出逃。"

纪大娘看着纸条，欣慰："郑司令员想的真周到。"

宋雨田站在窗口，手里紧紧地握着郑川送来的纸条，心里觉得暖洋洋的。

天寒地冻，破房子里四面透风。

陆曼云用一只手捂着肚子，一只手在一张毛头纸上写字，她强忍剧痛，额角沁着冷汗。虽然披着大衣，却还在发着抖，一个眩晕，差点栽倒。郑川和常松林赶来看陆曼云，没想到陆曼云开始咳血，情况越来越严重，最后二人毅然决定将陆曼云送往后方医院治疗。

石原在周安邦的陪同下参观实验区学校，石原看学校井然有序十分高兴，打算过几日找一些记者前来，好为他们的功绩作些宣传。周安邦正在陪同，不想看到了偷偷窃听的宋雨田，赶紧找借口把宋雨田拉到一边，宋雨田以为被周安邦发现定会遭到举报，没想到周安邦念在旧情让她赶紧离开，宋雨田有惊无险，终于逃出日本人的管辖区。

太岳日军指挥部院子，院中有几朵花开了，屋檐下有燕子飞过。

石原也换上了单薄一些的军装，站在屋檐下欣赏春光。

纪群匆匆忙忙地从外面进来。

石原沐浴着春风，感慨："春天真的来了，纪副官，帝国的冬天应该也会过去的，你说对吗？"

纪群却带来了一个坏消息："联队长，市民送来了集体请愿书。"

石原脸色一沉："他们想干什么？"

纪群："清明节要到了，他们要求出城扫墓。"

"这件事你怎么看？"

"清明给先人扫墓，这是中国最古老的风俗之一，孝为儒家立学基础，如果我们硬不叫他们去，恐怕会失去人心。"

此时，木村与周安邦也从外面进来。

石原立刻问他们："我刚才正和纪副官说清明节扫墓的事，市民集体请愿，你们的意见呢？"

周安邦："石原长官，我认为应该让他们去。"

石原："为什么？"

周安邦："您一定看过一幅叫《清明上河图》的古画，清明自古以来就是民间扫墓踏青的风俗，清明节在中国人的心目中是个很重要的节日。"

木村："联队长，我认为不妥，如此大规模的行动，又在郊外，一旦生出变故，只怕不好控制，也许会让八路钻了空子。"

石原稍一思索，开口说："既然我们提出的是'王道乐土'的试验区，遇到有关文化风俗的事，还是应该尊重的。而且这么多的市民集体请愿，我们索性大张旗鼓地办，请记者、请摄影队，把这个过程拍下来，公之于众，叫国际舆论知道，在我们的试验区，百姓过着安居乐业的生活，中日亲善是明智之举。"

城门洞开，由军方组织的"中日共同祭祖活动"队伍缓缓走来。

队伍两侧，日军士兵提着机枪开道，日伪首脑军官石原带着属下，走在队伍最前面，周安邦走在群众中间，宋雨田搀着纪大娘走在队伍里。

整个队伍庄重肃穆，上坟扫墓的群众男女老幼，举幡、戴孝、撒纸钱、抬贡品。群众的两边，都有全副武装的日军"保护"，形同押送，队伍堪称浩浩荡荡。

几个摄影记者举着相机，拍照记录。

附近山上，郑川、常松林站在这里，通过望远镜把出城的队列看得清清楚楚。

常松林担心："队伍里群众和孩子太多，真打起来不好控制局面啊。"

黄豆豆从山坡下上来，请示："司令员，部队都准备好了，支队长让我上来请示。"

郑川："通知各支队，按原定计划行动，有一条要特别注意，务必保证所有群众的安全。叫刘洪涛和段勇分成两拨，一拨管扫墓的群众，一拨管孩子，只要枪一响，两人夹一个人往两边山上撤。"

黄豆豆："是。"

一段比较狭窄的山路两边，林木茂盛。

扫墓的队伍吹吹打打地过来了，石原从前面的一辆轿车里出来，看了看队伍的情况，颇有一些得意。

另一个车上坐的木村、周安邦、纪群，看着周围郁郁葱葱的林木，多少有些担心。

石原好像猜到他们的心思，做了个手势，从两边车上跳下来四五个机枪手，一人一挺机关枪，对着两边的丛林一阵猛扫，打得树枝纷纷掉落，石屑横飞，但没有发现埋伏。

石原做个手势，队伍继续前进。

前面有一个沟叉子，与道路交叉。当队伍前进到一半的时候，忽然一阵军号，两边沟叉子里刘洪涛的战士，直接就冲到了队伍的中间，射击那些押着群众的日本兵。

刘洪涛喊："中国人，卧倒！日本人，缴枪不杀！"

庞大的扫墓队伍竟没有出现一丝慌乱，所有的群众，包括老人和孩子，都不约而同地就地卧倒，一动不动，纪大娘和宋雨田在孩子们中间，趴在地上护着身边的孩子。

杨大河带着一队战士冲过来，两人护一个群众，纷纷钻进沟叉子里。

石原看局面失控，下令开枪扫射，纪群奋力阻拦，被石原狠狠打了一巴掌，但纪群拼死按住石原的手枪，强调摄影队在场，这才拦下了愤怒的石原。

石原指挥摩托车队疯狂追向侧沟。

这时，早已在山上架好了机枪的郑川下令："打！"

手榴弹和机枪子弹像泼水一样射向那个沟叉子，顿时形成了一个钢铁的封锁线，谁也别想从这里冲过去。摩托车顿时翻的翻、倒的倒，驾车手纷纷毙命。

此时沟外面的群众早转移上山，无影无踪。

五

病房里，陆曼云奄奄一息躺在病床上。医疗小组的大夫护士正在检查她的生命体征，全力抢救。

郑川等三人走进来，一个护士向他们做禁声动作。

大夫终于从陆曼云身边离开，摘下口罩。

郑川赶紧上前问道："傅大夫，陆曼云同志的伤情怎么样？"

傅大夫把他们拉到门帘子外面说："情况很不好，你们要做好心理准备。"

郑川、常松林、宋雨田三人震惊。

宋雨田恳求："大夫，曼云姐不能有事，你一定要救她。"

大夫却摇摇头："郑司令员，你应该知道，我们只是医生，不是神仙，她的身体状况，就是华佗再世也无力回天啊。她的内脏已经严重损伤，长期调养没有复原，最近又引发肝总管阻塞，门静脉破裂大出血，我们实在是……"

这时，里面护士忽然叫："病人醒了。"

郑川等人赶紧冲到病床前，宋雨田握住陆曼云的手。

陆曼云艰难地睁开眼："你们怎么都来了？"

宋雨田哽咽："曼云姐。"

陆曼云微弱地："我是不是快不行了？"

宋雨田的眼泪夺眶而出，她拼命摇头："不，曼云姐，你会好起来的。"

郑川、常松林二人悲痛地站着。

陆曼云吃力地说道："司令员，我，我还有一个请求。"

郑川赶紧俯身："曼云同志，你说。"

陆曼云："我，我死了以后，能不能把我带回太岳，我想在黄河边，和铁头一起看，看日落。"

常松林："曼云同志，你要坚强，坚持住，你一定能好起来。"

陆曼云不再说话，只是盯着郑川，等他的答案。

郑川明白陆曼云的心意，他郑重地点点头："我答应你。"

陆曼云这才放心，欣慰地笑了，笑着笑着，她的视线突然模糊起来，看不清郑川等人的脸。渐渐的，她的视线又清晰起来，看清楚眼前的那张脸，竟是宋铁头，宋铁头站在她面前，叫：曼云，醒醒，曼云……

陆曼云惊喜："你来了。"

宋铁头："曼云，你起来，我们回太岳，一起骑马。"

陆曼云脸上露出幸福的表情，她的表情在这一刻渐渐凝固了，停止了呼吸。

宋雨田痛哭："曼云姐——"

郑川和常松林向陆曼云的遗体郑重敬礼，大夫、护士们都肃立脱帽。

……

太岳日军指挥部，石原坐在正面。

木村、周安邦、纪群、黄队长等人围坐在长桌前开会，个个神色沮丧。

木村怒气冲冲："当初我怎么说的，我就觉得让这帮刁民出城扫墓不妥，看这闹的！这才叫偷鸡不成蚀把米！"

纪群对石原道："连队长，是我的过失。"

石原："好了，不要吵了，扫墓祭祖是中国人的风俗传统，这没有错，只是我们低估了八路煽动事端的能力，今后要引以为鉴。你调查内奸的事，怎么样了？"

木村：“这个内奸很狡猾，隐藏的很深，情报科还在调查中。”

石原故意看着纪群，问：“纪副官，你觉得这个内奸躲在什么地方，会不会就坐在这儿，和我们一起开会？”

纪群不动声色，不言语。

石原盯了许久才把目光从纪群身上移开，部署道：“虽然现在太岳城里没有百姓，但是城郊还有几十个大小村镇，我们可以把那里的百姓迁移进城里来生活。另外，”说着把目光对准了在座的几个中国人，“城里有那么多的皇协军，据我所知，你们的家人有许多在乡下探亲，我不明白，为什么皇军来了太岳以后，你们的家人就都去乡下探亲了？难道是对皇军没有信心吗？”

几个中国人战战兢兢，都不敢说话。

石原：“不如请他们重新搬到城里来，你们没有意见吧？”

大家都不敢说话。

石原：“好，这件事就这么决定了。木村，你来安排。”

木村：“是。”

……

太岳城郊霍营镇，天刚微明，贾世荣一家老小被日本人押着走到了村头，全村的老百姓也都被押了来。

木村站在戏台上：“皇军要求你们，在一个小时以内，所有人集合出发。”

旁边的邻居在议论：“不是又要搞无人区吧？”

“这回说不定要掉脑袋。贾老板，你说呢？”

贾世荣直哆嗦：“完了，全完了。”

城郊道路，霍营镇上的百姓，黑压压一群被驱赶着走在去城里的路上。他们发现，别的镇子上的人从另外的方向也被驱赶出来了，渐渐和他们汇合在一起，都被鬼子的刺刀逼着走。

被日本兵押来的百姓汇集到太岳县城。

他们惊异地发现，皇军在这里用两个巨大的锅闷了两锅大米饭，还有一口更大的锅里，熬着肉菜，正咕嘟咕嘟地冒着诱人的热气。

贾世荣嘀咕：“里面卖的是什么药？”

木村站在台上给百姓们训话：“皇军叫你们到这里来，是不会让你们受委屈的，只要你们住在这里，在这里安居乐业，享受王道乐土，皇军会保护你们的安全。只是有一条，你们必须是良民，如果私通八路，聚众闹事，格杀勿论。好了，现在你们可以去吃肉吃大米饭了！”

……

周家老宅，周安邦扶着颤颤巍巍的周福源下车，几个家人替他拿着一些日常用品，算是迁居回来。两人边走边谈。

七岁红默默地跟在后面。

“爹，您年纪大了，身体又不好，在农村住着不方便，还是搬回来，住在我身边，我也能尽尽孝心。”

“你少拿这些好话糊弄我，我还没老糊涂呢！当初叫我去乡下避难，现在又把我押回来，我问你，是不是日本人下的命令，要拿我们当人质？”

周安邦有苦难言：“爹，现在说这些还有什么用，您以为我愿意给日本人当差？我这不也是被逼的没办法吗，当初他们拿您的命要挟我，我能怎么办？”

“你别忘了，治国是你亲弟弟，咱们和小鬼子不共戴天！”

“爹，我知道，眼下只是权宜之计，伤天害理的事我不会干。”

周福源停下来，看着周家大门上方的牌匾，一时竟老泪纵横：“爹老了，以前跟八路斗，斗了半辈子，咱周家竟毁在小鬼子手里，一败涂地啊。”

“爹，过去的事就别想了，过好眼下的日子才是正经。”

“我对不起治国，啥时候给治国报了仇，就是豁上我这条老命，死也瞑目了！”

贾世荣的“新家”，被强制安置在一个过去商家的门庭里。他没有大动人家的东西，只在门厅、厢房里临时栖身。

贾世荣忧心忡忡，合计着合适的时候回到以前的霍营镇。这时，木村带着几个日本兵来找贾世荣，用枪逼着贾世荣当皇军的维持会会长，贾世荣迫于形势，只得暂时答应下来。贾世荣全家痛苦不已，但是毫无他法，贾世荣让店小二护送母亲和妻子离开，声称自己会跟日军周旋，请他们放心离开，待家人安全撤离，他用一条白布结束了自己的性命，宁死不同日军为伍。

清晨，一大早，木村带着几个士兵从贾世荣住处出来，骂骂咧咧：“刁民，都是一群无知的刁民！去，叫所有人到广场上集合！”

太岳县广场，鬼子用机枪围拢起一群人，木村当众威逼另外一个士绅要他做维持会会长。威逼之下，百姓以死相抵，石原赶紧制止木村的行为，替他选好了一个愿意为皇军效力的良民，那就是之前谄媚献好的黄队长。

郑川等人听说石原选姓黄的当维持会会长，百姓肯定要遭殃了，就命高春生带领武工队将黄二狗趁夜除掉。

太岳日军指挥部，石原、木村、纪群、周安邦等人都聚集在房间内。

石原的脸色阴沉："这么晚把你们叫来，知道因为什么吗?"

大家都不敢吭声。

石原震怒："我昨天才任命黄队长为维持会会长，今天他就死于非命，八路如此嚣张，杀人都杀到我们眼皮子底下来了！木村，你的情报科到底在干什么？我要的内奸呢?"

木村赶紧承认错误："石原长官，属下办事不力。"

"我不管你用什么方法，我要的是结果，我再给你三天时间，把内奸查出来带到我面前!"

"是。"

"另外，关于维持会会长的人选，我考虑再三，认为还是应该推举一位德高望重的人士出任。周桑，令尊从前是太岳县长，自然德高望重，就由他来出任维持会会长，你认为怎么样?"周安邦一惊，委婉拒绝："石原长官，家父年事已高，现在又有恶疾缠身，已经卧床多日了，恐怕心有余而力不足。"

"周桑，请你不要再推辞了，我信得过令尊的能力，这件事就这么决定了。"

周安邦无力再反驳。

周福源躺在床上，面目犁黑，七岁红喂他喝着药汤子。

周福源抓住她的手："小红，给我唱两句。"

七岁红："老爷，我唱不出来。"

周福源："为什么?"

七岁红："老爷，那戏文里面都是忠孝节义，咱现在的处境，我不知道该唱哪句合适!"

周福源听了一震。

就在这时，石原走了进来，后面跟着周安邦和一队卫兵。

石原："周老先生，身体还好吗？我代表大日本皇军来看望您老人家。"

他一挥手，几个日本兵抬着精装的人参燕窝盒子献上。

石原："周老先生，虽然我们之间从前有些误会，发生过不愉快，但从今天开始，希望我们摒弃前嫌，合作愉快。"

周安邦上前说："爹，石原长官想请您担任太岳维持会会长，为中日共和共荣建功立业。"

周福源一激动，刚一张嘴，话未说出来先咳嗽了半天，好不容易平息了，才说：“老朽年事已高，老眼昏花，实在不知你们说的共荣共和为何物，还请贵军另请高明吧！”

石原却冷笑道：“周老先生，我今天来不是和你商量的，而是代表皇军向你传达华北派遣军司令官的命令，周老先生，我的话已经说完了，告辞。”

石原说完转身就走了。

周福源被气得浑身发抖，把日本人送的礼物全胡噜到地上，叫道：“欺人太甚！欺人太甚啊！”

周安邦过来劝解：“爹，事到如今，您就别生气啦，人在屋檐下，不能不低头啊，您消消气，就先答应了吧，无论如何，先保住命要紧！”

周福源生气地推开周安邦：“你、你——你这个畜生，治国的仇你忘了？咱家和小鬼子不共戴天啊！”

“爹，眼下只是权宜之计。”

“滚，你给我滚，少拿这种话糊弄我。”

周福源说着又猛烈地咳嗽起来。

七岁红急忙上去给他捶背：“老爷，消消气吧，气坏了身子。”

周福源却把七岁红也推开，嚷道：“滚，都给我滚出去！”

七岁红无奈，起身：“大少爷，走吧。”

周安邦和七岁红都出去了

夜深人静后，月光透过窗棂照到周福源枯槁的脸上，他在辗转反侧，又恨又怕。半晌，起身拉开床头的柜子，从里面拿出一个盒子，打开，盒子里是一枚硕大的金戒指。周福源盯着金戒指看了半天，老泪纵横，一狠心，把金戒指塞进嘴里咽了下去。

窗外，晨光透过窗帘。

周福源直挺挺地躺在床上，此时脸色倒十分安详。

七岁红端着药碗推门进来：“老爷，该吃药了。”

她来到床前，看着周福源的样子，药碗一下子跌落在地上，药洒了一地，她恸哭着扑上去：“老爷……”

周安邦被七岁红的声音惊动，从外面冲进来：“怎么回事？”

说话间来到床前，震惊呼喊：“爹，爹……”

七岁红：“老爷吞金自杀了。”

周安邦看着旁边一个放金戒指的空盒子，他一惊，跪倒在床前：“爹呀——，爹……”

周福源的枕边，有一页纸，上面似有字迹，周安邦抓到手里，哆哆嗦嗦地读着：“带病残年，偏遭践踏，猴冠强与授人，言行不能自决，方知亡国奴之奇耻大辱，非可忍也。吞金难保名节，大归方知悔恨，当初如能和八路团结同心，共保太岳，当不至有今日。泣血教训，后辈记否？呜呼！周福源绝笔”

周安邦恸哭：“爹……儿子不孝……”

此刻，七岁红已经止住了哭泣，面如死灰地坐在床边。

周安邦擦擦泪水，站起来：“叫下人准备后事吧。”

七岁红却仍然一动不动。

周安邦无奈摇头叹气，向外面走去。

就在这时，身后突然响起七岁红的声音：“老爷，您不是爱听我唱吗？我给您唱一段《击鼓骂曹》。”

她一字一板地唱起来，那唱腔激扬愤怒，唱完一段，她突然跳起来，一头撞在墙上，鲜血迸流。

一旁，周安邦猝不及防，震惊在原地。

五

太岳日军指挥部，几个日本兵在房间里忙碌地收拾文件、物品，做撤离前的最后准备。

石原和木村从外面冲进来，怒道：“八嘎，还没有接到冈村司令的最后命令，谁让你们收拾的！”

几个日本兵赶忙停下，鞠躬退出去，墙上的军事地图耷拉下来，木村揭下来铺在桌上。

石原站在一边，看着自己挂在墙上的军刀和太阳旗，心情沉重。

木村：“石原长官！太岳真的就那么重要吗？”

石原一把拍在地图上的太岳区：“当然！太行、吕梁、太岳三山互为犄角，战略地位十分重要！”

木村：“长官，恕我愚昧，我怎么一点都看不出太岳有何重要之处？”

石原说着，在地图上指点：“太岳是我们过黄河，拓展战略纵深的最佳腹地，是冈村宁次将军要消灭八路军的大本营，是我大日本帝国固华北、抑洛阳、窥西安的最有力的据点！”

石原惋惜道："如此重要之地，却让八路在这里建立了一块'根据地'，使之成为插进我等腹中的剑。可我们费尽心血，太岳根据地仍然没有被消灭，反而愈加壮大！中国有句古话，叫大意失荆州。"

木村心有不甘："长官，恕我愚昧，咱们这次失败的原因，究竟是什么？"

石原："从我们经东北进入山西都是对的，唯有一条，对八路不够重视，才导致这个结局。从一开始，我们只把八路当成一只流寇对待，初入山西时，我们对国民党军队的战斗配置是一比十，以一个中队或者加强中队打国军一个团，就能让其损失惨重！对八路军，却没放在眼里，仍然按照一比十进行战斗配置，乃至淞沪会战、武汉会战等大战之后，进入战略相持阶段，屡吃苦头，才开始重视，百团大战一役，八路军损失两万余，我军伤亡也相差无几！"

石原看着木村，满脸懊悔。

石原："之后对八路军的战斗配置不断升级，改一比五配置，仍不行，再改一比三配置，还是不行，最后改一比一配置，即使这样，还是出现了二千五百多日军将两个连八路军当主力部队包围在村庄，激战一天不能攻克，反让八路乘夜杀出重围，天亮后才明白真相。"

木村："这个我明白，杀鸡也要用牛刀！"

石原苦笑："这些，都是我们给自己找的堂皇借口，如果在最初对这支部队足够重视，全力给予毁灭性打击，也不会出现如今的局面！"

木村似乎明白了什么，低头不再说话。

木村："那，我们——"

石原："我只是不愿承认，我们应该撤了。"

石原从墙上摘下自己的指挥刀，转身。

通讯兵："报告长官！冈村司令来电！"

石原从通讯兵手中接过电报，查看，脸色变得严峻。

木村："电报说什么？"

石原面色阴郁："冈村宁次司令说，希望我继续留守黄河。"

木村愣住。

太岳日军指挥部。院子里集结了一队日伪军。

石原在木村的陪同下从办公室走出来。

木村："石原长官，抢粮队已经准备好了，随时可以出发。"

石原："支那人有什么异常吗？"

木村："请长官放心，一切都在计划中，这次我们釜底抽薪，一定可以大挫八路的锐气。”

正说着，纪群走了过来，二人不再言语。

纪群：“联队长，我们什么时候出发？”

石原：“纪副官，你来了，我和木村正在商量，我们决定不去汾村，改去石板村。”

纪群大惊：“石原长官，石板村八路很多，并不适合。”

石原却一抬手制止他：“纪副官，不用再说了，我已经决定了。”

石原说着向前走，指挥部队：“出发！”

纪群愣在原地，内心焦急不已，想怎样才能尽快通知八路，但木村却死死盯着他：“纪副官，走吧。”

纪群无奈，跟上石原。

石原和木村二人骑着马在石板村附近的山路上走在最前面。身后跟着两排士兵。

纪群紧跟在石原和木村的马后面，脸色越来越凝重。

一名侦察兵从前面跑步回来向石原报告：“报告联队长，前方道路一切正常，再往前走两公里就是石板村。”

石原勒住缰绳停下来，下令：“所有人轻装简行，没有我的命令，任何人不准开枪暴露。”

侦察兵：“是！”

纪群心急如焚，趁石原不注意，悄悄向后退去。

木村却一直暗中观察着纪群：“纪副官，要去哪儿啊？”

纪群停下来，掩饰：“木村长官，我，我想方便一下。”

木村似乎看穿了纪群的心思，反问：“纪副官，你说那个内奸是不是也这么想，趁方便的时候给八路通风报信啊？”

纪群神色尴尬：“木村长官说笑了。”

石原回过头来：“纪副官，这一带是八路的势力范围，还是小心为上。你，护送纪副官去方便。”

纪群无法反驳，在日本兵的看守下一步一步向路边的树林里走去。

纪群一边走一边观察着身后跟着的日本兵，日本兵步步紧跟着，走了几步，纪群突然捂着肚子蹲下来：“哎呦……”

日本兵上前去扶他：“纪副官，你怎么了？”

纪群趁日本兵不防备，突然抓起地上的一把沙土向日本兵的眼睛里一扬，趁机向树林深处狂奔。

日本兵被沙子迷了眼睛，一边揉眼睛，一边慌乱朝纪群开枪，眼睛被沙子迷住视线模糊，开了几枪都没有打中，转眼纪群已经跑出去几百米远，日本兵又瞄准开了一枪，枪声一响，纪群扑倒在地上不动了。

木村气急败坏的从马上下来，冲到日本兵身边，斥责："蠢货，谁让你开枪的！"

日本兵低下头："木村长官，纪副官逃跑了。"

木村看着纪群倒下的方向。

日本兵："我好像把纪副官打死了。"

木村看了半天，倒下的纪群没有动静，他没有起疑，转身向路上走去，日本兵也跟上。

木村返回队伍中，向石原报告："联队长，纪副官死了。"

石原很生气，斥责士兵："我说过，没有我的命令不要开枪，你刚才的鲁莽举动很有可能已经让我们暴露了，加速前进！"

石原向前挥舞着指挥刀，策马前行，身后的日军队伍跑步前进。

日军离开，树林里一片安静，半晌，纪群才从地上缓慢地爬起来，子弹穿透了他的肩膀，鲜血染湿了半边衣服，他仍挣扎着站起来，捂着伤口穿过树林抄近路向石板村赶。

石板村村口，两个决死队的战士小刘和小王在村口站岗，远远的，就看到纪群的身影摇摇晃晃地走过来。

小刘提高了警惕："什么人？"

纪群跌跌撞撞来到战士跟前，因失血过多而脸色苍白："我，我找郑司令员。"

小刘："郑司令员去汾村了，你是什么人？"

小王："你受伤了，我马上找人给你包扎。"纪群拉住他："我们上当了，鬼子要偷袭石板村！"

两个战士震惊。

小刘："你赶快去给司令员报告。"

小王撒腿向村子里跑去。

小刘扶着纪群向村里慢慢走："同志，你坚持一下，我们马上进村找卫生队。"

就在这时，石原和木村带着日军大部队赶到，一串子弹飞来，纪群身中数弹，用尽最后一点力气推开小刘：“别管我，快走！”说着身子一歪，栽倒在地上。

小刘立刻持枪还击，但寡不敌众，胳膊被打中，枪掉在地上。石原拍马而来，指挥刀穿透了战士的胸膛。

石原拔出指挥刀，冷冷地看一眼倒在一旁的纪群，凶狠道：“把他的脑袋割下来，挂到城墙上，以儆效尤！”

张平虏、宋雨田，还有几个决死队的战士都被村外的枪声吸引，聚集到一起。

在村口站岗的那个小王跑来报告：“不好了，鬼子进村了！刚才纪副官来报信，鬼子不是去汾村，是冲石板村来的！”

众人大惊。

宋雨田马上布置：“小张，你马上以最快的速度去汾村给郑司令员报信，一定要快！”

一个小战士马上领命离开。

张平虏和宋雨田商量：“雨田，鬼子有备而来，只怕是躲不过去了，我带决死纵队挡住鬼子，你带民兵赶紧组织老乡转移吧。”

宋雨田：“鬼子来势汹汹，你也不要恋战，咱们在柳树沟会和。”

二人立刻分头行动。

……

石板村村口，石原挥舞着指挥刀：“前进！”

日军士兵纷纷涌向石板村。

此时，张平虏带着一队决死纵队的战士来到村口，众人立刻有条不紊地埋伏好。

张平虏瞄准一个鬼子兵，枪声一响，双方立刻展开激战。

张平虏：“同志们，我们坚持的时间越长，转移的老乡和粮食才越安全，一定要坚持住，打！”

一时间，枪声大作，手榴弹四处开花，一片硝烟弥漫。

汾村外伏击地，郑川用望远镜观察着蜿蜒的山路，周围却一片安静。

郑川看看时间，起疑：“老常，不对啊，这太阳马上就下山了，怎么一个鬼子没看见？”

常松林：“是不是纪群的情报有误？”

郑川担心："难道纪群暴露了？"

这时，张平房派来的战士赶到："司令员，不好了，鬼子声东击西，偷袭石板村了。决死纵队正在打阻击，掩护老乡撤退呢！"

郑川、常松林震惊。

郑川立刻转身往坡下走："马上回援！"

苍山如海，残阳如血。

石板村村口，张平房的身边，一个接一个的战士倒下了，地上横七竖八躺着几十具战士的尸体。还有一些受了重伤哀嚎的战士，张平房身边只剩下八个战士，而且大多都受了伤。

决死纵队抵挡住了鬼子的新一轮攻势，阵地上短暂的安静。

张平房大声："报数！"

战士们接连报数："一、二、三……八！"

张平房："检查弹药！"

战士们把剩下的子弹、手榴弹都收集起来，只剩下几十颗子弹，几枚手榴弹，他们把剩下的弹药给张平房看，战士："团长，就剩这么多了！"

张平房经过战火的洗礼，再不是以前那个稚气未脱的书生了，身上更多了几分豪气："哪怕只剩一颗子弹，也要用来打鬼子，小鬼子想要进村，除非从我们的尸体上踏过去！"

这时，一队鬼子悄悄摸上了阵地。

战士："团长，小鬼子上来了！"

张平房大吼一声："打！"

另一边，石原挥舞着指挥刀，嘶吼："加强火力！"

一名通讯兵从后面上来："联队长，八路的援军到了！"

石原立刻下令："撤，全线撤退！"

大批日军纷纷后撤。

张平房和战士们从阵地上站起来，看着鬼子撤退了，众人欣喜若狂，战士纷纷呐喊："小鬼子退了！"

石板村附近山沟，宋雨田带领着民兵护送老乡和粮食，肩扛人背，独轮车，骡马车，把粮食往一个山洞里转移。

就在这时，一个民兵慌张报告："沟那边有动静。"

宋雨田站到高处往那边看，隐约看到一股日伪军混编队伍正朝这边运动。

民兵："鬼子朝这边来了，怎么办？"

宋雨田："老乡和粮食都在这儿，绝不能出差错，你们守在这儿，千万别出来，我去把鬼子引开。"

宋雨田说着匆匆离去。

……

山路上，周安邦和木村带着日伪军走在山路上。

木村："八路到底把粮食藏在什么地方？"

周安邦："肯定在附近。"

突然，一个人影在旁边的树林里一闪，不见了。

木村和周安邦立刻警惕，一挥手，几个日伪军立刻进入林子搜索。

片刻，日伪军押着宋雨田走出来。

木村惊喜："是她。"

周安邦的表情一时有些复杂："怎么是你？"

宋雨田："周安邦，你忘了周治国是怎么死的了吗？和日本人合作，你还有没有良心？"

周安邦尴尬。

木村："她肯定知道八路把粮食藏在什么地方，周桑，你来问她。"

周安邦上前："雨田，只要你说出来，我们不会伤害你的，我可以保证。"

宋雨田："你拿什么保证？你以为你是谁，你不过是鬼子的一条看门狗。"

周安邦："雨田，我们从小一起长大，难道你连我都信不过吗？"

宋雨田痛骂："我以前真是看走了眼，没想到你周安邦空披着一张人皮，却是连畜生都不如。"

这时，日本士兵来报："长官，联队长派我通知你们，八路的主力杀回来了，全线后撤。"

木村瞪一眼宋雨田，下令："带走！"

日本兵押着宋雨田，一行人离开。

……

石板村旁的土丘上，一座新坟，一块墓碑：纪群同志之墓。

郑川和常松林搀着纪大娘颤颤巍巍的走来，身后跟着刘洪涛、黄豆豆等战士。

众人肃立，排枪响起。

六

太岳日军审讯室，宋雨田被吊在那里，身上遍体鳞伤，奄奄一息。

周安邦沮丧地走进来，他看了看宋雨田，做了个手势，打手便把宋雨田放下来，宋雨田立刻瘫软在地上。

周安邦有一丝心疼，还有一丝生气："雨田，你这是何苦呢？"

他说着上前去扶宋雨田，宋雨田却厌恶地把他推开。

周安邦蹲下来，替宋雨田捋了捋头发："曾几何时，你还在我的书房含羞带怯，听我抚琴把扇，现在呢？却穿着这样男不男、女不女的衣服，拿着驳壳枪过这种命悬一线的营生，我见犹怜，你自己难道不遗憾，不后悔吗？"

宋雨田冷笑："你还有脸说这样的话？如果没有侵略者和你们这些走狗，我们何必拿起枪来反抗？周安邦，你忘了周治国是怎么死的了吗？你忘了是谁逼死了周老爷吗？"

周安邦沉默。

宋雨田愤怒："你这样读书明理的文化人，居然甘作侵略者的哈巴狗，为虎作伥，摇尾乞怜，连自己的父母祖宗都不认。"

周安邦："骂得好！我的确活的不像人，可有时候做狗比做人容易。"

宋雨田不屑："贪生怕死，软骨头。"

周安邦："宋雨田，你不要太嚣张，你以为你赢了吗？日本人不会放过你的，只要八路敢攻城，第一个死的就是你。"

宋雨田不屑的眼神看着周安邦。

周安邦被宋雨田的眼神刺激，他捏着宋雨田的脖子，嘶吼："不是这样的，你从前不是这样的，你从不会这样看我，你是被共产党赤化的宣传迷惑了，雨田，你现在变得不可爱了你知道吗？我不愿意看到这样的你，我希望见到的是当年我在周家门厅见到的那个温柔娴静一开口就低头的小丫头。"

宋雨田："你当然喜欢那个时候的我，一个任人摆布、不知道反抗的下人，可以顺从地做你们的奴仆、你们的玩物。可是时代变了，下人也不会甘心做亡国奴，就算是下人也比你们这些所谓的上等人有骨气！"

周安邦泄气地瘫倒在地上，仿佛被训斥的是他自己。

……

黎明时分，太岳日军指挥部，石原、木村相对而坐，二人似乎已预感到即将来临的彻底的失败，沮丧、沉默着。

过了一会儿，石原开口问："几点了？"

木村："长官，四点整。"

石原长叹一口气，缓缓站起来，拿下挂在墙上的军刀，抽出刀柄，刀刃寒光闪闪："是时候决一死战了。"

木村："属下愿誓死效忠天皇。"

这时，周安邦匆匆从外面走来，刚走到门口，突然听到石原和木村在谈论宋雨田，周安邦一愣，在门口停下偷听。

"宋雨田在什么地方？"

"我已派人严加看管，她跑不了，需要把她带来见您吗？"

"不必。去，把宋雨田带到城墙上，我要让郑川看着他的女人和城墙一起灰飞烟灭！"

"是！"

就在这时，门外突然传来一声异响，像是什么撞到了门上。石原二人一惊，木村立刻追出去，打开门，门口却空无一人，远处一只猫叫着跑走了，二人松了一口气。

……

宋雨田被关押在太岳日军审讯室，伤痕累累。

周安邦从外面进来，对卫兵说："石原联队长要提审宋雨田。"

卫兵打开牢门，把宋雨田押出来。

周安邦带着宋雨田从关押室出来，向一边走去。

宋雨田的双手被绑着，愤怒和不屑，不愿意正眼看周安邦。

二人拐过墙角，周安邦突然停下来，替宋雨田解开手上的绳子。"你走吧，趁日本人没发现。"

宋雨田意外："为什么？"

周安邦："八路马上要攻城了，你以为日本人会放过你吗？我只是不想让这太岳城再多一条冤魂。你走吧，别等我后悔。"

周安邦说着闭上眼，扭过脸去。

宋雨田愣了片刻，想说什么，可又无话可说，转身跑远了。

宋雨田离开后，周安邦举起了手枪对准自己的脑袋，一声枪响。

……

1945年4月，八路军集中三个师的兵力，向太岳发起总攻。一场艰苦卓绝的占领与反占领，围困与反围困的“太岳围困站”，历时两年多，终于大获全胜，创造了群众性长期围困站的典型范例。

太岳县城门，随着爆炸声响，郑川带着独立团战士冲入太岳城门。

城内日军尸体横陈，远处墙角仍有日军在负隅顽抗。

太岳日军指挥部门口，郑川、刘洪涛与指挥部内的日军展开巷战，冲击日军最后一道防线。

刘洪涛：“司令员，雨田还在日本人手里，我顶住鬼子，你快去救雨田。”

郑川：“你们几个，跟我来!”

郑川带着五六个战士向日军指挥部方向赶。

突然，郑川身边的战士有几个中弹倒地，郑川指挥其余战士隐蔽还击。

木村带着手下阻击郑川，火力很猛，又有几个战士倒地。

郑川观察地形，猫着身子从侧面绕到木村身后，开枪射击，火力点被消灭，郑川再瞄准木村开一枪，木村倒地。

郑川现身。指挥战士们继续往前赶，却听到木村的声音：“郑司令员，这是要赶去哪啊?”

郑川回身，刚才倒地的木村正在离他不远处，举枪顶着郑川的脑袋，郑川瞬间屏住了呼吸。

木村：“郑司令员，太遗憾了，今天你落在我手里，无缘看到胜利的那一刻了!”

木村扣动扳机，郑川向前扑倒躲过子弹。一声枪响，郑川抬头，只见木村轰然倒下。

目光远视，只见宋雨田举着枪，对着木村的方向，呼吸急促，表情坚毅。

郑川起身：“雨田!”

宋雨田喜极而泣，扑向郑川的怀抱。

太岳日军指挥部外，隆隆的枪炮声，刘洪涛带着战士冲进了日军指挥部。

刘洪涛一脚踹开指挥部的门，其他战士也跟着冲了进去。只见办公室内并无石原的身影，办公桌上，放着石原的军服，还有散落的百姓服装绑腿和腰带，郑川拿起衣服，再抬眼看一眼窗口。

刘洪涛冲到开着的窗口查看。

战士：“跑了——”

刘洪涛眼神坚毅：“只要他还在咱们中国的土地上，绝对跑不了!”

黄河边，数十面威风锣鼓，鼓声雄壮激昂。山岗上、河岸上站满了中国军民。岸边，两列八路军战士整齐列队。

郑川、常松林、刘洪涛、杨大河、段勇等人站在最前排，等待接受日军投降。

石原带着几个日军指挥官面色沉重，缓步走向八路军列队。

几个人走到八路军列队前停住了脚步，双手举起军刀。

石原："我代表日本驻晋南方面军各部队向贵部投降，放弃武力，接受贵部命令，请你们保护我们的生命和权利。"

郑川接过军刀："我们接受你们的投降，但是你们没有任何权利。"

石原："郑司令员，你是一个真正的军人，和你交锋是我的荣幸，败在你的手里，我也服气。"

"石原先生，我想最后一次纠正你，你不是败给了我郑川，你是败给了中华民族。"

"我不明白你的意思。"

"你认为你们失败的原因是什么？"

"最直接的原因就是我们受困于太平洋战场，这是我们战略上失误。当然，我们战线过长，物资匮乏，也是很重要的失败原因。"

"你说的原因都是表面的，就算你们没有发动太平洋战争，你们也注定失败。"

"郑司令员，那你的答案是什么？"

郑川举起石原的军刀，拔出刀刃，刀锋尖利，在阳光下发出耀眼光芒。

石原下意识后退了一步。

郑川将军刀回鞘，用力一扔，将军刀投入滚滚黄河水中，瞬间被黄河水吞没，不见了踪影。

"郑司令员，你这是做什么？"

"你看到了吗？再锋利的刀，遇水则无刃。军刀是你们的利器，也代表着你们的武士道精神。而这奔腾的黄河则是我们中华民族的魂，它就是我们中国人的精神。你明白了吗？"

石原目光投向黄河，神情黯然。

"中国有句古语，其始也简，将毕也巨。八年前，面对你们强大的侵略武力，我们八路军只有数万将士。但是你看看今天，我们已经是百万雄师，胜败已然分晓。从此以后，我们将结束血腥屠杀的旧世界，赢来和平美好的新世界。这是维护人类尊严的世界，是追求自由、宽容和正义的世界。这是中国人民的追求，也是全人类热爱和平人们的永恒追求。”

黄昏时分，黄河水拍打着河岸。郑川独自坐在黄河边，掏出口琴，吹奏了一曲。

宋雨田纵马而来。

悠扬的口琴声，融进了黄河滔滔的水声之中。

宋雨田轻轻走到郑川的身后，拿出一条围巾，替他围上：“这条围巾黎英姐只织了一半，现在我把它织完了。”

郑川轻轻握住了宋雨田的手。

二人站在黄河边，肩并肩，看着黄河浊浪翻滚，倾听着黄河浪声涛涛。

宋雨田：“你听，黄河在为胜利而歌唱。”

郑川：“是啊，黄河水气势磅礴，就像我们的千军万马；她奔腾不息，就像我们中华民族，生生不息，愈挫愈勇！”

宋雨田点头：“我好像看到了……”

图书在版编目（CIP）数据

黄河在咆哮 / 张强，周山湖著 . —北京：中国方正出版社，2015. 8

ISBN 978 -7 -5174 -0225 -1

Ⅰ. ①黄…　Ⅱ. ①张…②周…　Ⅲ. ①长篇小说 - 中国 - 当代　Ⅳ. ①I247. 5

中国版本图书馆 CIP 数据核字（2015）第 196012 号

黄河在咆哮

张　强　周山湖　著

选题策划：贾文儒
责任编辑：陈培凤
责任印制：李　华

出版发行：中国方正出版社
（北京市西城区广安门南街甲 2 号　邮编：100053）
编辑部：（010）59594627　发行部：（010）66560936
出版部：（010）59594525　门市部：（010）66562755
邮购部：（010）66560933
网　址：www. lianzheng. com. cn

经　　销：新华书店
印　　刷：北京盛兰兄弟印刷装订有限公司

开　　本：787 毫米 × 1092 毫米　1/16
印　　张：28
字　　数：490 千字
版　　次：2015 年 9 月第 1 版　2015 年 9 月北京第 1 次印刷

ISBN 978 -7 -5174 -0225 -1　　定价：49. 00 元